Fantasmas do Mercado das Sombras

Obras da autora publicadas pela Editora Record:

Série Os Instrumentos Mortais
Cidade dos ossos
Cidade das cinzas
Cidade de vidro
Cidade dos anjos caídos
Cidade das almas perdidas
Cidade do fogo celestial

Série As Peças Infernais
Anjo mecânico
Príncipe mecânico
Princesa mecânica

Série Os Artifícios das Trevas
Dama da meia-noite
Senhor das sombras
Rainha do ar e da escuridão

O códex dos Caçadores de Sombras
As crônicas de Bane
Uma história de notáveis Caçadores de Sombras e seres do Submundo:
Contada na linguagem das flores
Contos da Academia dos Caçadores de Sombras
Fantasmas do Mercado das Sombras

Fantasmas do Mercado das Sombras

CASSANDRA CLARE
SARAH REES BRENNAN · MAUREEN JOHNSON
KELLY LINK · ROBIN WASSERMAN

Tradução de
Rita Sussekind

2ª edição

Galera

RIO DE JANEIRO

2021

CIP-BRASIL. CATALOGAÇÃO NA PUBLICAÇÃO
SINDICATO NACIONAL DOS EDITORES DE LIVROS, RJ

F216
2ª ed.

Clare, Cassandra, 1973-
 Fantasmas do mercado das sombras / Cassandra Clare ... [et al.]; tradução de
Rita Sussekind. – 2ª ed. – Rio de Janeiro: Galera Record, 2021.

 Tradução de: Ghosts of the shadow market
 ISBN: 978-65-51-81008-6

 1. Ficção americana. I. Clare, Cassandra. II. Sussekind, Rita.

 CDD: 813
19- 57752 CDU: 82-3(73)

Vanessa Mafra Xavier Salgado – Bibliotecária – CRB-7/6644

Título original em inglês:
Ghosts of the shadow market

Copyright © 2019 Cassandra Clare, LLC

Publicado mediante acordo com a autora a/c BAROR INTERNATIONAL, INC., Armonk,
Nova York, EUA.

Design de capa: Russell Gordon & Nicholas Sciacca
Foto-ilustração de capa: Copyright © 2019 de Cliff Nielsen
Ilustrações do encarte: Davood Diba

Todos os direitos reservados. Proibida a reprodução, no todo ou em parte, através de
quaisquer meios. Os direitos morais do autor foram assegurados.

Texto revisado segundo o novo Acordo Ortográfico da Língua Portuguesa.

Direitos exclusivos de publicação em língua portuguesa somente para o Brasil
adquiridos pela
EDITORA RECORD LTDA.
Rua Argentina, 171 – Rio de Janeiro, RJ – 20921-380 – Tel.: (21) 2585-2000,
que se reserva a propriedade literária desta tradução.

Impresso no Brasil

ISBN 978-65-51-81008-6

Seja um leitor preferencial Record.
Cadastre-se no site www.record.com.br e receba informações
sobre nossos lançamentos e nossas promoções.

Atendimento e venda direta ao leitor:
sac@record.com.br

EDITORA AFILIADA

Para nossos maravilhosos leitores

O que quer que você seja fisicamente, homem ou mulher, forte ou fraco, doente ou saudável — todas essas coisas importam menos do que o que tem no seu coração. Se você tem a alma de um guerreiro, você é um guerreiro. Qualquer que seja a cor, a forma, o desenho da sombra que a esconde, a chama dentro da lâmpada permanece a mesma. Você é essa chama.

Sumário

Longas sombras	9
Todas as coisas extraordinárias	51
Aprendendo sobre perdas	99
Um amor mais profundo	129
Os perversos	163
O filho do amanhecer	217
A terra que perdi	255
Através do sangue, através do fogo	351
O mundo perdido	393
Para sempre caídos	427

Longas Sombras

Por Cassandra Clare e Sarah Rees Brennan

Pecados antigos carregam longas sombras.
— provérbio inglês

Mercado das Sombras, Londres, 1901

O viaduto ferroviário passava a um milímetro da igreja de St. Saviour. Os mundanos chegaram a discutir a possibilidade de demolir o templo para dar lugar aos trilhos, mas a ideia se deparou com uma oposição inesperadamente feroz. Então a ferrovia seguiu uma rota um pouco mais longa, e o pináculo da igreja permaneceu, uma adaga de prata contra o céu noturno.

Durante o dia, sob os arcos, cruzes e dormentes barulhentos, era montado um mercado mundano, a maior associação de merceeiros da cidade. À noite, o local pertencia ao Submundo.

Vampiros e lobisomens, feiticeiros e fadas se encontravam sob as estrelas e sob feitiços impenetráveis a olhos humanos. Suas barracas mágicas eram dispostas da mesma forma que as dos humanos, debaixo das pontes e em ruelas, no entanto as barracas do Mercado das Sombras não exibiam nem maçãs nem rabanetes. Sob os arcos escuros, elas brilhavam enfeitadas com sinos e laços, repletas de cor: verde serpente, vermelho febril e o laranja intenso das chamas. Irmão Zachariah sentiu o cheiro de incenso queimando, e ouviu as canções dos lobisomens em ode à beleza distante da lua, e as fadas chamando as crianças *venham, venham*.

Era o primeiro Mercado das Sombras de Ano Novo inglês, muito embora ainda fosse o ano velho na China. Irmão Zachariah tinha deixado Xangai, na infância, e Londres, aos 17 anos, para ir até a Cidade do Silêncio, onde não havia registro da passagem do tempo, exceto pelo fato de que havia mais cinzas de guerreiros ali. Ele ainda se lembrava das comemorações de Ano Novo de sua vida humana, das gemadas e das cartomantes em Londres, dos fogos de artifício e dos bolinhos de Xangai.

Agora a neve caía em Londres. O ar estava frio e tenro, como uma maçã fresca, e agradável ao rosto. As vozes de seus Irmãos não passavam de um murmúrio em sua cabeça, o que dava ao Irmão Zachariah a chance de se distanciar um pouco.

Ele tinha vindo em missão, mas reservara um momento para apreciar o fato de estar em Londres, no Mercado das Sombras, respirando um ar sem o pó dos mortos. Parecia algo como liberdade, era como ser jovem outra vez.

Ele se alegrou, mas isso não significava que as pessoas do Mercado das Sombras estivessem contentes também. Observou muitos integrantes do Submundo e até mesmo mundanos com a Visão, os quais lhe lançavam olhares que estavam longe de ser receptivos. Enquanto circulava, um murmúrio sombrio o perseguia em meio ao burburinho ao redor.

Os habitantes do Submundo consideravam aquele horário do Mercado como um espaço arrancado dos anjos. Era evidente que não apreciavam sua presença. O Irmão Zachariah era um dos Irmãos do Silêncio, uma fraternidade muda de vida longeva entre velhos ossos, a qual se dedicava à reclusão e cujo coração era dedicado ao pó de sua cidade e de seus mortos. Ninguém estava disposto a acolher um Irmão do Silêncio, e tais pessoas provavelmente também não ficariam felizes com a presença de um Caçador de Sombras.

Mesmo duvidando, ele viu algo mais estranho do que qualquer coisa típica do Mercado.

Um Caçador de Sombras menino dançava cancã com três fadas. Era o filho mais novo de Charlotte e Henry Fairchild, Matthew Fairchild. A cabeça estava jogada para trás, os cabelos claros brilhavam sob a luz do fogo, e ele gargalhava.

Irmão Zachariah teve um instante para se perguntar se Matthew estaria enfeitiçado, mas aí o menino o avistou e foi até ele, deixando as fadas desconcertadas. O Povo das Fadas não estava acostumado a ver mortais abandonando suas danças.

Matthew não pareceu notar. Correu até o Irmão Zachariah, lhe deu um abraço e enfiou a cabeça debaixo do capuz do Irmão do Silêncio para lhe dar um beijo na bochecha.

— Tio Jem! — exclamou alegremente. — O que está fazendo aqui?

Academia dos Caçadores de Sombras, Idris, 1899

Matthew Fairchild raramente perdia as estribeiras. Mas quando isso acontecia, ele tentava tornar a ocasião memorável.

A última vez tinha sido há dois anos, durante sua breve temporada na Academia dos Caçadores de Sombras, uma escola com o objetivo de produzir combatentes de demônios em massa, todos perfeitinhos e entediantes. Tudo começou com metade dos alunos da escola amontoados no alto de uma torre, observando a chegada dos pais após certo incidente no bosque com um demônio.

O bom humor habitual de Matthew já havia sido testado à exaustão. Seu melhor amigo, James, levara a culpa pelo incidente simplesmente por possuir uma quantidade ínfima e insignificante de sangue de demônio, além da sortuda e prodigiosa — ao menos na opinião de Matthew — habilidade de se transformar em sombra. James fora expulso. E os verdadeiros culpados, o imbecil Alastair Carstairs e seus amigos detestáveis, se safaram. Sem dúvida, a vida como um todo, e a Academia, em particular, era um desfile de injustiças.

Matthew sequer tivera a chance de perguntar a James se ele desejava ser seu *parabatai*. Vinha planejando fazer o convite de um jeito tão elaborado e estiloso que Jamie ficaria impressionado demais para recusar.

O Sr. Herondale, pai de James, foi um dos primeiros a chegar. Eles o viram atravessar a porta com seus cabelos negros revoltos pelo vento e a raiva. Ninguém podia negar que o Sr. Herondale era dotado de um ar imponente.

As poucas meninas com permissão para frequentar a Academia lançaram olhares especulativos a James, que caminhava de um lado a outro, a cara metida num livro; exibia um corte de cabelo infeliz e um comportamento modesto, mesmo assim guardava uma semelhança bastante acentuada com o pai.

James, que o Anjo abençoe sua alma desligada, não notou a atenção de ninguém. Estava encolhido por ter sido expulso, afogado no desespero.

— Meu Deus! — exclamou Eustace Larkspear. — Seria uma coisa ter um pai assim.

— Ouvi dizer que ele é louco — comentou Alastair, e soltou uma risada alta. — É preciso ser louco mesmo para se casar com uma criatura de sangue infernal e ter filhos que...

— Calado — interrompeu o pequeno Thomas num sussurro. Para surpresa de todos, Alastair revirou os olhos e obedeceu.

Matthew queria ter sido o responsável por calar Alastair, mas Thomas já o tinha feito, e Matthew não conseguia pensar em nenhum jeito de conter Alastair permanentemente, exceto desafiando-o para um duelo. E não tinha nem certeza de que isso funcionaria. Alastair não era covarde, provavelmente aceitaria o duelo e, depois, ainda voltaria a tagarelar o dobro. Além disso, arranjar brigas não fazia exatamente o estilo de Matthew. Ele sabia lutar, mas não achava que violência resolvia os problemas.

Além do problema dos demônios soltos pelo mundo, é claro.

Matthew deixou o topo da torre abruptamente, e aí saiu vagando pelos corredores da Academia, amuado. Embora estivesse comprometido com o mau humor, sabia que não podia perder Christopher e Thomas Lightwood de vista por muito tempo.

Quando tinha 6 anos, o irmão mais velho de Matthew, Charles Buford, e sua mãe saíram para uma reunião no Instituto de Londres. Charlotte Fairchild era a Consulesa, a pessoa mais importante entre os Caçadores de Sombras, e Charles sempre se interessou pelo trabalho da mãe em vez de simplesmente se chatear com os Nephilim que tomavam tanto tempo dela. Enquanto se preparavam para sair, Matthew chorava no corredor, se recusando a soltar o vestido da mãe.

Mamãe então se ajoelhou e pediu que Matthew tomasse conta de Papai enquanto ela e Charles estivessem fora.

Matthew levou a responsabilidade a sério. Papai era um gênio e, para a maioria das pessoas, um inválido porque não podia andar. E se não fosse vigiado com atenção, ele sempre se empolgava com suas invenções e se esquecia de comer. Papai não podia se virar sem Matthew, razão pela qual foi um absurdo terem mandado Matthew para a Academia.

Matthew gostava de tomar conta das pessoas, e era bom nisso. Aos 8 anos, Christopher Lightwood tinha sido encontrado no laboratório de seu pai realizando o que Papai descrevera como um experimento bastante intrigante. Matthew dera pela falta de uma das paredes do laboratório e a partir daí passou a cuidar de Christopher também.

Christopher e Thomas eram primos de verdade, porque seus pais eram irmãos. Matthew não era primo consanguíneo: ele apenas chamava os pais de Christopher e Thomas de tia Cecily, tio Gabriel, tia Sophie e tio Gideon por consideração mesmo. Seus pais eram apenas amigos. Mamãe não tinha parentes próximos, e a família de Papai não aprovava o fato de mamãe ser Consulesa.

Já James era primo consanguíneo de Christopher. Tia Cecily era irmã do Sr. Herondale. O Sr. Herondale comandava o Instituto de Londres, e os Herondale tendiam a ser bem discretos. Pessoas maldosas diziam que era por serem esnobes e se considerarem superiores, mas Charlotte sempre falava que essas pessoas eram ignorantes. Ela deixara claro para Matthew que os Herondale eram discretos porque já tinham sido destratados pelo fato de a Sra. Herondale ser feiticeira.

Mesmo assim, quando se era diretor de um Instituto, não dava para se passar totalmente despercebido. Matthew já havia encontrado James em muitas festas antes de tentar ser seu amigo, só que nunca conseguia, porque Matthew achava que deveria contribuir para o sucesso das festas e James normalmente ficava em um canto, lendo.

Matthew não tinha dificuldade em fazer amigos, mas normalmente não se esforçava para construir relacionamentos, a não ser que encontrasse um desafio. Amigos que vinham fácil, iam fácil, e Matthew gostava de manter as pessoas por perto.

Foi um tanto desolador quando James pareceu não ter ido com a cara de Matthew, mas Matthew o conquistou. Ele nem sabia direito como chegou a esse ponto, fato que o deixava inquieto, mas James recentemente se referira a si, Matthew, Christopher e Thomas como os Três Mosqueteiros e d'Artagnan, em referência a um livro do qual gostava. As coisas vinham fluindo maravilhosamente bem, exceto pela saudade de Papai, mas agora James tinha sido expulso da Academia e tudo fora arruinado. Mesmo assim, Matthew não poderia se esquecer de suas responsabilidades.

Christopher tinha uma relação tempestuosa com as ciências, por isso o professor Fell ordenara que Matthew não deixasse o outro entrar em contato com material inflamável após o incidente mais recente. Thomas era tão calado e pequenino que todos viviam se esquecendo dele, como se ele fosse uma bolinha de gude humana; se ficasse por conta própria, inevitavelmente gravitaria na direção de Alastair Carstairs.

Aquela era uma situação terrível com apenas um lado bom. Era moleza localizar Thomas quando ele se perdia. Matthew só precisava seguir o som da voz irritante de Alastair.

Infelizmente, isso também significava ser obrigado a encarar o rosto irritante de Alastair.

E Matthew não demorou a encontrar Alastair, olhando por uma janela, com Thomas parado timidamente ao seu lado.

A idolatria de Thomas era inexplicável. As únicas coisas que Matthew conseguia considerar boas em Alastair eram suas sobrancelhas extraordinariamente expressivas, mas sobrancelhas não diziam nada sobre o caráter de um homem.

— Você está muito triste, Alastair? — Matthew ouviu Thomas perguntar ao se aproximar, decidido a se recuperar.

— Não enche, seu inútil — disse Alastair, embora sua voz soasse tolerante. Nem ele conseguia se opor muito àquela adoração.

— Você ouviu essa cobra vil — disse Matthew. — Vamos, Tom.

— Ah, Galinha Mãe Fairchild — desdenhou Alastair. — Você será uma ótima esposa para alguém um dia desses.

Matthew ficou furioso ao ver o sorrisinho de Thomas, ainda que tivesse sido disfarçado rapidamente em respeito aos sentimentos do amigo. Thomas era dócil e muito influenciado pelas irmãs. Ele parecia achar a grosseria indistinta de Alastair uma ousadia.

— Gostaria de poder dizer o mesmo sobre você — retrucou Matthew. — Nenhuma alma bondosa pensou em lhe dizer que seu penteado é, para colocar da forma mais gentil possível, contraindicado? Um amigo? Seu pai? Ninguém se importa o suficiente para impedi-lo de fazer esse papel de ridículo? Ou você simplesmente tem andado ocupado demais fazendo maldades para se incomodar com sua péssima aparência?

— Matthew! — exclamou Thomas. — O amigo dele morreu.

Matthew estava louco para dizer que tinham sido Alastair e seus amigos os responsáveis por soltar um demônio em James, e que a conclusão da pegadinha fora merecida. Mas percebia que isso deixaria Thomas muito perturbado.

— Muito bem. Vamos — chamou. — Mas não consigo parar de pensar em quem teve a ideia de fazer aquele truque horroroso.

— Espere um minuto, Fairchild. — Alastair se irritou. — Você pode ir, Lightwood.

Thomas parecia extremamente preocupado ao sair, mas Matthew percebia que o menino franzino detestaria desobedecer ao seu ídolo. Quando os olhos preocupados de Thomas se voltaram para Matthew, este assentiu para tranquilizá-lo, e assim Thomas se foi, ainda que relutante.

Depois que Thomas foi embora de vez, Matthew e Alastair se prepararam para a briga. Matthew sacou que Alastair tinha mandado Thomas se retirar por um motivo. Mordeu o lábio, resignado a brigar.

— Quem é *você* para bancar o moralista, falando sobre truques e papais, dadas as circunstâncias do seu nascimento? — disse Alastair, no entanto.

Matthew franziu a testa.

— Do que está falando, Carstairs?

— Todo mundo fala da sua mãe e de suas atitudes nada femininas — respondeu o terrível e monstruoso verme Alastair Carstairs. Matthew fez uma careta, zombando, mas Alastair levantou a voz e insistiu: — Uma mulher não dá conta de ser uma boa Consulesa. Mesmo assim, sua mãe prossegue na carreira, claro, considerando que tem tanto apoio dos poderosos Lightwood.

— Nossas famílias são amigas, sim — disse Matthew. — Você não conhece o conceito de amizade, Carstairs? Que coisa trágica para você, embora compreensível para todas as outras pessoas do universo.

Alastair ergueu as sobrancelhas.

— Ah, grandes amigos, sem dúvida. Sua mãe deve precisar de amigos, considerando que seu pai não consegue fazer o papel de homem.

— Como é? — perguntou Matthew.

— Estranho você ter nascido tanto tempo depois do terrível acidente do seu pai — comentou Alastair, que só faltava alisar um bigodinho imaginário. — É estranho que a família do seu pai não queira saber de vocês, a ponto de pedirem para sua mãe renunciar ao nome de casada. E é curioso que você não se pareça em nada com seu pai, e a cor de seu cabelo seja tão parecida com a de Gideon Lightwood.

Gideon Lightwood era o pai de Thomas. Não foi à toa que Alastair mandou Thomas se retirar antes de fazer a acusação ridícula.

Absurdo! Era verdade que Matthew tinha cabelo claro, que os cabelos de sua mãe eram castanhos, e os de seu pai e de Charles Buford, ruivos. A mãe de Matthew era pequenina, mas Cook dizia que Matthew ia ser mais alto do que Charles Buford. Tio Gideon frequentemente estava com Mamãe. Matthew sabia que ele partira em defesa dela quando ela se desentendera com a Clave. Mamãe certa vez se referira a ele como seu grande e fiel amigo. Mas Matthew jamais pensara muito no assunto.

Sua mãe dizia que seu pai tinha um rosto tão querido, sardento e amigável. Matthew sempre quis ser parecido com ele.

Só que não era.

— Não entendo o que está querendo dizer — replicou Matthew, a voz estranha aos próprios ouvidos.

— Henry Branwell não é seu pai — disparou Alastair. — Você é o bastardo de Gideon Lightwood. Todo mundo sabe, menos você.

Com uma fúria cega, Matthew acertou em cheio o rosto do outro menino. Depois foi atrás de Christopher, limpou a área e lhe entregou fósforos.

Um tempo curto, porém marcante, se passou até Matthew deixar a escola para nunca mais voltar. Nesse período, uma ala da Academia explodiu.

Matthew sabia que tinha sido uma coisa muito chocante a se fazer, mas enquanto estava fora de si, também pediu que James fosse seu *parabatai*; por algum milagre, James aceitou. Matthew e seu pai deram um jeito de passar mais tempo na casa de Londres dos Fairchild, para que Matthew pudesse ficar com seu pai e seu *parabatai*. No fim, pensou Matthew, tudo acabara dando certo.

Se ao menos ele conseguisse esquecer.

Mercado das Sombras, Londres, 1901

Jem parou em meio às chamas dançantes e dos arcos de ferro fundido do Mercado de Londres, surpreso pela aparição de um rosto familiar num contexto inesperado, e mais ainda pelo calor da saudação de Matthew.

Ele conhecia o filho de Charlotte, é claro. Já o outro, Charles, sempre era muito frio e distante quando encontrava o Irmão Zachariah em assuntos oficiais. Irmão Zachariah sabia que os Irmãos do Silêncio deveriam se desligar do mundo. O filho de seu tio Elias, Alastair, deixara isso bem claro quando Zachariah o procurara.

É assim que deve ser, disseram os Irmãos em sua mente. Ele nem sempre conseguia distinguir as vozes. Era um coro discreto, uma canção silenciosa onipresente.

Jem não teria se chateado com Matthew caso ele tivesse a mesma opinião de tantos outros, mas não parecia o caso. Seu rosto alegre e delicado demonstrou claramente o abalo.

— Estou sendo íntimo demais? — perguntou ele, ansioso. — Só supus que, como sou *parabatai* de James, e pelo fato de ele só chamar você assim, eu também poderia.

Claro que pode, tranquilizou o Irmão Zachariah.

De fato, era assim mesmo que James o chamava, e a irmã de James, Lucie, e a de Alastair, Cordelia, também passaram a fazer o mesmo. Zachariah considerava os três as crianças mais doces do mundo. Ele sabia que poderia estar sendo um pouco parcial, mas a fé criava a verdade.

Matthew corou. Zachariah se lembrou de sua mãe, e da gentileza ao acolher três órfãos quando ela mesma era pouco mais que uma criança.

— Falam de você o tempo todo no Instituto de Londres — revelou Matthew. — James, Lucie, tio Will e tia Tessa também. Tenho a impressão de que o conheço muito mais do que conheço de fato, então peço perdão se estiver ultrapassando os limites.

Uma pessoa sempre bem-vinda não ultrapassa limite algum, assegurou Jem.

Matthew abriu um sorriso. Era uma expressão extraordinariamente envolvente. Sua afetuosidade era mais óbvia que a de Charlotte, pensou Jem. Ele nunca aprendera a se fechar, a fazer outra coisa além de se divertir e confiar no mundo.

— Eu gostaria de ouvir sobre suas aventuras com tio Will e tia Tessa de seu ponto de vista — propôs Matthew. — Vocês devem ter se divertido muito! Nada de muito empolgante acontece conosco. Do jeito que todo mundo fala, é de se pensar que você tenha nutrido uma paixão frustrada por tia Tessa antes de se tornar um Irmão do Silêncio. — Matthew se conteve. — Desculpe! Essa minha língua solta. Estou impetuoso e animado para falar adequadamente com você. Tenho certeza de que é estranho pensar em sua vida passada. Espero não tê-lo chateado ou ofendido. Peço paz.

Paz, ecoou o Irmão Zachariah, entretido.

— Tenho certeza de que você poderia ter tido um caso tórrido com quem quisesse, é claro — garantiu Matthew. — Qualquer um pode ver isso. Céus, isso foi algo impetuoso de se dizer, não foi?

É muito gentil de sua parte, disse o Irmão Zachariah. *Não está uma bela noite?*

— Vejo que você é um homem de muito tato — comentou Matthew, e deu um tapinha nas costas do Irmão Zachariah.

Eles saíram caminhando pelas barracas do Mercado das Sombras. Irmão Zachariah estava procurando por um feiticeiro em particular, o qual tinha concordado em ajudá-lo.

— Tio Will sabe que está em Londres? — perguntou Matthew. — Vai visitá-lo? Se ele descobrir que você esteve em Londres e *não* o visitou, e que ainda por cima eu sabia disso, será meu fim! Uma vida tão jovem interrompida no auge. Uma bela flor viril colhida tão antes da hora. Tio Jem, você deveria pensar em mim e em meu triste fim.

Deveria?, perguntou o Irmão Zachariah.

Estava muito claro a que Matthew se referia.

— Também seria muito gentil de sua parte se não comentasse que me encontrou no Mercado das Sombras — resmungou Matthew, com seu sorriso envolvente e um claro ar de apreensão.

Irmãos do Silêncio são péssimos fofoqueiros, garantiu o Irmão Zachariah. *Mas para você, Matthew, abrirei uma exceção.*

— Obrigado, tio Jem! — Matthew entrelaçou o braço ao de Jem. — Dá para ver que vamos ser ótimos amigos.

Deve ser um péssimo contraste aos olhos do Mercado, pensou Jem, ver esse menino viçoso dando o braço de forma tão casual a um Irmão do Silêncio, encapuzado e encoberto pela escuridão. Matthew parecia totalmente alheio à incongruência.

Acredito que vamos ser, sim, disse Jem.

— Minha prima Anna disse que o Mercado das Sombras é muito divertido — emendou Matthew alegremente. — Você conhece Anna, claro. Ela é sempre muito divertida e tem o melhor gosto para coletes em Londres. Encontrei umas fadas gentis que me convidaram, e pensei que devia aceitar.

As fadas com as quais Matthew estava dançando antes passaram rapidamente; raios de luz com coroas de flores. Um menino fada, com lábios manchados pelo sumo de uma fruta estranha, parou e piscou para Matthew. Não pareceu chateado por ter sido abandonado na dança, mas nunca dava para se confiar muito nas aparências quando se tratava de fadas. Matthew hesitou, lançando um olhar cauteloso para o Irmão Zachariah, depois retribuiu a piscadela.

Irmão Zachariah sentiu que deveria alertá-lo:

Seus amigos podem ser traiçoeiros. Fadas frequentemente o são.

Matthew sorriu, e sua adorável expressão adquiriu um ar malicioso.

— Eu mesmo frequentemente sou traiçoeiro.

Não é exatamente o que quero dizer. Também não pretendo ofender ninguém do Submundo. Há tantos integrantes confiáveis quanto há Caçadores de Sombras, o que significa que o contrário também procede. Seria prudente lembrar que nem todos no Mercado das Sombras são favoráveis aos Nephilim.

— Quem pode culpá-los? — perguntou Matthew distraidamente. — É um bando pedante. Exceto por nós, tio Jem! Meu pai tem um amigo feiticeiro do qual sempre fala. Eles inventaram os Portais juntos, sabia? Eu também gostaria de ter um amigo íntimo no Submundo.

Magnus Bane seria um bom amigo para qualquer pessoa, concordou o Irmão Zachariah.

Teria sido desrespeitoso com Magnus, que sempre foi um bom amigo do *parabatai* de Jem, prolongar a questão de Matthew. Talvez ele estivesse sendo cauteloso demais. Muitos membros do Submundo certamente ficariam encantados com o charme de Matthew.

Will deixara claro que seu Instituto existia para ajudar integrantes do Submundo em busca de ajuda, assim como mundanos e Caçadores de Sombras. Talvez aquela nova geração pudesse crescer em mais harmonia com os integrantes do Submundo do que qualquer uma que a antecedera.

— Anna não está aqui hoje — acrescentou Matthew. — Mas você está, então tudo bem. O que vamos fazer juntos? Está procurando alguma coisa em especial? Pensei em comprar um livro para Jamie e Luce. Qualquer um serve. Eles adoram todos.

Jem ficou contente só de ouvi-lo mencionar James e Lucie com tanto afeto.

Se encontrarmos um livro adequado, disse ele, *vamos comprar. Prefiro que não seja um volume contendo feitiços perigosos.*

— Pelo Anjo, não — garantiu Matthew. — Luce certamente leria. É um tanto destemida, de um jeito silencioso, a Lu.

Quanto a mim, disse Jem, *tenho uma encomenda de alguém que estimo muito. Por respeito a essa pessoa, não posso falar mais nada.*

— Entendo — disse Matthew, soando satisfeito por ter avançado tanto na confiança de Jem. — Não vou perguntar, mas posso ajudar de alguma forma? Você pode confiar em mim, se quiser. Amamos as mesmas pessoas, não é mesmo?

Agradeço sinceramente a oferta.

Não havia como essa criança ajudá-lo, não na busca atual, mas a presença e deslumbramento de Matthew ao observar o Mercado contagiavam Zachariah, e assim eles seguiram, assimilando os sons e imagens juntos.

Barracas vendiam frutas de fadas, ainda que houvesse um lobisomem ali reclamando que tinha sido enganado e que não se devia fazer negócios com goblins. Havia barracas com toldos listrados de vermelho e branco vendendo caramelos, mas o Irmão Zachariah tinha dúvidas quanto à procedência deles. Matthew parou e deu risadas ao ver uma feiticeira de pele azul que fazia malabarismo com unicórnios de brinquedo, conchas de sereias e argolinhas em chamas, e flertou até ela revelar que seu nome era Catarina. Ela acrescentou que ele certamente não ia visitá-la, mas, quando ele sorriu, ela sorriu de volta. Irmão Zachariah imaginou que as pessoas normalmente fizessem isso.

O Mercado das Sombras parecia um tanto perplexo com Matthew. Estavam acostumados a Caçadores de Sombras buscando testemunhas ou culpados por ali, nunca demonstrando grande entusiasmo.

Matthew aplaudiu quando outra barraca se aproximou timidamente, caminhando com seus pezinhos de galinha. Uma fada com cabelos de dentes-de-leão espiou por entre frascos de muitos líquidos e luzes coloridas.

— Olá, bonitinho — cumprimentou ela, a voz rouca como um latido.

— Com qual de nós você está falando? — perguntou Matthew, rindo e apoiando o cotovelo no ombro do Irmão Zachariah.

A fada encarou Zachariah, desconfiada.

— Uuuuh, um Irmão do Silêncio em nosso humilde Mercado. Os Nephilim considerariam uma honra para nós.

Você se sente honrada?, perguntou Zachariah, mudando levemente a postura, de modo a se colocar de forma protetora à frente de Matthew.

Sem perceber, o menino se desviou de Zachariah para examinar os frascos à frente.

— Belas poções — elogiou, abrindo um sorriso para a mulher. — Você mesma as preparou? Muito bom. Isso faz de você uma espécie de inventora, não é mesmo? Meu pai é inventor.

— Fico feliz por receber qualquer pessoa que se interesse por minhas mercadorias — disse a mulher. — Vejo que tem um papo de mel para combinar com seu cabelo. Quantos anos tem?

— Quinze — respondeu Matthew prontamente.

Ele começou a remexer nos frascos, os anéis batendo contra os vidros e as tampas de madeira douradas e prateadas, falando de seu pai e das poções de fadas sobre as quais havia lido.

— Ah, quinze primaveras, e pela sua aparência, foram belas primaveras. Alguns diriam que só um rio de águas rasas poderia brilhar tanto — disse a fada, e Matthew olhou para ela, como uma criança vulnerável e surpresa por qualquer mágoa que lhe fosse imposta. Seu sorriso sumiu por um instante.

Antes que Jem pudesse intervir, o sorriso voltou.

— Ah, sim. "Ele nada tem, mas aparenta tudo. O que mais pode alguém desejar?" — citou Matthew. — Oscar Wilde. Conhece sua obra? Ouvi dizer que fadas gostam de roubar poetas. Você definitivamente deveria tentar roubá-lo.

A mulher riu.

— Talvez tenhamos. Quer ser roubado, doce menino?

— Não acho que mamãe, a Consulesa, gostaria disso.

O sorriso radiante de Matthew não se alterou. A fada pareceu desconcertada por um instante; em seguida, retribuiu o sorriso. Fadas poderiam ser tão contundentes quanto espinhos, mas só porque era sua natureza, não por desejarem fazer mal.

— Esse é um feitiço de amor — indicou a fada, acenando com a cabeça para um frasco cheio de uma substância rosa borbulhante. — Não serve para você, Nephilim. Mas isso poderia cegar um adversário em batalha.

Imagino que sim, disse o Irmão Zachariah, examinando um frasco com areia cor de carvão.

Matthew estava claramente interessado em ouvir sobre as poções. Zachariah tinha certeza de que o filho de Henry teria ouvido contos sobre os elementos ao longo de muitos jantares.

— O que é isso? — perguntou o menino, apontando para um frasco roxo.

— Ah, mais um que não interessaria aos Nephilim — respondeu a fada, indiferente. — Que utilidade teria uma poção da verdade? Vocês, Caçadores de Sombras, não têm segredos entre si, pelo que sei. Além disso, vocês têm aquela Espada Mortal para provar que a pessoa não está mentindo. Embora eu ache isso brutal.

— *É* brutal — concordou Matthew veementemente.

A fada quase pareceu triste.

— Você vem de um povo brutal, doce criança.

— Eu não — disse Matthew. — Acredito na arte e na beleza.

— Um dia você poderá ser impiedoso por isso.

— Não, nunca — insistiu Matthew. — Não dou a mínima para os costumes dos Caçadores de Sombras. Gosto muito mais da conduta do Submundo.

— Ah, você lisonjeia uma velha mulher — disse a criatura, acenando com uma das mãos, mas seu rosto enrugou como uma maçã, feliz ao sorrir mais uma vez. — Agora venha, como você é um querido, deixe-me mostrar algo muito especial. O que acharia de um frasco de estrelas destiladas, garantindo vida longa a quem o porta?

Basta, disseram as vozes na cabeça de Zachariah.

Caçadores de Sombras não barganham pelas próprias vidas, disse o Irmão Zachariah, e puxou Matthew pela manga.

Matthew balançou os braços e chiou em protesto.

As poções da mulher provavelmente são água colorida e areia, comentou Zachariah. *Não desperdice seu dinheiro nem faça qualquer outra negociação com as fadas. Você precisa ter cuidado no Mercado. Vendem tanta dor quanto sonhos.*

— Ah, pois bem — aquiesceu Matthew. — Veja, tio Jem! Aquele lobisomem tem uma barraca de livros. Lobisomens são leitores surpreendentemente vorazes, sabe.

Matthew correu até lá e começou a fazer diversas perguntas a uma licantrope bem-vestida, que logo começou a ajeitar o cabelo e rir das bobagens do garoto. A atenção do Irmão Zachariah, de repente, foi capturada pelo feiticeiro que ele vinha procurando.

Espere por mim aqui, pediu, e foi encontrar Ragnor Fell perto de uma fogueira acesa sob um dos arcos.

O fogo crepitava, dando origem a faíscas verdes que combinavam com o rosto astuto do feiticeiro, iluminando os cabelos brancos ondulados em volta de seus chifres.

— Irmão Zachariah — cumprimentou o feiticeiro, assentindo. — É um prazer, mas gostaria de trazer notícias melhores. Enfim. Notícias ruins vêm como chuva, e as boas, como raios, que quase não se fazem notar antes do impacto.

Um pensamento alegre, disse o Irmão Zachariah, com o coração apertado.

— Fui a muitas fontes procurar a informação que pediu — começou Ragnor. — Tenho uma pista, mas devo lhe dizer... fui alertado para o fato de que essa busca pode ser fatal: que já se provou fatal para mais de uma pessoa. Quer mesmo que eu siga a pista?

Quero, respondeu o Irmão Zachariah.

Ele estivera esperançoso de que conseguiria mais do que isso. Ao encontrar Tessa na ponte naquele ano, ela parecera preocupada durante a conversa. Era um dia cinzento. O vento afastava seus cabelos castanhos do rosto, marcado pela preocupação de um jeito que nem o tempo fora capaz de fazer. Às vezes, parecia que aquele rosto era todo o coração que ele ainda tinha. Ele não podia fazer muito por ela, mas certa vez prometera passar a vida protegendo-a até mesmo dos ventos.

Ele pretendia manter a palavra pelo menos nisso.

Ragnor Fell assentiu.

— Vou continuar procurando.

Eu também, disse o Irmão Zachariah.

O rosto de Ragnor assumiu uma expressão profundamente alarmada. Irmão Zachariah se virou e viu Matthew, que tinha vagado novamente para a barraca de poções da fada.

Matthew, chamou o Irmão Zachariah. *Venha cá.*

O garoto acenou com a cabeça e obedeceu, porém relutante, ajeitando o colete.

A expressão de alarme no rosto de Ragnor se intensificou.

— Por que ele está vindo para cá? Por que você faria isso comigo? Sempre o considerei um dos Caçadores de Sombras mais sensatos, não que isso seja muito difícil!

Irmão Zachariah examinou Ragnor. Era incomum ver o feiticeiro perturbado, ele normalmente era muito discreto e profissional.

Achei que você tivesse uma história longa e estimada de apreço mútuo para com os Fairchild, argumentou o Irmão Zachariah.

— Ah, certamente — disse Ragnor. — E também tenho uma história estimada de não ir pelos ares numa explosão.

O quê?, perguntou Zachariah.

O mistério foi explicado quando Matthew viu Ragnor e sorriu.

— Ah, oi, professor Fell. — Ele olhou na direção de Jem. — O professor me deu aula na Academia antes de eu ser expulso. Totalmente expulso.

Jem sabia que James tinha sido expulso, mas não tinha ficado sabendo da expulsão de Matthew. Achou que Matthew simplesmente tivesse decidido seguir seu *parabatai*, como qualquer um faria se pudesse.

— Seu amigo está com você? — perguntou Ragnor Fell, e estremeceu. — Christopher Lightwood está aqui? Nosso Mercado em breve será engolido por chamas?

— Não — respondeu Matthew, soando entretido. — Christopher está em casa.

— Em casa em Idris?

— Na casa dos Lightwood em Londres, mas é longe.

— Não o suficiente! — concluiu Ragnor Fell. — Vou para Paris imediatamente.

Ele acenou com a cabeça para o Irmão Zachariah, estremeceu visivelmente ao olhar para Matthew, e virou as costas. O menino acenou para ele com pesar.

— Adeus, professor Fell! — gritou. Depois olhou para o Irmão Zachariah. — Christopher não teve a intenção de causar nenhum dos acidentes, e a explosão foi totalmente culpa minha.

Entendo, disse o Irmão Zachariah.

Irmão Zachariah não tinha certeza se realmente entendia.

— Você deve conhecer Gideon muito bem — observou Matthew, sua mente veloz embarcando em outro tópico.

Conheço, disse o Irmão Zachariah. *Ele é um grande amigo.*

Matthew deu de ombros.

— Se você diz. Gosto mais do meu tio Gabriel. Mas não tanto quanto do tio Will, é claro.

Will sempre foi meu favorito também, concordou Jem solenemente.

Matthew mordeu o lábio e era evidente que refletia sobre alguma coisa.

— Gostaria de fazer uma aposta, tio Jem, de que consigo apagar aquele fogo com um pé nas costas?

Não, respondeu o Irmão Zachariah com convicção. *Matthew, espere...*

Matthew avançou para as chamas que irradiavam uma luz jade, aí saltou. Girou no ar, seu corpo esguio sob os trajes negros voando como uma adaga arremessada por alguém bem-treinado, e aterrissou de pé na sombra do pináculo da igreja. Após um instante, diversos membros do Mercado das Sombras começaram a aplaudir. Matthew fingiu tirar um chapéu imaginário e fez uma reverência com um floreio.

Seu cabelo era dourado mesmo perto daquelas estranhas chamas; seu rosto alegre, mesmo à sombra. Irmão Zachariah ouviu a risada do menino, e um mau presságio invadiu seu coração. De repente, sentiu medo por Matthew, por todos os filhos alegres e amados de seus queridos amigos. Quando tinha a idade de Matthew, ele e Will sofreram um bocado. Mas sua geração sofreu para que pudesse trazer à próxima a um mundo melhor.

Só que agora ocorria a Jem que aquelas crianças, que tinham aprendido a receber amor e a caminhar sem medo pelas sombras, sofreriam choque e traição por um desastre. Talvez algumas nunca mais se recuperassem.

Que tal catástrofe jamais chegasse.

Residência dos Fairchild, Londres, 1901

No dia seguinte, Matthew ainda estava pensando na visita ao Mercado das Sombras. De certa maneira, foi puro azar encontrar tio Jem daquele jeito, ainda que tivesse ficado feliz pela oportunidade de conhecê-lo melhor. Talvez tio Jem achasse que Jamie acertara em escolher Matthew como seu *parabatai*.

Ele se levantou cedo para ajudar Cook na cozinha. Cook tinha artrite, e a mãe de Matthew perguntou se ela, com a idade avançada, não gostaria de se aposentar, mas Cook não queria, e ninguém precisava ficar sabendo que Matthew a ajudava de manhã cedinho. Além disso, o menino gostava de ver seus pais, e até mesmo Charles, tomando o café da manhã preparado por ele. Sua mãe sempre trabalhara muito, as rugas entre as sobrancelhas e ao redor da boca eram uma constante, mesmo quando Matthew conseguia fazê-la rir. Ela gostava de bolos com cranberries na massa, então ele os preparava sempre que podia. Era só o que dava para Matthew fazer. Ele não era um apoio presente como Charles.

— Charles Buford é tão sério e confiável — comentou uma das amigas da mãe enquanto elas tomavam chá em Idris. E provou um de seus bolos especiais. — E Matthew, bem, ele é... encantador.

Naquela manhã, durante o café, Charles Buford pegou o prato de bolos de Mamãe. Matthew sorriu para ele e balançou a cabeça decididamente, arrastando o prato mais para perto da mãe. Charles Buford fez uma careta para o irmão.

Charlotte lhe lançou um sorriso distraído, aí voltou a contemplar a toalha de mesa. Estava imersa em pensamentos. Matthew gostaria de poder dizer que aquele era um evento raro atualmente, mas não era o caso. Há meses tinha algo de errado na atmosfera da casa, não só com sua mãe, mas seu pai e até mesmo Charles Buford pareciam distantes e vez ou outra se irritavam com Matthew. Às vezes, ele morria de medo de pensar no que poderia ouvir: que era hora de saber a verdade, que sua mãe iria embora para sempre. Às vezes, Matthew achava que, se soubesse, poderia suportar a verdade.

— Querida — disse Papai. — Você está se sentindo bem?

— Perfeitamente, Henry — retrucou Mamãe.

Matthew amava o pai mais do que tudo, porém o conhecia muito bem. Estava ciente de que se toda a família tivesse as cabeças substituídas por cabeças de periquitos daria na mesma, ele simplesmente se poria a contar para as aves sobre seu experimento mais recente.

Mas agora Henry observava Charlotte, preocupado, e Matthew conseguia imaginá-lo implorando: *por favor, Charlotte. Não me deixe.*

Sentiu o coração martelar o peito. Matthew dobrou o guardanapo três vezes nas mãos e disse:

— Alguém poderia me dizer...

Então a porta se abriu e Gideon Lightwood entrou. Sr. Lightwood. Matthew se recusava a continuar pensando nele como tio Gideon.

— O que está fazendo aqui? — perguntou Matthew.

— Senhor! — corrigiu Mamãe rispidamente. — Sério, Matthew, chame--o de senhor.

— O que está fazendo aqui? — exigiu Matthew. — Senhor.

O Sr. Gideon Lightwood teve a audácia de esboçar um sorriso para Matthew antes de se aproximar e colocar a mão no ombro de Mamãe. Na frente do pai.

— É sempre um prazer vê-lo, senhor — cumprimentou Charles Buford, aquele desgraçado. — Posso lhe oferecer um pouco de salmão?

— Não, não, de forma alguma, já tomei café — respondeu o Sr. Lightwood. — Apenas pensei em acompanhar Charlotte pelo Portal para Idris.

Mamãe sorriu decentemente para o Sr. Lightwood, de um jeito que não tinha sorrido para Matthew.

— É muita gentileza, porém não é necessário, Gideon.

— É muito necessário — assegurou o Sr. Lightwood. — Uma dama sempre deve ser acompanhada por um cavalheiro.

Ele falou em tom de brincadeira. Matthew normalmente esperava o café da manhã terminar para levar o pai ao laboratório, mas não dava mais para suportar aquela ceninha.

— Tenho de encontrar James com urgência! — declarou então, levantando-se subitamente.

Bateu a porta da copa atrás de si, mas não sem antes escutar Charlotte pedir desculpas pelo comportamento do filho, e o Sr. Lightwood dizer:

— Ah, não tem problema. Ele está numa idade complicada. Acredite, eu lembro bem.

Antes de Matthew sair, correu para o espelho do quarto e ajeitou o cabelo, as abotoaduras e o novo colete verde. Ficou encarando o próprio rosto no vidro, emoldurado em dourado. Um rosto bonito, porém sem o traço astuto como os de todos em sua família. Ele se lembrou das palavras da fada: *alguns diriam que só um rio de águas rasas poderia brilhar tanto.*

Matthew inclinou a cabeça enquanto encarava o espelho. Muitas pessoas achavam que seus olhos eram escuros como os de sua mãe, mas não. Eram de um verde tão escuro que enganava as pessoas, exceto quando a luz incidia num certo ângulo e as profundezas brilhavam em esmeralda. Assim como todo o restante dele, seus olhos eram uma ilusão.

Ele sacou o frasco de poção da verdade da manga. Tio Jem não o vira comprando aquilo. Mas mesmo que tivesse suspeitado de alguma coisa, jamais o teria chateado com isso. Quando tio Jem falava alguma coisa, você acreditava: ele era esse tipo de pessoa.

Matthew não mencionou nenhum de seus pensamentos sobre Gideon para James, pois ele era a discrição em pessoa, e Jamie às vezes tinha um gênio do cão. No último verão, um Caçador de Sombras muito cordial chamado Augustus Pounceby tinha visitado o Instituto de Londres, e Matthew o deixara a sós com James por menos de meia-hora. Ao voltar, descobrira que Jamie havia jogado Pounceby no Tâmisa. James se limitara a justificar que o outro o ofendera. Um feito e tanto, considerando que Pounceby era um Caçador de Sombras adulto e Jamie tinha 14 anos na época. Mesmo assim, por mais impressionante que fosse, não podia ser considerado um ato educado.

Nem James nem tio Jem comprariam poções sorrateiramente, ou cogitariam utilizá-las. Mas que mal teria finalmente descobrir a verdade? Matthew considerou acrescentar uma gota ao café da manhã daquele dia; então o pai e a mãe *teriam* de lhe contar tudo o que estava acontecendo. E agora que o Sr. Gideon Lightwood tinha aparecido logo cedo, ele desejava ter feito isso.

Matthew balançou a cabeça para o próprio reflexo e resolveu banir a melancolia e os lamentos.

— Estou bonito? — perguntou ao Sr. Oscar Wilde. — Estou elegante e gracioso?

O Sr. Oscar Wilde o lambeu no nariz porque o Sr. Oscar Wilde era um filhote de cachorro, um presente de aniversário de Jamie. Matthew interpretou a lambida como um sinal de aprovação.

30 Fantasmas do Mercado das Sombras

E apontou para o reflexo.

— Você pode ser um desperdício de espaço dentro de um colete — disse a Matthew Fairchild. — Mas pelo menos seu colete é fantástico.

Verificou o relógio de bolso e o guardou no bolso do colete, e em seguida pôs o frasco ali também. Não podia demorar. Tinha um compromisso importante em um clube muito exclusivo.

#

Primeiro, Matthew precisava ir até o Instituto de Londres e coletar um pacotinho conhecido como James Herondale. Fazia uma boa ideia de onde James deveria estar, então disse a Oscar para ficar de guarda em um poste de luz. Oscar obedeceu: era um cãozinho muito bem-comportado, e as pessoas diziam que Matthew provavelmente o treinara bem, mas era tudo fruto de puro amor. Matthew jogou um gancho na janela da biblioteca, subiu com cuidado para não amarrotar a calça, e cutucou o vidro.

James estava sentado perto da janela, a cabeça de cabelos pretos abaixada — que surpresa! — sobre um livro. Levantou o olhar ao ouvir a batida e sorriu.

James nunca precisava de Matthew de fato. James era tão tímido, e Matthew queria muito tomar conta dele, mas agora que estava crescendo, ganhando feições angulares e se acostumando a ter a companhia constante de três amigos, ele aparentava muito mais segurança nas reuniões sociais. Mas mesmo em sua timidez, Jamie nunca parecia ter dúvida ou querer mudar a si mesmo. Jamais olhava para Matthew em busca de socorro. Havia uma segurança discreta e profunda ali, uma que o próprio Matthew gostaria de ter também. Desde o começo, sempre houve mais afinidade com Jamie do que entre ele e Thomas ou ele e Christopher. Algo que fazia com que Matthew quisesse se provar para James. Ele não tinha certeza se algum dia já conseguira fazê-lo.

James nunca parecia aliviado nem ansioso em ver Matthew. Apenas satisfeito. Ele abriu a janela, e o amigo entrou, empurrando o livro e seu leitor ao chão.

— Oi, Matthew — cumprimentou James, com tom levemente irônico.

— Oi, Matthew! — repetiu Lucie, de sua escrivaninha.

Ela estava deliciosamente desalinhada, sem dúvida no meio de uma criação. Os cachos castanho-claros estavam presos com um laço azul, um sapato balançava precariamente na ponta do pé coberto pela meia. Tio Will frequentemente fazia leituras dramáticas do livro que estava escrevendo sobre infecção demoníaca, e eram sempre divertidas. Lucie nunca mostrava o que escrevia. Matthew costumava pensar em pedir-lhe que lesse uma página para ele, mas não conseguia pensar em nenhum motivo pelo qual ela abriria uma exceção.

— Abençoados sejam, meus Herondale — disse Matthew de forma rebuscada, se levantando do chão e fazendo uma reverência para Lucie. — Venho em missão urgente. Digam-me com sinceridade: o que acham do meu colete?

Lucie sorriu.

— Arrasador.

— O mesmo que Lucie disse — concordou James de forma pacífica.

— Não é fantástico? — perguntou Matthew. — Não é absolutamente impressionante?

— Suponho que eu esteja impressionado — disse James. — Mas será que estou absolutamente impressionado?

— Não faça jogos de palavras com seu único e eterno *parabatai* — pediu Matthew. — Cuide da sua roupa, por favor. Largue esse livro enorme aí. Os Lightwood nos aguardam. Precisamos ir.

— Não posso ir como estou? — perguntou James.

Aí arregalou os olhos dourados para Matthew. Os cabelos negros estavam bagunçados, a camisa de linho, amassada, e ele não vestia sequer um colete. Matthew o repreendeu nobremente com um tremor convulsivo.

— Certamente está brincando — disse o garoto. — Sei que só diz essas coisas para me magoar. Vá. Penteie o cabelo!

— O motim da escova está por vir — alertou James, indo para a porta.

— Volte vitorioso com seus soldados da escova! — gritou Matthew atrás dele.

Quando Jamie se retirou, Matthew se virou para Lucie, que escrevia, concentrada, mas que levantou o olhar, como se sentisse o dele, aí sorriu. Matthew se perguntava como era a sensação, ser autossuficiente e gostar daquilo, como uma casa com paredes sólidas e um farol sempre aceso.

— Devo escovar o cabelo? — provocou Lucie.

— Você está perfeita, como sempre — respondeu Matthew.

Ele bem que gostaria de poder ajeitar o laço nos cabelos dela, mas isso seria uma ousadia.

— Gostaria de comparecer à reunião de nosso clube secreto? — perguntou o menino.

— Não posso, estou estudando. Minha mãe e eu estamos aprendendo farsi — explicou Lucie. — Eu deveria saber falar as línguas que minha *parabatai* fala, não?

Recentemente, James tinha passado a chamar os pais de mãe e pai, em vez de mamãe e papai, pois soava mais adulto. Lucie passou a imitá-lo sem perda de tempo. Matthew gostava de ouvir o galês em suas vozes quando chamavam os pais, vozes carinhosas e suaves como canções.

— Certamente — concordou Matthew, tossindo e tomando a decisão íntima de retomar suas aulas de galês.

Ninguém questionara a ida de Lucie para a Academia dos Caçadores de Sombras. Ela jamais demonstrara habilidades como James, mas o mundo era suficientemente cruel com mulheres que sequer estivessem sob a suspeita de serem um pouquinho diferentes.

— Lucie Herondale é uma criança doce, mas com sua condição, quem se casaria com ela? — perguntara Lavinia Whitelaw certa vez à mãe de Matthew enquanto tomavam chá.

— Eu ficaria feliz se um de meus filhos se casasse com ela — assegurou Charlotte, com seu melhor tom de Consulesa.

Matthew considerava James muito sortudo por ter Lucie. Ele sempre quis uma irmã caçula.

Não que quisesse Lucie como sua irmã.

— Está escrevendo seu livro, Luce? — perguntou, hesitante.

— Não, uma carta para Cordelia — respondeu a menina, arruinando o roteiro frágil de Matthew. — Espero que Cordelia venha nos visitar muito em breve — acrescentou, ansiosa. — Você vai gostar tanto dela, Matthew. Sei que vai.

— Hum — disse Matthew.

Matthew tinha dúvidas quanto a Cordelia Carstairs. Lucie ia ser *parabatai* de Cordelia um dia, quando a Clave concluísse que eram moças suficientemente crescidas e capazes de tomar decisões. Lucie e James conheciam Cordelia de aventuras de infância das quais Matthew não participara, e das quais nutria até um pouco de inveja. Cordelia devia ter boas qualidades, ou Lucie não a aceitaria como sua *parabatai*, no entanto tinha a desvantagem de ser irmã do Detestável Verme Alastair Carstairs, e por este motivo seria estranho se fosse totalmente amigável.

— Ela mandou uma foto recente. Essa é Cordelia — emendou Lucie, orgulhosa. — Não é a menina mais bonita que você já viu?

— Ora, bem — disse Matthew. — Talvez.

Ele ficou secretamente surpreso com a foto. Imaginava que a irmã de Alastair fosse ser repugnante como seu parente, com aquela cara de quem chupou limão. Não era o caso. Em vez disso, Matthew se lembrou de um verso de um poema que James havia declamado em certa ocasião, sobre amor não correspondido. "Filha da chuva e do sol" descrevia bem o rosto vívido que sorria para ele.

— Tudo o que sei é... — prosseguiu ele —... é que você deixa todas as meninas de Londres no chão.

Lucie ruborizou levemente.

— Você vive provocando, Matthew.

— Cordelia pediu que você fosse a *parabatai* dela — perguntou Matthew casualmente — ou foi o contrário?

Lucie e Cordelia queriam ser *parabatai* antes de se separar, mas foram alertadas de que às vezes as pessoas se arrependiam de laços firmados tão cedo, e às vezes apenas uma das partes mudava de ideia. Particularmente no caso das mulheres, sempre cheias de caprichos, alertara Laurence Ashdown.

Mas Lucie não era cheia de caprichos. Ela e Cordelia se correspondiam todos os dias, religiosamente. Lucie até contou a Matthew sobre a vez que escrevera uma longa história para entreter Cordelia, já que a amiga estava sempre tão longe. Matthew nunca se perguntava por que alguém como Lucie achava difícil levar a sério alguém como ele.

— Eu fiz o convite para *ela*, é claro — respondeu Lucie prontamente. — Não quis perder minha chance.

Matthew assentiu, confirmando a ideia de que Cordelia Carstairs devia mesmo ser especial.

Ele tinha certeza de que se não tivesse convidado James para ser seu *parabatai*, James nunca teria pensado em convidá-lo.

James voltou para o recinto.

— Satisfeito? — perguntou.

— Essa não é a palavra certa, Jamie — replicou Matthew. — Considere minha fúria do colete bastante apaziguada.

James ainda estava com o livro embaixo do braço, mas Matthew sabia que não deveria travar batalhas perdidas. James relatou o enredo do livro a Matthew enquanto eles caminhavam pelas ruas de Londres. Matthew gostava de coisas modernas e bem-humoradas, tais como as obras de Oscar Wilde ou a música de Gilbert e Sullivan, mas a história grega não era tão ruim quando Jamie a narrava. Matthew tinha passado a ler cada vez mais literatura antiga e histórias sobre amores condenados e nobres batalhas. Não se identificava com nenhuma delas, mas conseguia enxergar James naqueles textos, e isso era o suficiente.

Caminharam sem disfarce, como Matthew insistira em fazer a fim de deixar James menos desconfortável depois do desastre na Academia. Uma jovem, hipnotizada pela estrutura óssea de Jamie, parou bem no caminho de um veículo em movimento. Matthew a puxou pela cintura e a girou para deixá-la em segurança, oferecendo-lhe um toque na aba do chapéu e um sorriso.

Jamie pareceu não ter notado nada do incidente, mexendo nas abotoaduras da camisa.

Uma multidão protestava contra a guerra mundana diante do Parlamento.

— A guerra Bore? — perguntou Matthew. — Isso não pode estar certo.

— A guerra *Boer* — corrigiu James. — Francamente, Matthew.

— Faz mais sentido — admitiu Matthew.

Uma moça usando um chapéu sem graça agarrou a manga de Matthew.

— Posso ajudar, senhora? — perguntou Matthew.

— Estão cometendo atrocidades impronunciáveis — disse a moça. — Há crianças presas em campos. Pense nas crianças.

James agarrou a manga de Matthew e o puxou dali, tocando a aba do chapéu num gesto de desculpas para a mulher. Matthew olhou para trás.

— Espero que fique tudo bem com as crianças — falou.

James pareceu pensativo pelo caminho. Matthew sabia que ele gostaria que os Caçadores de Sombras pudessem resolver montes de problemas, como a guerra mundana, embora achasse que já estavam ocupados demais com todos os demônios.

Para animar Jamie, Matthew lhe roubou o chapéu. Jamie começou a gargalhar e a perseguir o amigo, ambos correndo e pulando alto o bastante para impressionar os mundanos sob a sombra da Torre de St. Stephen. O cachorrinho de Matthew perdeu a cabeça, esqueceu o treinamento e começou a correr atrás dos garotos, saltitando pela alegria de estar vivo. Seus passos acelerados corriam mais do que o firme tique-taque do Grande Relógio, abaixo do qual havia os seguintes dizeres (no adorado latim de James), *Ó Senhor, proteja nossa Rainha Vitória I, e suas risadas se misturaram às batidas do sino.*

Mais tarde, Matthew faria um retrospecto e se lembraria daquele como seu último dia feliz.

— Estou dormindo, estou sonhando ou estou tendo visões? — quis saber Matthew. — Por que tia Sophie e *as duas irmãs de Thomas* estão tomando chá no mesmo estabelecimento de nosso clube privado e exclusivo?

— Elas me seguiram — respondeu Thomas, na defensiva. — Mamãe foi compreensiva, ou elas teriam nos seguido diretamente para a sala do clube.

Tia Sophie era legal, mas isso não deixava Matthew menos desconfortável em relação à chegada das irmãs de Thomas. Elas não eram legais e costumavam meter o bedelho em tudo o que o irmão mais novo fazia, sempre achando tudo uma tolice.

Matthew adorava a sala do clube e não iria permitir interferências. Ele mesmo tinha escolhido o tecido da cortina, se certificado de que James botaria as obras de Oscar Wilde em sua extensa coleção de livros e reforçado com placas de aço as paredes do canto que funcionava como laboratório de Christopher.

O que levou Matthew a mais uma reclamação. Ele olhou friamente para Christopher.

— Você dormiu com estas roupas, Christopher? Sei que tia Cecily, tio Gabriel e a prima Anna jamais permitiriam que você impusesse tal horror à população. Que manchas peculiares cor de lavanda são essas na frente de sua camisa? Você ateou fogo nas mangas?

Christopher olhou para as mangas como se nunca as tivesse visto.

— Um pouco — respondeu, culpado.

— Ah, bem — disse Matthew. — Pelo menos as manchas roxas combinam com seus olhos.

Christopher piscou os ditos olhos, que ganhavam o improvável tom de violeta no verão, aí lentamente abriu o sorriso. Era evidente que não entendia as objeções de Matthew, mas ficou vagamente satisfeito por tê--las superado.

Não era igual a James, que de fato ostentava uma aparência muito apresentável. Christopher era incorrigível. Ele conseguia amarrotar até as botas de couro.

E certamente conseguia atear fogo a qualquer coisa. Não fora a intenção de Matthew fazer Christopher ser convidado a se retirar da Academia dos Caçadores de Sombras, mas, ao que parece, não era permitido ao transgressor permanecer na escola depois de explodir parte dela. Além disso, o professor Fell ameaçou deixar a Academia para sempre caso Christopher ficasse.

Thomas chegou a completar o ano letivo, mas não viu razão para continuar sem seus amigos, e com Alastair 'Endeusado' Carstairs formado.

Então, por sorte, a proximidade entre as famílias e a atitude irresponsável em relação a materiais inflamáveis permitiram que, frequentemente, os melhores amigos de Matthew morassem próximos em Londres. Eles treinavam e estudavam juntos em diversas salas de aula do Instituto local; Lavinia Whitelaw se referia a eles como "aquele notável bando de encrenqueiros". Depois de tal observação, Matthew e James passaram um bom tempo se intitulando Encrenqueiros das Sombras. Um dia resolveram que já havia passado da hora de terem uma sala própria, longe dos pais — por mais bem-intencionados que fossem — e protegida contra seus irmãos; embora as primas Anna e Luce sempre fossem bem-vindas por serem legais. Então alugaram uma sala do dono da Taverna do Diabo, que devia algum favor aos Herondale. Pagavam uma taxa mensal e a tinham para si.

Matthew admirou o cômodo com grande satisfação. Era muito bonito, pensou, e ficava ainda melhor com os quatro sentados ali. Em homenagem ao Clube Apolo, de Ben Jonson, que outrora fazia suas reuniões naquela mesma taverna, um busto do deus se encontrava acima da lareira, com palavras talhadas no mármore abaixo da cabeça e dos ombros:

Sejam todos bem-vindos, líderes ou seguidores,
Ao Oráculo de Apolo.
Todas as respostas são divinas,
A própria verdade flui em vinho.

Havia, é claro, um assento à janela para Jamie, que já se instalara com o livro no colo. Christopher estava sentado em seu laboratório, acrescentando um líquido assustadoramente laranja a um borbulhante líquido roxo, e seu rosto era o retrato do contentamento. Thomas cruzara as pernas no sofá, treinando, concentrado em suas lâminas. Thomas temia não ser um Caçador de Sombras bom o suficiente em função da baixa estatura.

Suas irmãs eram muito mais altas. Assim como todo mundo. Tia Sophie, a mãe de Tom, tinha certeza de que ele espicharia um dia. Ela dizia crer que um de seus avôs, um ferreiro gigantesco, fora minúsculo até os 17 anos.

Tia Sophie era uma mulher gentil, muito bonita e muito interessante com seus contos sobre os mundanos. Matthew não sabia como o Sr. Gideon Lightwood era capaz de ter a consciência tranquila.

Matthew girou o frasco da poção da verdade no bolso do colete.

— Amigos, agora que estamos todos aqui reunidos, vamos compartilhar segredos?

Jamie mexeu novamente no punho da camisa, coisa que fazia em certas ocasiões, e fingiu não escutar. Matthew desconfiava de que ele vinha nutrindo algum amor secreto. Às vezes se perguntava se James dividiria suas confidências se ele fosse outro tipo de pessoa, mais sério e confiável.

Matthew riu.

— Vamos. Algum ódio mortal cultivado em seus âmagos? Alguma dama em seus corações?

Thomas ruborizou violentamente e derrubou a faca.

— Não.

Oscar pegou a faca para Thomas, e o menino afagou as orelhas do cão.

Matthew foi mais para perto do canto do laboratório, embora soubesse que isso era precipitado.

— Alguém chamou sua atenção? — perguntou a Christopher.

Alarmado, Christopher olhou para Matthew, que suspirou e se preparou para explicar melhor.

— Alguma dama na qual você se flagre pensando mais do que em outras? — perguntou. — Ou algum rapaz — acrescentou, hesitante.

O rosto de Christopher clareou.

— Ah! Ah, sim. Entendi. Sim, tem uma dama.

— Christopher! — exclamou Matthew, em deleite. — Seu cachorrão! Eu a conheço?

— Não, não posso imaginar que conheça — respondeu o menino. — Ela é mundana.

— Christopher, seu malandro — disse Matthew. — Qual é o nome dela?

— Senhora...

— Uma mulher casada! — disse Matthew, impressionado. — Não, não. Perdoe. Por favor, continue.

— Sra. Marie Curie — continuou Christopher. — Acredito que seja uma das maiores cientistas da época. Se você lesse jornais, Matthew, acho que se interessaria muito...

— Você já se encontrou com essa dama? — perguntou Matthew em tom perigoso.

— Não? — respondeu Christopher, ignorando o perigo já que vivia cercado por professores furiosos e chamas.

Christopher teve a audácia de parecer surpreso quando Matthew começou a interrogá-lo fervorosamente.

— Cuidado com os tubos de ensaio! — gritou Thomas. — Tem um buraco no chão da Academia que o professor Fell chama de Abismo Christopher Lightwood.

— Suponho que detesto algumas pessoas — começou James. — Augustus Pounceby. Lavinia Whitelaw. Alastair Carstairs.

Matthew olhou com profunda aprovação para seu *parabatai*.

— É por isso que somos parceiros de guerra, porque compartilhamos de um perfeito laço de solidariedade. Venha cá, Jamie, para darmos um abraço másculo.

E abriu os braços. James bateu na cabeça dele com o livro. Era um livro grande.

— Traído — disse Matthew, se contorcendo no chão. — É por isso que insiste em carregar livros enormes para todos os cantos, para que possa usar de violência em pessoas inocentes? Atacado por meu melhor amigo, meu irmão de coração, meu próprio *parabatai* querido...

Ele puxou James pela cintura e o jogou no chão pela segunda vez naquele dia. James voltou a golpear Matthew com o livro; em seguida, parou, apoiando o ombro no do amigo. Ambos estavam totalmente amarrotados, mas Matthew não se importava de ficar desalinhado por uma boa causa.

Matthew empurrou James, muito grato por ele ter tocado no nome de Alastair e oferecido uma abertura para compartilhar seu segredo.

— Alastair não é tão ruim assim — comentou Thomas inesperadamente do sofá.

Todos olharam para ele, e Tom se encolheu como uma lacraia, mas prosseguiu:

— Sei que Alastair agiu mal com James. Alastair também sabe muito bem disso. Por isso ficava tão irritado quando alguém tocava no assunto.

— Em que isso difere de seu péssimo comportamento habitual? — quis saber Matthew. — Além de ter ficado particularmente terrível no dia em que os pais de todo mundo foram até a Academia.

Ele parou a fim de considerar como contar aos outros, mas ofereceu a Thomas a chance de falar.

— Sim, exatamente. O pai de todo mundo foi, menos o de Alastair — retrucou Thomas, baixinho. — Alastair ficou com ciúme porque o Sr. Herondale se apressou em defender Jamie, quando ninguém o fez por ele.

— E alguém pode culpá-lo por isso? — perguntou Matthew. — Se eu tivesse um filho tão detestável e, graças ao Anjo, ele fosse estudar longe, não sei se me obrigaria a vê-lo antes que as malditas férias o trouxessem de volta.

Thomas não pareceu convencido pelo ótimo argumento de Matthew, que respirou fundo.

— Você não sabe o que ele me falou no dia em que fomos expulsos.

Tom deu de ombros.

— Alguma bobagem, imagino. Ele sempre diz as piores bobagens quando está perturbado. Você não deveria lhe dar ouvidos.

O ombro de Jamie estava tenso contra o de Matthew. James era o principal alvo da malícia de Alastair. Thomas claramente pretendia defender Alastair com veemência. A linha de argumentação certamente chatearia James ou Thomas. Matthew não ia acalentar os próprios sentimentos à custa dos amigos.

Desistiu de falar.

— Não consigo imaginar por que alguém daria ouvidos a ele.

— Bem, enfim — disse Tom. — Gosto das bobagens dele. — Ele pareceu saudoso. — Acho que Alastair disfarça a dor com frases habilidosamente invertidas.

— Que bobagem — disse Matthew.

Thomas era muito gentil, esse era o problema. Sério, as pessoas provavelmente dariam permissão para que você fizesse qualquer coisa desde que tivesse alguma dor secreta ou tivesse uma relação péssima com seu pai.

Definitivamente era algo a ser pesquisado.

Matthew considerava seu pai o melhor do mundo, sendo assim não tinha a oportunidade de ser cruelmente oprimido ou tristemente negligenciado. Talvez devesse passar o tempo sofrendo por um amor proibido, como James.

Matthew optou então por dar uma chance ao amor não correspondido. Ficou olhando pela janela com toda a força reflexiva que conseguiu invocar. Estava se preparando para passar a mão na testa febril e murmurar "Ó, meu amor perdido" quando foi subitamente agredido na cabeça — com um livro.

Sinceramente, Jamie era letal com aquilo.

— Você está bem, Matthew? — perguntou o menino. — Seu rosto sugere que está sofrendo de angústia.

Matthew assentiu, mas enterrou a cabeça no casaco de Jamie e ficou ali um instante.

Jamais havia ocorrido a Matthew que Alastair poderia estar com ciúme do pai de James. Ele não conseguia se imaginar invejando o pai de ninguém. Como tinha o melhor pai do mundo, Matthew estava plenamente satisfeito.

Se ao menos pudesse ter a certeza de que Henry era seu pai.

#

Logo cedo, Matthew destampou o frasco da fada e pingou uma gota entre as frutas do bolo para sua mãe. Os bolos tinham saído do forno macios, dourados e cheirosos.

— Você é o melhor garoto de Londres — elogiou Cook, dando-lhe um beijo.

— Sou totalmente egoísta — declarou Matthew. — Pois te amo, Cook. Quando podemos nos casar?

— Tome jeito, menino — disse Cook, balançando a colher de pau de maneira ameaçadora.

Quando Jamie era pequeno, ele tinha sua colher especial favorita. A família sempre se lembrava disso. Jamie morria de vergonha, principalmente quando tio Gabriel o presenteava com uma colher nas reuniões de família. Tios sempre achavam que qualquer brincadeira era boa ideia.

Mesmo assim Jamie guardava as colheres que o tio lhe dava. Quando perguntavam o motivo, ele dizia que era porque amava seu tio Gabriel. James conseguia dizer essas coisas com uma sinceridade que constrangeria qualquer outra pessoa.

Depois que James dissera isso, tio Will perguntara em voz alta qual era o sentido de se ter um filho, mas tio Gabriel parecera um tanto comovido. Ele amava Anna e Christopher, mas Matthew não tinha certeza se o sujeito entendia completamente os filhos. James parecia muito com tia Cecily e se esforçava muito para ser um Caçador de Sombras, ao passo que Christopher talvez nem soubesse que algum deles era Caçador de Sombras. Tio Gabriel gostava particularmente de James. Claro, quem não gostaria?

Matthew roubou a colher de Cook para dar a James.

— Suponho que isso seja para alguma brincadeira absurda — disse Charles Buford ao ver a colher no café da manhã. — Queria que você crescesse, Matthew.

Matthew pensou no assunto; em seguida, mostrou a língua para o irmão mais velho. Oscar não podia frequentar a copa, pois Charles Buford dizia que não era higiênico.

— Se ao menos você fizesse um esforço para ser sensato — disse Charles.

— Não posso — retrucou Matthew. — Posso sofrer uma lesão da qual eu jamais me recuperaria.

Charlotte não viu graça naquele teatrinho. Ela fitava a xícara de chá, aparentemente perdida em seus pensamentos. Henry a observava.

— O Sr. Gideon Lightwood vai acompanhá-la a Idris hoje? — perguntou Matthew, e empurrou o prato de bolos para a mãe.

Mamãe pegou um bolo, besuntou de manteiga e mordeu um pedaço.

— Sim — respondeu ela. — Eu agradeceria se você fosse civilizado com ele dessa vez. Você não imagina, Matthew, o quanto eu...

Ela se calou. A mão pequenina voou para a boca. Aí ela se levantou, parecia estar tentando resolver uma emergência, como era de praxe. Sob o olhar horrorizado do filho, os olhos dela começaram a verter lágrimas e, subitamente, formaram dois rastros longos e brilhantes no rosto. À luz da manhã, Matthew identificou um leve tom violeta nas lágrimas.

Em seguida, ela caiu, o penteado firme desmontando, a saia cinza de repente bagunçada pelo chão.

— Charlotte! — gritou o pai.

Henry Fairchild utilizava todos os seus recursos engenhosos para se movimentar, mas durante o desjejum da família ele se rendia a uma cadeira normal. Não que isso tivesse feito diferença na hora. Em sua ansiedade de chegar até a mulher, ele simplesmente se atirou da cadeira e caiu pesadamente no chão. Mal pareceu perceber a queda e foi se arrastando com os cotovelos em direção ao monte inerte que era Mamãe, puxando dolorosamente o corpo pelo carpete enquanto Matthew assistia, congelado de pavor.

Ele alcançou mamãe e a envolveu num abraço apertado. Ela era sempre tão pequenina, mas agora chegava a parecer uma criança. Seu rosto estava imóvel e branco como o rosto dos bustos de mármore nos túmulos mundanos.

— Charlotte — murmurou papai, como se estivesse rezando. — Minha querida. Por favor.

— Mamãe — sussurrou Matthew. — Papai. Charlie!

Matthew se virou para o irmão, do mesmo jeito que fazia quando era pequeno, quando seguia Charlie por todos os cantos e acreditava que seu irmão mais velho fosse capaz de qualquer coisa.

Charles tinha pulado da cadeira, gritando e pedindo ajuda. Junto ao batente da porta, olhou para trás, encarando os pais com uma expressão esgotada, nada característica.

— Eu sabia como ia ser, viajar de Portal o tempo todo de Londres para Idris, para que Matthew pudesse ficar perto de seu precioso *parabatai*...

— Quê? — perguntou Matthew. — Eu não sabia. Eu juro que não sabia...

Cook apareceu à entrada em resposta aos gritos de Charlie e arfou.

— Sra. Fairchild!

— Precisamos do Irmão Zachariah... — sugeriu Matthew com a voz embargada.

O Irmão Zachariah saberia o que ele tinha dado à mãe, e saberia o que fazer. Matthew começou a explicar a coisa terrível que fizera, mas aí Charlotte resmungou e todos no cômodo emudeceram.

— Ah, sim — começou mamãe, a voz assustadoramente fraca. — Sim, por favor. Chame Jem.

Charles e Cook deixaram a copa correndo. Matthew não ousou se aproximar de seus pais. Finalmente, após um tempo longo e terrível, o Irmão Zachariah chegou, com sua capa esvoaçante, cor de pergaminho, como as vestes de uma presença anunciando julgamento e castigo.

Matthew sabia que os olhos fechados do Irmão Zachariah ainda enxergavam. Ele conseguia enxergar até as profundezas do coração pecador de Matthew.

O Irmão Zachariah se curvou e pegou Mamãe no colo. Aí a levou para longe.

Durante todo o dia, Matthew ouviu os sons das idas e vindas. Viu a carruagem do Instituto de Londres parar na porta e tia Tessa emergir com uma cesta de remédios. Ela andava estudando magia dos feiticeiros.

Matthew entendia que precisavam de um Irmão do Silêncio *e* de uma feiticeira, e, mesmo assim, talvez sua mãe não sarasse.

Charles não retornou. Matthew ajudara seu pai a voltar para a cadeira. Ficaram sentados juntos na copa enquanto a luz metamorfoseava do brilho matinal ao fulgor do dia, findando no desbotar rumo às sombras da noite.

O rosto de Papai parecia talhado em pedra antiga. Quando ele finalmente falou, soava como se estivesse morrendo por dentro:

— Você deveria saber, Matthew... Sua mãe e eu, nós estávamos...

Nos separando. Terminando nosso casamento. Ela amava outro homem. Matthew se preparou para o horror, mas quando veio, foi maior do que qualquer coisa que poderia ter imaginado.

— Estávamos esperando um... um evento feliz — disse papai, e a voz ficou presa na garganta.

Matthew o encarou com uma incompreensão vazia. Ele simplesmente não conseguia entender. Ia doer demais.

— Sua mãe e eu tivemos de esperar um tempo por Charles Buford e por você, e achamos que vocês dois valiam a espera — disse papai, e mesmo em meio ao horror, ele tentou sorrir para Matthew. — Dessa vez, Charlotte estava torcendo por... por uma menina.

Matthew engasgou. Achou que nunca mais fosse conseguir falar outra palavra ou engolir alguma comida. Ia passar anos engasgado.

Achamos. Estávamos esperando. Era evidente que o pai tinha certeza (e tinha motivos para tal) de que os filhos eram seus.

— Estávamos preocupados, considerando que você e Charles agora estão crescidos — disse Henry. — Gideon, o bom amigo, tem acompanhado Charlotte às reuniões da Clave. Ele sempre foi amigo de sua mãe, emprestando o nome dos Lightwood sempre que ela precisava de apoio, e aconselhando-a quando necessário. Temo que nunca compreendi verdadeiramente os trâmites de um Instituto, menos ainda da Clave. Sua mãe é uma maravilha.

Gideon vinha ajudando sua mãe. Foi Matthew quem a atacou.

— Eu achava Matilda um bom nome — emendou Papai, com uma voz lenta e triste. — Tive uma tia-avó chamada Matilda. Ela era muito velha quando eu era pequeno, e os outros meninos costumavam me provocar. Ela me dava livros e dizia que eu era mais inteligente do que todos eles. Tinha cabelos brancos ondulados esplêndidos, mas eram louros na juventude. Quando nasceu, você já tinha lindos cachos claros. Eu a chamava de tia Matty. Nunca contei isso para você, pois imaginei que poderia não ser muito agradável saber que seu nome é uma homenagem a uma senhora. Você já tem muito o que aturar com seu pai tolo e com aqueles que falam de sua mãe e de seu *parabatai*. E lida com tudo de forma muito habilidosa.

O pai de Matthew lhe tocou os cabelos com a mão gentil e amorosa. E a vontade de Matthew naquela hora foi de pegar uma lâmina e cortar a própria garganta.

— Queria que você tivesse conhecido sua tia-bisavó. Ela era muito parecida com você. A mulher mais doce que Deus já criou — continuou o pai. — À exceção de sua mãe.

Irmão Zachariah então chegou, uma sombra entre as outras sombras que preenchiam aquele recinto, daí chamou o pai de Matthew.

Matthew ficou sozinho.

Na escuridão, ele fitou a cadeira derrubada da mãe, o bolo caído e os farelos estacionados, os restos gordurosos do café sobre a mesa bagunçada. Ele, Matthew, vivia arrastando seus amigos e sua família para galerias de arte, sempre ansioso para bailar pela vida, sempre falando em verdade e beleza, como um tolo. Tinha ido até um Mercado das Sombras, confiado plenamente em certa integrante do Submundo, tudo porque os membros do Submundo pareciam interessantes, porque ela chamara os Caçadores de Sombras de brutais e ele concordara, acreditando saber mais do que eles. Não era culpa da fada nem de Alastair, nem de nenhuma outra alma. Fora ele quem escolhera não confiar na própria mãe. Fora ele o responsável por envenenar a própria mãe. Não era um tolo. Era um vilão.

Matthew abaixou a cabeça clara que herdara do pai e de sua parente mais amada. Aí sentou na copa escura e chorou.

Irmão Zachariah desceu as escadas após uma longa batalha contra a morte para informar a Matthew que a mãe sobreviveria.

James e Lucie tinham vindo com Tessa e passaram o dia esperando no corredor. As mãos de Lucie estavam frias quando ela abraçou Jem.

— Tia Charlotte, ela está bem? — perguntou ela.

Sim, meus queridos, respondeu Jem. *Sim.*

— Graças ao Anjo. — James suspirou. — Matthew ficaria de coração partido. Todos nós ficaríamos.

O Irmão Zachariah não sabia ao certo sobre o coração de Matthew, depois do que o garoto fizera, mas queria oferecer a James e a Lucie todo o consolo possível.

Vão para a biblioteca. Tem uma lareira acesa. Vou mandar Matthew para lá daqui a pouco.

Quando foi até a copa, encontrou o menino, que costumava ser todo risos e tons dourados, encolhido na cadeira, como se não fosse capaz de suportar o que estava por vir.

— Minha mãe — sussurrou ele afinal, a voz fria e seca como ossos velhos.

Ela vai viver, disse Jem, e suavizou ao ver a dor do menino.

James conhecia o coração de seu *parabatai* melhor do que Jem. Houve uma época em que Will fora o menino do qual todo mundo esperava o pior, e com motivos para tal, mas Jem jamais pensara assim. Ele não queria aprender o julgamento duro dos Irmãos do Silêncio, nem queria aprender a ter um coração menos clemente.

Matthew levantou a cabeça e encarou o Irmão do Silêncio. Seus olhos estavam tomados de agonia, mas ele manteve a voz firme.

— E a criança?

A criança não sobreviveu, respondeu o Irmão Zachariah.

As mãos de Matthew apertaram as beiradas da cadeira. Suas juntas estavam brancas. Ele parecia ter envelhecido em meras duas noites.

Matthew, disse o Irmão Zachariah, e ignorou os Irmãos tanto quanto podia.

— Sim?

Pode confiar em um Irmão do Silêncio para não dizer nada, disse Jem. *Não vou contar a ninguém sobre o Mercado das Sombras ou sobre qualquer negociação que você tenha feito ali.*

Matthew engoliu em seco. Jem achou estar prestes a ouvir um agradecimento, mas ele não havia feito aquilo em troca de agradecimento.

Não vou contar a ninguém, continuou ele, *mas você deveria. Um segredo guardado por muito tempo pode matar uma alma aos poucos. Certa vez, vi um homem quase ser destruído por um segredo, e era o homem mais nobre de todos. Um segredo assim é como guardar um tesouro em um túmulo. Pouco a pouco, o veneno corrói o ouro. Quando a porta for aberta, pode não haver nada além de poeira.*

Irmão Zachariah encarou o jovem rosto outrora tão alegre. Esperava um dia ver aquele rosto se iluminar outra vez.

— Sobre o Mercado das Sombras — começou Matthew, com dificuldade.

Sim?, inquiriu Jem.

O menino levantou a cabeça dourada.

— Sinto muito — lamentou Matthew friamente. — Não sei do que você está falando.

Zachariah sentiu uma pontada no peito.

Que seja, decidiu Zachariah. *James e Lucie esperam por você na biblioteca. Permita que o confortem como puderem.*

Matthew se levantou da cadeira, se locomovendo como se tivesse envelhecido ao longo do dia. Às vezes, a distância dos Irmãos do Silêncio os conduzia à indiferença e os distanciava da compaixão.

Ia levar muito tempo, o Irmão Zachariah sabia, até que pudesse haver algum conforto para Matthew Fairchild.

A biblioteca na casa de Matthew era muito menor e menos cultuada e habitada do que a do Instituto de Londres, mas naquele dia havia uma lareira acesa e os Herondale esperavam ali. Matthew entrou aos tropeços, como se tivesse saído do inverno glacial, com os membros frios demais para se mexerem.

Ao mesmo tempo, como se estivessem apenas esperando por ele, James e Lucie o encararam. Estavam sentados juntos no sofá perto da lareira. Próximos da luz do fogo, os olhos de Lucie eram tão misteriosos quanto os de James, os dela mais claros e de um azul mais ardente que os do pai. Era como se o dourado de James fosse a coroa do fogo, e o azul de Lucie, o coração da chama.

Eram uma dupla estranha, esses Herondale, plantas espinhosas e misteriosas na estufa dos Nephilim. Matthew não tinha como amá-los mais do que já amava.

Lucie se levantou e correu para ele com os braços abertos. Matthew estremeceu e se afastou. Percebeu, sofrendo, que não se sentia digno de ser tocado por ela.

Lucie o encarou fixamente; em seguida, assentiu. Ela era dona de um senso de observação incrível, sua Lucie.

— Vou deixá-los a sós — decidiu ela. — Podem levar o tempo que for necessário.

Ela esticou a mão para tocar a dele, e Matthew se esquivou outra vez. Dessa vez, ele percebeu tê-la magoado, mas Lucie se limitou a murmurar o nome dele e se retirou.

Ele não podia contar a Lucie e constatar o nojo na expressão dela, mas ele e James eram ligados. Talvez James fosse tentar entender.

Matthew avançou em direção à lareira, cada passo um esforço terrível. Quando estava perto o suficiente, James esticou o braço e agarrou o pulso de Matthew, puxando-o mais para perto do sofá. Colocou a mão do amigo sobre seu coração e a cobriu com a própria mão. Matthew olhou nos olhos de fogo de James.

— Matthew — disse ele, pronunciando seu nome com o sotaque galês e uma entonação nítida de carinho. — Sinto muito. O que posso fazer?

Ele não ia conseguir viver com esse segredo, essa rocha imensa lhe esmagando o peito. Se ia contar a alguém, este alguém deveria ser seu *parabatai*.

— Ouça — pediu Matthew. — Eu estava falando sobre Alastair Carstairs ontem. O que eu queria dizer era que ele insultou minha mãe. Ele disse...

— Eu entendo — disse James. — Você não precisa me contar.

Matthew respirou fundo, hesitante. Ficou imaginando se James realmente era capaz de entender.

— Sei o tipo de coisa que falam sobre tia Charlotte — continuou James com uma raiva contida. — Dizem coisas semelhantes sobre minha mãe. Você se lembra daquele homem, Augustus Pounceby, no ano passado? Ele esperou até ficarmos a sós e disse coisas horríveis sobre minha mãe. — James esboçou um sorriso triste. — Então eu o arremessei no rio.

Tia Tessa ficara tão feliz por receber um Caçador de Sombras visitante, lembrou-se Matthew, entorpecido. Em suas paredes, ela expunha brasões de famílias de Caçadores de Sombras para receber os viajantes no Instituto de Londres.

— Você nunca me contou — disse Matthew.

Jamie estava contando agora. Tom havia lhe dito que Alastair só falava bobagem, fosse o que fosse. Se Matthew tivesse perguntado ao pai sobre o que Alastair dissera, ele teria contado sobre a tia-avó Matty, e eles chegariam até mesmo a rir do absurdo que era um menino malicioso e estúpido incitá-lo a duvidar de sua família.

James contraiu os lábios, meio melancólico.

— Ora, bem. Sei que você já ouve muita coisa a meu respeito e meus antecedentes infelizes. Não quero que pense que sou insuportável e que você fez um péssimo negócio com seu *parabatai*.

— Jamie — começou Matthew, a respiração entrecortada, como se tivesse sido golpeado.

— Sei que deve ser péssimo precisar se lembrar de qualquer maldade que aquele verme Carstairs tenha dito sobre sua mãe — continuou James. — Principalmente quando ela não está... não está bem. Da próxima vez que o virmos, vamos socá-lo na cabeça. Que tal, Matthew? Vamos fazer isso juntos.

O pai, mãe, o irmão e o *parabatai* de Matthew tentavam dissuadi-lo da culpa, mas Matthew não se achava um bom sujeito e lidava muito bem com isso sozinho. James não teria feito o que Matthew fez. Nem Christopher ou Thomas. Eles eram leais. Eram honrosos. Quando alguém insultou a mãe de James, ele o atirou no rio.

Matthew tocou a camisa de linho de James, a palma sobre os batimentos firmes do coração leal. Em seguida, cerrou o punho.

Não podia contar a ele. Nunca poderia.

— Muito bem, velho amigo — disse Matthew. — Faremos isso juntos. Mas agora pode me deixar sozinho um instante?

James hesitou, em seguida, recuou.

— É isso que você quer?

— É — respondeu Matthew, que nunca quisera ficar sozinho na vida, e jamais desejara a solidão tanto quanto agora.

James hesitou novamente, mas respeitou a vontade de seu *parabatai*. Baixou a cabeça e se retirou, provavelmente para encontrar a irmã, imaginou Matthew. Ambos eram bons e puros. Deveriam ficar juntos e consolar um ao outro. Mereciam o conforto de um jeito que ele não merecia.

Depois que James se retirou, Matthew não conseguiu se manter de pé. Caiu sobre o assoalho e se ajoelhou diante da lareira.

Acima da cornija, havia uma estátua de Jonathan Caçador de Sombras, o primeiro Caçador de Sombras, rezando para que o mundo fosse libertado do mal. Atrás dele estava o Anjo Raziel, voando a fim de lhe conceder a capacidade de derrotar as forças da escuridão. O primeiro Caçador de Sombras ainda não conseguia enxergá-lo, mas estava firme porque tinha fé.

Matthew virou o rosto para longe da luz. Engatinhou, do mesmo jeito que seu pai fizera no começo daquele dia interminável, até ficar no cantinho mais distante e escuro do recinto. Ele não acreditara o bastante. Encostou a bochecha no soalho frio e se recusou a chorar outra vez. Sabia que não poderia ser perdoado.

#

Já havia passado muito da hora de o Irmão Zachariah retornar para a Cidade dos Ossos. Tessa estava com ele no corredor e tocou sua mão antes que partisse.

"A mulher mais doce que Deus já fez", ouvira Henry dizer mais cedo. Jem amava Charlotte, mas tinha um conceito muito pessoal do que haveria de mais doce que o mundo poderia oferecer.

Ela sempre fora sua âncora em mares frios, sua mão calorosa, seus olhos firmes, e era como se uma chama saltasse entre eles, e uma esperança louca. Por um instante, Jem foi o que havia sido outrora. Parecia possível se unirem na tristeza, juntos como amigos e família ficavam, dormirem sob o teto do Instituto e descerem de manhã para tomar café, tristes, porém a salvo sob calor da lareira e dos corações humanos.

Sim, me peça para ficar, pensou ele.

Ele não podia. Ambos sabiam que não podia.

Adeus, Tessa, despediu-se.

Ela engoliu em seco, os cílios longos bloqueando o brilho nos olhos. Tessa era sempre corajosa. Não iria permitir que ele carregasse a lembrança de suas lágrimas até a Cidade do Silêncio, mas o chamou pelo nome que sempre tomava o cuidado de não utilizar quando qualquer um além dos dois pudesse ouvir.

— Adeus, Jem.

Irmão Zachariah abaixou a cabeça, deixando o capuz cair sobre o rosto, e seguiu pelo inverno gélido de Londres.

Finalmente você vai embora, disse o Irmão Enoch em sua mente.

Todos os Irmãos do Silêncio falavam quando o Irmão Zachariah estava com Tessa, como bichinhos em árvores atentos à aproximação daquilo que não entendiam. De certa forma, eram todos apaixonados por ela, e alguns se ressentiam por isso. Irmão Enoch já tinha deixado claro que estava cansado dos dois nomes ecoando incessantemente em suas mentes.

Irmão Zachariah estava na metade da rua em que moravam os Fairchild quando uma sombra alta cruzou com a dele na penumbra.

Ele ergueu o olhar e viu Will Herondale, diretor do Instituto de Londres. Segurava uma bengala que outrora pertencera a Zachariah, antes de Zachariah tomar um bastão em suas mãos.

Charlotte vai sobreviver, disse o Irmão Zachariah. *A criança nunca teve chance.*

— Eu sei — disse Will. — Eu já sabia. Não vim até você para isso.

Ele realmente já devia saber. É claro que Tessa avisara Will, e embora sempre utilizasse a função do Irmão Zachariah como Irmão do Silêncio para exigir seus serviços e consequentemente sua presença, ele raramente falava com Zachariah sobre suas atribuições de Irmão do Silêncio, como se pudesse fazer com que Zachariah não fosse o que era por pura determinação.

Se alguém era capaz de fazer isso, essa pessoa era Will.

Will jogou a bengala, provavelmente surrupiada do quarto de James, ao mesmo tempo que pegou o bastão. Jem tinha pedido a eles que seu quarto no Instituto fosse cedido a James, que o preenchesse com a presença alegre de seu filho, e não o mantivessem como uma espécie de altar doloroso. Ele não estava morto. Quando se tornou Irmão do Silêncio, sentiu como se tivesse sido aberto, como se tudo o que havia dentro de si tivesse sido arrancado.

Mas restava aquilo que não podiam lhe tirar.

— Segure-a um pouco — disse Will. — Alegra meu coração vê-lo com ela. Todos nós precisamos de corações alegres hoje.

Ele passou o dedo na marca no bastão, e o anel Herondale piscou ao luar.

Para onde devo levá-la?

— Para onde quiser. Pensei em caminhar um pouco com você, meu *parabatai*.

Até onde?, perguntou Jem.

Will sorriu.

— Você precisa perguntar? Vou com você até onde for possível.

Jem retribuiu o sorriso. Talvez houvesse mais esperança e menos tristeza para Matthew Fairchild do que ele temia. Ninguém melhor do que Jem para entender que alguém poderia ser amado mesmo que não fosse totalmente compreendido; ter todos os pecados perdoados, e amado em sua ignorância. James não ia deixar seu *parabatai* percorrer nenhum caminho sombrio sozinho. Independentemente da catástrofe que viesse, Jem acreditava que o filho tinha um coração tão grande quanto o do pai.

As luzes recém-acesas da rua exibiam as silhuetas de Will e Jem, caminhando juntos por sua cidade, como sempre fizeram. Ainda que ambos soubessem que deveriam se separar.

Por toda Londres, os sinos soaram em uníssono num clamor súbito e assustador. Pássaros amedrontados numa formação enlouquecida projetaram sombras mais profundas pela noite da cidade, e Jem soube que a Rainha estava morta.

Uma nova era começava.

Todas as Coisas Extraordinárias

Por Cassandra Clare e Maureen Johnson

Londres, 1901

Uma estava manchada com alguma coisa roxa.

Outra tinha um buraco na manga.

Na terceira, faltavam... as *costas*. As costas inteiras. Era apenas a frente de uma camisa e duas mangas se agarrando ao retalho para sobreviver.

— Christopher — falou Anna, revirando a peça nas mãos —, como você faz essas coisas?

Todos tinham seu pequeno País das Maravilhas. Para seu irmão Christopher e o tio Henry, era o laboratório. Para o primo James e o tio Will, a biblioteca. Para Lucie, a escrivaninha onde escrevia suas longas aventuras para Cordelia Carstairs. Para Matthew Fairchild, era qualquer esquina conturbada de Londres.

Para Anna Lightwood, era o guarda-roupa do irmão.

De muitas maneiras, era muito bom ter um irmão que não dava a mínima para suas roupas. Anna poderia arrancar o casaco do corpo de Christopher que ele mal perceberia. A única desvantagem era que as roupas de Christopher encararam destinos indignos de qualquer peça de vestuário. Eram mergulhadas em ácido, queimadas pelo fogo, atingidas por objetos afiados, largadas na chuva... O guarda-roupa dele era como um museu de experimentos e desastres, tudo rasgado, manchado, queimado e cheirando a enxofre.

Mas, para Anna, as roupas ainda eram preciosas.

Christopher estava visitando o Instituto e o tio Henry, então passaria horas fora de casa. A mãe e o pai estavam no parque com seu irmãozinho, Alexander. Era a hora certa, e não havia tempo a perder. Christopher era mais alto do que ela agora, e não parava de crescer, o que significava que as calças velhas dele serviam nela. Anna pegou uma delas, escolheu a camisa menos estragada, e um colete cinza listrado em bom estado. Revirou a pilha de gravatas, cachecóis, lenços, abotoaduras e colarinhos no fundo do armário do irmão e selecionou os itens mais apresentáveis. Na penteadeira, encontrou um chapéu com um sanduíche dentro — era de presunto, percebeu Anna ao tirá-lo dali — e limpou as migalhas. Depois que conseguiu tudo o que precisava, ela embolou as peças embaixo do braço e seguiu para o corredor, fechando a porta silenciosamente.

O quarto de Anna era muito diferente do de seu irmão. As paredes eram forradas com papel cor-de-rosa. Havia uma coberta branca de renda sobre a cama e, ao lado, um vaso rosa com lírios. Sua prima Lucie achava o quarto encantador. Já Anna tinha gostos diferentes. Se pudesse escolher, o papel de parede seria verde-escuro e a decoração, preta e dourada. Ela teria um divã onde poderia ler e fumar.

Ainda assim, havia um espelho comprido e isso era tudo o que importava agora. (O espelho de Christopher foi a cabo numa experiência em que ele tentou aumentar o efeito dos feitiços de disfarce. A peça nunca foi substituída.) Ela fechou as cortinas por causa do sol de verão e começou a trocar de roupa. Há muito tempo, Anna tinha abdicado de usar espartilho — não estava nem um pouco a fim de dar um nó em seus órgãos internos, nem de realçar o busto pequeno. Tirou a combinação e a deixou cair no piso, chutando-a para longe em seguida. Aí descalçou as meias e soltou os cabelos. Dobrou a calça até o tornozelo para ficar no comprimento certo. Alguns ajustes no colete disfarçaram os danos à camisa. Ajustou uma das gravatas pretas no pescoço esguio e deu um nó muito bem feito. Em seguida, pegou o chapéu que abrigara o sanduíche de presunto e o colocou na cabeça, prendendo os cabelos negros cuidadosamente embaixo e ajeitando-os até parecer que eram curtos.

Anna parou diante do espelho, examinando o efeito. O colete apertava um pouco o busto. Ela o puxou para cima e ajeitou até ficar bom. Abaixou as pernas da calça e puxou o chapéu sobre um dos olhos.

Pronto. Mesmo com essas roupas — com manchas, sanduíches de presunto e tudo o mais —, sua confiança inflou. Ela não era mais uma menina desengonçada que ficava esquisitinha com laços e babados. Em vez disso, estava elegante, seu corpo esguio favorecido por roupas de corte mais severo, o colete tocando a cintura fina e descendo sobre seus quadris estreitos.

Imagine o que ela poderia fazer com o guarda-roupa de Matthew Fairchild, que era um verdadeiro pavão, com seus coletes e gravatas coloridos, e os ternos lindos! Desfilou um pouco, tocando a aba do chapéu numa saudação para damas imaginárias. Fez uma reverência, fingindo pegar a mão de uma bela donzela, com o olhar erguido. Sempre olhe nos olhos da donzela quando beijar-lhe a mão.

— Encantada — falou para a dama imaginária. — Gostaria de dançar?

A dama adoraria dançar.

Anna passou o braço ao redor da cintura de sua beldade fantasma; já tinha dançado muitas vezes com ela. Embora não conseguisse enxergar o rosto de sua acompanhante, jurava ser capaz de sentir o tecido do vestido dela, o farfalhar suave que fazia ao arrastar no chão. O coração da dama estava acelerado quando Anna segurou sua mão. A dama estaria usando um perfume delicado. Flor de laranjeira, talvez. Anna chegaria o rosto perto do ouvido dela e sussurraria:

— Você é a moça mais linda daqui.

A dama ficaria vermelha e chegaria mais pertinho.

— Como é que pode ficar ainda mais bonita sob qualquer iluminação? — continuaria Anna. — O jeito como o veludo de seu vestido toca sua pele. O jeito como...

— Anna!

Ela derrubou a companheira invisível no chão com a surpresa.

— Anna! — chamou sua mãe novamente. — Onde você está?

Anna correu para a porta e abriu apenas uma fresta.

— Aqui! — falou, em pânico.

— Você pode descer, por favor?

— Claro — respondeu ela, já afrouxando a gravata. — Estou indo!

Com a pressa, Anna pisoteou a companheira de dança. Tirou o colete, a calça. Tirou tudo, tudo. Enfiou as roupas no fundo do armário. Vestiu apressadamente o vestido jogado no chão; os dedos desajeitados tateando os botões. Tudo nas roupas femininas era difícil e complicado.

Muitos minutos depois, desceu correndo, tentando parecer recomposta. Na sala, sua mãe, Cecily Lightwood, examinava uma pilha de cartas sobre a mesa.

— Encontramos o Inquisidor Bridgestock durante nossa caminhada — falou. — Os Bridgestock acabaram de chegar de Idris e nos convidaram para jantar hoje à noite.

— Jantar com o Inquisidor — repetiu Anna. — Que jeito empolgante de passar a noite.

— É necessário — falou a mãe simplesmente. — Temos que ir. Você pode ficar de olho em Christopher enquanto conversamos? Certifique-se de que ele não vá atear fogo em nada. Nem em ninguém.

— Sim — respondeu Anna automaticamente —, é claro.

Seria terrível. Assuntos da Clave acompanhados por um bife queimado. Havia tantas outras coisas que ela poderia fazer numa bela noite de verão em Londres. E se pudesse caminhar pelas ruas, bem-vestida, de braços dados com uma bela moça?

Um dia, a dama não seria mais imaginária. As roupas não seriam emprestadas e com acabamento ruim. Um dia, ela andaria pela rua e as mulheres cairiam aos seus pés (sem deixarem de notar os sapatos perfeitamente engraxados) e os homens tirariam seus chapéus para uma conquistadora melhor do que eles.

Só não seria hoje.

#

O sol estava se pondo quando a família Lightwood entrou na carruagem. Havia feirantes, floricultores e engraxates... e tantas moças adoráveis caminhando com seus vestidos de verão. Será que sabiam o quanto eram adoráveis? Será que olhavam para Anna e reparavam o jeito como ela olhava para elas?

Seu irmão Christopher esbarrou suavemente nela com o chacoalhar da carruagem.

— Está parecendo um caminho longo para o Instituto — observou.

— Não estamos indo para o Instituto — esclareceu Anna.

— Não?

— Vamos jantar com o Inquisidor — disse o pai.

— Ah — respondeu Christopher. E, com isso, ele se perdeu nos pensamentos, como sempre, inventando alguma coisa na mente, desenvolvendo um cálculo. Nessas horas, Anna se sentia próxima do irmão. Ambos passavam o tempo todo em lugares imaginários.

Os Bridgestock moravam em Fitzrovia, perto de Cavendish Square. Tinham uma bela casa. A tinta na porta preta brilhante parecia ainda estar fresca, e havia luzes elétricas do lado de fora. Um criado os levou até uma sala escura onde o Inquisidor e sua esposa os receberam. Mal tomaram conhecimento de Anna, exceto para comentarem como era encantadora. Ela e Christopher se sentaram educadamente em cadeiras duras e passaram a figurar como elementos decorativos numa ocasião desagradável.

O sino do jantar finalmente soou e todos foram para a sala de jantar. Anna e Christopher se sentaram à extremidade da mesa, e sobrou um lugar vazio diante dela. Anna tomou a sopa de aspargos e ficou olhando para o quadro de um navio na parede. O navio estava no meio de uma tempestade, e prestes a se desintegrar no mar.

— Souberam que estão construindo um Portal no Gard? — perguntou o Inquisidor aos pais de Anna.

— Céus — disse a Sra. Bridgestock, balançando a cabeça —, isso é uma boa ideia? E se demônios passarem?

Anna sentiu inveja do navio na parede e de todos que afundaram com ele.

— Claro — continuou o Inquisidor —, tem também a questão financeira. O Cônsul rejeitou a proposta de criação de uma moeda oficial de Idris. Sábia decisão. Muito sábia. Como eu dizia mais cedo...

— Sinto muito pelo meu atraso — disse uma voz.

À entrada da sala de jantar surgiu uma garota, provavelmente da idade de Anna, com um vestido azul-escuro. Seus cabelos eram negros, assim como os de Anna, porém mais volumosos, mais exuberantes, escuros como o céu noturno contra sua pele marrom-clara. Mas o que hipnotizou Anna foram seus olhos — olhos cor de topázio — grandes, com cílios densos.

— Ah — disse o Inquisidor. — Esta é nossa filha, Ariadne. Estes são os Lightwood.

— Eu estava com meu tutor — explicou Ariadne enquanto um criado puxava sua cadeira. — Nos atrasamos. Peço desculpas. Parece que entrei quando estavam debatendo a nova moeda. Caçadores de Sombras são um grupo internacional. Devemos nos misturar facilmente com muitas economias internacionais. Ter nossa própria moeda seria um desastre.

Ao dizer isso, ela pegou o guardanapo, se virou para Anna e Christopher e sorriu:

— Não nos conhecemos — falou.

Anna fez um esforço para engolir, e depois respirar. Ariadne era algo para além do reino dos seres humanos ou dos Caçadores de Sombras. Digna de ter sido moldada pessoalmente pelo Anjo.

— Anna Lightwood — cumprimentou ela.

Christopher estava brincando com ervilhas no garfo, sem perceber que uma deusa havia sentado diante dele.

— E este é meu irmão Christopher. Ele é um pouco distraído às vezes. Ela o cutucou.

— Ah — falou ele, finalmente notando Ariadne. — Eu sou Christopher.

Nem o irmão, agora que olhava Ariadne direito, conseguiu deixar de ficar embasbacado com ela. Piscou, assimilando a visão.

— Você... não é inglesa, é?

Anna morreu mil vezes por dentro, mas Ariadne simplesmente riu.

— Eu nasci em Bombaim — falou. — Meus pais comandavam o Instituto de lá até serem mortos. Fui adotada pelos Bridgestock em Idris.

Ela falava com muita tranquilidade, no tom de alguém que há muito aceitara os fatos.

— Como foi que seus pais morreram? — perguntou Christopher casualmente.

— Um grupo de demônios Vetis — foi a resposta.

— Ah! Conheci uma pessoa na Academia que foi morta por um demônio Vetis!

— *Christopher!* — disse Anna.

— Você estuda na Academia? — perguntou Ariadne.

— Não mais. Explodi uma das alas. — Christopher pegou um pedaço de pão de uma bandeja e começou a passar manteiga alegremente.

Anna olhou para o quadro do navio outra vez, tentando se transportar para o deque e depois para as águas negras e impiedosas. A garota mais adorável do mundo tinha acabado de entrar em sua vida e em trinta segundos seu irmão conseguira mencionar a morte da família dela, uma morte na escola e a explosão que ele causara em parte da Academia.

Mas Ariadne não estava olhando para Christopher, mesmo quando acidentalmente ele colocou o cotovelo na manteigueira.

— E *você...* já explodiu alguma coisa? — perguntou a Anna.

— Ainda não — respondeu ela. — Mas a noite é uma criança.

Ariadne riu e a alma de Anna cantarolou. Ela esticou o braço e ergueu o cotovelo do irmão da manteigueira, porém sem tirar os olhos de Ariadne. Será que Ariadne tinha noção do quanto era linda? Será que sabia que seus olhos tinham cor de ouro líquido, e que poderia inspirar canções pela simples forma como girava o pulso para pegar o copo?

Anna já tinha visto meninas lindas, claro. E até já tinha visto algumas meninas lindas que retribuíam seus olhares na mesma medida. Mas sempre de passagem. Elas se cruzavam na rua ou trocavam olhares um pouco demorados em uma loja. Anna era treinada na arte do olhar prolongado, um olhar convidativo: *Venha. Fale-me de você. Você é adorável.*

Havia algo no jeito como Ariadne olhava para Anna que sugeria...

Não. Anna devia estar imaginando coisas. Ariadne estava sendo educada e atenciosa. Ela não olhava Anna de um jeito romântico à mesa de jantar enquanto comiam batatas assadas e pato. A perfeição de Ariadne devia estar fazendo Anna ter alucinações.

Ariadne continuou contribuindo com a conversa do outro lado da mesa. Anna nunca demonstrara interesse pela política econômica de Idris. Mas se fosse para se juntar a Ariadne na discussão, ela toparia passar noite e dia estudando o assunto.

De vez em quando Ariadne se voltava para ela e a encarava como se soubesse, os lábios formando um arco ao sorrir. Toda vez que isso acontecia, Anna se perguntava o que estaria acontecendo ali, e por que aquele olhar específico fazia a sala girar. Talvez ela estivesse passando mal. Talvez tivesse ficado com febre só de olhar para Ariadne.

A sobremesa chegou e acabou, e Anna mal se lembrava de tê-la comido. Quando os pratos foram retirados e as mulheres se levantaram, Ariadne se aproximou e ofereceu o braço a Anna.

— Temos uma biblioteca muito boa — falou. — Gostaria de vê-la?

Anna, numa demonstração de supremo autocontrole, conseguiu não desabar de pronto. E conseguiu dizer que "sim... a biblioteca... sim... ela adoraria conhecer... sim... biblioteca... sim... sim...".

Pensou consigo que deveria parar de dizer que queria ver a biblioteca e olhou para a mãe. Cecily sorriu.

— Vá, Anna. Christopher, você poderia nos acompanhar até a estufa? A Sra. Bridgestock tem uma coleção de plantas venenosas, acho que você vai gostar muito.

Anna lançou um olhar agradecido a Cecily enquanto Ariadne a conduzia para fora da sala. Sua cabeça estava tomada pelo perfume de flor de laranjeira e pelo modo como a cascata de cabelos negros estava presa com um pregador dourado.

— É por aqui — disse Ariadne, conduzindo-a através de portas duplas até os fundos da casa. A biblioteca era escura e fria. Ariadne soltou o braço de Anna e acendeu uma das lâmpadas.

— Vocês usam eletricidade? — perguntou Anna. Precisava falar alguma coisa, e aquele comentário lhe pareceu tão bom quanto qualquer outro.

— Convenci meu pai — falou Ariadne. — Sou moderna e tenho muitas ideias avançadas.

A sala estava cheia de caixotes e apenas alguns dos livros tinham sido retirados e guardados nas prateleiras. A mobília, no entanto, estava arrumadinha no lugar. Havia uma mesa ampla e muitas poltronas confortáveis.

— Ainda estamos nos ajeitando aqui — explicou, sentando-se lindamente (ela não podia fazer isso de outra forma) numa poltrona vermelho-escura. Anna estava nervosa demais para sentar, e foi até o outro lado da sala. Era quase opressor olhar para Ariadne naquele lugar escuro e privado.

— Parece que sua família tem uma história muito interessante — disse Ariadne.

Anna precisava falar alguma coisa. Tinha que descobrir um jeito de *existir* perto de Ariadne. Mentalmente, vestiu suas verdadeiras roupas: a calça, a camisa (na sua imaginação, não estava manchada), o colete justo. Deslizou os braços pelas mangas. Com seu vestuário imaginário, ela se sentiu confiante e conseguiu se sentar diante de Ariadne e mirar seus olhos.

— Meu avô era um verme, se é isso que quer dizer — falou.

Ariadne riu alto.

— Você não gostava dele?

— Não o conheci — disse Anna. — Ele era, literalmente, um verme.

Era evidente que Ariadne não sabia muito sobre os Lightwood. Normalmente, quando seu parente adorador de demônios adoece gravemente com varíola demoníaca e se transforma num verme gigante com dentes enormes, a fofoca se espalha. As pessoas acabam comentando.

— Sim — disse Anna, examinando agora a borda dourada da escrivaninha. — Ele comeu um dos meus tios.

— Você *é* engraçada — comentou Ariadne.

— Que bom que você acha.

— Os olhos do seu irmão são extraordinários — observou a menina.

Anna ouvia isso sempre. Os olhos de Christopher tinham cor de lavanda.

— Sim — falou. — Ele é o bonitão da família.

— Discordo totalmente! — exclamou Ariadne, parecendo surpresa. — Cavalheiros devem elogiá-la o tempo todo por causa da cor dos seus olhos.

Anna ruborizou, baixou o olhar, e seu coração acelerou. Não era possível, disse a si. Simplesmente não havia chance alguma de a filha linda do Inquisidor ser... como ela. Que ela pudesse olhar os olhos de outra menina e notar que tinham uma bela cor, em vez de apenas perguntar quais tecidos ela usava para destacá-los.

— Temo estar muito atrasada no meu treinamento — disse Ariadne. — Quem sabe possamos... treinar juntas?

— Sim — falou Anna, um pouco rápido demais. — Sim... claro. Se você...

— Você vai me achar desajeitada. — Ariadne começou a contorcer as mãos.

— Tenho certeza que não — respondeu Anna. — Mas esse é o objetivo de treinar, de qualquer forma. O treinamento é delicado, apesar da violência óbvia, é claro.

— Você vai ter que ser delicada comigo, então — falou Ariadne, muito suavemente.

Justamente quando Anna pensou que fosse desmaiar, as portas se abriram e o Inquisidor Bridgestock entrou, com Cecily, Gabriel e Christopher a tiracolo. Os Lightwood pareciam vagamente exaustos. Anna percebeu o olhar de sua mãe pousado nela — um olhar contundente e pensativo.

— ...e temos nossa coleção de mapas... ah. Ariadne. Ainda está aqui, é claro. Ariadne é uma leitora voraz.

— Absolutamente *voraz*. — A menina sorriu. — Anna e eu estávamos discutindo meu treinamento. Achei que seria sensato fazer dupla com outra menina.

— Muito sensato — concordou Bridgestock. — Sim. Uma ótima ideia. Vocês devem ser companheiras. Enfim, Lightwood, analisaremos os mapas em algum momento. Agora, Ariadne, venha até a sala. Quero que toque piano para nossos convidados.

Ariadne olhou para Anna.

— Companheiras — falou.

— Companheiras — respondeu Anna.

Foi só no caminho de casa que Anna se deu conta de que Ariadne a convidara para a biblioteca e não mostrara nenhum livro.

#

— Gostou da jovem Ariadne Bridgestock? — perguntou Cecily enquanto a carruagem dos Lightwood seguia para casa, pelas ruas escuras da cidade.

— Achei muito simpática — respondeu Anna, admirando Londres pela janela, a cidade brilhando na noite grandiosa. Sua vontade era estar lá fora entre as estrelas, caminhando pelas ruas do Soho, vivendo uma vida de música, aventura e dança. — E muito bonita também.

Cecily ajeitou uma mecha de cabelos rebeldes atrás da orelha da filha. Surpresa, Anna olhou para a mãe por um instante — havia um pouco de tristeza nos olhos dela, embora Anna não conseguisse imaginar por quê. Talvez estivesse apenas cansada por ter passado a noite sendo entediada pelo Inquisidor. Papai, por exemplo, já cochilava no outro canto da carruagem, e Christopher estava apoiado nele, pescando de sono.

— Não chega aos pés da sua beleza.

— *Mãe* — falou Anna, exasperada, e se voltou para a janela da carruagem.

#

Sob os arcos do viaduto da ferrovia, perto da extremidade sul da London Bridge, acontecia um grande encontro.

Era pleno verão, e o sol se punha sobre Londres quase às dez da noite, o que significava que o tempo de venda no Mercado das Sombras era reduzido, e o local inteiro tinha uma atmosfera meio frenética. Havia vapor, fumaça e sedas esvoaçantes. Mãos se enfiavam nas mercadorias sob o nariz dos clientes: pedras e bugigangas, livros, pingentes, pós, óleos, jogos e brinquedos para crianças do Submundo, e itens indistinguíveis. Havia uma confusão de aromas. O cheiro pungente do rio e a fumaça dos trens acima se misturavam aos restos da feira mundana: frutas esmagadas, pedaços de carne, o odor dos barris de ostras. Vendedores queimavam incenso, que se mesclava a temperos e perfumes. O miasma podia ser avassalador.

Irmão Zachariah se movia entre as bancadas, imune aos cheiros e à multidão. Muitos integrantes do Submundo recuavam com a aproximação do Irmão do Silêncio. Há semanas ele vinha frequentando o lugar para encontrar Ragnor Fell. Hoje também olhava em volta para ver se reconhecia a vendedora que encontrara numa de suas visitas anteriores. A bancada que procurava conseguia caminhar por conta própria; tinha pezinhos de galinha. A mulher atrás dela era uma fada idosa com cabelos selvagens e encorpados. Vendia poções coloridas, e Matthew Fairchild havia comprado uma e dado à sua mãe. Jem precisara empregar todos os seus esforços para trazer Charlotte de volta do portão dos mortos. Ela não era a mesma desde então, e nem Matthew.

A banca não parecia estar ali hoje, nem Ragnor. Irmão Zachariah estava prestes a dar uma última voltinha pelo Mercado antes de partir quando viu um conhecido inclinado sobre uma banca de livros. O homem tinha cabelos brancos e olhos roxos impressionantes. Era Malcolm Fade.

— É você, James Carstairs? — perguntou ele.

Como vai, meu amigo?

Malcolm simplesmente sorriu. Sempre havia um quê de tristeza no feiticeiro; Jem já tinha ouvido fofocas sobre uma tragédia amorosa com uma Caçadora de Sombras que decidira se tornar Irmã de Ferro em vez de ficar com seu amado, e sabia que para alguns a Lei era mais importante do que o amor. Mesmo sendo quem era agora, ele não conseguia entender. Teria dado qualquer coisa para ficar com a pessoa que amava.

Qualquer coisa, exceto aquilo que era mais sagrado do que sua vida: a vida de Tessa ou a de Will.

— Como vai sua busca? — perguntou Malcolm. — Ragnor conseguiu alguma informação sobre um certo demônio que você tem procurado?

Jem lançou um olhar repreensivo para Malcolm; preferia que sua busca continuasse discreta.

— Malcolm! Eu tenho o livro que você queria! — Uma feiticeira se aproximou, trazendo um livro de capa amarela de veludo.

— Obrigado, Leopolda — agradeceu o feiticeiro.

A mulher encarou Jem. Ele estava acostumado a isso. Embora fosse um Irmão do Silêncio, seus lábios e olhos não tinham sido costurados. Ele não enxergava e nem falava como os seres humanos, mas o fato de que poderia fazê-lo sem Marcas parecia perturbar as pessoas mais do que a visão de um Irmão do Silêncio que se comprometera com menos relutância ao escuro silencioso.

Não nos conhecemos.

— Não — respondeu a mulher. — Não nos conhecemos. Meu nome é Leopolda Stain. Sou de Viena.

Leopolda tinha sotaque alemão e uma voz suave e ronronada.

— Este é o Irmão Zachariah — apresentou Malcolm.

Ela fez que sim com a cabeça. Não estendeu a mão, mas continuou encarando.

— Queira me perdoar — falou. — Não vemos Irmãos do Silêncio com frequência no nosso Mercado. Londres é um lugar estranho para mim. O Mercado em Viena não é tão agitado. Fica em Wienerwald, embaixo das árvores. Aqui vocês ficam embaixo desta ferrovia. É uma experiência bem diferente.

— Zachariah não é exatamente como os outros Irmãos do Silêncio — disse Malcolm.

Leopolda pareceu concluir a análise do rosto de Jem e sorriu.

— Devo ir agora — disse. — É um prazer vê-lo, Malcolm. Fazia muito tempo, *mein Liebling*. Tempo demais. E foi muito interessante conhecê-lo, James Carstairs. *Auf Wiedersehen.*

Ela seguiu através da multidão. Jem ficou observando-a ir embora. Leopolda tinha decidido chamá-lo de James Carstairs, e não de Irmão Zachariah, e a escolha pareceu proposital. Certamente havia habitantes do Submundo que conheciam seu nome Nephilim — não era segredo —, mas de repente Jem se sentiu como uma borboleta no alfinete, presa sob o escrutínio do entomologista.

Pode me falar mais a respeito dela?, pediu a Malcolm, que tinha voltado a examinar o livro em sua mão.

— Leopolda é um pouco estranha — disse ele. — Eu a conheci durante uma viagem a Viena. Acho que ela não sai muito da cidade. Parece se misturar a alguns mundanos famosos. Ela é...

Ele hesitou.

Sim?

— ...mais ligada, suponho, ao lado demoníaco do que ao humano, ao contrário da maioria de nós. Mais do que eu, certamente. Ela me deixa pouco à vontade. Fiquei feliz que você veio. Eu estava procurando um jeito educado de escapulir.

Jem olhou na direção que Leopolda havia seguido. Uma pessoa mais ligada ao lado demoníaco...

Era alguém com quem ele talvez precisasse falar. Ou ficar de olho.

#

Anna estava deitada na cama, olhos fechados, tentando dormir. Mentalmente, dançava de novo, vestindo sua mais bela roupa imaginária: um terno cinza escuro, um colete amarelo como o sol, com luvas combinando. Em seus braços estava Ariadne, como ela a vira hoje, com o vestido azul.

O sono não vinha. Anna se levantou da cama e foi até a janela. A noite estava quente e úmida. Ela precisava fazer alguma coisa. As roupas de seu irmão ainda estavam no guarda-roupa. Ela pegou tudo e ajeitou sobre a cama. Pretendia devolver, mas...

Quem ia sentir falta? Christopher é que não ia. A lavadeira talvez, mas ninguém questionaria o fato de que Christopher pudesse simplesmente *perder* a calça, possivelmente no meio de uma pista de dança lotada. E as roupas mais velhas... ele não ia precisar delas, não se continuasse crescendo naquela velocidade. A calça era comprida demais, mas ela poderia fazer bainha. A camisa poderia ser costurada atrás. Alguns pontinhos seriam mais do que suficientes.

Anna não tinha dotes de costureira, mas como todos os Caçadores de Sombras, tinha as habilidades básicas para consertar uniformes de luta. Não sabia bordar e nem fazer costuras precisas, mas dava conta de fazer costuras menos elaboradas. Ajeitou a camisa e o colete atrás para fazer com que coubessem e realçassem seu corpo. O paletó foi um pouco mais complicado, exigindo reparos nas costas e laterais. Os ombros ficaram um pouco desiguais e o efeito um pouco triangular, mas, em geral, ficou aceitável. Ela treinou a caminhada com a calça justa, que agora não arrastava mais no chão.

Quando criança, ela sempre adorou o uniforme de luta, a praticidade, a maneira como permitia os movimentos sem restrições. E sempre se surpreendeu com o fato de outras meninas, diferentemente dela, não detestarem ficar presas em vestidos e saias quando o treinamento acabava. O fato de não detestarem a perda da liberdade.

Mas era mais do que o conforto das roupas. Anna se sentia ridícula com sedas e babados, como se estivesse fingindo ser quem não era. Quando usava vestidos na rua, era tratada como uma menina desajeitada ou encarada por homens de um jeito que não gostava. Só tinha saído com as roupas do irmão duas vezes, sempre tarde da noite — mas, ah, mulheres olharam para ela, mulheres sorridentes, mulheres conspiratórias, mulheres que sabiam que, usando roupas de homem, Anna detinha o poder e o privilégio deles. Elas olhavam para os lábios macios, os cílios longos, os olhos azuis; olhavam para seus quadris na calça justa, para a curva dos seios sob uma camisa masculina de algodão, e os olhos delas falavam na linguagem secreta das mulheres: *você se apropriou do poder dos homens. Você roubou o fogo dos deuses. Agora venha e faça amor comigo, como Zeus fez amor com Dânae sob uma chuva de ouro.*

Em sua mente, Anna se curvou para pegar a mão de Ariadne, e isso pareceu real.

— Você está tão linda hoje — falou. — Você é a menina mais bonita que já vi.

— E você — respondeu Ariadne — é a pessoa mais bela que já conheci.

No dia seguinte, Anna passou duas horas escrevendo um bilhete que acabou dizendo:

Querida Ariadne,

Foi um prazer conhecê-la. Espero que possamos treinar juntas algum dia. Por favor, venha me visitar.

Saudações,
Anna Lightwood

Duas horas e uma pilha de rascunhos para isso. O tempo não tinha mais significado, e talvez nunca mais voltasse a ter.

À tarde, Anna tinha planos de encontrar os primos, James, Lucie e Thomas, juntamente a Matthew Fairchild. James, Matthew, Thomas e Christopher eram inseparáveis, e sempre se encontravam numa das casas ou em seu esconderijo. Hoje eles iam invadir a casa de sua tia Sophie e de seu tio Gideon. Anna só comparecia ocasionalmente a tais reuniões, assim como Lucie; as meninas tinham muitas ocupações com as quais se divertir. Hoje, ela precisava desesperadamente de uma atividade, alguma coisa que a mantivesse com a cabeça no lugar, que a impedisse de ficar perambulando pelo quarto.

Ela foi andando com Christopher, que falava animadamente sobre algum dispositivo que voaria pelos ares graças a quatro lâminas giratórias. Parecia a descrição de um inseto mecânico. Anna resmungava vez ou outra para sinalizar que estava ouvindo, embora certamente não estivesse.

Não demoraram muito para chegar à casa dos primos. Suas primas Barbara e Eugenia estavam na sala. Barbara estava esticada no sofá enquanto Eugenia bordava furiosamente, como se odiasse aquilo e a única forma de expressar seu sentimento fosse golpeando o tecido esticado da forma mais vigorosa possível.

Anna e Christopher subiram para os quartos que Sophie e Gideon reservavam para uso dos filhos. James estava lá, sentado próximo à janela, lendo. Lucie estava sentada à mesa, escrevendo sem parar. Tom arremessava uma faca na parede oposta.

Christopher cumprimentou a todos e imediatamente foi até o canto reservado para o seu trabalho. Anna se sentou ao lado de Lucie.

— Como vai Cordelia?

— Ah, está ótima! Eu estava escrevendo rapidamente para ela antes de Thomas me ajudar a estudar para minha aula de persa. — Lucie vivia escrevendo para sua futura *parabatai*, Cordelia Carstairs. Lucie vivia escrevendo. Lucie conseguia escrever em uma sala cheia de pessoas conversando, gritando, cantando. Anna tinha certeza de que a menina provavelmente conseguiria escrever até no meio de uma batalha. Ela aprovava muito esse comportamento; era muito bom ver duas meninas tão devotadas uma à outra, mesmo que de forma platônica. Mulheres deveriam valorizar outras mulheres, mesmo que a sociedade não o fizesse.

Ariadne veio até sua mente outra vez.

— O que houve, Anna? — perguntou James.

Ele a fitava, curioso. Anna amava todos os primos, mas nutria um carinho especial por James. Ele sempre fora um menino um tanto desajeitado, mas também gentil, quieto e estudioso. E se tornara um jovem que Anna sabia ser extraordinariamente bonito, como o pai. Era dono dos cabelos negros e macios dos Herondale; de sua mãe, ele herdara o traço demoníaco: os olhos dourados que não pareciam humanos. Anna sempre os achara bonitos, embora Christopher já tivesse mencionado que James era constantemente provocado na Academia por causa disso. Foram as provocações, aliás, que fizeram com que Matthew arrumasse os explosivos e Christopher providenciasse que uma ala do prédio fosse pelos ares.

Era honroso defender seus amigos, seu *parabatai*. Anna tinha orgulho deles por isso. Ela teria feito o mesmo. James era um menino tímido e adorável — Anna ficava furiosa ao pensar nas provocações que ele sofrera. Mas agora ele estava mais velho, mais propenso à reflexão e a olhar para o nada, porém ainda era gentil.

— Nada — respondeu ela. — Eu só... preciso de um livro novo para ler.

— Um pedido muito sensato — disse James, balançando as pernas compridas. — Que tipo de livro? Aventura? História? Romance? Poesia?

Todos os primos mais jovens adoravam ler. Anna culpava a influência do tio Will e da tia Tessa. Eles raramente permitiam que alguém saísse do Instituto sem a recomendação de algum título.

Agora que estavam falando nesse assunto, talvez fosse algo útil para se conversar com Ariadne. Ela era uma leitora voraz, afinal.

— Vou treinar com uma pessoa nova — disse Anna. — O nome dela é Ariadne. Ela lê muito, então...

— Ah! Ariadne. É um nome mitológico. Podemos começar por aí. Quer começar por *O Ramo de Ouro*, de Frazer? Tem uma nova edição em três volumes. A não ser que queira começar pelo básico. Tem sempre a *Bibliotheca Classica*, de Lemprière...

James foi passando graciosamente pelos livros na parede. Ele era um bom lutador e ótimo dançarino. Talvez fossem tais características, somadas ao fato de estar ficando cada vez mais bonito, que, de repente, o tornaram tão popular entre as meninas. Ele não podia entrar num recinto que elas suspiravam e davam risadinhas. Anna supunha que se sentia feliz por ele, ou se sentiria, se ele notasse que acontecia.

Logo ele tinha em mãos uma dezena de livros da prateleira, entregando um a Christopher quase como se tivesse pensado nisso na hora. Uma pulseira prateada brilhou no pulso dele quando estendeu o braço — um presente amoroso?, se perguntou Anna. Talvez uma das meninas risonhas e suspirantes tivesse despertado seu interesse, afinal. Anna pensava agora que deveria ser mais solidária para com elas — ela mesma se sentia prestes a suspirar e a dar risadinhas por causa de Ariadne.

A porta se abriu e Matthew Fairchild entrou e se jogou dramaticamente em uma das poltronas.

— Boa tarde, maravilhosos vilões. James, por que está limpando as prateleiras?

— Anna me pediu alguma coisa para ler — respondeu o menino, examinando um índice freneticamente. Ele pôs o livro de lado.

— Anna? Lendo? Que bruxaria é essa?

— Não sou nenhuma iletrada — retrucou Anna, jogando uma maçã nele. Ele a aparou com facilidade e sorriu. Matthew normalmente era muito meticuloso. Ele e Anna frequentemente conversavam sobre moda masculina, mas hoje a menina notava que o cabelo dele estava um pouco bagunçado, e um dos botões do colete desabotoara. Eram detalhes, certamente, mas em Matthew davam a entender que algo não ia bem.

— Qual é o seu interesse? — quis saber Matthew.

— Querer ser mais culta é crime?

— De jeito nenhum — respondeu o menino. — Adoro literatura. Inclusive, descobri um local maravilhoso. É um salão, cheio de escritores e poetas. Mas tem uma certa... reputação negativa.

Anna inclinou a cabeça com interesse.

— Pronto — falou James, trazendo uma pilha de uns dez livros e pousando-a pesadamente. — Algum destes aqui chama a atenção? Dê uma olhada e me diga. Claro, posso recomendar outros. Espere. Não. Esses não. Esses não.

Ele descartou os livros e voltou às prateleiras. James estava claramente absorvido pela tarefa. Christopher lia alegremente o próprio livro, que tinha um título científico terrível. Lucie e Thomas estavam à mesa, Thomas a auxiliava na revisão de algumas frases: Lucie estava estudando por causa de Cordelia, e Tom gostava de idiomas, já que falava espanhol com o tio Gideon e galês com os primos. Que o Anjo abençoasse suas almas estudiosas, pois nenhum deles parecia propenso a ouvir Anna e Matthew tramando uma coisa sombria. Mesmo assim, Matthew falou bem baixinho:

— Que tal se eu passar para pegá-la à meia-noite? — sugeriu. — Podemos ir juntos. Eu gostaria de uma companhia que sabe se divertir. Mas você vai precisar de um disfarce. Nenhuma moça de boa reputação caminha pelas ruas de Londres à meia-noite.

— Ah — disse Anna. — Acho que consigo alguma coisa.

#

Pouco antes da meia-noite, conforme prometido, Anna ouviu batidas na janela do quarto. Matthew Fairchild estava lá, dançando no parapeito. Anna abriu.

— Ora, ora! — falou ele em tom de aprovação. — É do Christopher?

Ela estava usando as roupas do irmão. A costura tinha ajudado muito.

— Um disfarce — limitou-se a dizer.

Ele riu, girando descuidadamente. Era visível que tinha bebido — os reflexos estavam lentos, e ele só evitou a queda meio segundo antes de acontecer.

— Ficam melhor em você do que nele, mas mesmo assim... precisamos arrumar algo melhor do que isso para você. Aqui.

Ele tirou a própria gravata e entregou a ela.

— Eu insisto — falou. — Jamais poderia permitir que uma dama saísse com roupas masculinas inferiores.

Anna ouviu o próprio suspiro lento e sorriu ao colocar a gravata. Os dois saltaram da janela, aterrissando silenciosamente no jardim da casa.

— Onde é o lugar? — perguntou Anna.

— Em uma esquina nefasta do Soho — respondeu ele com um sorriso.

— Soho! — Anna estava em êxtase. — Como ficou sabendo desse lugar?

— Ah, graças às minhas andanças.

— Você faz muito isso.

— Tenho uma alma perifrástica.

Matthew estava mais bêbado do que parecera inicialmente. Se equilibrava nos calcanhares e dava voltas em postes enquanto caminhavam. Ele vinha fazendo muito isso nas últimas semanas — o lado divertido e leve em Matthew tinha se ampliado. De certa forma, Anna sentia um pouco de preocupação emergindo. Mas este era Matthew, e ele não funcionava bem em confinamento. Talvez a noite de verão tivesse provocado algum efeito em seu humor.

A casa para onde Matthew levou Anna era na parte mais populosa do Soho, perto da Brewer Street. Estava pintada de preto e tinha uma porta verde.

— Você vai gostar daqui — observou ele, sorrindo para ela.

A porta foi aberta por um homem alto e pálido com um fraque vermelho-escuro.

— Fairchild — disse, olhando para Matthew. — E...

— Uma pessoa muito amiga de Fairchild — respondeu Matthew.

Anna sentiu o olhar do vampiro coletando informações a seu respeito enquanto a encarava por um longo tempo. Pareceu intrigado, tanto por ela quanto por Matthew, embora sua expressão fosse ilegível.

Finalmente chegou para o lado e permitiu que entrassem.

— Viu? — falou ele. — Ninguém resiste à nossa companhia.

A sala era extremamente escura; o basculante da porta tinha sido coberto por uma cortina de veludo. A única luz vinha de velas. A casa era decorada num estilo que Anna aprovava totalmente: papel de parede verde com detalhes dourados, cortinas de veludo e móveis. Cheirava a charuto, a cigarros cor-de-rosa minúsculos e esquisitos, e gim. A sala era preenchida por uma mistura de mundanos e integrantes do Submundo, todos muito bem-vestidos.

Anna notou muita gente observando-a com suas roupas masculinas e assentindo em estima. Os homens pareciam satisfeitos e entretidos, e as mulheres pareciam admirar ou... se interessar. Algumas a encararam abertamente, os olhares grudados no corpo feminino revelado sob as roupas justas. Era como se, ao tirar o vestido, ela pudesse retirar a expectativa da sociedade sobre o recato de uma mulher e se permitisse ser admirada, desejada. Sua alma voava com a nova confiança: ela se sentia uma criatura maravilhosa; não era um cavalheiro e nem uma dama. Era uma cavalheira, pensou, e deu uma piscadela para uma das únicas pessoas que reconhecera: o lobisomem Woolsey Scott, líder da Praetor Lupus. Ele vestia um paletó verde-garrafa e fumava um narguilé enquanto era admirado por um grupo de mundanos fascinados.

— Claro — Anna o ouviu dizer —, eles tiveram dificuldade para colocar minha banheira em uma das casas de árvore, mas eu não podia deixá-la para trás. Ninguém deve abandonar sua banheira.

— Aquele ali é o Alguma Coisa Yeats — disse Matthew, apontando um homem alto e de óculos. — Ele leu uma obra nova na última vez em que estive aqui.

— E foi maravilhoso — disse uma voz. Veio de uma mulher sentada perto de Matthew e Anna. Uma feiticeira belíssima com a pele escamosa de cobra, de cor prateada, quase opalescente. Seus longos cabelos verdes caíam sobre os ombros e estavam presos com uma delicada rede dourada. Ela usava um vestido vermelho justinho. E inclinou a cabeça de forma elegante para Matthew e Anna.

— Todos os Caçadores de Sombras de Londres são tão bonitos quanto vocês? — perguntou, com sotaque alemão.

— Não — respondeu Anna simplesmente.

— Definitivamente não — concordou Matthew.

A feiticeira sorriu.

— Seus Caçadores de Sombras de Londres são mais interessantes do que os nossos — disse ela. — Os nossos são muito tediosos. Os seus são lindos e divertidos.

Alguém resmungou alguma coisa à observação, mas o restante do grupo riu, concordando.

— Sentem-se conosco — disse a mulher. — Eu sou Leopolda Stain.

A maioria dos que estavam ao redor de Leopolda eram mundanos em adoração, assim como o grupo que cercava Woolsey Scott. Um homem usava uma túnica preta coberta por símbolos que Anna não reconheceu. Matthew e Anna se sentaram no tapete, de encontro a uma pilha de almofadas que fazia papel de sofá. Perto deles havia uma mulher com um turbante dourado enfeitado com uma safira.

— Vocês dois são dos Escolhidos? — perguntou a Matthew e Anna.

— Certamente — disse Matthew.

— Ah. Deu para perceber pela forma como Leopolda reagiu a vocês. Ela é um tanto incrível, não é mesmo? É de Viena e conhece simplesmente *todo mundo*: Freud, Mahler, Klimt, Schiele...

— Incrível — disse Matthew, provavelmente achando aquilo sensacional; Matthew adorava arte e artistas.

— Ela vai nos ajudar — disse a mulher. — Obviamente tivemos problemas. Ora, Crowley sequer foi reconhecido aqui em Londres! Ele teve que ir até o Templo Ahatoor, em Paris, para ser iniciado no grau de Adeptus Minor, o qual tenho certeza que vocês conhecem.

— Ficamos sabendo assim que aconteceu — mentiu Matthew.

Anna mordeu o lábio e baixou o olhar para não rir. Era sempre divertido encontrar mundanos com noções fantásticas sobre o funcionamento da magia. Leopolda, percebeu ela, estava sorrindo de forma indulgente para o grupo, como se fossem crianças adoráveis, porém um tanto limitadas.

— Bem — emendou a mulher. — Eu frequentava o templo de Ísis-Urânia, e posso garantir que era rigorosamente...

Ela foi interrompida por um homem no meio da sala erguendo uma taça de alguma coisa verde.

— Meus amigos! — falou. — Solicito que lembremos de Oscar. Ergam suas taças!

Ouviu-se um burburinho geral de concordância, e as taças foram levantadas. O homem começou a recitar "A Balada do Cárcere de Reading", de Oscar Wilde. Anna se emocionou com uma das estrofes:

Uns amam pouco tempo, outros, tempo demais
Uns vendem, e outros compram;
Alguns cumprem o ato em lágrimas,
E outros, sem um suspiro sequer:
Pois todo homem mata aquilo que ama,
Mas nem por isso todo homem vai morrer.

Ela não sabia exatamente o que significava, mas o espírito daquilo a assombrou. Pareceu ter um efeito ainda mais forte em Matthew, que afundou no chão.

— Um mundo que permite a morte de Wilde é um mundo horroroso — disse Matthew. Havia uma dureza em sua voz que era novidade, e um pouco alarmante.

— Você está soando um pouco lúgubre — falou Anna.

— É verdade — respondeu ele. — Ele era nosso maior poeta, e morreu na miséria e na obscuridade, há não muito tempo. Foi preso por amar um homem. Não acho que o amor possa ser errado.

— Não — disse Anna. Ela sempre soubera que amava mulheres da forma como se esperava que amasse homens. Sempre soubera que achava mulheres lindas e desejáveis, enquanto os homens eram bons amigos, parceiros, e nada mais. Nunca fingira o contrário, e seus amigos próximos pareciam aceitar essa característica dela como fato consumado.

Mas era verdade que, embora Matthew e os outros sempre brincassem com ela sobre partir os corações de belas moças, esse não era um assunto que um dia já tivesse discutido com a mãe. Anna se lembrou de sua mãe tocando seu cabelo carinhosamente na carruagem. O que Cecily realmente pensava sobre sua estranha filha?

Agora não, disse a si. Ela se voltou para a mulher de turbante, que estava tentando chamar sua atenção.

— Sim?

— Querida — disse a mulher —, você precisa voltar daqui a uma semana. Os fiéis serão recompensados, prometo. Os anciãos, há tanto escondidos de nós, serão revelados.

— Claro — disse Anna, piscando. — Sim. Não perderíamos por nada.

Apesar de estar apenas conversando, Anna se deu conta de que gostaria de voltar a este lugar. Tinha vindo vestida de acordo com seu eu verdadeiro, e recebera somente aprovação. Inclusive, tinha certeza de que uma das meninas vampiras a olhava de um jeito que não era completamente salutar. E Leopolda, a bela feiticeira, não tinha tirado os olhos dela. Se a cabeça e a alma de Anna não estivessem completamente tomadas por Ariadne...

Bem, só restava deixar por conta da imaginação.

#

Quando Matthew e Anna deixaram a casa naquela noite, não notaram uma figura do outro lado da rua, à sombra.

Jem imediatamente reconheceu Matthew, mas a princípio não soube dizer quem o acompanhava. A pessoa lembrava seu *parabatai*, Will Herondale — não Will como era agora, mas aos 17 anos, com seu andar confiante e queixo erguido. Mas não podia ser. E a pessoa claramente não era James, o filho de Will.

Ele demorou alguns minutos para perceber que o jovem não era um menino. Era Anna Lightwood, a sobrinha de Will. Tinha os cabelos escuros e o perfil do lado Herondale da família, e claramente herdara a postura fanfarrona do tio. Por um instante, Jem sentiu uma pontada no coração. Era como ver seu amigo jovem outra vez, como na época em que moravam juntos no Instituto e lutavam lado a lado; como eram quando Tessa Gray chegara à porta deles.

Fazia mesmo tanto tempo assim?

Jem afastou o pensamento e se concentrou no presente. Anna vestia um tipo de disfarce, e ela e Matthew tinham acabado de participar de uma reunião do Submundo com a feiticeira que ele tinha vindo vigiar. Ele não fazia ideia do que eles poderiam estar fazendo ali.

#

Uma semana se passou. Uma semana inteira em que Anna correu para receber o correio, ficou de olho na janela, e foi até a metade do caminho de Cavendish Square antes de dar meia-volta e retornar. Uma vida. Uma agonia, e quando estava se transformando em aceitação, ela foi chamada na manhã de sexta-feira e encontrou Ariadne esperando no primeiro andar, com um vestido amarelo e um chapéu branco.

— Bom dia — disse Ariadne. — Por que não está pronta?

— Pronta? — repetiu Anna, com a garganta seca pela súbita aparição de Ariadne.

— Para treinar!

— Eu...

— Bom dia, Ariadne! — disse Cecily Lightwood, entrando com Alexander.

— Ah! — Os olhos de Ariadne brilharam ao ver o bebê. — Ah, eu preciso pegá-lo no colo; simplesmente amo bebês.

A aparição de Alexander fez com que Anna ganhasse tempo suficiente para subir, recuperar o fôlego, jogar água no rosto e pegar seu uniforme. Cinco minutos depois, estava sentada ao lado de Ariadne na carruagem Bridgestock, indo para o Instituto. Estavam a sós agora, lado a lado na carruagem quente. O perfume de flor de laranjeira de Ariadne envolveu Anna.

— Interrompi alguma coisa? — perguntou Ariadne. — Simplesmente torci para que... você estivesse livre para treinar comigo... — Ela pareceu preocupada. — Espero não ter sido presunçosa. Está chateada?

— Não — respondeu Anna. — Eu jamais me chatearia com você.

Anna tentou soar casual, mas um tom rouco de verdade transpareceu.

— Ótimo. — Ariadne pareceu satisfeita e radiante com isso, e cruzou as mãos sobre o colo. — Eu detestaria desagradá-la.

Quando chegaram ao Instituto, Anna se trocou mais rápido do que Ariadne. Aí ficou à espera na sala de treinamento, andando nervosa para lá e para cá, pegando facas das paredes e arremessando para se acalmar.

É só um treino. Um simples treino.

— Você tem um braço bom — disse Ariadne.

Ariadne ficava linda de vestido, mas o uniforme revelava outra coisa. Ela ainda permanecia feminina, com seus cabelos longos e suas curvas, mas livre dos quilos de tecido, ela se movimentava com graça e agilidade.

— Como gostaria de começar? — perguntou Anna. — Tem alguma arma de preferência? Ou vamos escalar? Trabalhar na viga?

— O que você achar melhor — respondeu a outra.

— Vamos começar com lâminas? — disse Anna, pegando uma da parede.

O que quer que Ariadne estivesse fazendo em Idris, não envolvia muito treinamento. Ela fora precisa quanto a isso. Quando lançou, seu braço se revelou fraco. Anna se aproximou e a guiou, se obrigando a manter a compostura ao pegar a mão da outra e instruir o arremesso. Ariadne era surpreendentemente boa em escalada, mas uma vez na viga, deu uma escorregada feia. Anna saltou de pronto e a aparou com firmeza.

— Ah, impressionante! — disse Ariadne, sorrindo.

Anna ficou ali por um instante, com Ariadne em seus braços, sem saber ao certo o que fazer. Havia algo no olhar de Ariadne, na forma como olhava Anna... como se estivesse hipnotizada...

Como ela poderia perguntar? Como isso aconteceu com alguém como Ariadne?

Era demais.

— Bela tentativa — disse Anna, colocando Ariadne gentilmente de pé. — Só... cuidado com onde coloca os pés.

— Acho que já fizemos o suficiente por hoje — disse Ariadne. — Como uma pessoa se diverte em Londres?

Ah, de tantas maneiras.

— Bem — começou Anna —, tem o teatro, e o zoológico é...

— Não. — Ariadne agarrou um dos pilares e girou delicadamente em volta dele. — *Diversão.* Certamente você conhece algum lugar.

— Bem — disse Anna, vasculhando a mente. — Conheço um lugar cheio de escritores e poetas. Tem péssima reputação. Fica no Soho e abre depois da meia-noite.

— Então presumo que vá me levar — disse Ariadne, os olhos brilhando. — Esperarei por você perto da minha janela hoje à meia-noite.

#

A espera naquela noite foi uma tortura.

Anna remexeu o jantar e ficou olhando o relógio do outro lado da sala. Christopher estava fazendo uma pirâmide com as cenouras e maquinando qualquer coisa na cabeça. A mãe dava a comida para Alexander. Anna contava seus batimentos cardíacos. Precisava tentar não parecer suspeita. Passou um tempo com seu irmãozinho; pegou um livro, que folheou sem ler. Às nove, conseguiu se espreguiçar e dizer que ia tomar banho e se recolher.

No quarto, ficou aguardando até ouvir o restante da família se deitar, aí trocou de roupa. Havia tido o cuidado de limpar a roupa e ajeitá-la da melhor maneira possível. Quando se vestiu, estava elegante e perigosa. Agora tinha decidido que era assim que ia se vestir em suas aventuras, mesmo que fosse para se encontrar com Ariadne.

Às onze, saiu pela janela, descendo por uma corda, a qual jogou de volta para dentro. Poderia ter saltado, mas demorara tanto para arrumar o cabelo sob o chapéu. Caminhou para Fitzrovia, e desta vez não se deu ao trabalho de evitar os postes de luz. Queria ser vista. Aprumou a coluna e alargou os passos. Quanto mais andava, mais se sentia pegando o jeito, a atitude. Tocou a aba do chapéu saudando uma dama que passava numa carruagem; a dama sorriu e desviou o olhar timidamente.

Agora Anna sabia que nunca mais voltaria a usar vestidos. Sempre amara o teatro, amara a ideia de representar um papel. A primeira vez que usara as roupas do irmão fora assim mesmo, uma representação, mas a cada vez que o fazia, o ato se tornava mais a sua realidade. Ela não era um homem e não queria ser — mas por que os homens deveriam ficar com todas as partes boas da masculinidade só por causa de um acaso no nascimento? Por que ela, Anna, também não poderia usar as roupas deles, bem como abraçar seu poder e confiança?

Você roubou o fogo dos deuses.

O andar de Anna ficou menos firme ao dobrar a esquina para a Cavendish Square. Será que Ariadne a aceitaria assim? Parecia tão certeiro há um instante, mas agora...

Ela quase deu meia-volta, mas se obrigou a prosseguir.

A casa dos Bridgestock estava escura. Anna levantou o olhar, temendo que Ariadne tivesse falado só de brincadeira. Mas então viu uma movimentação nas cortinas e a janela se abriu. Ariadne olhou para ela.

E sorriu.

Aí jogou uma corda pela janela e desceu por ela, com mais graciosidade do que no treino. Usava um vestido azul-claro que esvoaçou quando ela pousou.

— Nossa — disse, caminhando até Anna. — Você está... um tanto arrasadora.

Anna não teria trocado o olhar de Ariadne naquele momento nem por mil libras.

Elas tomaram uma carruagem para o Soho. Embora estivessem sob feitiços de disfarce para esconder suas Marcas dos mundanos, Anna gostou do olhar que recebeu do motorista quando ele percebeu que o belo cavalheiro em sua carruagem era uma bela dama. Ele tirou o quepe quando ela e Ariadne saltaram, murmurando algo sobre "os jovens de hoje".

Elas chegaram à casa, mas desta vez, quando Anna bateu, o homem que atendeu foi menos receptivo. Ele olhou para Anna, depois para Ariadne.

— Sem Caçadores de Sombras — falou.

— Não era essa a política anteriormente — protestou Anna. Percebeu que agora as janelas estavam cobertas por pesadas cortinas de veludo.

— Voltem para casa, Caçadoras de Sombras — falou. — Eu fui bem claro. A porta foi batida na cara delas.

— Agora estou curiosa — falou Ariadne. — **Temos** que entrar, não acha?

Ariadne certamente tinha um traço perverso que complementava bem sua alegria leve, um amor por coisas que eram um pouco... erradas. Anna sentiu que deveria incentivar tal impulso.

Não havia entrada para a casa na frente, então elas foram para o final da rua e encontraram um beco estreito que dava para o fundo das casas, feitas de tijolos até o terceiro andar. Mas havia um cano de drenagem, e Anna o agarrou e escalou. Ela não conseguia chegar até as janelas do terceiro andar, mas podia subir no telhado. Olhou para baixo e viu Ariadne atrás dela, novamente demonstrando mais habilidade do que no treino. Elas conseguiram abrir uma janela do sótão. De lá, desceram pela escada em caracol, Anna na frente, Ariadne atrás, que manteve a mão na cintura de Anna, possivelmente para se guiar enquanto andavam ou...

Anna não ia pensar nisso.

Estavam queimando muito incenso na casa hoje, o cheiro se espalhava pelo corredor e pelas escadas, e quase fez Anna tossir. Não era um cheiro agradável — era pungente e forte. Anna detectou absinto, artemísia e mais alguma coisa — algo com um vestígio metálico, como sangue. O grupo estava estranhamente em silêncio. Tinha apenas uma voz sussurrando. Uma voz feminina com sotaque alemão, que entoava feitiços.

Anna reconhecia uma invocação quando ouvia uma. Voltou-se para Ariadne, que tinha um olhar de preocupação.

Anna alcançou sua lâmina serafim e murmurou "*Adriel*", indicando que ia seguir em frente e olhar. Ariadne assentiu. Anna desceu sorrateiramente até a base da escada, depois seguiu pelo corredor. Abriu um pouco a cortina de veludo que isolava a sala principal. Todos ali estavam voltados para o centro do cômodo, então ela basicamente viu costas e brilhos fracos de luz de velas.

Dava para se distinguir um círculo desenhado no chão. A mulher de turbante estava mais perto da circunferência, olhando para cima em êxtase. Vestia uma longa túnica preta e segurava acima da cabeça um livro com um pentagrama. O livro tinha uma capa estranha. Parecia pele.

Acima de todos, estava a feiticeira Leopolda, olhos fechados e braços erguidos. Segurava uma adaga curvada e entoava um cântico em linguagem demoníaca. Aí olhou para a mulher de turbante e assentiu. A mulher deu um longo passo para dentro do círculo. Chamas verdes faiscaram, fazendo com que os mundanos murmurassem e recuassem. Anna notou que não havia muitos integrantes do Submundo ali.

— Venha! — gritou a mulher. — Venha, bela morte. Venha, criatura, para podermos venerá-la! Venha!

Anna sentiu um cheiro terrível e a sala foi preenchida por escuridão. Aí ela soube que não podia ficar sem fazer nada.

— Saiam! — berrou ao entrar. — Todos vocês!

O grupo não teve tempo para se surpreender. Um enorme demônio Ravener irrompeu da escuridão. A mulher de turbante se ajoelhou diante dele.

— Milorde — disse ela. — Milorde das trevas...

O Ravener girou a cauda e separou com facilidade a cabeça com turbante do pescoço da mulher. Os presentes soltaram um grito coletivo e correram para a porta. Anna teve que lutar para chegar até o demônio. O Ravener estava dando cabo nos restos da mulher rapidamente.

Leopolda Stain simplesmente observava a cena com um divertimento tranquilo.

Era difícil combater um demônio tão de perto sem matar também todas as pessoas. Anna empurrou diversos mundanos e se lançou contra o demônio, a lâmina serafim erguida. A criatura emitiu um grito agudo e furioso porque algo tinha acabado de atingir um de seus olhos. Ariadne estava ao lado dela, segurando um chicote elétrico e sorrindo.

— Bela mira — disse Anna quando o demônio furioso girou. Ele deu um salto e quebrou uma das janelas frontais. As duas meninas foram atrás dele, e Anna saltou com facilidade em suas roupas novas. Ariadne passou pela porta, mas era boa de corrida, estalando o chicote no ar. As duas acabaram com o Ravener rapidamente.

De repente ouviram um estalo estranho e ao girarem descobriram que o demônio não tinha vindo sozinho — um grupo de Raveners menores passou pela janela quebrada, um líquido verde pingando do queixo deles. Anna e Ariadne se viraram para encará-los, as armas a postos. Um pequeno Ravener avançou primeiro. Ariadne o cortou com o chicote. Outro se lançou a seguir, mas assim que apareceu, um bastão girou pelo ar ao lado de Anna, atingindo-o na cabeça. Ela se virou enquanto a criatura desaparecia e se viu diante do Irmão Zachariah. Conhecia bem o *parabatai* de seu tio, embora não fizesse ideia do que ele estaria fazendo ali.

Quantos?, perguntou ele.

— Não sei — respondeu ela enquanto outro demônio vinha da casa. — Eles estão vindo de um círculo dentro da casa. Há pessoas feridas.

Ele assentiu e indicou que ia entrar, enquanto Anna e Ariadne lutariam do lado de fora. Uma das criaturas estava prestes a capturar um mundano em fuga. Anna saltou nas costas dela, desviando da cauda furiosa que se debatia, e enfiou a lâmina serafim em sua nuca. O mundano em choque engatinhou para trás como um caranguejo enquanto o Ravener caía morto. Anna se virou para olhar para Ariadne, que destruía um dos Raveners estalando seu chicote elétrico, o qual cortou o ar e depois as pernas do demônio. Anna estava surpresa — o único outro chicote elétrico que já tinha visto pertencia à Consulesa, Charlotte Fairchild.

Agora Ariadne e Anna estavam com as costas coladas uma na outra, lutando como duas *parabatai*, os movimentos sincronizados. Embora definitivamente não fossem *parabatai*. Seria muito errado sentir por um *parabatai* o que Anna sentia por Ariadne. Não havia como negar, pensou ela, embora fosse uma conclusão estranha de se tirar no meio de uma luta contra demônios.

Ela definitivamente estava apaixonada por Ariadne Bridgestock.

#

Jem entrou na casa pela porta aberta, bastão em punho. A sala estava silenciosa. Havia uma quantidade enorme de sangue no chão, bem como os restos de uma pessoa.

— *Herein!* — disse uma voz. — Eu estava torcendo para que viesse.

Jem se virou. Leopolda Stain estava sentada na antessala numa grande poltrona de brocado, segurando a cabeça de uma mulher no colo. Jem ergueu o bastão.

Você matou mundanos inocentes, falou.

— Eles se mataram — respondeu Leopolda. — Estavam brincando com fogo. Se queimaram. Você conhece essas criaturas. Eles acham que entendem de magia. Precisam entender a verdadeira natureza. Eu presto um serviço a eles. Nunca mais invocarão outro demônio. Se eu queria dar uma lição, qual o problema? Há fogo demoníaco em mim, mas não acho que eu seja sua maior preocupação.

Jem estava dividido. Seu instinto era o de atacá-la pelo que tinha feito, no entanto...

— Você hesita, James Carstairs — falou ela com um sorriso.

Meu nome é Irmão Zachariah.

— Você era James Carstairs, o Caçador de Sombras viciado em *yin fen*. Conheceu Axel Mortmain, aquele que chamavam de Magistrado, não é?

Ao ouvir o nome de Mortmain, Jem abaixou o bastão.

— Ah. — Leopolda disse com novo sorriso. — Você se lembra do querido Axel.

Você o conhecia?

— Muito bem — disse ela. — Eu sei de muitas coisas. Sei que uma feiticeira ajuda a dirigir o Instituto daqui, certo? Tessa Herondale. Ela é Caçadora de Sombras, e não consegue receber Marcas. Ela é casada com seu *parabatai.*

Por que está falando de Tessa?, disse Jem. Era como se dedos frios estivessem tocando sua espinha. Ele não gostava dessa feiticeira. Ele não gostava de seu interesse em Tessa e Will.

— Porque você andou pelo Mercado das Sombras fazendo muitas perguntas a respeito dela. Sobre o pai dela. Sobre o pai *demoníaco* dela.

Ela deixou a cabeça cair do colo.

— Como disse, eu conhecia Mortmain. Como você andou perguntando a respeito dele e da criação de Tessa, a notícia chegou até mim; um dos últimos amigos dele que ainda restam. Acredito que você tenha curiosidade sobre como Mortmain criou Tessa. Você procura pelo demônio que ele invocou para ser o pai dela. Se guardar sua arma, talvez possamos conversar.

Jem não guardou o bastão.

— Ela pode não ter tido muita curiosidade sobre o pai demônio antes... — Leopolda brincou com a rede dourada em seus cabelos —, mas agora ela tem *filhos*... e eles apresentam sinais de sua herança demoníaca... Imagino que as coisas agora sejam bem diferentes, não é?

Jem congelou. Era como se ela tivesse invadido sua mente e tocado suas lembranças. Na Blackfriars Bridge com Tessa num dia frio de janeiro há dois anos. O medo no rosto dela. *Não quero perturbar Will... mas me preocupo muito com Jamie e Lucie... James detesta seus olhos, diz que são portas do Inferno, como se detestasse o próprio rosto, a própria linhagem. Se ao menos eu conhecesse meu pai demônio, talvez pudesse saber, prepará-los e preparar a mim... e a Will.* Jem temera, mesmo naquele instante, que fosse uma tarefa perigosa, que saber só faria suscitar mais dúvidas e preocupações. Mas era algo que Tessa queria por causa de Will e das crianças, e ele os amava demais para recusar.

— As investigações de seu amigo Ragnor finalmente deram resultado — disse Leopolda. — Eu sei quem era o pai de Tessa. — Ela semicerrou os olhos. — Em troca, só preciso de uma coisinha. Só uma pequena quantidade de sangue de um Caçador de Sombras vivo. Você não vai nem sentir. Eu ia pegar da menina, a que se veste de homem. Gosto muito dela. Gostaria de levá-la, se pudesse.

Você vai ficar longe dela.

— Claro que vou — disse Leopolda. — Vou ajudá-lo também. Só uma quantidade mínima de sangue e posso lhe contar sobre o verdadeiro pai de Tessa Herondale.

— Irmão Zachariah! — Ele ouviu Anna gritar.

Jem se virou por apenas um instante, e Leopolda avançou. Ele manejou o bastão, jogando-a para trás. Ela sibilou e se recuperou mais rápido do que parecia possível, erguendo sua lâmina curva.

— Não brinque comigo, James Carstairs. Não quer saber sobre sua Tessa?

Ouviu-se mais um grito do lado de fora. Jem não teve escolha e correu em direção à voz de Anna.

Lá fora, Anna e a outra menina travavam uma batalha voraz contra, pelo menos, seis Raveners. Elas recuaram para junto de uma das paredes externas, de costas uma para a outra. Jem empunhou seu bastão e acertou o demônio mais próximo. Aí continuou atacando até as duas ganharem terreno. Jem derrubou mais um enquanto Anna acabou com dois ao mesmo tempo com um golpe longo de sua lâmina. Só restava um Ravener agora, que estendia a cauda espinhosa, apontando para o peito da outra menina. Em um segundo, Anna estava mergulhando no ar, tirando a companheira do caminho. Elas rolaram juntas, os braços de Anna em volta da menina, protegendo-a. Jem atacou esse último demônio, acertando um golpe em sua cabeça.

A rua silenciou. Imóvel, Anna estava nos braços da menina.

Anna. Jem correu para ela. A Caçadora de Sombras já estava rasgando a manga de Anna para cuidar do ferimento. Anna sibilou com o veneno ardendo em sua pele.

Atrás delas, Leopolda saiu da casa e simplesmente começou a ir embora.

— Estou bem — falou Anna. — Vá atrás dela, Ariadne.

A outra menina, Ariadne, suspirou e relaxou o corpo, ainda sentada.

— O veneno não entrou no seu corpo. Mas tocou sua pele. Temos que lavar o local imediatamente com algumas ervas. E o ferimento é profundo. Vai precisar de muitos *iratzes*.

A menina olhou para Jem.

— Vou cuidar dela — falou. — Tenho bom treinamento em cura. Aprendi com Irmãos do Silêncio quando morava em Idris. Anna está certa. Vá atrás da feiticeira.

Tem certeza? Anna precisará de um amissio, um símbolo de reposição de sangue...

— Tenho — disse a menina, ajudando a outra a se levantar. — Acredite quando digo que Anna prefere perder um pouco de sangue a permitir que os pais descubram o que fizemos hoje.

— Sim, sim — concordou Anna.

Cuide dela, disse Jem.

— Cuidarei. — Ariadne falou com confiança, e pelo modo que estava cuidando do ferimento, suas palavras pareciam bem sinceras.

— Vamos — disse a Anna. — Minha casa não é longe. Você consegue andar?

— Com você — falou Anna — consigo ir a qualquer lugar.

Tranquilizado, Jem rumou atrás de Leopolda Stain.

Elas caminharam até a casa de Ariadne, com Anna se apoiando ocasionalmente na amiga. O veneno na pele começava a fazer efeito, e era como se ela tivesse bebido muito vinho, muito rápido. Tentava se manter firme. Estavam disfarçadas agora, caminhando pela rua sem serem vistas.

Quando chegaram, Ariadne abriu silenciosamente a porta da frente. Elas subiram as escadas devagar, para não acordar ninguém. Por sorte, o quarto de Ariadne era do outro lado da casa, longe do dos pais. Elas entraram e Ariadne fechou a porta.

O quarto era um reflexo da pessoa que dormia nele: perfumado, perfeito, delicado. Nas janelas amplas, havia cortinas bordadas. As paredes eram cobertas por papel prateado e rosa, e viam-se lírios e rosas frescos em vasos pelo quarto.

— Venha — falou Ariadne, conduzindo Anna até a cômoda, onde se via uma bacia de água. Ariadne tirou o paletó de Anna e arregaçou a manga da camisa. Após misturar algumas ervas na bacia, jogou a mistura sobre o machucado, que ardia bastante.

— É uma ferida feia — disse Ariadne —, mas eu sou uma boa enfermeira.

Ela molhou um pano e limpou gentilmente a ferida com movimentos suaves, tomando o cuidado de remover todo o veneno espalhado sobre a pele. Então pegou sua estela e fez um símbolo *amissio* para acelerar a reposição de sangue e um *iratze* para estimular a cura. A ferida começou a fechar.

Durante todo o tempo, Anna ficou em silêncio, ofegante. Ela não sentiu dor. Sentiu apenas as mãos cuidadosas de Ariadne.

— Obrigada — falou afinal.

Ariadne botou a estela num móvel.

— Não foi nada. Você se feriu para me salvar. Você se colocou na minha frente. Me protegeu.

— Eu jamais deixaria de proteger você — falou Anna.

Ariadne olhou para Anna por um longo instante. A única claridade entrava através do desenho na renda das cortinas.

— Meu vestido — falou baixinho. — Está arruinado. Estou um desastre.

— Bobagem — respondeu Anna. Um segundo depois, acrescentou: — Você nunca esteve tão linda.

— Está sujo de sangue e icor. Ajude-me a tirar, por favor.

Com dedos trêmulos, Anna abriu os muitos botões da frente do vestido, que formou um montinho no chão. Ariadne se virou para que a menina pudesse soltar seu espartilho. Ela vestia uma combinação de algodão por baixo, com uma renda delicada no barrado. A combinação e a calça eram muito brancas contra a pele marrom. Seus olhos brilhavam.

— Você precisa descansar um pouco, Anna — falou Ariadne. — Não pode ir embora agora. Venha.

Ela pegou Anna pela mão e a guiou para a cama. Ao se sentar, Anna percebeu que a luta a deixara exausta, embora jamais tivesse se sentido tão desperta e viva.

— Recline-se — disse Ariadne, afagando o cabelo dela.

Anna deitou no travesseiro. Seus sapatos tinham sumido. O cabelo estava solto e ela o puxou para trás impacientemente.

— Eu gostaria de beijá-la — disse Ariadne. Sua voz tremia com um medo que Anna entendia bem demais. Ariadne temia que ela fosse repeli-la, rejeitá-la, fugir correndo. Mas como podia não saber como ela se sentia? — Por favor, Anna, posso beijá-la?

Sem conseguir falar, Anna assentiu.

Ariadne se inclinou para frente e pressionou os lábios nos de Anna.

Anna já tinha vivido esse momento em sua mente cem vezes ou mais. Não sabia que seu corpo ia esquentar tanto, que Ariadne teria um gosto tão doce. Retribuiu o beijo, depois beijou Ariadne na bochecha, no queixo, no pescoço. Ariadne gemeu baixinho de prazer, aí tocou novamente os lábios de Anna e elas caíram sobre os travesseiros. Estavam entrelaçadas, rindo e calorosas, concentradas apenas uma na outra. A dor desapareceu, substituída pelo êxtase.

#

Durante o dia, podia ser complicado andar pelas ruas e becos do Soho. À noite, eles se tornavam uma rede confusa e perigosa. Jem estava com o bastão em riste. A essa hora as únicas pessoas ali eram bêbados e damas da noite. Os becos cheiravam a lixo, e viam-se vidros quebrados e detritos acumulados de um dia londrino.

Jem foi até a frente de uma loja na Wardour Street. Ele bateu e a porta foi aberta por dois jovens lobisomens, que não pareceram surpresos em vê-lo.

Woolsey Scott está esperando por mim.

Eles assentiram e o conduziram por uma loja escura e vazia que vendia botões e laços, e passaram por uma porta. Do outro lado, havia uma sala mal iluminada, porém com móveis de bom gosto. Woolsey Scott estava esticado sobre um divã. Sentada diante dele, estava Leopolda Stain, cercada por mais meia dúzia de lobisomens. Ela parecia calma e recomposta, e estava até bebericando uma xícara de chá.

— Ah, Carstairs — disse Scott. — Finalmente. Achei que fôssemos passar a noite inteira aqui.

Obrigado, disse Jem, *por cuidarem dela por mim.*

— Não foi nada — disse Scott. Ele gesticulou com o queixo para Leopolda. — Como sabe, essa aí chegou há algumas semanas. Estivemos de olho nela desde então. Não achei que fosse tão longe quanto foi hoje. Não podemos deixar que atraia mundanos idiotas para invocarem demônios. É o tipo de coisa que inspira sentimentos anti-Submundo.

Leopolda não pareceu se ofender pela forma como ele falava.

Woolsey se levantou.

— Você disse que queria falar com ela — emendou. — Devo deixar o assunto por sua conta?

Sim, respondeu Jem.

— Ótimo. Tenho uma reunião com uma garrafa de vinho tinto. Tenho certeza de que ela não causará mais problemas, não é mesmo, Leopolda?

— Claro que não — respondeu.

Scott assentiu, e os licantropes deixaram a sala de uma só vez. Leopolda olhou para Jem e sorriu.

— É bom vê-lo novamente — falou. — Fomos interrompidos tão grosseiramente antes.

Você vai me dizer o que sabe sobre Tessa.

Leopolda alcançou o bule numa mesinha baixa e encheu novamente sua xícara.

— Essas feras terríveis — disse ela, meneando a cabeça para a porta. — Foram muito brutos comigo. Quero sair daqui agora.

Não vai sair até me dizer o que quero saber.

— Ah, direi. Sua Tessa... e ela foi sua, não foi? Posso não ver seus olhos, mas enxergo no seu rosto.

Jem enrijeceu. Ele não era mais aquele menino, o jovem que planejava se casar com Tessa, que a amara tanto quanto seu coração poderia suportar. Ele ainda a amava, mas sobrevivera ao suprimir aquele menino, suprimindo seus amores humanos, assim como tinha abandonado o violino. Instrumentos para outro momento, outra vida.

Mesmo assim, não havia alegria em ser lembrado tão cruelmente.

— Imagino que os poderes dela sejam enormes — disse Leopolda, mexendo o chá. — Tenho inveja dela. Axel tinha... tanto orgulho.

Não havia nada além do barulho da colher batendo nas laterais da louça. Nas profundezas de sua mente, Jem ouvia o murmúrio dos outros Irmãos do Silêncio, mas ignorava. Esta missão era só sua.

Fale-me sobre o pai de Tessa.

— O sangue — disse ela. — Primeiro, vai me dar o sangue. É uma quantidade ínfima.

Isso nunca vai acontecer.

— Não? — insistiu ela. — Você sabe que sou apenas a humilde filha de um demônio Vetis, mas sua Tessa...

Ela aguardou para ver o efeito em Jem.

— Sim — falou. — Eu sei de tudo. Você vai esticar o braço. Eu vou pegar o sangue, vou contar o que quer saber e vou me retirar. Nós dois ficaremos satisfeitos. Garanto a você que o que vou dar é muito mais do que o que estou pedindo. É uma incrível barganha.

Você não tem as vantagens que pensa que tem, Leopolda Stain, disse ele. Soube que estava aqui desde que colocou os pés nestas terras. Eu sabia que era amiga de Mortmain. Sei que quer esse sangue para continuar o trabalho dele, e jamais permitirei isso.

Ela sorriu.

— Mas você é gentil — retrucou. — É famoso por isso. Não vai me machucar.

Jem pegou o bastão, girando-o entre as mãos e o equilibrou entre ele e Leopolda. Conhecia centenas de maneiras diferentes de matá-la com ele. Poderia quebrar o pescoço dela.

Aquele era o eu Caçador de Sombras, falou. Já matei com este bastão, embora prefira não fazê-lo. Conte-me o que quero saber ou morrerá. A escolha é sua.

Irmão Zachariah percebeu, pela expressão dos olhos de Leopolda, que ela acreditava nele.

Diga-me o que quero saber e vou deixá-la viver.

Leopolda engoliu em seco.

— Primeiro, jure pelo seu Anjo que vai me deixar ir embora hoje.

Eu juro pelo Anjo.

Leopolda exibiu um sorriso longo e traiçoeiro.

— O ritual que criou sua Tessa foi magnífico — falou. — Tão glorioso. Nunca pensei que uma coisa dessas poderia ser feita, acasalar uma Caçadora de Sombras com um demônio...

Não enrole. Conte-me.

— O pai de sua Tessa foi o maior dos demônios Eidolon. A mais bela criatura de qualquer inferno, pois ele tem mil formas.

Um Demônio Maior?, era o que Jem temia. Não era à toa que James conseguia se transformar em fumaça e a própria Tessa podia assumir qualquer forma, mesmo a de um anjo. Uma linhagem de Nephilim e Demônios Maiores. Não havia registro de criaturas tão impossíveis. Mesmo agora, ele não conseguia pensar neles como novas e estranhas criações com incríveis poderes. Eram simplesmente Tessa e James. Pessoas que ele amava desmedidamente.

Está dizendo que o pai de Tessa era um Demônio Maior?

A Clave jamais poderia saber. Ele não poderia contar. Seu coração acelerou. Será que poderia contar a Tessa? Seria melhor que ela soubesse ou não?

— Um Príncipe das Trevas de fato — falou Leopolda —, irmão de Asmodeus e Sammael. Que honra nascer dele. Mais cedo ou mais tarde, Jem Carstairs, o sangue vai sair e um belo poder brilhará por esta cidade.

Ela se levantou.

O maior dos Eidolons? Preciso de mais do que isso. Como ele se chamava?

Ela balançou a cabeça.

— O preço pelo nome é o sangue, James Carstairs, e se você não pagar, outro pagará.

Ela tirou a mão de trás das costas e jogou um punhado de pó em Jem. Se ele não tivesse os olhos protegidos por magia, provavelmente teria ficado cego. Mas ele só cambaleou o suficiente para que ela corresse e fosse até a porta. Ela a alcançou em segundos e abriu.

Do outro lado, havia dois enormes lobisomens ladeando Woolsey Scott.

— Como já era de se esperar — disse Woolsey, olhando com desprezo para Leopolda. — Matem-na, meninos. Deixem que sirva de exemplo para outros que ousem derramar sangue sobre nossa cidade.

Leopolda gritou e girou para Jem, os olhos arregalados.

— Você disse que me deixaria ir embora! Você jurou!

Jem estava exaurido.

Não sou eu quem está impedindo.

Ela gritou quando os lobisomens, já semitransformados, avançaram para ela. Jem virou as costas enquanto o barulho de carne rasgando e berros dominavam a sala.

#

A manhã de verão chegou cedo. Ariadne estava dormindo suavemente, e Anna ouviu a camareira no andar de baixo. Ela ainda não tinha dormido, mesmo depois de Ariadne ter apagado. Anna não queria sair daquela posição aconchegante. Ficou brincando com o barrado de renda do travesseiro e olhando os cílios de Ariadne se movimentando, como se ela estivesse nas profundezas de um sonho.

Mas o céu passava de preto à cor suave de pêssego do alvorecer. Logo haveria uma criada à porta com uma bandeja. Logo, a vida se intrometeria.

Ariadne teria somente problemas se ela fosse encontrada aqui. Era sua obrigação ir embora.

Anna beijou Ariadne suavemente para não acordá-la. Em seguida, se vestiu e saiu pela janela. A escuridão não a escondia agora enquanto caminhava pela bruma matutina de Londres com suas roupas masculinas. Algumas pessoas viraram a cabeça para dar uma segunda olhadinha nela, e ela teve quase certeza de que alguns dos olhares foram de admiração, mesmo que estivesse sem uma de suas mangas e tivesse perdido o chapéu. Optara por tomar o caminho mais longo para casa, passando pelo Regent Park. As cores eram suaves no nascer do sol, as águas do lago Boating, plácidas. Sentiu-se amigável em relação aos patos e pombos. Sorriu para desconhecidos.

O amor era isso. Era total. E a conectava com tudo. Anna pouco ligava se conseguiria chegar em casa antes de alguém notar seu desaparecimento. Só queria se sentir assim para sempre — exatamente assim, esta manhã suave, fragrante e afável, com a sensação de Ariadne ainda na pele. Seu futuro, antes tão confuso, estava claro. Ela ficaria com Ariadne para sempre. Elas viajariam pelo mundo, lutariam lado a lado.

Depois de um tempo, teve que ir para casa, onde subiu a janela com facilidade. Tirou as roupas do irmão e se deitou na cama. Em poucos segundos, caiu nos braços tranquilos do sono e se sentiu novamente nos braços de Ariadne.

#

Anna acordou pouco antes do meio-dia. Alguém tinha trazido uma bandeja de chá e deixado ao lado da cama. Bebeu o chá, que agora estava gelado. Tomou um banho frio e examinou o ferimento em seu braço. Os símbolos de cura de Ariadne tinham dado efeito. A região ainda estava vermelha e irritada, mas daria para cobrir com um xale. Colocou seu vestido mais simples e com corte mais reto — era tão estranho agora, se vestir como menina — e colocou um xale de seda sobre os ombros, enrolando-o cuidadosamente sobre o braço machucado. Desceu. Sua mãe estava sentada em um canto ensolarado da sala, com o pequeno Alexander no colo.

— Aí está você — falou ela. — Está doente?

— Não — retrucou Anna. — Fui tola. Fiquei acordada até muito tarde lendo um livro.

— Agora sei que está doente — disse a mãe com um sorriso, o qual Anna retribuiu.

— Preciso caminhar no sol. O dia está tão bonito. Vou visitar Lucie e James, acho, e discutir meu livro com eles.

Sua mãe a fitou curiosa, mas concordou.

Anna não foi até a casa dos Herondale. Em vez disso, virou na direção de Fitzrovia, parando para comprar violetas de uma senhora na rua. Seus passos eram leves. O mundo estava perfeitamente organizado, e todas as coisas e seres eram dignos de amor. Anna poderia ter feito qualquer coisa naquele instante: combatido cem demônios de uma vez, erguido uma carruagem sobre a cabeça, dançado numa corda bamba. Passou pelas calçadas onde havia estado poucas horas antes, de volta para seu amor.

Na casa perto da Cavendish Square, Anna bateu uma vez, e depois ficou parada no degrau, tensa, olhando para cima. Será que Ariadne estava no quarto? Será que olharia para baixo?

A porta foi aberta pelo criado sisudo dos Bridgestock.

— A família está recebendo convidados no momento, Srta. Lightwood. Talvez queira esperar no...

Nesse momento, uma porta se abriu e o Inquisidor saiu com um jovem que tinha feições familiares e cabelos ruivos — Charles Fairchild, o irmão de Matthew. Anna raramente via Charles. Ele estava sempre em algum lugar, normalmente Idris. Ele e o Inquisidor estavam no meio de uma conversa.

— Ah — falou o Inquisidor Bridgestock ao ver Anna. — Srta. Lightwood. Que bom. Já conhece Charles Fairchild?

— Anna! — cumprimentou Charles com um sorriso caloroso. — Sim, claro.

— Charles será o diretor interino do Instituto de Paris — disse o Inquisidor.

— Ah — disse Anna. — Parabéns. Matthew não me contou.

Charles revirou os olhos.

— Imagino que ele pense que coisas como aspirações políticas sejam crassas e burguesas. Mas o que está fazendo aqui?

— Anna e Ariadne estão treinando juntas — explicou o Inquisidor.

— Ah — falou Charles. — Excelente. Você precisa nos visitar em Paris em algum momento, Anna.

— Oh — disse Anna, sem saber a quem Charles se referia. — Sim. Obrigada. Eu vou.

Ariadne surgiu da sala. Usava um vestido rosa, da cor de peônias frescas, e os cabelos presos. Ao ver Anna, suas bochechas coraram. Charles Fairchild saiu com o Inquisidor Bridgestock e Ariadne foi até ela.

— Não esperava vê-la tão cedo — murmurou para Anna.

— Como eu poderia ficar longe? — respondeu. Ariadne estava usando seu perfume outra vez, e o cheiro pairava levemente. Agora flor de laranjeira era o perfume preferido de Anna.

— Talvez possamos nos encontrar mais tarde — falou Ariadne. — Nós vamos...

— Volto em um ano — disse Charles, concluindo qualquer que fosse a conversa com o Inquisidor Bridgestock. Ele olhou novamente para elas, fez uma reverência, pegou a mão de Ariadne e a beijou formalmente.

— Espero vê-la mais quando voltar. Não deve levar mais do que um ano.

— Sim — respondeu Ariadne. — Gostaria muito.

— Anna! — disse a Sra. Bridgestock. — Temos um papagaio. Você precisa ver. Venha.

De repente, Anna notou que a Sra. Bridgestock a tinha segurado pelo braço e a conduzia gentilmente para uma das outras salas, onde havia um papagaio grande e colorido numa enorme gaiola dourada. O pássaro piou alto quando se aproximaram.

— É um belo pássaro — disse Anna, confusa, quando a Sra. Bridgestock fechou a porta atrás delas.

— Peço desculpas, Anna — falou ela. — Eu só precisava dar aos dois a chance de se despedirem adequadamente. Essas coisas podem ser tão delicadas. Tenho certeza de que entende.

Anna não entendeu, mas havia um torpor intruso tomando seu corpo.

— Temos esperança de que se casem em alguns anos — prosseguiu a Sra. Bridgestock. — Nada foi providenciado ainda, mas é um pretendente tão bom.

O pássaro guinchou e a Sra. Bridgestock continuou falando, mas Anna só ouvia o zunido em seus ouvidos. Ainda sentia o gosto do beijo de Ariadne; via os cabelos escuros espalhados pelo travesseiro. Essas coisas tinham acontecido há poucas horas, e ao mesmo tempo era como se centenas de anos tivessem se passado e o mundo tivesse se tornado frio e estranho.

A porta foi aberta novamente, e uma Ariadne muito silenciosa se juntou a elas.

— Minha mãe a apresentou a Winston? — perguntou, olhando para o pássaro. — Ela o adora. Você não é uma fera terrível, Winston?

Ela disse calorosamente, e Winston, o papagaio, veio dançando pelo poleiro e estendeu o pé para Ariadne.

— Tiveram uma boa conversa? — perguntou a mãe.

— Mãe! — protestou Ariadne. Ela estava um pouco pálida, mas a mãe não pareceu notar. — Por favor, posso falar com Anna?

— Sim, claro — disse a Sra. Bridgestock. — Tenham uma boa conversa. Vou pedir à cozinheira que providencie uma limonada de morango e alguns biscoitos.

Depois que ela saiu, Anna encarou Ariadne.

— Você vai se casar? — perguntou, com a voz seca. — Não pode *se casar com ele.*

— Charles é um bom partido — falou Ariadne, como se estivesse discutindo a qualidade de um tecido. — Nada foi arranjado, mas devemos chegar a um acordo em breve. Mas venha, Anna, venha. Sente-se.

Ariadne pegou a mão de Anna e a conduziu até um dos sofás.

— Isso não acontecerá por, pelo menos, um ano — falou. — Você ouviu Charles. Ainda falta um ano para que eu sequer precise vê-lo novamente. E passarei todo esse tempo com você.

Ela desenhou um pequeno círculo com o dedo nas costas da mão de Anna, um movimento suave que deixou a outra sem fôlego. Ariadne era tão linda, tão calorosa. Era como se Anna estivesse sendo estilhaçada.

— Certamente não pode querer se casar com Charles — falou. — Não há nada de errado com ele, mas ele é... você o *ama*?

— Não — respondeu Ariadne, segurando a mão de Anna com mais força. — Não o amo desse jeito, não amo nenhum homem desse jeito. Durante toda a minha vida, eu olhei para mulheres e soube que só elas eram capazes de tocar meu coração. Como você fez, Anna.

— Então por quê? — perguntou Anna. — Por que se casar com ele? Por causa dos seus pais?

— Porque é assim que o mundo *é* — respondeu Ariadne, a voz trêmula, como aconteceu quando perguntou a Anna se podia beijá-la. — Se eu contasse a verdade aos meus pais, se eu revelasse quem realmente sou, eles iriam me odiar. Eu ficaria sem amigos, rejeitada, sozinha.

Anna balançou a cabeça.

— Não fariam isso — disse ela. — Eles continuariam a amar você. Você é filha deles.

Ariadne afastou a mão da de Anna.

— Sou adotada, Anna. Meu pai é o Inquisidor. Não tenho pais compreensivos como os seus devem ser.

— Mas o importante é o amor — disse Anna. — Eu não aceitaria ninguém além de você. Você é tudo para mim, Ariadne. Não me casarei com um homem. Só quero você.

— E eu quero ter filhos — falou Ariadne, abaixando a voz, caso sua mãe estivesse voltando. — Anna, eu sempre quis ser mãe, mais do que tudo no mundo. Se eu tiver que suportar o toque de Charles, vai valer a pena. — Ela estremeceu. — Eu nunca, nunca vou amá-lo como amo você. Achei que você fosse entender, que esse seria o pouquinho de felicidade que poderíamos ter antes de o mundo nos separar. Podemos nos amar pelo restante do ano, antes de Charles voltar, podemos ter esse tempo e nos lembrar para sempre, guardá-lo próximo dos...

— Mas quando Charles voltar, acaba — disse Anna friamente. — Ele vai ficar com você. É isso que você está dizendo.

— Eu não seria infiel a ele, não — murmurou Ariadne. — Não sou mentirosa.

Anna se levantou.

— Acho que está mentindo para si mesma.

Ariadne ergueu o rosto adorável. Lágrimas corriam por suas bochechas, e ela as limpou com as mãos trêmulas.

— Ah, Anna, pode me beijar? — pediu. — Por favor, Anna. Não me deixe. Por favor, me beije.

Ela olhou, suplicante. A respiração de Anna estava ofegante e o coração batia tristemente. O mundo perfeito com que tinha sonhado se despedaçava em milhões de pedaços, virando pó e se esvaindo. O que ficou em seu lugar foi algo estranho e cruel. Não havia ar suficiente para respirar. Lágrimas quentes faziam seus olhos arderem.

— Adeus, Ariadne — conseguiu dizer, e cambaleou sala afora.

#

Anna se sentou à beira da cama e chorou por um bom tempo. Chorou até não restarem lágrimas e o corpo tremer involuntariamente.

Ouviu uma batida suave à porta e seu irmão colocou a cabeça para dentro do quarto.

— Anna — falou, piscando os olhos cor de lavanda. — Você está bem? Pensei ter ouvido alguma coisa.

Ah, Christopher. Doce Christopher. Anna limpou o rosto apressadamente.

— Estou bem, Christopher — disse ela, pigarreando.

— Tem certeza? — perguntou o menino. — Posso fazer alguma coisa para ajudar? Posso executar um ato científico salvador.

— Christopher, vá. — Era a mãe de Anna, aparecendo atrás do filho, no corredor, silenciosa como um gato. — Vá fazer outra coisa. Alguma coisa sem explosivos — acrescentou, enxotando o filho do meio.

Anna limpou apressadamente os últimos rastros de lágrimas assim que sua mãe entrou no quarto, carregando uma caixa grande e fechada com um laço. Ela se sentou na cama e olhou placidamente para a filha.

Como sempre, Cecily estava perfeitamente vestida e parecia perfeitamente calma, seus cabelos escuros num coque perfeito atrás da cabeça, o vestido num lindo tom de azul. Anna não conseguiu evitar pensar no quanto devia estar horrível de camisola, com o rosto vermelho e inchado.

— Sabe por que eu a chamei de Anna? — perguntou Cecily.

Anna balançou a cabeça, confusa.

— Fiquei muito doente durante a gravidez — disse Cecily. Anna piscou; não sabia de nada daquilo. — Passei o tempo todo preocupada que você não fosse sobreviver até nascer ou que seria doente. E então você nasceu, e era a criança mais linda, saudável e perfeita. — Ela sorriu. — Anna significa graça, como graça de Deus. Concluí que o Anjo havia me agraciado com você, e assim busquei me certificar de que você sempre seria feliz e satisfeita. — Ela esticou o braço para tocar a bochecha de Anna. — Ela partiu seu coração, não foi? Ariadne?

Anna perdeu a fala. Então a mãe sabia. Ela sempre desconfiara que sua mãe soubesse que ela gostava de mulheres, e que seu pai também soubesse... mas nunca haviam tocado no assunto até agora.

— Sinto muito. — Cecily beijou a testa da filha. — Minha querida amada. Sei que não adianta ouvir isso, mas aparecerá outra pessoa, e ela vai tratar seu coração como o dom precioso que ele é.

— Mamãe — disse ela —, você não se importa... que provavelmente eu nunca me case e nem tenha filhos?

— Existem muitas crianças Caçadoras de Sombras órfãs, como Ariadne, em busca de lares amorosos, e não vejo razão para que você não possa oferecer um algum dia. Quanto a se casar... — Cecily deu de ombros. — Disseram que seu tio Will não podia se casar com sua tia Tessa, que sua tia Sophie e seu tio Gideon não podiam ficar juntos. Mas acho que você sabe que todos erraram, e teriam errado mesmo que o casamento fosse proibido para todos eles. Mesmo que as leis sejam injustas, os corações encontram uma forma de se unir. Se você amar alguém, não tenho dúvida de que encontrará um jeito de passar a vida com ela, Anna. Você é a criança mais determinada que eu conheço.

— Não sou criança — disse Anna, mas sorriu, um tanto impressionada. Ariadne podia tê-la desapontado, mas sua mãe foi impressionante do jeito oposto.

— Ainda assim — disse a mãe —, você não pode continuar usando as roupas do seu irmão.

Anna sentiu um aperto no peito. Pronto. A compreensão de sua mãe tinha limite.

— Achei que não soubesse — murmurou.

— Claro que sabia. Sou sua mãe — falou Cecily como se estivesse anunciando que era a Rainha da Inglaterra. Ela tamborilou na caixa grande com um laço. — Aqui tem uma roupa nova para você. Espero que ache adequada para acompanhar sua família até o parque.

Antes que Anna pudesse protestar, um grito exigente ecoou pela casa. Exclamando "Alexander!", Cecily saiu pela porta, instruindo Anna a encontrá-la lá embaixo, na sala, assim que estivesse pronta.

Melancolicamente, Anna desamarrou o laço que fechava a caixa. Já tinha ganhado muitas roupas da mãe. Outra seda em tom pastel? Mais um vestido elaborado, feito para realçar suas curvas discretas?

O laço e o papel caíram, e Anna engasgou.

Dentro da caixa estava o terno mais lindo que ela já tinha visto. Preto com risca de giz azul, o paletó sob medida. Um lindo colete de seda com belos tons de azul complementava uma camisa branca. Sapatos, suspensórios — nada tinha sido esquecido.

Entorpecida, Anna se vestiu e olhou no espelho. As roupas estavam perfeitas — a mãe provavelmente fornecera suas medidas ao alfaiate. Mas alguma coisa ainda não estava certa.

Ela enrijeceu a mandíbula, atravessou o quarto e pegou um par de tesouras. Na frente do espelho, puxou uma parte do seu cabelo.

Hesitou apenas por um instante. A voz suave de Ariadne em seus ouvidos.

Achei que você fosse entender, que esse seria o pouquinho de felicidade que poderíamos ter antes de o mundo nos separar.

O cabelo fez um barulho satisfatório ao ser cortado. Caiu numa chuva no tapete. Ela pegou mais um punhado, e depois outro, até o cabelo estar na altura do queixo. O corte realçava suas feições. Ela aparou um pouco mais na frente, foi cortando atrás, até sobrar apenas o bastante para um penteado masculino.

Agora estava perfeito. O reflexo olhava de volta para ela, os lábios curvados num sorriso incrédulo. O colete realçava seus olhos; a calça, a elegância das pernas. Agora sentia que conseguia respirar, mesmo com a dor pela perda de Ariadne lhe esmagando o peito: podia ter perdido a menina, mas ganhou a si mesma. Uma nova Anna, confiante, bonita, poderosa.

Corações se partiam em Londres todos os dias. Talvez a própria Anna pudesse partir um ou dois. Haveria outras — adoráveis meninas passariam pela sua vida, e ela continuaria tendo controle de seu coração. Jamais sofreria assim outra vez.

Ela era uma Caçadora de Sombras. Aceitaria o golpe. Ficaria calejada e riria na cara da dor.

Anna desceu as escadas logo depois. Era fim de tarde agora, embora o sol ainda estivesse brilhando pela janela. Este dia seria eterno.

Sua mãe estava na sala com uma bandeja de chá; o bebê Alex em uma cesta ao seu lado. O pai estava sentado do lado oposto, concentrado no jornal.

Anna entrou.

Os pais olharam para ela. Ela os viu assimilando suas novas roupas, assim como o cabelo curto. Ficou parada à entrada, se preparando para qualquer que fosse a reação.

Um longo instante se passou.

— Eu disse que o colete azul era o certo — disse Gabriel a Cecily. — Realça os olhos dela.

— Eu não discordei — respondeu Cecily, embalando o bebê. — Eu só disse que ela também ficaria linda de vermelho.

Anna começou a sorrir.

— Muito melhor do que as roupas do seu irmão — disse Gabriel. — Ele acaba com elas com ácidos e enxofre.

Cecily examinou os cabelos curtos de Anna.

— Muito sensato — falou. — Cabelo atrapalha muito na batalha. Gostei muito. — Ela se levantou. — Sente-se — acrescentou. — Fique um pouco com seu irmão e com seu pai. Tenho que buscar uma coisa para você.

Assim que sua mãe saiu do recinto, Anna sentiu os membros formigarem ao sentar. Esticou o braço para Alex. Ele tinha acabado de acordar e estava olhando em volta, assimilando tudo, maravilhado, como bebês sempre ficam quando acordam e descobrem que o mundo ainda está ali, para ser absorvido com todas as suas complexidades.

— Entendo como se sente — falou ela para o irmão.

Ele exibiu um sorriso banguela e esticou a mãozinha. Ela estendeu a dela, e ele agarrou seu dedo.

Sua mãe só voltou alguns minutos mais tarde, com uma pequena caixa azul.

— Sabe — disse Cecily, sentando e enchendo novamente a xícara de chá —, meus pais não queriam que eu fosse Caçadora de Sombras. Eles fugiram da Clave. E seu tio Will...

— Eu sei — disse Anna. Gabriel olhou com carinho para a esposa.

— Mas eu era Caçadora de Sombras. Eu já sabia desde então, quando tinha 15 anos. Sabia que estava no meu sangue. Pessoas tolas dizem muitas coisas. Mas sabemos quem somos por dentro.

Ela colocou a caixa azul sobre a mesa e a empurrou para Anna.

— Se aceitar — falou.

Na caixa, havia um colar com uma pedra vermelha brilhante. Havia inscrições em latim na parte de trás.

— Para protegê-la — emendou ela. — Você sabe como funciona.

— Ele sente demônios — disse Anna, espantada. Sua mãe o usava sempre que saía para o combate, muito embora ultimamente isso acontecesse com menos frequência, em função da chegada de Alexander.

— Não pode proteger seu coração, mas pode proteger o restante — disse Cecily. — É uma herança de família. Deve ser seu.

Anna lutou contra as lágrimas que queriam tomar seus olhos.

Pegou o colar e o colocou diante da garganta. Levantou e se olhou no espelho acima da lareira. Um belo reflexo olhou de volta para ela. O colar caía bem, assim como o cabelo curto. *Não preciso ser uma coisa só*, pensou Anna. *Posso escolher o que combina comigo, quando combina. As calças e o paletó não me tornam um homem, e o colar não me torna uma mulher. São apenas coisas que fazem com que eu me sinta bonita e poderosa neste momento. Sou exatamente como escolho ser. Sou uma Caçadora de Sombras que veste lindos ternos e um colar lendário.*

Ela olhou para o reflexo da mãe no vidro.

— Você tinha razão — falou. — O vermelho combina comigo.

Gabriel riu baixinho, mas Cecily apenas sorriu.

— Eu sempre soube quem você era, meu amor — disse Cecily. — Você é a joia do meu coração. Minha primogênita. Minha Anna.

Anna pensou novamente em toda a dor do dia — na ferida que abriu seu peito e expôs seu coração. Mas agora era como se sua mãe tivesse desenhado uma Marca ali e fechado a ferida. A cicatriz estava lá, mas ela, Anna, estava inteira.

Era como ser Marcada outra vez, definindo quem ela era. Esta era Anna Lightwood.

Aprendendo sobre perdas

Por Cassandra Clare e Kelly Link

Chattanooga, 1936

Na manhã de 23 de outubro de 1936, os habitantes de Chattanooga, no Tennessee, acordaram e encontraram cartazes nas laterais dos prédios de todas as ruas. POR TEMPO LIMITADO, era o que se lia, MAGIA, MÚSICA E O MAIS MISTERIOSO BAZAR DE MERCADORES. PAGUE SÓ O QUE PUDER E ENTRE NA TERRA DAS FADAS. VEJA O QUE MAIS DESEJA. TODOS SÃO BEM-VINDOS.

Algumas pessoas passavam pelos cartazes balançando a cabeça. Era o auge da Grande Depressão, e mesmo que o presidente Franklin Delano Roosevelt estivesse prometendo mais empregos em projetos como o túnel, os trilhos e o acampamento no Parque Nacional Great Smoky Mountains, as vagas eram escassas e os tempos, difíceis, e a maioria das pessoas não tinha dinheiro para gastar em bobagens e diversão. Além disso, quem desejaria chegar até o alto da Lookout Mountain apenas para ser barrado por não poder pagar nada? Ninguém liberaria a passagem a troco de nada.

Mas muitos habitantes de Chattanooga viram os cartazes e pensaram que talvez tempos melhores estivessem por vir. Havia uma nova política, o New Deal, e talvez também houvesse novidades no campo da diversão. E não tinha uma única criança que visse os cartazes e não ficasse sinceramente ávida por tudo o que eles prometiam. Vinte e três de outubro caiu numa sexta-feira. No sábado, pelo menos metade da cidade de Chattanooga correu para a feira. Alguns levaram colchonetes e lonas para acampar. Se houvesse música e festividades, talvez ficassem mais de um dia. As igrejas de Chattanooga mal recebeiam pessoas na manhã de domingo. Mas a feira na Terra das Fadas de Lookout Mountain estava mais apinhada do que uma colmeia.

No topo da montanha, um rapaz nativo dali chamado Garnet Carter recentemente estabelecera a comunidade da Terra das Fadas, a qual incluía o Golfe Tom Thumb, o primeiro campo de minigolfe dos Estados Unidos. Havia a estranha paisagem natural de Rock City, onde a esposa de Garnet, Freida Carter, abrira caminho entre rochedos altos cobertos de musgo, plantando flores silvestres e importando estátuas alemãs para que as trilhas fossem vigiadas por gnomos e personagens de contos de fadas, como em Chapeuzinho Vermelho ou os Três Porquinhos.

Pessoas abastadas vinham nos feriados e passeavam no funicular, que também eram os trilhos mais íngremes do mundo, o quilômetro de Chattanooga até o hotel Lookout Mountain. O hotel também era conhecido como o Castelo nas Nuvens, e se todos os quartos estivessem ocupados... bem, havia também a Estalagem da Terra das Fadas. Para os ricos, tinha golfe, dança de salão e caçadas. Para os interessados em história, tinha o campo da Batalha Entre as Nuvens, onde o Exército da União tinha derrotado os Confederados há não muito tempo e com máximo esforço. Ainda era possível encontrar cápsulas de balas e outros vestígios dos mortos por toda a montanha, além de pontas de flechas utilizadas pelos Cherokee. Mas os nativos terminaram expulsos, e a Guerra Civil já tinha acabado. Uma guerra ainda maior ocupava a memória recente, e muitas famílias de Chattanooga haviam perdido seus filhos e pais nela. Humanos faziam coisas terríveis uns contra os outros, e havia traços dessas coisas terríveis para todos os lados.

Se seu gosto pendesse mais para bourbon do que para história, bem, também havia muitas destilarias em Lookout Mountain. E quem poderia saber que outros prazeres ilegais ou imorais seriam encontrados em um Misterioso Bazar de Mercadores?

Naquele primeiro sábado na feira, homens e mulheres com dinheiro e bom gosto se misturavam às crianças de rosto emaciado e às esposas dos fazendeiros. Os brinquedos eram gratuitos para todos. Havia jogos com prêmios e um zoológico interativo com um cão de três cabeças e uma serpente alada tão grande que daria conta de engolir um boi inteiro todos os dias ao meio-dia. Os violinistas tocavam músicas tão bonitas e melancólicas que todos que ouviam ficavam lacrimosos. Uma mulher alegava conseguir

Havia também um mágico, Roland, o Estupendo, que fez uma semente virar árvore em pleno palco, e depois a fez florescer, perder as folhas e secar, como se todas as estações tivessem passado num piscar de olhos. Era um homem bonito, aparentando uns 60 anos, com olhos azul-claros, bigode branco lustroso e cabelos brancos como a neve com uma mecha preta, como se algum demônio o tivesse tocado com a mão suja.

Havia iguarias para comer a preços muito baixos ou mesmo distribuídas gratuitamente, e todas as crianças comiam até passar mal. Conforme prometido, o Bazar era cheio de objetos notáveis em exibição, cuidados por pessoas ainda mais notáveis. Alguns dos clientes também atraíam olhares curiosos. Havia mesmo pessoas em terras distantes com caudas enroladas ou chamas nas pupilas?

Uma das barracas mais populares oferecia um produto local: um licor claro e potente que diziam ser capaz de fazer seu consumidor sonhar com uma floresta ao luar cheia de lobos correndo. Os homens naquela barraca eram taciturnos e não sorriam com frequência; mas quando o faziam, tinham dentes perturbadoramente brancos. Eles habitavam as montanhas e eram discretos, mas no Bazar pareciam bem à vontade.

Uma das tendas tinha enfermeiras tão adoráveis que não era nenhum sacrifício deixar que coletassem seu sangue. Elas enchiam um ou dois frascos, "para fins de pesquisa", diziam. E os doadores recebiam moedas que podiam ser utilizadas em qualquer parte do Bazar, como uma moeda local.

Logo além das tendas, uma placa levava ao Labirinto de Espelhos. Dizia: VEJA VOCÊ MESMO. O MUNDO VERDADEIRO E O FALSO LADO A LADO. Aqueles que atravessavam o labirinto saíam um pouco atordoados. Alguns chegavam ao centro, onde recebiam a oferta de uma entidade que cada um descrevia de um jeito. Para uns, a pessoa no recinto aparecia como uma criança pequena; para outros, uma senhora com um vestido elegante — ou até mesmo como uma pessoa amada e há muito morta. A entidade usava máscara, e se você confessasse um de seus desejos, a máscara era colocada em você e, bem, só vendo pessoalmente mesmo. Isso, é claro, se conseguisse encontrar o caminho pelo labirinto até o local onde o mascarado o aguardava.

Ao final do primeiro fim de semana, a maior parte de Chattanooga tinha subido para conferir os estranhos encantos da feira. E muitos voltaram nos dias subsequentes, embora já estivessem surgindo rumores sobre o comportamento preocupante apresentado por aqueles que voltaram. Uma mulher alegou que seu cônjuge na verdade era um impostor que havia assassinado seu verdadeiro marido, surto que teria sido facilmente esquecido caso não tivessem encontrado no rio um corpo exatamente igual ao do sujeito em questão. Um jovem se levantou no meio da uma celebração na igreja e disse conhecer os segredos de toda a congregação, só de olhar para as pessoas. Quando resolveu revelá-los em voz alta, o pastor tentou impedir, até o sujeito começar a dizer o que sabia sobre o pastor. Com isso, o líder espiritual se aquietou, deixou a igreja, foi para casa e cortou a própria garganta.

Outro homem venceu sucessivamente no jogo de pôquer até que, bêbado, confessou, soando espantado, que conseguia enxergar as cartas de todos como se fossem as próprias. Ele comprovou a afirmação nomeando cada carta em ordem, e depois disso foi espancado e largado inconsciente e ensanguentado na rua por seus amigos de infância.

Um menino de 17 anos, que ficara noivo recentemente, voltou da feira e na mesma noite, aos berros, acordou a casa inteira. Havia destruído os próprios olhos com dois carvões quentes, mas se recusava a dizer o por quê. Aliás, ele nunca mais voltou a falar, e sua pobre noiva acabou terminando o relacionamento e indo morar com a tia em Baltimore.

Uma menina linda apareceu na Estalagem da Terra das Fadas ao anoitecer alegando ser a Sra. Dalgrey, mas os funcionários da estalagem sabiam muito bem que a Sra. Dalgrey era uma viúva de quase 80 anos. Ela se hospedava lá todo outono, e nunca dava gorjeta a ninguém, por melhor que fosse o serviço.

Outros terríveis incidentes foram relatados nos arredores de Chattanooga e, durante a semana, depois que a feira fora anunciada, notícias sobre os incidentes chegaram aos ouvidos daqueles cuja função era evitar que o mundo humano fosse incomodado e atormentado pelos caprichos maliciosos dos habitantes do Submundo e dos demônios.

É normal haver alguns problemas numa feira do tipo. O prazer e a encrenca andam juntos. Mas havia indícios de que essa feira em particular era mais do que aparentava ser. Para começar, o Bazar Bizarro não consistia apenas em enfeites e bugigangas. O Bazar era um verdadeiro Mercado das Sombras num local onde nunca tinha havido um, e os humanos percorriam os corredores e mexiam livremente nas mercadorias. E havia também rumores sobre a existência de um artefato de *adamas* nas mãos de alguém que não deveria tocá-lo. Por esse motivo, na quinta-feira, 29 de outubro, um portal se abriu em

Lookout Point, e dois indivíduos que tinham acabado de se conhecer entraram sem serem notados por nenhum dos humanos ali presentes.

Uma das pessoas era uma jovem ainda não totalmente transformada em Irmã de Ferro, embora as mãos já apresentassem as cicatrizes e os calos característicos do manuseio de *adamas*. Seu nome era Emilia, e essa era a última missão à qual seria enviada por suas Irmãs antes de se juntar a elas em definitivo: recuperar o *adamas* e trazê-lo de volta para a Cidadela Adamant. Seu rosto era atento e sorridente, como se gostasse do mundo, mas não acreditasse em reciprocidade nesse caso.

Seu acompanhante era um Irmão do Silêncio que tinha Marcas no rosto, embora não tivesse os olhos nem a boca costurados. Em vez disso, estavam apenas fechados, como se ele tivesse preferido se recolher num mundo particular. O Irmão era bonito o suficiente para incitar algumas mulheres do Lookout Point que vissem seu rosto a pensar nos contos de fadas nos quais um beijo basta para despertar alguém de um encantamento. Irmã Emilia, que conseguia enxergar muito bem o Irmão Zachariah, o considerava um dos homens mais bonitos que já vira. Certamente era o primeiro que Emilia via em muito tempo. E se a missão fosse bem-sucedida e os dois voltassem para a Cidadela com o *adamas*, bem, certamente não seria ruim se o belo Irmão do Silêncio fosse o último homem que pudesse ver. Não fazia mal admirar a beleza quando se deparava com ela ao acaso.

— Bela vista, não? — indagou ela. Do lugar onde estavam, dava para ver a Georgia, o Tennessee, o Alabama, as Carolinas do Sul e do Norte, e, no horizonte, a Virginia e o Kentucky também, todos espalhados como uma tapeçaria bordada em azul e verde, com alguns pontinhos vermelhos, dourados e laranja aqui e ali, onde as árvores começavam a mudar de cor.

A resposta do Irmão Zachariah surgiu dentro da mente da mulher:

É extraordinário. Mas confesso que imaginei que os Estados Unidos fossem diferentes. Alguém que eu... conheci... me contou sobre Nova York. Foi onde ela cresceu. Falávamos sobre um dia visitarmos as coisas e os lugares que ela amava. Mas conversamos sobre muitos assuntos que, eu já tinha ciência, mesmo naquela época, provavelmente nunca aconteceriam. E é um país muito grande.

Irmã Emilia não sabia ao certo se gostava de ter alguém falando em sua mente. Ela já tinha encontrado Irmãos do Silêncio antes, mas era a primeira vez que um deles falava diretamente em sua cabeça. Era como receber uma visita quando a louça estava empilhada na pia, e o quarto, uma bagunça. E se a pessoa pudesse enxergar os pensamentos desorganizados que você às vezes tentava esconder?

Sua mentora, Irmã Lora, garantira a Emilia que muito embora os Irmãos do Silêncio normalmente conseguirem ler as mentes daqueles que os cercavam, isso não acontecia com elas. Mas, por outro lado, e se isso fosse parte do teste que tinha que cumprir? E se a tarefa do Irmão Zachariah também fosse examinar seu cérebro, para se certificar de que Emilia era uma candidata apta? *Com licença! Você pode me ouvir?*, pensou, o mais alto que pôde. Quando o Irmão Zachariah não respondeu, ela perguntou, aliviada:

— É sua primeira vez nos Estados Unidos, então?

Sim. Em seguida, como que por educação, Zachariah completou: *E você?*

— Nascida e criada na Califórnia — disse Irmã Emilia. — Cresci no Conclave de São Francisco.

São Francisco é parecido com este lugar?, perguntou o Irmão Zachariah. Ela quase engasgou.

— Na verdade, não. Nem as árvores são as mesmas. E o chão de lá costuma tremer. Algumas vezes, só o bastante para mover sua cama por alguns centímetros enquanto você tenta dormir. Em outras, derruba prédios de surpresa. Ah, mas as frutas são as mais saborosas. E o sol brilha todos os dias.

Seu irmão mais velho era uma criança de colo durante o terremoto de 1906. Metade da cidade incendiara, e o pai de Emilia contara que até mesmo os demônios mantiveram distância durante a destruição. A mãe, que estava grávida, sofreu um aborto. Se aquele bebê tivesse sobrevivido, Emilia teria tido sete irmãos, todos homens. Em sua primeira noite na Cidadela de Ferro, ela acordou de hora em hora porque tudo estava muito quieto e pacífico.

Você parece ter saudade de lá, observou o Irmão Zachariah.

— Eu tenho. Mas nunca foi meu lar. Bem. Acho que a feira é por ali, e nós aqui conversando quando temos trabalho a fazer — respondeu a Irmã Emilia.

#

Ainda que seus olhos, orelhas e boca tivessem sido fechados pela magia da Cidade do Silêncio, Irmão Zachariah ainda conseguia sentir o cheiro e ouvir a feira muito melhor do que qualquer mortal. Tinha cheiro de açúcar e metal quente, e, sim, de sangue também, e o som de vendedores, música e gritos animados. Logo ele também poderia ver.

Aprendendo sobre perdas

A feira acontecia sobre um terreno que provavelmente fora cenário de uma grande batalha. Irmão Zachariah conseguia sentir a presença dos humanos mortos. Os restos esquecidos estavam agora enterrados sob um campo gramado, onde uma espécie de paliçada havia sido erguida em torno de muitas tendas coloridas e estruturas elaboradas. Uma roda-gigante pairava acima de tudo, com os carrinhos pendurados na roda central, apinhados de pessoas sorridentes. Através de dois grandes portões arreganhados, via-se uma ampla avenida, saudando todos que se aproximavam.

Namorados em trajes dominicais cruzavam os portões, enlaçando a cintura um do outro. Dois meninos passaram correndo. Um deles tinha cabelos pretos e desgrenhados. Pareciam ter a idade que Will e Jem tinham quando se conheceram, há muito tempo. Mas o cabelo de Will estava branco agora, e Jem não era mais Jem. Era o Irmão Zachariah. Algumas noites atrás, sentado ao lado da cama de Will Herondale, ele presenciara seu velho amigo lutando para respirar. A mão de Jem sobre a coberta ainda era jovem, e Tessa, é claro, jamais envelheceria. Como seria para Will, que amava a ambos, ter que seguir para tão longe deles? Mas Jem deixou o amigo primeiro, e Will teve que permitir a partida. Só haveria justiça quando, em breve, fosse Jem quem ficasse para trás.

Em sua mente, o Irmão Enoch se pronunciou:

Vai ser difícil. Mas você vai conseguir suportar. Nós vamos ajudá-lo a superar.

Vou suportar porque devo, respondera Irmão Zachariah.

Irmã Emilia parou e ele a alcançou. Ela observava a feira, as mãos nos quadris.

— Que interessante! — falou. — Você já leu *Pinóquio*?

Creio que não, retrucou Irmão Zachariah. Embora tivesse a impressão de que certa vez, ao visitar o Instituto de Londres, talvez tivesse escutado Tessa lendo a história para um jovem James.

— Um boneco de madeira que deseja ser um menino de verdade — disse a Irmã Emilia. — Então uma fada lhe concede um desejo, mais ou menos, e ele se mete em diversas encrencas num lugar que sempre imaginei ser exatamente como este aqui.

E ele consegue?, perguntou Irmão Zachariah, quase contra a vontade.

— Consegue o quê? — repetiu a Irmã Emilia.

Consegue se tornar um menino de verdade?

— Bem, é claro — respondeu ela. Depois, animadamente, emendou: — Que tipo de história seria se ele só fosse um boneco? O pai de Pinóquio o ama, e é assim que ele começa a se tornar um menino de verdade, suponho. Essas sempre foram minhas histórias favoritas, aquelas em que as pessoas conseguem fazer coisas, ou esculpir em madeira e fazer com que se tornem reais. Como Pigmalião.

Ela é um tanto vivaz para uma Irmã de Ferro, disse o Irmão Enoch na mente de Jem. Não foi exatamente uma crítica, mas também nenhum elogio.

— Claro — continuou a Irmã Emilia —, você mesmo me parece uma espécie de história ambulante, Irmão Zachariah.

O que você sabe de mim?, perguntou ele.

Ela respondeu, impertinente:

— Que combateu Mortmain. Que já teve um *parabatai* e que ele se tornou diretor do Instituto de Londres. Que a mulher dele, a feiticeira Tessa Gray, usa um pingente dado por você. Mas eu sei algo a seu respeito que talvez você mesmo não saiba.

Isso me parece improvável, disse Irmão Zachariah. *Mas prossiga. Diga-me o que sabe a meu respeito.*

— Dê aqui seu bastão — pediu a Irmã Emilia.

Ele cedeu, e ela o examinou cuidadosamente.

— Sim — falou. — Foi o que pensei. Feito pela Irmã Dayo, cujas armas eram tão incrivelmente forjadas que se dizia que um anjo havia tocado sua fornalha. Veja. A marca dela.

Tem me servido muito bem, falou ele. *Talvez um dia você também encontre reconhecimento nas coisas que fizer.*

— Um dia — disse a Irmã Emilia. Ela devolveu o bastão. — Talvez. — Havia um brilho alegre em seus olhos. Jem percebeu que isso a fazia parecer muito jovem.

O mundo parecia um tipo de prova de fogo, e nele todos os sonhos eram alterados e testados. Muitos ruíam por completo, obrigando o avanço sem eles. Na mente de Irmão Zachariah, os irmãos murmuraram em concordância. Após quase setenta anos, ele já estava praticamente acostumado a isso. Em vez de música, tinha um coro severo de irmãos. Certa vez, ele imaginara cada um deles como um instrumento musical. O Irmão Enoch, pensara, seria um fagote ouvido através da janela mais alta de um farol isolado, com as ondas batendo abaixo. *Sim, sim*, disse o Irmão Enoch. *Muito poético. E o que você seria, Irmão Zachariah?*

Aprendendo sobre perdas

Irmão Zachariah tentou não pensar no seu violino. Mas não dava para guardar segredo dos Irmãos. E aquele violino já estava abandonado e negligenciado por muito tempo.

Ele falou, tentando pensar em outras coisas enquanto caminhavam:

Pode me dizer se sabe alguma coisa sobre Annabel Blackthorn? Uma Irmã de Ferro? Ela e um amigo meu, o feiticeiro Malcolm Fade, se apaixonaram e fizeram planos de fugirem juntos, mas quando a família descobriu, ela foi forçada a entrar para a Irmandade de Ferro. Ele ficaria mais tranquilo se soubesse alguma coisa sobre a vida dela na Cidadela Adamant.

— É evidente que você sabe muito pouco sobre as Irmãs de Ferro! Nenhuma delas é forçada a ingressar na Irmandade. Inclusive, é uma grande honra, e muitas que tentam são recusadas. Se essa Annabel se tornou Irmã de Ferro, foi porque escolheu. Não sei nada a respeito dela, mas a maioria de nós muda de nome quando é consagrada.

Se souber de alguma coisa, meu amigo ficaria muito grato. Ele não fala muito nela, mas acredito que Annabel sempre esteja em seus pensamentos, concluiu Irmão Zachariah.

\#

Quando Irmão Zachariah e Irmã Emilia passaram pelos portões da feira, a primeira coisa estranha que viram foi um lobisomem comendo algodão--doce. Uma meleca cor-de-rosa sujava sua barba.

— Hoje teremos lua cheia — lembrou a Irmã Emilia. — A Praetor Lupus mandou alguns integrantes, mas dizem que os lobisomens aqui fazem o que querem. Eles controlam as destilarias e patrulham as montanhas. Deveriam ficar longe de mundanos nessa época do mês, e não ficar comendo algodão--doce e se embebedando.

O lobisomem fez careta e se afastou.

— Atrevido! — disse a Irmã Emilia, e por pouco não foi atrás do licantrope.

Tenha calma. Há coisas piores do que integrantes do Submundo mal--educados e que gostam de doce. Está sentindo o cheiro?

Irmã Emilia franziu o nariz.

— Demônios.

Eles seguiram o cheiro através dos becos sinuosos da feira, a versão mais estranha que Irmão Zachariah já vira de um Mercado das Sombras. O

Mercado era, é claro, muito maior do que se esperaria de uma feira, mesmo uma com essa dimensão. Ele reconheceu uns poucos vendedores. Outros observaram, tensos, enquanto ele e Emilia passavam. Um ou dois, com olhares de resignação, começaram a guardar as coisas. Não havia regras estabelecidas no Mercado das Sombras, seu funcionamento era regulado por costumes mais antigos do que aqueles escritos e sacramentados. Mas tudo ali parecia errado para Irmão Zachariah, e os Irmãos do Silêncio em sua mente debatiam como isso poderia ter acontecido. Mesmo que fosse correto e adequado ter um Mercado das Sombras neste lugar, não deveria haver mundanos passeando e exclamando ao verem objetos estranhos sendo oferecidos. Um homem cruzou por eles, parecendo pálido e entorpecido, com sangue ainda gotejando dos dois furinhos em seu pescoço.

— Eu nunca estive em um Mercado das Sombras — observou a Irmã Emilia, desacelerando o passo. — Minha mãe sempre disse que não era lugar para Caçadores de Sombras e insistia que eu e meus irmãos mantivéssemos distância. — Ela pareceu particularmente interessada numa barraca que vendia facas e armas.

Deixe os suvenires para depois, disse Irmão Zachariah, prosseguindo. *Primeiro, o trabalho.*

De repente, estavam fora do Mercado das Sombras e diante do palco onde um mágico contava piadas enquanto transformava um cachorrinho peludo numa melancia e depois cortava a melancia ao meio com uma carta de baralho. Dentro da fruta havia uma esfera de fogo, que se ergueu e pairou no ar como um sol em miniatura. O mágico — identificado como Roland, o Estupendo — entornou água de sua cartola sobre a esfera, que se transformou num rato e correu do palco para uma plateia que primeiro entrou em pânico e depois, aplaudiu.

Irmã Emilia tinha parado para assistir, e Irmão Zachariah a acompanhou.

— Mágica de verdade? — perguntou ela.

Ilusões de verdade, pelo menos, disse ele. Aí apontou para uma mulher que estava na lateral do palco observando o mágico executar seus truques.

O homem aparentava uns 60 anos, mas sua acompanhante poderia ter qualquer idade. Sem dúvida, era de alta linhagem Fey, e tinha um bebê nos braços. O jeito como ela observava o mágico no palco causou um aperto no peito de Irmão Zachariah. Ele já tinha visto Tessa olhar para Will do mesmo jeito, com aquela atenção extasiada e amor misturados à noção de que uma tristeza futura um dia teria de ser tolerada.

Quando o dia chegar, vamos ajudá-lo, soou o Irmão Enoch.

Um pensamento atingiu Irmão Zachariah como uma flecha; quando o dia chegasse e Will deixasse o mundo, ele não ia querer compartilhar sua tristeza com seus irmãos. Que outros estivessem ali com ele quando Will partisse. E também tinha Tessa. Quem ficaria para ajudá-la a suportar quando Jem levasse o corpo de Will para a Cidade do Silêncio?

A fada olhou para a multidão, e então, de repente, se escondeu atrás de uma cortina de veludo. Quando Irmão Zachariah tentou identificar o que ela vira, avistou um duende empoleirado sobre um estandarte no topo de uma barraca próxima. Ele parecia estar farejando o vento, como se cheirasse algo particularmente delicioso. O único cheiro que Irmão Zachariah sentia agora era de demônio.

Irmã Emilia se empertigou para ver para onde Irmão Zachariah estava olhando e a avistou:

— Outra fada! É bom estar no mundo outra vez. Terei muitas coisas para escrever no meu diário quando voltar à Cidadela de Ferro.

Irmãs de Ferro escrevem diários?, perguntou Irmão Zachariah educadamente.

— Foi uma piada — disse a Irmã Emilia. Ela pareceu verdadeiramente decepcionada. — Irmãos do Silêncio têm senso de humor ou costuram isso também?

Colecionamos piadas de pontinho.

Ela se animou.

— Sério? Você tem alguma preferida?

Não, retrucou o Irmão. *Foi uma piada*. E sorriu mentalmente.

Irmã Emilia era tão humana que ele percebeu que tudo aquilo estava despertando parte da humanidade que ele mesmo tinha posto de lado há tanto tempo. Esse também devia ser o motivo pelo qual ele vinha pensando bastante em Will e Tessa, e na pessoa que costumava ser. Seu coração doeria um pouquinho menos, ele tinha certeza, depois que cumprissem a missão e voltassem ao lugar de onde vieram. Irmã Emilia tinha parte daquela faísca que Will já tivera um dia, quando ele e Jem resolveram ser *parabatai*. Jem fora atraído por aquele fogo em Will, e pensou que ele e a Irmã Emilia também poderiam ter sido amigos em outras circunstâncias.

Ele estava pensando nisso quando um menino pequenino puxou sua manga.

— Você faz parte da feira? — perguntou. — É por isso que está vestido assim? É por isso que seu rosto é assim?

Jem olhou para o menino e depois para as marcas do braço para se certificar de que elas não tinham se apagado de algum jeito.

— Você consegue nos ver? — perguntou a Irmã Emilia ao menino.

— Claro que consigo — respondeu ele. — Não tem nada de errado com meus olhos. Mas acho que tinha antes. Porque agora vejo todo tipo de coisa que eu nunca tinha visto.

Como?, perguntou Irmão Zachariah, se abaixando para encarar os olhos do menino. *Qual é o seu nome? Quando começou a ver coisas que não via?*

— Meu nome é Bill — respondeu o garoto. — Tenho 8 anos. Por que seus olhos estão fechados assim? E como você consegue falar se sua boca não está aberta?

— Ele é um homem de talentos especiais — explicou a Irmã Emilia. — Você deveria provar a torta de frango dele. Onde está sua família, Bill?

— Eu moro na St. Elmo, e vim naquela ferrovia inclinada junto com a minha mãe. Hoje eu comi um saco inteiro de balas e não tive que dividir nada com ninguém.

— Talvez a bala tivesse propriedades mágicas — cochichou a Irmã Emilia para o Irmão Zachariah.

— Minha mãe falou para eu não andar por aí — prosseguiu o menino —, mas nunca obedeço muito a ela, a não ser que esteja furiosa feito um touro bravo. Eu atravessei o Labirinto de Espelhos sozinho e cheguei até o meio, onde fica a moça chique. Ela disse que como prêmio eu podia pedir o que quisesse.

E o que você pediu?, perguntou Irmão Zachariah.

— Pensei em pedir uma batalha com cavaleiros de verdade, cavalos de verdade e espadas de verdade, como no Rei Arthur, mas a moça disse que se o que eu queria era uma aventura de verdade, deveria pedir a chance de enxergar o mundo como ele realmente é, então foi o que fiz. E depois disso ela colocou s máscara dela em mim, e agora está tudo esquisito, e ela também não era uma moça. Era uma coisa perto da qual eu não queria ficar, então fugi. Já vi todo o tipo de gente esquisita, mas ainda não vi minha mãe. Vocês viram? Ela é pequena, mas bem feroz. Tem cabelos ruivos como os meus, e um gênio de cão quando está preocupada.

— Sei tudo sobre esse tipo de mãe — confessou a Irmã Emilia. — Ela deve estar procurando você por todo canto.

— Eu sou uma provação constante pra ela. Ou, pelo menos, é isso que ela diz — constatou Bill.

Ali, apontou Irmão Zachariah. *É aquela?*

Uma mulher baixinha estava perto de uma tenda onde se lia MISTÉRIOS DO VERME DEMONSTRADOS TRÊS VEZES POR DIA, e olhava na direção deles.

— Bill Doyle! — falou ela, avançando. — Você está muito encrencado, rapazinho!

A mulher tinha uma voz forte.

— Vejo que meu destino se aproxima — disse Bill num tom grave. — Vocês devem fugir antes que se tornem parte da batalha.

— Não se preocupe conosco, Bill — respondeu a Irmã Emilia. — Sua mãe não consegue nos ver. E eu não nos mencionaria para ela. Ela vai achar que você está inventando coisas.

— Parece que estou numa situação muito complicada — disse Bill. — Felizmente sou tão bom em me livrar de encrencas quanto sou em entrar nelas. Tenho muita experiência. Foi um prazer conhecê-los.

Então a Sra. Doyle pegou o braço do filho, puxando-o para a saída da feira e fazendo uma careta para a criança enquanto se afastavam.

Irmão Zachariah e Irmã Emilia se viraram para observá-los em silêncio. Finalmente, a Irmã Emilia disse:

— O Labirinto de Espelhos, então.

E mesmo que não tivessem encontrado o jovem Bill Doyle, ao chegarem ao Labirinto de Espelhos tiveram certeza de que aquele era o lugar que procuravam. Era uma estrutura pontiaguda, toda pintada com tinta preta brilhosa e ameaçadora, com riscos vermelhos sobre a superfície negra. A tinta vermelha estava tão fresca e molhada que a construção parecia sangrar. Cruzando a entrada, espelhos e luzes cegavam. O MUNDO VERDADEIRO E O FALSO, dizia a placa. VOCÊ SABERÁ ATÉ COMO É CONHECIDO. AQUELES QUE ME PROCURAM SE ENCONTRAM.

O fedor de maldade demoníaca era tão forte que até Irmão Zachariah e Irmã Emilia, que tinham marcas que os protegiam contra o cheiro, se retraíram.

Cuidado, alertaram as vozes na cabeça de Irmão Zachariah. *Esse não é um demônio Eidolon comum.*

Irmã Emilia já tinha sacado a espada.

Temos que ter cuidado. Pode haver perigos aqui para os quais não estamos preparados, alertou ele.

— Acho que daremos conta de ser tão corajosos quanto o pequeno Bill Doyle foi diante do perigo — retrucou a Irmã de Ferro.

Ele não sabia que estava lidando com um demônio.

— Eu me referia à mãe dele — disse a Irmã Emilia. — Vamos.

Então Irmão Zachariah a seguiu para dentro do Labirinto de Espelhos.

#

Eles se flagraram num corredor longo e brilhante, com muitas companhias. Havia outra Irmã Emilia e outro Irmão Zachariah, compridos e monstruosamente magros e ondulados. Em dado momento, lá estavam eles novamente, achatados e horrorosos. Em outro, viam-se os reflexos de suas costas. Em um dos espelhos, estavam na costa de um mar roxo e raso, mortos e inchados, mas parecendo muito satisfeitos assim, como se tivessem morrido de uma grande felicidade. Em outro, começaram a envelhecer rapidamente e depois ruir até os ossos, que viraram poeira.

Irmã Emilia nunca fora muito afeita a espelhos. Mas por estes, nutria o interesse de uma artesã. Quando um espelho é fabricado, deve ser coberto por algum metal reflexivo. Dava-se para usar prata, mas vampiros não gostavam muito desse tipo. Os espelhos no Labirinto de Espelhos, pensou ela, provavelmente foram tratados com alguma espécie de metal demoníaco. Dava para sentir o cheiro. A cada respirada, sua boca, língua e garganta eram dominadas por uma espécie de resíduo gorduroso de desespero e horror.

Ela foi avançando lentamente, a espada à frente do corpo, e esbarrou num espelho pensando que fosse espaço aberto.

Cuidado, disse o Irmão Zachariah.

— Você não vem até a feira para ter cuidado — falou ela.

Foi tempestuoso e talvez ele soubesse disso. Mas ser tempestuosa também é uma espécie de armadura, tanto quanto se cercar de cautela. Irmã Emilia estimava as duas coisas.

— Se é um labirinto, como vamos saber qual é o caminho que devemos seguir? — perguntou. — Eu poderia quebrar os espelhos com minha espada. Se eu quebrasse todos, encontraríamos o centro.

Contenha sua espada, respondeu Irmão Zachariah.

Ele parou na frente de um espelho no qual a Irmã Emilia não estava presente. Em vez disso, havia um menino magro, de cabelos brancos, segurando a mão de uma menina alta com um rosto lindo e solene. Estavam numa avenida.

— Isso é Nova York — disse Irmã Emilia. — Pensei que você nunca tivesse estado lá!

O Irmão Zachariah avançou pelo espelho, que permitiu sua passagem como se ele jamais tivesse estado ali. A imagem desapareceu como bolhas de sabão estouradas.

Vá até os reflexos que mostram o que você mais quer ver, disse o Irmão Zachariah. *Mas que sabe serem impossíveis.*

— Oh — disse Irmã Emilia involuntariamente. — Ali!

Havia um espelho onde uma Irmã muito parecida com ela, mas de cabelos grisalhos, segurava uma lâmina brilhante com pinças. Ela colocou a lâmina na água fria e o vapor subiu em forma de dragão, o qual se contorcia esplendidamente. Todos os seus irmãos também estavam lá, observando admirados.

Também passaram por aquele espelho. Foram passando por todos os espelhos, até Irmã Emilia sentir o peito apertado de desejo. Suas bochechas ruborizaram, pois Irmão Zachariah era capaz de enxergar seus desejos mais vaidosos e frívolos. Mas ela também via os dele. Um homem e uma mulher, que supunha serem os pais dele, ouvindo o filho tocar violino em um grande salão de concerto. Um homem de cabelos pretos, olhos azuis e marcas de expressão em torno da boca, acendendo uma lareira numa sala enquanto a garota solene, que agora sorria, estava sentada no colo do Irmão Zachariah, que não era mais um Irmão, mas um marido e *parabatai* na companhia daqueles que mais amava.

Chegaram a um espelho onde o homem de cabelos negros, agora velho e frágil, estava deitado numa cama. A garota estava ao lado dele, acariciando sua testa. De repente, o Irmão Zachariah apareceu na cena, mas quando tirou o capuz, tinha os olhos abertos, nítidos, e uma boca sorridente. Ao ver isso, o velho sentou na cama e rejuvenesceu cada vez mais, como se a alegria tivesse renovado sua juventude. Ele se levantou da cama e abraçou seu *parabatai*.

— É terrível — disse Irmã Emilia. — Não deveríamos ver o coração um do outro assim!

Atravessaram aquele espelho e ficaram cara a cara com um que mostrava a mãe de Irmã Emilia sentada diante de uma janela, segurando a carta da filha. Tinha o olhar mais triste, mas então a mãe no reflexo começou a compor lentamente uma mensagem de fogo para a filha. *Tenho tanto orgulho de você, minha querida. Fico tão feliz que tenha encontrado a missão de sua vida.*

Não vejo nada de constrangedor em você, disse Irmão Zachariah com sua voz tranquila. Ele estendeu a mão e, após um instante, Irmã Emilia desviou o olhar do reflexo da mãe que escrevia todas as coisas que jamais dissera. Ela aceitou com gratidão a mão oferecida.

— É constrangedor ser vulnerável — admitiu. — Ou, pelo menos, foi o que eu sempre achei.

Eles passaram pelo espelho e ouviram uma voz:

— E isso é exatamente o que uma fabricante de armas e armaduras *pensaria*. Não concorda?

Tinham chegado ao coração do labirinto, e havia um demônio ali — um homem bonito, com um terno feito sob medida, o pior que a Irmã Emilia já tinha visto.

Belial, reconheceu Irmão Zachariah.

— Velho amigo! — exclamou o demônio. — Estava torcendo para que mandassem você atrás de mim.

Era a primeira vez que Irmã Emilia encontrava um Demônio Maior. Numa das mãos, empunhava a espada que tinha forjado, e na outra, acolhia a mão quente de Irmão Zachariah. Não fosse por essas duas coisas, teria dado meia-volta e fugido.

— Isso é pele humana? — perguntou, com voz trêmula.

Qualquer que fosse a matéria-prima do terno, ele tinha a aparência brilhosa e ligeiramente rachada de couro mal-acabado. Era meio rosado, cheio de bolhas. E, sim, ela concluiu que aquilo que acreditava tratar-se de uma flor estranha na lapela era, na verdade, uma boca contraída em agonia, com um montinho cartilaginoso de nariz por cima.

Belial olhou para o punho manchado despontando sob a manga e, com um peteleco, afastou a sujeira.

— Você tem um bom olho, querida — falou.

— De quem é essa pele? — perguntou Irmã Emilia. Ela percebeu, aliviada, que sua voz estava mais firme agora. Não que quisesse exatamente saber as respostas; era só que descobrira, desde o princípio do seu treinamento na Cidadela de Ferro, que fazer perguntas era uma forma de disciplinar o medo. Receber novas informações significava ter algo no qual se concentrar, ignorando o quão assustadoras eram suas professoras e seu entorno.

— Um alfaiate que eu empregava — informou Belial. — Era um péssimo alfaiate, sabe, mas no fim das contas, fez um bom terno. — Ele deu o sorriso mais charmoso para os dois. Mas, nos espelhos ao redor, seus reflexos rangiam os dentes, enfurecidos.

Irmão Zachariah aparentava calma, mas a Irmã Emilia conseguia sentir o quanto o aperto em sua mão estava mais forte. Ela perguntou:

— Você é amigo dele?

Já nos encontramos, disse Irmão Zachariah. *Irmãos do Silêncio não escolhem suas companhias. Mas devo confessar que gosto mais da sua do que da dele.*

— Isso doeu! — exclamou Belial, com um olhar malicioso. — E, temo, é verdade. E eu só gosto de uma dessas duas coisas.

O que veio fazer aqui?, perguntou Irmão Zachariah.

— Nada — disse Belial. — Isso é puro divertimento. Veja, encontraram *adamas* nas cavernas sob Ruby Falls. Um pequeno rastro na pedra. Você sabia que as pessoas vêm de todos os cantos do país para verem Ruby Falls? Uma cachoeira subterrânea! Eu mesmo ainda não vi, mas ouvi dizer que é espetacular. No entanto, joguei algumas partidas de minigolfe. E me empanturrei das famosas balas. Tive que comer o vendedor de balas depois para tirar o gosto da boca. Acho que ainda tem um pouco dele preso entre meus dentes. Chattanooga, Tennessee! O slogan deveria ser "Venha pelo *adamas*, fique pela bala!" Poderiam pintar essa frase em celeiros.

"Vocês sabiam que existe uma cidade embaixo de Chattanooga? Sofreram inundações tão terríveis no último século, aí finalmente construíram outra por cima das estruturas originais. As construções antigas ainda estão lá, subterrâneas, ocas como dentes podres. E, claro, tudo está em terreno mais alto agora, mas as tempestades ainda acontecem. Elas desgastam as rochas, e o que vai acabar acontecendo? Os alicerces vão ruir, e tudo será destruído num dilúvio. Tem alguma metáfora aí em algum lugar, Caçadorezinhos de Sombras. Você constrói e luta, mas um dia, a escuridão e o abismo chegarão numa onda e varrerão tudo que você ama."

Não tivemos tempo para fazer turismo em Chattanooga, disse o Irmão Zachariah. *Estamos aqui para pegar o* adamas.

— O *adamas*! Claro! — exclamou Belial. — Vocês são tão apegados às coisas.

— Está com você? — perguntou Irmã Emilia. — Achei que significasse a morte dos demônios, só de tocar.

— Os comuns explodem, sim — confirmou Belial. — Mas eu sou um Príncipe das Trevas. Sou mais resistente.

Demônios Maiores dão conta de adamas, explicou o Irmão Zachariah. *Mas pelo que eu saiba, é agonizante para eles.*

— Agonia, agonia — repetiu Belial. Seus reflexos nos diversos espelhos choravam lágrimas de sangue. — Sabe o que nos causa dor? O fato de nosso criador ter dado as costas para nós. Não somos permitidos perante o trono. Mas *adamas*, isso é material angelical. Quando o tocamos, a dor devido à ausência do divino é indescritível. Mas mesmo assim, é o mais próximo que chegamos de sua presença. Então tocamos o *adamas*, sentimos a ausência do nosso criador, e nessa ausência sentimos uma faísca mínima do que já fomos. Ah, essa dor é a coisa mais maravilhosa que se pode imaginar.

E Deus disse: não guardarei Belial no coração, observou Irmão Zachariah. Um lampejo tímido de dor passou pelo rosto do demônio.

— Claro, você também, meu querido Irmão Zachariah, foi privado daqueles que ama. Nós nos entendemos. — E então falou algo numa língua que Irmã Emilia não reconheceu, quase cuspindo as sílabas terríveis e sibiladas.

— O que ele está dizendo? — perguntou ela. E teve a impressão de que o recinto estava ficando mais quente. Os espelhos brilhavam com mais intensidade.

Está falando Abismal, respondeu Irmão Zachariah calmamente. *Nada de importante.*

— Ele está fazendo alguma coisa — sussurrou Irmã Emilia. — Temos que detê-lo. Algo está acontecendo.

Em todos os espelhos, Belial estava inchando, e o terno estourava como pele de linguiça. As versões espelhadas da Irmã Emilia e do Irmão Zachariah diminuíam, encolhendo e escurecendo como se tivessem sido queimadas pelo calor de Belial.

O que é um pontinho vermelho girando num labirinto?, disse Irmão Zachariah.

— O quê? — perguntou Irmã Emilia.

Ele repetiu:

Não preste atenção em Belial. Ele se fortalece assim. Não é real. São ilusões. Nada mais. Demônios não matam aqueles com quem têm dívidas. O que é um pontinho vermelho rodopiando num labirinto?.

— Como?

Diga.

A garganta da Irmã Emilia estava tão seca que ela mal conseguia falar. O punho de sua espada estava fervendo, como se ela estivesse com a mão no forno.

— O que é?

Se você insiste, disse o Irmão Zachariah. *Um REDemoninho.*

E quando a Irmã Emilia finalmente entendeu a piada, foi tão ridícula que, apesar de tudo, ela riu.

— Péssima! — falou.

Irmão Zachariah a fitou com seu rosto sério e desprovido de expressão. *Você não me perguntou se Irmãos do Silêncio têm um bom senso de humor.*

Belial tinha parado de falar Abismal. Parecia incrivelmente decepcionado com os dois.

— Isso não tem a menor graça — falou.

O que você fez com o adamas?, perguntou Irmão Zachariah.

Belial meteu a mão sob o colarinho da camisa e pegou uma corrente. Pendurada na ponta havia uma meia-máscara de *adamas*. Irmã Emilia viu a pele do demônio ficar vermelha e depois em carne viva, e então amarelada de pus onde a máscara o tocara. E onde ele tocava a máscara, o metal acendia em ondas flamejantes em turquesa, escarlate e verde-azulado. Mas a expressão de indiferença orgulhosa do demônio não se modificou.

— Tenho usado em nome dos seus preciosos mundanos — falou. — Fortalece meu poder enquanto fortaleço os deles. Alguns querem ser pessoas diferentes das que são, então dou a eles essa ilusão. Forte o bastante para que possam enganar os outros. Outras pessoas querem ver algo que cobiçam, que perderam ou que não podem ter, e eu também posso conceder isso. Outro dia, um jovem, um menino, na verdade, ia se casar, mas estava com medo. Ele queria saber as piores coisas que poderiam acontecer com ele e com a garota que amava, para que pudessem se preparar e seguir em frente. Soube que ele não foi tão corajoso, afinal.

— Arrancou os próprios olhos — disse Irmã Emilia. — E quanto a Bill Doyle?

— Esse vai ter uma vida incrível, acho — respondeu Belial. — Ou vai acabar em um hospício. Quer fazer uma aposta?

Não devia ter um Mercado das Sombras neste lugar, afirmou Irmão Zachariah.

— Muitas coisas não deveriam existir, mas existem — disse Belial. — E muitas coisas ainda não existem, mas podem existir, se você desejar o suficiente. Admito, torcia para que o Mercado das Sombras oferecesse um disfarce melhor. Ou, pelo menos, que os distraísse quando vocês aparecessem para estragar minha diversão. Mas vocês não se distraíram nem um pouco.

Irmã Emilia vai pegar o adamas, disse Irmão Zachariah. E depois disso, você vai tirar o Mercado daqui porque estou pedindo.

— Se eu fizer isso, acaba a dívida que tenho com você? — quis saber Belial.

— Ele lhe deve um favor? — perguntou Irmã Emilia. E pensou, *não é à toa que costuram as bocas dos Irmãos do Silêncio. Eles têm muitos segredos.*

Não, informou Irmão Zachariah a Belial. Para Emilia, ele disse *Sim, e é por isso que não precisa temê-lo. Um demônio não pode matar alguém com quem tenha uma dívida.*

— Mas eu posso matá-la — retrucou Belial, dando um passo na direção de Irmã Emilia. Ela ergueu a espada, determinada a morrer com honra.

Mas não vai, disse Irmão Zachariah calmamente.

Belial ergueu uma sobrancelha.

— Não vou? Por que não?

Porque você a considera interessante. Eu certamente considero.

Belial ficou calado. Em seguida, assentiu.

— Pegue. — Ele entregou a máscara a Irmã Emilia, que soltou a mão do Irmão Zachariah para aceitar o artefato. Era mais leve do que imaginava. — Mas suponho que não vão deixar que você a use. Vão temer que eu a tenha corrompido de alguma forma. E quem saberia dizer que eu não fiz isso?

Já acabamos, disse Irmão Zachariah. *Vá embora e não volte mais.*

— Pode deixar! — respondeu Belial. — Mas quanto àquele favor... Me dói ficar endividado com você quando posso ser útil. Fico imaginando se não existe algo que eu possa oferecer. Por exemplo, o *yin fen* para seu sangue. Os Irmãos do Silêncio ainda não descobriram a cura, não é?

Irmão Zachariah não disse palavra, mas Irmã Emilia viu como suas juntas embranqueceram quando ele cerrou o punho. Finalmente, ele falou:

Prossiga.

— Talvez eu conheça uma cura — disse Belial. — Sim, acho que conheço uma cura garantida. Você pode voltar a ser quem já foi. Você pode voltar a ser Jem. Ou...

Ou?

Belial esticou a língua comprida, como se estivesse sentindo o gosto do ar e o achasse delicioso.

— Ou eu poderia contar algo que você não sabe. Existem alguns Herondale, não os que você conhece, mas da mesma linhagem do seu *parabatai*. Eles correm grave perigo, a vida deles está por um fio, e eles estão mais próximos de nós do que você possa imaginar. Posso contar uma coisa a respeito deles e colocar você no rumo para encontrá-los, se quiser. Mas você precisa escolher. Ajudar alguém ou voltar a ser quem era. Voltar a ser aquele que um dia foi obrigado a abandonar as pessoas que mais ama. Aquele de quem eles ainda sentem saudade. Você pode ser ele, se assim o desejar. Escolha, Irmão Zachariah.

Irmão Zachariah hesitou por um bom momento.

Nos espelhos que os cercavam, Emilia teve visões das promessas de Belial, de tudo o que a cura significaria. A mulher que o Irmão Zachariah tanto adorava não ficaria sozinha mais. Ele estaria com ela, compartilhando de sua dor e amando-a plenamente mais uma vez. Poderia correr para ficar com o amigo que amava, ver aqueles olhos azuis brilharem como estrelas numa noite de verão assim que abraçasse o Irmão Zachariah transformado. Eles poderiam dar as mãos sem uma sombra de luto ou dor, ao menos uma vez. Tinham passado a vida esperando por esse momento, e temiam que nunca fosse chegar.

Em centenas de reflexos, os olhos do Irmão Zachariah se abriram, cegos e prateados de agonia. Seu rosto se contorcia como se ele estivesse sendo obrigado a suportar uma dor terrível, ou pior, sendo forçado a abrir mão da mais perfeita felicidade.

Os olhos do verdadeiro Irmão Zachariah permaneciam fechados. Seu rosto continuava sereno. Finalmente, ele disse:

Os Carstairs têm uma dívida vitalícia com os Herondale. Essa é a minha escolha.

— Então eis o que tenho a contar sobre os Herondale perdidos. Há poder no sangue deles, e também muito perigo. Eles estão se escondendo de um inimigo que não é nem demônio nem mortal. Essa ameaça é engenhosa, já está chegando muito perto e vai matá-los caso os encontre.

— Mas onde estão esses inimigos agora? — perguntou Irmã Emilia.

— A dívida não é tão grande assim, minha querida. E agora já está paga — retrucou Belial.

Irmã Emilia olhou para Irmão Zachariah, que balançou a cabeça.

Belial é o que é, falou. *Um adúltero, avarento e poluidor de santuários. Um criador de ilusões. Se eu tivesse feito a outra escolha, você realmente acha que eu estaria melhor?*

— Como nos conhecemos bem! — disse Belial. — Todos nós desempenhamos um papel, e você ficaria surpreso, acho, se soubesse o quanto ajudei.

Você crê que só ofereci truques e ilusões, mas eu realmente estendi a mão da amizade. Ou você pensa que posso simplesmente fazer aparecer esses Herondale como se fossem coelhos na cartola? Quanto a você, Irmã Emilia, eu não lhe devo nada, mas seria capaz de lhe conceder uma gentileza. Ao contrário do nosso conhecido aqui, você escolheu o caminho que está seguindo.

— Escolhi — disse Irmã Emilia. Seu maior desejo na vida sempre foi construir coisas. Moldar lâminas serafim e ser conhecida como mestre da forja. Em sua concepção, Caçadores de Sombras só tinham glória na destruição. Ela não, ela queria criar.

— Eu poderia fazer com que você fosse a maior manipuladora de *adamas* que aquela Cidadela de Ferro já viu. Seu nome seria ecoado por gerações.

Nos espelhos, Irmã Emilia viu as lâminas que poderia fazer. Viu como seriam usadas em batalha, como aqueles que as empunhassem seriam gratos a quem as fabricara. Seu nome seria pronunciado como uma bênção, e acólitos viriam estudar com ela, e também associariam a bênção ao seu nome.

— Não! — exclamou a Irmã Emilia para seus reflexos. — Vou mesmo ser a maior manipuladora de *adamas* que a Cidadela de Ferro já viu, mas não porque aceitei sua ajuda. Vai ser por causa do trabalho que farei com a ajuda de minhas irmãs.

— Louca — respondeu Belial. — Não sei nem por que perco meu tempo. *Roland, o Estupendo!*, gritou Irmão Zachariah.

E antes que Irmã Emilia pudesse perguntar o que ele queria dizer, Irmão Zachariah estava correndo para fora do labirinto. Ela conseguia ouvir seu bastão batendo em um espelho após outro, apressado demais para achar o caminho de volta do mesmo jeito que encontrara o de ida. Ou talvez ele soubesse que a magia dificultaria a possibilidade de chegar ao centro, mas que derrubar coisas na volta funcionaria sem problemas.

— Um pouco lento na sacada — disse Belial a Irmã Emilia. — Enfim, tenho que me arrumar. Nos vemos por aí, menininha.

— Espere! — pediu Irmã Emilia. — Tenho uma oferta para você.

Ela não conseguia parar de pensar no que tinha visto nos espelhos do Irmão Zachariah. O quanto ele queria estar com seu *parabatai* e com a menina que devia ser a feiticeira Tessa Gray.

— Prossiga — disse Belial. — Estou ouvindo.

— Sei que as coisas que você nos oferece não são reais — começou Irmã Emilia. — Mas talvez a ilusão de algo que não podemos ter seja melhor do que nada. Quero que você proporcione uma visão ao Irmão Zachariah. Algumas horas com a pessoa de quem ele mais sente saudade.

— Ele ama a feiticeira — respondeu Belial. — Eu poderia dá-la a ele.

— Não! Feiticeiros duram. Acredito que um dia ele terá suas horas com Tessa Gray, mesmo que não ouse esperar por isso. Mas o *parabatai*, Will Herondale, é velho e frágil, e está se aproximando do fim. Quero que lhes dê alguns momentos. Numa época e lugar onde possam ser felizes e ficar juntos.

— E o que receberei em troca? — perguntou Belial.

— Se eu tivesse concordado com sua oferta anterior — disse Irmã Emilia —, acho que meu nome teria vivido em infâmia. E mesmo que eu um dia fosse celebrada pelo meu trabalho, mesmo assim, cada lâmina que eu fizesse seria manchada pela ideia de que você teve alguma participação no meu sucesso. Todas as vitórias teriam sido envenenadas.

— Você não é tão burra quanto a maioria dos Caçadores de Sombras — afirmou Belial.

— Ah, pare de tentar me lisonjear! — respondeu Irmã Emilia. — Você está usando um terno feito de pele humana. Ninguém dotado de discernimento vai dar atenção ao que você tem a dizer. E é isso. Prometo que se você não der ao Irmão Zachariah e a Will Herondale o que estou pedindo, meu objetivo de vida será fabricar uma lâmina capaz de matá-lo. E continuarei fabricando até conquistar meu objetivo. E esteja certo, não só sou talentosa como sou obstinada. Pergunte à minha mãe, se não acredita em mim.

Belial a encarou. Ele piscou duas vezes e desviou o olhar. Irmã Emilia conseguia enxergar, agora, o jeito como ele a via refletida nos outros espelhos, e ela gostou muito de sua aparência nelas, pela primeira vez.

— Você é interessante — disse ele. — Tal como o Irmão Zachariah falou. Mas talvez também seja perigosa. Você é pequena demais para um terno. Mas pode ser um chapéu. Você daria um belo chapéu. E talvez um par de polainas. Por que eu não deveria matá-la?

Irmã Emilia se empertigou.

— Porque você está entediado. Está curioso para saber se vou ser boa ou não no meu trabalho. E se minhas espadas falharem com aqueles que as empunharem, você vai se divertir bastante.

— Verdade. Vou mesmo.

— Então temos um acordo?

— Sim — respondeu Belial. E desapareceu, deixando Irmã Emilia numa sala com paredes espelhadas, segurando a máscara de *adamas* e uma espada incrível, mas que não era páreo para as que ela fabricaria um dia.

Quando ela emergiu na feira, muitas barracas já tinham desaparecido ou simplesmente sido abandonadas. Havia poucas pessoas circulando, e pareciam tontas e entorpecidas, como se tivessem acabado de acordar. O Bazar Bizarro tinha desaparecido por completo, e não havia um único lobisomem à vista, muito embora a máquina de algodão-doce ainda girasse lentamente, com fios de açúcar flutuando pelo ar.

Irmão Zachariah estava na frente do palco vazio, onde o mágico e sua esposa fada haviam se apresentado.

"Todos nós desempenhamos um papel, e você ficaria surpreso, acho, se soubesse o quanto ajudei", disse ele.

Irmã Emilia percebeu que ele citava Belial.

— Não faço ideia do que isso signifique — respondeu ela.

Irmão Zachariah acenou para a placa acima do palco. ROLAND, O ESTUPENDO.

— Papel. Rolo — repetiu ela. — Estupendo, surpreendente, surpresa.

Truques e ilusões. Ele me ofereceu a mão da amizade. Habilidades manuais. Truques de mágica. Eu devia ter percebido logo. Bem que achei que o mágico parecia meu amigo Will. Mas ele e a esposa fugiram.

— Você vai encontrá-los de novo — disse Irmã Emilia. — Tenho certeza.

Eles são Herondale e estão em apuros, respondeu Irmão Zachariah. *Então vou encontrá-los, porque preciso. E Belial disse algo importante para meus irmãos.*

— Prossiga.

Sou o que sou, começou Irmão Zachariah, *um Irmão do Silêncio, mas não totalmente parte da Irmandade, pois por muito tempo fui dependente de* yin fen *contra a minha vontade. E agora sou, ainda que não totalmente por minha vontade, um Irmão do Silêncio; para conseguir sobreviver apesar do* yin fen *no meu sangue, o qual já deveria ter me matado. Irmão Enoch e os outros há muito procuram uma cura e não encontram. Começamos a achar que talvez não houvesse uma. Mas Irmão Enoch ficou muito interessado na escolha que Belial me ofereceu. Ele disse que já está pesquisando curas demoníacas associadas a Belial.*

— E se você se curasse — começou Irmã Emilia —, escolheria não ser quem é?

Sem hesitar, respondeu Irmão Zachariah. *Mas não sem gratidão pelo que meus Irmãos da Cidade do Silêncio fizeram por mim. E você? Vai se arrepender por ter escolhido uma vida na Cidadela de Ferro?*

— Como posso saber? Mas acho que não. Estou tendo a oportunidade de ser quem eu sempre soube que deveria ser. Vamos. Já concluímos o que viemos fazer aqui.

Ainda não. Hoje a lua estará cheia, e não sabemos se os lobisomens voltaram para as montanhas. Enquanto houver mundanos aqui, temos que esperar e observar. Os Irmãos do Silêncio enviaram mensagens para a Praetor Lupus. Eles têm um posicionamento rígido de Proibição, sem contar que são severos com quem come mundanos.

— Parece pesada — disse Irmã Emilia. — O posicionamento de Proibição. Entendo que comer pessoas seja errado, geralmente.

Lobisomens vivem sob um código rigoroso, observou Irmão Zachariah. Olhando para ele, Irmã Emilia não era capaz de dizer se ele estava brincando. Mas tinha quase certeza de que sim.

Mas agora que passou no seu teste, sei que deve estar ansiosa para voltar à Cidadela de Ferro. Sinto muito por tê-la feito demorar aqui.

Ele não estava errado. Irmã Emilia só queria, sinceramente, voltar para o único lugar no qual já tinha se sentido em casa. E sabia que parte do Irmão Zachariah devia estar temeroso de voltar para a Cidade do Silêncio. Ela vira o suficiente nos espelhos para saber onde o coração e a casa dele estavam.

— Não vou achar ruim ficar mais um pouco aqui com você, Irmão Zachariah — falou ela. — E não lamento nem um pouco tê-lo conhecido. Se nunca mais nos encontrarmos, espero que um dia uma arma fabricada por mim seja útil para você de alguma forma. — Em seguida, bocejou. As Irmãs de Ferro, ao contrário dos Irmãos do Silêncio, precisavam de coisas como sono e comida.

Irmão Zachariah se sentou na beira do palco e deu um tapinha ao seu lado, indicando a ela para se sentar ali.

Vou ficar de vigília. Se estiver cansada, durma. Nada vai acontecer enquanto eu estiver vigiando.

— Irmão Zachariah? Se alguma coisa estranha acontecer hoje à noite, se você vir alguma coisa que achou que não fosse voltar a ver, não se assuste. Nada de mal vai acontecer.

O que quer dizer?, perguntou Irmão Zachariah. *O que você e Belial discutiram depois que saí?*

No fundo da mente, seus irmãos murmuraram:

Tenha cuidado, tenha cuidado, tenha cuidado. Ah, tenha cuidado.

— Nada muito importante. Mas acho que Belial está com um pouco de medo de mim agora, e tem que sentir medo mesmo. Ele me ofereceu algo para que eu não seja sua arqui-inimiga.

Explique melhor, pediu Irmão Zachariah.

— Mais tarde — respondeu Irmã Emilia com firmeza. — Agora estou tão cansada que mal consigo falar.

Apesar de faminta, Irmã Emilia estava extenuada demais para comer. Primeiro ia dormir um pouco. Ela subiu no palco, finalmente se acomodando ao lado do Irmão Zachariah, tirou a capa e a transformou em um travesseiro. A noite ainda estava quente, e se ela sentisse frio, bem, aí acordaria, e ela e o Irmão Zachariah poderiam fazer a vigilância juntos.

Ela torcia para que seus irmãos, agora homens feitos, tivessem se tornado tão gentis e corajosos quanto este homem ao seu lado. Dormiu se lembrando das brincadeiras de luta antes de eles atingirem idade suficiente para treinar, rindo, tropeçando e jurando serem grandes heróis. Seus sonhos foram muito doces, embora ela não tivesse conseguido se lembrar de nada com exatidão ao acordar, já de manhã.

#

Irmãos do Silêncio não dormem como os mortais, mas mesmo assim, Irmão Zachariah, ao se sentar e escutar a feira deserta, já de noite, teve a sensação de estar sonhando. Irmãos do Silêncio não sonham, mas lentamente as vozes do Irmão Enoch e dos outros se dissiparam em sua mente e foram substituídas por música. Não música de feira, mas o som de um *qinqin*. Não deveria ter nenhum qinqin na montanha acima de Chattanooga, mas mesmo assim ele ouvia os sons de um. Enquanto ouvia, descobriu que não era mais o Irmão Zachariah. Era apenas Jem. E não estava sentado em um palco. Em vez disso, estava empoleirado em um telhado, e os sons, cheiros e visões ao redor eram todos familiares. Não era a Cidade do Silêncio. Não era Londres. Ele era Jem outra vez, e estava na cidade onde nascera. Xangai.

— Jem? Estou sonhando?

E mesmo antes de virar a cabeça, Jem soube quem estava sentado ao seu lado.

— Will? — chamou.

E era Will. Não o Will velho, cansado e desgastado como Jem o vira pela última vez, nem mesmo o Will de quando conheceram Tessa Gray. Não, era o Will dos primeiros anos em que viveram e treinaram juntos no Instituto de Londres. De quando fizeram o juramento e se tornaram *parabatai*. Pensando nisso, Jem olhou para o próprio ombro, onde a marca de *parabatai* tinha sido feita. A pele não estava marcada. Aí percebeu que Will fazia o mesmo, olhando sob o próprio colarinho em busca do símbolo no peito.

— Como isso é possível? — quis saber Jem.

— Essa é a época em que juramos ser *parabatai* e passamos pelo ritual. Olha. Está vendo a cicatriz aqui? — indagou Will. Ele mostrou a Jem uma marca no pulso.

— Foi um demônio Iblis que fez — respondeu Jem. — Eu me lembro. Duas noites depois que decidimos. E foi a primeira luta que tivemos depois que resolvemos ser *parabatai*.

— Então esse é o nosso *quando* — disse Will. — Mas o que não sei é *onde* estamos. Ou como isto está acontecendo.

— Eu acho — falou Jem — que uma amiga fez um acordo por mim. Acho que estamos aqui juntos porque o demônio Belial tem medo dela, e ela pediu isso. Porque eu não tive coragem de pedir por mim mesmo.

— Belial! — repetiu Will. — Bem, se ele tem medo de sua amiga, espero jamais conhecê-la.

— Gostaria que a conhecesse — disse Jem. — Mas não vamos perder tempo conversando sobre pessoas pelas quais você não se interessa. Você pode não saber onde estamos, mas eu sei. E receio que o tempo que nos resta não seja suficiente.

— Sempre foi assim conosco — lamentou Will. — Mas vamos agradecer por sua amiga assustadora, porque qualquer que seja nosso período aqui, estamos juntos e não vejo nenhum sinal de *yin fen* em você, e sabemos que eu nunca fui amaldiçoado. Não importa o quanto dure, não há sombra sobre nós.

— Não há sombra — concordou Jem. — E estamos em um lugar onde eu sempre quis estar com você. Em Xangai, onde nasci. Você se lembra de quando conversávamos sobre viajar juntos? Eram tantos lugares que eu queria mostrar.

— Eu me lembro de como você gostava muito de um ou dois templos — retrucou Will. — Você me prometeu jardins, embora eu não saiba por que você acha que eu vá me importar com eles. E tinha algo sobre as Vistas, formações rochosas famosas ou coisas do tipo.

— Esqueça as formações rochosas — falou Jem. — Tem um restaurante de bolinhos no fim da rua e eu não como comida humana há quase um século. Vamos ver quem consegue comer mais em menos tempo. E pato! Você tem que experimentar o pato! É uma iguaria incrível.

Jem olhou para Will, contendo um sorriso. Seu amigo retribuiu o olhar, mas nenhum deles conseguiu segurar a risada. Will foi o primeiro a se pronunciar:

— Nada é tão doce quanto me deliciar com os ossos dos meus inimigos. Principalmente com você ao meu lado.

Havia uma leveza no peito de Jem que ele mesmo percebeu, finalmente, se tratar de alegria. E viu a alegria refletida no rosto de seu *parabatai*. O rosto da pessoa amada é o melhor espelho de todos. Ele mostra sua própria felicidade e sua própria dor, e ajuda a suportar ambas, pois enfrentar qualquer uma delas sozinho é como ser vencido por uma correnteza.

Jem se levantou e estendeu a mão para Will. E, sem perceber, prendeu a respiração. Talvez aquilo fosse um sonho, afinal, e talvez quando Jem o tocasse, Will fosse desaparecer outra vez. Mas a mão de Will era sólida, quente e forte, e Jem o puxava com facilidade. Juntos, começaram a correr sobre as telhas.

A noite estava muito bonita e quente, e eles eram jovens.

Um Amor Mais Profundo

Por Cassandra Clare e Maureen Johnson

Londres, 29 de dezembro de 1940

— Acho que a primeira coisa — começou Catarina — vai ser bolo de limão. Ah, limões. É do que mais sinto falta.

Catarina Loss e Tessa Gray desciam a Ludgate Hill, passando pelo Old Bailey. Eis uma brincadeira que faziam às vezes: qual vai ser a primeira coisa que você vai comer quando a guerra acabar? Em meio a todas as coisas terríveis que vinham acontecendo, às vezes as mais banais tocavam fundo. A comida era racionada, as porções, pequenas: um pedaço de queijo, quatro tiras finas de bacon e um ovo por semana. Tudo vinha em pequenas quantidades. Algumas coisas simplesmente desapareciam, como limões. Às vezes, Tessa via laranjas no mercado de frutas e legumes, mas era só para as crianças, que tinham direito a uma. As enfermeiras comiam no hospital, mas as porções também eram sempre limitadas, e nunca suficientes para repor a energia depois de tanto trabalho. Tessa era sortuda por ser tão forte. Não era a força física de um Caçador de Sombras, mas um traço de resistência angelical, e era isso que a sustentava. Ela não fazia ideia de como as enfermeiras mundanas davam conta.

— Ou uma banana — continuou Catarina. — Nunca gostei muito de banana, mas agora que elas acabaram, me pego com desejo de comer. É sempre assim, não é?

Catarina Loss não se importava com comida. Ela mal comia. Mas estava jogando conversa fora enquanto caminhavam pela rua. Essa era a dinâmica

— você fingia que a vida seguia normalmente, mesmo com a morte caindo do céu. Era o espírito de Londres. Você mantinha sua rotina, na medida do possível, mesmo que precisasse dormir numa estação de metrô para ter um abrigo à noite ou voltasse para casa apenas para descobrir que ela, ou a do vizinho, não estava mais lá. O comércio tentava se manter aberto, mesmo que explodissem as vitrines ou uma bomba atravessasse o teto. Alguns colocavam placas que diziam: "MAIS ABERTOS DO QUE NUNCA".

Você seguia em frente. Conversava sobre bananas e limões.

A essa altura de dezembro, Londres estava no ápice da escuridão. O sol se punha pouco depois das três da tarde. Por causa dos ataques aéreos, a cidade recebia ordens de restringir a iluminação por toda a noite. Cortinas bloqueavam a iluminação em todas as janelas. Postes de rua eram desligados. Carros baixavam os faróis. As pessoas caminhavam pelas ruas carregando lamparinas para se guiarem na escuridão. Toda Londres era sombra e esquinas; todo beco era um ponto cego, todo muro, um vazio escuro. A cidade se tornara misteriosa e lúgubre.

Para Tessa, parecia que a própria Londres estava de luto por seu Will, sentia sua perda, apagava suas luzes.

Tessa Gray não havia gostado muito das festividades de Natal este ano. Era difícil gostar de qualquer coisa com os alemães lançando bombas sempre que tinham vontade. A Blitz, como era chamada, era moldada para aterrorizar Londres, para deixar a cidade de joelhos. Havia bombas mortais que podiam destruir casas, deixando uma pilha de destroços fumegantes onde crianças outrora dormiam e famílias se divertiam. De manhã, era possível ver paredes partidas ou as estruturas internas das casas expostas como uma casa de bonecas; farrapos balançando contra tijolos quebrados, brinquedos e livros espalhados pela rua. Mais de uma vez, Tessa viu uma banheira pendurada na lateral do que restava de uma casa. Coisas extraordinárias também aconteciam, como o desabar de uma chaminé de alguma casa exatamente sobre a mesa onde uma família jantava, mas com todos escapando ilesos. Ônibus capotavam. Rebocos caíam, matando instantaneamente um membro de uma família e deixando o outro chocado e ileso. Era uma questão de sorte, de centímetros.

E não havia nada pior do que ser deixado sozinho, do que ter a pessoa amada arrancada de você.

— A visita foi boa hoje à tarde? — perguntou Catarina.

— A geração mais nova ainda está tentando me convencer a ir embora — respondeu Tessa, desviando de um buraco na calçada, que explodira. — Acham que devo ir para Nova York.

— São seus filhos — retrucou Catarina, gentilmente. — Querem o melhor para você. Eles não entendem.

Quando Will morreu, Tessa soube que não haveria lugar para ela entre os Caçadores de Sombras. Durante um tempo parecera não haver lugar no mundo capaz de aliviar a dor em seu coração destroçado. Então, quando ela quase enlouqueceu, Magnus Bane a recebeu em sua casa, e durante seu processo de cura emocional, os amigos de Magnus, Catarina Loss e Ragnor Fell, a acolheram.

Ninguém entendia a dor de ser imortal, exceto outro imortal. Só lhe restava ser grata por ter sido tão bem recebida.

Foi Catarina quem sugeriu a Tessa se dedicar à enfermagem quando a guerra eclodiu. Catarina sempre fora curandeira: de Nephilim, de integrantes do Submundo, de mundanos. Onde fosse requisitada, ela ia. Fora enfermeira na última Grande Guerra, apenas vinte anos antes, a guerra que nunca mais deveria se repetir. As duas tinham ido morar em um pequeno apartamento na Farrington Street, perto do Instituto de Londres e do Hospital St. Bart. Não era tão luxuoso quanto as residências anteriores — apenas um apartamento modesto no segundo andar, com um banheiro compartilhado no corredor. Era mais fácil assim, e mais aconchegante também. Tessa e Catarina compartilhavam um quarto pequeno, dividido no meio apenas por um lençol que elas penduraram para ter privacidade. Frequentemente trabalhavam à noite e dormiam durante o dia. Pelo menos agora os ataques aéreos só vinham acontecendo quando o sol se punha — não havia mais sirenes, aviões, bombas, nem armamentos antiaéreos ao meio-dia.

A guerra provocara um aumento significativo das atividades demoníacas — tal como acontecia sempre que tinha guerra. Os demônios tiravam vantagem do caos causado pelas batalhas, o que praticamente sobrecarregava os Caçadores de Sombras. No entanto Tessa encarava a guerra como uma espécie de benção pessoal, embora este fosse um pensamento horroroso. Pelo menos assim ela podia ser útil. Uma das coisas boas de ser enfermeira era que sempre havia algo a se fazer. Sempre. A atividade constante mantinha o luto guardado, pois sequer sobrava tempo para pensar. Ir para Nova York e ficar em segurança seria um inferno. Não haveria nada para fazer além de pensar na família. Ela não sabia como fazer isso, como continuar a viver sem envelhecer enquanto seus descendentes aparentavam ser mais velhos do que ela.

Tessa olhou para o grande domo da Catedral de St. Paul, assomando sobre cidade como fazia há séculos. Como era a sensação de ver a cidade abaixo, praticamente uma filha, explodida em pedaços?

— Tessa? — chamou Catarina.

— Estou bem — respondeu Tessa, apertando o passo.

Nesse momento, um som agudo irrompeu pela cidade: a sirene aérea. Instantes depois, ouviu-se o zunido. Parecia um enxame de abelhas furiosas se aproximando. A Luftwaffe estava acima delas. Logo, logo as bombas iam começar a cair.

— Pensei que seríamos poupados por mais alguns dias — comentou Catarina, com pesar. — Foi tão bom ter só dois ataques aéreos nesta semana. Acho que até a Luftwaffe quis celebrar o Natal.

As duas se apressaram. Então ouviram... aquele som inconfundível. As bombas sibilavam em sua queda. Tessa e Catarina pararam. O sibilo estava bem acima delas, por todo lugar. Mas esse não era o problema — o problema era quando parava. O silêncio significava que as bombas estavam a menos de trinta metros. E aí só restava aguardar. Será que você seria a próxima vítima? Para onde ir quando a morte era silenciosa e vinha do céu?

Ouviram uma batida e um chiado vindo do alto. E, de repente, a rua foi iluminada por centelhas de luz fosforescente.

— Incendiárias — notou Catarina.

As duas se puseram a correr. As bombas incendiárias eram cilindros que, de perto, pareciam inofensivos, meras garrafas térmicas. Só que quando tocavam o chão, espalhavam fogo. Eram lançadas por toda a rua, iluminando a estrada e cuspindo chamas nos prédios. Os bombeiros começaram a correr de todas as direções, jogando jatos d'água nas incendiárias o mais rápido possível. Catarina se deitou em cima de uma bomba. Tessa viu um brilho azul; em seguida, a bomba se apagou. Tessa correu para outra e começou a pisotear as faíscas até um bombeiro jogar um balde d'água sobre o cilindro. Mas agora havia centenas por todos os lados.

— Temos que ir — disse Catarina. — Parece que hoje a noite vai ser longa.

Transeuntes londrinos tiravam seus chapéus num cumprimento. Viam o que Tessa e Catarina queriam que vissem — apenas duas jovens enfermeiras indo para o hospital, não seres imortais tentando conter uma onda interminável de sofrimento.

#

Do outro lado do Tâmisa, uma figura caminhava na escuridão sob o viaduto, passando por onde normalmente o próspero mercado Borough Market era montado durante o dia. Geralmente o lugar era agitado e cheio de restos do mercado. Hoje tudo estava silencioso e havia poucas sobras pelo chão. Todos os repolhos velhos e frutas amassadas tinham sido levados por pessoas famintas. As cortinas escuras, a falta de luz na rua e a ausência de mundanos tornavam este canto de Londres um tanto agourento. Mas a figura encapuzada caminhava sem hesitar, mesmo quando a sirene aérea cortava a noite. Seu destino era bem ali numa esquina.

Mesmo com a guerra, o Mercado das Sombras continuava funcionando, embora fragmentado. Assim como os mundanos com seus cartões de racionamento, seus suprimentos limitados de comida, roupas, e até mesmo água para o banho, as coisas aqui também estavam em falta. As barracas de livros velhos tinham sido reviradas. Em vez de centenas de poções e pós, apenas algumas dezenas de frascos eram vistos nas bancas dos vendedores. A faísca e o fogo não eram nada comparados às chamas em fúria do outro lado do rio, ou às máquinas que faziam verter morte do céu, sendo assim não parecia haver motivo para produzir espetáculos de luz. Crianças continuavam correndo por ali — os jovens licantropes, as crianças de rua e órfãos que terminaram Transformados nos cantos escuros da cidade, que agora vagavam procurando alimento e orientação paterna. Um pequeno vampiro, Transformado cedo demais, caminhava ao lado do Irmão Zachariah, puxando sua capa para se divertir. Zachariah não o repeliu. A criança parecia solitária e suja, e, se ficava feliz por seguir um Irmão do Silêncio, então Zachariah não ia impedir.

— O que você é? — quis saber o garotinho.

Uma espécie de Caçador de Sombras, respondeu o Irmão Zachariah.

— Você veio nos matar? Soube que é isso que fazem.

Não. Não é isso que fazemos. Onde está sua família?

— Eles morreram — respondeu o garotinho. — Jogaram uma bomba na gente, e meu mestre me buscou.

Era muito fácil pescar esses pequeninos dos destroços de uma casa, guiá-los pela mãozinha até um beco escuro e aí Transformá-los. As atividades demoníacas também estavam a mil. Afinal de contas, quem poderia saber se um braço ou perna arrancado era de uma pessoa morta por uma bomba ou destruída por um demônio? Fazia diferença? Mundanos tinham suas próprias vias demoníacas.

Um grupo de outras crianças vampiras passou correndo, e o garotinho foi com eles. O céu rugiu, carregado com o barulho dos aviões. Irmão Zachariah captava o som do bombardeio com seu ouvido musical. As bombas sibilavam quando eram lançadas, mas havia um estranho silêncio pontuado ao se aproximarem da terra. Pausas na música eram tão importantes quanto o som. Neste caso, os silêncios falavam muito da história por vir. Naquela noite, do outro lado do rio, as bombas estavam caindo como chuva — uma sinfonia trovejante com muitas notas. Aquelas bombas cairiam perto do Instituto, perto do Hospital St. Bart, onde Tessa trabalhava. O temor pela segurança dela percorreu Zachariah, frio como o rio que cortava a cidade. Nesses dias vazios desde a morte de Will, a emoção era uma visitante rara, mas quando se tratava de Tessa, os sentimentos sempre brotavam.

— Hoje está fraco — disse uma fada com escamas prateadas, que vendia sapos encantados. Eles saltitavam pela mesa, mostrando as línguas douradas. — Quer um sapo?

Ela apontou para um de seus sapos de brinquedo, que ficou azul, depois, vermelho, e aí verde, depois saltou de costas e rodopiou antes de se transformar em pedra. Depois voltou a ser sapo e o ciclo continuou.

Não, obrigado, respondeu Zachariah.

Ele se virou para ir embora, mas a mulher falou outra vez:

— Ele está esperando você.

Quem?

— Aquele que você veio encontrar.

Há meses ele vinha estabelecendo uma série de contatos pelo mundo das fadas, tentando descobrir mais sobre o que Belial comentara na feira no Tennessee a respeito dos Herondale perdidos. Zachariah não tinha especificamente ido encontrar ninguém naquela noite — alguns contatos ofereciam informações pessoalmente —, mas alguém queria vê-lo.

Obrigado, respondeu educadamente. *Para onde devo ir?*

— King's Head Yard — disse a fada, com um sorriso largo. Seus dentes eram pequenos e pontudos.

Um Amor Mais Profundo

Irmão Zachariah assentiu. O King's Head Yard era um beco próximo — uma continuação da Borough High Street, e fazia o formato de uma ferradura. Era acessível através de um arco entre os prédios. Ao se aproximar, ele ouviu o som de aviões no alto, em seguida o sibilo de uma carga sendo largada nos ares.

Nada a fazer além de continuar. Zachariah passou por baixo do arco e parou ali.

Estou aqui, falou para a escuridão.

— Caçador de Sombras — disse uma voz.

Da curva no fim da rua, uma figura emergiu. Era um homem fada, claramente integrante da Corte. Era extremamente alto e tinha uma aparência quase humana, exceto pelas asas, que eram marrons e brancas, e estavam abertas, quase cobrindo a distância de um lado a outro entre as paredes.

Estou ciente de que você deseja falar comigo, afirmou o Irmão Zachariah educadamente.

A fada se aproximou, e Zachariah notou máscara de cobre em formato de falcão tapando a parte superior de seu rosto.

— Você tem andado interferindo — disse o homem fada.

Em quê exatamente?, perguntou Zachariah. Não recuou, mas apertou seu bastão com força.

— Em coisas que não lhe dizem respeito.

Venho perguntando sobre uma família de Caçadores de Sombras perdida. Isso é algo que me diz muito respeito.

— Você veio aos meus irmãos. Perguntou às fadas.

Isso era verdade. Desde o encontro com Belial na feira no Tennessee, o Irmão Zachariah vinha buscando muitas pistas na Terra das Fadas. Afinal, ele tinha visto um descendente Herondale com uma esposa e um filho fadas. Eles fugiram assim que o reconheceram, mas não era dele que tinham medo. Qualquer que fosse o perigo que ameaçava o Herondale perdido, Zachariah descobrira estar vindo do Reino das Fadas.

— O que você sabe? — perguntou o homem, dando um passo para a frente.

Eu recomendo que não se aproxime mais.

— Você não imagina o perigo que procura. Isso é assunto das fadas. Pare de se meter no que envolve nossas terras, e somente nossas terras.

Repito, disse Zachariah calmamente, embora a mão no bastão estivesse muito firme agora, *estou perguntando sobre Caçadores de Sombras. Isso é assunto meu.*

— Então você o faz por sua conta e risco.

Uma lâmina brilhou na mão do sujeito. Ele avançou para Zachariah, que rapidamente desviou, rolou para o chão e parou próximo da fada, atingindo seu braço e derrubando a espada.

O sibilo das bombas havia cessado. Isso significava que estavam logo acima deles.

E aí três delas caíram sobre as pedras na abertura do arco e começaram a cuspir chamas fosforescentes. O fogo distraiu a fada por um instante, e Zachariah aproveitou a deixa para correr para o outro lado da ferradura e sair. Ele não queria continuar com essa luta e provocar problemas entre os Irmãos do Silêncio e as fadas. Zachariah não fazia ideia do motivo da agressividade do sujeito. Com sorte, ele simplesmente voltaria para o lugar de onde tinha vindo. Zachariah seguiu pela Borough High Street, desviando dos cilindros cadentes. Mas ele mal tinha iniciado sua fuga quando a fada surgiu em seu encalço. Zachariah girou, o bastão em riste.

Não somos inimigos. Vamos seguir nossos respectivos caminhos.

Sob a máscara de falcão, os dentes da fada estavam cerrados. Ele voltou a tentar atacar com a espada, cortando o ar bem na frente do Irmão Zachariah e acertando sua capa. Zachariah saltou e girou, e seu bastão rasgou o ar, acertando em cheio a espada. Enquanto lutavam, os cilindros aterrissavam cada vez mais próximos, tossindo fogo. Nenhum dos dois sequer hesitou.

Irmão Zachariah estava tomando muito cuidado para não ferir a fada e se limitar a apenas bloquear os ataques. Seu objetivo deveria permanecer secreto, mas o homem fada investia cada vez mais forte. Ergueu a espada para cima, com a intenção de cortar a garganta de Zachariah — e o Irmão do Silêncio arrancou a arma branca de sua mão, jogando-a pela rua.

Vamos encerrar assim. Declarar o fim de uma luta justa. Vá embora.

O sujeito estava sem fôlego. Sangue pingava de um machucado na têmpora.

— Como queira — falou. — Mas esteja avisado.

Ele se virou para seguir seu caminho. Irmão Zachariah relaxou o aperto no bastão por um instante. Aí a fada deu meia-volta de repente, tinha uma lâmina curta na mão, e mirou bem no coração de Zachariah. Com a velocidade de um Irmão do Silêncio, ele tentou desviar, mas não era tão ágil assim. A lâmina afundou em seu ombro e varou do outro lado.

A dor. O ferimento começou a chiar imediatamente, como se ácido estivesse dissolvendo a carne. Dor e dormência desceram pelo braço, fazendo com que derrubasse o bastão. Ele cambaleou para trás, e a fada recuperou a espada e correu para cima dele.

— Você se meteu com as fadas pela última vez, Grigori — falou. — Nosso povo é nosso povo, e nossos inimigos, os nossos inimigos. Nunca serão seus!

As incendiárias agora caíam ao redor deles, golpeando a calçada e as pedras, faiscando e lançando chamas contra os prédios. Zachariah tentava fugir, mas sua força estava diminuindo. Ele não conseguia correr — só conseguia cambalear como um bêbado. Não era um ferimento normal. Tinha veneno invadindo seu corpo. A fada vinha em sua direção de novo, e ele não teria escapatória.

Não. Não sem ver Tessa mais uma vez.

Ele olhou para baixo e viu uma das incendiárias que acabara de cair. Não tinha detonado.

Irmão Zachariah recorreu ao restinho de sua força para se virar, girando com o cilindro. Pequenas bombas ainda caíam. Muitas outras caíram por perto. O cilindro voou pelo ar e acertou o homem no peito. A peça se rompeu quando o ferro contido dentro foi liberado, fazendo a fada berrar de agonia. Zachariah caiu de joelhos enquanto a chama queimava.

#

O hospital estava agitado.

No St. Bart, os andares superiores eram considerados perigosos demais para serem utilizados. A atividade se concentrava toda no térreo e no porão, onde médicos e enfermeiras corriam para assistir os feridos e doentes. Os bombeiros eram trazidos, arfando e com a pele coberta de fuligem. Havia ferimentos dos ataques: as queimaduras, os esmagamentos, as pessoas atingidas por escombros ou com cortes provocados por estilhaços de explosões. E a rotina de Londres permanecia — pessoas ainda tinham bebês, ficavam doentes e sofriam acidentes corriqueiros. Mas a guerra multiplicava os incidentes. As pessoas caíam ou trombavam em algo na escuridão. Enfartavam quando as bombas eram lançadas. Havia tanta gente precisando de ajuda.

Desde que tinham chegado, Catarina e Tessa ficaram numa correria de uma ponta a outra do hospital, cuidando dos feridos que davam entrada, buscando suprimentos, carregando vasilhas de água ensanguentadas, fazendo e retirando curativos. Por ser Caçadora de Sombras, Tessa conseguia lidar facilmente com alguns dos aspectos mais medonhos do trabalho, tipo acabar coberta de sangue e sujeira em minutos após o esforço em vão para manter o avental limpo. Nenhuma lavagem dava conta daquilo. E assim que você acabasse de limpar seus braços, outro paciente chegaria e sua pele estaria coberta de sujeira outra vez. Com tudo isso, as enfermeiras lutavam para manter um ar de competência tranquila. A ação era ágil, mas não atabalhoada. As palavras eram ditas em alto e bom som quando se precisava de assistência, mas nunca berradas.

Tessa ficava à porta, orientando os paramédicos que traziam dezenas de novos pacientes. Agora traziam grupos de bombeiros, alguns caminhando, outros em macas.

— Ali — apontou Tessa, enquanto os paramédicos traziam vítimas de queimaduras. — Para a Irmã Loss.

— Tem um perguntando por você, Irmã — avisou o paramédico, pousando uma maca com um vulto embrulhado num cobertor cinza.

— Estou indo — falou Tessa. Ela foi rapidamente até a maca e se abaixou. O cobertor estava puxado até metade do rosto do homem.

— Você está bem — disse Tessa, tirando o cobertor. — Está tudo bem agora. Você está no hospital. Está aqui no St. Bart...

Ela demorou um instante para perceber o que estava vendo. As marcas na pele não eram ferimentos. E o rosto, embora coberto de fuligem e sangue, era mais familiar do que o dela mesma.

Tessa, disse Jem, o eco dentro da cabeça era como a lembrança de um sino tocando.

Então ele esmoreceu.

— Jem! — Não podia ser. Tessa pegou a mão dele, torcendo para estar sonhando, para a guerra ter abalado totalmente seu senso de realidade. Mas as mãos esguias e cheias de cicatrizes eram familiares, mesmo flácidas e fracas. Esse era Jem, o seu Jem, usando a túnica cor de osso de um Irmão do Silêncio, as marcas do pescoço pulsando enquanto o coração batia furiosamente. A pele queimava quando Tessa o tocou.

— Ele está mal — disse o paramédico. — Vou buscar o médico.

— Não — respondeu Tessa rapidamente. — Deixe-o comigo.

Jem estava disfarçado por um feitiço, mas não podia ser examinado. Nenhum médico mundano seria capaz de ajudar com os ferimentos, e ainda haveria o choque com os símbolos, as cicatrizes, e até mesmo com o sangue dele.

Tessa rasgou a túnica cor de pergaminho. Levou apenas um minuto para encontrar a fonte do trauma: um ferimento enorme que atravessava o ombro. O machucado estava preto e tinha uma borda prateada, e a túnica estava empapada de sangue até a cintura. Tessa examinou o corredor. Estava tão cheio que ela não conseguiu encontrar Catarina de primeira. E não podia gritar.

— Jem — falou ao ouvido dele. — Estou aqui. Vou buscar ajuda.

Ela se levantou, o mais calmamente possível, e avançou apressadamente pelo caos instalado no corredor, o coração batendo tão depressa que parecia prestes a sair pela boca. Encontrou Catarina cuidando de um homem queimado, as mãos já nos ferimentos. Apenas Tessa conseguia enxergar o brilho branco que emanava de debaixo do cobertor enquanto a feiticeira trabalhava.

— Irmã Loss — falou, tentando controlar a voz. — Preciso de você imediatamente.

— Só um minuto — pediu Catarina.

— Não pode esperar.

Catarina olhou para trás. Então o brilho desapareceu.

— Você vai se sentir melhor num instante — falou para o homem. — Uma das outras irmãs já vai chegar.

— Já estou me sentindo melhor — disse o homem, admirado, enquanto apalpava o braço.

Tessa levou Catarina até Jem. Catarina, ao ver a expressão tensa da amiga, não fez perguntas; apenas se curvou e puxou o cobertor.

E olhou para Tessa.

— Um Caçador de Sombras? — perguntou, a voz baixa. — Aqui?

— Rápido — disse Tessa. — Me ajude a levá-lo.

Tessa pegou um lado da maca, Catarina, o outro, e foram transportando Jem pelo corredor. Houve uma nova explosão, mais próxima. O prédio sacudiu com o impacto. As luzes falharam e se apagaram por um instante, provocando gritos e confusão. Tessa congelou, certificando-se de que o teto não estava prestes a desabar e soterrá-los. Após um momento, as luzes voltaram e o movimento continuou.

— Vamos — falou Tessa.

Havia uma salinha no final do corredor que era utilizada para os intervalos para o lanche e cochilo das enfermeiras, ou como quarto quando elas não conseguiam voltar para casa por causa dos bombardeios. Colocaram gentilmente a maca de Jem na cama vazia na lateral do cômodo. Ele estava quieto, as feições imóveis e a respiração entrecortada. Estava perdendo a cor.

— Segure a luz — pediu Catarina. — Preciso examinar isto aqui.

Tessa sacou do bolso uma pedra de luz enfeitiçada. Era mais segura e confiável do que qualquer outra fonte de iluminação, mas ela só podia usar reservadamente. Catarina pegou uma tesoura e cortou o tecido da túnica para expor o ferimento. As veias no peito e no braço de Jem estavam pretas.

— O que é? — perguntou Tessa, a voz trêmula. — Parece péssimo.

— Não vejo isso há muito tempo — respondeu Catarina. — Acho que é um cataplasma.

— O que é isso?

— Nada de bom — disse Catarina. — Seja paciente.

Ela deve estar louca, pensou Tessa. Ser paciente? Como poderia? Este era Jem, não um paciente anônimo sob um cobertor cinza.

Mas todo paciente anônimo era precioso para alguém. Ela se obrigou a respirar mais fundo para se acalmar.

— Pegue a mão dele — disse Catarina. — Vai funcionar melhor se você fizer isso. Pense nele, no que ele significa para você. Dê sua força a ele.

Tessa já tinha praticado um pouco de feitiçaria antes, porém não acumulara muitos conhecimentos. Enquanto Catarina observava, segurou a mão esguia de Jem. Seus dedos envolveram os dele, os dedos de violinista, lembrando-se do jeito delicado com que ele tocava o instrumento. De quando compusera uma canção para ela. A voz de Jem ecoou em seu coração.

As pessoas ainda utilizam a expressão "zhi yin" para falar de "amigos íntimos" ou "almas gêmeas", mas o que realmente significa é "compreensão musical". Quando eu tocava, você via o que eu via. Você entende minha música.

Tessa sentiu cheiro de açúcar queimado. Sentiu os lábios quentes de Jem nos seus, o tapete abaixo deles, os braços dele apertando-a de encontro ao coração. *Ah, meu Jem.*

O Irmão do Silêncio se debateu na maca, arqueando as costas. Ele engasgou e aquele som enviou uma onda de choque pelo corpo de Tessa. Jem passara tanto tempo em silêncio.

— Consegue nos ouvir? — perguntou Catarina.

Eu... consigo, a resposta veio engasgada na mente de Tessa.

— Você precisa dos Irmãos do Silêncio — disse Catarina.

Não posso ir até os meus irmãos com isso.

— Se não for até eles, morrerá.

As palavras atingiram Tessa como um golpe.

Não posso ir até a Cidade dos Ossos assim. Vim aqui com a esperança de que vocês pudessem me ajudar.

— Não é hora de ser orgulhoso — retrucou Catarina com firmeza.

Não é orgulho, disse Jem. Tessa sabia que era verdade; ele era a pessoa menos orgulhosa que ela já conhecera.

— Jem — implorou Tessa. — Você tem que ir!

Catarina se espantou.

— Este é James Carstairs? — perguntou.

Claro, Catarina sabia o nome do *parabatai* de Will Herondale, muito embora nunca o tivesse conhecido. Ela não entendia tudo o que se passara entre Tessa e Jem. Não sabia que eles tinham sido noivos. Que antes de haver Tessa e Will, houve Tessa e Jem. Tessa não tocava no assunto por causa de Will, e depois por causa da ausência de Will.

Vim aqui porque é o único lugar para onde poderia ir, disse Jem. Contar a verdade para os Irmãos seria arriscar uma vida que não é a minha. Não farei isso.

Tessa olhou desesperadamente para Catarina.

— Ele está falando sério — disse. — Ele nunca vai procurar ajuda se isso significar que alguém vá se machucar. Catarina, ele não pode morrer. Ele não pode morrer.

Catarina respirou fundo e abriu uma fresta da porta para espiar o corredor.

— Vamos ter que levá-lo para o apartamento — falou. — Não posso cuidar dele aqui. Não disponho dos artefatos necessários. Pegue nossas capas. Temos que agir depressa.

Tessa pegou a maca de Jem. Ela entendia as complicações envolvidas. Eram enfermeiras, encarregadas de muitas pessoas doentes que chegariam durante o ataque. A cidade estava sendo bombardeada. Estava incendiando. Chegar em casa não era uma tarefa simples.

Mas era o que iam fazer.

Fantasmas do Mercado das Sombras

#

A cidade na qual saíram não era a mesma de uma hora atrás. O ar estava tão quente que o simples ato de respirar queimava os pulmões. Uma parede laranja alta emergiu dos prédios ao redor, e a silhueta da Catedral de St. Paul se destacou num grande alívio. A cena era ao mesmo tempo assustadora e quase linda, como a imagem de um sonho de Blake, um poeta que seu filho James sempre adorara. *Com que asas ousou ele o voo? Que mão ousou pegar o fogo?*

Mas não havia tempo para pensar em coisas como Londres em chamas. Havia duas ambulâncias na rua. Perto de uma, o motorista fumava um cigarro enquanto conversava com um bombeiro.

— Charlie! — chamou Catarina.

O homem jogou o cigarro fora e veio correndo.

— Precisamos da sua ajuda — falou ela. — Este homem está com uma infecção. Não podemos mantê-lo aqui.

— Precisa que eu o leve até o St. Thomas, Irmã? O caminho vai ser duro. Quase todas as ruas estão pegando fogo.

— Não podemos ir tão longe — disse Catarina. — Temos que removê-lo depressa. Nosso apartamento é na Farrington Street. Terá que servir.

— Está certo, Irmã. Vamos levá-lo para a ambulância.

Ele abriu a traseira e ajudou a colocar Jem lá dentro.

— Já volto — avisou Catarina a eles. — Só preciso de alguns suprimentos.

Ela correu de volta para o hospital. Tessa subiu na traseira com Jem, e Charlie se acomodou no banco do motorista.

— Não costumo levar pacientes para a casa das enfermeiras — disse Charlie —, mas não tem outro jeito. A Irmã Loss sempre cuida deles. Quando minha Mabel estava tendo nosso segundo filho, a situação foi grave. Achei que fosse perder os dois. A Irmã Loss, abençoada seja, salvou a ambos. Eu não teria Mabel ou meu Eddie sem ela. Faço o que ela precisar.

Tessa já tinha ouvido muitas histórias assim. Catarina era uma enfermeira tanto de feiticeiros quanto de mundanos, com mais de cem anos de experiência. Tinha sido enfermeira na última grande guerra. Soldados veteranos sempre vinham até ela e comentavam que ela era "a cópia exata da enfermeira que me salvou na última". Mas, é claro, não podia ser. Tinha sido há mais de vinte anos, e ela continuava muito jovem. Catarina se destacava entre eles por causa da pele escura. No entanto eles não enxergavam uma mulher azul com cabelos brancos — viam uma enfermeira das índias Ocidentais. Ela enfrentara bastante preconceito, mas era evidente que Catarina era boa no que fazia, que era a *melhor* de toda Londres. Qualquer um que recebesse seus cuidados era considerado sortudo. Até o mais desgraçado dos preconceituosos desejava viver, e Catarina cuidava de todos da mesma forma. Ela não conseguia salvar a todos, claro, mas sempre havia alguém, pelo menos um por dia, que sobrevivia a alguma coisa impossível só porque estava sob os cuidados da Irmã Loss. Alguns a chamavam de Anjo do St. Bart.

Jem se remexeu e resmungou levemente.

— Não se preocupe, camarada — disse Charlie. — São as melhores enfermeiras da cidade. Você não poderia estar em melhores mãos.

Jem tentou sorrir, mas em vez disso, tossiu, uma tosse feia e borbulhante, que saiu com um rastro de sangue do canto da boca. Tessa imediatamente limpou com a borda da capa e se inclinou perto dele.

— Aguente firme, James Carstairs — falou, tentando soar corajosa. Ela agarrou a mão dele. Tinha se esquecido de como era incrível segurar a mão de Jem, as mãos longas e graciosas que reproduziam músicas tão lindas no violino.

— Jem — sussurrou, se inclinando —, você precisa aguentar. Precisa. Will precisa que aguente. Eu preciso que aguente.

A mão de Jem apertou a dela.

Catarina veio correndo do hospital carregando uma bolsinha de lona. Saltou na traseira da ambulância, batendo as portas atrás de si e acordando Tessa de seu devaneio.

— Vá, Charlie — falou.

Charlie deu partida na ambulância e eles seguiram viagem. No alto, o zumbido da Luftwaffe retornara, semelhante ao zumbido de um enxame. Catarina se aproximou mais de Jem imediatamente e entregou uma atadura para Tessa desenrolar.

A ambulância chacoalhava, e Jem levava trancos na maca. Tessa se inclinou em cima dele para mantê-lo quietinho.

— Catarina — disse Tessa —, você disse que o que o afetou é um cataplasma. Do que se trata exatamente?

— É um concentrado raro de beladona com adição de veneno demoníaco. Até eu encontrar o antídoto, precisamos evitar que se espalhe para

146

Fantasmas do Mercado das Sombras

a corrente sanguínea, ou pelo menos desacelerar o processo. Vamos fazer alguns torniquetes e começar a dificultar a circulação.

Parecia incrivelmente perigoso. Ao amarrarem os membros, arriscariam perdê-los por gangrena. Mas Catarina sabia o que estava fazendo.

— Não será confortável — disse ela, desenrolando uma atadura —, mas vai ajudar. Segure-o.

Tessa pressionou o corpo mais um pouco sobre o de Jem enquanto Catarina enrolava a atadura no braço e no ombro feridos. Ela deu um nó, e em seguida pegou as pontas das ataduras e apertou. Jem arqueou de encontro ao peito de Tessa.

— Está tudo bem, Jem — confortou. — Você está bem. Estamos aqui. Eu estou aqui. Sou eu. Tessa. Sou eu.

Tessa, repetiu ele. A palavra soou como uma pergunta. Jem se contorceu enquanto Catarina amarrava a atadura com força em volta do ombro e do braço. Um mundano não teria aguentado; Jem mal deu conta. O suor escorria por seu rosto.

— Vai ser duro, irmãs — avisou Charlie. — Estão tentando incendiar a St. Paul, os malditos. Vou ter que dar a volta. Há incêndios por todos os lados.

Charlie não estava exagerando. Na frente deles, havia um tom de laranja sólido contra as silhuetas escuras dos prédios. Os incêndios eram tão altos que parecia que o sol estava erigindo da terra, tirando o dia do chão. Ao prosseguirem, foi como se estivessem entrando numa parede de calor. O vento tinha acelerado, e agora fogo encontrava o fogo, criando muralhas em vez de bolsões. O ar chiava e cozinhava. Por várias vezes eles dobraram ruas que pareciam não existir mais.

— Por aqui também não está bom — disse Charlie, fazendo a curva com a ambulância outra vez. — Vou ter que tentar outro caminho.

Então veio um sibilar intenso. Desta vez, o som era diferente. Não eram bombas incendiárias — eram explosivos grandes. Após o fogo, a ideia era matar. Charlie parou a ambulância e esticou o pescoço para ver onde a bomba provavelmente aterrissaria. Todos congelaram, atentos ao fim do assobio.

Foi um longo momento. E então veio. O impacto foi do outro lado da rua, enviando uma onda de choque pelo asfalto e uma explosão de escombros pelo ar. Charlie voltou a andar.

— Malditos — falou baixinho. — Desgraçados e malditos. Estão bem aí atrás, Irmãs?

— Estamos — respondeu Catarina. As duas mãos estavam sobre o ombro de Jem, e havia um brilho azul fraco nas ataduras. Ela estava contendo o que quer que estivesse avançando pelo corpo dele.

Tinham acabado de fazer mais uma curva quando veio mais um assobio e mais um silêncio. Pararam outra vez. O impacto foi à direita dessa vez, em uma esquina. A ambulância chacoalhou quando o canto de um prédio explodiu. O chão tremeu. Charlie fez uma nova curva e se afastou do estouro.

— Não vamos conseguir passar por aqui — falou. — Vou tentar a Shoe Lane.

A ambulância virou em outra rua. Na maca, Jem tinha parado de se mexer. Tessa não sabia se o calor pulsante estava vindo do ar ou do corpo dele. Havia fogo dos dois lados da rua, mas o caminho parecia quase livre. Havia dois bombeiros na avenida, jogando água num armazém incendiado. De repente, ouviram um estalido. Um arco de fogo começou a se formar pelo caminho.

— Droga — disse Charlie. — Segurem firme, Irmãs.

A ambulância deu ré e começou a recuar pelo beco. Tessa ouviu um estalo — inconfundível, quase alegre — e um grande tilintar. Então, simultaneamente, os tijolos do prédio explodiram e o edifício ruiu numa confusão de fogo e escombros, as chamas se erguendo com um rugido. Os homens com a mangueira desapareceram.

— Santo Deus — disse Charlie, freando a ambulância. Ele saltou do banco do motorista e começou a correr até os homens, dois dos quais cambaleavam para fora do fogo. Catarina olhou pelo para-brisa.

— Aqueles homens — falou. — O prédio caiu em cima deles.

Vocês precisam ajudá-los, disse Jem.

Catarina olhou de Jem para Tessa por um instante. Tessa sentia uma ansiedade insuportável. Precisava deixar Jem a salvo, mas ao mesmo tempo, bem diante deles, homens estavam sendo consumidos pelas chamas.

— Serei rápida — disse Catarina, e Tessa assentiu.

Já a sós na ambulância, Tessa olhou para Jem.

Se precisam de você, então você tem que ir, disse ele.

— Precisam de Catarina — respondeu ela. — Você precisa de mim, e eu preciso de você. Não vou deixá-lo. Não importa o que aconteça, não vou abandoná-lo.

A ambulância estava aquecendo como um forno, presa entre muitos incêndios. Não havia água para esfriar a testa de Jem, então Tessa a secou e abanou com a mão mesmo.

Após um minuto, Catarina abriu a traseira da ambulância. Ela estava coberta de fuligem e água.

— Fiz o que pude — falou. — Eles vão sobreviver, contanto que cheguem ao hospital. Charlie vai ter que levar a ambulância.

Os olhos de Catarina refletiam sua dor.

Sim, interveio Jem. E, de algum jeito, encontrou força o suficiente para se apoiar nos cotovelos. *Vocês precisam deixá-los a salvo. Eu sou um Caçador de Sombras. Sou mais forte do que esses homens.*

Ele sempre fora forte. Não porque era um Caçador de Sombras. Mas sim porque sua força de vontade era como uma estrela, ardendo na escuridão e se recusando a ser apagada.

Charlie veio com os bombeiros feridos, carregando um deles no ombro.

— Vocês ficarão bem, Irmãs? — falou. — Podem voltar comigo?

— Não — respondeu Catarina, entrando para ajudar Tessa a levantar Jem. Tessa se encaixou sob o ombro ferido do Irmão do Silêncio. Ele estremeceu de dor. Estava nítido que não conseguia andar, mas optara por fazê-lo assim mesmo. Ele se colocou de pé por pura força de vonta-de. Catarina se apressou em apoiá-lo de um lado, e Tessa ficou do outro, oferecendo toda sua força para firmá-lo completamente. Era estranho sentir o corpo de Jem colado ao dela depois de tanto tempo. Eles saíram da alameda e voltaram para a rua.

Bela noite para uma caminhada, disse Jem, claramente tentando alegrá-la. Ele estava completamente suado e não conseguia mais sustentar a própria cabeça. As pernas estavam flácidas. Era como uma marionete molenga.

Os prédios ao redor também estavam em chamas, mas o fogo ainda estava contido do lado de dentro. Tessa estava coberta de suor, e a temperatura os cozinhava. O ar estava inchado de calor, e cada vez que se respirava pela boca a garganta era queimada. Era a mesma sensação de quando Tessa aprendera a se transformar: a dor estranha e intensa.

A rua agora estreitava a ponto de mal conseguirem caminhar os três lado a lado; Catarina e Tessa roçavam as laterais do corpo nas paredes quentes. Os pés de Jem já se arrastavam, incapazes de dar um passo. Quando emergiram na Fleet Street, Tessa engasgou com o ar relativamente frio. O suor no seu rosto esfriou por um instante.

— Vamos — disse Catarina, levando-os até um banco. — Vamos pousá-lo por um instante.

Elas apoiaram Jem cuidadosamente no banco vazio. Sua pele estava grudenta de suor. Catarina abriu a túnica para expor seu peito e refrescá-lo, e Tessa notou as Marcas dos Irmãos do Silêncio e as veias pulsando no pescoço.

— Não sei até onde conseguiremos levá-lo nesse estado — disse Catarina. — O esforço é muito grande.

Uma vez no banco, os membros de Jem começaram a chacoalhar e tremer enquanto o veneno se espalhava pelo corpo outra vez. Catarina voltou a cuidar dele, colocando as mãos no machucado. Tessa examinou a rua. Aí identificou uma sombra grande vindo em sua direção, com duas luzes reduzidas que pareciam olhos com pálpebras pesadas.

Um ônibus. Um grande ônibus vermelho de dois andares percorria a noite, pois nada parava os ônibus londrinos, nem mesmo uma guerra. Eles não estavam em um ponto, mas Tessa pulou para a rua e começou a acenar. O motorista abriu a porta e gritou:

— Está tudo certo, Irmãs? — perguntou. — Seu amigo não parece bem.

— Ele está machucado — disse Catarina.

— Então entrem, Irmãs — respondeu o motorista, fechando a porta depois que elas entraram, arrastando Jem. — Vocês têm a melhor ambulância particular de Londres ao seu dispor. Querem ir ao St. Bart?

— Viemos de lá. Está cheio. Vamos levá-lo para casa para cuidar dele, e precisamos ir depressa.

— Então me dê o endereço, é para lá que vamos.

Catarina gritou o endereço acima do som de outra explosão relativamente mais distante, e elas levaram Jem para um dos bancos do ônibus. No mesmo instante, ficou evidente que ele não ia conseguir se sustentar nem mesmo sentado, pois estava exaurido devido ao esforço por ter tentado caminhar. Elas então o acomodaram no chão do ônibus e se sentaram com ele, uma de cada lado.

Só em Londres, disse Jem, com um sorriso fraco, *um ônibus continuaria cumprindo sua rota durante um intenso bombardeio.*

— Fique calmo e segure firme — pediu Catarina, sentindo a pulsação dele. — Pronto. Chegaremos em casa num instante.

Tessa percebeu, pela forma como Catarina estava se tornando cada vez mais tagarela, que as coisas estavam piorando rapidamente.

O ônibus não podia seguir em alta velocidade — ainda era um ônibus londrino, em uma noite escura, durante um bombardeio aéreo —, mas estava indo mais rápido do que qualquer ônibus que ela já vira. Tessa não se iludia quanto à segurança do veículo. Já tinha visto um daqueles capotado após um ataque, tombado na rua como um elefante de costas. Mas eles seguiam viagem, e Jem permanecia no chão, com os olhos fechados. Tessa olhou para as propagandas nos muros — imagens alegres de pessoas temperando a comida com caldo de carne ao lado de pôsteres que diziam para tirarem os filhos de Londres por motivos de segurança.

Londres não ia desistir, nem Tessa.

#

Tiveram mais um pouco de sorte no apartamento. Tessa e Catarina moravam no andar de cima de um sobrado. Os vizinhos, ao que parecia, tinham ido para os abrigos, então não havia mais ninguém para vê-las arrastando um homem ensanguentado andar acima.

— O banheiro — disse Catarina ao repousarem Jem no andar escuro. — Encha a banheira de água. Muita água. Fria. Vou buscar meus suprimentos.

Tessa correu para o banheiro no corredor, rezando para que a água não tivesse sido cortada pelo bombardeio. O alívio a invadiu quando o líquido correu da torneira. Elas só podiam encher a banheira até doze centímetros, os quais eram indicados por uma linha pintada na parte interna da banheira, mas Tessa ignorou as instruções. Ela abriu a janela. Havia um pouco de ar fresco vindo de onde não havia fogo. Aí se apressou pelo corredor. Catarina tinha removido a túnica de Jem, deixando seu peito à mostra. Também havia retirado as ataduras, e o ferimento estava exposto e furioso, as marcas pretas correndo por suas veias mais uma vez.

— Cuide do outro lado dele — falou Catarina. Juntas elas levantaram Jem. Ele era como um peso morto enquanto o manobravam pelo corredor e o colocavam cuidadosamente na banheira. Catarina o posicionou de modo que seu braço ferido e seu ombro pendessem pela lateral, depois sacou dois frascos do bolso de seu avental. Ela entornou o conteúdo de um deles na água, que ficou azul clara. Tessa sabia que não deveria perguntar a Catarina se ela achava que ele tinha chances. Ele ia sobreviver, porque elas fariam o possível. Além disso, ninguém fazia esse tipo de pergunta quando temia a resposta.

— Continue passando a esponja nele — disse Catarina. — Precisamos mantê-lo frio.

Tessa se ajoelhou e encharcou a esponja, depois passou a água tingida de azul na cabeça e no peito de Jem. O líquido cheirava a uma estranha combinação de enxofre e jasmim, e parecia estar funcionando para baixar a temperatura dele. Catarina esfregou o conteúdo do outro frasco em suas mãos e começou a tratar do ferimento do braço e do peito, massageando a escuridão que se espalhava novamente em direção ao corte. A cabeça de Jem tombou para trás, a respiração ficou mais pesada. Tessa esfregou a testa dele, tranquilizando-o o tempo todo.

O ritual se estendeu por uma hora. Tessa logo se esqueceu do barulho das bombas lá fora, da fumaça e dos escombros em chamas que flutuavam até elas. Tudo se resumia ao movimento da água e da esponja, à pele de Jem, ao rosto contorcido de dor, que depois ficou imóvel e relaxado. Catarina e Tessa estavam encharcadas, e a água se acumulava no chão ao redor, formando uma poça.

Will, Jem disse, a voz na cabeça de Tessa estava perdida, mas tentando se encontrar. *Will, é você?*

Tessa fez um esforço para engolir o bolo em sua garganta enquanto Jem sorria para o nada. Se ele estivesse vendo Will, que visse Will. Talvez Will estivesse ali, afinal, para ajudar seu *parabatai*.

Will, pensou Tessa, *se estiver aqui, você tem que nos ajudar. Não posso perdê-lo também. Will, juntos nós vamos salvá-lo.*

Talvez fosse apenas fruto de sua imaginação, mas Tessa sentiu alguma coisa guiando seu braço enquanto trabalhava. Estava mais forte agora.

De repente, Jem se debateu na água e ergueu metade do corpo para fora da banheira, a coluna arqueando num formato que não deveria ser possível, e aí enfiou a cabeça na água.

— Segure-o — disse Catarina. — Não deixe que se machuque! Essa é a pior parte!

Juntas, e com o auxílio de qualquer que fosse a força que ajudava Tessa naquela hora, elas seguraram Jem enquanto ele se contorcia e gritava. Como ele estava molhado, elas tiveram que agarrar seus braços e pernas para evitar que se agitasse, que batesse a cabeça nos azulejos. Catarina foi golpeada pelos trancos dele e caiu no chão, batendo na parede, mas logo se levantou e colocou os braços em volta do peito dele outra vez. Os gritos de Jem se misturavam ao caos da noite — a água espirrava e a fumaça entrava. De repente ele começou a implorar por uma dose de *yin fen*, e chutou tão forte que Tessa foi lançada contra a pia.

Então, subitamente, Jem parou de se debater e tombou para trás na banheira. Parecia morto. Tessa se arrastou pelo chão molhado e o alcançou.

— Jem? Catarina...

— Ele está vivo — respondeu Catarina, o peito subindo e descendo enquanto ela tentava recuperar o fôlego. Ela estava com os dedos no pulso dele. — Fizemos tudo o que era possível aqui. Vamos colocá-lo na cama. Logo saberemos o desfecho.

#

O sinal de que tudo estava bem soou por Londres pouco depois das onze, mas não havia nada de bom ou de seguro naquele cenário. A Luftwaffe podia ter voltado para casa, e as bombas podiam ter deixado de cair por algumas horas, mas os incêndios só faziam crescer. O vento os alimentava e os fazia se alastrar. O ar estava tomado pela fuligem quente e pelos pedacinhos de escombros voando, e Londres brilhava.

Elas tinham levado Jem até o quartinho. O resto da túnica molhada tivera que ser removido. Tessa já tinha vestido e despido diversos homens a essa altura, e Jem era um Irmão do Silêncio, para o qual a intimidade era impossível. Talvez ela devesse ter conseguido fazer com calma e profissionalismo, mas não conseguia fazer seu papel de enfermeira com Jem. Um dia ela chegara a achar que o veria, que eles se veriam, nus na noite de núpcias. Isto aqui era íntimo e estranho demais — não era assim que Jem gostaria que Tessa o visse pela primeira vez. Então ela deixou a tarefa para Catarina, a enfermeira, que a cumpriu rapidamente e secou Jem. Elas o colocaram na cama e o cobriram com todos os cobertores do apartamento. As roupas secaram facilmente — foram penduradas na janela, sob o ar quente dos incêndios. Depois, Catarina foi para a sala e deixou Tessa segurando a mão de Jem. Era tão estranho estar novamente ao lado do leito do homem que amava, esperando, torcendo. Jem era... Jem. Exatamente como há tantos anos, exceto pelas marcas de Irmão do Silêncio. Ele era Jem, o menino do violino. Seu Jem. A idade não o consumira como fizera com seu Will, mas ele poderia ser tirado dela mesmo assim.

Tessa alcançou seu pingente de jade, escondido sob o colarinho. Sentada ali, escutou os rugidos e sirenes lá fora, enquanto segurava a mão de Jem.

Estou aqui, James, disse mentalmente. *Estou aqui, e sempre estarei.*

Tessa só soltava a mão de Jem para ir à janela vez ou outra para se certificar de que o fogo não estava perto demais. Havia uma auréola alaranjada por todo lado. As chamas estavam a poucas ruas de distância. Era estranhamente bonito, aquele brilho terrível. A cidade queimava; centenas de anos de história, vigas antigas e livros ardiam.

— Eles querem nos queimar dessa vez — disse Catarina, surgindo atrás da amiga. Tessa não a ouvira entrar. — Esse anel de fogo está cercando a St. Paul. Querem que a Catedral queime. Querem destruir nosso moral.

— Bem — falou Tessa, fechando a cortina —, não vão conseguir.

— Por que não tomamos um chá? — sugeriu Catarina. — Ele vai dormir por um bom tempo.

— Não. Tenho que estar aqui quando Jem acordar.

Catarina olhou para o rosto da amiga.

— Ele é muito importante para você — falou.

— Jem... o Irmão Zachariah e eu sempre fomos próximos.

— Você o ama — observou Catarina. Não foi uma pergunta.

Tessa agarrou um pedaço da cortina. Elas ficaram em silêncio por um tempo. Catarina esfregou o braço da amiga, num gesto de consolo.

— Vou fazer o chá — falou ela. — Até vou deixar você comer os últimos biscoitos do pote.

Biscoitos?

Tessa girou. Jem estava sentado. Ela e Catarina correram para ele. Catarina se pôs a verificar a pulsação, a pele. Tessa olhou para aquele rosto, o rosto querido e familiar. Jem estava de volta; estava aqui.

O Jem dela.

— Está melhorando — afirmou Catarina. — Você vai precisar descansar, mas vai sobreviver. Mas escapou por pouco.

Razão pela qual procurei as melhores enfermeiras de Londres, disse Jem.

— Talvez você possa explicar esse ferimento? — perguntou Catarina. — Sei de onde vem. Mas por que você foi atacado com uma arma de fada?

Eu estava buscando informações, disse Jem, se mexendo dolorosamente para se sentar direito. *Meus questionamentos não foram bem recebidos.*

— Óbvio, se foi atacado com um cataplasma. É feito para matar. Não fere. Normalmente não se sobrevive. Suas Marcas de Irmão do Silêncio ofereceram certa proteção, mas...

Catarina verificou a pulsação dele outra vez.

Mas?, perguntou Jem, curioso.

— Não achei que você fosse sobreviver a esta noite — disse ela simplesmente.

Tessa piscou. Sabia que a coisa tinha sido séria, mas a forma como Catarina falou a atingiu fisicamente.

— Talvez você devesse evitar ficar fazendo esses questionamentos por aí no futuro — disse Catarina, voltando a cobrir Jem com o cobertor. — Vou preparar um chá.

Ela se retirou do quarto silenciosamente, fechou a porta e deixou Tessa e Jem juntos na escuridão.

O ataque parece pior do que qualquer outro anterior, falou Jem finalmente. *Às vezes, acho que mundanos fazem mais mal uns aos outros do que qualquer demônio poderia fazer.*

Tessa sentiu uma onda de emoção — tudo que acontecera naquela noite veio de uma só vez, e ela enterrou a cabeça na lateral da cama e chorou. Jem se sentou e a puxou para si, e ela apoiou a cabeça no peito dele, que agora estava quente, e o coração batia forte.

— Você poderia ter morrido — disse. — Eu poderia ter perdido você também.

Tessa, falou ele, *Tessa, sou eu. Estou aqui. Eu não morri.*

— Jem. Por onde você esteve? Faz tanto tempo desde que...

Ela se levantou e limpou as lágrimas das bochechas. Ainda não conseguia dizer as palavras "desde que Will morreu". Desde aquele dia em que se sentou ao lado dele e ele adormeceu suavemente para nunca mais acordar. Jem estivera presente, é claro, mas nos últimos três anos ela passara a vê-lo cada vez menos. Ainda se encontravam na Blackfriars Bridge, mas fora isso, ele passava a maior parte do tempo longe.

Achei melhor me afastar de você. Sou um Irmão do Silêncio, justificou ele, e sua voz na cabeça de Tessa era baixinha. *Não sirvo para você.*

— O que quer dizer? — perguntou, desamparada. — Para mim, é sempre melhor estar com você.

Sendo o que sou, como posso confortá-la?

— Se você não pode, ninguém no mundo pode.

Tessa sempre soubera disso. Magnus e Catarina até tentaram conversar com ela cuidadosamente sobre vidas imortais e outros amores, mas mesmo se ela sobrevivesse até o fim dos tempos, não haveria mais ninguém para ela além de Will e Jem, aquelas almas gêmeas, as únicas almas que amara.

Não sei que tipo de consolo uma criatura como eu poderia trazer, disse Jem. *Se eu pudesse morrer para trazê-lo de volta, morreria, mas ele se foi, e com sua morte o mundo parece ainda mais perdido para mim. Luto por cada gota de emoção que tenho, mas ao mesmo tempo, Tessa, não consigo ver você sozinha sem desejar estar com você. Não sou o que eu era. Eu não queria causar ainda mais dor.*

— O mundo inteiro parece ter enlouquecido — falou ela, seus olhos ardendo devido às lágrimas iminentes. — Will se foi, e você também, ou pelo menos foi o que pensei durante muito tempo. Mas esta noite percebi que ainda poderia perdê-lo, Jem. Poderia perder a esperança, o bocadinho de esperança pela possibilidade de que um dia...

As palavras pairaram. Eram palavras nunca verbalizadas por nenhum dos dois, nem antes e nem depois da morte de Will. Tessa havia pegado a parte que amava Jem desgovernada e violentamente e trancado numa caixa; Tessa amara Will, e Jem fora seu melhor amigo, e eles jamais mencionaram o que poderia acontecer caso ele deixasse de ser um Irmão do Silêncio. Se de algum jeito a maldição daquele destino frio pudesse ser quebrada. Se o silêncio desaparecesse, se ele voltasse a ser humano, capaz de viver, respirar, sentir. E então? O que fariam?

Sei o que você está pensando. A voz dele em sua mente era suave. A pele sob as mãos de Tessa era quente. Ela sabia que era por causa da febre, mas disse para si que não era. Ela levantou o rosto e o encarou, as Marcas cruéis fechando os adoráveis olhos para sempre, o semblante inalterado. *Eu também penso nisso. E se acabasse? E se fosse possível para nós dois? Um futuro? O que faríamos?*

— Eu agarraria esse futuro — disse ela. — Eu iria com você para qualquer lugar. Mesmo que o mundo estivesse em chamas, que os Irmãos do Silêncio nos perseguissem até o fim do mundo, eu ficaria feliz se estivesse com você.

Ela não conseguia ouvi-lo propriamente em sua mente, mas conseguia senti-lo: um turbilhão de emoções, seu desejo agora tão desesperado quanto quando caíram juntos no tapete da sala de música e ela implorou para que eles se casassem o quanto antes.

Jem a tomou nos braços. Era um Irmão do Silêncio, um Grigori, um Observador, mal era humano. E ainda assim parecia suficientemente humano, com o peito magro e quente contra a pele de Tessa. Ela levantou a cabeça. Os lábios de ambos se encontraram, os dele tão suaves e tão doces que ela sentiu o desejo despertar. Fazia tantos, tantos anos, mas ainda era igual.

Quase igual. *Não sou quem eu era.*

Quase como o fogo das noites perdidas, como o som da música apaixonada dele aos ouvidos dela. Ela o envolveu e abraçou com força. Podia amar o suficiente pelos dois. Qualquer parte de Jem era melhor do que qualquer homem vivo inteiro.

As mãos de músico passearam pelo rosto de Tessa, pelos cabelos, pelos ombros, como se ele estivesse aproveitando uma última chance de memorizar aquilo que jamais voltaria a tocar. Mesmo quando ela o beijou e insistiu desesperadamente para si que era possível, ela sabia que não era.

Tessa, disse ele. *Mesmo sem conseguir enxergar, você é tão linda.*

Em seguida, ele a segurou pelos ombros com suas belas mãos e gentilmente a afastou.

Sinto muito, minha querida, falou a ela. *Não foi justo de minha parte, nem correto. Quando estou com você, quero me esquecer do que sou, mas não posso mudar. Um Irmão do Silêncio não pode ter uma esposa, nem um amor.*

O coração de Tessa estava acelerado, sua pele ardendo como os incêndios por toda Londres. Ela não sentia tanto desejo desde Will. E sabia que não sentiria por mais ninguém; só por Will ou Jem.

— Não se afaste de mim — sussurrou ela. — Não pare de falar comigo. Não volte ao silêncio. Pode me contar como se feriu? — quis saber, agarrando a mão de Jem, que a colocou novamente sobre o coração. Tessa sentia o músculo batendo forte contra a caixa torácica. — Por favor, Jem, o que você estava fazendo?

Jem suspirou.

Estava procurando pelos Herondale perdidos, falou.

— Herondale perdidos?

A pergunta veio de Catarina, que agora parava à entrada do quarto, segurando uma bandeja com duas xícaras de chá. A bandeja tremeu em suas mãos, tão trêmula quanto Tessa se sentia. Tessa sequer tinha se lembrado da presença de Catarina.

Catarina segurou a bandeja com mais firmeza e rapidamente a pousou sobre a cômoda. A sobrancelha de Jem se levantou.

Sim. Sabe algo a respeito?

Catarina ainda estava visivelmente abalada. Ela não respondeu.

— Catarina? — chamou Tessa.

— Você já ouviu falar em Tobias Herondale? — retrucou ela.

Claro, respondeu Jem. *A história é conhecida. Ele fugiu de uma batalha e seus companheiros Caçadores de Sombras foram mortos.*

— Essa é a história — disse Catarina. — A verdade é que Tobias estava enfeitiçado, e o fizeram acreditar que a esposa e o filho por nascer estavam em perigo. Ele correu para ajudá-los. Temia pela segurança deles, todavia transgrediu a Lei. Como a Clave não o encontrou, sua esposa foi punida. Eles a mataram, mas antes ajudei no parto da criança. Eu a enfeiticei, de modo que ficou parecendo que ainda estava grávida quando foi executada. Na verdade, ela teve um filho. Seu nome era Ephraim.

Tessa suspirou e se apoiou contra a parede, entrelaçando as mãos.

— Levei Ephraim para os Estados Unidos e o criei lá. Ele nunca soube o que era, ou quem era. Foi um menino feliz, um bom menino. O *meu* menino.

— Você teve um filho? — perguntou Tessa.

— Nunca lhe contei — respondeu Catarina, olhando para baixo. — Deveria ter contado. É que... já faz tanto tempo. Mas foi um período maravilhoso da minha vida. Por um tempo, não houve caos. Não houve luta. Fomos uma família. Só fiz uma coisa para conectá-lo à sua herança secreta: dei a ele um colar com uma garça esculpida. Não podia permitir que sua ascendência de Caçador de Sombras desaparecesse completamente. Mas, é claro, ele cresceu. Formou a própria família. E os familiares dele também tinham as próprias famílias. Eu continuei a mesma e fui desaparecendo gradualmente de suas vidas. É o que nós, imortais, temos que fazer. Um de seus descendentes era um menino chamado Roland. Ele se tornou um mágico, e era famoso no Submundo. Tentei avisar para que não usasse magia, mas ele não me ouviu. Tivemos uma briga horrorosa e nos afastamos. Tentei encontrá-lo, mas ele tinha sumido. Nunca consegui localizar o rastro dele. Eu o afastei quando tentei salvá-lo.

Não, disse Jem. *Não foi por isso que ele fugiu. Ele se casou com uma fugitiva. Roland se escondeu para protegê-la.*

Catarina olhou para ele.

— Quê? — falou.

Eu estive nos Estados Unidos há pouco tempo com uma Irmã de Ferro, começou a explicar, *para recuperar* adamas. *Lá, encontramos um Mercado das Sombras ligado a uma feira de eventos. Era organizada por um demônio. Nós o enfrentamos, e ele nos contou que havia Herondale perdidos no mundo, que estavam em perigo, e que estavam por perto. Disse que se escondiam de um inimigo que não era mortal nem demoníaco. E também nesse Mercado vi uma fada com um homem mortal. Eles tinham um filho. O nome do homem era Roland.*

Tessa estava chocada pela enxurrada de informações que vinha de todos os lados, mas se concentrou na ideia de um homem jogando toda sua vida fora para fugir com a mulher amada, dando tudo o que tinha para protegê-la e ainda por cima considerando seu gesto algo casual. Parecia mesmo típico de um Herondale.

— Ele estava vivo? — perguntou Catarina. — Roland? Em uma feira de eventos?

Quando me dei conta do que estava acontecendo, tentei encontrá-lo, mas não consegui. Mas por favor, saiba que não foi de você que ele fugiu. O Demônio Maior me contou que eles estavam sendo perseguidos e que corriam grave perigo. Agora sei que é verdade. O homem fada que veio atrás de mim hoje tinha a intenção de me matar. As forças que procuram pelos Herondale não são mortais nem demoníacas, são fadas, e as fadas estão tentando guardar algum segredo.

— Então... eu não o afastei? — perguntou Catarina. — Por todo esse tempo... Roland...

Catarina estremeceu e se recompôs. Pegou a bandeja de chá e a apoiou na beira da cama.

— Beba seu chá — falou. — Usei o resto de leite e os últimos biscoitos.

Você sabe que Irmãos do Silêncio não bebem, falou Jem.

Catarina deu um sorriso triste.

— Achei que poderia ser acolhedor segurar a xícara quente.

Ela enxugou os olhos disfarçadamente e se retirou do quarto.

Você não sabia disso?, perguntou Jem a Tessa.

— Ela nunca me contou. Tantos problemas são provocados por segredos desnecessários.

Jem virou o rosto e passou o dedo pela borda da xícara. Tessa pegou a mão dele. Se era tudo o que poderia ter, então iria se agarrar a isso.

— Por que você se manteve tão distante? — insistiu ela. — Nós dois estamos sofrendo por Will. Por que sofrer separadamente?

Sou um Irmão do Silêncio, e Irmãos do Silêncio não podem...

Jem se calou. Tessa apertou a mão dele com tanta força que poderia ter quebrado.

— Você é Jem, o meu Jem. Sempre meu Jem.

Sou Irmão Zachariah, respondeu.

— Que seja! — disse Tessa. — Você é o Irmão Zachariah, e é o meu Jem. É um Irmão do Silêncio. Isso não significa que não seja tão querido quanto sempre foi e sempre será. Acha mesmo que alguma coisa seria capaz de nos separar? Por acaso um de nós dois é tão fraco assim? Depois de tudo o que vimos e fizemos? Todos os dias agradeço por sua existência neste mundo. Enquanto você estiver vivo, podemos manter Will vivo.

Ela viu o impacto das palavras em Jem. Ser um Irmão do Silêncio significava destruir algumas de suas partes humanas, queimá-las, mas seu Jem ainda estava ali.

— Temos tanto tempo, Jem. Você precisa me prometer que não vamos passá-lo separados. Não se afaste de mim. Deixe-me fazer parte dessa busca também. Posso ajudar. Você precisa ter mais cuidado.

Eu jamais colocaria você em perigo.

— Perigo? — repetiu ela. — Jem, eu sou imortal. E olhe só lá para fora. Veja a cidade em chamas. A única coisa da qual tenho medo é de perder aqueles que amo.

Finalmente, ela sentiu a pressão dos dedos dele apertando os seus.

Lá fora, Londres queimava. Ali dentro, naquele momento, tudo estava bem.

#

A manhã chegou, fria e cinzenta, com o cheiro das chamas que ainda ardiam. Londres acordou, sacudiu a poeira, pegou vassouras e baldes e começou seu ato diário de cura. As cortinas foram abertas para o ar matutino. As pessoas saíram para trabalhar. Os ônibus circulavam, as chaleiras ferviam, as lojas abriam. O medo não vencera. A morte e o fogo não venceram.

Tessa pegou no sono quando já estava amanhecendo, sentada ao lado de Jem, segurando a mão dele, a cabeça apoiada na parede. Quando acordou, viu que a cama estava vazia. O cobertor tinha sido afastado cuidadosamente e as roupas não estavam penduradas no parapeito mais.

— Jem — chamou, exasperada.

Catarina estava dormindo na sala de estar, com a cabeça apoiada nos braços sobre a mesa.

— Ele se foi — constatou Tessa. — Você o viu sair?

160 Fantasmas do Mercado das Sombras

— Não — respondeu Catarina, esfregando os olhos.

Tessa voltou para o quarto e olhou em volta. Será que tinha sido tudo um sonho? Será que a guerra a deixara maluca? Ao se virar, viu um bilhete dobrado na penteadeira, endereçado a ela. Abriu:

Minha Tessa,

Não vamos nos separar. Onde você estiver, eu estarei. Onde nós estivermos, Will estará.
Não importa o que mais eu seja, sempre serei

Seu Jem.

#

Irmão Zachariah caminhava por Londres. A cidade estava cinza, os prédios, reduzidos a destroços, a cidade parecia feita de cinzas e ossos. Talvez todas as cidades fossem se tornar a Cidade do Silêncio um dia.

Ele conseguiu esconder algumas partes de seus Irmãos, muito embora eles tivessem pronto acesso à sua mente. Não conheciam todos os seus segredos, mas sabiam bastante. Esta noite, todas as vozes em sua mente sussurravam, impressionadas com o que ele tinha sentido e com o que quase tinha feito.

Ele estava profundamente envergonhado do que dissera. Tessa ainda estava de luto por Will. Eles compartilhavam a dor, e se amavam. Ela ainda o amava. Ele acreditava nisso. Mas ela não podia sentir o que outrora sentira por ele. Graças ao Anjo, ela não vivera como ele, em meio a ossos e silêncio, e em meio a lembranças do amor. Ela ao menos tivera Will, e o amara por tanto tempo, e agora Will se fora. Jem se preocupava com a possibilidade de ter se aproveitado da tristeza dela. Tessa poderia muito bem estar se agarrando a algo que lhe era familiar em um mundo enlouquecido e estranho.

Mas ela era tão corajosa, sua Tessa, esculpindo uma nova vida agora que a antiga havia se perdido. Ela já tinha feito isso uma vez, ainda menina, ao vir dos Estados Unidos. Há muito tempo, Jem sentira o ato como um laço entre os dois, o fato de ambos terem atravessado os mares para encontrar um novo lar. E ele também achou que eles pudessem encontrar um novo lar um no outro.

Agora sabia que tudo aquilo tinha sido um sonho, mas o que foram sonhos para ele podia ser real para Tessa. Ela era imortal e valente. Ia viver novamente neste novo mundo, construindo uma nova vida. Talvez até voltasse a amar, caso conseguisse encontrar um homem à altura de Will, embora em quase cem anos o próprio Zachariah não tivesse encontrado ninguém que estivesse à altura. Tessa merecia a melhor das vidas e o maior dos amores que se pudesse imaginar.

Tessa merecia mais do que um ser que jamais poderia ser verdadeiramente um homem outra vez, que não seria capaz de amá-la de todo o coração. Embora ele a amasse com todos os fragmentos de seu coração que restavam, não era suficiente. Ela merecia mais do que ele tinha a oferecer.

Ele nunca deveria ter feito aquilo.

Mesmo assim havia uma alegria egoísta em Jem, um calor que poderia ser levado até mesmo para o frio mortal da Cidade dos Ossos. Ela lhe dera um beijo, um abraço. Por uma noite inteira, ele a tivera em seus braços novamente.

Tessa, Tessa, Tessa, pensou. Ela jamais poderia voltar a ser dele, mas ele seria dela para sempre. E isso bastava.

#

Naquela noite, Catarina e Tessa foram a pé para o St. Bart.

— Um sanduíche de bacon — disse Catarina. — Tão grande que mal dá para segurar. E tão cheio de manteiga que o bacon escorrega do pão. É a primeira coisa que eu vou comer. E você?

Tessa sorriu e iluminou a rua com sua lamparina, passando por cima de alguns rebocos. Ao redor delas, havia esqueletos de prédios. Tudo tinha sido reduzido a tijolos queimados e cinzas. Mas Londres já estava se reerguendo, limpando os escombros. A escuridão era como um abraço. Toda Londres estava unida sob um cobertor, aguentando firme.

— Um sorvete — decidiu Tessa. — Com morangos. Muitos e muitos morangos.

— Hum, gostei disso — respondeu Catarina. — Vou trocar o meu.

Um homem que caminhava na direção delas tirou o chapéu.

— Boa noite, Irmãs — falou. — Viram só?

Ele gesticulou para a Catedral de St. Paul, a grande construção que permanecia protegendo Londres há centenas de anos.

— Quiseram derrubá-la ontem à noite, mas não conseguiram, não é mesmo? — O homem sorriu. — Não, não conseguiram. Não podem nos quebrar. Tenham uma boa noite, Irmãs. Fiquem bem.

O homem seguiu caminho, e Tessa olhou para a catedral. Tudo ao redor dela tinha sido destruído, mas a construção continuava a salvo — impossível e improvavelmente salva de milhares de bombas. Londres não ia deixá-la morrer, e a catedral havia sobrevivido.

Tessa tocou o pingente de jade em seu pescoço.

Os Perversos

Por Cassandra Clare e Robin Wasserman

Paris, 1989

Dizia-se entre os Caçadores de Sombras que era impossível conhecer a verdadeira beleza até ver as torres reluzentes de Alicante. Dizia-se que nenhuma cidade no mundo se comparava às suas maravilhas. Dizia-se que nenhum Caçador de Sombras era capaz de se sentir verdadeiramente em casa em qualquer outro lugar.

Se alguém perguntasse a opinião de Céline Montclaire, ela diria: obviamente esses Caçadores de Sombras nunca estiveram em Paris.

Ela teria dissertado animadamente sobre as flechas góticas perfurando as nuvens, as ruas de pedras reluzindo com a chuva, a luz do sol dançando no rio Sena, e, *bien sûr*, as infinitas variedades de queijos. Teria mencionado que Paris fora o lar de Baudelaire e de Rimbaud, Monet e Gauguin, Descartes e Voltaire, que fora a cidade responsável por criar uma nova forma de falar, de enxergar, de pensar, de ser, trazendo até o mais mundano dos mundanos um pouco mais para perto dos anjos.

De todas as maneiras, Paris era *la ville de la lumière*. A Cidade-luz. *Se quer mesmo minha opinião*, diria Céline, *nada poderia ser mais lindo do que isso.*

Mas ninguém nunca lhe perguntou. Geralmente, ninguém pedia a opinião de Céline Montclaire a respeito de nada.

Até agora.

— Tem certeza de que não existe um símbolo para manter essas feras imundas longe da gente? — perguntou Stephen Herondale ao ouvir o bater trovejante de asas. Ele se abaixou, mirando às cegas o inimigo emplumado.

A revoada de pombos se movimentava rapidamente, sem encontrar nenhum golpe mortal. Céline espantou alguns retardatários, e Stephen suspirou aliviado.

— Minha heroína — falou.

Céline sentiu suas bochechas corarem de forma alarmante. Sofria de um terrível problema de enrubescimento, sobretudo, na presença de Stephen Herondale.

— O grande guerreiro Herondale tem medo de pombos? — provocou, torcendo para que ele não percebesse o tremor em sua voz.

— Não tenho medo. É só uma cautela prudente em face de uma criatura potencialmente demoníaca.

— Pombos demônios?

— Eu os encaro com grande desconfiança — disse Stephen com a máxima dignidade que um pombofóbico conseguia reunir, tocando a espada pendurada em seu quadril. — E este grande guerreiro aqui está pronto para fazer o que tem que ser feito.

Enquanto falava, uma nova revoada de pombos decolava dos paralelepípedos, e, por um momento, foram apenas asas e o grito agudo de Stephen.

Céline deu uma gargalhada.

— Sim, estou vendo que você é destemido em face do perigo. Ou no bico do perigo.

Stephen a encarou furiosamente. O coração dela acelerou. Será que tinha exagerado? Em seguida, ele lhe deu uma piscadela.

Ela o desejava tanto que às vezes parecia que seu coração ia explodir.

— Tem certeza de que ainda estamos indo na direção certa? — perguntou ele. — Acho que estamos andando em círculos.

— Confie em mim — disse ela.

Stephen levou a mão ao coração.

— *Bien sûr, mademoiselle.*

Sem contar a presença dele em seus sonhos, Céline não via Stephen desde que ele se formara na Academia, quatro anos atrás. Mas naquela época, ele mal a notava. Estava ocupado demais com seu treinamento, com a namorada e com os amigos do Círculo para dar atenção à menina que não tirava os olhos dele. Mas agora, pensava Céline, as bochechas ardendo outra vez, eles eram praticamente iguais. Sim, ela estava com 17 anos, ainda era estudante, e ele tinha 22 e, além de ser um adulto, também era o tenente mais confiável de Valentim Morgenstern no Círculo — o grupo de elite de jovens Caçadores de Sombras que jurara reformar a Clave e restaurá-la à sua antiga e genuína glória. Mas Céline finalmente fazia parte do Círculo também, escolhida pessoalmente por Valentim.

Valentim fora colega de Stephen e dos outros membros fundadores do Círculo na Academia — mas, diferentemente deles, nunca parecera jovem. A maioria dos alunos e professores achava que o grupo de Valentim não era nada além de uma panelinha inofensiva, cuja única excentricidade era preferir debates políticos noturnos a festas. Mesmo naquela época, Céline entendia que era exatamente isso que Valentim queria parecer: inofensivo. Aqueles que analisavam com afinco sabiam que não era bem assim. Ele era um guerreiro voraz, com uma mente ainda mais voraz — uma vez que fixava seus olhos negros em algum objetivo, nada era capaz de impedi-lo de conquistá-lo. Ele formara seu Círculo com jovens Caçadores de Sombras que sabia serem tão capazes quanto leais. Apenas os melhores, dissera ele ao abordá-la numa aula particularmente chata sobre história do Submundo.

— Todos os membros do Círculo são *excepcionais*. E isso inclui você, caso aceite minha oferta. — Ninguém nunca havia se referido a ela como excepcional.

Desde então ela se sentia diferente. Forte. *Especial*. E devia ser verdade, pois embora ainda tivesse um ano de Academia pela frente, aqui estava ela, passando as férias de verão numa missão oficial com Stephen Herondale. Stephen era um dos maiores combatentes de sua geração, e agora — graças à infeliz situação licantrope de Lucian Graymark — era o homem de maior confiança de Valentim. Mas era Céline quem conhecia Paris, suas ruas e seus segredos. Era o momento perfeito para mostrar a Stephen que tinha mudado, que ela era excepcional. Que ele não daria conta sem ela.

Essas foram, inclusive, as palavras exatas dele. *Eu não daria conta sem você, Céline*.

Ela adorava o som de seu nome sendo pronunciado por ele. Amava cada detalhe dele: os olhos azuis, que brilhavam como o mar da *Côte d'Azur*. Os cabelos platinados que brilhavam como a rotunda dourada do Palais Garnier. A curva do pescoço, a rigidez dos músculos, o delineado do corpo, como algo esculpido por Rodin, um modelo de perfeição humana. De algum modo, ele tinha ficado ainda mais bonito desde que ela o vira pela última vez.

Ele também tinha se casado.

Ela tentava não pensar nisso.

— Podemos andar mais rápido? — resmungou Robert Lightwood. — Quanto mais cedo acabarmos com isso, mais cedo poderemos voltar para a civilização. E para o ar-condicionado.

Robert era outra coisa na qual ela tentava não pensar. A presença ranzinza dele dificultava muito o lance de fingir que ela e Stephen estavam fazendo um passeio romântico ao luar.

— Quanto mais rápido formos, mais você vai suar — observou Stephen. — E, acredite, ninguém quer isso. — Paris em agosto tinha mais ou menos dez graus a mais que o inferno. Mesmo após escurecer, o ar parecia um cobertor encharcado de sopa quente. Para não chamar atenção, eles tinham trocado os uniformes de combate por roupas mundanas de manga comprida, as quais escondiam suas marcas. A camiseta branca que Céline havia escolhido para Stephen já estava ensopada. O que não era exatamente lamentável.

Robert só resmungou. Ele estava bem diferente do que Céline se recordava da Academia. Naquela época, era um pouco ríspido e sucinto, mas nunca fora deliberadamente cruel. Agora, no entanto, havia algo naqueles olhos do qual ela não gostava nadinha. Algo gélido, que remetia demais ao seu próprio pai, pensava ela.

Segundo Stephen, Robert tivera alguma espécie de desentendimento com seu *parabatai* e estava compreensivelmente mal-humorado. *É só Robert sendo Robert*, justificava ele. *Grande combatente, mas um pouco dramático. Nada com que se preocupar.*

Céline sempre se preocupava.

Eles subiram o final da Rue Mouffetard. Durante o dia, aquele ponto era um dos mercados mais agitados de Paris, cheio de produtos frescos, cachecóis coloridos, vendedores de falafel, barracas de sorvete e turistas desagradáveis. À noite, as fachadas das lojas ficavam fechadas e silencio-sas. Paris era uma cidade de mercados, mas todos se aquietavam depois que escurecia — todos, menos um.

Céline os incitou a se apressarem por uma esquina, por mais uma rua estreita e sinuosa.

— Já estamos quase chegando. — Ela tentou conter a ansiedade da voz. Robert e Stephen deixaram muito claro que o Círculo não aprovava Mercados das Sombras. Integrantes do Submundo se misturando a mundanos, bens ilícitos passando de mão em mão, segredos trocados e vendidos? Segundo Valentim, tudo isso era consequência indecorosa da corrupção e da frouxidão da Clave. Quando o Círculo assumisse o poder, garantira Stephen a ela, os Mercados das Sombras seriam fechados em definitivo.

Céline só integrava o Círculo há alguns meses, mas já tinha aprendido essa lição: se Valentim detestava alguma coisa, era sua obrigação detestar também.

E ela estava fazendo o melhor possível.

#

Não havia nenhuma lei dizendo que um Mercado das Sombras deveria ser montado num ambiente rico em energia sombria, marinado no sangue de um passado violento, mas isso ajudava.

E esse tipo de coisa não faltava em Paris. Era uma cidade de almas penadas, e a maioria delas eram furiosas. Revolução após revolução, barricadas banhadas em sangue e cabeças rolando da guilhotina, os massacres de setembro, a Semana Sangrenta, o incêndio das Tulherias, o Terror... Durante a infância, Céline passara muitas noites acordada, vagando pela cidade, invocando visões das maiores crueldades do lugar. Ela gostava de imaginar que conseguia ouvir gritos ecoando através dos séculos. Fazia com que se sentisse menos solitária.

Isso, ela sabia, não era um hobby para uma infância normal.

Isso porque a infância de Céline não fora nada normal. Mas ela só viera a descobrir isso ao se matricular na Academia e fazer o primeiro contato com Caçadores de Sombras de sua faixa etária. Naquele primeiro dia, os outros alunos falaram sobre suas vidas idílicas em Idris, galopando pela Planície Brocelind; suas vidas idílicas em Londres, Nova York, Tóquio, treinando nos Institutos sob os olhares gentis de pais e tutores amorosos; suas vidas idílicas em todo lugar. Depois de algum tempo, Céline parou de escutar e se afastou, despercebida, com uma inveja amarga que a impedia de ficar ali. Envergonhada demais pela perspectiva de que alguém pudesse fazê-la contar a própria história. Afinal, ela crescera na propriedade dos pais na

Provence, cercada por pomares, vinhedos, campos de lavanda: aparentemente, *la belle époque*.

Céline sabia que seus pais a amavam, porque eles diziam isso repetidamente.

Só estamos fazendo isso porque amamos você, dizia sua mãe antes de trancafiá-la no porão.

Só estamos fazendo isso porque amamos você, dizia seu pai antes de açoitá-la.

Só estamos fazendo isso porque amamos você, alegaram quando lançaram o demônio Dragonidae contra ela; quando a largaram durante a noite, com 8 anos e desarmada, numa floresta controlada por lobisomens; quando ensinaram sobre as consequências sangrentas da fraqueza, do desleixo ou do medo.

Na primeira vez que fugira para Paris, ela tinha 8 anos. Jovem o bastante para achar que podia escapar de vez. Na ocasião ela se dirigira até as Arènes de Lutèce, as ruínas de um anfiteatro romano do primeiro século depois de Cristo. Talvez fosse a ruína sangrenta mais antiga da cidade. Dois mil anos antes, gladiadores lutaram até a morte diante de uma multidão que vibrava, sedenta por sangue, até que a arena e sua multidão foram tomadas por bárbaros igualmente sedentos por sangue. Por um tempo, fora um cemitério; agora era uma armadilha turística, mais um monte de pedras para estudantes entediados ignorarem. Pelo menos, durante o dia. Sob a lua da meia-noite, o local se enchia de integrantes do Submundo, um bacanal de frutas e vinhos de fadas, gárgulas encantadas por magia de feiticeiros, lobisomens dançando valsa, vampiros de boinas pintando retratos com sangue, uma *ifrit* que tocava acordeão e fazia o espectador morrer de chorar. Era o Mercado das Sombras de Paris, e quando Céline o viu pela primeira vez, finalmente se sentiu em casa.

Naquela primeira viagem, ela passara duas noites ali, assombrando barracas, fazendo amizade com um filhote de lobisomem tímido, saciando sua fome com um crepe de Nutella que um Irmão do Silêncio comprara para ela sem fazer perguntas. Ela dormira embaixo da toalha de mesa da barraquinha de joias de um vampiro; brincara de roda com crianças com chifres numa festa de fadas improvisada; finalmente descobrira o que era ser feliz. Na terceira noite, os Caçadores de Sombras do Instituto de Paris a encontraram e a levaram de volta para casa.

Foi então que aprendera — não pela última vez — as consequências de uma fuga.

Nós amamos você demais para perdê-la.

Naquela noite, Céline se encolheu em posição fetal num cantinho do porão, com as costas ainda ensanguentadas, e pensou: *então é assim que é ser amada demais.*

#

A missão deles era muito clara. Primeiro, deveriam procurar a barraca da feiticeira Dominique du Froid no Mercado das Sombras de Paris. Depois, encontrar provas de seus negócios suspeitos com dois jovens Caçadores de Sombras rebeldes.

— Tenho motivos para crer que estão trocando sangue e partes de integrantes do Submundo por serviços ilegais — revelara Valentim a eles.

Ele precisava de provas. Caberia a Céline, Stephen e Robert encontrar alguma.

— *Discretamente* — alertara Valentim. — Não quero que ela avise os companheiros. — Valentim fez a palavra companheiros soar como uma vulgaridade. Para ele, era: integrantes do Submundo eram ruins, mas Caçadores de Sombras se permitindo serem corrompidos por um integrante do Submundo? Isso era imperdoável.

A primeira parte foi simples. Dominique du Froid foi encontrada com facilidade. Ela escrevera seu nome com luzes de neon, do nada. As letras brilhavam forte, literalmente, um metro acima de sua barraca, com uma flecha neon apontando para baixo. DOMINIQUE DU FROID, LES SOLDES, TOUJOURS!

— Típico de uma feiticeira — disse Robert amargamente. — Sempre à venda.

— Sempre em promoção — corrigiu Céline, baixinho demais para ele ouvir.

Na verdade, a barraca era uma tenda elaborada com mesas expostas e uma área no fundo protegida por cortinas. Era cheia de joias bregas e poções coloridas, mas nada tão brega ou tão colorido quanto a própria Dominique. Seu cabelo louro platinado com mechas rosa-choque, metade preso num rabo de cavalo lateral, e a outra, frisada e brilhando de tanto laquê. Ela vestia uma blusa de renda rasgada, uma minissaia preta de couro, luvas roxas sem dedos, e o que parecia uma quantidade significativa de suas mercadorias em volta do pescoço. Sua marca de feiticeira, um rabo longo e rosa emplumado, estava enrolada sobre os ombros como um boá.

— É como se um demônio Eidolon tivesse tentado se transformar em Cyndi Lauper e acidentalmente tivesse sido interrompido no meio do processo — brincou Céline.

— Hein? — disse Robert. — Isso é outra feiticeira?

Stephen sorriu.

— Sim, Robert. Outra feiticeira. E a Clave a executou porque ela só queria se divertir.

Céline e Stephen riram juntos, e a raiva evidente de Robert por ter sido zombado só os fez rir ainda mais. Assim como a maioria dos Caçadores de Sombras, Céline crescera sem referências sobre a cultura pop mundana. Mas Stephen aparecera na Academia, cercado de conhecimento sobre bandas, livros e músicas dos quais ninguém nunca tinha ouvido falar. Depois que entrou para o Círculo, ele abandonou seu amor pelos Sex Pistols com a mesma velocidade com que trocou a jaqueta de couro e o jeans rasgado pelo uniforme preto sem graça que Valentim gostava. Mas, por via das dúvidas, Céline passara os últimos dois anos estudando a TV mundana.

Posso ser o que você quiser que eu seja, pensava ela, desejando ter coragem de dizer isso.

Céline conhecia Amatis, a mulher de Stephen. Pelo menos, conhecia o suficiente. Amatis tinha a língua afiada e era metida. E também cheia de opiniões, argumentativa, teimosa, e nem tão bonita assim. Também havia rumores de que ela ainda era secretamente ligada ao seu irmão lobisomem. Céline não ligava muito para isso — não tinha nada contra integrantes do Submundo. Mas alimentava muita coisa contra Amatis, que claramente não estimava o que tinha em casa. Stephen precisava de alguém que o admirasse, concordasse com ele, o apoiasse. Alguém como Céline. Se ao menos ela conseguisse fazê-lo enxergar isso.

Eles vigiaram a feiticeira por algumas horas. Dominique du Froid frequentemente abandonava a barraca, saindo para fofocar ou negociar com outros vendedores. Era quase como se ela quisesse que alguém mexesse em seus pertences.

Stephen bocejou de forma teatral.

— Eu estava esperando um desafio um pouco maior. Mas vamos acabar logo com isso e sair daqui. Este lugar fede a Submundo. Já estou com a sensação de que preciso de um banho.

— *Oui, c'est terrible* — mentiu Céline.

Quando Dominique voltou a abandonar a barraca, Stephen foi atrás dela. Robert entrou na área coberta pela cortina para procurar provas de negócios ilícitos. Céline ficou de tocaia, olhando as mercadorias da barraca ao lado, de onde poderia sinalizar para Robert caso Dominique voltasse inesperadamente.

Claro que deixaram para ela a tarefa mais chata, a que não exigia nada além de olhar joias. Eles a consideravam uma inútil.

Céline obedeceu, fingindo se interessar pelas amostras mais horrorosas de anéis encantados, grossas correntes douradas, pingentes com Demônios Maiores esculpidos em bronze e estanho. Então ela viu algo que, de fato, a interessou: um Irmão do Silêncio se aproximando da barraca daquele jeito desconcertantemente não humano que eles tinham de caminhar. Ela ficou vigiando de soslaio enquanto o Caçador de Sombras de túnica examinava as joias com muito cuidado. O que alguém como ele poderia estar procurando num lugar assim?

O licantrope pré-adolescente responsável pela barraca mal notou a presença de Céline. Mas se apressou até o Irmão do Silêncio, os olhos arregalados de medo.

— Você não pode ficar aqui — falou. — Meu chefe não gosta de fazer negócios com gente como você.

Você não é jovem demais para ter um chefe?

As palavras reverberaram na mente de Céline, e, por um instante, ela ficou imaginando se o Irmão do Silêncio queria que ela escutasse. Mas isso parecia improvável — ela estava a alguns metros de distância, e não havia motivo para que ele a tivesse notado.

— Meus pais me expulsaram de casa quando fui mordido, então é trabalhar ou passar fome — disse o menino, dando de ombros. — E eu gosto de comer. Por isso você tem que sair daqui antes que o chefe chegue e pense que estou vendendo alguma coisa para um Caçador de Sombras.

Estou à procura de uma joia.

— Olha, cara, não tem nada que você não possa achar em outro lugar, melhor e mais barato. Tudo aqui é lixo.

Sim, estou vendo. Mas estou procurando uma coisa específica, algo que me disseram que só posso encontrar aqui. Um colar de prata com um pingente em formato de garça.

A palavra garça chamou a atenção de Céline. Era algo muito específico. E muito condizente com um Herondale.

— Hum, sim, não sei como você soube disso, mas é possível que tenhamos algo assim guardado aqui. Mas, como eu disse, não posso vender para...

E se eu pagar o dobro?

— Você nem sabe quanto é.

Não, não sei. E imagino que você não vá receber uma oferta melhor, considerando que o colar não está em exibição para os outros clientes.

— Sim, eu mesmo disse isso, mas... — Ele se inclinou para frente e baixou a voz. Céline tentou não deixar tão óbvio que estava se esforçando para ouvi-los. — O chefe não quer que a mulher dele saiba que ele está vendendo o pingente. Disse que só precisamos espalhar a notícia e que um comprador vai nos achar.

E agora um comprador achou mesmo. Imagine a satisfação do seu chefe quando souber que você vendeu o colar por mais do que ele pediu.

— Suponho que ele não precise saber quem comprou...

Não sou eu quem vai contar a ele.

O menino pensou por um instante, aí se abaixou sob a bancada e reapareceu com um pingente prateado. Céline prendeu a respiração. Era uma garça delicadamente esculpida, brilhando ao luar, o presente perfeito para um jovem Herondale orgulhoso de sua linhagem. Ela fechou os olhos, se permitindo entrar numa realidade paralela, uma na qual pudessse presentear Stephen. Imaginou-se pendurando o pingente no pescoço dele, roçando o nariz na pele macia, sentindo o cheiro dele. Imaginou-o dizendo *eu amei. Quase tanto quanto amo você.*

É lindo, não?

Céline se assustou com a voz do Irmão do Silêncio em sua cabeça. Claro que ele não podia ler seus pensamentos. Mas mesmo assim, ela corou de vergonha. O menino voltou para o fundo da barraca para contar o dinheiro. O Irmão do Silêncio agora fixava o olhar nela.

Ele era diferente dos outros Irmãos do Silêncio que ela já tinha visto; o rosto dele era jovem — até mesmo bonito. Os cabelos negros se misturavam a mechas prateadas, e os olhos e a boca estavam fechados, porém não costurados. Símbolos marcavam cruelmente cada bochecha. Céline se lembrou da inveja que costumava sentir da Irmandade do Silêncio. Eles tinham cicatrizes como ela; suportaram muitas dores como ela. Mas as cicatrizes lhes conferia poder; a dor deles não parecia nada porque eles não eram capazes de sentir nada. Não dava para ser Irmão do Silêncio se você fosse mulher. Isso nunca lhe parecera muito justo. As mulheres podiam, contudo, se juntar às Irmãs de Ferro. Quando mais nova, Céline costumava achar a ideia muito atraente, mas agora não tinha nenhum desejo de viver numa planície vulcânica sem nada para fazer além de forjar armas com *adamas*. Só de pensar, ficava claustrofóbica.

Desculpe assustá-la. Mas notei seu interesse no pingente.

— É... só me lembrou alguém.

Alguém de quem gosta muito, posso sentir.

— Sim. Acho que sim.

Esse alguém é, talvez, um Herondale?

— Sim, ele é maravilhoso. — As palavras escaparam por acidente, mas ela sentiu uma alegria inesperada por falar em voz alta. Nunca havia se permitido isso antes; não na frente dos outros. Nem mesmo sozinha, na verdade.

Essa era a questão com os Irmãos do Silêncio. Estar com eles não era exatamente como estar com alguém, nem como estar sozinha. Confidenciar um segredo a um Irmão do Silêncio era como confidenciá-lo a ninguém, pensou ela, afinal para quem ele ia contar?

— Stephen Herondale — disse ela, baixinho, mas com convicção. — Estou apaixonada por Stephen Herondale.

Sentiu uma onda de poder ao dizer tais palavras, quase como se verbalizar o fato fosse capaz de torná-lo um pouco mais real.

O amor de um Herondale pode ser um grande presente.

— Sim, é incrível — retrucou ela, tão amarga que até o Irmão do Silêncio notou seu tom.

Eu chateei você.

— Não, é só que... eu disse que eu o amo. E ele mal percebe que estou viva.

Ah.

Era uma tolice, desejar a solidariedade de um Irmão do Silêncio. Era como esperar solidariedade de uma pedra. O rosto dele se mantinha impassível. Mas a voz que falava em sua mente era gentil. Ela até se permitiu associar à doçura.

Isso deve ser difícil.

Se Céline fosse outro tipo de menina, do tipo que tinha amigas, irmãs ou mãe para conversar com ela sem desdém, ela poderia ter contado sobre Stephen. Poderia ter passado horas conversando sobre seu tom de voz, sobre o jeito como ele às vezes parecia flertar com ela, sobre a vez em que ele a tocara no ombro em agradecimento quando ela lhe emprestara uma adaga. Talvez falar sobre o assunto pudesse suavizar a dor de amá--lo; talvez ela até pudesse falar a ponto de se convencer a parar de amá-lo. Falar sobre Stephen poderia virar algo corriqueiro, como falar sobre o tempo. Um ruído de fundo.

Mas Céline não tinha com quem se abrir. Tudo o que tinha eram seus segredos, e quanto mais os guardava, mais doíam.

— Ele nunca vai me amar — disse. — Tudo o que eu sempre quis era estar perto dele, mas agora ele está bem aqui, e não posso tê-lo, e de certa forma isso é até pior. Eu só... eu só... machuca demais.

Às vezes, acho que não há nada mais doloroso do que um amor negado. Amar quem não se pode ter, ficar perto de quem se deseja e ama, e não poder ter a pessoa nos braços. Um amor que não pode ser correspondido. Não conheço nada mais doloroso do que isso.

Era impossível que um Irmão do Silêncio pudesse entender o que ela sentia. E ainda assim...

Ele parecia entender muito bem.

— Eu gostaria de ser mais como você — admitiu ela.

Como assim?

— Você sabe, desligar meus sentimentos... Não sentir nada. Por ninguém.

Fez-se uma longa pausa, e ela ficou imaginando se o teria ofendido. Será que isso sequer era possível? Finalmente, a voz fria e firme falou outra vez.

Esse não é o tipo de coisa que você deveria desejar. Sentir é o que nos torna humanos. Até os sentimentos mais difíceis. Talvez, principalmente esses. Amor, perda, desejo; é isso que significa estar vivo de fato.

— Mas... você é um Irmão do Silêncio. Não é para sentir nada disso, certo?

Eu... Fez-se uma nova pausa longa. *Eu me lembro de como era sentir. Isso é o mais próximo que chego, às vezes.*

— E continua vivo, até onde posso perceber.

Às vezes, isso também é difícil de lembrar.

Se ela não soubesse, acharia que ele tinha dado um suspiro.

O Irmão do Silêncio que ela conhecera na primeira vez que visitara o Mercado das Sombras também fora gentil assim. Quando ele comprara o crepe para ela, não perguntara onde estavam seus pais, nem por que ela estava vagando sozinha pela multidão, e nem por que seus olhos estavam vermelhos de choro. Ele só se ajoelhou e fixou o olhar costurado nela. *O mundo é um lugar muito difícil de se encarar sozinha*, disse ele dentro da mente dela. *Você não precisa fazer isso.*

Depois, ele fez o que os Irmãos do Silêncio fazem de melhor e se calou. Mesmo sendo apenas uma criança, ela soube que ele estava esperando que ela dissesse do que precisava. Que, se pedisse, talvez ele até a ajudasse.

Mas ninguém podia ajudá-la. Mesmo na infância, ela também tinha noção disso. Os Montclaire eram uma família de Caçadores de Sombras poderosa e respeitada. Seus pais eram amigos do Cônsul. Se ela contasse ao Irmão quem era, ele simplesmente a levaria para casa. Se ela contasse para ele o que a aguardava lá, como seus pais *realmente* eram, ele provavelmente não acreditaria. Poderia até contar a eles que ela andava espalhando mentiras. E aí haveria consequências.

Ela agradeceu pelo crepe e se afastou.

Desde então Céline apenas tolerara os anos. Depois do verão, ela voltaria para seu último ano na Academia e se formaria; nunca mais teria que morar na casa dos pais. Estava quase livre. Não precisava da ajuda de ninguém.

Mas o mundo ainda era um lugar difícil de se encarar sozinha.

E ela estava tão, tão solitária.

— Talvez a dor de amar alguém seja um fato da vida, mas você realmente acha que toda dor é? Não acha que seria melhor parar de sentir dor?

Alguém está machucando você?

— Eu... — Ela tomou coragem. Ela era capaz. Estava quase acreditando que podia confiar. Poderia contar a esse estranho sobre a casa fria. Sobre seus pais, que só pareciam notá-la quando ela fazia alguma coisa errada. Sobre as consequências disso. — É que...

Ela se calou subitamente quando o Irmão do Silêncio virou as costas. Os olhos cegos pareciam estar acompanhando um homem de casaco preto que corria na direção dele. O sujeito parou assim que viu o Irmão do Silêncio. O rosto empalideceu de repente. Em seguida, ele deu meia-volta e correu para longe. A maioria dos integrantes do Submundo tinha medo dos Caçadores de Sombras atualmente, as notícias sobre as façanhas do Círculo tinham se espalhado. Mas, nesse caso, parecia algo pessoal.

— Você conhece aquele cara?

Peço desculpas, mas preciso resolver isso.

Irmãos do Silêncio não demonstravam emoções e, até onde Céline sabia, eles também não as sentiam. Mas se ela não soubesse disso, diria que esse Irmão do Silêncio estava sentindo algo muito profundo. Medo, talvez, ou empolgação, ou aquela estranha combinação dos dois que normalmente antecedia uma luta.

— Tudo bem, eu só...

Mas o Irmão do Silêncio já tinha ido embora. Ela estava sozinha outra vez. E graças ao Anjo por isso, pensou. Era imprudente sequer brincar com a ideia de trazer à luz suas verdades sombrias. Quanta tolice, quanta fraqueza querer ser ouvida. Querer ser realmente enxergada por alguém, ainda mais por um homem de olhos fechados. Seus pais sempre diziam que ela era tola e fraca. Talvez tivessem razão.

#

Irmão Zachariah foi costurando pela multidão do Mercado das Sombras, com cuidado para se manter relativamente distante de seu alvo. Era um jogo estranho aquele. O homem, que atendia pelo nome de Jack Crow, certamente sabia que estava sendo seguido por Zachariah. E o Irmão Zachariah poderia ter acelerado e dominado o sujeito a qualquer momento. Mas, por algum motivo, Crow não queria parar e o Irmão Zachariah não queria obrigá-lo a isso. Então Crow atravessou a arena até as ruas para além dos portões.

O Irmão Zachariah continuou a segui-lo.

E ao mesmo tempo lamentou por ter abandonado a menina tão subitamente. Sentira certa afinidade com ela. Ambos tinham entregado um pedaço de seus corações a um Herondale e amavam alguém que não podiam ter.

Claro, o amor do Irmão Zachariah era uma imitação pálida do amor humano cru e verdadeiro. Ele amava através de uma cobertura espessa, e a cada ano ficava mais difícil se lembrar do que havia do outro lado. Lembrar-se de como era *desejar* Tessa do jeito que um humano vivo desejava. De como era *precisar* dela. Zachariah não precisava de mais nada, de fato. Nem de comida, nem de sono, e nem mesmo, por mais que ele tentasse invocar isso, de Tessa. Seu amor permanecia, porém atenuado. O amor da menina no Mercado das Sombras era contundente, e conversar com ela o ajudara a se lembrar de como era.

E ela queria ajuda, percebeu ele. A parte mais humana dele se vira tentada a ficar ao lado dela. Ela parecia tão frágil... e tão determinada a parecer o contrário. Aquilo tocara o coração do Irmão Zachariah, mesmo que seu coração já estivesse sepultado.

Ele tentava dizer a si que não. Afinal, sua simples presença aqui era prova de que seu coração ainda era humano. Ele vinha caçando há décadas por causa de Will, por causa de Tessa, porque parte dele ainda era Jem, o menino Caçador de Sombras que amara os dois.

Ainda ama os dois, lembrou Irmão Zachariah a si. No presente.

O pingente de garça confirmava suas suspeitas. Esse definitivamente era o homem que ele estivera procurando. Zachariah não podia deixá-lo escapar.

Crow desviou para um beco estreito de paralelepípedos. O Irmão Zachariah continuava a segui-lo, tenso e alerta. Sentia que sua perseguição em câmera lenta chegava ao fim. E, de fato, era um beco sem saída. Crow girou para encarar Zachariah, uma faca na mão. Ele ainda era jovem, vinte e poucos anos, com o rosto orgulhoso e cabelos louros.

O Irmão Zachariah tinha uma arma e muito talento com ela. Mas não fez qualquer movimento de sacar o bastão. O homem jamais representaria uma ameaça a ele.

— Tudo bem, Caçador de Sombras, você me queria, agora estou aqui — disse Crow, com os pés e a faca em posição, claramente à espera de um ataque.

O Irmão Zachariah examinou o rosto dele, procurando por alguma coisa familiar. Mas não havia nada. Nada além de uma falsa coragem impertinente. Com seus olhos cegos, Zachariah conseguia enxergar através dessas fachadas. Conseguia enxergar o medo.

Ouviu um movimento atrás de si. E a voz de uma mulher.

— É como dizem, Caçador de Sombras. Cuidado com o que deseja.

O Irmão Zachariah virou, lentamente. Eis uma surpresa. Uma jovem — mais jovem até do que Crow — estava à entrada do beco. Ela era etereamente linda, com cabelos louros sedosos e aqueles lábios rubis e olhos cobalto que inspiraram milhares de poemas ruins. Sorria um sorriso doce. Estava mirando uma besta diretamente para o coração de Irmão Zachariah.

Ele sentiu uma pontada de medo. Não por causa da faca ou da flecha; ele não temia nenhum dos dois. Preferia não lutar, mas se fosse necessário, poderia desarmá-los sem dificuldade. Eles não tinham condições de se proteger. Esse era o problema.

Seu medo vinha da constatação de que tinha atingido seu objetivo. Essa procura era o que ainda o ligava a Tessa, a Will, à sua antiga vida. E se hoje ele perdesse a única coisa que ainda o ligava a Jem Carstairs? E se este fosse seu último ato verdadeiramente humano?

— Anda, Caçador de Sombras — disse a moça, se aproximando ainda mais, porém sem relaxar com a besta. — Desembucha. Se tiver sorte, talvez possamos deixá-lo viver.

Não quero lutar com vocês. Pela reação deles, deu para perceber que não esperavam a voz em suas mentes. Aqueles dois sabiam o bastante para reconhecerem um Caçador de Sombras, mas aparentemente não sabiam tanto quanto pensavam. *Tenho procurado por você, Jack Crow.*

— Sim, foi o que ouvi. Alguém deveria tê-lo alertado de que pessoas que me procuram tendem a se arrepender.

Não desejo machucá-lo. Só quero dar um recado. É sobre quem você é e de onde vem. Pode ser difícil acreditar nisso, mas...

— Eu sei, eu sei, eu também sou um Caçador de Sombras. — Crow deu de ombros. — Agora diga alguma coisa que eu não sei.

#

— Está aqui para comprar ou para roubar?

Céline largou o frasco de poção. Ele estilhaçou no chão, liberando uma lufada de fumaça azul tóxica.

Depois que o Irmão do Silêncio a dispensou pelo cara de casaco preto, o menino licantrope fechou a barraca. E ficou encarando Céline até ela se tocar de que era hora de ir embora. Então ela vagou até a barraca de Dominique du Froid, tentando parecer inofensiva. Coisa que havia funcionado direitinho até a feiticeira em pessoa aparecer, do nada.

— Ou só veio causar problemas aqui? — perguntou Dominique, em francês.

Céline praguejou silenciosamente. Só tinha *uma* função, humilhantemente fácil, e conseguira fracassar. Stephen não estava à vista, e Robert continuava vasculhando a tenda.

— Estava esperando seu retorno — disse Céline, alto o suficiente e ignorando o francês, para que Robert pudesse ouvir. — Graças a Deus você finalmente voltou. *Estou derretendo nesse calor.* — Ela falou essa última parte ainda mais alto. Era um código combinado, para emergências. Tradução: *saia agora*. Com sorte, conseguiria distrair a feiticeira de modo que ele pudesse se retirar sem ser visto.

Onde estava Stephen?

— *Bien sûr*. — A feiticeira tinha um sotaque terrível, um francês que parecida saído do sul da Califórnia. Céline ficou se perguntando se feiticeiros sabiam surfar. — E o que está procurando, mademoiselle?

— Uma poção do amor. — Foi a primeira ideia que lhe ocorrera. Talvez por ter acabado de ver Stephen, correndo em direção a elas, ao mesmo tempo que tentava aparentar não estar correndo. Céline agora se perguntava como Dominique tinha escapado dele, e se o tinha feito propositalmente.

— Uma poção do amor, é? — A feiticeira acompanhou o olhar de Céline e emitiu um ruído de aprovação. — Nada mal, mas um pouco robusto para o meu gosto. Quanto melhor o corpo, pior a mente, é o que acho. Mas talvez você prefira burro e bonito. *Chacun à son goût*, não é mesmo?

— Hum, *oui*, burro e bonito, certo. Então... — O que Robert estaria *fazendo* lá atrás? Céline torceu para que ele tivesse conseguido escapar sem ser visto, mas não podia correr o risco. — Pode me ajudar?

— Amor não é minha especialidade, *chérie*. Qualquer pessoa que diga outra coisa por aqui estará mentindo. Mas posso oferecer...

Ela se calou quando Stephen chegou, parecendo um pouco atordoado.

— Tudo bem por aqui?

Ele lançou um olhar preocupado a Céline. O coração dela acelerou. Stephen estava preocupado com ela. Céline fez que sim com a cabeça.

— Tudo ótimo. Só estávamos...

— Sua amiga quer que eu venda uma poção para ela se apaixonar por você — disse a feiticeira. Céline achou que fosse cair morta ali mesmo. — Eu estava prestes a dizer a ela que só posso oferecer uma alternativa. — E sacou de baixo da bancada algo semelhante a uma lata de laquê, borrifando na cara de Stephen. A expressão dele ficou relaxada.

— O que você fez? — gritou Céline. — E por que você *disse* aquilo?

— Ah, relaxa. Confie em mim, nesse estado ele não vai ligar para nada que ninguém disser. Observe só.

Stephen encarava Céline como se jamais a tivesse visto. Ele esticou uma mão e a tocou na bochecha, gentilmente, a expressão vidrada. Olhava para ela como se estivesse pensando: *será que você é real?*

— Na verdade, sua amiguinha loura está sofrendo de um caso grave de varíola demoníaca — disse Dominique a Stephen. Céline resolveu que não ia cair morta; ia matar aquela feiticeira.

— Varíola demoníaca é tão sexy — disse Stephen. — Vai deixar verrugas? — Ele piscou para Céline. — Você ficaria linda com verrugas.

— Viu? — disse a feiticeira. — Já o consertei para você.

— O que você fez?

— Não é óbvio? Fiz o que me pediu. Bem, é um quebra-galho, mas para que mais serve o Mercado das Sombras?

Céline não sabia o que dizer. Estava furiosa por Stephen.

Estava furiosa consigo, estava... alguma outra coisa. Algo que não deveria estar.

— Alguém já te disse que você fica linda quando está confusa? — falou Stephen, abrindo um sorriso sonhador. — Claro, você também fica linda quando está irritada e quando está triste, e quando está feliz, quando está rindo, e quando está...

— O quê?

— Quando está me beijando — disse ele. — Mas isso é só um palpite. Quer testar?

— Stephen, não sei se você sabe bem...

Então ele a beijou.

Stephen Herondale a beijou.

Os lábios de Stephen Herondale estavam colados aos dela, as mãos dele estavam na sua cintura, acariciando suas costas, afagando as bochechas e os dedos acariciavam seus cabelos.

Ele a segurava com firmeza, e mais firmeza ainda, como se quisesse mais do que poderia obter, como se a desejasse inteirinha.

Ela tentou manter certa distância. Aquilo não era real, lembrou a si. Não era ele. Mas parecia real. Parecia Stephen Herondale, quente em seus braços, desejando-a, e aí ela parou de resistir.

Por um instante eterno, ela se perdeu naquela felicidade.

— Aproveite enquanto pode. O efeito vai passar em mais ou menos uma hora.

A voz de Dominique du Froid a trouxe de volta para a realidade — a realidade na qual Stephen era casado com outra pessoa. Céline se obrigou a se afastar. Ele soltou um pequeno ganido, como se fosse chorar.

— A primeira amostra é grátis. Se quiser uma coisa permanente, vai ter que pagar — disse a feiticeira. — Mas creio que eu possa te dar o desconto para Caçadores de Sombras.

Céline congelou.

— Como você sabe que sou Caçadora de Sombras?

— Com sua graça e beleza, como poderia ser outra coisa? — disse Stephen. Céline o ignorou. Havia algo de muito errado ali. Suas marcas estavam cobertas; as roupas eram convincentemente mundanas; as armas estavam escondidas. Não havia nada que revelasse sua verdadeira identidade.

— Ou talvez você queira comprar duas doses — disse a feiticeira. — Uma para este bobalhão aqui e outra para o bobalhão atrás da cortina. Não é tão bonito, é claro, mas esses mais nervosos podem ser muito divertidos quando relaxam...

A mão de Céline foi até a adaga escondida.

— Você parece surpresa, Céline — disse a feiticeira. — Achou mesmo que eu não soubesse que os três patetas estavam me seguindo? Achou que eu fosse simplesmente abandonar minha barraca sem um sistema de segurança? Acho que seu namoradinho não é o único bonitinho e burro por aqui.

— Como sabe o meu nome?

A feiticeira jogou a cabeça para trás e riu. Seus molares brilhavam com ouro.

— Todos os integrantes do Submundo de Paris conhecem a pobre Céline Montclaire, vagando pela cidade como uma Éponine assassina. Todos sentimos certa pena de você.

Céline sempre carregava uma raiva secreta latente, mas agora sentia estar entrando em ebulição.

— Quer dizer, não posso me dar ao luxo de ter Caçadores de Sombras se metendo nos meus assuntos, então ainda vou ter que resolver a situação, mas vai ser uma pena quando você morrer.

Céline sacou a adaga quando um bando de demônios Halphas explodiu da tenda. As feras aladas foram para cima dela e de Stephen, com as garras afiadas em riste e os bicos soltando gritos sobrenaturais.

— Pombos demoníacos! — gritou Stephen, enojado, a lâmina longa a postos. A lâmina brilhou, prateada, sob a luz das estrelas quando ele cortou e feriu algumas asas espessas e escamosas.

Céline rodopiou e desviou de dois demônios semelhantes a pássaros, contendo-os com sua adaga enquanto sacava mais duas lâminas serafim com a mão livre.

— *Zuphlas* — sussurrou. — *Jophiel.* — Quando as lâminas começaram a brilhar, ela as lançou em direções opostas. Cada uma acertou a garganta de um demônio. E os demônios Halphas explodiram numa nuvem de penas ensanguentadas e icor. Céline se refez depressa, pulando através da cortina da feiticeira. — Robert! — chamou.

Ele estava trancado no que parecia uma antiga gaiola gigantesca cujo piso estava coberto por penas de Halphas — e ele também. Não parecia ferido. Mas estava muito insatisfeito.

Céline arrebentou a tranca o mais rápido que conseguiu, e os dois se juntaram novamente a Stephen, que tinha conseguido se livrar de vários dos demônios, embora muitos deles tivessem decolado e rumado pelo céu noturno. Dominique tinha aberto um Portal e estava prestes a escapar por ele. Robert a pegou pela garganta, aí a golpeou na cabeça com o cabo da espada, uma pancada forte. Ela caiu no chão, desmaiada.

— Lá se vai a sutileza — disse ele.

— Céline, você se feriu! — gritou Stephen, parecendo horrorizado.

Céline percebeu que um bico de demônio tinha arrancado um pedaço de sua panturrilha. O sangue estava ensopando o jeans. Ela mal sentira, mas quando a adrenalina da batalha começou a passar, veio uma dor forte e aguda.

Stephen já estava com a estela na mão, ansioso por aplicar um *iratze*.

— Você fica ainda mais bonita quando está sangrando — falou.

Céline balançou a cabeça e recuou.

— Eu mesma posso fazer isso.

— Mas eu ficaria honrado em curar sua pele perfeita — protestou Stephen.

— Ele levou uma pancada na cabeça? — perguntou Robert.

Céline estava envergonhada demais para explicar. Felizmente, o grito dos demônios Halphas ecoou ao longe, seguido pelo grito de uma mulher.

— Vocês dois fiquem de olho na feiticeira — exclamou ela. — Eu cuido do restante dos demônios antes que comam alguém. — Ela se foi sem que Robert pudesse fazer mais perguntas.

— Vou sentir saudades! — gritou Stephen atrás dela. — Você fica linda quando tem sede de sangue!

#

Os Perversos

185

Há quase duzentos anos, o Caçador de Sombras Tobias Herondale fora condenado por covardia. Um crime punível com a morte. A Lei naquela época não era apenas dura, mas implacável. Tobias enlouqueceu e fugiu antes que pudesse ser executado, e, na ausência dele, a Clave optou por aplicar a punição à sua esposa, Eva. Morte para ela. Morte para a criança Herondale que ela carregava no ventre.

Pelo menos era assim que contavam a história.

Há muitas e muitas décadas, Zachariah descobrira a verdade por trás dos acontecimentos. Ele tinha conhecido a feiticeira que salvara o bebê de Eva — e após a morte da mãe, criara a criança como se fosse sua.

Aquela criança cresceu e teve uma criança, que teve outra criança, e assim foi: uma linhagem secreta de Herondale, afastada do mundo dos Caçadores de Sombras. Até agora.

O sobrevivente dessa linhagem corria grave perigo. Por um bom tempo, essa fora a única informação conhecida pelo Irmão Zachariah. Mas por Tessa e por Will, ele se dedicara a saber mais. Assim seguira migalhas, indo até becos sem saída e quase morrendo nas mãos de uma fada que queria que o Herondale perdido continuasse perdido. Ou pior, temia Zachariah.

O descendente perdido de Tobias Herondale tinha se apaixonado por uma fada. E o filho que geraram — e todos que nasceram depois disso — era parte Caçador de Sombras, parte fada.

O que significava que Zachariah não era o único naquela busca. Ele desconfiava, no entanto, que era o único isento de intenções maléficas. Se um emissário das fadas estava disposto a atacar não apenas um Caçador de Sombras, mas um Irmão do Silêncio — disposto a violar os Acordos da pior forma possível —, simplesmente para interromper a busca, então encontrá-lo era imperativo. Certamente o perigo era mortal.

Décadas de investigações discretas o haviam trazido até aqui, até o Mercado das Sombras de Paris, ao homem que diziam possuir um precioso pingente em formato de garça, uma herança Herondale. O homem de nome Crow, que a maioria das pessoas presumia se tratar de um mundano com a Visão, conhecido por ser habilidoso, porém, pouco confiável, um homem satisfeito com a vida nas sombras.

Zachariah soubera do pingente primeiro — foi uma feiticeira de Paris, que ficara sabendo sobre sua busca, e aí entrou em contato, confirmando a existência do tal pendente. Ela inclusive confirmara que suas suspeitas estiveram corretas: o dono do pingente, qualquer que fosse o nome que ele se atribuísse, era de fato um Herondale.

O que, aparentemente, era notícia velha para todo mundo, exceto para Zachariah.

Você sabia sobre sua linhagem esse tempo todo? E nunca se revelou?

— Querida, acho que você pode guardar sua arma — disse Crow para a mulher. — O monge adivinho não parece querer nos fazer mal.

Ela baixou a arma, mas não pareceu muito satisfeita com isso.

Obrigado.

— E talvez pudesse nos deixar conversar a sós — emendou Crow.

— Não acho uma boa ideia...

— Rosemary, confie em mim. Está tudo certo.

A mulher, que devia ser a esposa dele, suspirou. Era o som de alguém que convivia com a teimosia e há muito já tinha desistido de tentar combatê-la.

— Tudo bem. Mas você... — Ela cutucou o Irmão Zachariah com a besta com força suficiente para ele sentir através das roupas grossas. — Se alguma coisa acontecer com ele, eu irei atrás de você e o farei pagar por isso.

Não tenho a menor intenção de permitir que algo aconteça a nenhum de vocês dois. Por isso vim.

— Sei. — Ela deu um abraço em Crow. Eles ficaram ali agarrados por um bom tempo. Zachariah sempre ouvia a expressão "agarrar-se à vida", mas raramente a encarara de maneira tão literal. O casal se abraçava como se fosse o único jeito de sobreviver.

Ele então se lembrou de como havia sido amar alguém assim. Lembrou-se da impossibilidade de poder se despedir. A mulher sussurrou alguma coisa para Crow, em seguida, pegou sua besta e desapareceu pela noite parisiense.

— Somos recém-casados e ela é um pouco protetora demais — disse Crow. — Sabe como é.

Temo não saber.

Crow o olhou de cima a baixo, e o Irmão Zachariah ficou se perguntando o que aquele homem estaria vendo. O que quer que fosse, não pareceu impressioná-lo.

— Sim, suponho que não saiba.

Há muito tempo tenho procurado por você, mais do que possa imaginar.

— Olha, sinto muito que tenha perdido seu tempo, mas não quero nada com vocês.

Temo que você não tenha noção do perigo que corre. Não sou o único a procurá-lo...

— Mas é o único que pode me proteger, certo? "Venha comigo se quiser sobreviver" e tudo o mais? Sim, eu já vi esse filme. Não estou interessado em encená-lo.

Ele era muito seguro de si, pensou o Irmão Zachariah, e sentiu o estranho impulso de sorrir. Talvez houvesse algo de familiar ali, afinal.

— Um homem como eu tem sua cota de inimigos. Cuidei de mim mesmo a vida toda, e não vejo motivo para...

O que quer que tenha dito a seguir, acabou sendo abafado por um grito horrível. Um demônio gigantesco, tal como um pássaro, deu um rascante, agarrou o casaco de Crow com seu bico afiado e o levantou pelo ar.

O Irmão Zachariah pegou uma das lâminas serafim que havia trazido, em caso emergência.

Mebahiah, ele a chamou, e lançou contra o demônio. A lâmina perfurou o esterno emplumado e o demônio explodiu. Crow caiu de alguns metros no chão e aterrissou feito um montinho barulhento de penas e icor. Zachariah correu para ajudá-lo a se levantar, mas o esforço foi vão.

Crow examinou o buraco no casaco com nojo.

— Era novinho!

É, de fato, um belo casaco. Ou... era. Zachariah não mencionou a sorte que foi o demônio Halphas não ter perfurado nada mais valioso. Como uma costela.

— Então é sobre esse tipo de perigo que veio me alertar? Salvar meu casaco de uma gaivota demoníaca?

A mim pareceu mais um pombo demoníaco.

Crow se limpou. Lançou um olhar desconfiado para o céu, como se estivesse esperando um novo ataque.

— Ouça, senhor...

Irmão. Irmão Zachariah.

— Certo, tudo bem, cara, dá para perceber que um sujeito como você seria útil numa luta. E se você está determinado a me proteger de algum perigo grande e assustador, acho que não vou impedi-lo.

O Irmão Zachariah se surpreendeu com a súbita mudança de ideia. Talvez quase morrer nas garras de um pombo demoníaco causasse esse efeito nas pessoas.

Gostaria de levá-lo para um lugar seguro.

— Certo. Tudo bem. Me dê algumas horas para resolver uns problemas, e eu e Rosemary vamos encontrá-lo na Pont des Arts ao amanhecer. Faremos o que você quiser. Eu prometo.

Posso acompanhá-lo enquanto resolve seus problemas.

— Ouça, irmão, os problemas de que estou falando não são receptivos a Caçadores de Sombras se metendo em seus assuntos. Se é que você me entende.

Entendo que parece levemente criminoso.

— Quer dar voz de prisão a um cidadão?

Estou preocupado com a sua segurança.

— Dei conta de vinte e dois anos sem a sua ajuda. Acho que aguento mais seis horas, não?

O Irmão Zachariah tinha investido décadas nessa busca. Não parecia nada sábio deixar o rapaz escapar com apenas uma promessa de que voltaria. Principalmente considerando tudo o que ouvira sobre a reputação do sujeito. Não inspirava muita confiança.

— Olha, eu sei o que está pensando, e sei que não posso impedi-lo de me seguir. Mas vou perguntar na lata: você quer que eu confie em você? Então tente confiar em mim. E eu juro pelo que você quiser que seu precioso Caçador de Sombras perdido estará esperando na ponte ao amanhecer.

Contrariando seus instintos, o Irmão Zachariah assentiu.

Vá.

#

Céline não gostava de tortura. Não que eles fossem chamar assim o que quer que fossem fazer com a feiticeira para obrigá-la a falar. Valentim ensinou ao Círculo que deveriam ter cuidado com as palavras. Robert e Stephen iriam "interrogar" Dominique du Froid, se utilizando de quaisquer métodos necessários. Quando obtivessem as respostas que buscavam — os nomes dos contatos Caçadores de Sombras, detalhes sobre os crimes cometidos —, eles a entregariam, juntamente a um inventário de seus pecados, a Valentim.

A feiticeira estava amarrada a uma cadeira dobrável no apartamento barato que vinham utilizando como quartel general.

Ela estava inconsciente, e sangue pingava do ferimento superficial na testa.

Era assim que Robert e Stephen se referiam a ela, não pelo nome, mas como a feiticeira, como se ela fosse mais coisa do que pessoa.

Valentim queria que conduzissem a investigação sem alertar a feiticeira sobre sua presença. Era apenas meia-noite do primeiro dia em Paris e eles já tinham estragado tudo.

— Se conseguirmos algumas respostas, ele não vai ficar muito bravo — disse Stephen. Soou mais como um desejo do que uma previsão.

Stephen tinha parado de falar sobre a beleza estonteante das pernas de Céline e sobre as características viciantes de sua pele de porcelana. Ele alegava não se lembrar dos efeitos da poção da feiticeira, mas seu olhar desviava para Céline toda vez que ele achava que ela não estava olhando. Ela não conseguia parar de se questionar a respeito.

E se ele se lembrasse?

E se depois de tê-la tocado, abraçado e beijado, ele tivesse descoberto um novo desejo em si?

Ele ainda era casado com Amatis, é claro; mesmo que desejasse Céline — ou até a amasse um bocadinho — não havia nada que pudesse ser feito a respeito.

Mas e se?

— Mais alguém está com fome? — perguntou Céline.

— E quando é que eu não estou com fome? — retrucou Stephen. Ele deu um tapão na feiticeira. Ela se remexeu, mas não acordou.

Céline foi até a porta.

— Por que eu não procuro algo para comermos enquanto vocês... cuidam disso?

Robert puxou o cabelo da feiticeira com força. Ela gritou e seus olhos abriram.

— Não deve demorar.

— Ótimo. — Céline torcia para que ninguém notasse o quanto ela estava desesperada para sair dali. Não tinha estômago para esse tipo de coisa, mas não podia correr o risco de que isso fosse relatado a Valentim. Ela havia empenhado um esforço danado na conquista pelo respeito dele.

— Ei, você está mancando — disse Stephen. — Precisa de mais um *iratze*?

Estava preocupado com ela. Mas Céline disse a si para não ficar tentando ler nas entrelinhas.

— Não está doendo mais — mentiu. — Estou bem.

Ela não aplicara o símbolo de cura direito, por isso o machucado não fechara totalmente. Às vezes, Céline preferia sentir dor.

Quando ela era criança, seus pais frequentemente se recusavam a aplicar *iratzes* após treinamentos, principalmente quando os ferimentos tinham sido resultado de seus próprios erros. *Que a dor seja um lembrete para agir melhor da próxima vez*, diziam. Tantos anos depois, e ela ainda cometia tantos erros.

Céline estava na metade da escadaria quando percebeu que tinha esquecido a carteira. Subiu com dificuldade e hesitou diante da porta, parando ao ouvir seu nome.

— Eu e Céline? — Ouviu Stephen dizer.

Sentindo-se ligeiramente ridícula, ela pegou a estela e desenhou um símbolo cuidadoso na porta. As vozes amplificadas soaram altas e claras.

Stephen riu.

— Você só pode estar brincando.

— Pareceu um beijo bem bom...

— Eu estava sob efeito de drogas!

— Mesmo assim. Ela é bonita, não acha?

Fez-se uma pausa tortuosa.

— Não sei, nunca pensei nisso.

— Você sabe que o casamento não significa que você não pode olhar para outras mulheres, certo?

— Não é isso — disse Stephen. — É...

— O jeito como ela o segue feito um cachorrinho babão?

— Isso não ajuda — admitiu Stephen. — Ela é só uma *criança*. Quer dizer, não importa a idade que tenha, ela sempre vai precisar de alguém que lhe diga o que fazer.

— Isso é verdade — falou Robert. — Mas Valentim parece convencido de que ela tem algo mais.

— Às vezes as pessoas erram — disse Stephen, e agora os dois estavam rindo. — Até ele.

— Que ele não o ouça!

Céline não se deu conta de que estava em movimento até sentir a chuva no rosto. Ela sucumbiu contra a pedra gelada da fachada do prédio, desejando poder derreter nela. Transformar-se em pedra; desligar os nervos, os sentidos, o coração; não sentir nada... quem dera.

O riso deles ecoava em seus ouvidos.

Ela era uma piada.

Era ridícula.

Era alguém em quem Stephen jamais pensava, com quem ele nunca se importava, que ele nunca desejara. Que nunca ia querer, de jeito nenhum.

Ela era uma criatura ridícula. Uma criança. Um erro.

As calçadas estavam vazias. As ruas brilhavam com a chuva. O farol no alto da Torre Eiffel tinha sido apagado, bem como o restante da cidade. Céline se sentiu completamente sozinha. Sua perna estava latejando. As lágrimas não paravam. Seu coração berrava. Ela não tinha para onde ir, mas não podia voltar lá para cima, para aquele apartamento, para aqueles risos. E partiu cegamente pela noite parisiense.

#

Céline se sentia em casa nas ruas escuras e adormecidas. Ficou vagando durante horas. Pelo Marais e pelo imenso Pompidou, atravessando da margem direita do Sena para a esquerda, e voltando. Visitou as gárgulas de Notre Dame, aqueles demônios de pedra horrorosos agarrados às flechas góticas, esperando sua chance de devorarem os fiéis. Não parecia justo que a cidade estivesse tão cheia de criaturas de pedra incapazes de sentir, e cá estava ela, sentindo demais.

Ela estava nas Tulherias — mais fantasmas sangrentos, mais criaturas feitas de pedra — quando viu o rastro de icor. Ainda era uma Caçadora de Sombras, afinal, por isso seguiu o rastro e flagrou o demônio Shax no bairro da Ópera, mas se manteve às sombras, esperando para ver o que ele estava fazendo. Demônios Shax eram rastreadores, utilizados na caça de pessoas que não queriam ser encontradas. E esse demônio definitivamente estava procurando alguma coisa.

Céline, por sua vez, se pôs a rastreá-lo.

Ela o perseguiu pelos jardins silenciosos do Louvre. O icor escorria de um ferimento, mas ele não agia como uma criatura que se recolhia para cuidar dos machucados. As garras gigantescas deslizavam pelos paralelepípedos enquanto ele hesitava nas esquinas, escolhendo qual caminho seguir. Era um predador procurando sua presa.

O demônio parou no arco do Louvre, ao pé da Pont des Arts. A pequena ponte de pedestres se estendia pelo Sena, as grades cheias de cadeados de apaixonados. Dizia-se que, se um casal prendesse um cadeado na Pont des Arts, seu amor seria eterno. A ponte estava quase deserta a essa hora, exceto por um jovem casal abraçado, completamente desavisado quanto ao demônio Shax saindo das sombras, com as garras batendo em expectativa.

Céline sempre carregava uma lâmina de misericórdia. A ponta fina era exatamente o que precisava para penetrar a carapaça insectoide do demônio.

Tomara.

— *Gadreel* — sussurrou, nomeando uma lâmina serafim. Ela chegou sorrateiramente por trás do demônio Shax, tão firme e silenciosa quanto ele. Ela também era uma predadora. E, com um movimento suave e certeiro, perfurou a carapaça com a misericórdia para, em seguida, enfiar a lâmina serafim no ferimento aberto.

O demônio se dissolveu.

Foi tudo tão rápido e silencioso que o casal na ponte nem interrompeu o abraço. Estavam conectados demais para perceberam o quão próximo estiveram de ser devorados por um demônio. Céline ficou ali, tentando imaginar como seria estar na ponte com alguém que a amasse, um homem olhando tão fixamente em seus olhos a ponto de nem perceber o fim do mundo.

Mas a imaginação de Céline foi interrompida. A realidade a envolveu. Enquanto pensava que Stephen não a notava, ela podia fantasiar sobre o que aconteceria se notasse.

Agora ela sabia. Não tinha como des-saber.

Céline limpou a lâmina e guardou; em seguida, se aproximou do casal, perto o bastante para ouvir o que estavam dizendo. Ela estava disfarçada, afinal, não tinha mal nenhum ouvir um pouco de conversa alheia. O que um homem dizia para a mulher que amava quando achava que mais ninguém podia escutar? Talvez nunca viesse a descobrir se fosse ficar esperando sua vez de vivenciar a experiência.

— Detesto dizer que avisei — estava falando a mulher —, mas...

— Quem podia imaginar que ele estaria tão disposto a confiar numa feiticeira?

— Quem podia imaginar que alguém pudesse acreditar que *você* era o descendente perdido de uma linhagem nobre de Caçadores de Sombras? — falou e, em seguida, riu. — Ah, espera aí, eu sabia. Admita, no fundo, você sabia que ia funcionar. Você só não queria que desse certo.

— Claro que eu não queria. — Ele a tocou na bochecha, de um jeito incrivelmente gentil. — Detesto isso. Detesto deixá-la aqui.

Céline percebeu, levemente chocada, que reconhecia o sujeito. Era o sujeito que o Irmão do Silêncio tanto buscara no Mercado das Sombras.

— Não vai ser por muito tempo. E é melhor assim, Jack, eu juro.

— Você vai me encontrar em Los Angeles assim que tudo estiver resolvido? Jura?

— No Mercado das Sombras. Na nossa velha casa. Juro. Assim que eu tiver certeza de que o rastro esfriou. — Ela o beijou, um beijo demorado e intenso. E quando tocou a bochecha dele, Céline viu o brilho de uma aliança de casamento.

— Rosemary...

— Não quero você perto dessas pessoas. Não é seguro.

— Mas é seguro para você?

— Você sabe que estou certa — disse ela.

O homem baixou a cabeça e enfiou as mãos nos bolsos do casaco. Parecia uma roupa cara, exceto pelo buraco no lado esquerdo.

— Sei.

— Pronto?

Ele fez que sim com a cabeça, e ela tirou um pequeno frasco da bolsa.

— É bom que funcione. — Ela o entregou ao marido, que tirou a rolha, engoliu o conteúdo, e jogou a embalagem no rio.

Logo depois, ele levou as mãos ao rosto e começou a gritar.

Céline entrou em pânico. Não cabia a ela interferir, mas não podia simplesmente ficar ali e testemunhar enquanto essa mulher assassinava...

— Jack, Jack, está tudo bem, você está bem.

Ela se agarrou ao marido, que gemia e tremia, e finalmente se aninhou silenciosamente em seus braços.

— Acho que funcionou — disse ele.

Quando se separaram, Céline prendeu a respiração. Mesmo à pouca luz da rua, ela conseguia ver que o rosto dele havia se transformado. Antes ele era louro e tinha olhos verdes e atentos, traços fortes, com mais ou menos a mesma idade de Stephen, também quase tão bonito quanto ele. Agora parecia dez anos mais velho, com o rosto cheio de rugas de preocupação, cabelos cor de lama e o sorriso torto.

— Horroroso — falou a mulher chamada Rosemary em tom de aprovação. Em seguida, o beijou novamente, com o mesmo desespero de antes, como se nada tivesse mudado. — Agora vá.

— Tem certeza?

— Tanto quanto tenho certeza de que te amo.

O homem fugiu noite adentro, e seu casaco se confundiu com a escuridão.

— E jogue o casaco fora! — gritou Rosemary atrás dele. — É óbvio demais!

— Nunca! — gritou ele em resposta, e depois sumiu.

Rosemary se inclinou na ponte e enterrou o rosto nas mãos. Por isso não viu a gárgula atrás dela piscar e mirar o focinho de pedra em sua direção.

De repente Céline se lembrou: a Pont des Arts não *tinha* gárgulas. Era um demônio Achaieral de carne e osso, e parecia faminto.

Com um rugido furioso, a sombra monstruosa se desgrudou da ponte e abriu o enorme par de asas de morcego, que tirou o brilho da noite. O bicho arreganhou a mandíbula e mostrou dentes semelhantes a lâminas de barbear, aí avançou para a garganta de Rosemary. Com uma velocidade chocante, Rosemary pegou uma espada e atacou. O demônio gritou de dor, arranhando a lâmina metálica com força suficiente para derrubá-la. Ao mesmo tempo, Rosemary caiu no chão e o demônio aproveitou a oportunidade. Pulou para o peito dela, imobilizando-a sob suas asas enormes e sibilou, aproximando os dentes:

— *Sariel* — murmurou Céline, e golpeou o demônio no pescoço com sua lâmina serafim. Ele gritou de dor e girou para atacá-la, as entranhas aparecendo, seus últimos momentos.

Rosemary empunhou a espada e decapitou a criatura, segundos antes de a cabeça e o tronco explodirem numa nuvem de poeira. Satisfeita, ela tombou para trás, o ferimento no ombro sangrava sem parar.

Céline imaginava o quanto estava doendo — e o quão determinada a mulher estava em não exprimir qualquer dor — aí se ajoelhou ao lado dela. Rosemary recuou.

— Deixe-me ver... eu posso ajudar.

— Eu jamais pediria ajuda a uma Caçadora de Sombras — disse ela amargamente.

— Você não pediu, para falar a verdade. E não há de quê.

A mulher suspirou, depois examinou o machucado ensanguentado. Ela o tocou com cuidado, e fez uma careta.

— Já que está aqui, quer aplicar um *iratze*?

Estava claro que a mulher não era mundana. Mesmo uma mundana com o dom da Visão não poderia ter lutado como ela lutara. Mas isso não significava que pudesse suportar um *iratze*. Ninguém que não fosse Caçador de Sombras daria conta.

— Olha, não tenho tempo para explicar e não posso ir ao hospital e contar que fui ferida por um demônio, não é mesmo?

— Se você conhece *iratzes*, então sabe que só um Caçador de Sombras pode suportar os símbolos — disse Céline.

— Eu sei. — Rosemary a encarou com firmeza.

Ela não tinha o símbolo da Clarividência. Mas a forma como se movimentava, o jeito como lutara...

— Você já usou algum símbolo antes? — perguntou Céline, hesitante.

Rosemary sorriu.

— O que você acha?

— Quem *é* você?

— Ninguém com quem precise se preocupar. Vai ajudar ou não?

Céline pegou a estela. Aplicar um símbolo em um não-Caçador de Sombras significava provável morte, agonia certa. Ela respirou fundo, depois aplicou cuidadosamente a estela na pele.

Rosemary soltou um suspiro de alívio.

— Vai me contar quem mandou um demônio Shax atrás de você? — perguntou Céline. — E se foi a mesma pessoa que se certificou de que haveria um demônio Achaieral aqui para concluir o serviço?

— Não. Você vai me contar por que está vagando no meio da noite com cara de quem teve sua pedra de estimação afogada por alguém no Sena?

— Não.

— Muito bem, então. E obrigada.

— O cara que estava com você aqui antes...

— Está falando daquele que você não viu e sobre o qual jamais vai comentar nada, nunca, se não quiser se machucar?

— Você o ama e ele a ama, certo? — perguntou Céline.

— Acho que deve amar, porque algumas pessoas perigosas estão atrás de mim — disse Rosemary. — E ele fez o melhor possível para garantir que na verdade procurem por ele em vez de procurar por mim.

— Não entendo.

— E não precisa entender. Mas sim. Ele me ama. E eu o amo. Por quê?

— Eu só... — Ela queria perguntar como era aquela sensação. Também queria prolongar a conversa. Tinha medo de ficar sozinha outra vez, abandonada na ponte entre a escuridão infinita do rio e do céu. — Só quero ter certeza de que tem quem cuide de você.

— Nós cuidamos um do outro. É assim que funciona. Por falar nisso... — Ela examinou Céline. — Estou em dívida com você agora, por ter me ajudado com o demônio. E por guardar meu segredo.

— Eu não disse que ia...

— Você vai. E eu não acredito em dívidas, então deixe-me fazer um favor.

— Não preciso de nada — disse Céline, querendo dizer *não preciso de nada que qualquer pessoa possa me dar.*

— Eu fico de olho, vigiando o que está acontecendo no mundo dos Caçadores de Sombras. Você precisa de mais do que imagina. Acima de tudo, você precisa ficar longe de Valentim Morgenstern.

Céline enrijeceu.

— O que você sabe sobre Valentim?

— Sei que você faz bem o tipo dele, jovem e fácil de se impressionar, e sei que ele não é confiável. Presto atenção nas coisas. Você deveria fazer o mesmo. Ele está te escondendo coisas. Eu sei disso. — Ela olhou para além de Céline, aí arregalou os olhos. — Vem vindo alguém. É melhor sair daqui.

Céline deu meia-volta. Um Irmão do Silêncio vinha pela margem esquerda, se aproximando da beira da ponte. Não havia como saber se era o mesmo que tinha conhecido no Mercado das Sombras, mas ela não podia correr o risco de encontrá-lo novamente. Não depois do que contara a ele. Era humilhante demais.

— Lembre-se — disse Rosemary. — Valentim não é confiável.

— E por que eu deveria confiar em você?

— Por motivo nenhum — retrucou a outra. Sem mais uma palavra, ela percorreu a ponte em direção ao Irmão do Silêncio.

O céu estava clareando. A noite sem fim finalmente dava lugar ao amanhecer.

#

Eu esperava encontrar seu marido aqui na ponte. Mas mesmo enquanto pronunciava as palavras, o Irmão Zachariah sentiu que não eram verdadeiras.

Ele tinha confiado num homem que sabia não ser confiável. Permitira que sua compaixão pela linhagem Herondale, seu desejo de acreditar que restava algum laço entre os Carstairs e os Herondale — embora aquele sujeito mal fosse um Herondale e Zachariah mal fosse um Carstairs — comprometessem seu julgamento. E agora talvez Jack Crow tivesse que enfrentar as consequências.

— Ele não vem. E você nunca mais vai vê-lo, Caçador de Sombras, então sugiro que nem se dê ao trabalho de procurar.

Entendo que os Caçadores de Sombras tenham dado todos os motivos para sua família não confiar em nós, mas...

— Não leve para o lado pessoal, eu não confio em ninguém — disse ela.

— Foi assim que consegui me manter viva.

A jovem era teimosa e grosseira, e Irmão Zachariah não conseguia evitar gostar dela.

— Quer dizer, se eu *fosse* confiar em alguém, não seria num culto de fundamentalistas violentos que adoram executar seus semelhantes... mas, como disse, não confio em ninguém.

Exceto em Jack Crow.

— Esse não é mais o nome dele.

Qualquer que seja o nome que ele escolher, sempre será um Herondale.

Ela riu, e ao fazê-lo, seu rosto assumiu uma expressão estranhamente familiar. Familiar como Jack Crow nunca fora.

— Você não sabe de nada, Caçador de Sombras.

Irmão Zachariah tirou do bolso da túnica o colar de garça que havia comprado no Mercado das Sombras. O colar, ele se lembrava, que Crow vendera sem permissão ou conhecimento da esposa. Tal como um homem só faria se o pertence não fosse dele. O pingente brilhou à luz do amanhecer. Zachariah notou a surpresa dela e ofereceu a corrente.

Ela abriu a mão e deixou que ele colocasse gentilmente o pingente na palma. Algo profundo nela pareceu se ajustar quando fechou a mão em volta do pingente de garça — como se tivesse perdido um pedaço essencial de sua alma e agora tivesse recuperado.

— Um pombo? — Ela ergueu as sobrancelhas.

Uma garça. Talvez você a reconheça?

— Por que reconheceria?

Porque eu a comprei do seu marido.

Ela contraiu os lábios, que viraram uma linha fina e tensa. A mão se fechou em volta do colar. Ficou claro que o menino da barraca falava a verdade: ela não sabia que o pingente fora colocado à venda.

— Então por que está me dando?

Ela até podia fingir desinteresse, mas Zachariah ficou se perguntando qual seria sua reação se ele pedisse o colar de volta. Desconfiou que daria briga.

Porque tenho a sensação de que pertence a você... e à sua família.

Ela se retesou, e o Irmão Zachariah notou o movimento mínimo da mão dela, como se estivesse instintivamente alcançando uma arma. E ela parecia ter instintos aguçados, mas também autocontrole... e arrogância, graça, lealdade, a capacidade de amar muito, e uma risada capaz de iluminar o céu.

Ele tinha vindo a Paris em busca do Herondale perdido.

E a encontrara.

— Não sei do que está falando.

Você é a Herondale. Não o seu marido. Você. A herdeira perdida de uma nobre linhagem de guerreiros.

— Não sou ninguém — rebateu. — Ninguém do seu interesse, pelo menos.

Eu poderia entrar na sua mente e confirmar a verdade.

Ela se encolheu. Zachariah nem precisaria ler a mente dela para entender o pânico, nem as grandes dúvidas que ela carregava em relação a si enquanto tentava entender como ele havia descoberto a verdade.

Mas eu não invadiria seus segredos. Só quero ajudar.

— Meus pais me contaram tudo o que eu preciso saber sobre os Caçadores de Sombras — falou, e o Irmão Zachariah entendeu que isso seria o mais próximo de uma confissão que ele teria. — Sua preciosa Clave. Sua Lei. — Ela cuspiu depois da última palavra, como se fosse veneno.

Não estou aqui como representante da Clave. Eles nem imaginam que vim até você — nem mesmo que você existe. Tenho meus motivos para encontrá-la, para protegê-la.

— E quais são eles?

Eu não invadiria seus segredos, e peço que não invada os meus. Saiba apenas que tenho uma grande dívida para com sua família. Os laços que me ligam aos Herondale são mais profundos do que sangue.

— Bem, é muita gentileza sua e tudo o mais, mas ninguém cobrou nenhuma dívida — disse Rosemary. — Eu e Jack estamos bem, cuidando um do outro, e é isso que continuaremos fazendo.

Foi inteligente de sua parte fazer parecer que era seu marido quem eu procurava, mas...

— Foi inteligente da parte de Jack. As pessoas o subestimam. E pagam caro por isso.

... mas se eu consegui penetrar seu disfarce, outros que a procuram podem fazer o mesmo. E eles são mais perigosos do que você imagina.

— Esses "outros" de quem você fala mataram meus pais. — O rosto de Rosemary ficou impassível. — Eu e Jack estamos fugindo há anos. Pode acreditar, eu tenho noção do perigo que corro. E sei como é perigoso confiar em um estranho, até mesmo num estranho com poderes psíquicos ninja e um péssimo gosto para moda.

Uma das coisas que o Irmão Zachariah aprendera na Irmandade do Silêncio fora o poder da aceitação. Às vezes, era mais forte reconhecer uma luta vã e aceitar a derrota, para assim preparar melhor o terreno para a próxima batalha.

Embora aquilo ali não fosse uma batalha, ele lembrou a si. Não dava para se guerrear pela confiança de alguém; só era possível conquistá-la.

Seu pingente de garça agora tem um feitiço. Se você se deparar com algum problema que não consiga enfrentar sozinha, basta me chamar, e eu irei.

— Se você pensa que pode nos rastrear com esta coisa...

Seu marido sugeriu que a única maneira de conquistar a confiança é oferecendo-a. Não vou tentar encontrá-la se você não quiser ser encontrada. Mas com esse pingente, sempre poderá me encontrar. Confio que vai me chamar se, ou quando, precisar de ajuda. Por favor, confie que sempre responderei.

— E quem é você, exatamente?

Pode me chamar de Irmão Zachariah.

— Eu até poderia, mas se por acaso eu me flagrar nessa situação hipotética em que um monge com sede de sangue vai ter que salvar a minha vida, prefiro saber seu nome verdadeiro.

Eu já fui... Fazia tanto tempo. Ele quase não se sentia digno de carregar aquele nome mais. Mas sentia um prazer profundo, quase humano, em se permitir reivindicá-lo. *Já fui conhecido como James Carstairs. Jem.*

— Então quem *você* chamará se encontrar problemas que não puder resolver sozinho, Jem? — Ela prendeu o colar no pescoço e Zachariah sentiu uma onda de alívio. Pelo menos, isso ele tinha conseguido.

Não imagino que isso vá acontecer.

— Então você não está prestando atenção.

Ela o tocou no ombro inesperadamente, e com uma gentileza surpreendente.

— Obrigada por tentar — disse ela. — É um começo.

E aí ele ficou observando enquanto ela ia embora.

Irmão Zachariah pôs-se a observar a água correndo por baixo da ponte. Pensou na outra ponte, em outra cidade, onde uma vez por ano voltava para se lembrar do homem que havia sido e dos sonhos que aquele homem costumava ter.

Ao final da Pont des Arts, um jovem músico de rua sacou um violino de uma caixa e o apoiou sob o queixo. Por um instante, Zachariah achou que estivesse imaginando, que tinha invocado uma fantasia antiga de si mesmo. Mas ao se aproximar — porque não conseguira evitar chegar mais perto — percebeu que o artista era uma menina. Era jovem, não tinha mais do que 14 ou 15 anos, estava com os cabelos presos sob uma boina, e usava uma gravata borboleta antiquada no colarinho da camisa branca.

Ela testou as cordas e aí começou uma melodia penetrante. Irmão Zachariah logo a reconheceu: um concerto de violino de Bartók composto muito depois de Jem Carstairs aposentar o instrumento.

Irmãos do Silêncio não tocavam música. Também não ouviam música, não do jeito comum. Mas mesmo com seus sentidos bloqueados aos prazeres mortais, eles ainda escutavam.

Jem escutava.

Ele estava disfarçado; a menina presumia estar sozinha. Não havia plateia para a música, nenhuma possibilidade de pagamento. Ela não estava tocando por trocados, mas por prazer. Estava voltada para a água, para o céu. Era uma música para receber o sol.

Distraído, ele se lembrou da pressão suave do apoio para o queixo. Lembrou-se das pontas dos dedos tocando as cordas. Lembrou-se da dança do arco.

Lembrou-se de como, algumas vezes, parecia que era a música que o tocava.

Não havia música na Cidade do Silêncio; não havia sol, nem amanhecer. Só havia escuridão. Só havia quietude.

Paris era uma cidade que mobilizava os sentidos: comida, vinhos, arte, romance. Por toda parte, havia um lembrete do que ele perdera, dos prazeres de um mundo que não era mais seu. Ele tinha aprendido a conviver com a perda. Era mais difícil quando ficava imerso no mundo assim, mas era suportável.

Só que agora era diferente.

O nada que sentiu ao ouvir a melodia, ao ver o arco subir e descer pelas cordas — o grande vazio dentro dele, ecoando apenas com o passado? Isso o fazia se sentir extremamente não humano.

O desejo que sentia, de ouvir genuinamente, de querer, de sentir? Isso o fazia se se sentir quase vivo.

Venha para casa, sussurraram os Irmãos em sua mente. *Chegou a hora.*

Ao longo dos anos, conforma ia obtendo mais controle, o Irmão Zachariah ia aprendendo a se isolar das vozes dos Irmãos quando necessário. Era uma coisa estranha, a Irmandade. A maioria presumia se tratar de uma vida solitária — e, de fato, era. Mas nunca sozinha. A Irmandade sempre estava lá, à beira de sua consciência, observando, espreitando. O Irmão Zachariah só precisava estender uma mão e a Irmandade o chamaria.

Logo, prometeu ele. *Mas ainda não. Ainda tenho assuntos por aqui.*

Ele era mais Irmão do Silêncio do que não era. Mas ainda era menos Irmão do Silêncio do que os outros. Era um espaço estranho, limítrofe, que permitia um pouco de privacidade — e um desejo de tê-la que seus Irmãos já tinham há muito abandonado. Zachariah se isolou deles por um instante. Sentiu-se muito mal pelo fracasso aqui, mas era bom, era *humano* se sentir mal, e ele queria saborear tudo sozinho.

Ou talvez nem tudo sozinho.

Tinha, de fato, mais um assunto a tratar antes de poder voltar para a Cidade do Silêncio. Ele precisava se explicar para a pessoa que se importava tanto quanto ele com os Herondale.

Ele precisava de Tessa.

#

Céline não foi ao apartamento de Valentim com a intenção de invadir. Isso teria sido loucura. E, de qualquer forma, após uma noite e um dia vagando a esmo pela cidade, ela estava com muito sono para elaborar intenções claras a respeito de qualquer coisa. Simplesmente seguiu um impulso. Queria sentir a certeza que a acometia na presença de Valentim, o poder que ele tinha de fazê-la acreditar. Não só nele, mas nela mesma.

Após seu estranho encontro na ponte, ela cogitara voltar para o apartamento em Marais. Sabia que Stephen e Robert deveriam ser avisados da atividade demoníaca inesperada, da possibilidade de uma Caçadora de Sombras dissidente estar causando problemas e espalhando desconfiança sobre o Círculo.

Mas ela não conseguia encará-los. Eles que ficassem preocupados com o que havia acontecido com ela. Ou não. Ela não se importava mais.

Pelo menos, estava se esforçando muito para não se importar.

Tinha passado o dia no Louvre, assombrando galerias que nenhum dos turistas se interessava em visitar, velhas máscaras etruscas e moedas da Mesopotâmia. Costumava passar horas lá quando era pequena, se misturando aos grupos de estudantes. Era fácil, quando criança, passar despercebida.

O desafio, agora Céline entendia, era ser vista, e, após ser vista, suportar o julgamento.

Ela não conseguia parar de pensar no casal na ponte, na maneira como se olhavam. Na forma como se tocavam, com tanto amor e tanta avidez. E também não conseguia parar de pensar no alerta da mulher sobre Valentim. Céline sempre tivera certeza de que podia confiar sua vida a Valentim.

Mas se tinha se enganado tanto em relação a Stephen, como ter certeza de que tinha razão em relação a qualquer coisa?

Valentim estava hospedado em um apartamento opulento no sexto *arrondissement*, perto de uma famosa chocolateria e um armarinho onde os chapéus encomendados custavam mais caro do que o aluguel da maioria das pessoas. Ela bateu com força na porta. Quando ninguém atendeu, foi fácil violar a tranca.

Estou invadindo o apartamento de Valentim Morgenstern, pensou, espantada consigo. Não parecia real.

O apartamento era elegante, quase régio, com as paredes cobertas por flores-de-lis douradas, e os móveis cobertos de veludo. Tapetes felpudos cobriam o soalho de madeira. Cortinas douradas e pesadas bloqueavam a luz. O único anacronismo da sala era uma caixa de vidro enorme no centro, dentro da qual encontrava-se Dominique du Froid, amarrada, machucada e inconsciente.

Antes que pudesse decidir o que fazer, ouviu o ruído de uma chave na fechadura. A maçaneta girou. Sem pensar, Céline foi para trás das cortinas espessas. Ficou ali, muito, muito quietinha.

Do seu esconderijo não dava para ver Valentim andando de um lado a outro na sala. Mas dava para se ouvir tudo o que precisava.

— Acorde — ordenou ele.

Fez-se uma pausa, um ruído, e aí uma mulher gritou de dor.

— Demônios Halphas? — falou ele, com um tom entre divertido e furioso. — Sério?

— Você me mandou fazer parecer real — resmungou Dominique.

— Sim, eu mandei fazer parecer *real*, e não colocá-los em risco.

— Você também me disse que ia pagar, mas aqui estou, nesta jaula. Com a carteira vazia. E alguns galos inconvenientes na cabeça.

Valentim suspirou forte, como se aquilo tudo fosse uma perda de tempo irritante.

— Você disse a eles exatamente o que combinamos, certo? E assinou a confissão?

— Não foi isso que aqueles malditos disseram quando me largaram aqui? Então, que tal me pagar por meus serviços, e podemos esquecer que isso aconteceu.

— Com prazer.

Fez-se um estranho ruído que Céline não conseguiu identificar. Em seguida, veio um odor que ela reconheceu: carne queimada.

Valentim pigarreou.

— Pode sair, Céline.

Ela congelou. Ela não estava exatamente sem ar; estava mais para perder a capacidade de respirar mesmo.

— Ultimamente não estamos sabendo nos disfarçar, não é? Venha, apresente-se. — Ele bateu as palmas com força, como se chamasse um animal de estimação. — Chega de jogos.

Céline saiu de trás da cortina, como uma boba.

— Você sabia que eu estava aqui? O tempo todo?

— Você se surpreenderia com o que eu sei, Céline. — Valentim deu um sorriso frio. Como sempre, estava todo de preto, o que fazia com que seu cabelo platinado brilhasse com um fogo pálido. Céline supunha que, em termos objetivos, Valentim fosse tão bonito quanto Stephen, mas era impossível pensar nele assim. Ele era bonito como uma estátua era bonita: perfeitamente esculpido, duro feito pedra. Às vezes, na Academia, Céline o observava com Jocelyn, maravilhada pelo jeito como um simples toque dela era capaz de derreter o gelo dele. Uma vez Céline os vira abraçados e ficou observando das sombras enquanto eles se perdiam um no outro.

Quando interromperam o beijo, Valentim levou a mão à bochecha de Jocelyn com um toque incrivelmente gentil, e sua expressão ao encarar seu primeiro e único amor foi quase humana.

Agora não havia mais nenhum traço disso nele. Ele abriu os braços amplamente, como se a convidasse a se sentir em casa naquela sala opulenta. A jaula no centro estava vazia, exceto por uma pilha ardente de rendas pretas e couro. Dominique du Froid estava morta.

Valentim acompanhou o olhar de Céline.

— Ela era uma criminosa — falou. — Simplesmente adiantei uma sentença inevitável.

Havia boatos sobre Valentim, sobre a mudança que o assolara quando seu pai fora morto. Sussurros sombrios sobre as crueldades que ele cometia não só com invasores do Submundo, mas com qualquer pessoa que o irritasse. Qualquer pessoa que o questionasse.

— Você parece preocupada, Céline. Até mesmo... assustada.

— Não — retrucou ela rapidamente.

— É quase como se você achasse que invadir meu apartamento para me espionar pudesse ter alguma consequência ruim.

— Eu não estava espionando, eu só...

Ele então sorriu de modo tão caloroso e tão brilhante, que ela se sentiu ridícula por ter tido tanto medo.

— Aceitaria um chá? E talvez alguns biscoitos? Parece que não come há um ano.

Ele ofereceu um banquete: chá e biscoito, além de fatias de pão, queijo de cabra fresco, um pequeno pote de mel e uma tigela com mirtilos que pareciam recém-colhidos. Céline não tinha notado que estava com fome até sentir o gosto do mel. Percebeu que estava faminta.

Conversaram educadamente sobre Paris: os cafés favoritos, os melhores pontos para um piquenique, a melhor barraca de crepe, os méritos relativos do museu d'Orsay e do Pompidou. Então Valentim pegou um pedaço grande de baguete com queijo e disse, quase alegremente:

— Você sabe, é claro, que os outros a consideram fraca, e não muito inteligente.

Céline quase engasgou com um mirtilo.

— Se dependesse da maioria do Círculo, você não faria parte dele. Felizmente, isso não é uma democracia. Eles acham que a conhecem, Céline, mas não sabem de nada, não é mesmo?

Lentamente, ela balançou a cabeça. Ninguém a conhecia, não de verdade.

— Eu, por outro lado, acreditei em você. Confiei em você. E você retribui essa confiança com desconfiança?

— Eu realmente não...

— Claro, não desconfiava. Só pensou em fazer uma visitinha. Por trás das minhas cortinas, enquanto eu estava fora.

— Ok. *Oui*. Eu desconfiei.

— Viu? Você é esperta. — Aquele sorriso outra vez, caloroso e aprovador, como se ela tivesse cumprido os objetivos dele. — E o que descobriu a meu respeito com sua investigação intrépida?

Não havia motivo para fingir. E Céline estava tão curiosa quanto apavorada. Então falou a verdade, de acordo com suas suposições.

— Dominique du Froid não estava trabalhando com dois Caçadores de Sombras. Estava negociando com você. Você está tentando armar para alguém, e está usando a gente para isso.

— A gente?

— Eu. Robert. Stephen.

— Robert e Stephen, sim, realmente estou usando os dois. Mas você? Você está aqui, não é mesmo? Está sabendo de tudo.

— Estou?

— Se quiser...

Os pais de Céline não eram do tipo que costumavam ler contos de fadas para ela. Mas ela já tinha lido o suficiente para conhecer a principal regra dessas histórias: cuidado com o que deseja.

E, como todo Caçador de Sombras, Céline sabia: todas as histórias são verdadeiras.

— Quero saber — falou.

Ele então disse que ela estava certa. Que estivera mesmo armando para dois Caçadores de Sombras, inocentes desses crimes, mas culpados por algo muito maior: se colocarem no caminho do Círculo.

— Estão presos a tradições, são devotos da corrupção da Clave. E estão focados em me destruir. Então me antecipei. — Ele tinha usado a feiticeira para plantar provas, admitiu. Agora ia usar Stephen e Robert como testemunhas de sua confissão. — Considerando que ela, infelizmente, não está mais aqui para testemunhar.

— E a Espada Mortal? — perguntou Céline. — Não teme o que acontecerá quando os Caçadores de Sombras acusados forem interrogados?

Valentim fez um "tsc", como se estivesse decepcionado por ela não ter chegado à conclusão correta imediatamente.

— Infelizmente eles não vão viver até lá. Sei que esses dois Caçadores de Sombras vão tentar fugir a caminho da Cidade do Silêncio. Vão morrer no caos que sucederá. Trágico.

As palavras pesaram entre eles. Céline tentava assimilar a informação. Valentim não estava apenas armando para dois Caçadores de Sombras, dois Caçadores de Sombras inocentes. Estava planejando matá-los a sangue frio. Era um crime impensável, pelo qual a Lei exigiria a morte.

— Por que está me contando isso? — perguntou, tentando afastar o tremor da voz. — O que o faz pensar que não vou entregá-lo? A não ser...

A não ser que ele não tivesse nenhuma intenção de permitir que ela saísse viva do apartamento.

Um homem capaz de matar dois Caçadores de Sombras a sangue frio poderia matar uma terceira. Tudo nela dizia que devia se levantar, sacar a arma, lutar para sair dali, correr para o Instituto de Paris e contar tudo. Impedir isso — impedi-lo — antes que ele fosse longe demais. Valentim a observava calmamente, as palmas das mãos na mesa, como se dissesse: *sua vez.*

Ela não se mexeu.

A família Verlac, que dirigia o Instituto de Paris, era amiga dos pais dela. Mais de uma vez um Verlac a tirara de seu esconderijo e a devolvera para casa. Na primeira vez, ela pedira asilo ao Instituto, onde supostamente todos os Caçadores de Sombras tinham abrigo seguro garantido. Mas Céline fora informada de que era jovem demais para pedir aquilo, jovem demais para saber o que seguro significava. E disseram que seus pais a amavam e que ela deveria parar de causar tantos problemas.

Ela não devia nada a eles.

Valentim, por outro lado, a escolhera. Dera-lhe uma missão, uma família. Ela devia tudo a ele.

Ele se inclinou em direção a ela, esticou a mão. Ela fez um esforço danado para não se esquivar. Ele a tocou no pescoço suavemente, onde o demônio Achaieral a arranhara.

— Você está machucada.

— Não foi nada — falou.

— E estava mancando.

— Estou bem.

— Se precisa de um *iratze*...

— Estou *bem*.

Ele assentiu, como se ela tivesse confirmado uma desconfiança.

— Sim, você prefere desse jeito, não é mesmo?

— De que jeito?

— Com dor.

Agora Céline se esquivava.

— Não prefiro — insistiu. — Isso seria doentio.

— Mas você sabe *por que* prefere? Por que persegue a dor?

Ela nunca entendera isso sobre si mesma. Apenas sabia, daquele jeito profundo, implícito de quem conhece sua verdade mais essencial.

Havia alguma coisa na dor que a fazia se sentir mais sólida, mais real. Mais no controle. Às vezes, a dor parecia a única coisa que ela *conseguia* controlar.

— Você busca a dor porque sabe que ela a faz mais forte — disse Valentim. Parecia que ele tinha dado um nome à sua alma sem nome. — Sabe por que eu compreendo você melhor do que todos os outros? Porque somos iguais. Aprendemos cedo, não foi mesmo? Crueldade, dureza, dor: ninguém nos protegeu das realidades da vida, e isso nos tornou fortes. A maioria das pessoas é governada pelo medo. Elas fogem da perspectiva de dor, e isso as torna fracas. Você e eu, Céline, sabemos que o único jeito é *encarar* a dor. Convidar a crueldade do mundo... e dominá-la.

Céline nunca tinha pensado em si dessa forma, dura e forte. Certamente nunca ousara pensar em si como alguém parecido com Valentim.

— Por isso eu quis sua presença no Círculo. Robert, Stephen, os outros? Ainda são meninos. Crianças brincando de jogos de adultos. Ainda não foram testados; serão, mas ainda não. Mas eu e você? Somos especiais. Não somos crianças há muito tempo.

Ninguém jamais a chamara de forte. Ninguém jamais a chamara de especial.

— As coisas estão acelerando — disse Valentim. — Preciso saber quem está comigo e quem não está. Então você pode ver por que contei a verdade sobre essa — ele gesticulou para a pilha queimada de roupas de feiticeira — situação.

— É um teste — supôs ela. — Um teste de lealdade.

— Uma oportunidade — corrigiu ele. — Oferecer minha confiança e recompensá-la pela sua. Minha proposta: você não fala nada sobre o que ficou sabendo aqui e permite que as coisas aconteçam conforme o planejado, e eu lhe entrego Stephen Herondale de bandeja.

— Quê? Eu... Eu não... Eu...

— Eu disse a você, Céline. Eu sei das coisas. Eu conheço você. E posso dar o que você quiser, se você realmente quiser.

Cuidado com o que deseja, pensou ela novamente. Ah, mas como ela queria Stephen. Mesmo sabendo o que ele achava a respeito dela, mesmo com o riso zombeteiro ecoando em seus ouvidos, mesmo acreditando no que Valentim dizia, que ela era forte e Stephen, fraco, mesmo sabendo o que sabia, que Stephen não a amava e nunca amaria, ela o queria. Sempre e para sempre.

— Ou pode deixar esse apartamento, correr para a Clave, contar o que quiser para eles. Salvar esses dois Caçadores de Sombras "inocentes", e perder a única família que realmente já se importou com você — disse Valentim. — A escolha é sua.

#

Tessa Gray sorveu a cidade que um dia fora, breve e indelevelmente, seu lar. Quantas noites passadas ali naquela mesma ponte, admirando a imensa sombra da Notre Dame, as águas ondulantes do Sena, os andaimes orgulhosos da Torre Eiffel — a beleza estonteante de Paris, borrada por suas lágrimas incessantes. Quantas noites passadas ali olhando seu reflexo que não envelhecia no rio, imaginando os segundos, os dias, anos, séculos que poderia viver, e todos eles em um mundo sem Will.

Não, sem imaginar.

Porque era inimaginável.

Inimaginável, mas cá estava ela, mais de cinquenta anos depois, ainda viva. Ainda sem ele. Com um coração partido para sempre, mas que ainda batia, ainda era forte.

Ainda era capaz de amar.

Ela fugira para Paris depois da morte dele, ficando até ter força suficiente para encarar o futuro, e jamais retornara desde então. Superficialmente, a cidade não parecia ter mudado. E, superficialmente, ela também não. Não dava para confiar que as aparências fossem mostrar a verdade. Não era preciso mudar de forma para saber disso.

Sinto muito, Tessa. Eu a encontrei, e a deixei ir.

Mesmo depois de todos esses anos, ela não estava acostumada com isso, com essa versão fria da voz de Jem falando em sua mente, e ao mesmo tempo tão íntima e tão distante. A mão dele estava apoiada nas grades, a poucos centímetros da dela. Ela poderia tê-lo tocado. Ele não ia se afastar, não dela. Mas a pele dele era tão fria, tão seca, como pedra.

Tudo nele era como pedra.

— Você a encontrou: era isso que pretendíamos, certo? Nunca foi uma questão de trazer a Herondale perdida de volta para o mundo dos Caçadores de Sombras ou de escolher um caminho para ela.

Havia conforto no peso familiar do pingente de jade em volta do pescoço, quente em seu peito. Ela ainda o usava, todos os dias, e sempre usara desde que Jem o dera, há mais de um século. Ele não sabia disso.

O que você diz é verdade, mas mesmo assim... não parece certo uma Herondale estar em perigo enquanto não fazemos nada. Temo ter falhado com você, Tessa. Ter falhado com ele.

Entre ela e Jem só existia um ele.

— Nós a encontramos, por Will. E você sabe que Will ia querer que ela escolhesse seu caminho por conta própria. Assim como ele fez.

Se ele ainda fosse o Jem inteiro, ela o teria abraçado. Ela o teria permitido sentir, em seu abraço, sua respiração, seu coração, o quanto era impossível que ele falhasse para com ela ou com Will.

Mas ele era e não era Jem. Ao mesmo tempo, ele e um outro insondável, por isso só restava a Tessa ficar ali ao seu lado, assegurar com palavras inúteis que ele tinha feito o bastante.

Ele já tinha a alertado sobre o que ia acontecer conforme ele fosse se tornando menos ele e mais Irmão do Silêncio — e prometeu que a transformação nunca seria completa.

Quando eu não enxergar mais o mundo com meus olhos humanos, ainda serei, de algum jeito, o Jem que você conheceu, dissera. Eu a verei com os olhos do meu coração.

Agora, quando Tessa olhava para ele, para aqueles olhos selados, o rosto frio, quando sentia o cheiro inumano, como papel, como pedra, como algo que jamais tinha vivido ou amado, ela tentava se lembrar disso. Tentava acreditar que parte dele ainda estava ali, enxergando, e almejando ser enxergada.

Ficava mais difícil a cada ano. Houve momentos, ao longo das décadas, em que o Jem de suas lembranças parecera totalmente presente. Certa vez, durante uma das inúmeras guerras dos mundanos, eles até se beijaram brevemente — e quase foram além. Mas Jem a afastara antes que as coisas evoluíssem. Depois disso, ele procurara manter determinada distância de Tessa, quase como se temesse o que poderia acontecer caso ele se permitisse se aproximar demais. Aquele abraço, no qual ela pensava quase todos os dias, tinha acontecido há mais de quarenta anos — e a cada ano ele ia se parecendo um pouco menos Jem, um pouco menos humano. Ela temia que ele estivesse esquecendo de si, pouco a pouco.

Tessa não podia perdê-lo. Não ele também.

Ela seria a memória dele.

Conheci uma garota aqui, disse ele, *apaixonada por um Herondale*.

Ela imaginava ter ouvido um esboço de sorriso na voz dele.

— Ela lhe lembrou alguém? — provocou Tessa.

O amor dela parecia causar muita dor. Gostaria de ter ajudado.

Era uma das coisas que Tessa mais amava nele, o desejo de ajudar qualquer pessoa em necessidade. Isso era algo que a Irmandade do Silêncio jamais poderia tirar dele.

— Eu costumava vir a esta ponte o tempo todo, você sabe, quando morei aqui em Paris. Depois de Will.

É muito pacífico aqui. E muito bonito.

Ela queria dizer que não era isso. Ela não vinha pela paz e nem pela beleza —vinha porque a ponte lembrava a Blackfriars Bridge, a ponte dela e de Jem. Ela vinha porque aqui, suspensa entre a terra e a água, com as mãos no gradeado de ferro e o rosto para o alto, se lembrava de Jem. A ponte lembrava que ainda havia alguém no mundo que ela amava. Que mesmo que metade do seu coração tivesse ido embora para sempre, a outra metade ainda estava aqui. Inalcançável, talvez, mas aqui.

Queria dizer isso a ele, mas não podia. Não seria justo. Seria pedir de Jem algo que ele não poderia dar, e o mundo já pedia muito dele.

— Ele teria detestado a ideia de saber que tem uma Herondale por aí, em algum lugar, que acha que não pode confiar nos Caçadores de Sombras. Que acha que nós somos os vilões.

Talvez ele entendesse.

Era verdade. O próprio Will fora criado para desconfiar dos Caçadores de Sombras. Ele sabia, melhor do que a maioria, o quanto a Clave era dura para com aqueles que lhe davam as costas. Ele teria se enfurecido se soubesse da parte perdida de sua família, se pensasse no desejo da Clave de executar uma mãe e um filho devido aos pecados de um pai. Tessa temia pela segurança da Herondale perdida, mas, ao mesmo tempo, gostaria de poder convencê-la de que alguns Caçadores de Sombras eram confiáveis. Queria que essa jovem entendesse que nem todos eram duros e insensíveis: que alguns eram como Will.

— Às vezes fico tão furiosa com os Caçadores de Sombras que vieram antes de nós, com os erros que cometeram. Pense em quantas vidas foram arruinadas pelas escolhas de uma geração anterior. — Ela estava pensando em Tobias Herondale, mas também em Axel Mortmain, cujos pais tinham sido assassinados na frente dele, e em Aloysius Skyweather, que pagara por esse pecado com a vida de sua neta. Ela estava pensando até mesmo em seu irmão, cuja mãe se recusara a assumir como seu. Que poderia ter sido um homem melhor se tivesse sido amado.

Seria perverso culpar o passado por escolhas que fazemos no presente. E não podemos justificar escolhas atuais invocando os pecados do passado. Nós dois sabemos disso, melhor do que a maioria.

Jem também tinha presenciado o assassinato de seus pais. Jem suportara uma vida de dor, mas nunca fora corrompido por isso — nunca recorrera à vingança. E Tessa fora literalmente concebida como uma ferramenta demoníaca. Ela poderia ter escolhido aceitar esse destino; poderia ter escolhido fugir do Mundo das Sombras, voltar para a vida mundana que um dia conhecera e fingir nunca ter visto a escuridão. Ou poderia ter se proclamado a dona da escuridão.

Ela escolhera um caminho diferente. Os dois escolheram.

Sempre temos uma escolha, disse Jem, e pela primeira vez a voz na cabeça de Tessa soou como a dele, calorosa e íntima. *Nem sempre é a escolha que queremos, mas é uma escolha ainda assim. O passado acontece conosco. Mas escolhemos nosso futuro. Só nos resta torcer para que nossa Herondale perdida escolha se salvar.*

— Esse é o melhor que podemos esperar para qualquer um de nós, creio.

Jem deslizou a mão pela grade e tocou a mão de Tessa. Era, como ela sabia que seria, fria. Inumana.

Mas também era Jem: carne e osso, inegavelmente vivo. E onde há vida, há esperança. Talvez não agora, não ainda, mas, um dia, eles ainda pudessem ter um futuro. Ela escolhia acreditar.

#

A igreja de Saint-Germain-des-Prés foi fundada no ano de 558. A abadia original fora construída sobre as ruínas de um antigo templo romano, e destruída por um cerco normando dois séculos mais tarde. Reconstruída no século X, a construção sobrevivia, de um jeito ou de outro, há um milênio. Os reis merovíngios estão enterrados em seus túmulos, assim como o coração arrancado de João II Casimiro Vasa e o corpo decapitado de René Descartes.

Quase todas as manhãs, a abadia recebia um grupo de turistas e observadores locais, os quais acendiam velas, fazendo reverências enquanto sussurravam orações para quem quer que estivesse ouvindo. Mas naquela específica manhã chuvosa de agosto, uma placa na porta indicava que a igreja estava fechada ao público. Lá dentro, o Conclave de Paris estava reunido. Caçadores de Sombras de toda a França ouviam solenemente as acusações a dois dos seus.

Jules e Lisette Montclaire permaneciam em silêncio, cabisbaixos, enquanto Robert Lightwood e Stephen Herondale testemunhavam seus crimes.

Sua filha, Céline Montclaire, não fora convocada a depor. Ela, é claro, não estivera presente na confissão da feiticeira sobre os crimes de seus pais.

A cena transcorreu como se o próprio Valentim a tivesse escrito, e, assim como todos os presentes, Céline fez exatamente o que Valentim pretendia: nada.

Por dentro, ela estava em guerra consigo. Furiosa com Valentim por tê-la tornado cúmplice da destruição de seus pais; furiosa consigo por ter ficado calada enquanto o destino de ambos era selado; mais furiosa ainda com seu próprio instinto de misericórdia. Afinal, seus pais nunca demonstraram nenhuma por ela. Aliás, fizeram o melhor que puderam para ensiná-la que misericórdia era uma fraqueza, e que a crueldade era força. Então ela simplesmente endureceu para ser forte. Disse a si que não era nada pessoal; que era uma questão de proteger o Círculo. Se Valentim acreditava que esse era o caminho certo para o progresso, então esse era o único caminho.

Ela viu os pais trêmulos de medo sob o olhar frio do Inquisidor, e se lembrou dos dois a abandonando sem pudor, ignorando seus gritos, trancando-a no escuro — e não disse nada. Ficou parada, a cabeça abaixada, tolerando tudo. Eles também tinham lhe ensinado isso.

Todos os Caçadores de Sombras da França conheciam Céline ou achavam que conheciam: aquela filha doce e obediente do interior da Provence. Sabiam de sua devoção aos pais. Uma ótima filha. Obviamente ela ia herdar a propriedade deles.

Céline suportou o peso dos olhares com dignidade. Ela não registrou os olhares de pena. Manteve os olhos no chão ao ouvir o veredito e assim não viu o terror no rosto dos pais. Não os viu sendo colocados sob a custódia dos Irmãos do Silêncio para serem transportados para a Cidade do Silêncio. Não esperava que fossem sobreviver o suficiente para encarar a Espada Mortal.

Ela não falou com Robert e nem com Stephen, e deixou que acreditassem que foi por eles terem condenado seus pais à morte.

Já fora da igreja, Valentim a alcançou e ofereceu um crepe de Nutella.

— Da barraca em frente à cafeteria Deux Magots — falou. — Seu preferido, certo?

Ela deu de ombros, mas aceitou. A primeira mordida — creme de chocolate com avelãs, a massa doce — foi perfeita como sempre, e a fez se sentir criança outra vez.

Às vezes, era difícil acreditar que já tinha sido criança.

— Você poderia ter me contado — falou.

— E estragar a surpresa?

— São meus pais.

— Sim.

— E você os matou.

— Ainda estão vivos, pelo que verifiquei — disse Valentim. — Provavelmente poderiam ter continuado assim, bastava uma palavra sua. Mas eu não ouvi.

— Você se arriscou bastante ao não me contar a história toda. Esperando que eu o deixasse... que os deixasse.

— Arrisquei? — retrucou ele. — Ou simplesmente conheço você o suficiente para saber o que você escolheria? Para saber que eu estava lhe fazendo um favor.

Ele a encarou. Ela não conseguiu desviar o olhar. Pela primeira vez, não quis.

— Não precisa admitir, Céline. Só saiba que eu sei. Você não está sozinha nessa.

Ele a enxergava; ele entendia. Era como se um músculo que ela estivesse tensionando a vida inteira finalmente tivesse relaxado.

— Trato é trato — disse ele. — Mesmo que você tenha ganhado mais do que negociou. O Stephen é todo seu... supondo que você ainda o queira...

— E como você faria isso acontecer, exatamente? — perguntou ela, ciente agora do que Valentim era capaz. — Você não... não o machucaria, certo?

Valentim pareceu decepcionado com ela.

— Stephen é meu melhor amigo, meu tenente mais confiável. Você perguntar uma coisa dessas me faz questionar sua lealdade, Céline. Você quer que eu ponha sua lealdade em xeque?

Ela balançou a cabeça.

Então aquele sorriso caloroso e amanteigado irrompeu novamente no rosto dele. Ela não sabia dizer se aquele era o verdadeiro Valentim aparecendo ou se era a máscara voltando.

— Por outro lado, seria tolice da sua parte não perguntar. E, conforme já conversamos, de tola você não tem nada. Não importa o que as pessoas pensem. Sendo assim, eis sua resposta: não. Juro para você, pelo Anjo, que não causarei nenhum mal a Stephen no cumprimento desse trato.

— E nenhuma ameaça de mal?

— Você faz tão pouco de si que presume que um homem teria que ser ameaçado para amá-la?

Ela não respondeu. Não precisava; ele certamente era capaz de interpretar sua expressão.

— Stephen está com a mulher errada — disse Valentim a ela, quase gentilmente. — No fundo, ele sabe disso. Vou simplesmente deixar tão claro para ele quanto é para nós, e o restante vai ser tão fácil quanto cair de um penhasco. Você só precisa relaxar e permitir que a gravidade entre em ação. Não tenha medo de alcançar o que realmente quer, Céline. Você está acima disso.

O que ela realmente queria...

Não era tarde demais para se pronunciar, para salvar seus pais.

Ou ela podia manter sua palavra e guardar o segredo dele. Podia permitir que seus pais pagassem pelo que fizeram com ela. Pelas cicatrizes em sua pele e em seu coração. Pelo gelo em seu sangue. Se ela havia se tornado o tipo de filha que corrobora na morte dos próprios pais, a culpa não era de ninguém além deles.

Mas isso não significava que ela precisava aceitar o trato todo. Mesmo que ficasse quieta, podia se afastar: afastar-se de Valentim, agora que sabia do que ele era capaz. Afastar-se de Stephen, agora que sabia o que ele pensava dela. Podia fechar a porta do passado e recomeçar. Podia escolher uma vida sem dor, sem sofrimento ou medo.

Mas quem seria ela sem dor?

E o que era a força, senão resistência e sofrimento?

Não há nada mais doloroso do que o amor negado, dissera o estranho Irmão do Silêncio a ela. *Um amor que não pode ser correspondido. Não conheço nada mais doloroso do que isso.*

Se Valentim disse que poderia lhe dar Stephen Herondale, então era verdade. Céline não tinha dúvidas quanto a isso. Ele era capaz de qualquer coisa, inclusive de encontrar um jeito de forçar Stephen Herondale em sua vida e em seus braços. Mas nem Valentim seria capaz de fazer Stephen amá-la.

Ter Stephen significaria *não* tê-lo — significaria saber a todo instante, em cada abraço, que ele na verdade desejava outra pessoa. Seria uma vida almejando algo impossível. O Irmão do Silêncio era sábio, e falava a verdade. Não podia haver dor maior do que essa.

— Pode pensar com calma — disse Valentim. — É uma escolha e tanto.

— Não preciso pensar — respondeu ela. — Eu quero. Quero Stephen.

Não pareceu uma escolha, porque era a única opção que lhe restava.

Filho do Amanhecer

Por Cassandra Clare e Sarah Rees Brennan

Nova York, 2000

Todos os mundos contêm outros mundos dentro de si. As pessoas ficam vagando por todos os mundos que conseguem encontrar, procurando seus lares.

Alguns humanos sempre pensaram que seu mundo fosse o único. Mal sabiam que havia outros tão próximos quanto o quarto ao lado, que havia demônios ávidos por encontrar uma porta que interligasse tais mundos, ou que existiam Caçadores de Sombras para bloquear tais portas.

E sabiam ainda menos sobre o Submundo, a comunidade de criaturas mágicas que dividia o mundo com eles e cavava seu lugarzinho ali.

Toda comunidade necessita de um coração. De uma área comum onde todos possam se reunir, para trocar bens e segredos, encontrar amor e riquezas. Em todo o mundo havia Mercados das Sombras, onde se encontravam os integrantes do Submundo e todos aqueles que tinham o dom da Visão. E normalmente tais reuniões aconteciam a céu aberto.

Até a magia era um pouco diferente em Nova York.

O teatro abandonado na Canal Street estava lá desde a década de 1920; uma testemunha silenciosa, mas que não fazia parte do fervor usual da cidade. Humanos desprovidos de Visão passavam apressados pela fachada de terracota. Se resolvessem dar uma olhada no prédio, o veriam escuro e silencioso como sempre.

Não eram capazes de enxergar a névoa de luz de fadas que dourava o anfiteatro carcomido e os corredores de concreto vazios. O Irmão Zachariah enxergava.

Ele, uma criatura feita de silêncio e escuridão, caminhava pelos corredores com azulejos amarelos como o sol, painéis dourados e vermelhos reluzindo acima. Havia bustos antigos encardidos pelo tempo em nichos na parede, mas naquela noite as fadas tinham providenciado flores e hera para enfeitá-los. Nas janelas tapadas com tábuas, lobisomens haviam colocado enfeites brilhantes, que representavam a lua e as estrelas e emprestavam seu brilho às cortinas vermelhas deterioradas que ainda pendiam das molduras em arco. As lamparinas lembravam ao Irmão Zachariah uma época remota, quando ele e o mundo eram diferentes. Do teto de um salão reverberante, pendia um lustre inativo por anos, mas nesta noite a magia dos feiticeiros tinha envolvido cada lâmpada com uma chama de cor diferente. Como gemas incandescentes, ametista, rubi, safira e opala, suas luzes criavam um mundo particular simultaneamente novo e velho, restaurando a glória de outrora do teatro. Alguns mundos duravam apenas uma noite.

Se o Mercado tivesse o poder de lhe emprestar calor e luminosidade por apenas uma noite, o Irmão Zachariah teria aceitado.

Uma fada insistente tentara lhe vender um amuleto do amor por quatro vezes. Zachariah bem que gostaria que um amuleto assim funcionasse. Criaturas inumanas como ele não dormiam, mas às vezes ele se deitava e descansava, à espera de alguma coisa semelhante a paz. Mas essa tal paz nunca vinha. E assim ele passara longas noites sentindo o amor escorrer pelos dedos; a essa altura mais uma lembrança do que uma sensação propriamente dita.

O Irmão Zachariah não pertencia ao Submundo. Era um Caçador de Sombras, e não apenas isso, mas também era um dos membros da Irmandade que vestia capa e capuz e se dedicava a segredos arcaicos e aos mortos, Irmãos jurados e marcados pelo silêncio e pelo isolamento de qualquer mundo. Até mesmo seus semelhantes temiam os Irmãos do Silêncio, e os integrantes do Submundo normalmente evitavam qualquer Caçador de Sombras, mas já estavam acostumados à presença daquele ali em particular nos Mercados. O Irmão Zachariah frequentava Mercados das Sombras há centenas de anos, numa longa busca que ele mesmo vinha começando a considerar infrutífera. Mesmo assim, não parava de buscar. Irmão Zachariah não possuía muita coisa, mas se havia uma coisa da qual dispunha de sobra era tempo, e ele sempre se esforçara para ser paciente.

Nesta noite, no entanto, já havia sofrido uma decepção. O feiticeiro Ragnor Fell não lhe trouxera novidades. Nenhum de seus outros poucos contatos, dolorosamente reunidos ao longo de décadas, viera àquele Mercado. Ele continuava ali não por gostar do Mercado das Sombras, mas porque se lembrava de um dia já ter gostado bastante deles.

Eram como uma fuga, mas o Irmão Zachariah mal se lembrava do desejo de escapar da Cidade dos Ossos, que era seu lugar. Sempre no fundinho da mente, frias como a maré à espera para cobrir e arrastar tudo o que mais restasse, estavam as vozes de seus Irmãos.

Elas o chamavam para casa.

Irmão Zachariah se virou sob o brilho das janelas. Já estava saindo do Mercado, passando pela multidão que ria e negociava, quando ouviu uma voz feminina dizer seu nome:

— Conte-me outra vez por que queremos esse Irmão Zachariah. Os Nephilim de sempre já são ruins o suficiente. Anjo nas veias, sempre de cara amarrada, e aposto que com os Irmãos do Silêncio é muito pior. Certamente são uma péssima companhia no karaokê.

A mulher falava em inglês, mas uma voz de menino respondeu em espanhol:

— Calada. Acabei de vê-lo.

Era uma dupla de vampiros, e, quando se virou, o menino levantou a mão para atrair a atenção de Zachariah. Parecia ter no máximo 15 anos, e a outra parecia uma jovem de mais ou menos 19, mas isso não significava nada para Zachariah. Ele também parecia jovem.

Era raro que um desconhecido do Submundo quisesse sua atenção.

— Irmão Zachariah? — chamou o menino. — Vim aqui para encontrá-lo.

A mulher assobiou.

— Agora entendi por que o queremos. Olá, Irmão *Gato*riah.

Para me encontrar?, perguntou o Irmão Zachariah ao menino. Ele sentiu o que outrora teria sido surpresa, e agora era no mínimo curiosidade. *Posso lhe ser útil em alguma coisa?*

— Certamente. Espero que sim — respondeu o vampiro. — Sou Raphael Santiago, segundo em comando do clã de Nova York, e não gosto de pessoas inúteis.

A mulher acenou.

— Sou Lily Chen. Ele é sempre assim.

Irmão Zachariah estudou a dupla com novo interesse. A mulher tinha cabelo com mechas amarelo-neon e usava um vestido chinês escarlate que lhe caía bem, e, apesar do próprio comentário, ria das palavras do companheiro. O cabelo do menino era ondulado, e ele tinha um rosto doce e ar desdenhoso. Havia uma cicatriz de queimadura na base da garganta, onde estaria um crucifixo.

Acredito que temos um amigo em comum, disse o Irmão Zachariah.

— Acho que não — contradisse Raphael Santiago. — Não tenho amigos.

— Ah, muito obrigada — ironizou a mulher ao seu lado.

— Você, Lily — começou Raphael com frieza —, é minha subordinada. — Ele se voltou para o Irmão Zachariah. — Presumo que esteja se referindo ao feiticeiro Magnus Bane. Ele é um colega que sempre se envolve com Caçadores de Sombras para além do que considero conveniente.

Zachariah se perguntava se Lily falava mandarim. Os Irmãos do Silêncio, cujas conversas eram mentais, não precisavam de idiomas, mas às vezes Zachariah sentia falta do seu. Havia noites — na Cidade do Silêncio, era sempre noite — em que ele não conseguia se lembrar do próprio nome, mas conseguia se lembrar da voz da mãe, do pai ou de sua noiva soando em mandarim. Sua noiva tinha aprendido um pouco do idioma por sua causa, numa época em que ele achava que viveria para se casarem. Não teria se importado em conversar mais tempo com Lily, mas não estava gostando particularmente da postura do outro.

Considerando que você não parece gostar muito de Caçadores de Sombras, e não tem muito interesse em nosso conhecido, observou o Irmão Zachariah, *por que me abordou?*

— Gostaria de falar com um Caçador de Sombras — explicou Raphael.

E por que não procurou seu Instituto?

Raphael retorceu os lábios, mostrando as presas num sorriso desdenhoso. Ninguém era melhor de deboche do que um vampiro, e aquele menino era particularmente bom.

— Meu Instituto, como você o chama, pertence a pessoas que são... como dizer isso sem ofender... intolerantes e assassinas.

Uma fada vendendo laços encantados passou por eles, deixando um rastro de fitas azuis e roxas.

Filho do Amanhecer

Essa declaração é bem ofensiva, o Irmão Zachariah se sentiu obrigado a observar.

— Eu sei — concordou Rafael, pensativo. — Não sou muito talentoso nesse quesito. Nova York sempre foi um lugar de muita atividade Submundana. As luzes desta cidade influenciam as pessoas, como se fôssemos todos lobisomens uivando pra lua. Um feiticeiro tentou destruir o mundo por aqui uma vez, antes de eu nascer. A líder do meu clã fez um experimento desastroso com drogas, indo contra meu conselho, e transformou a cidade num abatedouro. As batalhas fatais dos lobisomens pela liderança são mais frequentes em Nova York do que em qualquer outro lugar. A família Whitelaw, do Instituto de Nova York, nos entendia muito bem, e vice-versa. Seus membros morreram defendendo o Submundo das pessoas que agora ocupam o Instituto. Claro que a Clave não nos consultou quando nos tornou o castigo dos Lightwood. Não temos nada a ver com o Instituto de Nova York agora.

O tom de Raphael era inflexível, e o Irmão Zachariah achou isso preocupante. Ele tinha lutado na Ascensão, quando um bando de jovens renegados se insurgira contra os próprios líderes, contra a paz com o Submundo. Ele ouvira a história do Círculo de Valentim caçando lobisomens em Nova York, e dos Whitelaw atrapalhando, o que resultara numa tragédia impensável até mesmo para aquele grupo de jovens intolerantes e odiadores do Submundo. Ele não fora a favor do exílio dos Lightwood e de Hodge Starkweather para o Instituto de Nova York, mas dizia-se que os Lightwood tinham se acertado com seus três filhos e que se arrependiam verdadeiramente de seus atos.

A dor e as brigas pelo poder do mundo pareciam muito distantes na Cidade do Silêncio.

Não ocorrera a Zachariah que os integrantes do Submundo detestassem tanto os Lightwood, a ponto de recusarem ajuda dos Caçadores de Sombras, mesmo em caso de necessidade. Talvez ele devesse ter pensado nisso.

Integrantes do Submundo e Caçadores de Sombras têm uma história longa e complicada, cheia de dor, e boa parte da dor foi culpa dos Nephilim, admitiu o Irmão Zachariah. *Mas, mesmo assim, ao longo dos anos eles encontraram um jeito de trabalhar juntos. Sei que quando seguiram Valentim Morgenstern, os Lightwood fizeram coisas terríveis, mas se realmente se arrependeram, por que não podem ser perdoados?*

— Como alma condenada, não tenho objeção moral aos Lightwood — argumentou Raphael num tom profundamente moralista. — Mas tenho fortes objeções a ser decapitado. Os Lightwood acabariam com meu clã sem pestanejar.

A única mulher que Zachariah um dia amara era uma feiticeira. Ele a vira chorar por causa do Círculo e de seus efeitos. O Irmão Zachariah não tinha motivo para apoiar os Lightwood, mas todo mundo merecia uma segunda chance se realmente a desejasse.

E uma das ancestrais de Robert Lightwood fora uma mulher chamada Cecily Herondale.

Digamos que não o fizessem, sugeriu o Irmão Zachariah. *Não seria preferível restabelecer relações com o Instituto em vez de torcer para encontrar um Irmão do Silêncio no Mercado das Sombras?*

— Claro que seria — concordou Raphael. — Reconheço que esta não é uma situação ideal. Não é a primeira vez que sou forçado a empregar um estratagema para uma reunião com um Caçador de Sombras. Há cinco anos, tomei café com um Ashdown que estava de passagem.

Ele e a acompanhante externaram um calafrio de aversão.

— Detesto os Ashdown — observou Lily. — São tão chatos. Se eu fosse me alimentar de um deles, acho que pegaria no sono na metade, sem nem terminar.

Raphael lançou a ela um olhar de advertência.

— Não que algum dia eu sonhasse em beber o sangue de algum Caçador de Sombras de forma não consensual, porque isso violaria os Acordos! — informou Lily ao Irmão Zachariah. — Os Acordos são extremamente importantes para mim.

Raphael fechou os olhos com uma expressão de sofrimento, mas após um instante voltou a abri-los e assentiu.

— Então, Irmão Bonitinhoariah, você vai ajudar a gente? — perguntou Lily toda alegrinha.

Um peso frio de reprovação se fez presente, emanando de seus Irmãos do Silêncio, como pedras esmagando seu crânio. Enquanto Irmão, Zachariah tinha permissão para fazer muitas coisas, mas suas visitas frequentes aos Mercados das Sombras e seu encontro anual com uma dama na Blackfriars Bridge já vinham testando bastante os limites do que era permitido.

Se ele começasse a se relacionar com integrantes do Submundo para lidar com questões que poderiam ser perfeitamente resolvidas por um Instituto, corria o risco de ter seus privilégios suspensos.

Ele não podia perder aquele encontro anual. Qualquer coisa, menos isso.

Os Irmãos do Silêncio são proibidos de interferir nas questões do mundo externo. Seja qual for o problema, disse o Irmão Zachariah, *recomendo que consultem seu Instituto.*

Ele fez uma mesura e começou a dar meia-volta.

— Meu problema são lobisomens contrabandeando *yin fen* para Nova York — revelou Raphael às suas costas. — Já ouviu falar em *yin fen?*

Os sinos e canções do Mercado das Sombras pareceram silenciar.

Irmão Zachariah se virou rapidamente para os dois vampiros. Raphael Santiago o encarou com olhos brilhantes, que não deixavam dúvida de que o vampiro sabia muito sobre sua história.

— Ah! — exclamou o morto-vivo. — Vejo que sim.

Zachariah normalmente tentava preservar as lembranças de sua vida mortal, mas agora tivera de se esforçar para impedir o despertar do pavor invasivo, uma criança acordando e encontrando seus entes queridos mortos, o fogo de prata queimando em suas veias.

Onde ouviu falar sobre o yin fen?

— Não pretendo lhe contar — respondeu Raphael. — Mas também não pretendo deixar que essa coisa circule livremente por minha cidade. Uma grande quantidade de *yin fen* está vindo para cá, a bordo de um navio com cargas de Xangai, Ho Chi Minh, Viena e até mesmo Idris. O navio descarrega no terminal de passageiros de Nova York. Vai me ajudar ou não?

Raphael já havia mencionado que a líder de seu clã fizera experimentos desastrosos com drogas. O palpite de Zachariah era que muitos clientes em potencial no Submundo deviam estar comentando sobre o carregamento de *yin fen* no Mercado. Foi pura sorte o fato ter chegado ao conhecimento de um de seus integrantes com ideias conservadoras sobre o produto.

Vou ajudá-lo, disse o Irmão Zachariah. *Mas temos de consultar o Instituto de Nova York. Se quiser, posso acompanhá-lo e explicar a situação. Os Lightwood vão agradecer pela informação, e pelo fato de você tê-la fornecido. Esta é uma oportunidade para melhorar as relações entre o Instituto e todos os integrantes do Submundo de Nova York.*

Raphael não pareceu convencido, mas após um instante, assentiu.

— Você vai comigo? — perguntou. — Não vai furar? Eles não dariam ouvidos a um vampiro, mas suponho que seja possível que deem atenção a um Irmão do Silêncio.

Farei o que for possível, assegurou o Irmão Zachariah.

Astúcia invadiu a voz de Raphael.

— E se eles não me ajudarem? Se eles ou a Clave se recusarem a acreditar em mim, o que você vai fazer?

Eu vou ajudar assim mesmo, prometeu o Irmão Zachariah, ignorando o uivo frio dos Irmãos em sua mente e pensando nos olhos límpidos de Tessa.

Ele morria de medo de que o proibissem de encontrar Tessa, mas, quando acontecesse, queria olhar em seus olhos. Não poderia permitir que nenhuma criança sofresse do jeito que ele mesmo sofrera, não se pudesse evitar.

Zachariah não mais vivenciava tudo o que sentira quando era mortal, mas Tessa ainda lhe despertava sensações. Não ia permitir que ela se decepcionasse com ele. Ela era sua última estrela-guia.

— Vou ao Instituto com vocês — ofereceu Lily.

— Não vai mesmo — rebateu Raphael. — Não é seguro. Lembre-se, o Círculo atacou Magnus Bane.

O gelo na voz de Raphael poderia ter congelado Nova York por uma semana no verão. Ele encarou o Irmão do Silêncio com ar de reprovação.

— Magnus inventou seus Portais, não que receba algum crédito por isso dos Caçadores de Sombras. Ele é um dos feiticeiros mais poderosos do mundo e tem um coração tão mole que corre para ajudar assassinos maléficos. É o que o Submundo tem a oferecer de melhor. Se o Círculo mirasse nele, eles acabariam facilmente com qualquer um de nós.

— Seria uma pena — confirmou Lily. — E Magnus também dá as melhores festas.

— Não sei — disse Raphael, lançando um olhar de desgosto à alegria do Mercado. — Não gosto de pessoas. Nem de reuniões.

Um lobisomem usando um capacete encantado de papel machê em formato de lua cheia passou por Raphael, gritando "Auuuuu!". Raphael se virou para encará-lo, e o lobisomem recuou, as mãos erguidas num gesto de desculpas, murmurando:

— Hum, desculpe. Foi mal.

Apesar da empatia pelo lobisomem, o Irmão Zachariah relaxou um pouco ao perceber que o menino vampiro não era totalmente maléfico.

Entendo que você estima muito Magnus Bane. Eu também. Certa vez, ele ajudou uma pessoa muito querida a...

— Não, eu não! — interrompeu Raphael. — E não me importo com sua história. Não diga a ele que eu lhe contei essas coisas. Posso ter opiniões sobre meus colegas. Não significa que nutra sentimentos por eles.

— Oi, amigo, que bom vê-lo — cumprimentou Ragnor Fell, passando por ele.

Raphael parou para saudar o feiticeiro verde antes de Ragnor desaparecer entre as bancadas, os sons e as luzes multicoloridas do Mercado. Lily e o Irmão Zachariah ficaram observando a cena.

— Ele é só mais um colega! — protestou Raphael.

Gosto de Ragnor, revelou o Irmão Zachariah.

— Que bom para você — zombou Raphael. — Aproveite aí esse passatempo de gostar e de confiar em todos. Parece-me tão bom quanto um banho de sol.

Zachariah teve a impressão de estar conhecendo um novo motivo — além da ex-namorada vampira sacana de Magnus — pelo qual o feiticeiro parecia sofrer de enxaqueca toda vez que alguém mencionava o clã de vampiros de Nova York em sua presença. Ele, Lily e Raphael saíram caminhando pelo Mercado.

— Amuleto do amor para o mais belo Irmão do Silêncio? — perguntou a fada pela quinta vez, encarando-o através do cabelo floral. Às vezes seria melhor que o Mercado das Sombras não estivesse tão acostumado à sua presença.

Ele se lembrava daquela mulher, pensou, recordando-se vagamente da criatura machucando uma criança de cabelos dourados. Fazia tanto tempo. Na época, ele se importara muito.

Lily desdenhou.

— Duvido que o Irmão Sexyariah precise de um amuleto do amor.

Obrigado, mas não, respondeu o Irmão Zachariah à fada. *Fico muito lisonjeado, embora o Irmão Enoch seja um belo homem.*

— Ou talvez você e a dama quisessem algumas lágrimas de fênix para uma noite de intensa paix... — De repente, ela se calou e a banca inteira saiu em disparada pelo piso de concreto, sobre seus pequeninos pés de galinha. — Opa, deixa pra lá! Não vi que você estava aí, Raphael.

As sobrancelhas finas do vampiro subiram e desceram como uma guilhotina.

— Mais estraga-prazeres que o Irmão do Silêncio — murmurou Lily. — Ah, que pena!

Raphael tinha um ar convencido. O brilho e a agitação do Mercado das Sombras reluziam com um fulgor nos olhos do Irmão do Silêncio. Ele não gostava da ideia de *yin fen* se espalhando como um incêndio prateado incontrolável em mais uma cidade, matando tão depressa quanto as chamas ou tão lentamente quanto a fumaça inalada. Se a substância já estava a caminho, ele precisava impedir. Aquela ida ao Mercado se revelara útil, afinal de contas. Se ele não podia sentir, ao menos podia agir.

Talvez amanhã à noite os Lightwood conquistem sua confiança, disse o Irmão Zachariah enquanto entrava no agito mundano da Canal Street junto aos vampiros.

— Duvido — retrucou Raphael.

Sempre achei a esperança mais útil do que o desespero, retrucou Zachariah calmamente. *Vou esperar por vocês na frente do Instituto.*

Atrás dos três, luzes encantadas brilhavam e o som da música das fadas ecoava pelos corredores do teatro. Uma mulher mundana se virou e observou o prédio. Um raio estranho de luz azul brilhante cruzou aqueles olhos que nada viam.

Os dois vampiros seguiram na direção leste, mas, já no meio da rua, Raphael se virou para onde estava o Irmão Zachariah. À noite, longe das luzes do Mercado, a cicatriz do vampiro era esbranquiçada, e seus olhos, muito negros. Olhos que enxergavam demais.

— Esperança é para os tolos — avisou o vampiro. — Vou encontrá-lo amanhã à noite, mas lembre-se de uma coisa, Irmão do Silêncio: um ódio como aquele não desaparece. O trabalho do Círculo ainda não acabou. O legado Morgenstern fará mais vítimas. Não pretendo ser uma delas.

Espere, chamou o Irmão Zachariah. *Você sabe o motivo de o navio ter escolhido descarregar no terminal de passageiros?*

Raphael deu de ombros.

— Eu disse que o navio traz uma carga de Idris. Acho que tem algum moleque Caçador de Sombras a bordo.

Irmão Zachariah se afastou do Mercado sozinho, pensando numa criança em um navio com uma carga letal, e na possibilidade de haver mais vítimas.

Isabelle Lightwood não estava acostumada a ficar tensa, mas qualquer pessoa estaria apreensiva diante da perspectiva de a família ganhar um novo membro.

Filho do Amanhecer

Desta vez não era como na ocasião do nascimento de Max, quando Isabelle e Alec fizeram apostas sobre o sexo do bebê e, depois ganharam a confiança de seus pais para pegar o menininho no colo, o pacotinho mais fofo e pequeninino que se podia imaginar.

Um menino mais velho que Isabelle estava sendo jogado em sua porta e agora ia morar lá. Jonathan Wayland, o filho do *parabatai* de seu pai, Michael Wayland. Michael morrera longe, em Idris, e Jonathan precisava de um lar.

Isabelle estava um tantinho empolgada. Ela gostava de aventuras e de companhia. Se Jonathan Wayland fosse tão divertido e tão bom lutador quanto Aline Penhallow, que às vezes os visitava com a mãe, Isabelle ficaria feliz em recebê-lo.

Só que a opinião dela não era a única a ser levada em consideração.

Seus pais já vinham brigando por causa de Jonathan Wayland desde a notícia da morte de Michael. Isabelle tinha chegado à conclusão que a mãe não gostava de Michael Wayland. E nem tinha certeza se o pai gostava. Ela mesma nunca havia encontrado o rapaz pessoalmente. Aliás, nem mesmo soubera que seu pai tinha um *parabatai*. Seus pais jamais falavam sobre sua juventude, mas certa vez a mãe comentara que eles tinham cometido muitos erros. Às vezes, Isabelle se perguntava se eles haviam se metido na mesma encrenca que seu tutor, Hodge. Sua amiga Aline dizia que ele era um criminoso.

Mas independentemente dos atos de seus pais, Isabelle não achava que sua mãe quisesse Jonathan Wayland ali em sua casa, como uma espécie de lembrete de seus erros do passado.

E seu pai não parecia feliz quando falava sobre seu *parabatai*, mas parecia determinado à ideia de ter Jonathan morando com eles. O menino não tinha para onde ir, insistira papai, e seu lugar era ali. Era isso que significava ser *parabatai*. Uma vez, ao espionar uma briga do casal, Isabelle ouvira o pai dizer "devo isso a Michael".

A mãe concordara em deixar que Jonathan ficasse por um período de experiência, mas agora que os bate-bocas tinham cessado, ela não estava falando com o marido. Isabelle estava bastante preocupada com os dois, principalmente com sua mãe.

E também precisava pensar em seu irmão.

Alec não gostava de gente nova. Sempre que novos Caçadores de Sombras chegavam de Idris, o menino desaparecia misteriosamente. Uma vez Isabelle o encontrou escondido atrás de um vaso imenso, alegando ter se perdido enquanto procurava a sala de treinamento.

Jonathan Wayland chegaria a Nova York de navio, e deveria chegar ao Instituto em dois dias.

Isabelle estava na sala de treinamento, praticando com o chicote e refletindo sobre o problema de Jonathan, quando ouviu passos acelerados. A cabeça de seu irmão surgiu no vão da porta. Os olhos azuis brilhavam.

— Isabelle — chamou. — Venha depressa! Tem um Irmão do Silêncio com mamãe e papai no Santuário. E trouxe um vampiro!

Isabelle correu até o quarto para tirar o uniforme e colocar um vestido. Os Irmãos do Silêncio eram uma companhia chique, tipo receber a visita do Cônsul.

Quando chegou lá embaixo, Alec já estava no Santuário, observando, e seus pais, imersos numa conversa com o Irmão do Silêncio. Isabelle ouviu a mãe dizer algo que soou como "Iogurte! Inacreditável!" para o Irmão do Silêncio.

Talvez não fosse iogurte. Talvez fosse outra palavra.

— No navio com o filho de Michael! — exclamou o pai.

Não podia ser iogurte, a não ser que Jonathan fosse muito alérgico a laticínios.

O Irmão do Silêncio era muito menos assustador do que Isabelle imaginara. Na verdade, ela conseguia enxergar por baixo do capuz, e ele parecia um dos cantores mundanos dos cartazes espalhados pela cidade. Pelo jeito como Robert assentia e Maryse se inclinava para ele, Isabelle percebia que eles estavam se dando bem.

O vampiro não estava participando da conversa. Estava apoiado numa das paredes, braços cruzados, encarando o piso raivosamente. Não parecia interessado em se entender com ninguém. Parecia uma criança, um pouco mais velho do que eles, e seria quase tão bonito quanto o Irmão do Silêncio se não fosse pela expressão amarga. Usava uma jaqueta de couro preta que combinava com sua careta. Isabelle estava doida para ver suas presas.

— Aceita um café? — ofereceu Maryse num tom frio e supostamente formal.

— Eu não bebo... café — respondeu o vampiro.

— Estranho — retrucou Maryse. — Soube que tomou um café muito bom com Catherine Ashdown.

Filho do Amanhecer

O vampiro deu de ombros. Isabelle sabia que vampiros estavam mortos, que não tinham alma e coisa e tal, mas não entendia por que precisavam ser grosseiros.

Ela cutucou Alec nas costelas.

— Olhe só o vampiro. Dá pra acreditar nisso?

— Pois é! — sussurrou Alec em resposta. — Ele não é incrível?

— Quê? — exclamou Isabelle, agarrando o cotovelo do irmão.

Alec não olhou para ela. Estava examinando o vampiro. Isabelle começou a sentir o mesmo desconforto que a pegava de jeito sempre que flagrava o irmão admirando os mesmos pôsteres de cantores mundanos que ela. Alec sempre ficava vermelho e irritado quando ela o flagrava olhando. Às vezes, Isabelle achava que seria legal conversar sobre os cantores, daquele mesmo jeitinho que ela via as meninas mundanas fazerem, mas sabia que Alec não ia querer. Uma vez a mãe perguntou a eles o que estavam olhando, e Alec pareceu apavorado.

— Passe longe dele — alertou Isabelle. — Vampiros são nojentos.

Ela estava acostumada a sussurrar para o irmão em uma multidão. O vampiro virou levemente a cabeça, e Isabelle se lembrou de que eles não tinham a audição ridícula dos mundanos. Com certeza ele tinha escutado.

Aquela terrível percepção fez Isabelle largar o braço de Alec. Horrorizada, ela ficou olhando seu irmão avançar numa determinação tensa em direção ao vampiro. Mas sem querer ficar de fora, seguiu no encalço de Alec.

— Olá — cumprimentou Alec. — É, hum, um prazer conhecê-lo.

O menino vampiro lhe deu um olhar distante que sugeria que nenhuma aproximação era bem-vinda e que gostaria de curtir aquela bendita solidão bem longe dali.

— Olá.

— Sou Alexander Lightwood — disse Alec.

— Eu me chamo Raphael — apresentou-se o vampiro, fazendo uma careta, como se sua saudação tivesse sido uma informação vital extraída sob tortura.

Quando ele fez a careta, Isabelle viu os caninos. Não eram tão legais quanto havia imaginado.

— Eu tenho quase 12 anos — emendou Alec, que acabara de completar 11. — Você não parece muito mais velho do que eu. Mas sei que é diferente com os vampiros. Acho que vocês meio que ficam na idade em que viraram vampiros, não é? Como se você tivesse 15 anos, só que já tem 15 anos há uns cem anos. Há quanto tempo você tem 15 anos?

— Tenho 63 — respondeu Raphael, seco.

— Ah — disse Alec. — Ah. Ah, que legal.

Alec deu mais alguns passos em direção ao vampiro. Raphael não recuou, mas parecia doido pra cair fora dali.

— Além disso — acrescentou Alec timidamente —, sua jaqueta é legal.

— Por que você está falando com meus filhos? — perguntou a mãe rispidamente.

Ela já levantara do assento de frente ao Irmão do Silêncio e, enquanto falava, segurou Alec e Isabelle. Seus dedos beliscavam; ela apertava com tanta força que o medo pareceu penetrar Isabelle pelo toque, muito embora ela não tivesse se assustado antes.

O vampiro não estava olhando para eles como se fossem deliciosos. Mas talvez fosse assim que eles atraíssem as pessoas, cogitou Isabelle. Talvez Alec só estivesse enfeitiçado pelo menino. Seria bom poder culpar os integrantes do Submundo pelas preocupações.

O Irmão do Silêncio se levantou e deslizou até eles. Isabelle ouviu o vampiro sussurrando, e teve certeza de que ouvira: "Isto é um pesadelo."

A menina lhe mostrou a língua. Raphael sorriu minimamente, expondo só um tiquinho das presas. Alec olhou para Isabelle então, para ter certeza de que ela não estava assustada. Isabelle não se assustava com frequência, mas Alec vivia preocupado.

Raphael veio por estar preocupado com uma criança Caçadora de Sombras, esclareceu o Irmão do Silêncio.

— Não, não vim — desdenhou Raphael. — É melhor ficar de olho em seus filhos. Certa vez matei uma gangue inteira de meninos não muito mais velhos do que seu garoto aqui. Devo interpretar isso como uma recusa em ajudar com o carregamento? Estou profundamente chocado. Bem, tentamos. Hora de ir, Irmão Zachariah.

— Espere — pediu Robert. — Claro que vamos ajudar. Vou encontrá-los no local de desembarque em Nova Jersey

Naturalmente seu pai ajudaria, pensou Isabelle, indignada. Aquele vampiro era um idiota. Independentemente dos erros que tivessem cometido quando mais jovens, seus pais comandavam todo o Instituto e já tinham matado montes e montes de demônios do mal. Qualquer pessoa sensata saberia que sempre poderia contar com seu pai.

— Pode nos consultar sobre outras questões relativas a Caçadores de Sombras a qualquer momento — acrescentou a mãe, só soltando as duas crianças depois que o vampiro e o Irmão Zachariah foram embora de vez.

Isabelle achou que a visita seria divertida, mas acabou ficando mais tensa do que nunca. Queria que Jonathan Wayland não viesse.

Hóspedes eram terríveis, e Isabelle nunca mais queria um.

O plano era entrar escondido no navio, prender os contrabandistas e jogar fora o *yin fen*. A criança jamais precisaria saber.

Era uma sensação quase agradável estar em um dos lustrosos barcos dos Caçadores de Sombras outra vez. Quando criança, o Irmão Zachariah passeara em trimarãs — aqueles barcos com três cascos — nos lagos de Idris, e, certa vez, seu *parabatai* roubara um deles e eles remaram pelo Tâmisa. Agora ele, um Robert Lightwood nervoso e dois vampiros estavam em um barco, partindo do porto de Camden para navegar o pretume das águas noturnas do rio Delaware. Lily ficou o tempo todo reclamando que eles estavam praticamente na Filadélfia até o barco se aproximar do navio de carga. O nome Mercador do Amanhecer estava pintado em letras azul-escuro na lateral cinzenta. Esperaram o momento, e, então Robert lançou um gancho.

Ele, o Irmão Zachariah, Raphael e Lily entraram no barco por uma cabine vazia. O trajeto, por mais curto e rápido que tivesse sido, deixou a impressão de que não havia nenhum mundano a bordo. Escondidos, contaram as vozes dos contrabandistas e perceberam que havia muito mais do que supunham.

— Ah, não, Irmão Gostosariah — sussurrou Lily. — Acho que vamos ter de lutar.

Ela pareceu muito animada com a possibilidade. Ao falar, deu uma piscadela e removeu a tiara de melindrosa do cabelo de mechas amarelas.

— É dos anos 1920, não quero estragar — explicou, e assentiu para Raphael. — Estou com esta tiara há mais tempo do que estou com aquele ali. Ele é dos anos 1950. Fãs de jazz e jaquetas de couro dominam o mundo.

Raphael revirou os olhos.

— Desista dos apelidos. Estão piorando.

Lily riu.

— Não desistirei. Depois que você prova o Zachariah, nunca mais quer outra coisariah.

Tanto Raphael quanto Robert Lightwood ficaram horrorizados, mas Zachariah não pareceu se importar com os apelidos. Ele não ouvia risos com frequência.

O que o preocupava era a criança.

Não podemos permitir que Jonathan saia disso ferido ou traumatizado, avisou.

Robert fez que sim com a cabeça, e os vampiros se mostraram totalmente despreocupados quando ouviram a voz de um menino do outro lado da porta.

— Não tenho medo de nada — foi o que disse.

Jonathan Wayland, supôs Zachariah.

— Então por que está perguntando sobre os Lightwood? — questionou uma voz feminina. Ela parecia irritada. — Eles vão recebê-lo. Vão ser gentis com você.

— Eu só estava curioso — respondeu Jonathan.

Era evidente que ele estava se esforçando ao máximo para parecer despreocupado e desinteressado, e seu melhor esforço não era ruim. A voz quase parecia arrogante. Na opinião do Irmão Zachariah, o garoto teria sido capaz de convencer quase todo mundo.

— Robert Lightwood tem alguma influência na Clave — observou a mulher. — Um homem correto. Tenho certeza de que está pronto para ser um pai para você.

— Eu tinha um pai — disse Jonathan, tão frio quanto o ar noturno.

A mulher se calou. Do outro lado da cabine, Robert Lightwood abaixara a cabeça.

— Mas a mãe — continuou Jonathan, arriscando um pouco. — Como é a Sra. Lightwood?

— Maryse? Eu mal a conheço — respondeu a mulher. — Ela já tem três crianças. Quatro é muito.

— Não sou criança — argumentou Jonathan. — Não vou dar trabalho a ela. — Ele pausou e observou. — Tem muito lobisomem neste navio.

— Ah, crianças criadas em Idris são cansativas — disse a moça. — Lobisomens são um fato da vida, infelizmente. Há criaturas por todos os lados. Vá se deitar, Jonathan.

Eles ouviram a outra porta se fechar e o barulho da chave sendo girada na tranca.

— Agora — disse Robert Lightwood. — Vampiros, estibordo; Irmão Zachariah e eu, bombordo. Façam o que for preciso para deter os lobisomens. Em seguida, localizem o *yin fen*.

Eles foram para o deque. A noite estava agressiva, o vento soprava o capuz de Zachariah ainda mais violentamente, e o deque balançava sob seus pés. Zachariah não conseguia abrir a boca para sentir o gosto do sal no ar.

Nova York era um brilho no horizonte, cintilando como as luzes do Mercado das Sombras. Não podiam permitir que o *yin fen* chegasse à cidade.

Havia alguns lobisomens no deque. Um deles assumira a forma de lobo, e Zachariah notava as nuances prateadas em sua pelagem. O outro já tinha perdido a cor nas pontas dos dedos. O Irmão do Silêncio ficou se perguntando se eles faziam ideia de que estavam morrendo. Ele se lembrava, de forma vívida demais, da sensação causada pelo *yin fen*, a morte iminente.

Às vezes era bom não sentir nada. Às vezes, ser humano doía demais, e Zachariah não podia se dar ao luxo de sentir pena agora.

Ele golpeou a cabeça de um deles com seu bastão, e, quando se virou, Robert Lightwood já tinha cuidado do outro. Ficaram ali de prontidão, ouvindo o uivo do vento e o agito do mar, esperando que os outros viessem de lá de baixo. E então Zachariah ouviu os ruídos do outro lado do navio.

Fique onde está, ordenou a Robert. *Eu vou até os vampiros.*

Irmão Zachariah teve de lutar para chegar até os dois. Havia mais lobisomens do que imaginara. Por cima de suas cabeças, dava para ver Raphael e Lily, saltando como se fossem leves feito sombras, os dentes brilhando ao luar.

Também dava para ver os dentes dos lobisomens. Zachariah derrubou um deles pela lateral do navio e arrancou os dentes de outro no mesmo golpe. Depois precisou se desviar de um ataque de garras, o qual quase o levou a nocaute. Eles eram muitos.

Foi com vaga surpresa que ele achou que aquele pudesse ser o fim. Deveria haver mais do que surpresa na ideia, mas tudo o que ele conhecia era o vazio que sentia ao caminhar pelo Mercado e o som das vozes de seus Irmãos, mais frias que o mar. Não se importava com aqueles vampiros. Não se importava consigo mesmo.

Ouviu o rugido de um lobisomem e logo depois o som de uma onda se quebrando. Seus braços doíam de tanto manejar o bastão. Aquela luta já devia ter acabado há tempos, de qualquer forma. Ele mal conseguia se lembrar de por quê ainda lutava.

Do outro lado do deque, um lobisomem, quase totalmente transformado, girou e mirou a garra para o coração de Lily. Ela já estava com as mãos no pescoço de outro licantrope. Sequer tinha chance de se defender do ataque.

Uma porta se abriu, e uma Caçadora de Sombras correu para cima dos licantropes. Ela não estava preparada. Um lobo abriu sua garganta, e, quando Zachariah tentou pegá-la, um lobisomem o atingiu nas costas. O bastão caiu de seus dedos dormentes. Um segundo lobisomem saltou para o Irmão do Silêncio, enterrando as garras em seu ombro e deixando-o de joelhos. Outro subiu, e Zachariah bateu a cabeça na madeira. A escuridão surgiu num átimo. A voz de seus irmãos poderia desaparecer, assim como o barulho do mar e toda a luz do mundo que não mais era capaz de tocá-lo.

Os olhos da morta o encararam, o último brilho vazio antes de a escuridão consumir tudo. Ele parecia tão vazio quanto ela. Por que nem sequer lutara?

Só que ele se lembrava. Ele não se permitiria esquecer.

Tessa, pensou. *Will*.

O desespero jamais fora capaz de se sobrepor ao pensamento neles. Ele não podia traí-los desistindo.

Eles são Will e Tessa, e você era Ke Jian Ming. Você era James Carstairs. Você era Jem.

O Irmão Zachariah sacou uma adaga do cinto. Fez um esforço para se levantar, nocauteando dois lobisomens e golpeando um terceiro pela porta aberta da cabine. E olhou para Lily.

Raphael estava na frente da vampira, o braço esticado para protegê-la, e seu sangue era um esguicho escarlate macabro pelo deque. À noite, sangue humano era negro, mas sangue de vampiro sempre era vermelho. Lily gritou seu nome.

Irmão Zachariah precisava do bastão, que rolava pelo chão de madeira, prateado sob o luar, chocalhando como ossos batendo. O entalhe se deslocara e agora era uma sombra escura contra a prata, enquanto o cajado rolava para os pés de um menino que acabara de chegar à cena de caos e sangue.

O garoto, provavelmente Jonathan Wayland, olhou em volta, para o Irmão Zachariah, para os lobos, para a mulher com a garganta aberta. Uma licantrope se aproximava. O menino era jovem demais até mesmo para ter símbolos de guerreiro.

Irmão Zachariah sabia que não seria ágil o bastante.

O menino virou a cabeça, os cabelos dourados brilhando sob o luar prateado, e pegou o bastão de Zachariah. Pequeno e magro, a mais frágil das possíveis barreiras contra a escuridão, ele avançou contra os dentes e garras expostos. E venceu.

Mais dois avançaram, mas Zachariah matou um, e o menino girou e acertou o outro. Quando rodopiou no ar, o Irmão do Silêncio não pensou em sombras, como acontecera ao ver os vampiros, mas em luz.

Quando o menino pousou no deque, com os pés separados e girando o bastão nas mãos, estava rindo. Não era o riso doce de uma criança, mas um som selvagem e exuberante mais forte que o mar, o céu ou as vozes silenciosas. Ele soou jovem, desafiador, alegre e um pouco louco.

Mais cedo naquela noite, o Irmão Zachariah pensara na escassez das risadas em sua vida. Fazia tempo demais que não escutava uma risada como aquela.

Ele atingiu mais um lobisomem que avançou para Jonathan, e depois outro, se colocando entre o menino e os lobos. Um deles conseguiu furar o bloqueio e foi para cima do garoto, e Zachariah o ouviu gemer entredentes.

Você está bem?, perguntou o Irmão.

— Estou! — gritou o menino. O Irmão Zachariah podia ouvi-lo arfando atrás de si.

Não tenha medo, disse o Irmão Zachariah. *Estou lutando com você.*

O sangue de Zachariah corria mais frio que o mar, e seu coração martelava, até que de repente ele ouviu Robert Lightwood e Lily vindo em seu socorro.

Assim que os lobisomens restantes foram derrotados, Robert levou Jonathan para a ponte. Zachariah voltou a atenção para os vampiros. Raphael havia tirado a jaqueta de couro, e Lily tinha rasgado um pedaço da própria camisa e amarrado o tecido no braço do chefe. Ela estava chorando.

— Raphael — chamou ela. — Raphael, você não devia ter feito isso.

— Sofrido um ferimento que vai se curar em uma noite em vez de perder um membro valioso do clã? — retrucou Raphael. — Agi em benefício próprio. Normalmente é o que faço.

— É bom mesmo — murmurou Lily, limpando as lágrimas bruscamente com as costas da mão. — O que eu faria se alguma coisa acontecesse a você?

— Alguma coisa prática, espero — disse Raphael. — Por favor, roube umas coisinhas dos lobisomens mortos da próxima vez. E pare de envergonhar o clã na frente de Caçadores de Sombras.

Lily seguiu o olhar de Raphael, aí olhou para trás, para o Irmão Zachariah. O delineado nos olhos dela estava borrado e misturado a manchas de sangue, mas ela arreganhou as presas num sorriso.

— Talvez eu tenha rasgado minha camisa de propósito para o Irmão Olhe-pros-meus-peitosariah.

Raphael revirou os olhos. Como não a estava encarando, Lily podia olhar para ele. E foi o que fez. Irmão Zachariah a viu levantar a mão, as unhas pintadas de vermelho e dourado, e quase tocar os cabelos cacheados do vampiro. Ela movimentava a mão como se estivesse afagando as sombras acima da cabeça de Raphael; em seguida, cerrou o punho. Não ia se permitir tal regalo.

Raphael fez um gesto para que ela se afastasse, e em seguida se levantou.

— Vamos achar o *yin fen*.

Não foi difícil achar a droga. Estava numa caixa grande em uma das cabines do convés inferior. Lily e o Irmão do Silêncio carregaram a caixa para cima, e deu para notar que Lily estava prontinha para dar um chilique caso Raphael tentasse ajudar.

Mesmo após tantos anos, ver o brilho do *yin fen* sob o luar deixou Zachariah com o estômago embrulhado, como se aquela imagem o tivesse jogado num barco em outro mar, um barco no qual era impossível se manter de pé.

Lily fez um gesto, como se fosse jogar a caixa no mar, para que fosse engolida pelas águas famintas.

— Não, Lily! — advertiu Raphael. — Não vou permitir que sereias viciadas infestem os rios da minha cidade. E se acabarmos com jacarés prateados e reluzentes nos esgotos? Não vai ser surpresa nenhuma, mas vou saber que a culpa é sua, e vou ficar extremamente decepcionado com você.

— Você nunca deixa eu me divertir — resmungou Lily.

— Jamais deixo ninguém se divertir — disse Raphael com um arzinho convencido.

Irmão Zachariah fitou a caixa cheia de pó prateado. Outrora aquilo significara para ele a diferença entre uma morte lenta ou uma rápida. Ele fez fogo com um símbolo conhecido apenas pelos Irmãos do Silêncio, para queimar qualquer magia nefasta. Vida e morte não passavam de cinzas no ar.

Obrigado por me contar sobre o yin fen, agradeceu ele a Raphael.

— Do meu ponto de vista, eu me aproveitei da sua fraqueza em relação a esse troço — argumentou Raphael. — Soube que você já precisou usá-lo para se manter vivo, mas, pelo que vejo, não deu certo. Enfim, seu estado emocional não me importa, e minha cidade está a salvo. Missão cumprida.

Ele limpou as mãos úmidas de sangue nas ondas que iam e vinham.

Seu líder sabe alguma coisa sobre essa missão?, perguntou Zachariah a Lily. Ela estava de olho em Raphael.

— Claro — admitiu ela. — Meu líder contou tudo a você. Não contou?

— Lily! Isso é burrice e traição. — A voz de Raphael saiu tão fria quanto a brisa do mar. — Se eu recebesse ordens para executá-la por isso, não se engane, eu o faria. Não hesitaria.

Lily mordeu o lábio e tentou não transparecer a mágoa que evidentemente sentia.

— Ah, mas tenho um bom pressentimento em relação ao Irmão Zachagostosão. Ele não vai contar nada.

— Tem algum lugar onde um vampiro possa se esconder em segurança do nascer do sol? — perguntou Raphael.

Irmão Zachariah não tinha considerado que a luta demorada com os lobisomens significaria o iminente nascer do sol. Raphael o encarou quando não ganhou nenhuma resposta.

— Tem lugar para ao menos um? Lily precisa estar segura. Sou responsável por ela.

Lily virou o rosto para que Raphael não notasse sua expressão, mas Zachariah viu. Ele reconheceu a expressão de uma época em que ele mesmo ainda era capaz de se sentir como ela. A vampira parecia doente de amor.

Havia espaço para os dois vampiros no porão. A caminho para examinar o local, Lily quase tropeçou na Caçadora de Sombras morta.

— Oooh, Raphael! — exclamou alegremente. — É Catherine Ashdown.

Ver como ela pouco se importava com a vida de um ser humano foi como levar um jato frio de água do mar. Aí ela se lembrou de que o Irmão Zachariah ainda estava ali.

— Ah, não — acrescentou ela num tom nada convincente. — Que tragédia terrível!

— Vá para o porão, Lily — ordenou Raphael.

Vocês não vão juntos?, perguntou o Irmão Zachariah.

— Prefiro esperar o máximo possível até o amanhecer, a fim de me testar — respondeu Raphael.

— Ele é católico. Muito, muito católico — suspirou Lily.

Lily remexia as mãos sem parar, como se estivesse doidinha para puxar Raphael num abraço. Em vez disso, ela acenou novamente para Zachariah, o mesmo cumprimento de quando eles se conheceram.

— Irmão Saradoriah — brincou a vampira. — Foi um prazer.

Igualmente, disse o Irmão Zachariah, e a ouviu descendo a escada silenciosamente.

Pelo menos ela dissera o nome da mulher. Irmão Zachariah poderia levá-la de volta à família e à Cidade dos Ossos, onde ela poderia ter seu descanso — mas ele não.

Ele se ajoelhou ao lado da falecida e fechou os olhos dela.

Ave atque vale, *Catherine Ashdown*, murmurou.

Aí se levantou e viu Raphael ainda a seu lado, embora o vampiro não estivesse olhando nem para ele e nem para a morta. Em vez disso ele mirava o mar negro tocado pela luz do luar, o céu escuro riscado pela linha prateada mais delicada.

Fico feliz por ter conhecido vocês dois, acrescentou Zachariah.

— Não consigo imaginar o motivo — disse Raphael. — Aqueles nomes que Lily inventou eram péssimos.

As pessoas não costumam brincar com os Irmãos do Silêncio.

A possibilidade de não ter de ouvir piadas deixou Raphael esperançoso.

— Parece bom ser um Irmão do Silêncio. Tirando o fato de que Caçadores de Sombras são irritantes e patéticos. E eu não sei se ela estava brincando. Eu ficaria de olhos abertos na próxima visita a Nova York, se fosse você.

Claro que ela estava brincando, assegurou o Irmão Zachariah. *Ela está apaixonada por você.*

Raphael fez uma careta.

— Por que Caçadores de Sombras sempre querem falar sobre sentimentos? Por que ninguém consegue ser profissional? Para sua informação, não tenho interesse em romances, nem nunca terei. Agora podemos parar com esse assunto ridículo?

Eu posso, disse o Irmão Zachariah. *Talvez você queira falar sobre a gangue de meninos que alega ter matado?*

— Matei muita gente — respondeu Raphael de forma distante.

Um grupo de crianças?, disse Zachariah. *Em sua cidade? Isso foi nos anos de 1950?*

Pode ser que Maryse Lightwood estivesse enganada. O Irmão do Silêncio sabia como era quando alguém se culpava e se odiava pelo que havia acontecido aos seus entes queridos.

— Tinha um vampiro caçando crianças nas ruas onde meus irmãos brincavam — começou Raphael, a voz ainda distante. — Levei minha gangue até a toca para contê-lo. Nenhum de nós sobreviveu.

Irmão Zachariah tentou ser gentil.

Quando um sujeito acaba de se tornar vampiro, ele não consegue se controlar.

— Eu era o líder — argumentou Raphael, e a voz de aço não permitia réplica. — Eu era responsável. Bem. Nós conseguimos deter o vampiro, e minha família sobreviveu.

Todos, menos um, pensou Irmão Zachariah.

— Normalmente faço o que decido fazer — avisou Raphael.

Isso está extremamente claro, disse o Irmão Zachariah.

Ele ouviu as ondas batendo na lateral do barco, conduzindo-os para a cidade. Na noite do Mercado, quase havia se desligado da cidade e de todos, e certamente não sentira nada por um vampiro determinado a não sentir nada.

Mas aí veio uma risada, e o som despertou coisas que ele temia estarem mortas. Uma vez desperto para o mundo, Zachariah não queria ficar alheio ao que via.

Hoje você salvou algumas pessoas.Os Caçadores de Sombras salvaram pessoas, mesmo que não tenham conseguido salvar você quando você era só uma criança tentando combater monstros.

Raphael se contorceu, como se aquela insinuação sobre suas motivações para rejeitar Caçadores de Sombras fosse uma mosquinha rondando-o.

— Poucos se salvam — disse Raphael. — Ninguém é poupado. Já tentaram me salvar uma vez, e um dia vou retribuir. Não quero uma dívida nova, e nem quero ninguém me devendo nada. Todos conseguimos o que queríamos. Eu e os Caçadores de Sombras encerramos por aqui.

Sempre pode haver outro momento para ajuda ou colaboração, disse o Irmão Zachariah. *Os Lightwood estão tentando. Considere permitir que os outros integrantes do Submundo saibam que você sobreviveu depois de ter lidado com eles.*

Raphael emitiu um ruído incompreensível.

Existem mais tipos de amor do que estrelas no céu, continuou o Irmão Zachariah. *Se você não sente um deles, existem muitos outros. Você sabe o que é se importar com família e amigos. Tudo aquilo que nos é sagrado nos mantém a salvo. Pense que, ao tentar se privar da dor, você fecha as portas para o amor e vive na escuridão.*

Raphael cambaleou até o parapeito e fingiu vomitar. Aí se aprumou.

— Ah, espera, sou um vampiro e não sinto enjoo — ironizou. — Fiquei totalmente nauseado por um segundo. Não sei por quê. Até onde eu sabia, Irmãos do Silêncio são reservados. Eu estava ansioso por alguém reservado!

Não sou um Irmão do Silêncio comum, observou o Irmão Zachariah.

— Que sorte a minha cair com o Irmão do Silêncio sensível. Posso solicitar um modelo diferente no futuro?

Então você acha que pode voltar a cruzar com o caminho dos Caçadores de Sombras?

Raphael emitiu um ruído de ânsia de vômito e deu as costas para o mar. Seu rosto parecia tão pálido quanto o luar, branco como a face de uma criança morta há tempos.

— Vou descer. A não ser, é claro, que você tenha mais alguma sugestão brilhante?

O Irmão Zachariah assentiu. A sombra de seu capuz baixou sobre a cicatriz de cruz na garganta do vampiro.

Tenha fé, Raphael. Sei que você ainda se lembra como é isso.

Com os vampiros em segurança no andar de baixo e Robert Lightwood conduzindo o navio para Manhattan, o Irmão Zachariah assumiu a tarefa de limpar o deque, escondendo os corpos. Ele chamaria seus irmãos para ajudar a cuidar disso e dos sobreviventes, que no momento estavam trancados em uma das cabines. Enoch e os outros podiam até não aprovar sua decisão de ajudar Raphael, mas ainda assim não deixariam de cumprir sua missão de manter o Mundo das Sombras oculto e em segurança.

Depois que Zachariah terminou, só restou esperar que o navio os levasse até a cidade. E aí depois ele teria que retornar à própria cidade. Ele se sentou e aguardou, se refestelando ao sentir a luz de um novo dia no rosto.

Fazia muito tempo que não sentia a luz, e mais tempo ainda que não tinha esse simples prazer.

Sentou perto da ponte, de onde podia ver Robert e o jovem Jonathan Wayland sob a luz matinal.

— Tem certeza de que está bem? — perguntou Robert.

— Tenho — respondeu Jonathan.

— Você não se parece muito com Michael — acrescentou Robert, meio sem jeito.

— Não — concordou Jonathan. — Sempre quis parecer com ele.

Zachariah via as costas franzinas do menino, que parecia preparado para ser uma decepção.

— Tenho certeza de que é você um bom menino — disse Robert.

Jonathan não parecia seguro. Robert se poupou do constrangimento examinando cuidadosamente os controles.

O menino saiu da ponte com graciosidade, apesar da arrancada do barco e da exaustão que certamente sentia. Zachariah ficou espantado quando o jovem Jonathan avançou até onde ele estava.

Irmão Zachariah puxou o capuz, para esconder ainda mais o rosto. Alguns Caçadores de Sombras ficavam incomodados perto de um Irmão do Silêncio que não tinha exatamente a aparência do restante de sua classe, embora os Irmãos do Silêncio parecessem suficientemente temíveis. De qualquer forma, ele não queria assustar o garoto.

Jonathan entregou o bastão de volta para Zachariah, equilibrando-o reto nas palmas, e o pousou com uma reverência respeitosa nos joelhos do Irmão do Silêncio. O menino se movimentava com uma disciplina militar incomum a alguém tão jovem, mesmo entre os Caçadores de Sombras. O Irmão Zachariah não conhecera Michael Wayland, mas supunha ter sido um homem duro.

— Irmão Enoch? — arriscou o menino.

Não, respondeu o Irmão Zachariah. Ele conhecia as lembranças de Enoch tão bem quanto as próprias. Enoch o tinha examinado, embora suas lembranças fossem cinzentas de desinteresse. Irmão Zachariah desejou brevemente ter sido o Irmão do Silêncio ao dispor daquele menino.

— Não — repetiu o menino lentamente. — Eu já devia saber. Você se movimenta de um jeito diferente. Só achei que pudesse ser porque me deu o bastão.

Ele fez uma mesura. Zachariah lamentou que o menino não estivesse esperando nenhuma misericórdia de um estranho.

— Obrigado por me deixar usá-lo — acrescentou Jonathan.

Fico feliz que tenha sido útil, retrucou Irmão Zachariah.

O olhar do menino para seu rosto foi chocante, o brilho de sóis gêmeos quando ainda era praticamente noite. Não eram os olhos de um soldado, mas de um guerreiro. Irmão Zachariah conhecera ambos, e sabia muito bem a diferença.

O menino deu um passo para trás, tenso e ágil, mas parou com o queixo erguido. Aparentemente tinha uma pergunta.

Zachariah não esperava que o outro fosse perguntar aquilo.

— O que significam as iniciais? Em seu bastão. Todos os Irmãos do Silêncio têm algo assim?

Eles olharam juntos o bastão. As letras estavam desgastadas pelo tempo e pela pele do próprio Zachariah, mas tinham sido marcadas profundamente na madeira, exatamente nos pontos onde colocaria as mãos ao lutar. Para que, de certa forma, sempre estivessem lutando juntos.

As letras eram W e H.

Não, revelou o Irmão Zachariah. *Sou o único. Marquei meu bastão em minha primeira noite na Cidade dos Ossos.*

— Eram suas iniciais? — perguntou o menino, a voz baixa e um pouco tímida. — Da época em que era um Caçador de Sombras, como eu?

Irmão Zachariah ainda se considerava um Caçador de Sombras, mas era evidente que Jonathan não tivera a intenção de ofender.

Não, respondeu Jem, porque ele sempre era James Carstairs quando falava do que lhe era mais caro. *Não as minhas. As de meu* parabatai.

W e H. William Herondale. Will.

O menino pareceu espantado e, ao mesmo tempo, cauteloso. Exibia alguma reserva, como se desconfiasse de qualquer coisa que Zachariah pudesse dizer antes mesmo que ele tivesse a chance de dizê-lo.

— Meu pai diz... dizia... que um *parabatai* pode ser uma grande fraqueza.

Jonathan pronunciou a palavra fraqueza com horror. Zachariah ficou se perguntando que tipo de coisa um sujeito que treinara um menino para lutar daquele jeito poderia considerar fraqueza.

Irmão Zachariah decidiu que não ia ofender o pai morto de um menino órfão, então organizou cuidadosamente seus pensamentos. Aquele menino era muito solitário. Ele se lembrava de como qualquer novo vínculo podia ser precioso, principalmente quando não se tinha nenhum. Poderia ser a última ponte que o ligava a uma vida perdida.

Ele se lembrava de viajar através dos mares, após ter perdido a família, sem fazer a menor ideia de que ia conhecer seu melhor amigo.

Suponho que possam ser uma fraqueza, respondeu. *Depende de quem é seu* parabatai. *Eu marquei as iniciais aqui porque sempre lutei melhor com ele.*

Jonathan Wayland, o menino que lutava como um anjo guerreiro, pareceu intrigado.

— Acho que... meu pai se arrependia de ter um *parabatai* — explicou o menino. — Agora vou ter que morar com o homem que incitou esse arrependimento no meu pai. Não quero ser fraco, e não quero lamentar. Quero ser o melhor.

Se você finge que não sente nada, esse fingimento pode se tornar verdade, disse Jem. *E seria uma pena.*

Por um tempo, seu *parabatai* tentou não sentir nada. Exceto em relação aos seus sentimentos por Jem. Isso quase o destruiu. E todos os dias Jem fingia sentir alguma coisa, ser gentil, para consertar o que estava estragado, para se lembrar de nomes e vozes quase esquecidos, e torcia para que se tornasse verdade.

O menino franziu a testa.

— Por que seria uma pena?

Sempre lutamos com mais fervor quando aquilo que nos é mais importante até do que nossas próprias vidas corre risco, explicou Jem. *Um* parabatai *é, ao mesmo tempo, lâmina e escudo. Vocês pertencem um ao outro não por serem iguais, mas porque seus corpos diferentes se encaixam para formar um inteiro melhor, um guerreiro mais poderoso com um propósito maior. Sempre acreditei que não éramos apenas melhores juntos, mas que éramos muito melhores do que o melhor que qualquer um de nós pudesse ser caso separados.*

Um sorriso lento se formou no rosto do menino, como o nascer do sol explodindo como uma surpresa brilhante sobre as águas.

— Isso me parece bom — admitiu Jonathan Wayland, acrescentando rapidamente: — Ser um grande guerreiro.

Ele jogou a cabeça para trás, num gesto súbito e apressado de arrogância, como se ele e Jem pudessem ter imaginado que na verdade sua intenção fora dizer que seria bom pertencer a alguém.

Aquele menino, determinado a lutar em vez de encontrar uma família. Os Lightwood se protegendo contra um vampiro, quando deveriam ter demonstrado uma dose de confiança. O vampiro, rejeitando qualquer pretenso amigo. Todos eles tinham suas feridas, mas o Irmão Zachariah não conseguia evitar achar lamentável, ainda que fosse pelo privilégio de sentir dor.

Todas essas pessoas lutando para não sentir, tentando congelar seus corações no peito até o frio rachá-los e quebrá-los. Jem daria cada amanhã gelado em troca de mais um dia com o coração quente, para amá-los como um dia amou.

Mas Jonathan era uma criança que ainda tentava orgulhar um pai distante, mesmo quando a morte tornara a distância entre eles impossível. Jem deveria ser generoso.

Ele pensou na velocidade do menino, nos golpes destemidos com uma arma desconhecida em uma noite estranha e sangrenta.

Tenho certeza de que você vai ser um grande guerreiro, assegurou Jem.

Jonathan Wayland abaixou a cabeça dourada e desgrenhada para esconder o rubor nas bochechas.

O desamparo do menino fez com que Jem se lembrasse vividamente da noite em que marcara aquelas iniciais no bastão, uma noite longa e fria com toda a estranheza gélida dos Irmãos do Silêncio muito recente em sua cabeça. Ele não queria morrer, mas teria escolhido a morte em lugar da separação do amor e do calor. Se ao menos pudesse ter uma morte nos braços de Tessa, segurando a mão de Will. Ele tinha sido privado até mesmo de sua morte.

Parecia impossível ser qualquer coisa humana entre os ossos e a escuridão infinita.

Quando a cacofonia estranha dos Irmãos do Silêncio ameaçou engolir tudo o que ele havia sido um dia, Jem se agarrou àquele salva-vidas. Não havia nada mais forte, e só mais uma coisa tão forte quanto. O nome de seu *parabatai* era um grito no abismo, um choro que sempre tinha resposta. Mesmo na Cidade do Silêncio, mesmo com o uivo silencioso insistindo que a vida de Jem não lhe pertencia mais, que era uma vida compartilhada. Não eram mais seus pensamentos, mas nossos pensamentos. Não mais sua vontade, mas nossa vontade.

Ele não aceitaria essa despedida. *Meu Will*. Essas palavras significavam algo diferente para Jem, elas significavam: meu desafio a essa escuridão dominante. Minha rebeldia. Meu, para sempre.

Jonathan arrastou o sapato no deque e olhou para Jem, que percebeu que o menino tentava ver o rosto do Irmão Zachariah sob o capuz. Cobriu-se mais com o capuz e com as sombras. Mesmo vendo sua curiosidade repelida, Jonathan Wayland ofereceu um sorrisinho.

Jem não esperara nenhuma gentileza da parte daquela criança ferida. E agora pensava que Jonathan Wayland poderia crescer para vir a ser mais do que apenas um grande guerreiro.

Talvez Jonathan viesse a ter um *parabatai* um dia, para ensinar que tipo de homem ele queria ser.

Este é o vínculo mais forte do que qualquer magia, disse Jem a si naquela noite, com a faca na mão, fazendo cortes profundos. *Este é o vínculo que eu escolho.*

Ele tinha feito sua marca. Tinha escolhido o nome *Zachariah*, que significava *lembrar*. *Lembre-se dele*, incitara Jem a si. *Lembre-se deles. Lembre-se do motivo. Lembre-se da única resposta para a única pergunta. Não se esqueça.*

Quando voltou a erguer o olhar, Jonathan Wayland não estava lá mais. Ele queria poder agradecer à criança por tê-lo ajudado a lembrar.

Isabelle nunca tinha entrado no terminal de passageiros do porto de Nova York. Não ficou muito impressionada. O terminal era como uma cobra de vidro e metal, e eles tinham de se sentar na barriga e esperar. Os navios eram como armazéns na água, mas Isabelle imaginava um barco de Idris como um navio pirata.

Estava escuro quando acordaram, e agora mal tinha amanhecido, fazia muito frio. Alec se encolhera no casaco por causa do vento que soprava das águas azuis, e Max reclamava com a mãe, de mau humor por ter sido acordado tão cedo. Basicamente tanto ela quanto os irmãos estavam de mau humor, e Isabelle não sabia o que esperar.

Aí viu seu pai caminhando pelo passadiço com um menino. O amanhecer traçava uma linha dourada e fina sobre a água. O vento formava pequenas cristas brancas em cada onda e brincava com os cachos dourados do cabelo do garoto, cujas costas eram retas e esguias, como uma rapieira. Ele usava roupas escuras e justas que pareciam um uniforme de combate. E estavam sujas de sangue. Ele, de fato, tinha participado da luta. O pai e a mãe ainda não haviam deixado ela e Alec combaterem um único demoniozinho!

Isabelle se virou para Alec, certa de que ele compartilharia de seu senso de traição por tal injustiça, e o viu encarando o recém-chegado com olhos arregalados, como se absorvessem uma revelação junto à manhã.

— Uau! — suspirou Alec.

— E o vampiro? — quis saber Isabelle, indignada.

— Que vampiro? — retrucou Alec.

Maryse mandou que se calassem.

Jonathan Wayland tinha olhos e cabelos dourados, e aqueles olhos não tinham profundidade, apenas uma superfície brilhante e reflexiva, exibindo tão pouco quanto portas metálicas de um templo fechado. Ele nem sequer sorriu ao parar diante deles.

Tragam de volta aquele Irmão do Silêncio, foi o pensamento de Isabelle.

Ela olhou para a mãe, mas a outra encarava o novato com uma expressão estranha.

E o menino retribuía o olhar.

— Sou Jonathan — apresentou-se com firmeza.

— Olá, Jonathan — retrucou a mãe de Isabelle. — Sou Maryse. É um prazer.

Ela esticou a mão e tocou o cabelo do menino. Jonathan se encolheu, mas não saiu do lugar, e Maryse ajeitou as ondas douradas e brilhantes que o vento bagunçara.

— Acho que precisamos cortar seu cabelo — comentou ela.

Foi uma frase tão maternal que Isabelle sorriu ao mesmo tempo que revirou os olhos. Na verdade, o menino Jonathan de fato precisava de um corte de cabelo. As pontas se metiam no colarinho, tão desgrenhadas, como se o responsável pelo corte mais recente — já há muito tempo — não tivesse dado a mínima para fazer um bom trabalho. Ele tinha um ar singelo de vira-lata, com os pelos compridos e prestes a rosnar, embora isso não fizesse sentido para uma criança.

Maryse deu uma piscadela.

— Aí você vai ficar ainda mais bonito.

— Tem como? — perguntou Jonathan secamente.

Alec riu. Jonathan pareceu surpreso, como se não tivesse notado o outro menino até então. Isabelle ficou com a impressão de que Jonathan não tinha prestado atenção em mais ninguém além de sua mãe.

— Crianças, digam oi para Jonathan — pediu o pai de Isabelle.

Max encarava Jonathan com fascínio. Largou o coelho de pelúcia no chão de cimento, avançou correndo e abraçou a perna do menino. Jonathan se encolheu novamente, mas dessa vez foi um instinto, até o gênio perceber que não estava sendo atacado pelo garotinho de 3 anos.

— Oi, Jonathing — disse Max, abafado pelo tecido da calça de Jonathan.

Ele afagou as costas de Max, com muita reserva.

Os irmãos de Isabelle não estavam sendo nem um pouco fraternamente solidários na questão de Jonathan Wayland. Foi pior ainda quando chegaram ao Instituto e ficaram jogando conversa fora quando, na verdade, todo mundo só queria voltar a dormir.

— Jonathing pode dormir no meu quarto porque a gente se ama — propôs Max.

— Jonathan tem o próprio quarto. Diga "durma bem, Jonathan" — pediu Maryse. — Você vai vê-lo de novo depois que todos tivermos descansado um pouco mais.

Isabelle seguiu para seu quarto, mas ainda estava agitada e não conseguia dormir. Pintava as unhas do pé quando ouviu um pequeno rangido na porta ao final do corredor.

Levantou, as unhas de um dos pés pintadas de preto, o outro pé ainda enfiado numa meia cor-de-rosa felpuda, e correu para a porta. Abriu-a, colocou a cabeça para fora e notou Alec fazendo a mesma coisa do próprio quarto. Ambos viram a silhueta de Jonathan Wayland percorrendo o corredor sorrateiramente. Isabelle fez uma série de gestos complicados para saber se Alec queria segui-lo junto com ela.

Alec a encarou com total espanto. Isabelle amava seu irmão mais velho, no entanto, às vezes temia quando fossem caçar demônios no futuro. Ele era péssimo em decorar seus sinais militares superlegais.

Ela desistiu, e os dois se apressaram atrás de Jonathan, que não conhecia o Instituto e só conseguiu refazer seus passos até a cozinha.

E foi lá que os dois o encontraram. Jonathan estava com a camisa levantada e passava uma toalha úmida sobre um corte na lateral do corpo.

— Pelo Anjo! — exclamou Alec. — Você está machucado. Por que não avisou?

Isabelle bateu no braço de Alec por ele não ter sido furtivo.

Jonathan os encarou, com o rosto cheio de culpa, como se estivesse roubando um biscoito, em vez de estar ferido.

— Não contem para seus pais — pediu ele.

Alec saiu de perto de Isabelle e se aproximou de Jonathan. Examinou o corte, em seguida, levou-o até um banquinho, estimulando-o a se sentar. Isabelle não se surpreendeu. Alec sempre ficava nervoso quando ela ou Max levavam um tombo.

— É superficial — decretou Alec após um instante. — Mas nossos pais iam gostar de saber. Mamãe aplicaria um *iratze* ou coisa do tipo...

— Não! É melhor que seus pais não saibam o que aconteceu. Eu dei azar que um deles me atingiu, só isso. Sou um bom lutador — protestou Jonathan vorazmente.

Ele foi tão veemente que pareceu quase alarmante. Se o outro não tivesse apenas dez anos, Isabelle pensaria que estava com medo de ser punido por não ser um bom soldado.

— É óbvio que você é muito bom — disse Alec. — Só precisa de alguém na retaguarda.

Alec colocou a mão gentilmente no ombro de Jonathan ao falar. Foi um pequeno gesto que Isabelle nem teria notado, exceto pelo fato de que jamais vira Alec fazer isso por ninguém que não fosse da família, e por Jonathan Wayland ter ficado imóvel com o toque, como se temesse que o menor dos movimentos pudesse afastar Alec.

— Está doendo muito? — perguntou Alec, solidário.

— Não — sussurrou Jonathan.

Isabelle achou que estava bem claro que Jonathan Wayland não estaria reclamando nem se sua perna estivesse amputada, mas Alec era muito honesto.

— Certo — disse Alec. — Deixe-me pegar algumas coisas da enfermaria. Vamos cuidar disso juntos.

Alec assentiu de um jeito muito encorajador e foi buscar os suprimentos na enfermaria, deixando Isabelle e o menino ensanguentado e esquisitinho a sós.

— Você e seu irmão parecem... muito próximos — falou Jonathan.

Isabelle piscou.

— Evidente.

Que estranho, ser próximo da família. Isabelle conteve o sarcasmo, tendo em vista que Jonathan estava mal e era um convidado.

— Então... suponho que vão ser *parabatai* — arriscou ele.

— Ah, não, acho que não — disse ela. — Ser *parabatai* é um pouco fora de moda, não é? Além do mais, não gosto da ideia de abrir mão da minha independência. Antes de ser filha de meus pais ou irmã de meus irmãos, sou uma pessoa independente. Já sou alguma coisa de muita gente. Não preciso ser mais nada de ninguém, pelo menos não por um bom tempo, sabe?

Jonathan sorriu. Tinha um dente quebrado. Isabelle ficou imaginando como aquilo teria acontecido, e torceu para que tivesse sido numa luta incrível.

Filho do Amanhecer

251

— Não sei como é isso. Eu não sou nada de ninguém.

Ela mordeu o lábio. Jamais se dera conta de aquela sensação de segurança era algo garantido em sua vida.

Jonathan havia olhado para Isabelle ao falar, mas, no mesmo instante, voltara os olhos para a porta através da qual Alec desaparecera.

Isabelle não conseguiu evitar observar que aquele menino morava em sua casa havia menos de três horas e já estava tentando garantir um *parabatai*.

Em seguida, Jonathan se esticou mais na cadeira, retomando sua atitude de sou legal demais para o Instituto, e ela logo substituiu o pensamento pela irritação por Jonathan ser tão exibido. Ela, Isabelle, era a única exibida de que aquele Instituto precisava.

Os dois ficaram se encarando até Alec voltar.

— Ah... prefere que eu faça os curativos ou você mesmo quer fazer?

A expressão de Jonathan era impenetrável.

— Posso fazer sozinho. Não preciso de nada.

— Ah — disse Alec, descontente.

Isabelle não sabia dizer se o rosto inexpressivo de Jonathan era para afastá-los ou para se proteger, mas ele estava machucado. Alec ainda era tímido com desconhecidos, e Jonathan era um ser humano fechado, então o constrangimento seria inevitável, mesmo sendo óbvio que os dois já se gostavam. Ela suspirou. Meninos não tinham jeito mesmo, por isso ela precisava tomar as rédeas da situação.

— Fique parado, idiota — ordenou Isabelle a Jonathan, pegando a pomada das mãos de Alec e começando a espalhar sobre o corte. — Vou ser sua boa samaritana.

— Hum — disse Alec. — É muita pomada.

A quantidade que saiu foi tipo quando você aperta com força o meio do tubo de pasta de dentes, mas Isabelle sempre acreditava que pomadas só davam resultado se você lambuzasse bem.

— Tudo bem — disse Jonathan rapidamente. — Está ótimo. Obrigado, Isabelle.

A menina levantou o olhar e sorriu para ele. Alec desenrolou uma atadura de forma eficiente. Quando as coisas engrenaram, Isabelle se afastou. Seus pais não iam gostar se ela acidentalmente transformasse o convidado numa múmia.

— O que está acontecendo? — disse Robert Lightwood da porta. — Jonathan! Você disse que não tinha se machucado.

Quando Isabelle olhou, viu sua mãe e seu pai parados à entrada da cozinha, com os braços cruzados e os olhos semicerrados. Já imaginava que eles teriam ressalvas quanto a ela e Alex brincarem de médico com o garoto novo. Fortes ressalvas.

— Só estávamos ajeitando o Jonathan — anunciou Alec ansiosamente, se colocando diante do banquinho. — Nada demais.

— Foi minha culpa ter me machucado — explicou Jonathan. — Sei que desculpas são para os incompetentes. Não vai acontecer de novo.

— Não vai? — perguntou a mãe. — Todos os guerreiros se ferem de vez em quando. Você está planejando fugir e se tornar um Irmão do Silêncio?

Jonathan Wayland deu de ombros.

— Eu queria ser uma Irmã de Ferro, mas elas me enviaram uma recusa dolorosa e sexista.

Todo mundo riu. Jonathan pareceu ligeiramente espantado outra vez, depois brevemente contente, em seguida congelou a expressão, como se estivesse fechando a tampa de um baú do tesouro. A mãe de Isabelle foi quem cuidou do machucado com um *iratze*, enquanto Robert continuava perto da porta.

— Jonathan? — disse Maryse. — Você tem um apelido ou algo assim?

— Não — respondeu o menino. — Meu pai costumava fazer uma piada sobre ter outro Jonathan, caso eu não fosse bom o suficiente.

Isabelle não achou uma boa piada.

— Sempre achei que chamar um de nossos filhos de Jonathan seria como os mundanos chamando os filhos de Jebediah — comentou a mãe de Isabelle.

— John — disse o pai. — Mundanos frequentemente chamam os filhos de John.

— Chamam? — perguntou Maryse, e deu de ombros. — Eu jurava que era Jebediah.

— Meu nome do meio é Christopher — disse Jonathan. — Você pode... pode me chamar de Christopher, se quiser.

Maryse e Isabelle trocaram um olhar eloquente. Ela e a mãe sempre conseguiam se comunicar assim. Isabelle achava que era porque eram as únicas meninas da casa, e eram especiais uma para a outra. Ela não conseguia imaginar sua mãe lhe dizendo nada que ela não quisesse ouvir.

— Não vamos mudar seu nome — disse Maryse, com voz triste.

Isabelle não sabia ao certo se a mãe estava triste por Jonathan pensar que fariam isso, trocar seu nome como se ele fosse um bichinho de estimação, ou triste porque ele teria permitido que mudassem caso o quisessem.

O que Isabelle sabia era que sua mãe olhava para Jonathan do mesmo jeito que olhava para Max quando o pequenino estava aprendendo a andar, e não haveria mais conversa sobre período de experiência. Jonathan obviamente tinha vindo para ficar.

— Talvez um apelido — propôs Maryse. — O que acha de Jace?

Ele ficou quieto por um instante, observando cuidadosamente a mãe de Isabelle de soslaio. Finalmente deu um sorriso, fraco e frio como a luz do início da manhã, mas que se aqueceu com esperança.

— Acho que Jace é legal — concordou Jonathan Wayland.

Enquanto um menino era apresentado a uma família e vampiros dormiam com frio, mas aninhados no porão de um navio, o Irmão Zachariah caminhava por uma cidade que não era a sua. As pessoas apressadas não conseguiam vê-lo, mas ele enxergava a luz em seus olhos, como se fossem novas. O barulho das buzinas dos carros e dos pneus dos táxis amarelos e as conversas de muitas vozes em muitas línguas formavam uma canção longa e viva. O Irmão Zachariah não conseguia cantar a música, mas podia ouvi-la.

Não era a primeira vez que isso acontecia com ele, ver um traço do passado no presente. As cores eram bem diferentes, no entanto. O menino não tinha nada a ver com Will, de fato. Jem sabia disso. Jem — pois nos momentos em que se lembrava de Will, ele sempre era Jem — estava acostumado a ver seu Caçador de Sombras perdido e mais querido em milhares de rostos e gestos de Caçadores de Sombras, nos movimentos de cabeça e em alguns timbres vocais. Nunca a cabeça amada, nunca a voz há muito silenciada, mas, às vezes, e cada vez mais raramente, algo próximo.

A mão de Jem apertava o bastão com firmeza. Há muito tempo ele não tinha parado para prestar atenção às marcas sob sua palma.

Isso é um lembrete da minha fé. Se tem alguma parte de Will que pode estar comigo, e eu acredito que tenha, então ele está a meu alcance. Nada pode nos separar. Ele se permitiu um sorriso. Não conseguia abrir a boca, mas ainda podia sorrir. Ainda podia falar com Will, embora não tivesse mais como ouvir a resposta.

A vida não é um barco, a maré cruel e implacável nos afastando de todos que amamos. Você não se perdeu de mim para sempre numa costa distante. A vida é uma roda.

Do rio, ele ouvia as sereias. Todas as faíscas da cidade ao amanhecer acendiam um novo fogo. Um novo dia nascia.

Se a vida é uma roda, ela vai trazê-lo de volta para mim. Tudo o que preciso fazer é manter a fé.

Mesmo quando ter um coração parecia insuportável, era melhor do que a alternativa. Mesmo quando o Irmão Zachariah sentia estar perdendo a batalha, perdendo tudo o que um dia fora, havia esperança.

Às vezes, você parece muito distante de mim, meu parabatai.

A luz na água não rivalizara com o sorriso ardente e contraditório do menino, que, de algum jeito, era ao mesmo tempo indomável e um tanto vulnerável. Ele era uma criança indo para uma casa nova, assim como Will e o menino que Zachariah fora, viajando numa tristeza solitária para o lugar onde acabaram por se encontrar. Jem torcia para que Jonathan encontrasse felicidade.

E sorriu para um menino que havia muito tempo não existia.

Às vezes, Will, disse então, *você parece muito próximo.*

A terra que perdi

Por Cassandra Clare e Sarah Rees Brennan

Nova York, 2012

O céu estava ficando cinza claro conforme anoitecia, e as estrelas ainda não tinham saído. Alec Lightwood cochilava, já que ele e seu *parabatai* haviam passado a noite na rua combatendo demônios Croucher. Aparentemente, Jace Herondale, famoso entre os Nephilim por ser um grande estrategista, achava que "cerca de uma dúzia de demônios" era uma estimativa justa para "definitivamente trinta e sete demônios". Alec havia contado cada um deles por puro despeito.

— Acalme-se, Bela-que deveria-estar-adormecida — provocou Magnus.
— Preciso fazer uma poção e Max tem a tentação noturna marcada.

Alec acordou em um ninho de lençóis verdes e lilases. Estranhas luzes prateadas brincavam por baixo da porta do quarto. Havia cheiro de enxofre, o sibilo de um demônio e o som de vozes conhecidas. Alec sorriu de encontro ao travesseiro.

Quando estava prestes a sair da cama, letras de fogo surgiram na parede.

Alec, precisamos da sua ajuda. Durante anos procuramos por uma família em perigo, e pela verdade que há por trás desse perigo. Acreditamos ter encontrado uma pista no Mercado das Sombras de Buenos Aires.

Há tensões entre os Caçadores de Sombras e os integrantes do Submundo lá. O Mercado das Sombras é guardado como uma sala do trono, organizado por uma licantrope conhecida como Rainha do Mercado. Ela diz que as portas estão fechadas a todas as almas associada aos Nephilim. Todas, exceto Alexander Lightwood, de quem ela diz precisar. Temos que entrar no Mercado das Sombras. Vidas estão em jogo.

Você pode abrir as portas para nós? Pode vir?

Jem e Tessa.

Alec encarou a carta por um longo instante. Em seguida suspirou, pegou um casaco do chão e saiu do quarto, ainda meio sonolento.

Na sala principal, Magnus estava com um cotovelo casualmente apoiado na cornija da lareira, despejando um líquido turquesa em um jarro contendo pó preto. Seus olhos verde-dourados estavam semicerrados de concentração. Os tacos escuros e gastos do chão, assim como o tapete, estavam tomados por brinquedos do filho Max. O próprio Max estava sentado no tapete, com um traje de marinheiro com elaborados laços azul-marinho que combinavam com seus cabelos, abraçando com força o Presidente Miau.

— Você é meu amigo miau — disse solenemente ao gato, apertando-o.

— Miau — protestou o Presidente. O bichinho vivia uma vida de tormento desde que Max aprendera a andar.

O pentagrama havia sido desenhado a uma distância segura do tapete. Luzes prateadas e fumaça se elevavam de dentro do desenho, envolvendo a criatura ali presente numa bruma brilhante. A sombra longa e contorcida do demônio caía escura sobre o papel de parede verde e as fotos de família.

Magnus ergueu uma sobrancelha.

— Calma — sugeriu ao pentagrama. — É como se alguém tivesse dado uma máquina de gelo seco a crianças excessivamente animadas para encenarem *Oklahoma Demoníaca* no teatro da escola.

Alec sorriu. A bruma prateada se dissipou o suficiente para permitir a visão do demônio Elyaas no centro do pentagrama, seus tentáculos tombando de forma deselegante.

— Criança — sibilou o demônio para Max. — Você não sabe de que linhagem sombria vem. É naturalmente inclinado ao mal. Junte-se a mim, criatura infernal, em minhas celebrações...

— Meu *pai* é Ultra Magnus — anunciou Max orgulhosamente. — E o papai é um Caçador de Sombras.

A terra que perdi 259

Alec imaginava que Max tinha tirado o nome Ultra Magnus de um de seus brinquedos. Magnus parecia gostar.

— Não me interrompa quando eu estiver prometendo deleites demoníacos sombrios — respondeu Elyaas espalhafatosamente. — Por que vive me interrompendo?

Max se alegrou com a palavra "demoníacos".

— O tio Jace disse que vamos matar todos os demonhos — contou, animado. — Todos os demonhos!

— Bem, você já considerou que seu tio Jace é uma pessoa terrível? — indagou o demônio. — Sempre esfaqueando alguém de forma grosseira, sempre sarcástico.

Max fez uma careta.

— Amo tio Jace. Odeio demonhos.

Com a mão livre, Magnus pegou uma canetinha e desenhou mais um mirtilo no quadro branco para mostrar ao filho que tinha resistido bem aos chamados demoníacos do dia. Ao chegar a dez mirtilos, Max ganharia uma recompensa de sua escolha.

Alec atravessou a sala onde Magnus estava analisando o quadro branco. Com cuidado, considerando que o companheiro ainda segurava um jarro borbulhante, Alec o abraçou, a mão sobre a fivela do cinto. A camisa do feiticeiro tinha um decote convidativo, então Alec encostou o rosto na pele exposta e inalou o aroma de sândalo e ingredientes de feitiço.

— Oi — sussurrou.

Magnus esticou a mão livre e Alec sentiu os anéis roçando em seus cabelos.

— Oi para você também. Não conseguiu dormir?

— Eu dormi — respondeu Alec. — Olha, tenho novidades.

Então contou a Magnus sobre a mensagem que Jem Carstairs e Tessa Gray tinham enviado: a família pela qual procuravam, o Mercado das Sombras onde não podiam entrar sem sua ajuda. Enquanto Alec falava, Magnus deu um suspiro e se apoiou nele, um daqueles pequenos gestos inconscientes que tinham uma tremenda importância para Alec. Fazia lembrá-lo da primeira vez em que tocara Magnus, a primeira vez em que se aproximara e beijara um homem, alguém ainda mais alto do que ele, o corpo esguio, flexível e macio contra o dele. Na época, Alec pensara que a tontura que sentira fora fruto de alívio e alegria por finalmente estar tocando alguém por quem gostaria de ser tocado, quando jamais imaginara que algo assim aconteceria. Agora ele achava que aquela tontura o acometera justamente por ser Magnus. Que, mesmo naquela época, ele já sabia. Agora o gesto falava por todos os dias desde o primeiro.

Quando Alec sentiu Magnus relaxar de encontro a ele, se sentiu livre para relaxar também.

Qualquer que fosse essa estranha tarefa para a qual Jem e Tessa precisavam de sua ajuda, ele daria conta. Depois voltaria para casa.

Quando Alec terminou seu relato, Presidente Miau fugiu do abraço amável e sufocante de Max e correu, atravessando a porta do quarto de Alec e Magnus, que tinha ficado aberta. Alec desconfiava de que o gato passaria a noite inteira escondido embaixo da cama. Max olhou para o animal, pesaroso, depois levantou o olhar e sorriu, seus dentinhos parecendo pequenas pérolas. Aí se atirou para cima de Alec como se não o visse há semanas. Alec recebia a mesma recepção calorosa toda vez que voltava de uma viagem, de uma patrulha, ou simplesmente depois de passar cinco minutos em outro cômodo.

— Oi, papai!

Alec se ajoelhou e abriu os braços para pegar Max no colo.

— Oi, meu bebê.

Ficou com o filho encolhido em seu peito, um montinho caloroso e suave de laços e membros rechonchudos, a risada gorgolejada ecoando em seus ouvidos. Quando Max era bem pequeno, Alec ficava maravilhado com o encaixe perfeito de seu corpinho na dobra de seu braço. Mal conseguia imaginar seu bebê crescendo. Mas não precisaria ter se preocupado. Independentemente do tamanho do filho, o encaixe sempre seria perfeito em seu colo.

Alec puxou a frente da roupa de marinheiro de Max.

— Tem muitos laços aí, amigão.

Max assentiu tristemente.

— Muitos laços.

— O que aconteceu com seu casaco?

— É uma boa pergunta, Alexander. Permita-me contar a história. Max rolou com o casaco na sujeira do gato — relatou Magnus. — Para "ficar parecido com o papai". Por isso tem que usar a roupa de marinheiro da vergonha. Não sou eu quem cria as regras. Ah, espera, sou eu sim.

Acenou com um dedo reprovador para Max, que riu novamente e tentou agarrar os anéis brilhantes.

A terra que perdi

— É realmente inspirador ver como vocês fazem isso funcionar — opinou Elyaas, o demônio dos tentáculos. — Eu não tenho tanta sorte no amor. Todos que conheço são traiçoeiros e sem coração. Bem, somos demônios. Faz parte.

Magnus insistia que feiticeiros precisavam conhecer as implicações de se invocar demônios. Dizia que quanto mais confortável Max se sentisse na presença deles, menor seria a chance de ser ludibriado ou de se apavorar quando invocasse seu primeiro. Daí as aulas de tentação. Elyaas não era tão ruim, considerando se tratar de um demônio, mas ainda assim era terrível. Quando Max passou pelo pentagrama, Alec viu a curva prateada sinistra de um tentáculo faminto se aproximando da beira, para o caso de a criança fazer algum movimento em falso.

Alec encarou Elyaas com olhos semicerrados.

— Não pense que por um segundo sequer me esqueço do que você é — disse em tom ameaçador. — Estou de olho.

Elyaas estendeu todos os tentáculos em redenção, se encolhendo para o outro lado do pentagrama.

— Foi um reflexo! Eu não pretendia nada com isso.

— Demonhos — repetiu Max sombriamente.

Magnus baniu Elyaas com um estalar de dedos e um murmúrio, depois se voltou novamente para Alec.

— Então você está sendo requisitado em Buenos Aires.

— Sim — respondeu Alec. — Não sei por que alguém no Mercado quer especificamente a mim, em vez de qualquer outro Caçador de Sombras.

Magnus riu.

— Eu consigo entender.

— Tudo bem, além disso... — Alec abriu um sorrisão. — Não falo espanhol.

Magnus falava. Alec gostaria que o feiticeiro pudesse acompanhá-lo, mas um deles sempre tentava ficar em casa com Max. Uma vez, quando Max ainda era um bebê, houve um momento terrível em que os dois foram obrigados a deixá-lo. E nenhum deles queria repetir a experiência.

Alec estava tentando aprender espanhol, assim como outros idiomas. A runa de Falar Línguas não durava, além de parecer trapaça. Integrantes do Submundo de toda parte vinham a Nova York se consultar com eles, e Alec queria poder conversar direito com todos. O primeiro idioma da lista que ele estava tentando aprender era a língua indonésia, por Magnus.

Infelizmente, Alec não era bom com idiomas. Conseguia ler, mas na hora de falar achava as palavras difíceis, independentemente da língua. Max aprendia mais palavras em línguas diferentes do que Alec.

— Tudo bem — comentou Magnus certa vez. — Só conheci um Lightwood bom em línguas.

— Qual? — perguntou Alec.

— O nome dele era Thomas — disse Magnus. — Muito alto. Muito tímido.

— Não foi um monstro de olhos verdes como os outros Lightwood que você já mencionou?

— Ah! Havia um pouco de monstro nele.

Magnus deu uma cotovelada nele e riu. Alec se lembrava de uma época em que o feiticeiro nunca falava sobre o passado, quando Alec achava que aquilo significava que Magnus não se importava ou que estava cometendo algum ato ilícito. Agora entendia que simplesmente se devia ao fato de Magnus já ter sofrido muito, e por temer que Alec fosse fazê-lo sofrer também.

— Pensei em levar Lily — disse a Magnus. — Ela fala espanhol. E acho que isso vai animá-la. Ela gosta de Jem.

Ninguém em nenhum mercado questionaria a presença de Lily. Todos já sabiam da Aliança entre o Submundo e os Caçadores de Sombras, e era notório que membros da Aliança se ajudavam.

Magnus ergueu as sobrancelhas.

— Ah, eu sei que Lily gosta de Jem. Já ouvi os apelidos.

Max olhava de um lado para o outro, o rostinho alegre para as expressões dos pais.

— Vai trazer irmão ou irmã? — torceu.

Eles já tinham conversado com Max sobre a ideia de outro filho, assim como já tinham conversado entre si. Nenhum dos dois imaginara que Max pudesse gostar tanto da ideia. Max perguntava sobre um irmãozinho toda vez que um deles saía de casa: na terça-feira anterior, Magnus contivera a pergunta já se antecipando "não estou indo buscar um bebê, estou indo até a Sephora. Não tem bebês na Sephora!" e aí saiu. Um dia no parque, Max pegou um carrinho de bebê com uma criança mundana dentro. Por sorte ele estava disfarçado com feitiço na hora, e a mãe mundana achou que tivesse sido obra de um vento forte em vez do filho rebelde de Alec.

A terra que perdi

263

Seria bom para Max ter alguém com quem crescer. Seria bom ter outro filho com Magnus. Mesmo assim, Alec ainda se lembrava da primeira vez em que pegara Max no colo, de como o mundo e o seu coração ficaram calmos e infalíveis. Alec estava esperando ter certeza outra vez.

A pausa de Alec obviamente deixou Max com a impressão de que havia espaço para negociação.

— Traz irmão e irmã e dinossauro? — pediu Max. Alec culpava a tia Isabelle pela postura de Max, pois ela vivia dizendo a ele que a hora de dormir era "nunca".

Foram salvos pelo sinal de Jace, um aviãozinho feito com folha de fada atingindo o vidro da janela.

Alec deu um beijinho em Max, entre seus cachos, mas evitando os chifres.

— Não, estou indo numa missão.

— Eu vai junto — propôs Max. — Eu é Caçador de Sombras.

Max também dizia muito isso, e Alec culpava seu tio Jace. Alec olhou, suplicante, para Magnus, por cima da cabeça de Max.

— Venha com o papai, azulzinho — chamou Magnus, e Max cedeu de bom grado.

— Vá buscar Lily — disse o feiticeiro. — Vou preparar um Portal para vocês.

Max gritou em protesto.

— Desce!

Magnus o colocou gentilmente no chão. Alec parou à porta para dar uma última olhada neles. Magnus o encarou, tocou o próprio coração com a mão cheia de anéis e fez um gesto delicado. Alec sorriu e abriu a mão para ver a pequena faísca de magia queimando fugaz ali.

— Te odeio, papai — reclamou Max.

— É uma pena — disse Alec. — Amo vocês dois — acrescentou rapidamente, e fechou a porta, constrangido.

Ele raramente conseguia dizer tais palavras com facilidade, mas tentava dizê-las sempre que partia em uma missão. Só para o caso de serem suas últimas palavras.

Jace estava esperando por ele na calçada, apoiado numa árvore esmilinguida, brincando de jogar uma faca de uma mão a outra.

Quando Alec chegou perto de seu *parabatai*, ouviu um ruído vindo do alto. Olhou para cima, esperando ver Magnus, mas em vez disso, viu o rostinho redondo de Max, e presumiu que o filho quisesse dar uma olhada no magnífico tio Jace. Então viu que Max o encarava, com seus grandes olhos azuis tristonhos. Colocou a mãozinha na frente da roupa de marinheiro, em seguida gesticulou para Alec da mesma forma que Magnus havia feito, como se já pudesse manipular magia.

Alec fingiu ver uma faísca em sua mão e guardou o beijo mágico no bolso. Em seguida, acenou para Max pela última vez enquanto ele e Jace desciam pela rua.

— O que foi aquela cena? — perguntou o *parabatai*.

— Ele queria vir patrulhar.

O rosto de Jace suavizou.

— Meu garoto! Ele deveria...

— Não! — exclamou Alec. — E ninguém vai te deixar ter um filho enquanto não parar de esconder os filhos dos outros em bolsas para machados e tentar levá-los nas patrulhas.

— Eu quase consegui, graças à minha velocidade sobrenatural e minha esperteza inigualável.

— Quase conseguiu nada — lembrou Alec. — Aquela bolsa estava sacudindo.

Jace deu de ombros de forma filosófica.

— Pronto para mais uma heroica rodada de defesa contra o mal? Ou, se a noite estiver devagar, pregar uma peça em Simon?

— Não posso, na verdade — disse Alec, e explicou o recado de Jem e Tessa.

— Vou com você — respondeu Jace na mesma hora.

— E vai deixar Clary cuidando do Instituto sozinha? — perguntou Alec. — Uma semana antes da exposição dela?

Jace pareceu abalado pela força da argumentação.

— Você não vai deixar Clary. Eu e Lily podemos cuidar do que quer que esteja acontecendo — falou Alec. — Além disso, não é como se Jem e Tessa não dessem conta. Seremos um time.

— Tudo bem — respondeu Jace, relutante. — Acho que três combatentes podem me substituir de forma aceitável.

Alec deu um soquinho no ombro dele, e Jace sorriu.

— Bem — disse por fim. — Para o Hotel Dumort.

#

A fachada do hotel era suja e a placa pichada tinha a cor de sangue velho.

Lily tinha redecorado por dentro. Alec e Jace abriram as portas duplas que davam em um salão reluzente. A escadaria e a sacada acima deles tinha uma grade lustrosa, ferro trabalhado pintado de dourado com desenhos de cobras e rosas. Lily gostava de objetos com aparência dos anos 1920, que ela declarava ser a melhor década. A decoração não era a única coisa que tinha mudado; agora os hipsters sabiam de sua existência e, apesar de Alec não entender o apelo, havia uma lista de espera para ser uma vítima da festa.

Um par de pernas se esticava abaixo da curva da escadaria. Alec foi até lá e espiou o recanto sombrio, flagrando um homem de suspensórios, camisa manchada de sangue e um sorriso.

— Oi — cumprimentou o Caçador de Sombras. — Só estou verificando. Essa é uma situação voluntária?

O homem piscou.

— Ah, sim. Eu assinei o formulário de autorização!

— Agora precisa assinar um formulário? — murmurou Jace.

— Eu avisei que não precisavam fazer isso — sussurrou Alec de volta.

— Minha fabulosa amiga dentuça disse que eu tinha que assinar, ou a Clave poderia encrencar. *Vocês* são a Clave?

— Não — respondeu Alec.

— Mas Hetty disse que se eu não assinasse a autorização, a Clave olharia para ela com aqueles olhos azuis de decepção. Seus olhos são muito azuis.

— E estão muito decepcionados — disse Alec duramente.

— Você está incomodando Alec? — perguntou uma vampira, saindo das portas duplas que levavam à saleta. — Não incomode Alec.

— Ah, céus — disse o homem em tom de deleite. — Minha alma está condenada? Você vai direcionar sua fúria imortal contra mim?

Hetty fez uma careta e mergulhou para debaixo da escada com uma risada. Alec desviou o olhar e caminhou para a saleta, com Jace em seu encalço. Jace deixava o *parabatai* assumir a liderança quando se tratava de vampiros. Como diretor do Instituto de Nova York, uma repreensão de Jace a um vampiro poderia soar como ameaça. Os dois já haviam discutido um jeito de deixar a cidade receptiva a todos os integrantes do Submundo agora que Nova York era um refúgio em tempos de Paz Fria.

Ouviram música através das portas da saleta; não o jazz habitual de Lily, mas o que parecia uma mistura de jazz e rap. Na saleta em questão, havia cadeiras estofadas, um piano bem polido e uma combinação elaborada de mesas de discotecagem e fios. Bat Velasquez, o DJ lobisomem, estava sentado de pernas cruzadas em um sofá de veludo, brincando com discos.

Em outras cidades, vampiros e lobisomens não se entendiam. Mas as coisas eram diferentes em Nova York.

Elliott, o segundo no comando do clã de vampiros, estava dançando sozinho, rodopiando feliz. Seus braços e dreadlocks balançavam como plantas submarinas com a batida.

—Lily está acordada? — perguntou Alec.

Elliott de repente pareceu acuado.

— Ainda não. A madrugada de ontem foi longa. Houve um incidente. Bem, estava mais para um desastre mesmo.

— O que provocou esse desastre?

— Bem — disse Elliott. — Eu, como sempre. Mas dessa vez realmente não foi culpa minha! Foi um acidente que poderia ter acontecido com qualquer um. Veja bem, eu tenho um encontro amoroso com uma selkie toda quinta-feira...

Selkies são fadas aquáticas que soltam suas peles de foca para assumir forma humana. São relativamente raras.

Alec o encarou com repreensão.

— Então esse desastre poderia ter acontecido com qualquer um que tenha encontros amorosos com uma selkie.

— Isso, exatamente — respondeu Elliott. — Ou, tipo, encontros amorosos frequentes com duas selkies diferentes. Uma encontrou a pele de foca da outra no meu armário. Fez uma cena. Sabe como elas são.

Alec, Jace e Bat balançaram a cabeça.

— Foi só uma parede insignificante que caiu, mas agora Lily está irritada.

A vampira tinha escolhido Elliott como seu braço direito porque eles eram amigos, e não por Elliott possuir qualquer aptidão para liderança. Às vezes Alec se preocupava com o clã de vampiros de Nova York.

— Olha só esse cara — disse Bat. — Por que você tem que sugerir ménage para todo mundo? Por que os vampiros são assim?

Elliott deu de ombros.

— Vampiros adoram ménages. Viva muito, fique decadente. Não somos todos iguais, é claro. — Seu rosto se alegrou com uma lembrança agradável.

— O chefe se irritava muito com a decadência. Mas sério, estou pronto para sossegar, acho que você, eu e Maia...

— Minha *abuela* não iria gostar de você — afirmou Bat com firmeza. — Minha *abuela* ama Maia. Maia está aprendendo espanhol por ela.

A voz ligeiramente rouca de Bat ficava suave e cálida toda vez que ele falava sobre Maia, a líder dos licantropes e sua namorada. Alec não podia culpá-lo; nunca precisava se preocupar com os licantropes. Maia sempre tinha tudo sob controle.

— Por falar em espanhol — disse Alec —, vou a Buenos Aires e vou chamar Lily para ir comigo, já que ela é fluente. Quando voltarmos, ela já vai ter se acalmado.

Elliott fez que sim com a cabeça.

— Uma viagem faria muito bem a Lily — disse ele, a voz estranhamente séria. — Ela não tem andado muito bem esses dias. Sente falta do chefe. Bem, todos nós sentimos, mas para Lily é diferente. A gente fica assim às vezes. — Ele olhou para Alec e esclareceu: — Imortais. Estamos acostumados a nos despedirmos uns dos outros por séculos. Anos se passam, então alguém volta, e tudo volta a ser como antes. Porque nos mantemos iguais, mas o mundo não. Quando alguém morre, levamos um tempo para processar. Você fica pensando: "quando será que vou vê-lo outra vez?" Aí cai a ficha, e toda vez é um choque. Você tem que se lembrar o tempo todo, até acreditar que nunca mais vai ver aquela pessoa.

Havia uma nota dolorosamente triste na voz de Elliott. Alec assentiu. Sabia como ia ser, um dia, quando Magnus tivesse que pensar "nunca mais" em relação a ele.

Sabia o quanto uma pessoa precisava ser forte para suportar a solidão da imortalidade.

— E sinceramente, Lily também se beneficiaria de uma ajuda com o clã.

— Você poderia ajudar — disse Alec. — Se fosse um pouco mais responsável...

Elliott balançou a cabeça.

— Não vai rolar. Ei, senhor Chefe do Instituto, você é um líder! Que tal? Eu o transformo em vampiro, você ajuda a liderar o clã e fica lindo para sempre.

— Seria um presente para gerações futuras — observou Jace pensativamente. — Mas não.

— Elliott! — Alec se irritou. — Pare de se oferecer para tornar as pessoas imortais! Já falamos sobre isso!

Elliott assentiu, parecendo envergonhado, porém dando um sorrisinho maroto. De lá de fora e acima deles, veio uma voz.

— Estou ouvindo alguém mandando e desmandando! Alec?

Uma das coisas mais preocupantes em relação ao clã de vampiros era o fato de que conversar racionalmente com eles não funcionava, mas eles adoravam levar bronca. Raphael Santiago realmente deixou sua marca nessas pessoas.

Alec deu meia-volta e espiou pelas portas abertas. Lily estava na sacada, vestindo pijamas cor-de-rosa com desenhinhos de cobra e as palavras LEVANTE E ATAQUE. Parecia cansada.

— Sim — confirmou ele. — Oi. Jem me pediu para ir a Buenos Aires ajudá-lo. Quer ir junto?

Lily se alegrou.

— Se eu quero viajar com você ao resgate de Jem eu-adoraria-montar-nele Carstairs, a belíssima donzela em perigo?

— Já vi que sim.

O sorriso de Lily foi largo o suficiente para expor as presas.

— Claro que sim.

Ela correu da sacada. Alec identificou a porta pela qual Lily havia passado e subiu as escadas. Esperou um pouco, apoiado na grade, em seguida bateu à porta.

— Entre!

Ele não entrou, mas abriu a porta. O quarto era estreito como uma cela, com piso de tacos listrados e paredes vazias, exceto por uma cruz em um gancho. Este era o único quarto do Hotel Dumort que Lily não tinha redecorado. Ela estava dormindo no quarto de Raphael outra vez.

A vampira vestia uma jaqueta de couro que também tinha sido de Raphael. Alec ficou observando enquanto ela ajeitava seu cabelo com mechas rosa. Aí ela beijou a cruz para ter boa sorte e então se preparou para sair. Vampiros cristãos se queimavam com cruzes, mas Lily era budista. A cruz não significava nada para ela, exceto pelo fato de ter pertencido a Raphael.

— Você... — Alec tossiu. — Quer conversar?

Lily virou a cabeça para encará-lo.

— Sobre sentimentos? A gente faz isso?

— De preferência não — respondeu Alec, o que a fez sorrir. — Mas podemos.

— Não. Em vez disso, vamos fazer uma viagem e ver uns caras gatos! Onde está o idiota do Elliott?

Ela correu ligeiramente pelas escadas até a saleta, e Alec foi atrás.

— Elliott, vou deixá-lo encarregado do clã! — exclamou Lily. — Bat, vou roubar sua garota!

Bat balançou a cabeça.

— Por que vampiros são assim? — resmungou ele novamente.

Lily sorriu.

— Por razões administrativas. Maia vai ficar no comando da Aliança entre o Submundo e os Caçadores de Sombras até eu voltar.

— Não quero me encarregar do clã — resmungou Elliott. — Por favor, se transforme num vampiro e nos lidere, Jace! Por favor!

— Minha lembrança aqui foi lutando pela minha vida enquanto o lugar ruía ao meu redor — refletiu Jace. — Agora é cheio de almofadas de veludo e ofertas insistentes de beleza eterna.

— É só uma mordidinha — provocou Elliott. — Você vai gostar.

— Ninguém gosta de ter o sangue sugado, Elliott — afirmou Alec severamente.

Os vampiros riram porque estavam levando uma bronca, mas depois pareceram chateados pelo comentário.

— Você só acha isso porque Simon fez do jeito errado — argumentou Lily. — Já falei várias vezes que ele estragou tudo para nós.

— Simon se saiu bem — murmurou Jace.

— Não gostei — disse Alec. — Não vou mais falar sobre isso. Vamos indo.

— Ah, sim! — Lily se alegrou. — Estou muito curiosa para ver como está o Caçador de Sombras mais gato do mundo.

— Estou ótimo — disse Jace.

Lily bateu o pé.

— Ninguém está falando de você, Jason. Já ouviu a frase "alto, bonito e sensual"?

— Parece uma frase antiquada — resmungou Jace. — Parece algo que as pessoas diziam antes de eu nascer.

Ele sorriu para Lily, que retribuiu. Jace não implicava apenas com as pessoas por quem nutria paixonites. Ele implicava com qualquer pessoa de quem gostasse. Isso era algo do qual Simon ainda não tinha se tocado.

— Há muitos Caçadores de Sombras gatos — afirmou Elliott. — Esse é o objetivo deles, não?

— Não — rebateu Alec. — Combatemos demônios.

— Ah! — exclamou Elliott. — Certo.

— Não quero me gabar. Só estou dizendo que se escrevessem um livro sobre Caçadores de Sombras gatos, minha ilustração estaria em todas as páginas — disse Jace de forma serena.

— Não — replicou Lily. — Estaria cheio de fotos da família Carstairs.

— Está falando de Emma? — perguntou Alec.

— Quem é Emma? — Lily franziu a testa.

— Emma Carstairs — esclareceu Jace. — Ela é a amiga de Clary que mora em Los Angeles. Às vezes eu escrevo observações nas cartas de Clary e dou dicas úteis sobre uso de facas para Emma. Ela é muito boa.

Emma era uma força única de destruição, fato que obviamente agradava a Jace. O Caçador de Sombras pescou seu telefone e mostrou a Lily uma foto recente que Emma havia enviado para Clary. Emma estava segurando sua espada na praia e rindo.

— Cortana — suspirou Lily.

Alec olhou duramente para ela.

— Não conheço Emma — disse Lily. — Mas gostaria. Normalmente não invisto em louras, mas ela é gata. Abençoada seja essa família. Nunca falham. Por falar nisso, estou indo apreciar as paisagens em Buenos Aires.

— Jem é *casado*, você sabe — respondeu Alec.

— Não me deixem no comando! — implorou Elliott. — Vocês não podem confiar em mim! É um erro grave!

Lily ignorou os dois, mas viu que Alec estava examinando-a enquanto deixavam o hotel.

— Não se preocupe — disse ela. — Elliott provavelmente não vai incendiar a cidade. Quando eu voltar, todos ficarão tão felizes que farão tudo o que eu mandar. Deixar esse tolo no comando é parte da minha estratégia de liderança.

Alec assentiu e não mencionou que na verdade estava preocupado com ela.

Houve uma época em que Alec se incomodava com os vampiros, mas Lily claramente sempre precisara de alguém, e Alec queria ajudá-la. Eram parte de um time, juntamente a Maia no comando da Aliança, há tempo o suficiente para que Lily chegasse ao nível de Aline Penhallow, uma amiga tão próxima que podia ser considerada da família.

A terra que perdi

Pensar em Aline fez com que Alec sentisse uma pontada de dor. Ela havia se exilado na Ilha de Wrangel para ficar com sua mulher, Helen. Viviam há anos naquele lugar horrível só porque Helen tinha sangue de fada.

Sempre que Alec pensava nas duas, tinha vontade de mudar tudo no funcionamento da Clave e trazê-las para casa.

Não eram apenas Aline e Helen. Ele sentia o mesmo em relação a todos os feiticeiros, vampiros, lobisomens e fadas que vinham até Nova York conversar com a Aliança porque não conseguiam ir até seus Institutos. Todos os dias ele sentia a mesma urgência que sentira em sua primeira missão, ao ver Jace e Isabelle partindo para a luta. *Proteja-os,* pensou desesperadamente, e pegou seu arco.

Alec alongou os ombros. Ficar preocupado não ia ajudar ninguém. Ele não poderia salvar a todos, mas podia ajudar as pessoas, e agora seu intuito era ajudar Jem e Tessa.

#

O Irmão Zachariah caminhava pelos corredores cobertos de ossos da Cidade do Silêncio. O chão era marcado pelas passadas incansáveis dos pés dos Irmãos do Silêncio, de seus próprios pés, caminhando pela mesma trilha dia silencioso após dia silencioso, ano interminavelmente sombrio após ano interminavelmente sombrio. Jem não podia sair. Logo ia se esquecer de como tinha sido viver e amar à luz do dia. Cada crânio preso à parede, sorrindo, era mais humano do que ele.

Até que a escuridão que considerava inescapável fora suprimida pelo fogo destruidor. O fogo prateado do *yin fen* outrora o queimara por dentro, a pior queimadura que o mundo tinha a oferecer, mas este fogo dourado era tão impiedoso quanto o paraíso. Ele sentia como se estivesse sendo destruído, cada átomo em chamas colocado na balança por um deus cruel, e cada pedaço considerado insuficiente.

Mesmo em meio à agonia havia um tiquinho de alívio. *É o fim,* pensou ele desesperadamente, e se sentiu insanamente grato. *Finalmente é o fim, depois de tanta tristeza e escuridão.* Ele ia morrer antes de sua humanidade ser totalmente destruída. Enfim poderia haver descanso. Poderia ver seu *parabatai* outra vez.

Só que pensar em Will trouxe outro pensamento. Lembrou da brisa suave que vinha do rio e do rosto doce e sério dela, imutável como seu próprio coração. Com o pensamento em Will, ele sabia o que seu *parabatai* diria.

Podia ouvi-lo, como se o véu da morte estivesse queimando entre eles e Will estivesse gritando ao seu ouvido. *Jem, Jem. James Carstairs. Você não pode deixar Tessa sozinha. Conheço você melhor do que você se conhece. Sempre conheci. Sei que jamais desistiria. Jem, aguente firme.*

Ele não ia desonrar o amor deixando-se esvair. No fim, Jem escolheu suportar mais dor do que desistir. Pelo fogo, assim como pela escuridão, ele aguentou firme.

E, de uma forma que parecia impossível, pelo fogo, pela escuridão e pelo tempo, ele sobreviveu.

Jem acordou engasgando. Estava numa cama quente, com sua esposa em seus braços.

Tessa ainda estava dormindo em lençóis brancos no quartinho claro que eles haviam alugado na pequena hospedaria. Ela resmungou sob o olhar atento de Jem, uma onda suave de palavras incompreensíveis. Ela falava durante o sono, e cada ruído era um conforto. Há mais de um século ele se perguntava como seria acordar com Tessa. Sempre sonhara com isso.

Agora sabia.

Jem ficou escutando os murmúrios doces e sonolentos dela, o lençol subindo e descendo no ritmo da respiração suave, aí seu corpo relaxou.

Os cílios curvos de Tessa tremelicavam colados às bochechas.

— Jem? — chamou ela, e sua mão encontrou o braço dele, a palma deslizando pela pele.

— Desculpe — disse Jem. — Eu não queria te acordar.

— Não peça desculpas. — Tessa sorriu, sonolenta.

Jem se inclinou para o travesseiro ao seu lado e fechou os olhos de sua esposa com um beijo, aí eles voltaram a se abrir, claros e frios como água do rio. Ele a beijou na bochecha, na curva eloquente da boca, do queixo, e deslizou a boca aberta com avidez pelo pescoço.

— Tessa, Tessa — murmurou. — *Wŏ yào nĭ.*

Te quero.

— Sim — respondeu ela.

Jem levantou o lençol e beijou o contorno da clavícula, amando o gosto da pele aquecida pelo sono, amando cada átomo dela. Deixou uma trilha de beijos para ele mesmo seguir pelo corpo. Quando a boca tocou a pele suave da barriga, as mãos de Tessa se enredaram nos cabelos de Jem e ali permaneceram, segurando-o, incentivando-o. Sua voz, não mais suave, fez as paredes ecoarem com o nome dele.

A terra que perdi

Agora ela estava toda enroscada nele. Todo o horror e a dor tinham desaparecido.

Jem e Tessa ficaram deitados na cama, se olhando, de mãos dadas, falando baixinho. Seriam capazes de passar a noite toda rindo e sussurrando, e frequentemente o faziam: era uma das maiores alegrias de Jem ficar deitado com Tessa e passar horas conversando.

Mas isso exigia sossego e paz, coisa que não haveria naquela noite. Uma luz explodiu no quarto mal iluminado, e Jem se levantou, protegendo Tessa contra qualquer ameaça possível.

Palavras em azul brilhante e prata apareceram na parede. Tessa sentou, enrolando o lençol em volta do corpo.

— Recado de Magnus — disse ela, prendendo o cabelo num coque.

O recado dizia que Alec e Lily Chen estavam a caminho para ajudar. Uma vez que guardassem seus pertences no Instituto de Buenos Aires, encontrariam Tessa e Jem à entrada do Mercado das Sombras.

Jem encontrou o olhar de Tessa e leu seu próprio alarde nos olhos dela.

— Não — murmurou Tessa. Jem já estava se levantando da cama, procurando suas roupas. — Temos que encontrá-los. Temos que contê-los. Eles *não podem* ir ao Instituto.

#

O Instituto de Buenos Aires ficava na cidade de San Andrés de Giles. Aos olhos mundanos, o lugar parecia uma cripta grande num cemitério abandonado, em uma profusão de flores brancas.

Aos olhos de Alec, parecia pior. Era um edifício alto, pintado de uma cor enferrujada, e uma ala da construção era uma ruína queimada. Alec sabia que o Instituto tinha sido prejudicado durante a Guerra Maligna, mas achava que já tinha sido consertado há muito tempo.

Lily farejou o ar.

— Misturaram sangue na tinta.

O Instituto parecia abandonado, exceto pelo fato de haver um guarda na porta. Até isso fez com que Alec semicerrasse os olhos. Caçadores de Sombras normalmente não vigiavam os próprios Institutos, a não ser em época de guerra.

Ele meneou a cabeça para Lily e os dois avançaram para encontrar os Caçadores de Sombras de Buenos Aires. O guarda à porta parecia alguns anos mais jovem do que Alec. Seu rosto era severo, e suas sobrancelhas muito negras e juntinhas. O guarda estava estreitando os olhos de forma suspeita.

— Hum — começou Alec. — *Bonjour*? Ah, isso é francês.

Lily exibiu um sorriso caloroso e cheio de presas para o guarda.

— Deixe-me cuidar disso.

— Eu falo o idioma de vocês — disse o guarda apressadamente para Alec.

— Ótimo — respondeu o Caçador de Sombras. — Sou do Instituto de Nova York. Meu nome é...

O guarda arregalou os olhos escuros.

— Você é Alexander Lightwood!

Alec piscou.

— Isso.

— Eu já estive no escritório do Inquisidor uma vez — confidenciou o guarda timidamente. — Ele tem uma tapeçaria sua pendurada lá.

— Sim — concordou Alec. — Eu sei.

— Por isso reconheci. Estou tão feliz por conhecê-lo. Quero dizer, é uma honra. Ah, não, o que estou fazendo? Sou Joaquín Acosta Romero. É um prazer.

Aí estendeu a mão para Alec, que ao apertá-la sentiu que Joaquín vibrava de empolgação. Lançou um olhar de pânico a Lily, que sorriu e articulou "que fofo".

— Esta é Lily, que não ajuda em nada — apresentou Alec.

— Ah, sim, ah, prazer em conhecê-la também — falou Joaquín. — Uau, entrem.

Lily ofereceu um sorriso doce, exibindo as presas novamente.

— Não posso.

— Ah, sim! Desculpe. Vou mostrar a entrada dos fundos. Tem uma porta para o Santuário lá.

Magnus tinha enfeitiçado o Instituto de Nova York para que os integrantes do Submundo pudessem caminhar por certas partes, mas a maioria dos Institutos ainda os mantinha proibidos em todos os lugares além do Santuário. Alec ficou satisfeito ao ver Joaquín sorrir para Lily de forma aparentemente genuína e receptiva.

— Obrigado — agradeceu Alec. — Vamos encontrar amigos numa missão, mas gostaria de guardar nossa bagagem agora para podermos voltar para dormir mais tarde. Podemos nos virar com sacos de dormir no Santuário.

A terra que perdi 275

Joaquín os conduziu por um beco escuro e cheio de teias de aranha. Alec pensou na ala que estava destruída. Possivelmente esse Instituto não tinha sacos de dormir.

— Hum, sua amiga... ela vai precisar de um caixão? — perguntou Joaquín.

— Acho que não temos caixões. Quero dizer, tenho certeza de que poderia encontrar algum! O líder do nosso Instituto é, hum, muito cuidadoso em relação a visitantes, mas tenho certeza de que não se oporia a uma convidada que chega com Alec Lightwood.

— Não preciso de caixão — interpôs Lily. — Só de um quarto sem janela. Não tem problema.

— Você pode falar com Lily quando estiver se referindo a ela — repreendeu Alec, suavemente.

Joaquín lançou um olhar ansioso a Alec, e depois um ainda mais ansioso a Lily.

— Claro! Desculpe. Não tenho muita experiência em conversar com...

— Vampiros? — perguntou Lily docilmente.

— Mulheres — completou Joaquín.

— Verdade, sou um fabuloso metro e meio de pura feminilidade — devaneou Lily.

Joaquín tossiu.

— Bem, também não conheço nenhum vampiro. Minha mãe morreu na Guerra Maligna. Muitos de nós morreram. E depois disso, a maioria das mulheres foi embora. O senhor Breakspear diz que mulheres não são preparadas para o rigor de um Instituto regido com firmeza.

Ele olhou ansiosamente para Alec, como se buscasse sua opinião a respeito.

— Clary Fairchild é uma das líderes do meu Instituto — respondeu Alec, sucinto. — Jia Penhallow é a líder de todos os Caçadores de Sombras. Qualquer um que diga que mulheres são fracas tem medo de que elas sejam fortes demais.

Joaquín assentiu várias vezes em rápida sucessão, embora Alec não soubesse ao certo se era em concordância ou de nervoso.

— Nunca estive em nenhum outro Instituto. Nasci no Instituto quando ele ainda ficava em Buenos Aires, perto da Casa Rosada.

— Eu estava mesmo me perguntando por que o Instituto de Buenos Aires ficava aqui, e não na cidade homônima — disse Alec.

— Nosso antigo instituto foi destruído na Guerra Maligna — explicou Joaquín. — Poucos conseguiram escapar, e nos refugiamos no Instituto remanescente mais próximo. Juntos, conseguimos defender este lugar, embora dê para notar que o edifício foi bastante danificado pelos Crepusculares. Ainda me lembro do antigo Instituto, do teto vermelho abobadado em contraste ao céu azul, de como era lindo, também me lembro de quando meus pais estavam vivos e o mundo era diferente. Agora este é o único Instituto que Buenos Aires possui. A gente costumava falar em voltar, porém... não mais. O diretor do nosso instituto diz que não estamos prontos e que há corrupção em todos os lugares, mas eu ainda quero tentar. Quando completei 18 anos, torci para poder visitar algum outro Instituto no meu ano de intercâmbio, ver como eram administrados, talvez até mesmo conhecer uma garota, mas o líder do nosso Instituto disse que eu não poderia ser liberado. Não quando os integrantes do Submundo do Mercado das Sombras daqui são tão perigosos.

Joaquín abaixou a cabeça. Alec estava tentando formular uma pergunta que não fosse chocar o rapaz ainda mais, sobre por que esse era um posto tão duro. Sobre o que exatamente estava acontecendo com o Instituto de Buenos Aires. Mas antes que pudesse fazê-lo, chegaram ao fim do beco e à porta desgastada do Santuário. Parecia o interior de uma igreja que havia sofrido uma explosão, as longas janelas tapadas com tábuas, o piso escurecido.

Havia um homem no centro do chão carbonizado, conversando com um grupo de Caçadores de Sombras que estavam em silêncio. Ele parecia ter cerca de 40 anos, seus cabelos claros já estavam se tornando prateados, e era o único com um uniforme sem remendos ou aparência de gasto.

— Aquele é Clive Breakspear, o líder do nosso Instituto — apresentou Joaquín. — Senhor, temos um visitante. É Alexander Lightwood.

Ele disse alguma coisa em espanhol, que, a julgar pela repetição do nome de Alec, o fez pensar que seria uma repetição da apresentação dos convidados. Então olhou em volta, como se esperasse uma resposta entusiasmada. Não recebeu nenhuma. Muitos dos homens no círculo pareceram imediatamente desconfiados.

Clive Breakspear não parecia nada desconfiado.

— Então você é Alec Lightwood — disse lentamente o líder do Instituto de Buenos Aires. — E esta deve ser então sua vadia do Submundo.

Fez-se um terrível silêncio, interrompido por Lily, que piscou e disse:

— Como? Você vive numa caverna por acaso? Não sabe que Alec namora o famoso feiticeiro Magnus Bane e não tem interesse nenhum em mulher?

Houve um burburinho. Alec não achava que o choque fosse pela informação. O choque fora por Lily ter dito aquilo em voz alta, como se esperassem que ele sentisse vergonha.

— Vamos esclarecer as coisas. Esta é minha amiga Lily, a líder do clã de vampiros de Nova York. — Alec colocou a mão em sua lâmina serafim, e os sussurros se acalmaram. — Pense com bastante cuidado — **continuou — sobre como deseja se referir a ela.** Ou sobre Magnus Bane.

Ele quase disse meu noivo, mas era uma palavra desconfortável. Certa vez ele dissera "meu prometido" e se sentira um completo idiota. Às vezes Alec desejava, quase com uma dor física, simplesmente dizer meu marido e ser verdade.

— Estou aqui em missão — informou Alec. — Achei que pudesse confiar na hospitalidade do Instituto e de meus companheiros Caçadores de Sombras, mas vejo que me enganei.

Olhou em volta. Vários homens não foram capazes de encarar seu olhar.

— Que missão? — exigiu saber Clive Breakspear.

— Uma que requer discernimento.

Alec o encarou duramente, até Clive Breakspear enrubescer e desviar o olhar.

— Você pode ficar aqui — concordou a contragosto. — A do Submundo não.

— Como se eu quisesse — desdenhou Lily. — Não fico em lugares que não sejam minimamente bem decorados e, numa escala de zero a dez, este Instituto é menos quatorze mil. Certo, Alec, vamos combinar onde nos encontraremos depois que eu achar um bom quarto de hotel sem janelas. Você quer...

— Do que você está falando? — perguntou Alec. — Se você não for acolhida, não ficarei aqui. Pro inferno com este lugar. Eu vou com você.

O rosto de Lily suavizou pelo tempo de uma piscadela. Aí ela afagou o braço dele e disse:

— Claro que vai.

Farejou o ar com desdém e deu meia-volta. Clive Breakspear foi para cima dela.

— Tenho algumas perguntas para você, Submundo.

Alec agarrou o braço do homem e se postou diante de Lily.

— Tem certeza?

Estavam em menor número, mas Alec era filho do Inquisidor, *parabatai* de Jace Herondale. Possuía diversas proteções que os outros não tinham — o que significava que devia usar tudo o que tivesse de usar, por aqueles que não contavam com proteção alguma.

Após um longo instante, Breakspear recuou.

Alec bem que queria ter pensado numa frase bem desdenhosa de despedida, mas essa não era sua especialidade. Ele e Lily simplesmente saíram, Joaquín indo atrás.

— Pelo Anjo — disse o rapaz. — Eu não esperava por isso... não achei... sinto muito.

— Não é o primeiro Instituto que não me recebe bem — respondeu Alec.

Principalmente quando estava com Magnus. Não acontecia com frequência, mas alguns Institutos já haviam tentado separá-los ou deixado claro que não deveriam ter aparecido juntos. Alec sempre deixava clara sua opinião sobre o assunto.

— Sinto muito — repetiu Joaquín, desamparado.

Alec assentiu para ele e saiu com Lily noite fora. Ele estava de costas para o prédio e respirou fundo.

— Caçadores de Sombras são um lixo — anunciou Lily.

Alec olhou para ela.

— Minha atual companhia não conta. Nem Jem — completou Lily. — Estou tendo uma péssima experiência em Buenos Aires, e não sou de comer, mas toparia um belo prato de Jembalaya.

— Ele é casado! — observou Alec novamente.

— Por favor, pare de me lembrar. Ela tem cheiro de livros. Posso ser imortal, mas a vida é muito curta para se desperdiçar lendo. — Lily pausou por um instante, em seguida acrescentou num sussurro: — Raphael gostava dela. Ela, Ragnor Fell e Raphael costumavam realizar reuniões secretas e partilhar segredos.

Alec entendia a tensão na voz de Lily agora. Ela também tinha uma ligeira restrição a Magnus, a qualquer um que não fosse de seu clã e que ela achasse que Raphael Santiago poderia ter amado.

— Eu disse a Jem que o encontraria na frente do Mercado das Sombras — falou Alec, distraindo Lily efetivamente. — Podemos simplesmente carregar nossas malas até encontrarmos um lugar para ficar. Por enquanto, vamos descobrir o que está deixando o Instituto de Buenos Aires tão assustado neste lugar onde só eu posso entrar.

#

Alec ia frequentemente ao Mercado das Sombras de Nova York, na Canal Street, com Magnus e Max, mas a primeira vez em um novo Mercado podia ser um tanto complicada para um Caçador de Sombras.

O de Buenos Aires parecia mais do que complicado. Havia arame farpado em cada tábua. A madeira descorada pelo sol e as voltas do arame eram uma barreira prateada impenetrável. Havia uma ampla porta de metal na frente, mais apropriada a um presídio do que a um mercado, e os olhos de um lobisomem brilhavam por trás de uma tela de metal. Ele disse alguma coisa a eles.

— Ele falou "Nada de Caçadores de Sombras" — interpretou Lily alegremente.

Havia uma fila de integrantes do Submundo atrás deles, encarando e murmurando. Alec sentiu uma sombra do velho desconforto de ser o centro das atenções, e uma dúvida súbita sobre a informação oferecida por Jem.

— Sou Alec Lightwood — disse. — Ouvi dizer que minha entrada é permitida.

Houve um movimento atrás dele, um breve silêncio, e depois uma onda de sussurros diferentes, era como ouvir a maré mudar.

— Você pode ser apenas mais um Nephilim mentiroso — rosnou o lobisomem. — Pode *provar* que é Alec Lightwood?

— Posso — respondeu.

Então tirou as mãos do bolso e botou o braço direito na grade para que o lobisomem pudesse ver com clareza: pele marcada, calos decorrentes do arco, as linhas escuras do símbolo de Clarividência, a luz da lua iluminando e destacando o anel brilhante de sua família com o desenho de chamas.

Outro par de olhos apareceu na grade, desta vez de uma fada, sem pupilas e verdes como um lago profundo de floresta. Ela falou algo em espanhol.

— Ela disse que a magia no seu anel é muito forte — traduziu Lily. — Forte demais. Ela diz que esse tipo de poder vem do cerne do inferno.

Alec sabia que era verdade. Não havia apenas um feitiço em seu anel, mas uma sucessão deles: magia de proteção e deflexão, magia para guiar suas flechas e lâminas, todo o poder de que Magnus dispunha no metal. Havia tudo em que Magnus conseguira pensar, para atuar como uma armadura e garantir que Alec voltasse para casa em segurança. Mais importante, ali também tinha o olhar de Magnus quando lhe entregara o anel encantado e dissera acreditar que eles se casariam um dia.

— Sei de onde vem esse tipo de poder. — Alec levantou a voz para que toda a multidão sussurrante pudesse ouvir. — Sou Alec Lightwood. Magnus Bane fez este anel para mim.

O guarda lobisomem abriu a porta do Mercado das Sombras.

Alec e Lily entraram por um túnel de arame farpado. Embora Alec ouvisse os sons e enxergasse as luzes de um Mercado, o túnel bifurcava em duas direções. O guarda os guiou para a esquerda, longe da luz e do som, rumo a um abrigo cheio de proteções e mais metal. O local estava iluminado por uma única lamparina pendendo do teto. Havia armas quebradas nas paredes e uma plataforma circular no centro do recinto, onde ficava uma cadeira enorme. Havia machados cruzados nas costas da cadeira, e uma fileira de espetos percorria o topo do encosto. Uma fada esguia, com uma coroa de espinhos e rosto melancólico, estava sentada de pernas cruzadas ao pé do trono.

Sobre o trono, havia uma jovem que parecia ter a idade de Alec. Estava de calça jeans e uma camisa de flanela, com as pernas jogadas no braço do trono, a fileira de espetos brilhando acima de seus cabelos claros. Devia ser a mulher sobre quem Jem escrevera, a licantrope Rainha do Mercado.

Ela viu Alec e seu rosto ficou impassível. Em seguida, abriu um sorriso e falou com um sotaque claramente francês:

— Alec! É você mesmo! Não acredito!

Aquilo tudo era muito constrangedor.

— Sinto muito — disse ele. — Já nos conhecemos?

A licantrope colocou as pernas no chão, inclinando-se para a frente.

— Sou Juliette.

— Eu não sou Romeu — intrometeu-se Lily. — Mas você é bonitinha, então conte-nos mais sobre você e seu sotaque sexy.

— Hum, quem é você? — perguntou Juliette.

— Lily Chen — respondeu Lily.

A terra que perdi

281

— Líder do clã de vampiros de Nova York — acrescentou Alec.

— Ah, claro — disse Juliette. — Da Aliança! Obrigada por vir com Alec nos ajudar. É uma honra conhecê-la.

Lily sorriu.

— Eu sei, não é mesmo?

Os olhos de Juliette se voltaram para Alec. O modo como o encarava, com os olhos arregalados e espantados, realmente o fazia se lembrar de alguma coisa.

— E esta é minha filha Rose — apresentou Juliette, a licantrope, com as mãos firmes sobre os ombros da jovem fada.

Alec não reconheceu a mulher, mas reconheceu o tom de voz. Sabia como era reivindicar seu direito de amar alguém, ainda mais quando havia a necessidade de ser veemente porque as pessoas duvidavam daquele amor. Alec ficou meio sem saber o que dizer, então fez uma das coisas que mais gostava: sacou o celular e encontrou uma foto muito boa, foi até o palanque e mostrou para as duas.

— Este é meu filho, Max.

Juliette e Rose se inclinaram para a frente. Alec viu os olhos da licantrope piscarem e percebeu o instante em que registraram que Max era um feiticeiro.

— Ah! — A voz de Juliette era suave. — Ele é lindo.

— Também acho — disse Alec timidamente, e mostrou a elas mais algumas fotos. Alec achava difícil escolher as melhores. Eram tantas ótimas. Era impossível tirar uma foto ruim de Max.

Juliette deu um empurrãozinho nas costas da menina fada.

— Busque seus irmãos — disse. — Depressa.

Rose se levantou, delicada como uma fada, lançou um último olhar tímido para Alec e correu.

— Você me conhece — afirmou Alec. — Como?

— Você salvou minha vida — respondeu Juliette. — Há cinco anos, quando demônios atacaram o Expresso do Oriente.

— Ah! — exclamou Alec.

A primeira viagem de férias dele e Magnus. Ele tentava não pensar nas partes mais desagradáveis daquela viagem, mas se lembrava do trem, da água quente caindo e do brilho de olhos demoníacos, do vento gritante e do abismo abaixo. Temera muitíssimo por Magnus naquela noite.

— Você combateu demônios no Expresso do Oriente? — perguntou Lily, interessada.

— Combati demônios em muitos lugares — retrucou Alec. — Foi tudo muito normal.

— Nunca vi nada parecido na vida — contou Juliette com entusiasmo. — Eram tantos demônios! Eles quebraram as janelas. Achei que fosse morrer. Então Alec destruiu todos os demônios que viu. Ele estava ensopado e sem camisa.

Alec não enxergava a relevância disso.

— Muito normal — repetiu Alec. — Exceto que normalmente uso camisa.

Os olhos de Lily dançavam, alegres.

— Suas férias parecem sempre bem divertidas, Alec.

— Foi tudo padrão e monótono — respondeu ele.

— É o que parece.

— E eu estava naquela festa em Veneza — continuou Juliette. — Quando a mansão desabou.

— Eu também! — disse Lily. — Raphael estava muito chateado por estar numa festa; foi hilário. Beijei tanta gente, foi meu recorde. Acho que uma das pessoas foi uma loura gata. Era você?

Juliette piscou.

— Hum, não. Eu não... fico com garotas.

Lily deu de ombros.

— Sinto muito por estar desperdiçando sua vida.

— Eu também não fico — comentou Alec em tom de brincadeira.

Juliette assentiu.

— Também me lembro de Magnus naquela festa. Ele estava tentando ajudar.

Alec ouviu a própria voz ficar mais grave e suavizar, totalmente fora de seu controle.

— Ele sempre tenta.

Houve barulhos de passos atrás deles. Rose, a fada, tinha voltado. Havia mais duas crianças de mãos dadas com ela agora: outra fada com o corpo robusto de goblin, e um menino feiticeiro de pele escura e rabo de raposa. Correram para o trono e se postaram perto de Juliette. A menina parecia ter mais ou menos 10 anos e o menino não mais do que 6.

— Crianças — disse Juliette —, este é Alec Lightwood, sobre o qual já contei a vocês. Alec, estes são os meus filhos.

— Oi — cumprimentou Alec.

As crianças o encararam.

— Quando você me salvou no Expresso do Oriente — disse Juliette —, eu perguntei como poderia lhe pagar, e você me disse que tinha visto uma criança fada sozinha no Mercado das Sombras de Paris. Aí perguntou se eu poderia cuidar dela. Eu nunca tinha falado com um Caçador de Sombras até então. Não achava que eles fossem como você. Fiquei... surpresa por ter me pedido isso. Então, quando voltei a Paris, procurei por ela. Eu e minha Rose estamos juntas desde então.

Ela afagou o cabelo de Rose em volta de sua coroa de espinhos. Rose ficou verde de vergonha.

— *Maman*. Não me envergonhe na frente de Alec Lightwood!

O Mercado das Sombras de Paris, que Alec tinha visitado com Magnus durante as mesmas férias, fora o primeiro ao qual ele fora na vida. Os integrantes do Submundo não estavam acostumados a ele, nem Alec a eles. Ele se lembrava da menina fada que tinha visto por lá: era tão magrinha, ele morrera de pena.

E tinha a mesma idade de seu irmão caçula, homenageado na hora de escolherem o nome de Max. Ao contrário de seu irmão, ela sobrevivera.

— Rose — reconheceu Alec. — Como você cresceu.

A menina sorriu abertamente.

— Fomos felizes juntas em Paris, você e eu, não fomos, *ma petite*? — perguntou Juliette a Rose, soando melancólica. — Achei que o fim da guerra com Valentim seria o fim de todas as guerras. Mas depois veio outra, e tantos Caçadores de Sombras morreram, e tantas fadas também. E a Paz Fria teve início.

Ela fixou o olhar em Alec. A luz acima do trono refletiu em seus olhos, como faróis refletindo os olhos de um lobo na estrada.

— Fiquei sabendo sobre você e Magnus, e sobre a Aliança entre Caçadores de Sombras e o Submundo que foi estabelecida. Vocês dois estavam ajudando pessoas. Eu também queria fazer isso. Soube que estavam caçando fadas na Bélgica e adotei minha filha caçula naquele país.

Rose pôs as mãos nos ombros da menina goblin. Alec reconheceu o gesto: a constante preocupação dos primogênitos da família, a noção de que se é responsável pelos mais jovens.

— Então eu soube de Buenos Aires — disse Juliette. — O Instituto daqui foi destruído na Guerra Maligna. A maioria dos Integrantes do Submundo fugiu da cidade antes de o Instituto sucumbir. Os Integrantes do Submundo do Mercado das Sombras correram para cá, e durante algum tempo cooperaram com os Caçadores de Sombras sobreviventes, mas depois a Clave enviou um novo líder ao Instituto. Breakspear tinha que ter ajudado, mas os Mercados das Sombras europeus começaram a ouvir uns rumores negativos. Eu vim para ver se podia fazer alguma coisa. Na época, eu achava que poderíamos trabalhar com os Caçadores de Sombras, reconstruir o Instituto na cidade de Buenos Aires e garantir que o Mercado das Sombras pudesse retornar com segurança. Não funcionou desse jeito. Eu perdi toda a esperança em relação aos Caçadores de Sombras deste Instituto.

O menino ergueu os bracinhos para Juliette, que o pegou no colo, colocando-o sobre seu joelho. Ele ficou olhando para Alec, sugando pensativamente a ponta de sua cauda de raposa.

— Muitas crianças ficaram órfãs na guerra — continuou Juliette. — O Mercado das Sombras daqui se tornou um refúgio para crianças indesejadas. Uma espécie de orfanato acidental, entre barracas, luzes e magia. O Mercado se tornou uma comunidade, porque precisávamos de um que nunca parasse. As pessoas vivem entre estas paredes. Meu bebê foi deixado aqui porque apresentou sua marca de feiticeiro muito jovem.

— Max também — disse Alec.

— Há muitas crianças. — Juliette fechou os olhos.

— O que há de errado com o Instituto? — perguntou Alec. — Por que ninguém procurou a Clave?

— Procuramos — respondeu Juliette. — Não adiantou nada. Breakspear tem amigos poderosos. Ele se certificou de que o recado fosse direto para um homem chamado Horace Dearborn. Você o conhece?

Alec semicerrou os olhos.

— Conheço.

Os efeitos de muitas guerras e a constante pressão da Paz Fria abriam oportunidades para certos tipos de pessoas. Horace Dearborn era um que florescia na inconstância e no medo.

— Depois que o Instituto foi destruído pelos Crepusculares — disse Juliette —, Clive Breakspear chegou aqui com o tal Dearborn em seu encalço, como um urubu se alimentando de restos. Dizem que os Caçadores de Sombras dele aceitam missões por dinheiro. Por exemplo, se alguém quer um rival morto, os Caçadores de Sombras de Breakspear fazem acontecer.

Não caçam demônios. Não caçam integrantes do Submundo que transgridem a Lei. Caçam a todos nós.

O estômago de Alec revirou.

— São mercenários.

— Os bons Caçadores de Sombras se foram quando passaram a não conseguir mais fazer diferença na rotina por aqui — explicou Juliette. — Mas não creio que tenham mencionado os acontecimentos aqui. Acho que sentiram vergonha. Este Mercado, com todas essas crianças, não estava seguro. Parecia que os líderes estavam sendo retirados, para que as pessoas ficassem mais vulneráveis. Não tentaram me pegar. Tenho amigos em Paris e Bruxelas que fariam um motim caso eu desaparecesse. Então ordenei que erguessem cercas e proteções. Deixo as pessoas me chamarem de rainha. Tentei parecer o mais forte possível, para que não nos atacassem. Mas as coisas estão piorando. Mulheres licantropes estão desaparecendo.

— Assassinadas? — perguntou Alec.

— Não sei — respondeu Juliette. — No início achávamos que estivessem fugindo, mas são muitas. Mães que não teriam abandonado suas famílias. Meninas tão jovens quanto minha Rosey. Alguns dizem que viram um feiticeiro estranho por aí. Não faço ideia do que esteja acontecendo a essas mulheres, mas ao mesmo tempo eu sabia que não podia confiar em ninguém do Instituto para descobrir. Não vou arriscar confiar em nenhum Caçador de Sombras. Exceto você. Espalhei que o queria aqui. Não sabia ao certo se você viria, mas aqui está.

Ela ergueu o rosto suplicante para Alec. Naquele momento, a Rainha do Mercado das Sombras parecia tão jovem quanto os filhos que a cercavam.

— Pode me ajudar? Mais uma vez?

— Quantas vezes precisar — respondeu Alec. — Vou encontrar essas mulheres. Vou descobrir quem está por trás disso. Vou impedi-los. Você tem a minha palavra.

Ele hesitou, lembrando-se da missão de Jem e Tessa.

— Tenho amigos aqui, além de Lily. Uma feiticeira e um homem que era um Irmão do Silêncio, com uma mecha prateada no cabelo. Eles podem entrar no Mercado? Juro que são confiáveis.

— Acho que sei de quem você está falando — disse Juliette. — Pediram para entrar há algumas noites, não foi? Ouvi dizer que o homem era muito bonito.

— Ah, ouviu certo — comentou Lily.

O sorriso de Juliette se alargou.

— Realmente há alguns Nephilim muito bonitos.

— Hum, suponho que sim — disse Alec. — Não penso em Jem desse jeito.

— Como você pode ser tão bom arqueiro se é tão cego? — indagou Lily.

Alec revirou os olhos.

— Obrigado, Juliette. Eu aviso assim que descobrir alguma coisa.

— Que bom que está aqui — respondeu Juliette suavemente.

— Não vou embora até ter ajudado — disse Alec, e em seguida se voltou para as crianças, que continuavam a encará-lo. — Hum. Tchau, crianças. Foi um prazer conhecê-las.

Deu um aceno de cabeça desajeitado para elas, e depois seguiu em direção às luzes e à música do Mercado.

— Certo — disse a Lily enquanto caminhavam. — Vamos dar uma olhadinha pelo Mercado, fazer algumas perguntas antes de encontrarmos Jem e Tessa.

— Vamos parar na barraca de gin de frutas de fadas! — sugeriu Lily.

— Não.

— Não podemos trabalhar o tempo todo — disse Lily, que raramente trabalhava por sequer cinco minutos seguidos. — Então, quem você acha gato? — Quando Alec a encarou, ela insistiu: — Estamos numa viagem de amigos! Temos que compartilhar segredos. Você disse que não vê Jem dessa forma. Então quem?

Alec balançou a cabeça para uma fada que estava tentando vender pulseiras encantadas a eles, embora ela insistisse que possuíam encantos muito poderosos. Quando Alec perguntou sobre os desaparecimentos, a fada arregalou os olhos, mas ela não sabia muito mais do que Juliette.

— Magnus é gato — respondeu Alec afinal, e seguiram caminho.

Lily revirou os olhos.

— Uau, você e o Monógamo Bane me cansam. Ele é ainda mais burro do que você.

— Magnus não é burro.

— Um imortal que entrega o coração a uma pessoa? — Lily mordeu o lábio, as presas marcando a pele. — Isso é burrice.

— Lily — repreendeu Alec, mas a vampira estava balançando a cabeça e continuava a tagarelar, com a voz casual, porém convicta.

A terra que perdi

— Tirando seu gato prometido, eu sei que teve o Jace. São só caras de olhos dourados? — especulou Lily. — É um gosto muito particular, meu amigo. Reduz muito as possibilidades. Nenhuma outra paixão além de Jace? Nem mesmo uma paixonite quando você era criança?

— Por que você está com esse olhar malicioso, como se soubesse de algo que eu não sei? — perguntou Alec, desconfiado.

Lily de uma risadinha.

Havia muito barulho atrás de uma das barracas. Alec virou a cabeça automaticamente, mas também porque não sabia como explicar que paixões específicas não tinham sido o problema. Tinha sido um alívio, de certa forma, fingir, até para ele mesmo, que uma paixonite por Jace era o que o estivera deixando tão infeliz.

Mesmo durante a infância, Alec via sua atenção se direcionar a pôsteres de homens mundanos nas ruas de Nova York ou se flagrava atraído por Caçadores de Sombras que visitavam o Instituto, ouvindo escondido as histórias de caça a demônios e pensando em como eles eram legais. Durante a infância, Alec vivia sonhando acordado, criando terras utópicas cheias de meninos. E então um dia os sonhos se foram, juntamente à sua infância. Era jovem demais para entender a si mesmo, e de repente não era mais. Ele ouvia como Caçadores de Sombras visitantes zombavam, como seu pai se referia ao assunto como se fosse terrível demais até para ser mencionado em alto e bom som, quando Alec não conhecia outro jeito de abordar o assunto, senão mencionando abertamente. Ele se sentia culpado toda vez que precisava desviar o olhar de algum menino, mesmo quando era um olhar meramente curioso. Até que Magnus chegou, e ele não conseguiu desviar o olhar de jeito nenhum.

O barulho que estava por trás das barracas começou a se aproximar.

Muito barulho, perto do chão.

Os órfãos do Mercado de Buenos Aires explodiram de trás de uma barraca onde um lobisomem vendia ensopado. Havia crianças por todos os lados, de todas as espécies de integrantes do Submundo, e todas pareciam tentar chamar sua atenção, gritando nomes, pedidos, piadas. A língua dominante era o espanhol, mas Alec também ouviu algumas outras, e imediatamente se perdeu naquela profusão de palavras e idiomas, sem conseguir identificá-las. Luzes multicoloridas piscavam sobre dezenas de rostinhos. Ele virou a cabeça, atordoado, sem conseguir identificar nenhum rosto ou voz em meio ao caos.

— Ei — disse ele, se curvando sobre as crianças e tirando comida de sua bolsa de pano. — Ei, tem alguém com fome? Peguem aqui.

— Eca, são barras de cereal? — perguntou Lily. — Que jeito de difundir a tristeza entre os órfãos!

Alec pegou a carteira e começou a dar dinheiro para as crianças. Magnus sempre fazia dinheiro aparecer magicamente ali, para casos de emergência. Alec nunca gastava com ele mesmo.

Lily estava rindo. Ela gostava de crianças, embora às vezes fingisse que não. Então ela congelou. Por um instante, seus olhos negros brilhantes ficaram opacos e mortos. Alec se levantou.

— Você, menino — a voz de Lily estava tremendo. — Como você disse que se chama?

Ela balançou a cabeça e repetiu a pergunta em espanhol. Alec seguiu seu olhar até uma criança específica na multidão.

As outras crianças estavam se acotovelando, mas havia um pequeno espaço circular ao redor desse menino. E agora que tinha a atenção deles, ele não estava gritando. Sua cabeça cheia de cachinhos estava inclinada para trás para poder analisar Alec e Lily, e de fato ele os estava avaliando sem qualquer pudor, com olhos semicerrados e muito escuros. Seu ar extremamente crítico só podia ser fruto da imaginação de Alec. A criança parecia ter uns 6 anos.

O menino respondeu a Lily com a voz calma:

— Rafael.

— Rafael — repetiu Lily. — Certo.

O rosto de Rafael era um dos mais tenros naquela multidão absurdamente jovem, mas havia um ar frio de confiança em seu semblante. Ele avançou e Alec não se surpreendeu ao ver as outras crianças abrirem caminho. Rafael trazia a distância consigo.

Alec semicerrou os olhos. Ele não sabia que tipo de integrante do Submundo era aquele menino, mas havia algo diferente no jeito como se movimentava.

Rafael disse mais alguma coisa em espanhol. Pela inclinação imperiosa no fim da frase, certamente foi uma pergunta ou exigência. Alec olhou, desamparado, para Lily. Ela assentiu, claramente recobrando a postura.

— O menino disse... — Ela pigarreou. — Ele disse: "você é um Caçador de Sombras? Não como os do Instituto. Você é um Caçador de Sombras *de verdade*?"

Alec piscou. Os olhinhos de Rafael ainda estavam fixados em seu rosto.

O Caçador de Sombras se ajoelhou no chão em meio à confusão do Mercado das Sombras para poder encarar aqueles olhos escuros e intensos.

— Sim — confirmou Alec. — Sou um Caçador de Sombras. Diga-me como posso ajudar.

Lily traduziu. Rafael balançou sua cabeça cacheada, a expressão ainda mais fria, como se Alec tivesse falhado em alguma espécie de teste. Ele falou mais algumas frases em espanhol.

— Ele diz que não quer ajuda — traduziu Lily. — Ele te ouviu perguntando no Mercado sobre as mulheres que desapareceram.

— Então o garoto entende um pouco o que estamos falando? — perguntou Alec, esperançoso.

Rafael revirou os olhos e disse mais alguma coisa em espanhol.

Lily sorriu.

— Ele disse que não, de jeito nenhum. Ele tem informações, mas não quer conversar aqui.

Alec franziu o rosto.

— *Boludo* — repetiu. — Ele disse isso. O que essa palavra significa?

Lily sorriu.

— Significa que ele te acha um homem gentil.

Não tinha soado gentil. Alec franziu o rosto para Rafael, que o encarou de volta.

— Muito bem — disse Alec lentamente. — Quem está cuidando de você? Vamos até essa pessoa, seja quem for, e poderemos conversar juntos.

A noite estava escura, principalmente sob o toldo de uma barraca, mas Alec teve quase certeza de que Rafael revirou os olhos. Ele desviou sua atenção de Alec, que claramente já considerava um caso perdido, e olhou para Lily.

— Ele diz que pode cuidar de si.

— Mas ele não tem mais do que 6 anos! — exclamou Alec.

— Ele disse que tem cinco — corrigiu Lily, o cenho franzido enquanto ouvia e traduzia lentamente. — Os pais dele morreram na Guerra Maligna, quando o Instituto sucumbiu, e depois teve uma licantrope que cuidou de várias crianças. Mas ela se foi também. Ele diz que mais ninguém o quer.

Provavelmente a licantrope era uma das mulheres desaparecidas, pensou Alec sombriamente. Aquele pensamento se perdeu na onda de horror quando ele se deu conta do que Lily estava dizendo.

— Os pais dele morreram quando o Instituto sucumbiu? — repetiu Alec. Todas as células do seu corpo faiscaram com choque. — *Esse menino é um Caçador de Sombras?*

— Seria pior encontrar uma criança Caçadora de Sombras do que uma do Submundo nesse estado? — perguntou Lily, com a voz fria.

— *Sim* — rosnou Alec de volta. — Não porque crianças do Submundo mereçam viver assim. Meu filho é do Submundo. Nenhuma criança merece isso. Mas você ouviu o que Juliette disse. Todos estão fazendo o melhor que podem. Caçadores de Sombras sucumbem em batalhas todos os dias, e são providenciados lares aos órfãos. Existe um sistema para crianças Caçadoras de Sombras, e os daqui deveriam estar trabalhando melhor. A Lei é feita para proteger os mais desamparados entre nós. O que há de *errado* com esse Instituto?

— Como você está usando sua voz severa, acho que vamos descobrir — observou Lily, soando alegrinha outra vez.

Alec ainda estava olhando para Rafael com um espanto tão profundo que quase parecia desespero. Ele agora notava que Rafael parecia mais sujo e mal cuidado do que qualquer outra criança na multidão. Alec tinha aprendido a Lei com a mãe, com o pai, com seu tutor e com todos os livros da biblioteca do Instituto. Fez sentido para ele quando pequeno, quando pouca coisa fazia sentido. O dever sagrado dos Caçadores de Sombras, desde sempre, era "manterem-se invisíveis na escuridão, defender a qualquer custo".

Agora ele estava mais velho e sabia como o mundo podia ser complicado. Ainda doía como um golpe inesperado quando ele via aquele ideal brilhante manchado. Se estivesse no comando de tudo...

Mas eles não viviam naquele mundo.

— Venha comigo por enquanto — disse Alec ao menino Nephilim. — Vou cuidar de você.

Se Rafael estivesse mesmo sozinho, Alec poderia levá-lo ao Instituto de Nova York, ou a Alicante. Não ia deixá-lo ali, onde parecia tão solitário e negligenciado. Ele esticou os braços para pegar a criança no colo e levá-la dali.

Rafael se desvencilhou com a velocidade de um animal selvagem. Lançou um olhar imundo a Alec, como se fosse morder caso o Caçador de Sombras repetisse o gesto.

Alec retraiu os braços e levantou as mãos num gesto de rendição. — Tudo bem — disse. — Desculpe. Mas quer vir com a gente? Queremos ouvir suas informações. Queremos ajudar.

Lily traduziu. Rafael, ainda olhando para Alec com cautela, fez que sim com a cabeça. Alec se levantou e ofereceu a mão a Rafael, que a fitou, descrente, balançando a cabeça e murmurando alguma coisa. Alec teve quase certeza de que foi aquela palavra de novo. Aí olhou Rafael de cima a baixo. As roupas do menino estavam manchadas e rasgadas, ele estava magro demais e descalço. Havia olheiras de exaustão. Alec sequer sabia onde iriam dormir.

— Tudo bem — disse, afinal. — Temos que comprar um sapato para ele.

Ele se afastou da multidão de crianças, com Lily ao seu lado, e Rafael orbitando-os como uma lua desconfiada.

— Talvez eu possa ajudar, Caçador de Sombras — disse uma fada com cabelos de dente-de-leão em uma barraca.

Alec fez menção de ir até ela, mas Lily o agarrou pelo braço com força.

— Não se aproxime daquela mulher — sussurrou. — Depois eu explico.

Alec assentiu e prosseguiu, apesar do chamado da fada. Juliette estava certa: este Mercado era uma comunidade, com cabanas e trailers cercando as barracas. Era o maior Mercado que Alec já tinha visto.

O Caçador de Sombras encontrou um sapateiro fada suficientemente gentil, embora seu menor par de botas fosse grande demais. Alec comprou assim mesmo. Perguntou ao sapateiro, que não recorrera ao espanhol, felizmente, se tinha alguém cuidando de Rafael. Certamente, independentemente do que dizia o menino, alguém deveria estar cumprindo esse papel.

Após um instante, o sapateiro negou com a cabeça.

— Quando a licantrope que cuidava dos órfãos desapareceu, as outras crianças foram acolhidas pelo meu povo. Mas, sem querer ofender, fadas não abrigam Caçadores de Sombras.

Não com a Paz Fria disseminando ódio entre Caçadores de Sombras e fadas. As leis estavam todas equivocadas, e as crianças estavam pagando o preço.

— Além disso, essa criança odeia todo mundo — completou o sapateiro. — Cuidado. Ele morde.

Eles estavam quase no túnel metálico que levava até a saída do Mercado das Sombras. Longe do centro do Mercado havia paredes derrubadas, mais sinais de um lugar devastado pela guerra e abandonado à decadência.

— Ei — disse Alec a Rafael. — Venha aqui um segundo. *Mach dir keine Sorgen...*

— Você está falando a ele para não se preocupar... em alemão — informou Lily alegremente.

Alec suspirou e se ajoelhou na poeira cinza, entre os escombros, gesticulando para Rafael sentar num pedaço de muro caído. O menino olhou para Alec e para as botas em suas mãos com ar de extrema desconfiança. Em seguida, sentou-se e permitiu que Alec o calçasse com as botas gigantescas.

Os pés do menino eram pequeninos e as solas estavam pretas de sujeira. Alec engoliu em seco e amarrou os cadarços o mais forte possível para que elas não caíssem e Rafael pudesse andar direito.

O menino se pôs de pé assim que Alec acabou de amarrar as botas. O Caçador de Sombras também se levantou.

— Vamos — disse ele.

O olhar escuro e analítico de Rafael pousava em Alec outra vez. Ele ficou totalmente parado por um longo instante.

Em seguida, levantou os braços num gesto de comando. Alec estava tão acostumado àquele gesto vindo de Max que agiu automaticamente e pegou Rafael no colo.

Não era nada como carregar Max, que era pequeno e gordinho, sempre rindo e abraçando. Rafael era magricela demais. Alec sentia os ossinhos de sua coluna. Rafael estava muito rijo, como se estivesse passando por uma experiência desagradável. Era como segurar uma pequena estátua, se você sentisse muita pena da estátua e não soubesse o que fazer.

— Carregá-lo no colo significa que as botas não servem para nada — murmurou Alec. — Mas tudo bem. Estou feliz que está indo conosco. Está a salvo agora. Está comigo.

— *No te entiendo* — disse a voz aguda e clara de Rafael ao seu ouvido, depois, após uma pausa reflexiva: — *Boludo.*

Alec tinha certeza de duas coisas: aquela palavra não era boa, e esse menino não gostava nada dele.

#

Jem e Tessa estavam nos portões do Mercado das Sombras quando o viram. Torciam para alcançar Alec e Lily antes de chegarem ao Instituto de Buenos Aires. Sem encontrar sinal deles, temeram que Breakspear os tivesse detido, mas um feiticeiro amigo de Tessa havia informado que um Caçador de Sombras tivera permissão para entrar no Mercado.

Agora estavam preocupados que a Rainha do Mercado os tivesse detido. Jem estava conversando com Tessa quando os portões se abriram. Contra

A terra que perdi

293

o arame farpado e a luz das estrelas, viram um homem alto, a cabeça preta abaixada, seus tenros olhos azuis fixados na criança em seus braços. *Will*, pensou Jem, e agarrou a mão de Tessa com força. O que quer que ele tivesse sentido, iria ser pior para ela.

Alec levantou o olhar, parecendo aliviado.

— Tessa.

— Que belo fim para uma longa noite — disse Lily em deleite. — Se não é o ex Irmão Gostozach.

— Lily! — exclamou Alec.

Mas Tessa, ainda segurando a mão de Jem, lançou a ele um olhar bastante divertido e abriu seu lindo sorriso gradualmente.

— É a Lily de Raphael — reconheceu Tessa. — Que prazer em vê-la. Perdoe-me, mas tenho a sensação de conhecê-la melhor do que de fato conheço. Ele falava muito de você.

O sorriso de Lily rachou como se alguém tivesse derrubado um espelho.

— O que ele falava de mim? — perguntou, a voz baixa.

— Ele dizia que você era mais eficiente e mais inteligente do que a maioria do clã, que era composto por idiotas.

Pareceu muito frio para Jem, mas Raphael era assim. O sorriso de Lily voltou, caloroso como uma chama entre mãos encolhidas. Fez com que Jem se lembrasse de como ela era quando se conheceram. Naquela época, ele não sabia que Tessa tinha enviado Raphael para pedir ajuda. Fez o melhor que pôde, e agora Lily era uma amiga.

— Obrigado aos dois por terem vindo nos ajudar — agradeceu Jem. — Quem é a criança?

Alec explicou os eventos da noite — a rejeição no Instituto de Buenos Aires, os desaparecimentos e a descoberta de Rafael, a criança que o Instituto abandonara.

— Sinto muito que sequer tenham ido até o Instituto — lamentou Jem. — Deveríamos ter alertado, mas faz tempo que não sou Caçador de Sombras. Não percebi que seu primeiro instinto seria ir para lá. Nossa hospedaria tem quartos disponíveis, e pelo menos um deles não tem janelas. Vamos.

Alec carregava Rafael com a facilidade de quem já estava acostumado a ter uma criança nos braços. Uma das mãos continuava livre para sacar uma arma caso necessário, e ele caminhava tranquilamente pelas ruas com aquele pacotinho precioso. Jem, há muito sem prática, não teria conseguido.

Tinha carregado os filhos de Tessa, James e Lucie, quando pequenos, mas isso havia sido há mais de um século. Nem todo mundo queria um Irmão do Silêncio perto de seus filhos, a não ser que a criança estivesse morrendo.

Caminharam pelas ruas, passando por casas pintadas com tons escandalosos de vermelho fogo, azul-marinho e verde crocodilo, as vias enfileiradas com jacarandás e oliveiras. Finalmente chegaram à hospedaria, o prédio baixo e claro que ficava azulado ao primeiro sinal do alvorecer. Jem abriu a porta vermelha circular e solicitou mais quartos à sua locatária, um deles sem janela.

Jem e Tessa já haviam reservado para uso o pequeno jardim no centro da hospedaria, um conjunto de pequenos pilares de pedras a céu aberto, cercado pelo violeta azulado suave de buganvílias. Eles se reuniram ali, Alec cuidadosamente posicionando Rafael no banco ao seu lado. O garoto se arrastou até a outra ponta do banco, abaixou a cabeça e ficou em silêncio enquanto Tessa falava baixinho com ele em espanhol, pedindo qualquer informação sobre as mulheres desaparecidas. Jem não tinha ficado sabendo nada a respeito delas até então, mas agora que sabia, estava claro que precisava ajudar. Rosemary Herondale podia estar em perigo, mas essas mulheres licantropes também estavam. Jem queria fazer o que fosse possível por elas.

Voltar a falar foi estranho para Jem, mas Tessa tinha aprendido muitas línguas e ensinado a ele tudo que fora possível. Jem também tentou fazer perguntas a Rafael, mas a criança balançou a cabeça solenemente.

Lily estava sentada de pernas cruzadas no chão, um cotovelo apoiado no joelho de Alec, para ficar perto da criança. Ela inclinou a cabeça para Rafael e perguntou a ele se poderia, por favor, falar logo, pois o sol estava nascendo e ela teria que ir dormir em breve.

Rafael esticou o braço e afagou a mecha rosa do cabelo de Lily.

— *Bonita* — disse ele, com o rosto ainda solene.

A pobre criança não sorria muito, percebeu Jem. Claro, nem Alec, que parecia arrasado e determinado em relação às mulheres desaparecidas.

Lily, que sorria com grande facilidade, o fez naquele momento.

— Ah, que gracinha — disse ela em espanhol. — Quer me chamar de tia Lily?

Rafael negou com a cabeça. A vampira pareceu inabalada.

— Sei um truque — ofereceu, e exibiu as presas para a criança.

Rafael pareceu completamente chocado.

— O que vocês estão falando? — perguntou Alec, preocupado. — Por que ele está com essa cara? Por que você fez isso?

— Max adora quando faço isso! — disse Lily, e acrescentou em espanhol: — Não tive a intenção de assustá-lo.

— Não me assustei — respondeu Rafael. — Foi bobeira.

— O que ele disse? — perguntou Alec.

— Ele disse que foi um truque incrível e que ele adorou — relatou Lily.

Alec ergueu uma sobrancelha, cético. Rafael voltou a se aproximar de Alec, e Tessa foi para perto de Lily, no chão. Tessa conversou gentilmente com a criança e Lily o provocou, e juntos conseguiram a história toda, que Lily foi traduzindo simultaneamente para Alec. O rosto do Caçador de Sombras foi ficando mais e mais sombrio conforme ouvia a história.

— Rafael sabe que é um Caçador de Sombras e está tentando aprender...

O menino, que a Jem parecia compreender muito mais o idioma deles do que estava deixando transparecer, interrompeu para corrigir Lily.

— Me desculpe — disse ela. — Ele está tentando treinar. Ele espiona outros Caçadores de Sombras, então sabe o que fazer. Ele é pequeno e se certifica de que ninguém o veja. Enquanto os espionava, viu um Caçador de Sombras andando sorrateiramente por uma rua. Ele se encontrou com um feiticeiro na porta de uma casa grande. Rafael chegou o mais perto possível e ouviu mulheres lá dentro.

— Você consegue descrever o Caçador de Sombras que viu? — perguntou Alec, e Jem traduziu para ele.

— Acho que você consegue — acrescentou Jem encorajadoramente para a criança. — Você é muito observador.

Rafael lançou um olhar sombrio a Jem, como se não tivesse gostado do comentário. Ele passou mais alguns instantes numa reflexão furiosa, batendo as botas grandes demais na borda do banco de pedra. Enfiou a mão no bolso de suas calças esfarrapadas e, então, entregou uma carteira fina para Alec.

— Ah! — Alec pareceu espantado. — Você roubou isso do Caçador de Sombras que viu?

Rafael fez que sim com a cabeça.

— Ótimo. Digo... — Alec fez uma pausa. — É ótimo que esteja nos ajudando, mas é muito ruim roubar carteiras em geral. Não faça mais isso.

— *No te entiendo* — anunciou Rafael com firmeza.

Ele voltara a dizer que não estava entendendo Alec, e seu tom sugeria que não planejava entendê-lo nesse quesito tão cedo.

— Não diga a outra palavra — pediu Alec rapidamente.

— Que outra palavra? — questionou Jem.

— Não pergunte — alertou Alec, e abriu a carteira.

Caçadores de Sombras não carregavam documentos de identificação mundanos, como passaportes ou carteiras de identidade, mas carregavam outras coisas. Alec pegou um documento de requisição de armas marcado com o símbolo da família Breakspear.

— Clive Breakspear — disse Alec lentamente. — O diretor do Instituto. Juliette disse que esses Caçadores de Sombras atuam como mercenários. E se esse feiticeiro os tiver contratado?

— Temos que descobrir o que está acontecendo — disse Jem. — E deter.

Alec enrijeceu a mandíbula.

— Rafael pode nos mostrar a casa depois que descansar um pouco. Amanhã à noite voltaremos ao Mercado das Sombras e tentaremos encontrar a informação que estão procurando. Contaremos para a Rainha do Mercado o que descobrirmos, isso se descobrirmos alguma coisa.

Rafael assentiu, depois esticou a mão para pegar a carteira de volta. Alec negou.

— Que segredo é esse que querem saber? — perguntou Lily a Jem.

— Lily, é segredo! — repreendeu Alec.

Grilos cricrilavam uma linda melodia para além dos muros.

— Confio em vocês dois — disse Jem lentamente. — Vieram aqui nos ajudar. Confio que a informação não sairá daqui. Estou procurando por alguém que precisa da minha ajuda. Existe uma linhagem secreta de Caçadores de Sombras dos anos de 1930, sobre a qual descobri algumas coisas.

Lily balançou a cabeça.

— Os anos 30 foram tão decepcionantes. Todo ano insistiram em não ser os anos 20.

Will morreu na década de 1930, e Tessa viveu uma profunda agonia. Jem também não tinha gostado muito dessa época.

— Essa família vem sendo caçada há anos — disse Jem. — Não sei por qual motivo. Descobri que fugiram dos Nephilim, mas ainda não sei por que estão sendo procurados pelas fadas. Conheci uma delas, mas que recusou minha ajuda e fugiu. Desde então venho procurando por eles, e amigos nos quais confio vêm investigando discretamente no Mercado das Sombras. No ano em que encontrei você lá, Lily, eu estava procurando por Ragnor Fell para descobrir o que ele poderia me contar. Quero saber por que eles estão sendo caçados, para poder ajudá-los. Quem quer que sejam seus inimigos, também são meus.

Porque os Carstairs devem aos Herondale.

— Também perguntei no Labirinto Espiral — disse Tessa. — Mas nunca ouviram nada a respeito. Até que de repente soubemos que alguém estava contando histórias para crianças sobre esse Mercado, histórias de amor, vingança e tristeza. Ouvimos por alto o nome Herondale.

Ela disse com muita suavidade o sobrenome que um dia fora seu. Alec saltou como se alguém tivesse berrado ao seu ouvido.

Nem Jem nem Tessa mencionaram Catarina Loss, que tinha levado o primeiro Herondale perdido para longe e o criado em terras estranhas. Esse segredo não era deles. Jem confiava em Alec, mas ele ainda era um Caçador de Sombras, e seu pai era o Inquisidor. Jem e Tessa conheciam bem a sentença que a Lei aplicaria a Catarina pelo seu gesto de amor e misericórdia.

— Vou perguntar a Juliette — afirmou Alec. — Vou descobrir o que puder. Não voltarei para casa até ter ajudado.

— Obrigado — agradeceu Jem.

— Agora Rafael tem que dormir — declarou Alec.

— Temos um quarto ótimo para você — disse Tessa ao menino em espanhol, de forma suave e encorajadora. Rafael negou com a cabeça. — Prefere não ficar sozinho? — perguntou Tessa. — Também não tem problema. Você pode dormir comigo e com Jem.

Quando Tessa esticou as mãos, Rafael virou o rosto para o braço de Alec e gritou. Tessa recuou com o berro revoltado. O Caçador de Sombras automaticamente abraçou o menino.

— Lily fica vulnerável durante o dia — informou Alec. — Prefiro ficar com ela. Você ficaria bem em um quarto sem janelas, Rafael?

Lily traduziu. Rafael assentiu enfaticamente.

Jem mostrou onde era. À porta do quarto, pegou Alec pelo braço antes que ele pudesse seguir Lily e Rafael.

— Agradeço muito — disse Jem. — De verdade. Por favor, não conte a Jace ainda.

Jem ainda pensava em Jace, aquela criança feroz e incontrolável que havia encontrado num mar escuro, e o jovem ardendo em fogo celestial. Imaginara centenas de cenários em que teria sido alguém melhor para ele. Se tivesse sido Jem o Irmão do Silêncio responsável por Jace após o abandono paterno, se tivesse passado mais tempo com ele, se Jace fosse um pouco mais velho, da idade de Will quando Jem o conhecera... talvez Jem tivesse sabido.

Mas o que poderia ter feito por Jace, mesmo que soubesse?

— Não quero que Jace pense que tem familiares por aí que jamais conhecerá — explicou Jem. — O laço consanguíneo não significa amor, mas oferece uma chance para tal. Ele nunca teve a chance de conhecer Céline Montclaire nem Stephen Herondale. Não quero que pense que está perdendo mais uma chance.

Jace estava feliz em Nova York, embora Jem não tivesse ajudado nisso. Ele tinha o seu amor, seu *parabatai* e seu Instituto. Se Jem não pudesse ajudá-lo, pelo menos não queria magoá-lo.

Jem ainda pensava em Céline Montclaire também. Se não fosse um Irmão do Silêncio, com seu coração se transformando em pedra no peito, talvez tivesse entendido o tamanho da encrenca na qual ela estivera metida. Talvez pudesse ter encontrado um jeito de ajudá-la.

Ele não se referia a Céline como mãe de Jace, pois já tinha visto como o garoto olhava para Maryse Lightwood. Maryse era a mãe de Jace.

Há muitos anos, quando Jem ainda era criança, seu tio Elias tinha ido até o Instituto de Londres e oferecido para levá-lo. "Afinal", dissera ele, "somos família".

— Você deve ir — fora a resposta de Will, enfurecido. — Não ligo.

Naquele dia, Will bateu a porta ao sair, declarando que estava partindo numa aventura selvagem. Depois que Elias foi embora, Jem viu que seu *parabatai* ficou sentado no escuro na sala de música, olhando para seu violino. Ele se sentou no chão ao lado de Will.

— Suplique para que eu não o deixe, idiota — disse Jem, e Will deitou a cabeça em seu ombro. Ele sentiu Will tremendo de esforço para não rir e nem chorar, e soube que queria fazer as duas coisas.

O laço consanguíneo não significava amor.

Mas Jem jamais se esquecera de que Céline nunca tivera a chance de ser a mãe de Jace. A vida era repleta de corações partidos e oportunidades perdidas, mas Jem podia tentar reparar um pouco do mal que o mundo havia feito a Céline. Ele podia fazer o que estivesse ao seu alcance por Jace.

Alec estava olhando fixamente para Jem.

— Não vou contar a Jace — disse ele. — Ainda não. Não se você contar em breve.

— Espero contar — respondeu Jem.

— Posso perguntar uma coisa? — pediu Alec subitamente. — O Instituto de Buenos Aires é corrupto e a Paz Fria enfraquece nossos laços com o Submundo. Você poderia fazer muita coisa boa se estivesse conosco. Por que deixou de ser Caçador de Sombras?

— Estou com vocês — disse Jem. — Preciso ser Caçador de Sombras para isso?

— Não — respondeu Alec. — Mas não entendo: por que não quer mais?

— Não entende? — repetiu Jem. — Você tem um *parabatai*. Eu também tive um. Consegue se imaginar lutando sem ele?

Alec estava apoiado na soleira da porta e, sob o olhar de Jem, seus dedos apertaram o batente até os nozinhos ficarem brancos.

— Eu tenho Tessa, então tenho mais alegria todos os dias do que alguns costumam ter numa vida inteira. Muito mais do que mereço. Vi o mundo com minha mulher ao meu lado, e temos tarefas que dão significado às nossas vidas. Todos temos diferentes maneiras de servir. Ela tem os segredos do Labirinto Espiral, e eu, os dos Irmãos do Silêncio. Juntamos nossos conhecimentos e salvamos vidas que acredito que não poderiam ter sido salvas de outro jeito. Eu quero ajudar, e vou. Mas não como Caçador de Sombras. Nunca mais serei um.

Alec olhou para Jem, aqueles olhos azuis arregalados e tristes. Ele parecia Will, mas não era Will, assim como Jace também não. Nenhum deles jamais seria Will.

— Quando se luta, deve fazê-lo com todo o coração — falou Jem suavemente. — Não tenho mais disposição para a vida entre os Nephilim, para essa luta em especial. Um pedaço muito grande do meu coração está enterrado.

— Lamento muito — falou Alec, sem jeito. — Eu entendo.

— Não há o que lamentar — respondeu Jem.

Ele voltou para o quarto onde Tessa o aguardava com um livro aberto no colo. A feiticeira levantou os olhos quando ele entrou, e sorriu. Não havia no mundo nenhum sorriso como o dela.

— Tudo bem? — perguntou.

— Sim — confirmou Jem, encarando-a.

Tessa fechou o livro e esticou os braços para ele. Estava ajoelhada na cama, enquanto Jem permanecia de pé ao seu lado. O mundo estava repleto de oportunidades perdidas e corações partidos, mas havia Tessa.

Ela o beijou, e Jem a sentiu sorrir de encontro à sua boca.

— Irmão Gostozach — murmurou. — Venha cá.

#

O quarto podia não ter janelas, mas tinha um vaso marrom cheio de flores vermelhas sobre a mesa e duas camas brancas de solteiro. Lily tinha jogado sua jaqueta de couro sobre a cama mais próxima da parede.

Rafael estava sentado na outra cama, revirando um objeto metálico nas mãos, pensativo. De repente Alec entendeu por que ele tinha concordado em ser carregado.

— O que tem aí, querido? — perguntou Lily quando Alec entrou.

— Meu celular — respondeu Alec. — Que ele *roubou.*

Nas mãos de Rafael, o telefone de Alec vibrou. O Caçador de Sombras se esticou para pegá-lo, mas Rafael o tirou casualmente do seu alcance. Não parecia muito preocupado com o fato de Alec ter tentado pegá-lo. Estava olhando o aparelho.

Alec voltou a tentar recuperar o telefone, e então parou, pego de surpresa. Enquanto Rafael examinava o celular, sua boca tremia; e em seguida sorriu lentamente. O sorriso, lento, caloroso e doce alterava todo o seu rosto.

Alec baixou a mão. E de repente Rafael se virou para ele com uma expressão alegre, e fez uma pergunta. Até sua voz soava diferente quando ele estava feliz.

— Não te entendo — disse Alec, desamparado.

Rafael acenou o telefone na cara de Alec para ilustrar sua pergunta. Alec olhou para a tela e continuou olhando. Tinha sido tomado por um aperto no peito desde que percebera o que os Caçadores de Sombras poderiam estar fazendo ali, mas agora o mundo parecia novamente no lugar.

Magnus tinha mandado uma foto com a legenda PÁSSARO AZUL E EU DE VOLTA AO LAR APÓS UMA MISSÃO SELVAGEM E PERIGOSA COM UM BALANÇO.

Magnus estava apoiado na porta da frente da casa deles. Max estava rindo, cheio de covinhas, como fazia sempre que Magnus o entretinha com mágica. Havia luzes azuis e douradas em volta deles e enormes bolhas iridescentes que também pareciam feitas de luz. Magnus sorria afavelmente, e as pontas dos cabelos estavam cobertas por laços radiantes de mágica.

Depois da sua primeira missão, quando Max ainda era bebê, Alec pedira que Magnus enviasse fotos sempre que ele estivesse fora. Para que se lembrasse dos motivos pelos quais lutava.

Lily pigarreou.

— O garoto perguntou quem é esse homem legal.

— Ah! — exclamou Alec, ajoelhando-se perto da cama. — Ah, esse... esse é Magnus. O nome dele é Magnus Bane. Ele é meu... eu sou o... nós vamos nos casar.

Um dia eles iam se casar.

Alec não sabia ao certo por que parecia importante contar aquilo ao menino.

Lily traduziu. Rafael olhou do telefone para o rosto de Alec, e depois para o telefone outra vez, franzindo a testa, nitidamente surpreso. Alec aguardou. Já tinha ouvido coisas terríveis da boca de crianças. Adultos envenenavam suas mentes e o veneno escorria de suas bocas.

Lily riu.

— Ele perguntou — relatou ela com uma alegria profana —, "o que esse homem legal está fazendo com você?".

— Rafael, devolva meu telefone — ordenou Alec.

— Deixe um pouco com ele, Rafael vai dormir daqui a pouco — falou Lily, que era uma das culpadas por Max ser tão mimado.

Alec olhou para ela e percebeu que Lily estava com um olhar estranhamente sério.

— Vem até aqui um minuto — disse. — Prometi contar por que não queria que você se aproximasse daquela fada no Mercado das Sombras. Tenho uma história que acho que pode ajudar Jem, e quero que você ouça. Não quero contar a ninguém além de você.

Alec deixou Rafael ficar com o celular. Em troca, Rafael permitiu que Alec o aninhasse na cama. Depois Alec pegou a cadeira perto da porta e a colocou ao lado da cama de Lily. Esperaram os olhinhos de Rafael se fecharem, o celular permanecendo ao seu lado no travesseiro.

Lily examinou o travesseiro listrado da própria cama, como se fosse fascinante.

— Está com fome? — perguntou Alec afinal. — Se você... precisar de sangue, pode pegar do meu.

Lily levantou o olhar, o rosto espantado.

— Não. Não quero isso. Você não é para isso.

Alec tentou não demonstrar seu alívio. Lily olhou para o travesseiro e aprumou os ombros.

— Você se lembra de quando me perguntou se eu era cria do jazz, e eu disse para me chamar de *a* cria do jazz?

— Vou continuar não chamando.

— Ainda acho que deveria — argumentou Lily. — Mas... não é isso que quero contar. A década de 1920 foi minha favorita, mas... pode ser que eu tenha mentido para você sobre minha idade. — Sorriu. — É o direito de toda moça.

— Certo — disse Alec, sem saber ao certo o objetivo daquela conversa. — Então... quantos anos você tem?

— Eu nasci em 1885 — contou Lily. — Acho. Minha mãe era uma camponesa japonesa e foi... vendida para o meu pai, um mercador chinês rico.

— Vendida! — disse Alec. — Isso não é...

— Não era legal — interrompeu Lily, a voz dura. — Mas aconteceu. Viveram juntos por alguns anos em Hong Kong, onde ele trabalhava. Nasci lá. Minha mãe achou que meu pai fosse nos levar para casa com ele. Ela me ensinou a falar como ele gostaria, a me vestir como ele gostaria, como uma dama chinesa. Ela o amava. Mas ele se cansou dela. Meu pai foi embora e, antes de ir, nos vendeu. Cresci em um lugar chamado Casa da Eterna Pérola.

Ela levantou o olhar do travesseiro.

— Não preciso dizer, preciso? — perguntou. — Que tipo de lugar era, onde mulheres eram vendidas e homens entravam e saíam?

— Lily — arfou Alec, horrorizado.

Lily balançou a cabeça preta e cor-de-rosa desafiadoramente.

— Chamavam de Casa da Eterna Pérola porque... alguns homens desejam que as mulheres permaneçam jovens e belas para sempre. Pérolas são criadas a partir de um acúmulo de sujeira que não pode ser lavado. Na adega sem janelas, no coração daquela casa, havia mulheres acorrentadas. Aquelas mulheres permaneciam frias e adoráveis para sempre. Jamais envelheceriam e fariam qualquer coisa por sangue. Eram reservadas aos homens mais ricos, conseguiam os preços mais altos, e precisavam ser alimentadas.

Minha mãe envelheceu demais, então foi dada como alimento às vampiras. E naquela noite eu desci e fiz um acordo com uma delas. Prometi que se ela me Transformasse, eu libertaria a todas nós. Ela cumpriu a parte dela, mas eu não cumpri a minha. — Lily examinou o bico de suas botas pontudas. — Acordei e matei um monte de gente. Não quero dizer que bebi de alguém, embora também tenha feito isso. Incendiei o local. Ninguém saiu, nem os homens nem as mulheres. Ninguém além de mim. Eu não me importei com ninguém além de mim mesma.

Alec se aproximou com sua cadeira, mas Lily colocou os pés sobre a cama, encolhendo-se ao máximo.

— Ninguém sabe disso tudo — disse ela. — Algumas pessoas sabem um pouco. Magnus sabe que não sou fruto da década de 1920, mas percebeu que eu não queria contar. Ele jamais perguntou sobre meus segredos.

— Não — disse Alec. — Ele jamais faria isso.

Magnus era o mestre dos segredos dolorosos. Alec aprendera isso.

— Raphael subornou alguém para descobrir — disse Lily. — Não sei quem, nem quanto pagou. Ele poderia ter me perguntado, mas não fazia o estilo dele. Eu só soube que Raphael sabia porque ele foi doce comigo por algumas noites. Do jeito dele. Nunca conversamos sobre isso. Eu nunca tinha contado a ninguém. Até agora.

— Não vou contar a ninguém — prometeu Alec.

Lily sorriu.

— Sei que não vai, Alec

Parte da tensão abandonou os ombros magros dela.

— Estou contando tudo isso para que você entenda o que aconteceu depois — disse. — Eu não podia ficar em Hong Kong. Fui para Londres, acho que em 1903, e encontrei alguns Caçadores de Sombras pela primeira vez.

— Caçadores de Sombras! — exclamou Alec.

Ele entendia por que às vezes os membros do Submundo diziam o termo com aquela entonação. Ele já não conseguia suportar o que tinha acontecido a Lily. Não queria ouvir sobre Caçadores de Sombras fazendo algo pior com sua amiga.

Mas Lily estava sorrindo agora, só um tiquinho.

— Notei uma em particular, uma menina com cabelos da cor de sangue nas sombras. Eu mal sabia o que eram Caçadores de Sombras, mas ela foi corajosa e gentil. Ela protegia as pessoas. Seu nome era Cordelia Carstairs.

Comecei a perguntar por aí sobre Caçadores de Sombras. Soube de uma fada que os desprezava, especialmente uma família em particular. Nós a vimos no Mercado das Sombras hoje. Diga a Jem para perguntar à mulher com cabelos de dente-de-leão sobre os Herondale. Ela sabe de alguma coisa.

Lily se calou. Alec sabia que precisava dizer alguma coisa, mas não sabia como.

— Obrigado, Lily — falou, afinal. — Não pela informação. Obrigado por ter me contado.

Lily sorriu, como se não achasse tolice o que Alec tinha acabado de falar.

— Depois de Londres, segui viagem e conheci Camille Belcourt na Rússia. Camille era divertida. Era alegre, impiedosa e difícil de machucar. Eu queria ser como ela. Quando Camille viajou para Nova York e se tornou líder do clã de vampiros de lá, eu fui com ela.

Lily abaixou a cabeça. Após um longo momento imersa em lembranças, ela levantou o olhar.

— Quer saber uma coisa tola? Quando Camille e eu chegamos a Nova York após a Grande Guerra — contou alegremente —, eu procurei por Caçadores de Sombras. Não foi uma burrice? A maioria dos Caçadores de Sombras não é como você, Jem ou Cordelia. Encontrei alguns Nephilim que deixaram bem claro que guerreiros angelicais não tinham sido enviados para proteger uma criatura como eu. Eu não me importava com ninguém, e ninguém se importava comigo, e foi assim durante muitas décadas. Foi bem divertido.

— Foi? — perguntou Alec.

Ele manteve a voz neutra. Lily soava tão alegre.

— Os anos 1920 em Nova York foram a melhor época para todos nós, quando o mundo parecia tão frenético quanto os vampiros. Anos mais tarde Camille continuava tentando replicar a década, e eu também, mas até eu achava que Camille ia longe demais às vezes. Ela sentia um vazio que sempre tentava preencher. Permitia que seus vampiros fizessem de tudo. Uma vez, nos anos 1950, ela permitiu que um vampiro muito velho, Louis Karnstein, ficasse no hotel. Ele caçava crianças. Eu o achava nojento, mas não me importava muito. Àquela altura, eu era muito boa em não me importar.

Lily deu de ombros e riu. O som não foi convincente.

— Talvez eu torcesse para que os Caçadores de Sombras aparecessem, só que eles não apareceram. Em vez disso, outras pessoas apareceram. Um grupo de meninos mundanos que queriam defender sua rua dos monstros. Todos morreram, exceto um. Ele sempre cumpria o que se comprometia a fazer. E matou o monstro. Era o meu Raphael.

Lily acariciou a jaqueta de couro que estava amontoada na cama.

— Antes de matar o monstro, Raphael foi transformado em vampiro. Seu Magnus Bane ajudou Raphael, mas eu não. Ele poderia ter morrido, e eu nem teria ficado sabendo. Conheci Raphael depois. Ele veio até nosso bando quando estávamos nos alimentando em um beco e nos passou um sermão horroroso. Ele foi tão solene que eu o achei engraçado. Não o levei nem um pouco a sério. Mas quando Raphael foi morar no hotel, fiquei feliz. Porque, afinal, parecia mais divertido. Quem não quer mais diversão? Não havia mais nada no mundo.

Magnus já tinha contado essa história para Alec, embora jamais tivesse se colocado como o salvador de quem quer que fosse. Era estranho ouvir de Lily, e ainda mais estranho conhecer o desfecho da história.

— Em seu segundo dia morando lá, Raphael pediu mais segurança no hotel. Argumentou que um grupo de meninos mundanos tinha conseguido entrar e matar um dos nossos. Camille riu dele. E aí fomos atacados por um bando rebelde de lobisomens e as medidas de segurança finalmente foram postas em prática. Guardas foram escalados, e Raphael sempre assumia seu turno na segurança do hotel, mesmo depois de ser apontado como vice-líder e não precisar disso mais. Ele assumia o primeiro turno no início do dia e da noite. Eu me lembro dele me mostrando a planta do hotel, cada ponto fraco, os planos que tinha elaborado para nos defendermos melhor. Raphael arrumou tudo, embora estivesse conosco há menos de uma semana. Ele saía para assumir seu posto e, antes de ir, sempre me dizia "durma, Lily. Eu fico de olho nas portas". Eu nunca havia experimentado uma noite em paz até então. Eu não conseguia descansar e confiar que estava em segurança. Naquele dia, dormi como nunca.

Lily encarou o vaso de flores, vermelhas como sangue de vampiro. Alec não achava que ela as estivesse enxergando.

— Depois descobrimos que Raphael tinha contratado os lobisomens para nos atacarem para que implementássemos as medidas de segurança que ele queria — acrescentou Lily em tom pragmático. — Ele estava muito determinado a fazer as coisas do jeito dele. Além disso, era um verdadeiro babaca.

— Para mim isso é claro — concordou Alec.

Lily riu novamente. Ela se levantou da cama, tocando no ombro de Alec por um instante ao passar, e depois começou a andar de um lado a outro como se o quarto fosse uma jaula.

— Raphael sempre se fez presente a partir de então. De vez em quando Camille o demovia do cargo de vice, só para irritá-lo. Não importava. Ele jamais vacilava, independente do que qualquer um fizesse. Achei que fosse ficar conosco para sempre. E aí ele foi levado. Eu disse a mim mesma para aguentar firme, formar uma aliança com os licantropes, me segurar para não pirar. Só até Raphael voltar. Só que ele nunca voltou.

Lily passou a mão nos olhos. Aí foi para o lado da cama de Rafael, acariciando os cachinhos dele com a mão úmida de lágrimas.

— Bem — disse ela. — Fui feliz por cinquenta e quatro anos. É mais do que a maioria das pessoas consegue. Agora tenho o clã para cuidar, como Raphael gostaria que eu fizesse. Na noite em que soubemos que ele tinha morrido, e em todas as noites desde então, fico de olho nos meus vampiros na casa que ele protegia. Observo mundanos nas ruas que ele amava. Cada um deles se assemelha a uma criança que eu preciso ajudar, uma possibilidade de um futuro que eu não conseguia imaginar. Cada um parece precioso, parece valer ser defendido, parece valer o mundo. Cada um deles é Raphael.

A criança se remexeu, como se estivesse sendo chamada. Lily retirou a mão. Era dia, após uma longa noite.

Alec se levantou para guiar Lily até a cama, a mão em seu ombro trêmulo. Ele a cobriu com o lençol como se ela fosse Rafael. Em seguida, posicionou a cadeira entre as camas e a entrada, e assumiu seu posto ali.

— Durma, Lily — disse Alec gentilmente. — Eu fico de olho nas portas.

#

Alec não descansou bem. Sua mente estava revirando com a história de Lily, a corrupção do Instituto de Buenos Aires, Herondales perdidos, lobisomens e a jornada de Jem e Tessa.

Ele estava acostumado a acordar em lençóis escuros de seda e braços fortes. Estava com saudade de casa.

Rafael dormiu bastante, sem qualquer sinal de agitação, até a tarde. Alec desconfiava que os órfãos do Mercado das Sombras tinham desenvolvido hábitos noturnos. Quando o menino acordou, Alec o levou até o quintal, onde se sentou contrariado para comer uma barra de cereal. O Caçador de Sombras imaginava que ele estivesse irritado porque tinha pegado seu celular de volta.

— Alguém já te deu algum apelido? — perguntou. — As pessoas te chamam de Rafe?

Rafael o olhou, impassível. Alec temeu não ter transmitido o recado.

— Rafa — disse, afinal.

Ele terminou uma barra de cereal e esticou a mão para ganhar outra. Alec cedeu.

— Rafa? — tentou Alec. — Quer que o chame assim? Você está entendendo alguma coisa do que digo? Desculpe por não saber falar espanhol.

Rafael fez uma careta, como se quisesse exprimir o que pensava sobre ser chamado de Rafa.

— Tudo bem — disse Alec. — Não vou chamá-lo assim. Só Rafael, então?

O menino lançou um olhar nada impressionado a Alec. *Lá vai esse bobalhão outra vez*, sugeria sua expressão, *falando comigo quando não entendo nada*.

Jem e Tessa se juntaram a eles no quintal, prontos para serem levados por Rafael até a casa que ele tinha visto.

— Vou ficar aqui cuidando de Lily — disse Tessa, lendo os pensamentos de Alec. — Não se preocupe com ela. Coloquei barreiras protetoras... e mesmo que alguém apareça, eu dou conta.

Ela fez um gesto curto. Magia cinza reluzente, como o brilho de luz nas águas do rio ou o lampejo de pérolas na sombra, enrolaram-se em seus dedos. Alec sorriu em gratidão para Tessa. Até ter certeza do que estava acontecendo com esse feiticeiro e esses Caçadores de Sombras, ele não queria deixar ninguém desprotegido.

— E também não se preocupe comigo — disse Tessa a Jem, passando seus dedos mágicos pelos cabelos pretos e cinzentos dele, puxando-o para um beijo de despedida.

— Não me preocupo — disse Jem a ela. — Sei que minha mulher sabe se cuidar.

Minha mulher, disse Jem, sua voz soando casual e alegre pela posse mútua: o acordo entre eles selado diante de todos que amavam.

Alec tinha ouvido um poema lido em casamentos: *meu verdadeiro amor tem o meu coração, e eu tenho o dele. Jamais foi feito acordo mais justo.* Um amor que era permanente aos olhos de todo o mundo, exigindo respeito, destacando a noção que Alec tinha toda manhã ao acordar. Mais ninguém para mim, até o dia em que eu morrer, e todos sabendo disso. Jem e Tessa tinham esse amor, assim como Helen e Aline. Mas um Caçador de Sombras não podia se casar com um integrante do Submundo em dourado. Um Caçador de Sombras não podia receber uma Marca de casamento por alguém do Submundo, e ele não ofenderia Magnus com uma cerimônia que os Nephilim não considerassem genuína. Ele e Magnus concordaram em esperar até que a Lei mudasse.

Alec não conseguia conter uma pontinha de inveja.

Seu celular vibrou no bolso, e Rafael ficou atento. Magnus tinha mandado uma foto de Max dormindo, usando Presidente Miau como travesseiro. Rafael olhou feio, obviamente decepcionado por Magnus não estar na foto.

O próprio Alec também estava ligeiramente decepcionado por isso.

A tarde estava quente, e as ruas, praticamente desertas. A casa onde o feiticeiro morava ficava depois de diversas ruas sinuosas, algumas de paralelepípedos e outras de terra. A maioria das casas eram pequenas, pintadas de amarelo ou de vermelho tijolo ou de branco, mas a casa do feiticeiro que Rafael apontara era uma enorme construção cinzenta no fim da rua. Uma figura se aproximava da porta — um Caçador de Sombras. Alec e Jem trocaram um olhar sombrio. Alec reconhecera o sujeito como um dos homens de Breakspear, do Instituto. Resolver levar Jem e Rafael para um beco.

— Fique com Jem um minuto — pediu a Rafael, e lançou um gancho no telhado de uma casa vizinha.

Alec escalou e percorreu as telhas escorregadias até estar diante da casa cinza. Havia grades nas janelas e os feitiços que Magnus pusera no anel permitiam que ele sentisse as barreiras protetoras com grande precisão. O lugar era extremamente protegido. Alec agachou atrás de uma chaminé e rapidamente desenhou símbolos de Clareza e Atenção em seus braços.

Com as habilidades potencializadas, conseguia ouvir ruídos vindos de trás das paredes. Havia muitas pessoas naquela casa. Pés se movimentando, conversas abafadas. Alec conseguiu identificar algumas palavras.

— ...a próxima entrega de Breakspear será hoje à meia-noite...

Ouviu outro barulho e se virou, flagrando Rafael e Jem vindo em sua direção no telhado.

Jem ofereceu um sorrisinho sem graça.

— Ele escapou de mim e subiu num cano.

Jem estava logo atrás de Rafael, claramente nervoso quanto a tocá-lo. Alec entendeu como Rafael conseguira escapar.

— Consegue sentir essas barreiras protetoras? — perguntou Alec, e Jem assentiu. Alec sabia que Tessa tinha ensinado ao esposo maneiras de utilizar e identificar magia, embora estivesse desprovido dos poderes de um Irmão do Silêncio ou de um Caçador de Sombras. — Acha que Tessa dá conta delas?

— Tessa dá conta de qualquer coisa — respondeu Jem, orgulhoso.

— Eu disse para ficar lá embaixo com Jem — Alec repreendeu Rafael.

O menino lançou a ele um olhar ao mesmo tempo incompreensível e ofensivo, e em seguida suas botas grandes escorregaram no telhado. Jem o segurou antes que ele desabasse sobre a telha e o pôs de pé. Se Rafael continuasse andando daquele jeito, ia ralar os joelhos.

— Quando se está num telhado, você precisa caminhar de um jeito diferente — alertou. Deu a mão ao garoto, mostrando como fazer. — Assim, porque escorrega. Faça como eu.

Era estranhamente bom, ensinar essas coisas a uma criança. Ele fizera muitos planos de ensinar coisas ao irmão quando ficasse mais velho, mas o menino não vivera o suficiente para envelhecer.

— Quando você vai dar um neto de verdade aos seus pais? — Ouvira Irina Cartwright perguntar a Isabelle após uma reunião da Clave.

— Pelo Anjo — respondera a irmã de Alec. — Max é imaginário?

Irina fez uma pausa, e em seguida riu.

— Uma criança Caçadora de Sombras, para ensinar nossos costumes. Ninguém daria um filho Caçador de Sombras a essa gente. Imagine um feiticeiro criando um dos nossos! E aquele tipo de comportamento. Crianças ficam muito impressionadas. Não seria certo.

Isabelle pegou seu chicote. Alec segurou a irmã.

— Vocês Lightwood são descontrolados e loucos — murmurou Irina.

Jace tinha aparecido ao lado de Alec e Isabelle, oferecendo um sorriso radiante.

— Sim, somos.

Alec dissera a si que estava tudo bem. Às vezes, quando se preocupava muito com seus amigos, era reconfortante pensar que tanto Magnus quanto Max eram feiticeiros. Eles não precisavam combater demônios.

310 Fantasmas do Mercado das Sombras

Rafael imitou com precisão a forma de andar de Alec. Um dia, ia ser muito habilidoso, pensou Alec. Quem quer que o criasse, teria muito orgulho.

— Muito bem, Rafe — incentivou. O apelido escapou, não fora sua intenção usá-lo, mas Rafael olhou para ele e sorriu. Eles se calaram, agachando quando o Caçador de Sombras deixou a casa do feiticeiro. Jem ergueu as sobrancelhas para Alec, que balançou a cabeça.

Depois que o homem se foi, eles ajudaram Rafe a descer.

— Fico imaginando até onde vai a corrupção nesse Instituto — falou Jem calmamente.

— Em breve saberemos — disse Alec. — Ouvi aquele mercenário dizer que "a próxima entrega de Breakspear será hoje à meia-noite". Se ele estiver entregando mulheres, precisamos salvá-las e deter os Caçadores de Sombras, bem como o feiticeiro. Precisamos pegá-los todos de uma vez, e está cheio de gente lá dentro. Não sabemos quantos podem ser prisioneiros, quantos são guardas. Precisamos de reforços, e tem alguém com quem quero conversar sobre isso antes de voltarmos para Tessa e Lily. Quero acreditar que nem todos os Caçadores de Sombras desta cidade são traidores.

Jem assentiu. Ao deixarem o beco, Alec descreveu a fada que ele e Lily tinham visto, o rosto mirrado e os cabelos de dente-de-leão.

— Lily disse que ela pode ter informações sobre a família que você procura.

A expressão de Jem ficou sombria.

— Eu já a encontrei antes. Saberei quem é quando a vir no Mercado. E vou me certificar de que ela fale — Seu rosto ficou frio e severo por um instante. Então ele olhou para Alec. — Como está Lily?

— Hum. — Alec se perguntava se tinha soltado algo que não devia escapar.

— Você se preocupa com sua amiga — disse Jem. — Talvez se preocupe mais ainda porque os sentimentos dela o fazem pensar em como Magnus vai se sentir um dia. — Os olhos de Jem eram tão escuros quanto a Cidade do Silêncio, e tão tristes quanto. — Eu sei.

O próprio Alec não teria exprimido seus sentimentos com tanta precisão. Às vezes havia apenas a sombra sem nome no rosto de Magnus, o eco da velha solidão, o desejo de Alec de sempre protegê-lo e a plena noção de que não conseguiria fazê-lo.

— Você foi quase imortal. Tem algum jeito de tornar... mais fácil?

— Vivi por muito tempo — concordou Jem. — Mas vivi numa jaula de ossos e silêncio, sentindo meu coração se transformar em cinzas. Não consigo explicar como era.

Alec pensou em sua infância no Instituto, esmagado sob o peso das expectativas de seu pai, tentando ensinar a si mesmo a não olhar, não falar, não ousar tentar e ser feliz.

— Talvez eu saiba — disse ele. — Não... totalmente. Não por cem anos, obviamente. Mas... talvez um pouco.

Alec se preocupou com a possibilidade de estar tirando conclusões precipitadas, mas Jem sorriu como se entendesse.

— É diferente, para a minha Tessa e o seu Magnus. Eles nasceram como são, e os amamos assim. Eles vivem para sempre em um mundo em constante mutação, e ainda têm coragem de achá-lo lindo. Todos queremos proteger nossos amados contra qualquer perigo ou tristeza — disse. — Mas também temos que confiar neles. Temos que acreditar que eles terão força para continuar vivendo e que voltarão a sorrir. Tememos por eles, mas a crença neles deve ser maior do que o medo.

Alec abaixou a cabeça.

— Eu acredito.

A um quarteirão do Instituto de Buenos Aires, o celular de Alec vibrou outra vez. Clary tinha mandado uma mensagem.

Há alguns meses, eles tinham deixado Max com Maryse e saído para passear. A antiga banda de Simon ia tocar no Pandemônio e ele havia aceitado substituir o baixista desaparecido, como fazia ocasionalmente. Alec, Magnus, Jace, Clary e Isabelle foram assistir. O amigo de Simon, Eric, tinha feito uma música chamada "Meu Coração É Um Melão Maduro Demais Explodindo Por Você" e era a pior música do mundo.

Alec não gostava de dançar, a não ser que fosse com Magnus. Mesmo assim, teria sido bem melhor se a música não fosse péssima. Magnus, Jace e Isabelle foram para a pista, os pontos mais brilhantes da multidão. Alec gostou de passar um tempinho só admirando Magnus, com o queixo apoiado nas mãos. Depois se cansou da agressão aos seus ouvidos. Captou o olhar de Clary. Ela estava aprumada na cadeira, apenas fazendo caretas ocasionais.

— Até que é legal — disse Clary a ele, assentindo corajosamente.

— É horrível — retrucou Alec. — Vamos comer tacos.

Simon tinha acabado de descer do palco quando eles voltaram, bebendo água e perguntando a todos o que tinham achado do set.

— Você estava muito sexy lá — dizia Isabelle, provocando Simon enquanto Alec e Clary se aproximavam.

Simon abriu um sorriso torto.

— Sério?

— Não. — disse Jace.

— Você foi ótimo! — exclamou Clary, indo até Simon. — Uau, não sei que outra palavra poderia usar. Você foi ótimo. A banda foi ótima.

Clary era uma verdadeira e nobre *parabatai*, mas Simon era esperto e a conhecia há muito tempo. Seus olhos foram do rosto culpado de Clary para o de Alec.

— Vocês foram comer tacos *de novo*? — lamentou Simon.

Alec sorriu.

— Estavam deliciosos.

Ele foi até Magnus, passando um braço em torno de sua cintura. Como tinham ido a uma boate, Magnus havia passado purpurina prateada abaixo de seus olhos dourados, e parecia brilhar como as estrelas e o luar.

— Sei que você estava dançando — falou Alec ao ouvido dele —, mas a banda estava péssima, certo?

— Consigo dançar com qualquer coisa — murmurou Magnus de volta —, mas vi Mozart tocar. E também os Sex Pistols em sua melhor fase. Posso confirmar que a banda do Simon é horrível.

Os amigos e a família de Alec estavam reunidos ao redor dele, e foi um daqueles momentos em ele que se lembrou da solidão desesperadora que o acometia na juventude, dividido entre o medo do que talvez jamais viesse a ter e do que poderia perder. Alec abraçou Magnus com mais firmeza e sentiu uma explosão incrédula de alegria no peito por poder ter tudo aquilo.

— Tacos de novo na próxima? — sussurrou Alec ao saírem, e Clary assentiu pelas costas de Simon.

Foi assim que Alec passou a amá-la, depois de passar tanto tempo nutrindo uma antipatia gratuita: nas maiores ou menores situações, Clary nunca decepcionava.

E também não tinha decepcionado agora. Ela enviara uma foto dizendo FOMOS APRISIONADOS PELO TERRÍVEL PIRATA MAX!, que Alec desconfiava se tratar de alguma piada que ele não estava entendendo.

Clary estava num ângulo estranho ao tirar a selfie, mas dava para ver que Magnus e Max estavam bem. Magnus estava com uma cor azul brilhante na frente do cabelo. Max estava agarrando os cabelos azuis espetados de Magnus e aos cachos ruivos de Clary, um chumacinho em cada mão, parecendo muito satisfeito. Magnus estava rindo.

— Ah, veja — disse Alec suavemente, e mostrou a foto a Rafael.

O menino pegou o celular e aí passou o dedo na tela para ver a foto seguinte.

Alec ia deixá-lo ficar com o aparelho por um tempinho.

Alec e Jem pararam à porta do Instituto de Buenos Aires e, conforme Alec torcera, Joaquín estava guardando a porta outra vez. Ele cumprimentou Alec alegremente, depois olhou espantado para as cicatrizes claras de Jem.

— Você é o Irmão do Silêncio que o Fogo Celestial transformou? — perguntou ansioso. — Aquele que...

— Fugiu e se casou com uma feiticeira, sim — respondeu Jem. Em algum lugar entre sua voz baixinha e seu sorriso, havia uma pitada de desafio.

— Tenho certeza de que ela é legal — falou Joaquín apressadamente.

— Ela é — confirmou Alec.

— Não conheço muitos integrantes do Submundo — disse Joaquín, desculpando-se. — Apesar de ter conhecido a amiga de Alec ontem! Ela também pareceu... legal. Existem muitos integrantes do Submundo legais, tenho certeza! Só que não na nossa cidade. Dizem que a Rainha do Mercado das Sombras é uma tirana assustadora.

Alec pensou em Juliette com os filhos em volta.

— Não achei.

Joaquín o encarou, olhos arregalados.

— Mas aposto que você não tem medo de nada.

— De algumas coisas — respondeu Alec. — De fracassar. Você sabe que tem algo de errado com seu Instituto, não sabe? Quero acreditar que você não faz parte disso, mas você deve saber que tem algo de muito errado.

Joaquín evitou o olhar de Alec e, ao fazê-lo, flagrou Rafael pela primeira vez. O menino estava mais atrás, agarrado ao telefone de Alec.

— Aquele é o pequeno Rafael — reconheceu Joaquín.

Rafael piscou para ele e o corrigiu com sua voz pequena e teimosa:

— Rafe.

— Você o conhece? — perguntou Alec. — Então sabia que tinha uma criança Caçadora de Sombras vivendo no Mercado das Sombras. É dever dos Nephilim cuidar dos órfãos de guerra.

— Eu... — hesitou Joaquín. — Eu tentei. Mas ele não deixa ninguém se aproximar. Era como se não quisesse ajuda.

— Todo mundo quer ajuda — falou Alec.

Joaquín já estava ajoelhado, oferecendo a Rafael uma bala enrolada em papel brilhante. Rafe o encarou, depois avançou cuidadosamente, pegou a bala e recuou para trás das pernas de Alec.

Alec entendia o que era ser jovem e assustado, mas chegava uma hora em que era necessário escolher mostrar coragem.

— Aqui está um endereço — disse ele, estendendo um pedaço de papel. — Se quiser realmente saber o que está acontecendo no seu Instituto, me encontre lá hoje à noite. Traga reforços, somente pessoas em quem você confia.

Joaquín não encarou os olhos de Alec, mas pegou o papel. Alec se afastou com Jem e Rafael, um de cada lado.

— Acha que ele vai? — perguntou Jem.

— Espero que sim. Temos que confiar nas pessoas, certo? Como você estava falando. Não só nas que amamos. Temos que crer nas pessoas, e temos que defendê-las. Tantas quantas pudermos, para que possamos ser mais fortes. — Ele engoliu em seco. — Tenho uma confissão a fazer. Eu... tenho inveja de você.

O rosto de Jem ficou genuinamente espantado. E aí ele sorriu.

— Eu também tenho um pouco de inveja de você.

— De mim? — perguntou Alec, admirado.

Jem apontou com a cabeça para Rafael, e depois para a foto de Magnus e Max nas mãos do menino.

— Tenho Tessa, então tenho o mundo. E amei percorrer tudo com ela. Mas às vezes penso em... um lugar que pudesse ser minha casa. Em meu *parabatai*. Em ter um filho.

Todas as coisas que Alec tinha. Ele se sentiu como na noite anterior, ao calçar as botas nos pezinhos surrados de Rafael: arrasado, mas sabendo que essa não era sua dor.

Ele hesitou.

— Você e Tessa não poderiam ter um filho?

— Eu jamais poderia pedir a ela — disse Jem. — Ela já teve filhos. Eram lindos, e já se foram. Crianças devem ser nossa imortalidade, mas e se você vive para sempre e seu filho não? Eu vi como ela foi obrigada a cortar o vínculo. Vi o que custou. Não vou pedir que sofra assim novamente.

Rafe ergueu os bracinhos para pedir colo. Alec o pegou. Os corações dos feiticeiros batiam diferente, e Alec estava acostumado a ouvir o som dos corações de Magnus e Max, infinitamente firmes e reconfortantes. Era estranho segurar uma criança com batimentos cardíacos mortais, mas Alec estava se acostumando ao novo ritmo.

O sol da tarde queimava as paredes brancas da rua por onde andavam. As sombras eram longas atrás deles, mas a cidade continuava iluminada, e pela primeira vez Alec percebeu como ela poderia ser adorável.

Vez ou outra, Alec se desesperava, pensando que o mundo não podia mudar, ou mesmo que não podia mudar depressa o bastante. Ele não era imortal, nem queria ser, mas havia momentos em que temia não viver o bastante, em que temia nunca ter a chance de segurar as mãos de Magnus na frente de todos que amava e declamar seus votos sacros.

Nesses momentos, havia uma imagem à qual Alec recorria para combater a exaustão e a rendição, um lembrete para sempre continuar lutando.

Quando ele se fosse, quando virasse pó e cinzas, Magnus ainda estaria caminhando por este mundo. Se o mundo mudasse para melhor, então esse futuro desconhecido seria melhor para Magnus. Alec imaginava que num dia quente como o de hoje, numa rua desconhecida de uma terra desconhecida, Magnus veria algo de bom que o fizesse se lembrar de Alec, como se o mundo tivesse mudado porque Alec vivera nele. Ele mesmo não conseguia imaginar como seria esse mundo.

Mas conseguia imaginar, em um futuro distante, o rosto que mais amava.

#

Jem contou a Tessa sobre o que viram e quem procurariam no Mercado das Sombras.

Lily viu o olhar de Jem para ela enquanto ele explicava.

— O que você está olhando, sanduíche de Jemleia e pasta de amendoim delicioso?

Tessa riu.

— Tenho mais apelidos — contou Lily a ela, encorajada. — Eu simplesmente tenho as ideias. Quer ouvir?

— Na verdade, não — respondeu Jem.

— Definitivamente não! — disparou Alec.

— Sim! — exclamou Tessa. — Sim, quero muito!

Lily a entreteve com diversos apelidos pelo caminho até o Mercado das Sombras. A risada de Tessa era como música para Jem, mas ele ficou feliz quando chegaram ao Mercado, ainda que o lugar fosse uma fortaleza de arame farpado e a porta tivesse sido fechada na cara deles na última tentativa.

Só que desta vez a porta estava aberta.

Jem já estava acostumado a Mercados das Sombras a essa altura, após anos vasculhando por eles em busca de respostas sobre demônios e Herondales. Também estava acostumado a ser um pouco conspícuo entre os frequentadores do local.

Mas naquela noite estavam todos olhando para Alec e Lily. A Rainha do Mercado das Sombras, uma jovem um tanto digna e adorável, surgiu em meio às barracas para recebê-los pessoalmente. Alec a puxou de lado para contar sobre seus planos para aquela noite e pedir ajuda. A Rainha sorriu e concordou.

— Eles são da *Aliança*. — Ele ouviu um licantropo adolescente sussurrar para outro em tom impressionado.

Alec abaixou a cabeça e acariciou os cabelos de Rafe. Estava ligeiramente perturbado com tanta atenção.

Jem encontrou os olhos de Tessa e sorriu. Eles tinham visto mais de uma geração passar, brilhantes e esperançosas, mas Alec era uma novidade completa.

O Caçador de Sombras parou para falar com uma fada adolescente.

— Rose, você viu uma mulher fada com cabelos de dente-de-leão no Mercado hoje?

— Você deve estar falando da Mãe Hawthorn — respondeu Rose. — Ela está sempre aqui. Costuma contar histórias para as crianças. Adora crianças. Detesta todo o restante. Se está procurando por ela, fique perto das crianças. Ela certamente vai aparecer.

Então foram em direção à fogueira onde a maioria das crianças estava reunida e uma fada tocava uma concertina. Jem sorriu ao ouvir a música.

Rafe agarrou a camisa de Alec e ficou olhando em volta com inveja. As outras crianças pareciam intimidadas por sua carranca.

Uma feiticeira adolescente estava fazendo truques de mágica, criando bonecos de sombras na fumaça do fogo. Tessa sussurrou algumas dicas úteis ao ouvido da garota. Até Rafe riu, e todo o mau humor desapareceu de seu rosto. Ele era só uma criança, apoiada em Alec, aprendendo a ser feliz.

— Ele acha que ela é muito boa — Lily traduziu o que Rafe dizia. — Ele gosta de mágica, mas a maioria dos feiticeiros poderosos já foi embora há séculos. Ele quer saber se o homem legal sabe fazer isso.

Alec pegou o celular e mostrou a Rafael um vídeo de Magnus e uma luz enfeitiçada.

— Olha, ela fica vermelha — disse Alec, e Rafe instantaneamente pegou o telefone. — Não, não se deve agarrar! Tem que parar de roubar. Preciso responder à mensagem de Magnus em algum momento, e não vou conseguir fazer isso se você continuar roubando meu telefone.

Alec olhou das chamas iridescentes saltitantes para Jem.

— Eu estava pensando se você poderia me dar um conselho, na verdade — pediu. — Quer dizer, você estava falando tudo aquilo mais cedo. Tipo... coisas românticas. Você sempre sabe o que dizer.

— Eu? — perguntou Jem, espantado. — Não, nunca pensei em mim como alguém bom com as palavras. Eu gosto de música. É mais fácil expressar o que sentimos com música.

— Alec tem razão — concordou Tessa.

Jem piscou.

— Tem?

— Em alguns dos momentos mais difíceis e mais sombrios da minha vida, você sempre soube o que dizer para me confortar — revelou Tessa. — Tive um de meus piores momentos quando éramos jovens e nos conhecíamos há pouco tempo. Você veio e disse palavras que carreguei comigo como se fossem luz. Foi uma das coisas que fizeram eu me apaixonar por você.

Ela levou a mão ao rosto dele, seus dedos traçando as cicatrizes ali presentes. Jem deu um beijo no pulso dela.

— Se minhas palavras serviram de conforto, então empatamos — disse ele. — Sua voz é a música que mais amo no mundo.

— Veja só — murmurou Alec sombriamente para Lily.

— A gente realmente ama um cara gato e eloquente — disse Lily.

Tessa se inclinou para Jem e sussurrou, na língua que tinha aprendido para ele:

— *Wŏ ài nĭ.*

E naquele instante, encarando os olhos dela, Jem viu um lampejo de movimento e em seguida uma quietude na escuridão. A fada com cabelos de dente-de-leão vinha em direção às crianças, empurrando seu carrinho cheio de venenos. Ela parou ao ver Jem. Ela o reconheceu, assim como ele a ela.

— Mãe Hawthorn — disse a feiticeira com quem Tessa havia conversado. — Você veio nos contar uma história?

— Sim — disse Jem. Ele se levantou e se aproximou da feiticeira. — Queremos ouvir uma história. Queremos ouvir por que você odeia os Herondale.

Os olhos de Mãe Hawthorn se arregalaram. Eles não tinham cor nem pupila, como se seus globos oculares tivessem sido preenchidos por água. Por um instante, Jem pensou que ela fosse correr e se preparou para ir atrás. Tessa e Alec também estavam prontos para persegui-la. Jem já havia esperado tempo demais para aguardar mais um instante sequer.

Então Mãe Hawthorn olhou para as crianças e encolheu os ombros magros.

— Ah, sim — disse ela. — Esperei mais de um século para me vangloriar de um truque. Creio que não tenha importância agora. Deixe-me contar a história do Primeiro Herdeiro.

#

Encontraram uma fogueira solitária para escutar um conto sombrio longe das crianças, exceto por Rafael, que tinha o rosto solene e permanecia em silêncio sob a curva protetora do braço de Alec. Jem se sentou com seus amigos e sua amada para ouvir também. Luzes e sombras giravam em uma longa dança e, junto à estranha fogueira do Mercado das Sombras, uma velha mulher tecia um conto sobre a Terra das Fadas.

— As cortes Seelie e Unseelie sempre estiveram em guerra, mas há épocas de guerra que vestem a máscara da paz. Houve até um tempo em que o Rei da Corte Unseelie e a Rainha da Corte Seelie estabeleceram uma trégua secreta e realizaram uma união para selarem o acordo. Conceberam um filho juntos e concordaram que um dia a criança herdaria ambos os tronos Seelie e Unseelie, unindo assim todo o Reino das Fadas. O Rei queria que todos os seus filhos fossem criados como guerreiros impiedosos, e acreditava que esse Primeiro Herdeiro seria o melhor de todos. Considerando que

A terra que perdi

319

a criança não teria mãe na Corte Unseelie, ele contratou meus serviços, e me senti honrada. Sempre gostei de crianças. Já fui chamada de a grande parteira fada.

"O Rei da Corte Unseelie não esperava por uma filha, mas quando a criança nasceu, veio uma menina. Ela me foi entregue em mãos na Corte Unseelie no dia em que chegou ao mundo e, de lá até hoje, a luz de seus olhos foi a única coisa que desejei.

"O Rei Unseelie ficou descontente com a filha e a Rainha Seelie se enfureceu por ele, mesmo descontente, não tê-la devolvido. Veio então uma profecia de nossos adivinhos, de que o dia em que o Primeiro Herdeiro buscasse seus plenos poderes, todo o Reino das Fadas sucumbiria sob as sombras. O Rei ficou furioso, e a Rainha, apavorada, e de repente todas as sombras e águas da minha terra pareciam ameaçar aquela garotinha que eu tanto amava. A guerra entre Seelie e Unseelie se tornou mais furiosa e voraz após a breve paz, e as fadas cochichavam que a Primeira Herdeira era amaldiçoada. Então ela fugiu, temendo por sua vida.

"Eu não a chamava de Primeira Herdeira. Seu nome era Auraline, e ela era a criatura mais adorável que já existiu.

"Auraline buscou refúgio no mundo mortal e o achou lindo. Ela sempre buscava a beleza da vida, e sempre se entristecia ao encontrar maldade no lugar. Ela gostava de ir ao Mercado das Sombras e de se misturar aos integrantes do Submundo que não sabiam sobre seu nascimento e não a considerariam amaldiçoada.

"Após visitar o Mercado das Sombras por muitas décadas, ela conheceu um mágico que a fez rir.

"Ele se chamava de Roland, o Estupendo, Roland, o Extraordinário, Roland, o Incrível, como se ele fosse especial, quando ela era a diferente. Detestei aquele menino insolente desde que botei os olhos nele.

"Quando ele não estava se intitulando com um de seus nomes tolos de mágico, ele se chamava Roland Loss, mas isso era outra mentira."

— Não — disse Tessa suavemente. — Não era.

Ninguém além de Jem a escutou.

— Tinha uma feiticeira que ele dizia amar como mãe, mas Roland não era feiticeiro, nem tampouco um mundano com o dom da Visão. Ele era algo muito mais mortal do que isso. Descobri o segredo da feiticeira. Ela levou uma criança Caçadora de Sombras para o estrangeiro e o criou nos

Estados Unidos, fingindo que ele não era Nephilim. Roland era descendente dessa criança, e foi atraído pelo nosso mundo, pois seu sangue o chamava. O verdadeiro nome do menino era Roland Herondale.

"Roland desconfiava bastante de suas origens, e pagou para conseguir mais informações no Mercado. Ele contou todos os seus segredos a Auraline. Disse que não podia procurar os Nephilim e ser um deles, pois isso colocaria em risco a feiticeira que ele amava como uma segunda mãe. Em vez disso, ele disse que se tornaria o maior mágico do mundo.

"Auraline então ficou displicente. Contou a ele sobre a profecia e sobre os perigos que a rondavam.

"Roland disse que ambos eram crianças perdidas e que iam sumir juntos. Que não se importava de estar perdido, contanto que permanecesse ao lado dela. Auraline jurou o mesmo. Ele a atraiu para longe de mim. Ele a chamou para morarem juntos no mundo mortal. Ele a condenou e chamou isso de amor.

"Eles fugiram juntos, e a fúria do Rei foi um incêndio que consumiu uma floresta. Ele queria que a profecia fosse mantida em segredo, o que significava que precisava de Auraline de volta sob sua tutela ou morta. Então enviou seus mensageiros de confiança a todos os cantos do mundo para caçá-la, até mesmo os sanguinários Cavaleiros de Mannan. Ele botou todos os piores seres do Reino das Fadas atrás dela. Eu também fiquei de olho, e o amor me deu a visão mais aguçada. Encontrei-a uma dúzia de vezes, no entanto nunca revelei ao Rei onde ela estava. Jamais vou perdoá-lo por ter se voltado contra ela. Fui a todos os Mercados das Sombras em que Auraline esteve e os vi juntos, minha linda Primeira Herdeira e aquele menino horroroso. Ah, como ela o amava, e ah, como eu o detestava.

"Estive em um Mercado das Sombras não muito tempo depois que Roland e Auraline fugiram juntos, e lá vi mais um menino anjo, orgulhoso como Deus. Ele me contou sobre sua alta posição entre os Nephilim, e eu soube que seu *parabatai* era outro Herondale. Fiz um truque cruel contra ele. Espero que tenha pagado com sangue por sua arrogância."

— Matthew — sussurrou Tessa, o nome soando estranho em sua boca, dito pela primeira vez em anos.

Matthew Fairchild foi *parabatai* do filho de Tessa, James Herondale. Jem sabia que uma fada tinha levado Matthew a fazer uma coisa terrível, mas achava que tinha sido só por despeito, não por vingança.

Até a voz dessa fada parecia cansada. Jem se lembrava dessa sensação, perto do fim de seus dias como Irmão do Silêncio. Ele se lembrava do vazio.

— Mas que importância isso tem? — perguntou a mulher, como se falasse sozinha. — Que importância tinha? Muitos anos se passaram. Auraline passou década após década com seu mágico, na sujeira do mundo mundano, minha menina nascida em trono de ouro. Permaneceram juntos por todos os dias da vida dele. Auraline compartilhou o que pôde do seu poder de fada com Roland, e ele passou mais tempo sendo jovem, e viveu mais tempo do que a maioria dos imundos de sua espécie era capaz. Ela desperdiçou sua mágica, como uma pessoa prolongando a vida de uma flor: só é possível fazer a flor durar um pouquinho mais de tempo antes que murche. Finalmente, Roland envelheceu, e envelheceu mais, tal qual qualquer mortal, até chegar ao fim, e Auraline encontrou o fim com ele. Uma fada pode escolher a estação de sua própria morte. Eu sabia como seria na primeira vez em que os vi juntos. Vi a morte nos olhos sorridentes dele.

"Minha Auraline. Quando Roland Herondale morreu, ela deitou sua cabeça dourada no travesseiro ao lado de seu amor mortal e nunca mais se levantou. A criança deles chorou por ambos e depositou flores em seus túmulos. Auraline poderia ter vivido por mais um século, mas foi caçada ao ponto do desespero, e jogou sua vida fora por um tolo amor mortal.

"A criança chorou, mas eu não. Meus olhos se mantiveram tão secos quanto a poeira e as flores mortas em seus túmulos. Detestei Roland desde o dia em que ele a tomou de mim. Detesto todos os Nephilim por *ela*, e os Herondale mais do que tudo. Caçadores de Sombras destroem tudo o que tocam. A criança de Auraline teve uma criança. Ainda há um Primeiro Herdeiro no mundo. E quando ele se erguer, em toda a terrível glória trazida pelos sangues Seelie, Unseelie e Nephilim, torço para que a destruição chegue aos Caçadores de Sombras assim como ao Reino das Fadas. Torço para que o mundo todo se perca."

Jem pensou na descendente de Roland e Auraline, Rosemary, e no homem que ela amara. Talvez já tivessem um filho a essa altura. A maldição de que as fadas falaram já tinha ceifado vidas. Esse perigo era muito maior do que ele havia suspeitado. Jem precisava proteger Rosemary contra o Rei Unseelie e contra os Cavaleiros que traziam a morte. Se havia uma criança, Jem tinha que salvá-la. Ele já fracassara em salvar tantas.

Jem se levantou e deixou Mãe Hawthorn. Foi até o perímetro do Mercado cercado de arame, desesperadamente apressado, como se pudesse correr de volta para o passado e salvar os que havia perdido por lá.

Quando parou, Tessa o tinha alcançado. Ela segurou seus braços, e quando ele parou de tremer, ela puxou a cabeça de Jem para baixo, para bem pertinho da dela.

— Jem, meu Jem. Tudo bem. Achei uma história bonita — falou.

— *Quê?*

— Não a dela — corrigiu Tessa. — Não a história de sua visão distorcida e de suas escolhas deploráveis. Consigo ver a história por trás. A história de Auraline e Roland.

— Mas todas as pessoas que se feriram — murmurou Jem. — As crianças que amávamos.

— Meu James conhecia o poder de uma história de amor, assim como eu — disse Tessa. — Independentemente do quão sombrio e desesperançoso o mundo parecesse, Lucie sempre conseguia enxergar beleza em uma história. Sei o que eles teriam achado.

— Sinto muito — disse Jem instantaneamente.

Não fora sua intenção estimular Tessa a falar sobre os filhos. Sabia como a perda devia ter sido dolorosa para ela. Toda vez que ele sonhava em ter um filho, ele se lembrava da dor que ela enfrentara, e aí sabia que jamais poderia pedir a ela para tolerar mais alguma perda. Tessa era suficiente para ele: e sempre seria.

— Auraline cresceu em pânico. Ela se sentia amaldiçoada. E ele era um perdido, um errante. Pareciam destinados ao sofrimento. Mas se encontraram, Jem. Ficaram juntos e felizes, por todos os dias de suas vidas. A história dela é exatamente como a minha, porque eu encontrei você.

O sorriso de Tessa iluminava a noite. Ela sempre trazia esperança quando ele estava em desespero, assim como trazia palavras quando dentro dele tudo era silêncio. Jem a puxou para si e a abraçou com força.

#

— Espero que tenham descoberto o que queriam hoje — disse Alec a Jem e Tessa quando chegaram aos quartos.

Jem lhe pareceu bem chateado quando se afastou da fogueira; e ele e Tessa estavam com expressões bem diferentes quando retornaram.

A terra que perdi

323

— Espero que eles estejam bem — falou Alec quando os dois saíram para se preparar para a visita da meia-noite à casa do feiticeiro.

— Claro que Tessa está bem — disse Lily. — Você sabe, ela pode ir ao Jemnásio sempre que quer.

— Nunca mais falo com você se esses nomes não pararem — repreendeu Alec, juntando suas flechas e guardando adagas e lâminas serafim em seu cinto de armas.

Ele se flagrou pensando na forma triste como Jem pronunciara *parabatai*. Fez Alec se lembrar da sombra que pairava sobre seu pai, a ferida onde deveria haver um *parabatai*. Fez com que pensasse em Jace. Desde que se entendia por gente, Alec amava e se sentia responsável por sua família. Nunca houve escolha, mas com Jace era diferente. Jace, seu *parabatai*, foi a primeira pessoa que o escolheu. A primeira vez que Alec resolveu escolher alguém e assumir mais uma responsabilidade. A primeira escolha, que abriu a porta para todas as outras.

Alec respirou fundo e digitou SAUDADES no telefone.

Imediatamente recebeu a resposta. EU TAMBÉM, e se permitiu respirar, a dor no peito mais fraca agora. Jace estava lá, esperando por ele em Nova York junto ao restante de sua família. Falar sobre sentimentos não era tão ruim assim.

Então recebeu outra mensagem.

TD BEM?

Em rápida sucessão, recebeu várias outras.

TÁ COM ALGUM PROBLEMA?

LEVOU PANCADA NA CABEÇA?

Então recebeu uma mensagem de Clary.

POR QUE JACE RECEBEU UMA MENSAGEM SUA E PARECEU BEM FE-LIZ, E DE REPENTE FICOU MUITO PREOCUPADO? ESTÁ ACONTECENDO ALGUMA COISA?

Falar sobre sentimentos era a pior coisa. Depois que você fazia pela primeira vez, todo mundo começava a exigir que fizesse com mais frequência.

Alec digitou um TUDO BEM irritado e depois chamou com cuidado:

— Rafe?

Rafael se levantou imediatamente da cama.

— Quer o telefone de volta? — perguntou Alec. — Aqui. Pode pegar. Não se preocupe se mais alguma mensagem chegar. Só me mostre se tiver alguma foto.

Ele não sabia o quanto Rafael tinha entendido de suas palavras. Desconfiava que não muito, mas Rafe certamente entendera o gesto de Alec oferecendo o telefone. Estendeu as mãos ansiosamente.

— Você é um bom menino, Rafe. Leve esse telefone pra longe de mim.

#

— Vamos entrar na casa escondidos em carrinhos de roupa suja? — perguntou Lily, empolgada.

Alec piscou para ela.

— Não, não vamos. Que carrinhos de roupa suja? Sou uma pessoa direta. Vou bater na porta.

Ele estava com Lily na rua de paralelepípedo diante da grande casa cinza. Jem e Tessa esperavam no telhado. Alec amarrou Rafe ao pulso de Jem, literalmente.

— Sei que Rafael roubou seu celular — disse Lily —, mas quem roubou seu espírito de aventura?

Alec esperou e a porta foi aberta. Um feiticeiro piscou para ele. Parecia ter trinta e poucos anos, um empresário com cabelos louros e curtos e nenhuma marca de feiticeiro visível, até ele abrir a boca e Alec notar a língua bifurcada.

— Ah, oi — disse ele. — Você é mais um dos homens de Clive Breakspear?

— Sou Alec Lightwood.

A expressão do feiticeiro se desanuviou.

— Entendi! Já ouvi falar sobre você. — Deu uma piscadela. — Gosta de feiticeiros, não é mesmo?

— De alguns — respondeu Alec.

— Quer sua parte, imagino?

— Isso mesmo.

— Sem problemas — disse o feiticeiro a ele. — Você e sua amiga vampira deveriam entrar, e eu explicarei o que quero em troca. Acho que a vampira vai gostar muito. Eles não gostam de licantropes, não é mesmo?

— Não gosto da maioria das pessoas — Lily facilitou as coisas. — Mas adoro assassinato!

O feiticeiro gesticulou para permitir que eles penetrassem as barreiras protetoras e os conduziu por um saguão de entrada hexagonal, que tinha um teto talhado num formato parecido com cubinhos de gelatina. O quartzo verde do recinto brilhava como jade. Não havia qualquer sinal de ruína ou decadência ali. O feiticeiro claramente era abonado.

Havia diversas portas, todas pintadas de branco, dispostas em muitas paredes. O feiticeiro escolheu uma e levou Alec e Lily por degraus de pedras em meio à escuridão. O cheiro alcançou Alec antes da visão.

Havia uma passagem de pedra, com tochas ardentes nas paredes e sulcos de ambos os lados para sujeira e sangue. Pelo corredor havia fileiras de jaulas. Olhos brilhavam por trás das grades, captando a luz do fogo da mesma forma com que os olhos de Juliette refletiam o trono no Mercado das Sombras. Algumas jaulas estavam vazias. Em outras, havia formas encolhidas inertes.

— Então você tem sequestrado mulheres licantropes e os Caçadores de Sombras têm ajudado — deduziu Alec.

O feiticeiro assentiu, um sorriso alegre.

— Por que licantropes? — perguntou Alec sombriamente.

— Bem, feiticeiros e vampiros não podem gerar filhos, e fadas têm certa dificuldade — disse o feiticeiro em tom de praticidade. — Mas os licantropes procriam com mais facilidade e têm muita força animal. Todo mundo diz que integrantes do Submundo não podem ter filhos feiticeiros, que os corpos sempre rejeitam, mas pensei em colocar um pouco de magia na mistura. Pessoas comentam sobre um feiticeiro nascido de uma Caçadora de Sombras, e isso deve ser uma lenda, mas me fez pensar... Imagine o poder que um feiticeiro pode ter, se nascido de uma mãe licantrope e um pai demônio. — Ele deu de ombros. — Parece válido tentar. Claro, você desgasta a licantrope numa velocidade incrível.

— Quantas morreram? — perguntou Lily casualmente. Sua expressão era incompreensível.

— Ah, algumas — admitiu o feiticeiro com bom humor. — Sempre preciso de suprimentos frescos, então fico feliz em pagar para que consigam mais. Mas esses experimentos não têm funcionado tão bem quanto eu gostaria. Nada deu certo ainda. Você é, hum, próximo de Magnus Bane, não é? Eu provavelmente sou o feiticeiro mais poderoso que você irá conhecer, mas soube que ele também é muito bom. Se você conseguir que Magnus venha ser meu assistente, será muito bem recompensado. Ele também. Acho que vocês dois ficarão muito felizes.

— Sim, espero que sim — afirmou Alec.

Não era a primeira vez que alguém presumia que Magnus estava à venda. Não era a primeira vez que alguém presumia que, por Alec se relacionar com Magnus, ele era sujo.

Isso costumava irritá-lo. Ainda irritava, mas Alec tinha aprendido a se utilizar disso.

O feiticeiro virou as costas, investigando as jaulas como se estivesse selecionando um produto de uma bancada na feira.

— Então, o que me diz? — perguntou diretamente. — Temos um acordo?

— Ainda não sei — disse Alec. — Você não sabe o meu preço.

O feiticeiro gargalhou.

— E qual é?

Alec golpeou os pés do feiticeiro, fazendo-o tombar de joelhos. Então sacou sua lâmina serafim e a segurou contra a garganta do homem.

— Todas as mulheres serão libertadas — disse. — E você está preso.

Alec percebeu por que o feiticeiro utilizava fogo, e não luz enfeitiçada ou eletricidade, quando uma tocha caiu da parede, bem em cima da palha. Lily, que estava se ajoelhando para falar com alguém atrás das barras, rolou rapidamente para fugir das chamas. Aí se pôs de pé, as presas de vampiro já expostas. Alec teve que saltar para apagar o fogo.

O feiticeiro era bom, pensou Alec enquanto o mundo à sua volta ficava alaranjado. Não era apenas o fogo, mas também magia refletida nas grades, cegando o Caçador de Sombras com a luz.

Então outro clarão rechaçou os fios laranja de mágica: um cinza perolado cortando toda a escuridão. Tessa Gray, filha de um Príncipe do Inferno, estava ao pé da escadaria, com as mãos brilhando.

A magia de Tessa o cercava totalmente. Alec tinha aprendido a sentir magia ao longo dos anos, a manipulá-la e utilizá-la como mais uma arma a seu favor. Esse não era o poder sibilante ao qual estava acostumado, tão conhecido e apreciado quanto seu arco, mas parecia amigável. Ele deixou a magia de Tessa envolvê-lo, refrescante e protetora, enquanto desviava dos poderes flamejantes do feiticeiro.

— O feiticeiro mais poderoso que já vi? — desdenhou Alec. — Ela cortou suas barreiras protetoras como se fossem lenço de papel. E meu homem acabaria com você *num piscar de olhos*.

Só que Alec tinha cometido um erro, pois fora confiante demais. Não ouviu a rendição de Tessa e não viu a sombra que surgia antes de lançar sua lâmina contra o feiticeiro.

A terra que perdi

327

A lâmina serafim de Clive Breakspear se chocou contra a dele. Alec encontrou o olhar furioso do chefe do Instituto de Buenos Aires. Então olhou para Tessa, que lutava contra três Caçadores de Sombras enquanto Jem chegava para ajudar, e para Lily, com outro Caçador de Sombras que agora avançava para cima dela. Vislumbrou o feiticeiro, que estava derrubando todas as tochas. Alec já havia se acostumado a visualizar toda a batalha, lutando de longe.

Tarde demais, ele viu a lâmina na mão de Clive Breakspear mirando seu coração.

Rafael saiu das sombras e cravou os dentes no pulso de Breakspear, que deixou a arma cair. O homem rugiu e, com toda a força Nephilim, que deveria ser usada para proteger os indefesos, jogou Rafael contra as grades de uma das jaulas. Ouviu-se um barulho assustador de algo rachando.

— *Não!* — berrou Alec.

Alec acertou o rosto de Breakspear com as costas da mão. O feiticeiro jogou uma tocha aos seus pés, mas Alec pisoteou as chamas e pegou o feiticeiro pela garganta, levantando o homem como uma boneca de pano, aí deu com a cabeça do sujeito na testa de Breakspear. Os olhos do feiticeiro se reviraram, mas Breakspear apenas gritou para exprimir sua revolta e atacou Alec. Ainda havia uma lâmina serafim brilhando em sua mão, mas ela terminou quebrada por Alec, que em seguida usou sua força para obrigar o diretor corrupto do Instituto a se ajoelhar. Agora Alec estava postado sobre eles, arfando tanto que seu peito parecia prestes a arrebentar. Queria matar a ambos.

Apenas Rafael estava ali. Magnus e Max estavam em casa, esperando por ele. Tessa, Jem e Lily tinham eliminado rapidamente os Caçadores de Sombras que os atacaram. Alec se virou para Tessa.

— Pode enfeitiçar cordas para prendê-los? — perguntou. — Eles precisam ser julgados.

Tessa avançou. Lily também. Alec sabia que a situação era desesperadora porque Lily não fez nenhuma piada sobre cometer um massacre. Ele já estava no limite. E temia aceitar a proposta dela, mesmo que viesse em forma de piada.

Alec correu até onde Rafael estava. O corpinho era uma forma pequena e molenga na sujeira. Alec pegou Rafe no colo, sentindo sua garganta fechar. Agora ele entendia o que tinha encontrado em Buenos Aires. Entendia que podia ser tarde demais.

O rosto sujo de Rafael estava imóvel. Ele mal respirava. Jem correu para ajoelhar perto deles.

— Sinto muito, ele soltou a corda, entrei atrás dele, mas... mas...

— Não é culpa sua — respondeu Alec, entorpecido.

— Dê aqui para mim — pediu Jem.

Alec o encarou, e logo depois colocou Rafe em seus braços.

— Cuide dele — disse. — Por favor.

Jem pegou Rafe e correu em direção a Tessa, e juntos eles subiram apressados pelos degraus de pedra. Ainda havia magia laranja no ar, e as chamas haviam se espalhado. A fumaça estava subindo velozmente numa nuvem espessa.

Uma das licantropes esticou a mão emaciada e agarrou a grade.

— Ajuda a gente!

Alec pegou um machado com cabeça de electrum de seu cinto e abriu a tranca da jaula.

— Vim aqui para isso — fez uma pausa. — Hum, Lily, tem alguma chave com aquele feiticeiro?

— Sim — respondeu Lily. — Acabei de pegar. Vou abrir as portas com as chaves e você pode continuar com essa coisa dramática do machado.

— Tudo bem — concordou Alec.

A licantrope que tinha pedido ajuda correu dali assim que se libertou. A mulher da jaula ao lado estava inconsciente. Alec entrou e se ajoelhou ao lado dela, e foi então que ouviu o barulho de luta irrompendo no topo da escadaria.

Ele pegou a mulher no colo e correu para lá.

Tessa e Jem estavam no corredor, quase na porta. A casa em chamas estava cheia de Caçadores de Sombras, mas Jem não podia lutar porque estava segurando Rafael. Tessa estava fazendo o possível para abrir caminho para ele, mas Rafael também precisava de sua ajuda.

— Onde está nosso líder? — gritou um homem.

— Você chama *aquilo* de líder? — gritou Alec de volta. Ele olhou para a mulher em seus braços e a exibiu para que os Caçadores de Sombras de Buenos Aires pudessem ver. — Ele ajudou um feiticeiro a fazer isto aqui. Ele esmagou o corpo de uma criança contra uma parede. É isso que querem como líder? É isso que querem *ser*?

Muitos Caçadores de Sombras olharam confusos para ele. Lily rapidamente gritou uma tradução.

A terra que perdi

Joaquín deu um passo a frente.

— Ele disse aos outros para recuarem — traduziu Lily, baixinho.

O homem que tinha clamado por seu líder deu um soco na boca de Joaquín. Outro Caçador de Sombras gritou, furioso, e sacou um chicote, atacando o homem.

Alec passou os olhos pela multidão. Alguns dos Caçadores de Sombras pareciam sem saber de qual lado lutar, mas Caçadores de Sombras eram soldados. Muitos deles seguiriam quaisquer ordens que tivessem recebido, enfrentando Joaquín e Alec e quem mais se colocasse no caminho deles para chegar a um líder indigno. Estavam bloqueando a passagem de Jem e Tessa. Estavam impedindo que Rafe recebesse ajuda.

As portas da casa em chamas se abriram. A Rainha do Mercado das Sombras estava lá, a silhueta marcada pela fumaça.

— Vão até Alec! — gritou Juliette, e uma dúzia de lobisomens e vampiros obedeceram.

Ela abriu caminho e permitiu que Jem e Tessa saíssem pela porta. Rafe finalmente estava fora daquele lugar de sujeira e fumaça. Alec foi lutando em direção a Juliette.

— *Mon Dieu* — suspirou ela quando viu a mulher nos braços de Alec.

Juliette fez um gesto e um feiticeiro saltou para levar a licantrope inconsciente para fora.

— Há mais mulheres lá embaixo — disse Alec. — Vou pegá-las. Alguns dos Caçadores de Sombras estão do nosso lado.

Juliette assentiu.

— Quais?

Alec se virou para ver Joaquín combatendo dois Caçadores de Sombras de uma vez só. O homem com o chicote que o ajudara tinha sido nocauteado.

— Aquele — apontou Alec. — E quem mais ele disser.

Juliette cerrou a mandíbula e começou a transformação, marchando pelo chão de quartzo verde até Joaquín. Ela cutucou o ombro de um dos homens que estava atacando o rapaz e, quando ele se virou, ela rasgou sua garganta com uma garra.

— Talvez possa deixá-los vivos! — gritou Alec. — Não esse cara, obviamente.

Joaquín olhava fixamente para Juliette, olhos arregalados. Alec se lembrou de que o rapaz já tinha ouvido histórias aterrorizantes sobre a Rainha do Mercado das Sombras. Juliette, com sangue nas mãos e luz do fogo nos cabelos, não estava exatamente fazendo um bom trabalho para desfazer a impressão.

— Não a machuque! — exclamou Alec. — Ela está conosco.

— Ah, ótimo — disse Joaquín.

Juliette semicerrou os olhos, desconfiada, no meio da fumaça.

— Você não é mau?

— Estou tentando não ser — respondeu Joaquín.

— *Bien* — disse ela. — Diga-me quem devo matar. Digo... prender, com vida se possível.

Alec os deixou se entendendo, girou e correu para a escada, com Lily em seu encalço. A fumaça estava densa no corredor agora. Alec viu que já havia Caçadores de Sombras ali, levando Clive Breakspear e seu comparsa feiticeiro para fora, e sorriu zombeteiramente.

— Se sua lealdade está com a Clave, coloque-os sob vigilância. Eles vão a julgamento.

Ele e Lily abriram as portas restantes. As mulheres que conseguiam andar sozinhas o fizeram. Muitas não davam conta. Alec foi pegando uma de cada vez e levando-as para fora. Lily ajudou as mulheres que precisavam de apoio. Alec as entregava aos integrantes do Submundo do Mercado das Sombras sempre que possível, a fim de conseguir voltar mais rápido para o porão. Ele alcançou o topo da escadaria com mais uma mulher nos braços e viu que o corredor estava deserto, tomado pela fumaça e pela alvenaria que desabava. Todos fugiram da armadilha mortal que a casa tinha se tornado.

Alec colocou a mulher nos braços de Lily, que era mignon o suficiente para ter dificuldade para carregá-la, mas forte o bastante para aguentar o peso.

— Leve-a. Tenho que buscar as outras.

— Não quero ir! — gritou Lily sobre o fogo que estalava. — Nunca mais quero abandonar ninguém!

— Você não vai abandonar. Lily, vá.

Lily saiu cambaleando para a porta sob seu fardo pesado, chorando. Alec retornou para dentro da casa. A fumaça tinha transformado o mundo à sua volta num inferno cinza. Ele não conseguia enxergar, nem respirar.

Alguém o agarrou pelo ombro. Joaquín tinha ficado.

— Você não pode descer! — arfou. — Sinto muito por essas mulheres, mas elas são...

— Do Submundo? — completou Alec friamente.

— É perigoso demais. E você... você tem muito a perder.

Magnus, Max. Se Alec fechasse os olhos, podia vê-los com absoluta clareza. Mas sabia que tinha de ser digno de voltar.

Joaquín ainda o segurava. Alec se desvencilhou, sem gentileza.

— Não vou deixar nenhuma mulher lá embaixo, molestada e esquecida — falou. — *Nenhuma.* Um Caçador de Sombras de verdade nunca faria isso.

Enquanto descia pelos degraus do inferno, ele olhou para Joaquín.

— Você pode ir — disse Alec. — Se for, ainda poderá se declarar um Caçador de Sombras. Mas realmente será um?

#

Rafael estava deitado na rua de paralelepípedos, junto a Jem e Tessa, que cuidavam dele. Jem havia recorrido a todos os encantos silenciosos aprendidos entre os Irmãos do Silêncio. Tessa evocara cada feitiço de cura aprendido no Labirinto Espiral. Jem sabia, por uma longa e amarga experiência, que havia muitas fraturas e feridas naquele corpinho.

Um incêndio e uma batalha em progresso. Jem não podia prestar atenção a nada disso, não podia se importar com nada além da criança em suas mãos.

— Díctamo, Jem — sussurrou Tessa desesperadamente. — Preciso de díctamo.

Jem se levantou, procurando na multidão. Tinha tanta gente do Mercado das Sombras, certamente alguém poderia ajudar. Seu olhar pousou em Mãe Hawthorn, com o brilho de estrela em seus cabelos de dente-de-leão.

Ela encontrou o olhar e ameaçou correr, mas Jem ainda era rápido como um Caçador de Sombras quando necessário. Logo estava ao lado dela, segurando-a pelo pulso.

— Você tem díctamo?

— Se eu tiver — rosnou Mãe Hawthorn —, por que deveria dar a você?

— Sei o que fez, há mais de um século — disse ele. — Sei melhor do que você. Seu truque, fazendo um Caçador de Sombras envenenar outro? Envenenou um feto. Acha isso divertido?

A boca da fada empalideceu.

— Aquela criança morreu por sua culpa — disse Jem. — Agora tem outra criança que precisa da sua ajuda. Eu poderia tirar a erva de você. E o farei, se precisar. Mas estou lhe dando a chance de escolher.

— É tarde demais! — exclamou Mãe Hawthorn, e Jem sabia que ela estava pensando em Auraline.

— Sim — disse Jem, impiedoso. — É tarde demais para salvarmos os que perdemos. Mas essa criança ainda não está perdida. Essa chance ainda não se perdeu. Escolha.

Mãe Hawthorn desviou o rosto, sua boca comprimida. Mas aí remexeu dentro de sua algibeira velha pendurada no cinto e retirou a erva.

Jem pegou e correu para Tessa. O corpo de Rafael estava arqueado sob as mãos dela. A díctamo ganhou vida com seu toque, e Jem pegou as mãos de Tessa, unindo sua voz à dela ao entoarem em todas as línguas que já tinham ensinado um para o outro. As palavras eram como música, as mãos dadas eram como mágica, e eles puseram tudo o que sabiam, juntos, na criança.

Os olhos de Rafael se abriram. Houve um lampejo da magia perolada de Tessa em suas íris escuras, que logo sumiu. A criança sentou, parecendo perfeitamente bem, curada e um pouco irritada. Ele olhou para os rostos perturbados ao seu redor e perguntou em espanhol:

— Cadê ele?

— Está lá dentro — respondeu Lily.

A rua estreita de paralelepípedos estava cheia de integrantes do Mercado das Sombras cuidando das vítimas licantropes ou dos grupos de Caçadores de Sombras, com outros Caçadores de Sombras diferentes e extremamente nervosos ajudando, ou tentando apagar as chamas. Lily não estava fazendo nada. Só estava olhando para a casa, de braços cruzados e com os olhos escuros cheios de lágrimas.

Enquanto assistiam, parte do telhado ruiu. Rafe tentou se aproximar, mas Tessa correu e o agarrou, segurando-o enquanto o menino resistia. Jem se levantou.

— Não, Jem — disse Tessa. — Leve a criança daqui. Eu vou entrar lá.

Jem tentou pegar Rafe, mas ele estava se debatendo contra os dois. Então o menino parou. Jem se virou para ver o que ele estava olhando.

O que todos estavam olhando. Houve um murmúrio na multidão, e então silêncio. Jem não achava que ninguém do Mercado das Sombras ou do Instituto fosse esquecer o que tinha acontecido ali naquela noite.

Da fumaça, da construção em colapso, vinham dois Caçadores de Sombras com licantropes nos braços. Caminhavam altivos, com os rostos sujos, e as pessoas abriam caminho para que passassem.

As mulheres tinham sido salvas, e a criança também. Jem sentiu uma nova determinação crescer dentro de si. Tessa tinha razão. Se Rosemary podia ser salva, ele a salvaria. Se houvesse uma criança, ele e Tessa se colocariam entre ela e os Cavaleiros e o Rei.

Alec levou a licantrope até Tessa, que imediatamente começou a sugar a fumaça de seus pulmões usando magia. Em seguida, se ajoelhou diante de Rafe.

— Oi, meu bebê — cumprimentou Alec. — Você está bem?

Rafael podia não entender totalmente a língua, mas qualquer um compreenderia a mensagem de Alec de joelhos nos escombros, o amor e a preocupação em seu rosto. Alec abraçou o garotinho contra seu peito.

— Muito obrigado aos dois — agradeceu Alec a Tessa e a Jem. — Vocês são heróis.

— Não há de quê — disse Jem.

— Você é um idiota — resmungou Lily, e cobriu o rosto com as mãos.

Alec se levantou e a afagou nas costas, meio constrangido. Rafe estava agarrado ao seu outro braço. Então Alec se voltou para Juliette, que tinha chamado um de seus feiticeiros para cuidar da licantrope nos braços de Joaquín.

— Tiraram todas. — Juliette sorriu para ambos, a expressão contemplativa, como se fosse tão jovem quanto Rafe e estivesse vendo mágica pela primeira vez. — Vocês conseguiram.

— A licantrope que estava cuidando de Rafe — disse Alec. — Ela está... aqui?

Juliette olhou para as cinzas caindo sobre as ruas de paralelepípedos. O fogo estava apagando, agora que Tessa podia gastar sua magia para esfriar as chamas, mas a casa era uma ruína.

— Não — respondeu. — Minhas meninas disseram que ela foi uma das primeiras a morrer.

— Sinto muito — disse Alec a ela, e em seguida, ao falar com Rafe, sua voz mudou. — Rafe, tenho que te perguntar uma coisa — disse. — *Solomillo*...

— Carne? — Lily riu.

— Droga — murmurou Alec. — Desculpe, Rafe. Mas você quer ir comigo para Nova York? Você pode... eu preciso falar com... se não gostar de lá, não precisa...

Rafael ficou observando-o tropeçar nas palavras.

— Não te entendo, bobo — disse gentilmente em espanhol, e enfiou a cabeça embaixo do queixo de Alec, abraçando-o pelo pescoço.

— Certo — entendeu Alec. — Ótimo. Eu acho.

Tessa se afastou da casa queimada. Havia diversos feiticeiros na multidão que a observavam impressionados, percebeu Jem com orgulho. Ela marchou até o feiticeiro e o Diretor do Instituto de Buenos Aires, que estavam amarrados.

— Vamos pedir para Magnus abrir um Portal para eles? — perguntou ela.

— Ainda não — respondeu Alec.

Houve uma mudança em sua postura, seus ombros se aprumando, seu rosto firme. Não fosse pela criança em seus braços, ele poderia ter ficado assustador.

Alec Lightwood, líder da Aliança, disse:

— Primeiro quero uma palavrinha.

#

Alec olhou em volta, para os rostos reunidos. Sua respiração parecia cortar sua garganta e seus olhos ainda ardiam, mas ele estava com Rafe no colo, então estava tudo bem.

Exceto pelo fato de que ele não fazia ideia do que dizer. Não conseguia entender como tantos Caçadores de Sombras haviam colaborado para a captura e tortura daquelas mulheres. Desconfiava que a maioria deles tivesse meramente cumprido ordens de um líder, mas não sabia o quanto da responsabilidade deveriam assumir por seus atos. Se prendesse todo mundo, o Instituto de Buenos Aires ficaria uma ruína vazia. As pessoas dali mereciam proteção.

— Clive Breakspear, Diretor do Instituto de Buenos Aires, violou os Acordos e vai pagar por isso — disse, e então fez uma pausa. — Lily, pode traduzir para mim?

— Com certeza — respondeu Lily prontamente, e assim o fez.

Alec a ouviu falar, observou os rostos das pessoas escutando e notou alguns sorrisos. Aí ouviu mais atentamente e identificou uma palavra.

— *Boludo* — disse Alec a Jem. — O que significa isso?

Jem tossiu.

— Não é bem... uma palavra educada.

— Eu sabia — disse Alec. — Lily, pare de traduzir! Desculpe, Jem, será que você poderia fazer isso no lugar dela?

Jem assentiu.

— Vou fazer o melhor que puder.

— O líder do seu Instituto envergonhou a todos nós — falou Alec aos Caçadores de Sombras. — Eu poderia levar todo mundo daqui para Alicante. Poderia fazer cada um de vocês enfrentar o julgamento da Espada. Sei que foram abandonados depois da guerra e que precisaram se reconstruir da melhor maneira possível, e em vez de guiá-los, esse homem lhes trouxe mais ruína. Mas a Lei diz que eu deveria fazer com que todos vocês pagassem.

Alec pensou em Helen e em Mark Blackthorn, separados de sua família pela Paz Fria. Pensou na maneira como Magnus enterrara o rosto nas mãos, desesperado, quando a Paz Fria fora aprovada. Alec nunca mais queria ver aquele desespero outra vez. Todos os dias desde então, ele tentava encontrar maneiras de viverem todos unidos.

— O que aconteceu naquela casa deveria enojar qualquer Caçador de Sombras — continuou Alec. — Temos que recuperar a confiança de todos com quem falhamos. Joaquín, você conhece o nome de todos os homens do círculo íntimo de Breakspear. Eles irão a julgamento com o líder deles. Quanto ao restante, é hora de um novo líder, e uma nova chance de viverem como devem viver os Nephilim.

Ele olhou para Joaquín, que estava secando suas lágrimas. Alec franziu a testa e articulou para ele:

— Quê?

— Ah, é só a tradução de Jem — explicou Joaquín. -- Digo, seu discurso também está bom, muito firme, me faz querer fazer tudo o que está falando. E Jem está basicamente repetindo, mas é a forma como ele coloca as coisas, sabe? É lindo.

— Aham — confirmou Alec.

Joaquín o pegou pela mão livre.

— Você deve ser o novo líder do Instituto.

— Não serei, não — disparou Alec.

As pessoas viviam tentando transformá-lo em diretor dos Institutos, e isso era bem cansativo. Ele não conseguiria estabelecer as mudanças necessárias caso aceitasse esse tipo de cargo. Tinha coisas mais importantes a fazer.

— Não — repetiu Alec, menos rabugento, mas com a mesma firmeza.

— Não sou Clive Breakspear. Estou aqui para ajudar, não para dominar.

Quando você viu o que estava acontecendo, comandou seus homens. Você deveria ser líder do seu próprio Instituto até o Cônsul cuidar do caso.

Joaquín pareceu impressionado. Alec assentiu para ele.

— Você pode trabalhar com o Mercado das Sombras para se reconstruir — disse Alec. — Posso oferecer recursos.

— Eu também — completou Juliette.

Joaquín a encarou, em seguida se voltou para Alec.

— A Rainha do Mercado das Sombras — disse Alec. — Acha que poderá colaborar com ela?

Juliette lançou um olhar hostil a Joaquín. Ainda havia uma sugestão de caninos de lobo em sua boca. Joaquín esticou o braço, como fosse apontar o sangue nas mãos de Juliette, e por um momento Alec ficou se perguntando se o ódio entre os Nephilim e os membros do Submundo seria profundo demais por aqui.

Joaquín levou a mão de Juliette aos lábios e a beijou.

— Eu não sabia — suspirou —, que a Rainha do Mercado das Sombras era tão bonita.

Alec percebeu abruptamente que tinha entendido tudo errado. Juliette murmurou, chocada, pedindo várias explicações e soltando vários palavrões em francês para Alec por cima da cabeça curvada de Joaquín.

— Caçadores de Sombras são tão *difíceis* — debochou Lily.

— Tudo bem, certo, que bom que estamos embarcando num espírito cooperativo — disse Alec, e se voltou novamente para a multidão. Essa criança Nephilim agora está sob proteção do Instituto de Nova York — anunciou.

— Digamos que essa foi uma adoção muito normal e padrão. Digamos que o líder do seu Instituto era corrupto e vocês sobreviveram sob uma liderança ruim e conservaram sua honra. Mantenham Breakspear aqui até que ele possa ser julgado. Eu voltarei com frequência, é claro, para finalizar os detalhes da adoção e ver o que está acontecendo. Quero acreditar em meus companheiros Caçadores de Sombras. Não me decepcionem.

Não tinha nenhuma dúvida de que Jem faria tudo isso soar muito melhor em espanhol. Alec se voltou novamente para Juliette, que conseguira, com dificuldade, soltar sua mão da de Joaquín, e agora estava recuando diversos passos sob o olhar dele.

— Tenho que voltar para os meus filhos! — disse ela, apontando para as três crianças. Rosey acenou para Alec.

A terra que perdi

— Ah — suspirou Joaquín, com toda devastação contida na sílaba, e então pareceu notar a ausência de qualquer outra pessoa com as crianças. — Tem sido difícil, governar o Mercado das Sombras como mãe solo? — perguntou, com uma súbita esperança aparente.

— Bem, nada disso tem sido exatamente fácil — retrucou Juliette.

Joaquín sorriu para ela.

— Que maravilha.

— Quê? — indagou a rainha do Mercado das Sombras.

Joaquín já estava se dirigindo às crianças, com a clara missão de conquistá-las. Alec torcia para que ele tivesse muitos doces nos bolsos.

— Você inalou muita fumaça lá? — indagou Juliette.

— Provavelmente — falou Alec.

— Caçadores de Sombras são muito determinados — disse Lily. — Muito determinados. Você gosta de compromissos românticos intensamente sérios?

— Não sei nem o nome dele — observou Juliette. Ela lançou um olhar culpado para Joaquín, cuja missão de conquistar as crianças parecia estar correndo muito bem. Ele estava com o menino feiticeiro de Juliette nos ombros.

— O nome dele é Joaquín — disse Alec, tentando ajudar.

Juliette sorriu.

— Acho que gosto de alguns Caçadores de Sombras. É sempre um prazer, Alec Lightwood. Obrigada por tudo.

— Não foi nada — disse Alec.

Juliette foi até os filhos, mandando as crianças pararem de chatear o diretor do Instituto.

Alec olhou em volta, para a fumaça que subia até as estrelas, e para as pessoas na rua que conversavam sem barreiras. Seus olhos se voltaram para Tessa e Jem.

— Hora de ir para casa? — perguntou Tessa.

Alec mordeu o lábio, em seguida assentiu.

— Vou mandar uma mensagem para Magnus pedindo que abra um Portal.

Existia um protocolo oficial para a adoção de crianças Caçadoras de Sombras. Alec sabia que ele e Rafael teriam de voltar muitas vezes a Buenos Aires, mas essa viagem para casa valeria a pena, mesmo que não durasse muito. Ele queria levar Rafael assim que pudesse.

Estava cansado e queria dormir na própria cama.

— Creio que não tenha nenhuma sugestão de como posso explicar tudo isto para Magnus, tem? — perguntou a Jem.

— Acho que vai encontrar todas as palavras de que precisa, Alec.

— Obrigado, ajudou muito.

Jem sorriu.

— Você conseguiu até mesmo conquistar o menino que não gosta de ninguém. Obrigado pela ajuda, Alec.

Alec gostaria de poder fazer mais, mas sabia que, pelo menos por enquanto, já tinha feito a sua parte. Todos eles tinham que confiar uns nos outros, e ele confiava em seus amigos. Se havia um Herondale correndo perigo, não haveria proteção melhor do que a de Jem e Tessa.

— Não fiz muita coisa, mas foi bom vê-los. Boa sorte com a Herondale.

Jem assentiu.

— Obrigado. Acho que vamos precisar.

O Portal estava aberto e brilhando.

— Tchau, Jem — despediu-se Lily.

— Ah, sem apelido? — Jem pareceu satisfeito. — Tchau, Lily.

Alec examinou o rosto de Rafe.

— Você *gosta* de mim? — perguntou.

Rafe sorriu e balançou a cabeça, aí intensificou o abraço em torno do pescoço de Alec.

— Ah, bom, *isso* você entende — resmungou Alec. — Vamos. Vamos para casa.

#

Saíram do Portal para o brilho elétrico da noite de Nova York. Alec via seu apartamento no fim da rua, o brilho de uma luz enfeitiçada atrás de cortinas azul-claro. Verificou o relógio: já tinha passado da hora de Max dormir. O pequeno lutava contra a hora de dormir como um demônio, então Magnus provavelmente estava lendo a quinta história de ninar ou cantando a terceira música.

Cada fachada marrom e branca, cada árvore cercada por arame na calçada rachada era querida para ele. Quando Alec era mais novo e tinha vontade de morrer ante as expectativas opressoras e as paredes de pedra do Instituto, costumava pensar que ficaria melhor se pudesse viver entre as torres de vidro de Alicante. Mal sabia ele que seu lar estava do outro lado da cidade, esperando por ele.

Colocou Rafe aos pés da escadaria de seu prédio e o ajudou a pular um degrau, depois outro, só por diversão. Abriu a porta para casa.

— Alec — explodiu uma voz atrás dele.

Alec levou um susto. Lily rapidamente levou Rafael para dentro e deu meia-volta, já exibindo seus dentes pontiagudos.

Alec também se virou, muito lentamente. Não estava com medo. Conhecia aquela voz.

— Alec — disse Robert Lightwood. — Precisamos conversar.

— Tudo bem, pai. Lily, preciso explicar tudo para Magnus, então você pode olhar o Rafe por um segundo?

Lily assentiu, ainda lançando um olhar vil a Robert. Houve uma pausa.

— Oi, Lily — acrescentou o pai de Alec grosseiramente.

— Quem é você? — perguntou a vampira.

— Meu pai — respondeu Alec. — O Inquisidor. A segunda pessoa mais importante da Clave. Alguém a quem você já foi apresentada pelo menos vinte e seis vezes.

— Não me lembro — disse Lily.

O olhar incrédulo de Alec se espelhava no rosto de seu pai.

— Lily — disse Robert. — Sei que você me conhece.

— Nunca conhecerei, não quero conhecer. — Lily fechou a porta do prédio de Alec na cara do pai dele.

Fez-se um silêncio constrangedor.

— Desculpe por isso — disse Alec, afinal, descendo os degraus para se juntar a seu pai na calçada.

— Todos os seus outros vampiros gostam de mim — murmurou Robert.

Alec piscou.

— Meus outros vampiros?

— Seu amigo Elliott me procura sempre que Lily o deixa no comando — explicou Robert. — Ele diz que sente necessidade de conselhos dos Lightwood. Estive no Hotel Dumort durante sua ausência, e os vampiros prepararam um jantar especial para mim, e todos falaram muito de você. Elliott me deu o telefone dele, para eu ligar em caso de emergência, presumo. Elliott sempre é encantador comigo.

Alec não sabia como contar ao pai que Elliott estava dando em cima dele descaradamente.

— Hum — Alec se limitou a dizer.

— Como vai Magnus? Bem? Se vestindo, hum, com personalidade?

— Continua lindo — respondeu Alec desafiadoramente. — Sim.

Seu pai pareceu chocado. Alec não se sentia confortável falando sobre sentimentos, mas não tinha vergonha, e ninguém o faria sentir vergonha, nunca mais. Ele não sabia por que seu pai nunca parava de cutucar, com aquela curiosidade obsessiva de uma criança mexendo numa casquinha de ferida.

Quando ele era mais novo, seu pai costumava brincar insistentemente sobre possíveis casinhos com meninas. Era doloroso demais responder a tais comentários. Alec passara a falar cada vez menos.

Ele se lembrava do dia em que saíra do Instituto para encontrar Magnus. Tinha visto o feiticeiro apenas duas vezes, mas não conseguia esquecê-lo. O Instituto estava a suas costas, seus contornos acentuados cortando o céu. Alec estava sem fôlego e apavorado, com um pensamento muito claro na cabeça.

É assim que quer viver sua vida toda?

Depois foi até a casa de Magnus e o convidou para sair.

Alec não suportava a ideia de que um de seus filhos pudesse se sentir preso na própria casa. Sabia que seu pai jamais tivera a intenção de fazer isso. Mas fez.

— Como vai meu pequeno M&M? — perguntou Robert.

O nome do meio de Max era Michael, em homenagem ao *parabatai* de Robert, morto há muito tempo.

Normalmente essa era a deixa para Alec pegar o celular e mostrar as fotos novas de Max, mas hoje ele estava com pressa.

— Está ótimo — respondeu Alec. — Está precisando de alguma coisa, pai?

— Ouvi alguns boatos sobre o Instituto de Buenos Aires — disse Robert. — Ouvi dizer que você esteve por lá.

— Certo — afirmou Alec. — Clive Breakspear, diretor do Instituto, estava fazendo seus Caçadores de Sombras agirem como mercenários. Vão ter de enfrentar um julgamento. Mas eu estimulei uma troca de liderança. O Instituto de Buenos Aires vai ficar bem.

— É por isso que eu precisava falar com você, Alec — disse Robert.

Alec examinou as rachaduras na calçada e tentou pensar num modo de explicar tudo de um jeito que não implicasse mais ninguém.

A terra que perdi

— Você sabe que os cargos de Cônsul e Inquisidor frequentemente são revezados entre as mesmas famílias, certo? Tenho pensado no que vai acontecer quando chegar a hora de eu me aposentar.

Alec ficou olhando para uma erva daninha que crescia em meio às rachaduras no cimento.

— Não acho que Jace queira ser Inquisidor, pai.

— Alec — disse Robert. — Não estou falado de Jace. Estou falando de você.

Alec se espantou.

— *Quê?*

Ele desviou o olhar da calçada. Seu pai estava sorrindo, como se falasse sério.

Alec se lembrou das próprias palavras. *O Inquisidor. A segunda pessoa mais importante da Clave.*

Ele se permitiu um instante para sonhar. Ser Inquisidor, ter voz ativa na elaboração da Lei. Ser capaz de trazer Aline e Helen de volta. Ser capaz de colocar algum tipo de brecha na Paz Fria. Ser capaz, pensou Alec com uma esperança que nascia lentamente, de se casar.

Ver que seu pai o julgava capaz. Alec sabia que Robert o amava, mas isso não era o mesmo que ter sua confiança. Aquilo era novidade.

— Não estou falando que seria fácil — disse Robert. — Mas muitos membros da Clave cogitaram como possibilidade. Você sabe o quanto é popular no Submundo.

— Nem tanto — resmungou Alec.

— Mais algumas pessoas da Clave estão começando a ver a ideia com bons olhos — disse Robert. — Tenho aquela tapeçaria sua, e tenho me certificado de citar seu nome com frequência.

— E eu achando que era porque você me amava.

Robert piscou para ele, como se estivesse magoado pela piada.

— Alec. É... É. Mas eu também quero isso para você. Foi isso que vim perguntar. Você quer isso para você?

Alec pensou no poder de transformar a Lei de uma espada que machuca as pessoas num escudo que as protege.

— Sim — respondeu. — Mas você tem que ter certeza de que quer isso para mim, pai. As pessoas não vão ficar satisfeitas comigo assumindo, e depois que eu chegar lá, vou dividir a Clave.

— Vai? — perguntou Robert, a voz fraca.

— Porque preciso — explicou Alec. — Porque tudo tem que mudar. Pelo bem de todos. E por Magnus e nossos filhos.

Robert piscou os olhos.

— Seus o quê?

— Ah, pelo Anjo. Por favor, não me faça perguntas! Tenho que ir! Tenho que falar com Magnus imediatamente.

— Estou muito confuso.

— Realmente tenho que ir — repetiu Alec. — Obrigado, pai. De verdade. Venha jantar em breve, pode ser? Conversaremos mais sobre esse negócio de ser Inquisidor.

— Tudo bem — respondeu Robert. — Eu gostaria muito. Quando jantei com vocês três... já faz algumas semanas, não é? Não me lembro da última vez em que tive um dia tão feliz.

Alec se lembrou de como tinha sido difícil manter a conversa viva durante a visita de Robert, de como os silêncios frequentes eram interrompidos apenas pelos puxões de Max no joelho do avô. Partiu o coração de Alec pensar que Robert considerara aquele jantar constrangedor uma felicidade.

— Venha quando quiser — disse Alec. — Max adora ver o avô. E... obrigado, pai. Obrigado por acreditar em mim. Desculpe se te dei muito trabalho burocrático hoje.

— Você salvou vidas hoje, Alec — falou Robert.

Ele deu um passo desajeitado em direção ao filho e levantou a mão, como se fosse afagá-lo no ombro. Então recuou. Encarou o rosto de Alec com olhos tristes.

— Você é um bom homem, Alec — falou, afinal. — Melhor do que eu.

Alec amava o pai e jamais seria cruel com ele. Então não disse o *Eu tinha que ser*. Em vez disso, esticou os braços e puxou o pai para um abraço desconfortável, afagando-o no ombro antes de recuar.

— Conversamos depois.

— Quando quiser — disse Robert. — Tenho todo o tempo do mundo.

Alec acenou para o pai e depois correu pelos degraus do prédio. Abriu a porta e encontrou Lily sozinha. A porta do apartamento tinha uma fresta, com luz passando, mas Lily estava nas sombras e parecia lixar as unhas.

— Lily — disse Alec num tom perigoso —, onde está Rafael?

A terra que perdi

343

— Ah, ele. — Lily deu de ombros. — Ouviu Magnus cantando uma canção de ninar em indonésio e correu para dentro. Não pude fazer nada. Caçadores de Sombras. São tão velozes.

Nenhum dos dois mencionara as barreiras protetoras de Magnus, que não podiam ser penetradas por nenhuma magia ou força conhecida por Alec. Mas Magnus não erguia proteções contra pessoas indefesas ou que pudessem precisar de sua ajuda. Claro que uma criança poderia atravessar.

Alec olhou Lily com reprovação, mas foi distraído pelo murmúrio profundo e adorável da voz de Magnus através da porta aberta. Seu tom era caloroso e, como sempre, entretido. Alec pensou no que Jem dissera a Tessa: *sua voz é a música que mais amo no mundo.*

— Ah, aí está o sorriso — disse Lily. — Faz dois dias e eu já estava com saudades dele.

Alec parou de sorrir e fez uma careta para ela, mas quando a olhou com atenção, percebeu que Lily estava brincando com o zíper da jaqueta de couro. Havia um tique em sua boca, como se ela estivesse determinada a não deixá-la tremer.

— Obrigado por ter ido comigo — agradeceu Alec. — Além disso, você é péssima.

Isso a fez sorrir. Lily acenou em despedida.

— Não se esqueça disso.

Aí se foi como uma sombra; Alec então abriu a porta e finalmente entrou no apartamento. Sua cafeteira estava na bancada, o gato dormia no sofá.

Havia uma porta aberta para um quarto que ele nunca tinha visto, o que às vezes acontecia naquela casa. O quarto tinha um piso marrom-dourado e as paredes brancas. Magnus estava ali com Rafe, vestia um roupão vermelho e dourado de seda e o rosto de Rafe estava inclinado observando Magnus enquanto ele falava num espanhol reconfortante. Era um quarto lindo.

Alec se deu conta de que Magnus percebeu sua presença, pois começou a traduzir o que dizia rapidamente, alternando os idiomas com uma fluidez natural para que todos soubessem o que estava acontecendo.

— Vamos guardar a cruz agora e conversar sobre religiões organizadas depois — disse Magnus, estalando os dedos para o crucifixo na parede. — E vamos colocar uma janela para deixar a luz entrar. Você gosta dessa?

Ele gesticulou para a parede e uma janela circular se abriu com vista para a rua, mostrando a árvore que tapava a lua. Então ele gesticulou de novo e a janela se transformou em um vitral vermelho e dourado.

— Ou prefere essa? — Magnus acenou pela terceira vez e a janela ficou alta e arqueada como um vitral de igreja. — Ou essa?

Rafe assentia sem parar, o rosto cheio de sorrisos ansiosos.

Magnus sorriu para ele.

— Você só quer que eu continue fazendo mágica, né?

Rafe assentiu novamente, com mais veemência ainda. Magnus riu e colocou a mão na cabeça cacheada do menino. Alec estava prestes a avisar que Rafael era tímido no começo e que provavelmente ia desvencilhar, mas Rafe não fez isso. Permitiu que Magnus afagasse seu cabelo, os anéis captando a luz da nova janela. O sorriso de Magnus foi de alegre a reluzente. Seus olhos encontraram os de Alec sobre a cabeça de Rafael.

— Estou conhecendo o Rafe — disse Magnus. — Ele me contou que é assim que gosta que o chamem. Estamos fazendo um quarto para ele. Está vendo?

— Estou — respondeu Alec.

— Rafe — disse Magnus. — Rafael. Você tem um sobrenome?

Rafael negou com a cabeça.

— Tudo bem. Nós temos dois. O que você acha de um nome do meio? Gostaria de um?

Rafe começou a falar em espanhol. Com tanto gesto afirmativo de cabeça, Alec tinha quase certeza de que ele estava concordando.

— Hum — disse Alec. — Provavelmente temos que conversar.

Magnus riu.

— Ah, você acha? Com licença um instante, Rafe.

Ele foi até Alec, de repente parou. As mãos de Rafe estavam segurando a barra de seu roupão com força. Magnus parecia espantado.

Rafe começou a chorar. Magnus lançou um olhar a Alec e depois passou as mãos distraidamente pelo próprio cabelo. Em meio a soluços torrenciais, Rafael começou a formar palavras.

Alec não falava a língua de Rafael, mas conseguia entender mesmo assim. *Não me deixem ficar com vocês, para depois ter que voltar para a solidão que é o mundo sem vocês. Por favor, fiquem comigo. Serei bonzinho se ficarem comigo.*

Alec avançou, mas mesmo antes de entrar no quarto, Magnus ajoelhou e tocou o rosto do menino com mãos suaves. Todos os rastros de lágrimas desapareceram com o brilho da magia.

— Calma — disse Magnus. — Não chora. Sim, claro que vamos ficar com você, meu querido.

Rafe colocou o rosto no ombro de Magnus e chorou frouxamente. Magnus afagou a cabecinha trêmula até o menininho se acalmar.

— Desculpe — disse Magnus afinal, e começou a ninar Rafe na curva do braço coberto pela seda vermelha. — Mas eu preciso mesmo falar com Alec. Já volto. Prometo.

O feiticeiro se levantou e tentou ir para a porta, mas logo captou um olhar triste ao se voltar para baixo. Rafe continuava agarrando seu roupão.

— Ele é muito determinado — explicou Alec.

— Certo, completamente diferente de todos os outros Caçadores de Sombras que conheço — disse Magnus, e tirou o roupão. Por baixo, ele vestia uma túnica brilhante com fios dourados e uma calça de moletom cinza folgada.

— Este moletom é meu?

— É — respondeu Magnus. — Senti saudade.

— Ah — arquejou Alec.

Magnus ajeitou o roupão nos ombros de Rafe, embrulhando-o de modo que o menino virou um casulo vermelho de seda com um rostinho espantado. Em seguida, Magnus voltou a se ajoelhar ao lado de Rafe e pegou as mãos do menino. Das palmas de Rafael saltou um pequeno chafariz de purpurina num loop brilhante. Rafe riu de soluçar, surpreso e satisfeito.

— Aí está, você gosta de mágica, não gosta? Mantenha as mãos juntas e vai continuar acontecendo — murmurou Magnus, e se esquivou enquanto Rafe observava o chafariz.

Alec pegou a mão de Magnus, puxando-o para fora do novo cômodo e atravessando o apartamento em direção ao quarto deles. Fechou a porta e se apressou em dizer:

— Eu posso explicar.

— Acho que já entendi, Alexander — respondeu Magnus. — Você passou um dia e meio fora e trouxe um novo filho para a gente. O que acontecerá se viajar por uma semana?

— Não tive a intenção — explicou Alec. — Eu não ia fazer nada sem te perguntar. Só que ele estava lá, e é um Caçador de Sombras. Ninguém estava cuidando dele, então pensei em trazê-lo para o Instituto daqui. Ou para Alicante.

Magnus estava sorrindo, mas o sorriso esmoreceu. Alec ficou ainda mais alarmado.

— Não vamos adotá-lo? — perguntou Magnus. — Mas... não podemos?

Alec piscou.

— Achei que fôssemos adotá-lo — insistiu Magnus. — Alec, eu prometi para ele. Você não quer?

Alec o encarou por mais um instante. O rosto de Magnus estava tenso, concentrado, mas ao mesmo tempo confuso, como se tivesse espantado pela própria veemência. Alec desatou a rir de repente. Achava estar esperando para ter certeza, mas aquilo era ainda melhor, como todas as coisas em sua vida que eram melhores do que em qualquer sonho que ele já tivera. Não por Alec saber imediatamente, mas por ver Magnus sabendo imediatamente. Era tão bonitinho, e tão óbvio de que era assim que as coisas deveriam se desenrolar: Magnus experimentando o amor instintivo e instantâneo que Alec sentira em relação a Max, e Alec aprendendo com Rafael o caminho lento, doce e consciente do amor que Magnus aprendera com seu primeiro filho. Abrir uma nova porta em sua adorada casa, como se ela sempre tivesse estado ali.

— Sim — respondeu Alec, sem fôlego pelas risadas e pelo amor. — Sim, eu quero.

O sorriso de Magnus voltou. Alec o tomou nos braços e o girou, posicionando-o de costas para a parede. Alec tomou o rosto do parceiro nas mãos.

— Dê-me só um minuto — pediu. — Deixe-me olhar para você. Meu Deus, como senti saudade de casa.

Os olhos fascinantes de Magnus estavam ligeiramente semicerrados, encarando Alec, e sua boca sorridente estava um pouco surpresa, como frequentemente ficava, embora Alec não soubesse dizer o que o havia surpreendido ali naquele momento. Alec não conseguia ficar simplesmente olhando para Magnus. Ele o beijou, e aquela boca estava finalmente na sua, o beijo transformando cada músculo exaurido de Alec num doçura líquida. Para Alec, o amor sempre significava isso: a cidade brilhante da luz eterna. A terra dos sonhos perdidos e recuperados, seu primeiro e seu último beijo.

Os braços de Magnus o envolveram.

— Meu Alec — murmurou. — Seja bem-vindo ao lar.

Agora, sempre que Alec fizesse a pergunta *É assim que quer viver toda a sua vida?*, poderia responder que sim, sim e sim. Cada beijo era um sim e também a promessa de uma pergunta que ele faria a Magnus um dia. Beijaram-se outra vez contra a parede do quarto por uns bons minutos, mas se afastaram ao ouvir um barulho.

— A... — começou Alec.

— ...crianças — concluiu Magnus. — Depois.

— Calma, crianças no plural? — perguntou Alec, e percebeu o que Magnus tinha ouvido: o ruído sorrateiro de pezinhos saindo do quarto de Max.

— Aquele pestinha dos infernos — murmurou Magnus. — Li oito histórias para ele.

— Magnus!

— O quê? Eu posso falar dele assim, você que não pode, pois seria infernalmente insensível. — Magnus sorriu, depois semicerrou os olhos para a própria mão manchada. — Alec, sei que você não liga muito para roupas, mas você normalmente não vem coberto de fuligem.

— Melhor olhar as crianças — disse Alec, fugindo do quarto e da conversa.

Max estava na sala principal, vestido com seu pijama de tricerátops e arrastando um cobertor peludo, fitando Rafe com olhos arregalados. Rafe estava no tapete em frente à lareira, ainda embrulhado no roupão vermelho de seda de Magnus, os olhinhos semicerrados mimetizando o olhar mortal que havia assustado todas as crianças do Mercado das Sombras.

Max, que nunca tinha se sentido ameaçado por nada na vida, sorriu para ele. A careta de Rafe fraquejou. O pequeno feiticeiro se virou quando ouviu a porta se abrir. Correu rapidamente para Alec, que se ajoelhou para abraçá-lo.

— Papai, papai! — entoou Max. — Esse é irmão ou irmã?

Rafael ergueu as sobrancelhas. Falou algo rapidamente em espanhol.

— Não é uma irmã — traduziu Magnus da porta. — Max, esse é Rafe. Diga oi.

Max claramente interpretou como uma confirmação. Aí afagou o ombro de Alec como se quisesse dizer *muito bem, pai, finalmente trouxe uma coisa boa*. Depois voltou-se novamente para Rafe.

— O que você é? Lobisomem? — chutou Max.

Rafe olhou para Magnus, que traduziu.

— Ele disse que é um Caçador de Sombras.

Max sorriu.

— O papai é Caçador de Sombras. Eu sou Caçador de Sombras também!

Rafe olhou para os chifres de Max com um ar que sugeria: *dá para acreditar nesse cara?* Aí balançou a cabeça com firmeza e tentou explicar a situação.

— Ele disse que você é um feiticeiro — traduziu Magnus fielmente. — E é muito bom ser um feiticeiro, porque significa que você pode fazer mágica, e mágica é muito legal e bonito. — Magnus fez uma pausa. — O que é verdade.

O rosto de Max se contorceu de raiva.

— Sou um Caçador de Sombras!

Rafe gesticulou a mão numa postura de profunda falta de paciência.

— Muito bem, meu polvo-de-anéis-azuis — interrompeu Magnus apressadamente. — Vamos continuar com esse debate amanhã, pode ser? Todo mundo precisa dormir. Rafe teve um dia longo e já passou muito da sua hora.

— Eu conto uma história — prometeu Alec.

A irritação de Max se foi tão depressa quanto veio. Ele franziu a testa. Parecia estar pensando profundamente.

— Sem dormir! — discutiu. — Acordado. Com Rafe. — Correu então para perto de um Rafael espantado e o abraçou. — Amo ele.

Rafe hesitou, depois retribuiu com um abraço tímido. Ver os dois juntos fez o peito de Alec doer.

Então ele olhou para Magnus, que exibia uma expressão igualmente encantada.

— É uma ocasião especial — observou Alec.

— Nunca fui mesmo muito bom em disciplina — disse Magnus, e se jogou no tapete perto das crianças. Rafe chegou mais perto e Magnus o abraçou. O menino se aconchegou em seus braços. — Que tal você nos contar uma história de ninar sobre o que aconteceu em Buenos Aires?

— Não foi nada — disse Alec. — Tirando o fato de que encontrei Rafe. Senti saudade. Voltei para casa. Foi isso. Vamos ter que ir a Buenos Aires algumas vezes para completar a adoção antes de podermos oficializar e anunciar a todos. Talvez possamos ir todos juntos em algum momento.

Rafe elaborou diversas frases em espanhol.

— É mesmo? — perguntou Magnus. — Muito interessante.

— O que vocês estão falando? — indagou Alec ansiosamente.

— Você não vai escapar dessa, Alec Lightwood. — Magnus apontou para Rafael. — Não dessa vez. Eu tenho um espião!

Alec foi até o tapete, se ajoelhou e fez contato visual com Rafe.

— Rafe, por favor, não seja um espião.

A terra que perdi

349

O menino lançou a Alec um olhar de firme incompreensão e explodiu numa torrente de espanhol para Magnus. Alec tinha certeza de que alguma parte daquilo era Rafe prometendo ser espião para Magnus sempre que ele quisesse.

— Parece que você fez coisas bastante impressionantes em Buenos Aires — falou Magnus, afinal. — Muita gente teria desistido. O que você estava pensando?

Alec pegou Max no colo, virou-o de cabeça para baixo, depois de lado e então o colocou de volta no tapete, sorrindo quando o filho gargalhou.

— Tudo o que fiz foi pensar em ser alguém digno de voltar para vocês — respondeu Alec. — Não foi nada.

Fez-se silêncio. Alec se virou, um pouco preocupado, e viu que Magnus o encarava. O olhar surpreso estava ali outra vez. E havia também uma suavidade que era muito rara no caso de Magnus.

— O quê? — perguntou Alec.

— Nada, seu romântico sorrateiro — respondeu Magnus. — Como você sempre sabe o que dizer?

Magnus se inclinou com facilidade para frente, mantendo Rafe confortável em seu colo, para dar um beijo no rosto de Alec, que sorriu.

Rafe estava analisando Max, que por sua vez parecia feliz por Rafael estar se interessando.

— Se quer ser um Caçador de Sombras — disse Rafe, abandonando o espanhol —, tem que treinar.

— Não, Rafe — corrigiu Alec. — Max não precisa treinar.

— Eu treino! — exclamou Max.

Alec balançou a cabeça. Seu bebê era um feiticeiro. Ele ia treinar Rafe, mas Max não precisava aprender nada daquilo. Ele olhou para Magnus em busca de apoio, mas flagrou hesitação, ele mordia o lábio.

— Magnus!

— Max só quer ser igual a você — foi a resposta. — Eu entendo. Vamos dizer para ele que ele não pode ser o que quiser?

— Ele não... — começou Alec, mas parou.

— Não existe nenhuma regra que determine que um feiticeiro não possa lutar fisicamente — falou Magnus. — Usar magia para substituir os atributos dos Caçadores de Sombras. Pode até mantê-lo a salvo, porque as pessoas não esperam que um feiticeiro receba esse tipo de treinamento. Não faz mal tentar. Além disso... encontramos Max na escadaria da Academia dos Caçadores de Sombras. Alguém poderia ter achado adequado que ele recebesse o treinamento de Caçador de Sombras.

Alec detestava a ideia. Mas tinha sonhado poder treinar uma criança, não tinha? Tinha prometido a si que jamais seria o tipo de pai que faz das paredes de casa uma prisão.

Se você ama, você confia.

— Certo — cedeu Alec. — Acho que não vai fazer mal ensinar a ele algumas formas de cair e se levantar. Pode ser que ele fique cansado o suficiente para a hora de dormir.

Magnus sorriu e estalou os dedos. De repente o chão foi coberto por um tatame. Max se levantou. Rafe, com a cabeça deitada no peito de Magnus, se mostrou desinteressado até o feiticeiro cutucá-lo, e então se levantou suficientemente disposto.

— Talvez eu também possa ensinar uns truques a Rafe — pensou Magnus. — Ele não pode ser um feiticeiro, assim como Max não pode ser um Caçador de Sombras, mas existem mágicos. Ele pode ser um dos bons.

Alec se lembrou da história de um mágico com sangue de Caçador de Sombras conhecido como Roland, o Estupendo, que teve uma vida longa e feliz com sua amada. Pensou no Mercado e no Instituto se misturando nas ruas de Buenos Aires, em Jem e Tessa, no amor e na confiança em um mundo em transformação. E em mostrar para os filhos que eles poderiam ser o que quisessem, inclusive felizes. Alec se levantou e se postou no centro da sala.

— Meninos, copiem meus movimentos — falou. — Me acompanhem, agora. Todos juntos.

Através do sangue, através do fogo

Por Cassandra Clare e Robin Wasserman

2012

Era uma vez, numa terra não muito distante, uma criança que não deveria ter nascido. Fruto de guerreiros desonrados — seu sangue, o sangue de anjos; seu direito de nascença, confiscado enquanto dormia, inconsciente, no ventre de sua mãe. Uma criança sentenciada à morte pelos pecados de seus ancestrais, uma criança afastada da Lei que condenava e da família que ainda não sabia o quanto poderia precisar dela e de seus descendentes um dia.

Era uma vez uma criança perdida — ou, pelo menos, assim é a história contada por aqueles que foram tolos o suficiente para perdê-la. Ninguém perde a si mesmo.

A criança estava simplesmente escondida. Assim como seu filho, e o filho do seu filho, que tinham aprendido a se esconder através das gerações, escapando daqueles que os caçavam — uns procurando perdão, outros procurando aniquilação — até que, inevitavelmente, o que estivera escondido fora revelado. A criança perdida foi encontrada.

E esse foi o fim.

#

Mais tarde, quando Jem Carstairs tentasse se lembrar de como o fim começara, ele pensaria nas cócegas que o cabelo de Tessa fazia em seu rosto quando ele se aproximava para cheirá-la, e que naquele dia eram notas de lavanda. Eles estavam na Provence, então, é claro, tudo cheirava a lavanda. Mas Tessa irradiava aquele perfume; sentir seu cheiro era como respirar em um campo ensolarado, um mar de botões roxos, a primavera personificada. Era disso que Jem se lembraria mais tarde. Do desejo de fazer o tempo parar, de congelar os dois naquele momento perfeito. Ele se lembraria de ter pensado, maravilhado, que aquela era a sensação de felicidade plena.

Quando Tessa Gray recordava aquele momento, ela se lembrava do sabor do mel que Jem passara no pão e lhe dera na boca. O mel fresco, de uma colmeia atrás da propriedade, era quase dolorosamente doce. Seus dedos estavam grudentos com ele, e quando ela os pressionou contra a bochecha macia de Jem, eles colaram ali. Ela não podia culpá-los.

A memória tende a romantizar o mundano. O que Tessa e Jem estavam fazendo de fato: discutindo se o queijo que tinham comprado naquela manhã era de vaca ou de cabra, e qual dos dois tinha acabado com ele e obrigado um retorno à queijaria. Foi uma discussão preguiçosa e amável, compatível com a tarde ensolarada. Eles tinham ido para o retiro nos campos franceses a fim de pensar numa estratégia em relação à Herondale perdida — a qual, tinham descoberto recentemente, também era herdeira das Cortes Seelie e Unseelie, logo, corria um perigo maior do que qualquer um jamais havia imaginado. A propriedade oferecida por Magnus Bane era tranquila e segura, e a partir dali eles poderiam planejar o que fazer a seguir. A Herondale perdida havia deixado claro que não desejava ser encontrada, mas Jem acreditava que ela não tinha noção do perigo que estava correndo. Eles precisavam achá-la. Alertá-la. Agora mais do que nunca.

A urgência era real, tanto quanto a incapacidade de fazer algo a respeito — o que os deixava com muitas horas ociosas, admirando a colina iluminada pelo sol e um ao outro.

Tessa já estava quase admitindo que Jem estava certo quanto ao queijo (cabra) e errado em relação a quem tinha comido mais (Tessa), quando uma luzinha faiscou entre eles, como uma pequenina estrela cadente. Só que a luz não caiu; congelou no ar, piscando e piscando, cada vez mais luminosa, e aí desenhou um formato familiar. Tessa prendeu a respiração.

— Isto é...?

— Uma garça — confirmou Jem.

Anos atrás, Jem havia enfeitiçado um pingente de prata em formato de garça e o colocado na palma da mão de uma jovem com sangue Herondale. Uma jovem em perigo, que recusara sua ajuda veementemente.

Com este pingente, você sempre pode me encontrar, prometera ele com a voz de introjeção mental com que outrora falava. Jem era o Irmão Zachariah até então, ainda trajando as túnicas e cumprindo as obrigações da Irmandade do Silêncio, mas esta missão — esta promessa — não tinha nada a ver com a Irmandade. Jem permanecia fiel a ela, e sempre seria. *Confio que vá me chamar se e quando precisar de ajuda. Por favor, confie que eu sempre responderei.*

A mulher para quem ele tinha dado o pingente era uma Herondale, a última herdeira do Herondale Perdido, e a garça de prata significava que, após todos esses anos, ela precisava dele. Enquanto Jem e Tessa observavam, o pássaro foi traçando letras de fogo no ar.

Eu o rejeitei uma vez, mas, por favor, me ajude agora. Achei que fosse dar conta sozinha, mas os Cavaleiros estão fechando o cerco. Se não quiser vir por mim, venha pelo meu menino. Achei que pudesse comprar a vida dele com o meu sofrimento. Achei que se o abandonasse, ele ficaria em segurança. Ele não está. Por favor, venha. Eu imploro. Salve-me. Salve meu filho.

Rosemary Herondale

A luz piscou e se apagou. Jem e Tessa já estavam em ação. Durante o século e meio em que se conheciam, muita coisa havia mudado, mas uma verdade permanecia: quando um Herondale chamava, eles atendiam.

#

O trânsito de Los Angeles não era tão ruim quanto as pessoas diziam. Era exponencialmente pior. Seis vias, todas praticamente paradas. Enquanto Tessa avançava, trocando de via toda vez que um espaço abria, Jem ficava para morrer de tanta irritação. Eles haviam tomado um Portal da França para Los Angeles, mas o local familiar mais perto de onde o Portal funcionava ficava na metade do caminho até o local de origem do pedido de socorro. Magnus entrou em contato com sua rede de ajudantes na Costa Oeste e garantiu o transporte pelo restante do percurso. O conversível turquesa não transmitia exatamente discrição, mas servia para conduzi-los pelos quilômetros entre o Echo Park e a casa de Rosemary Herondale em Hollywood Hills. O trajeto deveria ter levado apenas alguns minutos. Parecia que fazia um ano.

Eu o rejeitei uma vez, mas, por favor, me ajude agora.

As palavras ecoavam na mente de Jem. Ele passara décadas procurando pela Herondale perdida — e a encontrara, finalmente, só para perdê-la outra vez. Mas depois de ter sua oferta de proteção recusada, ele fizera uma promessa. Ia comparecer quando fosse chamado. Ia salvá-la quando ela precisasse de salvação.

Achei que fosse dar conta sozinha.

James Carstairs sempre ajudaria um Herondale. Jamais deixaria de pagar as dívidas de amor.

Ela o convocara usando o colar, e ele faria tudo que estivesse ao seu alcance para cumprir sua promessa, mas...

Por favor, venha. Eu imploro. Salve-me.

Havia mais de uma vida em risco agora.

Salve meu filho.

E se chegassem tarde demais?

Tessa pegou a mão de Jem.

— Não é culpa sua — disse ela.

Claro que ela sabia o que ele estava pensando. Sempre sabia.

— Eu a encontrei e deixei que fosse embora. — Jem não conseguia parar de pensar na cena, naquela manhã na ponte em Paris, quando implorara a Rosemary Herondale para aceitar sua proteção. Ele pedira a um Herondale para confiar nele, mas fora considerado indigno.

— Você não *deixou* que ela fizesse nada — observou Tessa. — Ela fez as próprias escolhas.

— Típica Herondale — respondeu Jem ironicamente.

— Você disse que sempre estaria disponível caso ela precisasse, e agora que ela precisa...

— Estou a oito quilômetros de distância, inútil.

— Chega. — Tessa virou abruptamente para o acostamento e acelerou por vias engarrafadas, depois pegou a primeira saída que encontraram. Em vez de desacelerar, ela aumentou a velocidade ao chegarem à rua, costurando desgovernadamente por vias e calçadas. Logo, finalmente, estavam nas colinas: a estrada estreitava para uma única pista, cheia de curvas e uma ladeira vertiginosa. Tessa não desacelerou.

— Sei que você tem reflexos sobrenaturais, mas...

— Confie em mim — disse ela.

— Infinitamente.

Ele não podia contar a Tessa o outro motivo pelo qual se sentia culpado; não era apenas por ter deixado Rosemary escapar anos atrás. Era pelo que vinha fazendo por ela desde então, que de repente parecia quase nada. Desde que abrira mão de sua vida como Irmão Zachariah e lutara para voltar a ser James Carstairs — para voltar para Tessa Gray, a metade de sua alma, de seu coração, de si —, ele se dera permissão para ser feliz. Eles visitaram Mercados das Sombras pelo mundo todo, sempre procurando por Rosemary, sempre procurando formas de ajudá-la à distância. Visitaram até mesmo o Mercado de Los Angeles muitas vezes, mas nunca encontraram nenhum rastro dela por lá. E se, apesar de suas melhores intenções, Jem tivesse perdido alguma coisa, alguma oportunidade de encontrar e ajudar Rosemary antes que fosse tarde? E se, perdido em sua felicidade com Tessa, ele tivesse permitido que Rosemary sofresse?

O carro cantou pneus até parar na frente de um pequeno bangalô em estilo espanhol. O quintal era uma rebelião de cores: flores mimulus, sálvia, malva do deserto, jacarandá. Girassóis alinhavam o caminho até a porta, balançando com a brisa, como se os recepcionassem.

— Parece uma casa de contos de fadas — falou Tessa, maravilhada, e Jem concordou. O céu tinha um azul impossível, pontilhado por nuvens que pareciam algodão-doce, e as montanhas no horizonte davam a sensação de que estavam numa vila nos Alpes, e não no meio de uma extensa metrópole. — É tão pacífico — acrescentou. — Como se nada de mal pudesse acontecer aqui...

Ela foi interrompida por um grito estridente.

Eles entraram em ação. Jem arrombou a porta com o ombro, preparando sua espada para encarar o que quer que houvesse ali. Tessa foi logo atrás, suas mãos brilhando com luzes furiosas. Lá dentro, encontraram um pesadelo: Rosemary estava deitada, imóvel, numa piscina de sangue. Erguendo-se sobre ela, um homem fada enorme, o corpo coberto por uma armadura espessa de bronze, com uma espada erguida acima da cabeça. A ponta mirava o coração de Rosemary.

De muitas maneiras, Jem Carstairs não era mais um Caçador de Sombras. Mas da maneira mais importante, ele sempre seria um Caçador de Sombras.

Ele avançou num giro mortal, a espada um borrão prateado quando atacou o homem fada com toda a força da fúria de um Caçador de Sombras. Seus golpes atingiram o corpo da criatura sem deixar uma única marca.

Tessa ergueu as mãos e descarregou uma luminosa onda branca de energia sobre a fada. Ele a absorveu, inabalado, e depois, quase displicentemente, pegou Tessa com sua mão enorme e a jogou para o outro lado da sala. Ela atingiu a parede com força e um estrondo que chegou a doer em Jem. Ele então se jogou no caminho da fada, chutou, girou, empunhou a espada com força e segurança no que teria sido um golpe mortal. Qualquer fada normal — qualquer integrante do Submundo normal — teria sido abatida. O homem fada apenas riu, empurrou Jem no chão e o prendeu sob seu pé enorme. Jem estava impotente para fazer qualquer coisa além de olhar quando a espada encontrou seu destino e atingiu em cheio o peito de Rosemary.

A criatura recuou e soltou Jem, que logo correu para o lado de Rosemary. Tarde demais. Ele arrancou a camisa e a pressionou desesperadamente contra o ferimento imenso, determinado a impedir que a vida a abandonasse. Tarde demais.

— Não tenho nenhum problema com você, Caçador de Sombras — disse o homem fada, e em seguida soltou um assobio agudo. Um enorme cavalo de bronze entrou destruindo as janelas da frente numa chuva de vidro. A fada montou no animal. — Sugiro que não crie problemas comigo. — O cavalo empinou e saltou para o ar.

E assim, o cavalo e o cavaleiro desapareceram.

O rosto de Rosemary estava mortalmente pálido, os olhos fechados. Ela ainda respirava, ainda que minimamente. Jem pressionou o ferimento, desejando que ela aguentasse firme. Tessa se ajoelhou ao lado dele.

Ele suspirou, seu coração apertando.

— Você se machucou?

— Eu estou bem. Mas Rosemary... — Tessa agarrou as mãos da mulher e fechou os olhos em concentração. Segundos se passaram enquanto ela invocava o desejo de cura. Dava para notar o esforço estampado em seu rosto, a tormenta. Finalmente, Tessa se virou para Jem, um olhar vazio. Ele sabia o que ela ia dizer antes mesmo de dizê-lo.

— Foi um ferimento fatal — murmurou ela. — Não há nada a se fazer.

Tessa tinha trabalhado como enfermeira voluntária durante uma das guerras mundiais mundanas — ela reconhecia um ferimento fatal quando o via. E Jem, durante décadas na Irmandade do Silêncio, vira muitos Caçadores de Sombras que não podiam ser salvos. E muitos na Guerra Maligna. Ele também conseguia reconhecer a morte, em todos os seus aspectos.

Os olhos de Rosemary se abriram. Seus lábios se mexeram, como se ela estivesse tentando falar, mas só conseguiu soltar uma respiração ofegante.

Ainda havia um Herondale que podiam salvar.

— Seu filho — disse Jem. — Onde ele está?

Rosemary balançou a cabeça, o esforço do movimento claramente causando dor.

— Por favor — sussurrou ela. Havia tanto sangue. Por todos os lados, sangue, sua vida se esvaindo. — Por favor, protejam o meu filho.

— Diga-nos onde encontrá-lo — pediu Jem. — E pela minha vida, eu o protegerei, eu juro... — Ele parou, percebendo que não havia ninguém para receber a promessa. A respiração trêmula tinha dado lugar à inércia.

Ela estava morta.

#

— Nós vamos encontrá-lo — prometeu Tessa. — Vamos encontrá-lo antes que alguém possa machucá-lo. *Nós vamos.*

Jem não tinha se afastado do corpo de Rosemary. Ele segurava a mãozinha fria, como se não conseguisse soltá-la. Tessa sabia o que ele estava sentindo, e doía. Essa era a alegria e o castigo de amar alguém como ela amava Jem — ela sentia em uníssono a ele. Sua culpa, seu pesar, sua impotência e sua raiva: ao consumirem-no, aquelas sensações também a consumiam.

Claro, não era só a culpa de Jem, a raiva de Jem. Tessa também tinha as dela. Todo Herondale era um pedaço de Will e, sendo assim, um pedaço dela também. Família é isso. E Tessa havia se ajoelhado ao lado do corpo frio de muitos Herondale. Não aguentaria mais presenciar uma morte sem sentido.

Os dois encontrariam o filho de Rosemary. *Iriam* protegê-lo. Garantiriam que esta morte não seria em vão. Qualquer que fosse o custo disso.

— Não é só por ela estar morta — disse Jem num sussurro. Sua cabeça estava abaixada, seu cabelo era uma cortina sobre o rosto. Mas Tessa conhecia seu rosto, cada expressão. Desde que ele retornara, tinha passado muitas horas olhando para ele, sem conseguir acreditar que realmente estava ali, de volta à vida, de volta para ela. — É que ela morreu sozinha.

— Ela não estava sozinha. Ela não está sozinha. — Essa não era a primeira vez em que Tessa e Jem ajudavam um Herondale a seguir para a eternidade. Quando chegara o momento de Will, ela se sentara de um lado dele, e Jem do outro, ambos desejando que ele aguentasse firme, ambos invocando a força para deixá-lo partir. Na época, Jem era o Irmão Zachariah, ou assim o mundo o via: rosto Marcado, olhos selados, pele fria, coração fechado. Mas Tessa sempre enxergara o seu Jem. Ainda parecia um milagre que ele pudesse abrir os olhos e enxergá-la também.

— Não? — Jem, muito gentilmente, abriu o colar de Rosemary. Segurou a longa corrente prata, deixando o pingente de garça girar lentamente, brilhando à luz vespertina. — Achei que isto aqui bastaria, uma forma de entrar em contato se precisasse de mim. Mas eu *sabia* que ela corria perigo por causa das fadas. Não devia ter subestimado isso!

— Eu reconheci aquela fada, Jem — disse Tessa. — A trança de bronze, os desenhos na armadura, todos aqueles entalhes do mar. Aquele era Fal de Mannan. — Ela havia estudado os Cavaleiros de Mannan durante seu período no Labirinto Espiral, parte dos esforços para entender melhor o mundo das fadas. Eles eram muito velhos, anciãos até, de uma era de monstros e deuses, e serviam às vontades do Rei Unseelie. Não eram fadas comuns. Eram mais poderosas, feitas de magia selvagem. E, talvez o mais assustador, conseguiam mentir. — Lâminas serafim são inúteis contra os Cavaleiros de Mannan, Jem. Eles são assassinos natos, uma sentença de morte ambulante. Depois que ele a encontrou, nenhum poder neste mundo teria sido capaz de detê-lo.

— Então que esperança existe para o garoto?

— Sempre há esperança. — Tessa arriscou colocar os braços em volta de Jem, e então libertou a mão de Rosemary da dele com muita delicadeza.

— Primeiro vamos achar o menino. Depois vamos nos certificar de que as fadas jamais o encontrem.

— Não até estarmos finalmente prontos para enfrentá-los — disse Jem, com um tom de aço na voz.

Havia aqueles que acreditavam que, por Jem ser tão bondoso, tão capaz de tanta gentileza e generosidade, por amar de forma tão altruísta, ele era fraco. Havia quem desconfiasse de que ele não fosse capaz de violência ou vingança, quem achasse que podia feri-lo ou às pessoas que ele amava e sair impune, afinal revidar não fazia parte da natureza dele.

Aqueles que acreditavam nisso estavam enganados.

Aqueles que fizessem isso se arrependeriam.

Através do sangue, através do fogo

\#

Tessa apertou o pingente de garça com força, o bico afiado espetando a carne macia da palma. Sentia a essência de Rosemary na prata, e tentou alcançá-la com a mente, abrindo-se para os traços da mulher deixada para trás. Era sua segunda natureza agora, se Transformar em outra pessoa. Normalmente, bastava fechar os olhos e se permitir ser dominada.

Isso era diferente. Alguma coisa parecia... não errada, exatamente, mas *pegajosa*. Como se ela precisasse se livrar de sua forma e se forçar a outra. A transformação parecia difícil, quase dolorosa, como em seus primeiros dias em Londres, seus ossos, músculos e carne rasgando e se distorcendo em ângulos estranhos, o corpo se rebelando contra a mente enquanto a mente travava sua própria batalha, defendendo seu território contra a força colonizadora de um *outro*. Tessa se obrigou a manter a calma, concentrada. Lembrou a si que era sempre mais difícil incorporar um morto. Aí se sentiu encolhendo, desbotando, seus membros firmes se estreitando e assumindo a forma delicada e ossuda de Rosemary. E ao fazê-lo, o horror a inundou, aqueles momentos finais. O brilho da espada. O hálito quente do Cavaleiro fada. A dor, a dor, a dor impensável da lâmina a agredindo uma vez, duas vezes, e, finalmente, o golpe fatal. O horror, o desespero e, por baixo de tudo, a raiva feroz e amável em nome de um menino que precisava sobreviver. Em algum lugar, ele precisava, ele precisava, ele...

— Tessa!

E então Jem estava ali, firme; seus braços nos ombros dela, seu olhar constante e gentil, seu amor uma corda que a impedia de voar para longe. Jem, sempre, levando-a de volta para casa, para si mesma.

— Tessa, você estava gritando.

Ela respirou. Concentrou-se. Era Rosemary e Tessa, era a Transformação em si, a possibilidade de transformação, a inevitabilidade do fluxo, e então, misericordiosamente, estava livre.

— Tudo bem. Tudo bem. — Mesmo agora, após mais de um século de Transformação, era estranho se ouvir com a voz de outra mulher, olhar para baixo e ver o corpo de outra mulher no lugar do seu.

— Sabe onde ele está? O menino?

Meu menino. Tessa ouvia o deslumbramento na voz de Rosemary, sentia a surpresa da moça por ser possível amar assim. *Eles não vão pegá-lo. Eu não vou permitir.*

Havia medo, mas também raiva, e Tessa percebeu que nenhum deles era direcionado às fadas. Eram aos Caçadores de Sombras. Teria que guardar esse segredo para si. Jem não precisava saber que Rosemary morrera do mesmo jeito que vivera: convencida de que eles eram os inimigos.

— Deixe-me mergulhar mais fundo — disse Tessa. — Ela passou anos ocultando o que sabe a respeito dele, mas está ali, posso sentir.

O ser de Rosemary lutava contra si mesmo. Ela havia sido inteiramente consumida por seu filho, pela necessidade voraz de protegê-lo, mas também tinha passado anos se esforçando para esquecê-lo e para afastar aqueles pensamentos de sua consciência, pela segurança dele.

— Rosemary sabia que o maior perigo para o filho era *ela* — disse Tessa, estarrecida pelo sacrifício que aquela mulher tivera de fazer. — Ela sabia que a única forma de mantê-lo vivo era abandonando-o.

Tessa se aprofundou na lembrança — abandonou *Tessa* e se entregou totalmente a *Rosemary.* Focou no menino, nas lembranças mais fortes dele e do que ele se tornara, permitindo que isso a possuísse.

Ela se lembrou.

— *Eu não entendo* — *disse seu marido, mas o desespero em seus olhos, a força com que segurava suas mãos, como se soubesse o que aconteceria quando ele a soltasse... Os gestos diziam outra coisa. Diziam que ele entendia, que aquele tinha de ser o fim, que a segurança do filho era mais importante do que qualquer outra coisa. Mais importante até do que os dois, eles dois, que Rosemary considerava tudo para ela.*

As coisas eram diferentes antes de ela se tornar mãe.

Christopher tinha 3 anos. Ele se parecia e não se parecia com a mãe; se parecia e não se parecia com o pai. Ele era o amor personificado dos dois, a personificação do coração entrelaçado de ambos, respirando, todo bochechas angelicais, cabelos dourados, um nariz a ser beijado, uma testa a ser acariciada e um corpinho perfeito, perfeito, que jamais havia conhecido dor e pavor, e jamais deveria. Nunca.

— *Ele é o que importa agora. É a única coisa que importa.*

— *Mas já somos tão cuidadosos...*

Por um ano eles se forçaram a viver separados. Em um apartamento pequeno, a alguns quarteirões da rua principal de Las Vegas, viviam seu

Através do sangue, através do fogo

363

filho e seu marido — que agora se chamava Elvis, mas que já fora Barton, Gilbert, Preston, Jack e Jonathan, e que mudara não só seu nome, mas seu rosto, diversas vezes, tudo por ela. Em outro apartamento, ainda menor e bem mais solitário, em um terreno triste do deserto atrás do aeroporto, ficava Rosemary, sentindo a ausência do marido e do filho a cada respiração. Ela perseguia suas sombras, observava Christopher no parquinho, no zoológico, na piscina, mas nunca permitia que ele a visse. Seu filho cresceria sem conhecer o rosto da mãe.

Ela se permitira encontros mensais com o marido — uma hora de beijos roubados e todos os detalhes da infância do filho vivida sem ela —, mas sabia que era egoísta. Ela agora enxergava isso. Já era ruim o bastante que Caçadores de Sombras tivessem conseguido se aproximar. Agora as fadas também os detectara. Ela aplicara feitiços em torno do apartamento, um sistema de alerta. Rosemary sabia que os emissários tinham estado lá; sua localização tinha sido comprometida. E sabia o que aconteceria caso a encontrassem. Caso o encontrassem.

— Vocês precisam se esconder mais — dissera ao marido. — Precisam mudar suas identidades de novo, mas agora eu não posso conhecê-las. Se me encontrarem... Você não pode permitir que eu os leve até vocês.

O marido balançava a cabeça, dizia que não, ele não podia, ele não podia criar Christopher sozinho, ele não podia permitir que ela fosse embora sabendo que jamais a teria de volta, ele não podia permitir que ela corresse o risco de enfrentar o perigo sem ele, ele não podia, ele não ia fazer isso.

— Eu tenho a garça. — Ela o lembrou. — Tenho como pedir ajuda se precisar.

— Mas não a minha ajuda — retrucou o marido. Ele detestava o colar, sempre detestara, mesmo antes de ser envenenado pelo encanto do Caçador de Sombras. Tentara vendê-lo uma vez sem contar a ela, porque sua herança só trazia dor; ela o perdoara. Ela sempre o perdoava. — E se você precisar de mim?

Rosemary sabia que ele odiava aquilo, a ideia de vê-la chamando um desconhecido em vez de chamá-lo. Ele não entendia, mas era porque a vida de um desconhecido não significava nada para ela. Ela deixaria o mundo se acabar se isso significasse que Jack e Christopher ficariam a salvo.

— O que precisamos é que você o mantenha vivo.

O mundo acreditava que Jack — pois fora assim que ela o conhecera, e era assim que pensava nele — era um trapaceiro. Indigno de confiança, veneno-

so, incapaz de se entregar ou amar. Rosemary sabia que não. A maioria das pessoas é perdulária com seus sentimentos, os espalham sem discrição. Mas Jack só amava duas coisas nesse mundo: sua mulher e seu filho.

Rosemary às vezes desejava que ele se incluísse nessa lista. Ela se preocuparia menos se achasse que Jack se importava ao menos um pouquinho consigo.

— Tudo bem, mas e se vencermos? — perguntou ele.

— Como assim?

— Digamos que você consiga derrotar as fadas do mal e convencer os Caçadores de Sombras de que você não tem utilidade para eles. Se todo mundo parar de procurar por você e por Christopher, se finalmente pudermos ficar juntos e em segurança. Como vai nos encontrar?

Ela riu, mesmo em seu desespero. Ele sempre conseguia fazê-la rir. Mas, dessa vez, ele não enxergava a piada.

— Isso nunca vai acontecer — respondeu ela, gentilmente. — Você não pode nem arriscar alimentar esse tipo de esperança.

— Então vamos até a Clave, todos nós. Vamos nos lançar à misericórdia deles, pedir proteção. Você sabe que eles dariam.

Isso interrompeu abruptamente a risada. Os Caçadores de Sombras não tinham piedade. Quem sabia disso melhor do que ela? Rosemary apertou as mãos do marido, forte o bastante para machucar. Ela era muito forte.

— Nunca — disse. — Nunca se esqueça de que os Caçadores de Sombras são uma ameaça tão grave a Christopher quanto todas as outras. Nunca se esqueça do que se dispuseram a fazer com meu ancestral, que era um deles. Eles não vão colocar as mãos nele. Prometa.

— Eu juro. Mas só se você também jurar.

Não tinha outro jeito. Ele não ia fazer o que ela queria, não desapareceria para sempre, a não ser que ela deixasse um fiapo entre eles. Uma esperança.

— O lugar onde você me contou quem você realmente é — disse ele. — O primeiro lugar onde confiou em mim para revelar quem você é. Se precisar de ajuda, vá até lá. A ajuda vai encontrá-la. Eu vou encontrá-la.

— É perigoso demais...

— Você não precisa saber onde estamos. Não precisa nos encontrar. Eu nunca vou procurá-la, prometo. E Christopher ficará a salvo. Mas você, Rosemary... — A voz dele vacilou ao dizer seu nome, como se soubesse o quão raro seria poder dizê-lo outra vez. — Se precisar de mim, eu a encontrarei.

Eles não se despediram. Entre eles não podia haver despedida. Apenas um beijo que deveria durar para sempre. Apenas uma porta fechada, um silêncio, um vazio. Rosemary escorregou até o chão, abraçou os joelhos, rezou para um Deus no qual não acreditava para ter forças o suficiente para nunca se permitir ser encontrada.

— Eu sei como achá-lo — disse Tessa, já se libertando da Transformação. Foi, novamente, mais difícil do que deveria ter sido. Um atrito estranho sustentando a forma de Rosemary.

Exceto que não era totalmente estranho, não é mesmo? Algo incomodava sua mente, uma lembrança que ela mal conseguia alcançar. Tessa tentou, quase conseguiu — mas a tal lembrança se afastou, se foi.

#

Parecia errado ir a Los Angeles e não visitar Emma Carstairs. Mas Jem lembrou a si de que envolvê-la no assunto poderia colocá-la em risco, e ela já havia passado por coisas demais. Às vezes, ele se achava muito parecido com ela — ambos eram órfãos, ambos tinham sido acolhidos por um Instituto, adotados por uma família, mas sempre guardando a dor secreta de terem perdido os seus. Ambos tinham encontrado salvação em um *parabatai*, e Jem torcia para que Emma tivesse encontrado em Julian o que ele encontrara em Will: não só um parceiro, mas um refúgio. Um lar. Ninguém, nem mesmo um *parabatai*, podia substituir o que fora perdido. Mesmo agora, havia um buraco no coração de Jem, uma ferida no lugar de onde seus pais haviam sido arrancados. Era um espaço que não podia ser preenchido, apenas compensado. Assim como acontecera quando perdera Will. E como seria se algum dia perdesse Tessa.

A perda é uma inevitabilidade do amor, a dor é o preço inescapável pela alegria. Todos aprendem isso um dia — talvez isso signifique crescer. Ele desejava, por Emma, que a infância dela pudesse ter durado um bocadinho mais. E gostaria de ter podido estar presente no momento em que findara. Mas esse era sempre um cálculo frio quando se tratava de Emma Carstairs; equilibrar o desejo de fazer parte de sua vida com as consequências disso. Quando era um Irmão do Silêncio, ele a provocaria com algo que ela não podia ter — sua única família que restava, e que, ainda assim, não podia ser sua família. Agora, como Jem Carstairs, ele teria cuidado dela com alegria, mas ele não era mais um Caçador de Sombras — e escolhê-lo significaria que Emma teria de abrir mão de seu mundo. A Lei era dura, e também frequentemente solitária.

Ele ficava repetindo para si: em breve. Em breve, quando ele e Tessa se recuperassem. Em breve, quando tivesse ajudado Tessa a encontrar o Herondale perdido, aquele pedaço de Will perdido de seu mundo. Em breve, quando o perigo tivesse passado.

Ele às vezes se preocupava que essas fossem desculpas frágeis. Ele estava vivo, de um jeito ou de outro, há quase duzentos anos. Já deveria saber que o perigo nunca passava. Apenas descansava, e apenas se você tivesse sorte.

— Tem certeza de que este é o lugar? — perguntou Jem a Tessa. Ela havia se Transformado em Rosemary e ele mal conseguia olhar para ela. Às vezes, Jem sentia falta da distância fria que a Irmandade do Silêncio forçava nele, de nenhuma emoção, por mais forte que fosse, ser capaz de penetrar seu coração de pedra. A vida era mais fácil sem sentir. Não era vida, ele sabia. Mas era mais fácil.

— Este definitivamente é o lugar, infelizmente.

Toda cidade tinha um Mercado das Sombras, e, de certa forma, eles eram todos o mesmo mercado, ramificações de uma única árvore — mas isso não impedia que cada mercado tivesse a característica de seus arredores. Pelo que Jem podia perceber, o ambiente de Los Angeles era bronzeado, saudável e obcecado por automóveis. O Mercado das Sombras ficava em um canto de Pasadena, e tudo ali era brilhante, inclusive os ocupantes: vampiros com presas extremamente brancas, fadas saradas cujos músculos brilhavam com suor dourado, bruxas com cabelos neon e roteiros que se autoescreviam à venda, ifrits vendendo "mapas das estrelas" que, de perto, não tinham nada a ver com astronomia, e sim mapas de Los Angeles que se atualizavam automaticamente com uma pequena foto de Magnus Bane, marcando cada local no qual o feiticeiro causara um caos infame (Tessa comprou três.)

Eles atravessaram a multidão o mais depressa possível. Jem estava aliviado por não usar mais as túnicas de Irmão do Silêncio, a marca inconfundível do seu credo. Havia um toque fronteiriço no Mercado das Sombras, uma sensação de que as regras só valiam se alguém estivesse disposto a impô--las. Fadas dançavam abertamente com outros integrantes do Submundo; feiticeiros faziam negócios que nunca deveriam ser feitos com mundanos; Caçadores de Sombras não eram bem-vindos, por motivos óbvios.

O destino deles estava logo além do caos. No espaço limiar entre o Mercado das Sombras e as sombras, onde havia uma estrutura decrépita sem placa ou janelas. Não havia nada que sugerisse que aquilo era algo além de uma ruína, certamente nada que o marcasse como um bar decadente do Submundo, a segunda casa para aqueles cujo Mercado das Sombras já não era mais sombrio o suficiente. A última coisa que Jem queria fazer era permitir que Tessa entrasse, principalmente com o rosto de alguém que a Corte Unseelie queria assassinar — mas desde que a conhecera, ninguém *permitia* que Tessa fizesse nada.

Segundo Tessa, Rosemary e seu marido tinham um acordo. Se Rosemary algum dia precisasse dele, ela viria até aqui, e de algum jeito deixaria claro que precisava dele, e aí ele apareceria. Essa parte do plano parecia um pouco vaga demais para eles, mas não havia muito o que fazer, declarou Tessa alegremente, e em seguida o beijou. Mesmo no corpo de outra pessoa, mesmo com os lábios de outra pessoa, o beijo foi todo Tessa.

Eles entraram. Tessa foi na frente, Jem chegou alguns minutos depois. Parecia prudente dar a impressão de que não estavam juntos. O bar não era muito um bar. Era tão decrépito por dentro quanto por fora. O grande segurança licantrope que ficava na porta o farejou uma vez, cautelosamente, resmungou algo parecido com "comporte-se", e em seguida acenou para que entrasse. As paredes em péssimo estado estavam escurecidas por marcas de queimadura, o chão, sujo de cerveja, e, pelo cheiro, icor. Jem rapidamente examinou os outros presentes para ver se havia algum perigo: uma fada de biquíni dançava uma música lenta, apesar do silêncio, balançando inebriada sobre seus saltos altos. Um licantrope com uma capa rasgada de seda estava com a cara deitada sobre a mesa, seu cheiro sugeria que estava ali há dias. Jem observou por tempo o suficiente para ter certeza de que ele ainda respirava, e então sentou-se ao balcão. O atendente, um vampiro careca e encarquilhado que parecia estar se escondendo do sol desde muito antes de se Transformar, olhou Jem da cabeça aos pés, e em seguida entregou uma bebida. O copo era de bolinhas, e o conteúdo era de um verde claro. O que quer que estivesse flutuando no centro parecia ter estado vivo em algum momento. Jem concluiu que provavelmente era mais seguro ficar com sede.

A três bancos de distância, Tessa estava inclinada sobre um copo. Jem fingiu não notar.

A fada se colocou entre eles, sua cauda aforquilhada acariciando a borda do copo de Jem.

— O que um cara como você, e tal?

— Como?

— Você sabe... alto, bonito e... — Ela lançou um olhar para o sujeito que estava no canto, agora roncando com tanta força que sua mesa tremia a cada exalada — direito. Você não parece o tipo de cara que frequenta este lugar.

— Você sabe o que dizem sobre livros e capas — falou Jem.

— Então você não é tão solitário quanto parece?

Jem percebeu que Tessa, fingindo não ouvir, estava segurando um sorriso — e só então entendeu que a fada estava flertando com ele.

— Eu posso ajudá-lo com isso, sabe — disse ela.

— Eu vim para ficar sozinho, na verdade — respondeu Jem o mais educadamente possível. A cauda da fada se deslocou de seu copo para sua mão, traçando seus dedos longos. Jem recuou. — E, bem, sou casado.

— Que pena. — Ela se inclinou para perto, perto demais, seus lábios tocando a orelha dele. — A gente se vê por aí, Nephilim. — Ela cambaleou para longe do balcão, deixando Jem se concentrar totalmente na conversa de Tessa com o atendente do bar.

— Eu a conheço? — perguntou o bartender. Jem enrijeceu.

— Não sei — respondeu Tessa —, conhece?

— Você me parece relativamente familiar. Como uma menina que vinha muito aqui com o namorado. Aquele cara era péssimo, mas ela não queria nem saber. Completamente apaixonada, como só uma criança pode ficar.

De soslaio, Jem notou o sorrisinho de Tessa.

— Ah, não sei se há um limite de idade para se estar completamente apaixonado.

O bartender a olhou com atenção.

— Se você diz... Mas não essa menina. Ela cresceu e ficou imprudente. Largou ele e o filho, pelo que eu soube.

— Que pena — disse Tessa secamente. — E o Sr. Péssimo?

— Talvez não seja tão péssimo assim. Leal o suficiente para ainda vir aqui depois de tantos anos. O tipo de sujeito com quem certas pessoas podem contar quando precisam de ajuda. Se é que você me entende.

— E como certas pessoas o encontrariam? — perguntou Tessa. Jem percebia que ela estava se esforçando muito para conter a ansiedade da voz.

O atendente pigarreou, começou a limpar o balcão sem muito entusiasmo.

— A mulher certa, pelo que eu soube, saberia exatamente onde encontrá-lo — falou, sem olhar para ela. — Porque ele é exatamente o mesmo pássaro de antes, só um pouco menos trapaceiro. — Ele colocou uma ênfase diferente nas palavras, e Jem notou, pela expressão de Tessa, que aquilo significava alguma coisa para ela. Seu coração saltou.

Tessa se levantou e jogou alguns dólares no bar.

— Obrigada.

— Qualquer coisa pela menina tão bonita quanto uma rosa. Boa sorte com...

A adaga pareceu se materializar no centro da testa dele. O bartender estava morto antes mesmo de cair no chão. Jem e Tessa giraram para ver Fal de Mannan e seu cavalo de bronze trovejando pela entrada, se aproximando numa velocidade nada humana, a espada de Fal descendo. O corpo de Jem reagiu antes que sua mente pudesse processar, cada segundo de uma vida de treinamento de Caçador de Sombras o inundando como uma tempestade de chutes, saltos e luta: tudo isso em menos de um segundo, e tudo inútil, porque a lâmina já estava baixando, já estava derrubando Tessa no chão numa pilha flácida de sangue e carne, e Fal de Mannan, impenetrável, já tinha levantado voo quando Jem caiu de joelhos ao lado da figura pálida dela.

— Sugiro que fique morta desta vez — alertou o Cavaleiro, e desapareceu.

Ela estava tão pálida.

As feições estavam derretendo e voltando a ser Tessa. A Transformação sempre acabava quando ela perdia a consciência, mas dessa vez havia algo de errado, quase tão desconcertante quanto o ferimento. Suas feições já tinham praticamente voltado a ser as de Tessa quando, como um elástico subitamente solto, elas estalaram e voltaram a ser as de Rosemary. E depois mudaram de novo, e de novo, como se o corpo não conseguisse decidir quem queria ser. Jem pressionou o ferimento, tentou conter o sangue, não se importava com a aparência dela, só queria que o corpo escolhesse a vida em vez da morte. *A fada de biquíni*. O pensamento cortou seu torpor de pânico. Talvez ela tivesse sido plantada ali para espionar para os Cavaleiros, sabendo que o lugar tinha um significado especial para Rosemary e sua família; talvez ela simplesmente tivesse reconhecido "Rosemary" como a mulher com um alvo nas costas, uma mulher que deveria estar morta, e cumpriu seu dever de fada. Não importava como tinha acontecido. O que importava era que Jem não a considerara uma ameaça, o que o tornava culpado caso Tessa não...

Jem conteve o pensamento antes que pudesse continuar. O ferimento teria matado um mundano. Talvez até um Caçador de Sombras. Mas o corpo de Tessa era o de Rosemary no momento do ataque, a forma de uma mulher que era não apenas Caçadora de Sombras, mas herdeira do trono do Reino das Fadas... Quem saberia que tipo de magia estaria atuando naquela luta pela sobrevivência? Talvez por isso a Transformação não estivesse acabando, talvez fosse o meio de o corpo exaurir a morte até que ela pudesse se curar. Tessa resmungou. Jem a tomou em seus braços, implorando para que aguentasse firme.

Ele aprendera muito sobre cura na Irmandade do Silêncio, e fez o que pôde. Pensou em como ela sentara ao lado do que todos pensaram ser seu leito de morte, seu suprimento de *yin fen* finalmente esgotado, o veneno demoníaco finalmente dominando seu organismo, e se lembrou de quando Tessa dissera para ele que precisava deixá-lo ir. Jem também se lembrou de sentar ao lado de um Will moribundo, concedendo a permissão para que ele partisse. Ele não sabia se era força ou egoísmo, mas se recusava a fazer o mesmo por Tessa. Ainda não. Eles tinham esperado tanto por uma vida juntos. Tinham acabado de começar.

— Fique — implorou para ela. — Lute. — Ela estava tão fria. Tão leve em seus braços. Como se alguma coisa essencial já tivesse escapado. — Não importa como, fique. Eu preciso de você, Tessa. Sempre precisei de você.

#

Ela não estava morta. Um dia inteiro havia se passado, e ela não estava morta. Mas também não estava acordada, e não tinha parado de se Transformar, de Tessa em Rosemary, e em Tessa outra vez. Às vezes, ela ficava uns bons minutos, ou até uma hora, numa forma só. Às vezes, se Transformava tão depressa que parecia não ter forma alguma. Sua pele estava grudenta de suor. Inicialmente estava fria ao toque. Em seguida, quando a febre a dominava, ela ardia. Já tinha tomado remédios — para interromper a perda de sangue, para se fortalecer e resistir —, medicamentos que Jem, não mais um Irmão do Silêncio, não podia aplicar por conta própria.

Assim que a levou para um lugar seguro, Jem convocou ajuda.

Ou melhor, como nem ele nem Tessa eram parte da Clave ou tinham qualquer direito à Irmandade do Silêncio, ou seja, nenhum poder de convocação, Jem *pediu* ajuda. Implorou. Então o Irmão Enoch apareceu, e se pôs a misturar tônicos, empregar os rituais complexos e secretos que Jem outrora fora capaz de executar. Jem jamais se arrependera por abandonar a Irmandade do Silêncio, por voltar à terra dos mortais e seus perigos, mas, para salvar Tessa, ele teria dedicado o restante da eternidade àquelas túnicas, ao coração de pedra. Em vez disso, só lhe restava ficar ao lado de Enoch, impotente. Inútil. Jem por vezes fora convidado a se retirar da sala.

Ele entendia; ele mesmo já tinha feito isso muitas vezes, isolando-se com o paciente, sem nunca pensar muito na tortura que a pessoa amada poderia estar sentindo do outro lado da parede. Em sua primeira vida, Jem fora o paciente, Tessa, Charlotte e Will circulando ansiosos em volta da sua cama, lendo para ele, murmurando com vozes reconfortantes enquanto ele navegava entre a escuridão e a vigília, todos esperando que Jem se fortalecesse, ou pelo dia em que isso não aconteceria mais.

Exilado no corredor do pequeno apartamento que Magnus — através de sua rede crescente e ambígua de "amigos" — havia conseguido para eles, Jem se apoiou na parede. *Sinto muito, Will,* pensou. *Eu nunca compreendi.*

Ver a pessoa que mais amava lutando por cada respiração. Vê-la escorregando, sem conseguir se segurar. Ver o rosto amado contorcido de dor, o corpo que você morreria para proteger tremendo, sacudindo, quebrado. Não que Jem nunca tivesse suportado isso antes. Mas sempre houvera um intercessor entre ele e o horror da ausência. Em sua juventude como Caçador de Sombras, Jem sempre tivera consciência, no fundinho de sua mente, de que morreria jovem. Ele sabia que ia morrer muito antes de Will e Tessa, provavelmente, e mesmo quando Will e Tessa se jogavam no perigo — o que faziam com frequência —, parte de Jem sabia que ele não teria que passar muito tempo no mundo sem eles. Também houve momentos em que, na Irmandade do Silêncio, ele ficara ao lado de Will ou Tessa, sem saber se eles iam morrer ou viver — mas a dor sempre fora mitigada pela mesma distância fria que mitigava todo o restante. Contudo, agora, ele não tinha nada no caminho, nada para distrair seu olhar da terrível verdade da situação. Tessa podia morrer, e ele continuaria vivendo sem ela, e não lhe restava mais nada além de esperar para ver. Suportar tal situação exigia toda a força de Jem.

Will nunca hesitara diante do sofrimento de Jem — sempre suportara. Ele permanecera ao lado de sua cama, segurara sua mão, o ajudara a enfrentar as piores situações. *Você foi o homem mais forte que já conheci,* dissera Jem silenciosamente ao seu amigo perdido, *e eu nunca soube nem da metade.*

A porta se abriu e o Irmão Enoch apareceu. Jem ainda se impressionava com o modo como os Irmãos do Silêncio lhe pareciam estranhos agora que ele já não era mais um deles. Fora preciso tempo para se acostumar ao silêncio em sua mente quando o coro de vozes que o acompanhara durante décadas não mais estava lá. Mas Jem não conseguia mais imaginar. Era como tentar se lembrar de um sonho.

— Como ela está?

O ferimento não é mais uma ameaça à vida dela. Sua capacidade de Transformação aparentemente impediu o efeito pretendido.

Jem quase desabou de alívio.

— Posso vê-la? Ela está acordada?

O rosto marcado do Irmão do Silêncio estava imóvel, seus olhos e boca costurados, e mesmo assim Jem conseguia sentir a sua preocupação.

— O que foi? — perguntou. — O que mais está havendo com ela?

O ferimento está se curando. A Transformação a salvou, mas temo que agora represente uma grave ameaça. O corpo e a mente estão presos nela. Ela não parece conseguir encontrar um caminho de volta a si, a Transformação não permite. É como se ela não tivesse mais o vínculo que a torna, essencialmente, Tessa Gray.

— Como podemos ajudá-la?

Fez-se então um verdadeiro silêncio.

— Não. — Jem se recusava a aceitar. — Sempre existe um jeito. Você tem um *milênio* de conhecimento como fonte. Tem que haver alguma coisa.

Em todos esses anos, nunca houve um ser como Tessa. Ela é uma mulher forte e poderosa. Você precisa ter fé de que ela vai encontrar o caminho de volta.

— E se não encontrar? Ela vai ficar assim, no limbo, para sempre?

A Transformação exige muito, James. Toda Transformação requer energia; e nenhum corpo sustenta esse grau de energia indefinidamente. Nem mesmo o dela.

A voz na cabeça de Jem era tão fria, tão calma, que era fácil imaginar que ele não se importava. Jem sabia que não era bem assim. O fato é que Irmãos do Silêncio se importavam de uma forma diferente. Disso Jem se lembrava: a distância fria da vida. A tranquilidade sobrenatural com que os eventos eram processados. Palavras como diligência, necessidade, medo, amor... sim, todas tinham significado, porém era um significado indecifrável para quem dormia, comia e falava, para quem vivia uma vida de paixões animais. Ele se lembrava da gratidão que sentia pelo raro instante — quase sempre um instante com Tessa — em que sentia uma faísca de emoção verdadeira. De como desejava o calor das paixões humanas, do privilégio de *sentir* outra vez, até mesmo medo, até mesmo tristeza.

Agora ele praticamente invejava o Irmão Enoch, a frieza. Esse medo, essa tristeza; era grandioso demais para suportar.

— Quanto tempo, então?

Você deve ir até ela agora. Fique com ela. Até...

Até o fim, de um jeito ou de outro.

#

Tessa sabe e não sabe que isto é um sonho.

Ela sabe que Jem está vivo, então deve ser um sonho, esse corpo em seu colo com o rosto de Jem, esse corpo em decadência em seus braços; a pele descamando dos músculos, os músculos se soltando dos ossos, os ossos se dissolvendo em pó. Ele pertenceu a ela, mesmo que tão brevemente, e agora ele é pó, e ela está sozinha.

#

Ele está frio, sem vida, ele é carne, seu Jem, carne para as larvas, e elas dominam seu corpo, e de algum jeito ela consegue ouvi-las, corroendo e consumindo, milhões de bocas destruindo até o fim, e ela grita o nome dele, mas não há ninguém para ouvir além dos vermes, e ela sabe que é impossível, mas mesmo assim consegue ouvi-los rindo.

#

Jem está vivo, seus olhos alegres parecem sorrir. O violino foi erguido até o queixo, a música que tocava era a que ele compusera para ela, a música de sua alma. A flecha que voa até ele é veloz, certeira e envenenada, e quando atinge o coração dele, a música cessa. O violino se quebra. Tudo é silêncio para sempre.

#

Ele se joga entre ela e o demônio Mantid e ela é salva, mas ele é cortado ao meio, e quando ela recupera o fôlego para finalmente gritar, ele se foi.

#

O demônio Dragonidae expele uma nuvem de fogo e as chamas o consomem, um fogo azul e branco que cega, que o queima de dentro para fora, e ela fica observando as chamas saindo da boca dele, observa seus olhos derretendo com o calor e escorrendo pelo rosto latente, e sua pele estala como bacon, até que, quase piedosamente, a luz fica intensa demais, dominante, e ela vira as costas por apenas um instante de fraqueza. Mas quando torna a olhar, só resta uma pilha de cinzas, e tudo que era Jem se foi.

#

O brilho de uma espada e ele se foi.

#

Uma fera uivando do céu, uma garra atingindo a pele alva, e ele se foi.

#

E ele se foi.

#

Ela está viva, está sozinha, e ele se foi.

#

Quando não aguenta mais, quando já viu seu amado morrer dez vezes, cem vezes, sentiu o próprio coração morrer com ele, quando não resta nada além de um oceano de sangue e fogo que queimou praticamente tudo, menos a dor excruciante de perda após perda, ela foge para o único lugar que resta, o único porto seguro contra o horror.

Ela foge para Rosemary.

Através do sangue, através do fogo

\#

O ar noturno é denso e doce com jacarandá. O sopro quente dos ventos de Santa Ana parece um secador de cabelos mirado em seu rosto. Suas mãos estão arranhadas e sangrentas por causa dos espinhos das treliças, mas Rosemary mal percebe. Ela salta da treliça, e a empolgação a domina assim que seus pés tocam o cimento. Ela conseguiu. A mansão brilha perolada ao luar, um grande monumento ao privilégio e à privacidade. Lá dentro, com a proteção de alarmes e das patrulhas de segurança, seus pais dormem tranquilamente, ou pelo menos tão tranquilamente quanto possível para dois paranoicos. Mas pelo menos naquela noite, Rosemary está livre.

Na esquina, um Corvette preto aguarda junto ao meio-fio, o motorista encoberto pelas sombras. Rosemary entra e lhe dá um beijo demorado e profundo.

— Desde quando você tem um Corvette?

— Desde que encontrei este carinha aqui atrás da lanchonete, implorando por um novo dono. Como um cachorrinho perdido — diz Jack. — Eu não poderia negar, podia?

Ele pisa no acelerador. Eles aceleram para longe, cantando pneus pelo silêncio sussurrado de Beverly Hills.

Ele está mentindo sobre como conseguiu o carro, provavelmente. Ele mente a respeito de tudo, seu Jack Crow. Provavelmente mente até o próprio nome. Ela não dá a mínima. Ela tem 16 anos, não precisa se importar com nada, só precisa ver o mundo, o mundo real, *o Submundo, o mundo que seus pais estão tão determinados a esconder, e que ele fica tão feliz em lhe mostrar. Ele é só um ano mais velho do que ela, pelo menos isso é o que ele diz, mas já havia vivido o bastante por umas vinte vidas.*

Eles se conheceram na praia. Ela estava matando aula — ela sempre matava aula —, caçando encrenca, sem perceber que estava caçando por ele. Jack a conduzira até um casal que estava passando, com cabelos dourados e bronzeados, como se tivessem saído de um catálogo sobre o estilo de vida de Los Angeles, e a incitou a pedir informações a eles, distraí-los enquanto ele lhes roubava a bolsa. Não que ele tivesse avisado que esse era o plano. Ele nunca avisava nada, só dizia confie em mim, *e então ela aguardou até que eles estivessem a sós, dividindo um burrito comprado com moeda roubada, para perguntar por que ele não tinha medo de roubar das fadas. Não tinha ocorrido a ele que ela tivesse a Visão, que ela pudesse enxergar a verdade sob os feitiços.* O que você achava, que eu era só uma riquinha entediada? *Sim, era isso que ele achava.* Ela então informou que era, sim, uma riquinha entediada: entediada porque conseguia Ver o quanto o mundo podia ser mais interessante. *E aí ele disse:* O que você achava de mim, que eu era só um menino-problema bonitinho que você pode usar para provocar seus pais? *Ela disse que se os pais soubessem da existência dele, mandariam matá-lo.* E ninguém falou que você é bonitinho. *Uma verdade e uma mentira: ele era muito, muito, muito bonitinho; cabelos escuros caindo sobre olhos castanhos, um sorriso sabichão que ele reservava só para ela, um rosto que parecia de pedra, anguloso em todos os pontos certos. É verdade, se seus pais soubessem a respeito dele, o quereriam morto. E geralmente era o que bastava.*

Naquele primeiro dia, ele a levou a um café do Submundo em Venice. Ela sempre tivera a Visão, e seu pai também, é claro. Mas seus pais lutaram muito para mantê-la longe do Submundo, para impedir que ela conhecesse seus deleites e horrores. Esse era seu primeiro gostinho — um sundae de qualquer que fosse o sabor fabricado pelas fadas tinha gosto de sol de verão. Quando o beijou, ele tinha gosto de calda de chocolate.

Nesta noite, após semanas implorando, ele finalmente vai levá-la ao Mercado das Sombras. Ela vive por essas noites com Jack — não só por causa dele, mas por causa do mundo que ele abrira para ela.

Mas Jack tem razão: também porque ela sabe o quanto tudo isso irrita seus pais.

Ele a faz aguardar com as sereias vendendo pulseiras de algas enquanto fecha seus negócios, então ela aguarda, e observa, e fica maravilhada com o caos que se desenrola ao redor. Mas ela não está tão impressionada a ponto de não notar a figura encapuzada que se aproxima de Jack, o lobisomem de bigode que presta atenção quando ele passa, o djinn que ficou tenso com sua aproximação e aí lança um olhar para alguém atrás dela. Rosemary pode até não conhecer o Submundo, mas aprendera desde pequena a reconhecer o perigo, a sentir os sinais de inimigos à espreita. Fora educada apenas no campo hipotético das batalhas, aprendera a calcular, lutar, montar estratégia, fugir, tudo no conforto de casa, e sempre se perguntara se a prática poderia prepará-la para a realidade; se o treino sumiria em face do perigo. Agora a resposta se apresenta: ela reconhece uma emboscada quando encontra uma, e não hesita quanto à ação que deve tomar.

Ela grita. Se atira no chão. Segura o tornozelo. Grita Jack, Jack, Jack, alguma coisa me mordeu, preciso de você, *e, rápido como um raio, ele surge ao seu lado com uma ternura no rosto que ela jamais imaginara ser possível. Ele a pega nos braços, murmura para tranquilizá-la até Rosemary sussurrar seus alertas ao ouvido dele, e eles correm.*

O Corvette está cercado por três lobisomens. Jack grita para que ela fuja, se salve, e se lança na luta, mas ela não dedicara todas aquelas horas e anos de treinamento para simplesmente fugir. É diferente, combater um inimigo real, mas não tão diferente assim. Ela gira e salta, pega a adaga do coldre no tornozelo, então corta e golpeia, e sente o calor nas bochechas, o fogo no coração quando os lobisomens fogem, derrotados, e ela e Jack entram no Corvette, saem cantando pneu, percorrem as colinas e as curvas de Mulholland Drive calados, sem olhar um para o outro, até ele fazer uma curva acentuada para um ponto de observação e o carro parar bruscamente. Então ele olha para ela. Deixe-me adivinhar, *diz ela*, eu nunca estive tão linda. *Ela sabe que suas bochechas estão coradas, seu rosto, brilhando, seus olhos, cintilando. Ele responde que não se importa com a aparência dela.* Foi o jeito como você lutou! Seu jeito de pensar! *Ele perguntou onde ela aprendera aquilo tudo. Só que ela não podia contar por que seus pais buscaram assegurar que ela aprendesse a se defender, que ela não saísse de casa sem uma arma desde os 5 anos. Ela então simplesmente diz que tem muita coisa a seu respeito que ele ainda não sabe. Ele responde que já sabe o suficiente. Ele complementa:* acho que estou apaixonado. *Ela então revida com um tapa e diz que é grosseiro fazer essa piada, até mesmo para uma garota como ela, forte como* adamas. *E ele retruca,* o que te faz pensar que estou fazendo piada?

#

Seus pais querem se mudar outra vez.

Ela se recusa. Dessa vez não, de novo não.

Eles querem saber se é por causa dele, daquele cara, aquele que você foge para encontrar, e ela não consegue acreditar que eles já estão sabendo. Ora, estava sendo seguida. Os pais não pedem desculpas. Apenas dizem que ela não compreende o quanto o mundo é perigoso, aquele mundo, o Submundo, e ela responde que isso acontece porque eles não lhe dão oportunidades de descobrir como o mundo é. Dezesseis anos, e ela nunca passara mais de um

378 Fantasmas do Mercado das Sombras

ano em um lugar, porque eles não paravam de se mudar. Quando criança, ela aceitava as explicações, acreditava no conto horroroso do monstro à espreita no escuro para destruí-los. Mas o monstro nunca apareceu, o perigo nunca se manifestou, e ela começou a imaginar se seus pais não eram apenas paranoicos, e se fugir e se esconder não tinha se tornado mais fácil do que ficar sossegados num lugar.

Não é fácil para Rosemary. Ela nunca havia tido um amigo de verdade, porque não podia contar para ninguém quem realmente era.

Ela é solitária.

Ela tem uma coisa: ele. Não ia permitir que tirassem isso dela.

Você tem 16 anos, diz sua mãe, tem muito tempo para preencher sua vida com amor, mas só se a mantivermos viva. Rosemary já havia preenchido sua vida com amor, ela o amava, ela não ia se mudar. Você é jovem demais para saber o que é o amor, diz seu pai, e ela pensa em Jack, no toque de sua mão, na risada silenciosa e no seu sorriso torto. Ela pensa nele segurando um guarda-chuva sobre sua cabeça para protegê-la, pensa nele pedindo que ela o ensine a lutar, para que ele também possa se proteger. Ela pensa no treino, em como ele adora o fato de ela ser mais forte, mais veloz e melhor, e pensa em se sentar com ele, quietinha e em silêncio, e simplesmente ficar admirando as ondas.

Ela é jovem, mas sabe disso. Ela o ama.

Seu pai informa que eles irão embora pela manhã, todos eles, uma família. Diz para não continuar fugindo.

Então Rosemary corre porta afora, desafia abertamente os pais pela primeira vez, e eles são lentos demais, e seus alertas, familiares demais para impedirem-na. Ela sai sem ter para onde ir — Jack está cuidando de assuntos tipicamente vagos em algum lugar tipicamente vago no centro da cidade, então ela caminha pelas ruas desertas, passa por vias expressas, desaparece pelas sombras de passarelas, mata os minutos até ter certeza de que seus pais desistiram e foram dormir. Ela sabe exatamente como entrar em casa sem acordá-los, mas não há necessidade disso.

As portas estão escancaradas.

O corpo da mãe está na grama, dilacerado.

O sangue do pai empoça a entrada de mármore. Ele está esperando por ela. Eles nos encontraram, diz o pai. Prometa que vai desaparecer, pede ele, e ela promete, promete e promete, mas agora só é ouvida por um cadáver.

#

Ela foge sem documento de identidade e sem cartão de crédito, nada que possa ser utilizado para rastreá-la. Não que o inimigo utilize tecnologia para rastrear, mas não dá para se garantir nisso, e seus pais estão mortos.

Seus pais estão mortos.

Seus pais estão mortos porque ela provocou o atraso, porque eles sabiam que era hora de ir e ela insistira para que ficassem, ela brigou, reclamou, fez cara feia. Eles a amavam, e ela usou isso contra eles, e agora estavam mortos.

Ela espera no bar favorito de Jack, aquele que fica perto do Mercado das Sombras, que faz o possível para passar desapercebido. Ela aguarda por ele ali, porque é para onde ele sempre volta, e quando ele retorna de fato, alarmado ao vê-la coberta de sangue, ela desaba em seus braços.

E aí conta toda a verdade a ele.

Conta que era uma Caçadora de Sombras, por linhagem e não por escolha. Que é fada, por espírito e sangue, e não por escolha. Conta que está sendo caçada, que é perigosa para todos que a amam, diz que está indo embora para sempre. Fala para ele que este momento é uma despedida.

Ele não entende. Quer ir junto. Ela tenta de novo. Conta que a Corte Unseelie a quer morta, que enviou um antigo grupo de assassinos fada com poderes divinos para dar um fim nela. Permitir que ele ficasse seria assinar sua sentença de morte. Ela explica a ele que ficar com ela significaria abrir mão de sua identidade, de sua cidade, de toda sua vida. Ele responde: você é muito inteligente, mas não entende. Você é a minha vida. Você é minha identidade. Não vou abrir mão de você. Quanto ao restante? *Ele dá de ombros.* Quem precisa?

Ela ri. Estremece com a risada. Não consegue acreditar que está rindo. Em seguida sente a umidade em sua bochecha, sente Jack aninhando seu rosto contra o peito, ele a abraça e percebe: ela não está rindo, está chorando. Aí ele promete que sempre vai protegê-la. Ela responde — em alto e bom som, pela primeira vez na vida — eu sou uma Herondale. Eu vou proteger você. *Ele então responde que eles têm um acordo.*

#

Não parece uma vida em fuga. Parecem pedrinhas saltitando num lago. Eles mergulham numa vida, vão para onde tiverem vontade — Berlim, Tóquio, Rio, Reykjavík —, estabelecem identidades, conexões com o Submundo, e quando Jack se mete em encrencas demais ou Rosemary fareja fadas, ou como naquela vez em Paris, quando descobrem um Caçador de Sombras em seu rastro, eles rasgam suas identidades, trocam seus nomes e feições, então ressurgem em outro lugar. Às vezes, cogitam desaparecer e viver como mundanos, mas essa fora a escolha dos pais de Rosemary, e acabara se provando fatal. Eles serão mais espertos e cuidadosos. Quando constroem novas identidades, eles desenvolvem também uma rede de contatos para momentos de necessidade. Contatos, mas jamais aliados, nunca amigos, nunca alguém que possa fazer perguntas demais quando eles aparecerem ou desaparecerem. Nenhuma obrigação, nenhum laço, nenhuma raiz. Eles necessitam apenas um do outro — até a vinda de Christopher, mudando tudo.

Ela insiste em ter o filho em segredo. Ninguém pode saber da existência de mais um elo naquela corrente amaldiçoada. Mesmo quando estava grávida, Rosemary viera a perceber mais tarde, ela entendia de alguma forma o que teria que fazer.

Depois que Christopher chega, ela finalmente compreende seus pais, suas vidas consumidas pelo medo. Não por eles, mas por ela. Ela se recusa a impor a mesma coisa ao seu filho. Deseja uma vida melhor para ele, algo além de arame farpado e alarmes. Quer que ele tenha um lar. Que ele conheça a confiança e o amor. Quer salvá-lo de uma vida às escondidas.

Jack detesta a ideia. Então você quer protegê-lo de ter que guardar esse segredo não contando o segredo? Quer impedir que ele saiba que tem um segredo? E ela responde que sim, exatamente, assim ele vai crescer sem medo do mundo.

Jack diz que crescer sem medo do mundo é uma boa forma de ser destruído por ele.

Ela espera até o bebê ter idade o bastante para ingerir alimentos sólidos, o bastante para sobreviver sem ela, ou — na verdade — até ela mesma se convencer de que ele poderia sobreviver sem ela. Rosemary não sabe se consegue sobreviver sem ele, sem eles, mas é chegada a hora.

Ela então os manda embora.

#

Ela está deitada no chão. Está morrendo. Há desconhecidos ali, mas ela está sozinha. Está escondida no lugarzinho secreto de sua mente onde guarda suas lembranças de Jack e Christopher. Ela pensa que talvez soubesse que isto *seria inevitável, por que outro motivo voltaria para Los Angeles, onde sabia que seria fácil encontrá-la?*

Ela está tão cansada da solidão. Está cansada de sentir falta do filho e do marido, cansada de se forçar a não procurar por eles. Pelo menos em Los Angeles ela se sente próxima o suficiente do passado, da família que perdera. Esta é a única cidade que ela já considerara um lar, pois fora ali que encontrara um lar nos braços de Jack, e, em seus momentos de maior fraqueza, fora ali que imaginara uma casinha para eles. Rosemary, Jack e Christopher, novamente uma família, uma vida de conto de fadas no bangalô. Ela havia plantado um jardim que acreditava que Christopher pudesse gostar. Preenchera seus dias imaginando os dois com ela, e agora, morrendo, ainda os imagina ao seu lado.

Talvez ela tenha vencido. Talvez Fal vá realmente acreditar que a linhagem morrera com ela, e assim Christopher pode viver salvo. Eis o alívio de morrer. Isto e saber que, se estiver errada, se tiver fracassado, ela vai ser poupada de vê-lo sofrer. Ela nunca mais vai ter que vê-lo morrer por ser filho de quem é. Esse é seu último pensamento, quando a dor a conduz à escuridão. Ela nunca vai precisar conhecer um mundo sem Christopher...

#

E então ela é Tessa outra vez, e está ao lado de Will, e Jem está ali, e Will está escapando, e ela tenta imaginar como poderá encarar um mundo sem ele.

#

Tessa está numa ponte, o Tâmisa abaixo dela, um milagre ao seu lado. O amor renascido, o amor retornado. Jem, o verdadeiro James Carstairs, de carne e osso, de volta do silêncio e da pedra. Tessa, cujo coração permanecera tão cheio ao longo de anos e anos de dias vazios, finalmente não está sozinha mais.

#

E então ela está perto de um grande mar, com montanhas se erguendo contra um céu cristalino. As ondas quebram altas e certeiras na praia, e Jem está ao seu lado, seu rosto lindo como o mar. Ela sabe que este momento nunca aconteceu, mas ali estão, juntos. Não acredito que seja real, diz ela, que você está aqui comigo.

Volte para mim, *pede Jem.*

Mas ela está bem ali, com ele.

Fique comigo, *insiste Jem.* Por favor.

Mas para onde ela iria?

Ele está envelhecendo, bem diante dos olhos de Tessa, a pele enrugando, os cabelos ficando grisalhos, a carne se desgastando, e ela sabe, está perdendo- -o, vai vê-lo morrer como vê todo mundo morrer, e mais uma vez terá que aprender a sobreviver em um mundo sem amor.

Por favor, Tessa, eu te amo, *declara-se ele.*

Ele está ruindo diante de seus olhos, e ela pensa em Rosemary, suportando tantos anos sem seus amados — sabendo que sua família estava viva, mas que não podia ficar com ela. Tessa é grata por Jem estar ali. Basta, diz ela a ele. Temos o agora. Temos um ao outro.

Por favor, Tessa, fique comigo, eu te amo, *e ela se agarra nele, vai continuar agarrada pelo tempo que for preciso, sem medo de...*

...Tessa acordou e encontrou Jem ao seu lado, sua mão quente na dela, seus olhos fechados, sua voz baixa, urgente, entoando:

— Fique comigo, eu te amo, fique comigo...

— Para onde eu iria? — respondeu ela fracamente, e, quando seus olhares se encontraram, o rosto de Jem formou o sorriso mais lindo que ela já vira.

Tudo doía, mas a dor era um lembrete bem-vindo da vida. Os lábios de Jem eram incrivelmente suaves nos dela, como se ele temesse que ela pudesse quebrar. Tessa não reconhecia o quarto onde estava, mas reconheceu a figura encapuzada que se aproximara ao chamado desesperado de Jem.

— Irmão Enoch — disse ela calorosamente. — Quanto tempo.

Ele estava muito preocupado com você, disse o Irmão do Silêncio em sua mente.

Os sonhos febris de Tessa já estavam desbotando, mas ela vibrava com amor — e desespero. Ela entendeu o alívio desesperado nos olhos de Jem, porque tinha vivido seu terror particular, visto Jem morrer repetidas vezes, e mesmo agora, acordada, os sonhos pareciam sólidos demais, eram semelhantes demais a lembranças.

Sentia traços de Rosemary em sua mente, aqueles últimos segundos desesperados de vida dando lugar à morte, quase voluntariamente, e aí entendeu: era mais fácil morrer protegendo as pessoas que amava do que vê-las morrendo por você. Que escolhas terríveis a mortalidade tinha a oferecer!

Essa era a barganha maldita pela volta de Jem, a verdade da qual ela tentara escapar. Ele poderia viver para sempre, mas nunca viver de verdade — nunca amar —, ou Tessa poderia tê-lo de volta, inteiro, vivo, e totalmente *mortal*, e inevitavelmente perdê-lo para sempre. Não era exatamente uma escolha. Mas Jem a escolhera. Ela jamais poderia reclamar disso.

O Irmão do Silêncio pediu que Jem saísse por um instante e lhes desse privacidade, e Jem, dando um último beijo na testa de Tessa, atendeu ao pedido. Ela se sentou na cama, sua força já voltando.

Você se lembra do que aconteceu?, perguntou Irmão Enoch.

— Eu me lembro que Fal atacou, e depois... foram tantos sonhos, e tão vívidos. E... — Tessa fechou os olhos, tentando se lembrar dos detalhes das estranhas vidas que vivera mentalmente. — Não eram todos meus.

Você passou muitos dias presa na Transformação, informou Irmão Enoch.

— Como isso pôde acontecer? — questionou Tessa, alarmada. Quando começara a fazer experimentos com seus poderes, sempre existira um medo ligado à mudança. Permitir-se mergulhar tão profundamente no corpo e na mente de outra pessoa era arriscar se perder. Fora necessário muito tempo e muita vontade para confiar na Transformação, confiar que independentemente de quantas formas assumisse, ela permanecia Tessa Gray. Se tal fé não existisse, como ela poderia correr o risco de se Transformar outra vez?

— Teve a ver com a arma?

Não foi a arma que causou isso.

A causa está em você.

#

— Tem certeza de que está disposta a isso? — perguntou Jem enquanto se aproximavam do Mercado das Sombras de Los Angeles.

— Pela centésima vez, sim. — Tessa girou em uma piruta que não tinha nada a ver com o estilo dela e Jem sorriu, fazendo o melhor possível para disfarçar sua preocupação. O Irmão Enoch dera alta a ela, e Tessa estava se esforçando muito para fazer parecer que estava tudo bem. E quanto mais se esforçava, mais Jem desconfiava de que não estava nada bem.

Ele confiava em Tessa, sem dúvida nenhuma. Se alguma coisa estivesse errada, ela lhe diria quando estivesse pronta. Mas, enquanto isso, ele se daria o direito de se preocupar.

384 Fantasmas do Mercado das Sombras

— Já perdemos tempo suficiente — disse Tessa. — Rosemary está contando conosco para encontrarmos o filho dela.

Jem teve razão ao achar que alguma coisa no tom do bartender indicava como encontrar o pai de Christopher Herondale, o homem outrora conhecido como Jack Crow. *Porque ele é exatamente o mesmo pássaro de antes, só um pouco menos trapaceiro.*

— É um enigma — explicou Tessa depois de se livrar do torpor dos sonhos. — E nem é dos melhores. O que parece crow... e é uma palavra em inglês um pouco menos forte para trapaceiro?

— Rook — percebeu Jem rapidamente. Aqui já era o suficiente para eles saírem pedindo informações aqui e ali, e, dada a propensão de Jack Crow a integrantes do Submundo nada corretos e a pequenos delitos, o Mercado das Sombras de Los Angeles parecia o local mais óbvio para investigarem.

Mesmo no meio da noite e a quilômetros da costa, o Mercado cheirava a sol e mar. Estava lotado naquela noite, com bruxas bronzeadas vendendo pulseiras mágicas de cânhamo, lobisomens negociando equipamentos metálicos elaborados que prendiam armas em carros de luxo, e tendas e mais tendas de vitaminas orgânicas, todas parecendo misturar alguma antiga poção mística com banana.

— Garante o aumento dos músculos, a masculinidade e o magnetismo pessoal em duzentos por cento? — Tessa leu incrédula ao passarem por um feiticeiro que vendia as tais vitaminas.

— É também uma excelente fonte de vitamina C — notou Jem, rindo.

Os dois estavam se esforçando muito para parecerem normais.

Não demoraram muito para encontrar alguém que já tinha ouvido falar num criminoso chamado Rook.

— Vocês estão procurando por *Johnny* Rook? — perguntou um lobisomem peludo, e em seguida cuspiu no chão. Aparentemente Rook tinha a própria tenda no mercado, mas não fora visto naquela noite. — Diga a ele que Cassius mandou *oi* e que, se tentar me enganar de novo, ficarei feliz em arrancar sua cara a dentadas.

— Daremos o recado — disse Tessa.

Receberam respostas semelhantes de todos com quem falaram — "Johnny Rook", ao que parecia, tinha incomodado toda a comunidade do Submundo de Los Angeles.

— É incrível que ele ainda *tenha* um rosto para ser arrancado — observou Tessa, após uma bruxa jovem e bonita explicar detalhadamente como o desfiguraria caso tivesse a tão aguardada oportunidade.

— Ele não é muito bom em se esconder, não é mesmo? — comentou Jem.

— Não creio que ele queira ser muito bom nisso — respondeu Tessa com o olhar distante que às vezes exibia quando ouvia a voz interior de alguém. — Depois de todo esse tempo e todas essas identidades, ele volta para casa, torna-se uma figura conhecida no Mercado das Sombras e ostenta um nome extremamente parecido com aquele pelo qual Rosemary o conhecia? Ele queria que ela viesse encontrá-lo.

— Ela também veio para Los Angeles. Talvez quisesse a mesma coisa.

Tessa suspirou. Nenhum deles disse o óbvio: que se eles se amassem um pouquinho menos, Rosemary ainda poderia estar viva, e seu filho teria mais chances de sobreviver.

Eles percorreram o Mercado. Ninguém sabia onde encontrar Johnny Rook naquela noite, e a maioria parecia feliz ante a possibilidade de um sumiço em definitivo. Tessa e Jem ouviram sobre o mau-caratismo de Johnny, sobre seus péssimos negócios, sobre o casaco que quase não lhe cabia mais, seu mau hábito de dar informações a qualquer um que pedisse, inclusive — o vampiro que reclamou disso pausou nesse momento para lançar um olhar mortal a Jem — para Caçadores de Sombras imundos. Até que, finalmente, quando o sol estava nascendo e os últimos vendedores se retirando, eles ouviram algo que poderia ser útil: um endereço.

\#

O trânsito estava terrível mais uma vez. Tessa e Jem finalmente chegaram ao bairro determinado, apenas para circularem por ruas estranhas durante um longo tempo, sem sucesso para achar a casa de Rook. Tessa por fim acabou percebendo que aquilo se devia aos feitiços de desorientação que cercavam o destino deles; a magia brilhava através das últimas faíscas de poder já desbotando. *Por que os feitiços estavam expostos?*, perguntou-se Tessa, assustada. Pelo menos a deterioração do feitiço significava que iriam conseguir encontrar o marido e o filho de Rosemary.

Mas eles não eram os únicos naquela busca. Chegaram, mais uma vez, tarde demais. A casa era uma ruína de sangue e icor, com demônios Mantid causando uma destruição sangrenta numa batalha desesperada contra — Tessa arregalou os olhos — *Emma Carstairs*? Não havia tempo para perguntas, não com os demônios se agrupando furiosamente à procura de presas de sangue quente. Os Cavaleiros de Mannan jamais teriam enviado demônios para esse serviço, mas depois do que Tessa descobrira sobre Rook, ela não se surpreendia por ele ter mais do que um inimigo com que se preocupar. Embora talvez suas preocupações tivessem chegado ao fim: o corpo destruído na poça de sangue certamente era o de Johnny Rook. Ao entrar em ação — cortando uma pata dianteira, espetando um olho —, Tessa reservou um instante de tristeza por Rosemary, que morrera torcendo desesperadamente para que seu marido sobrevivesse.

Mas nem tudo estava perdido. Pois ali, milagrosamente vivo apesar dos Mantids, estava o tesouro que Rosemary sacrificara tudo para proteger: seu filho. Estava agachado num canto junto à parede. Enquanto Emma e Jem travavam uma batalha feroz contra os demônios remanescentes, Tessa se aproximou do menino. Teve a impressão de que o reconheceria em qualquer lugar — não só das lembranças de Rosemary de quando o filho era pequeno, mas devido às próprias lembranças em relação aos seus filhos e netos, suas lembranças com Will. A determinação em seus olhos azuis, a forma graciosa e voraz com que se portava diante do perigo... Não havia dúvidas: era um Herondale.

Ela se apresentou. Ele não disse nada. Era tão jovem, e estava se esforçando tanto para parecer corajoso. Ela honrou o esforço, falou com ele como se ele já fosse um homem, e não como uma criança que precisava de ajuda.

— Levante-se, Christopher.

Ele não se mexeu, encarando o corpo do pai — e então desviando o olhar. A calça jeans do menino estava coberta de sangue, e Tessa ficou se perguntando se seria o sangue do pai dele.

— Meu pai, ele... — sua voz tremeu.

— Seu luto vai ter que vir depois — disse Tessa. Ele era, por sangue, se não pelo treinamento, um guerreiro. Ela conhecia a força do menino melhor do que ele mesmo. — Agora você corre grave perigo. Mais desses demônios podem aparecer, e coisas piores também.

— Você é uma Caçadora de Sombras?

Ela se chocou com o nojo em sua voz.

— Não — disse ela. — Mas... — Rosemary se esforçara tanto para esconder isso dele. Sacrificara tudo para que ele pudesse viver na ignorância da escuridão que o cercava. Aquela vida tinha acabado agora, a mentira estava morta, e Tessa teria que dar o golpe final. — Mas você é.

Ele arregalou os olhos. Ela estendeu a mão.

— Agora vamos. Levante-se, Christopher Herondale. Passamos muito tempo procurando por você.

#

Jem olhou para a paisagem perfeita, para os cumes brancos num mar banhado pelo sol, para os picos das falésias cutucando um céu azul como os de livros de histórias, e ao seu lado, Tessa Gray, o amor de suas muitas vidas, e aí tentou entender por que se sentia tão desconfortável. Christopher Herondale, ou Kit, como preferia ser chamado, estava em segurança sob a proteção do Instituto de Los Angeles. Jem e Tessa não haviam falhado para com Rosemary, não totalmente — eles a perderam, mas salvaram seu filho. Devolveram um Herondale ao mundo dos Caçadores de Sombras, onde torciam para que ele encontrasse um novo lar. Jem e Tessa em breve iam partir em missões diferentes — ela havia sido chamada pelo Labirinto Espiral para investigar uns relatos perturbadores sobre uma doença na comunidade dos feiticeiros, enquanto Jem iria procurar o corpo de Malcolm Fade e o Volume Sombrio dos Mortos. Ele tinha a sensação de que o que Fade havia começado em Los Angeles era apenas o início de um perigo maior. Tinha todos os motivos para se sentir desconfortável, mas não era nada disso que o perturbava.

Era Tessa, que ainda se mantinha um pouco distante, como se tivesse algo que ele não pudesse saber de jeito nenhum.

— Este lugar — comentou Tessa, parecendo confusa. Jem passou o braço em volta dos ombros dela, puxando-a para si. Pareciam aqueles momentos roubados juntos, antes de eles seguirem em suas respectivas missões. Ele sorveu o cheiro de Tessa, tentando memorizar a sensação, já se preparando para sua ausência. — Há algo de familiar nele — completou.

— Mas você nunca veio aqui? — perguntou Jem.

Ela balançou a cabeça.

— Não, é... é mais como algo que vi em um sonho.

— Eu estava junto com você?

O sorriso de Tessa ganhou um traço inconfundível de tristeza.

— Você sempre está nos meus sonhos.

— O que houve? — perguntou Jem. — É Rosemary? Não consigo evitar sentir o peso da morte dela nos ombros.

— Não! Fizemos tudo o que foi possível por ela. Ainda estamos fazendo tudo o que podemos. Kit está a salvo por enquanto, e, com sorte, os Cavaleiros de Mannan continuam sem fazer ideia da existência dele. Talvez a Corte Unseelie considere a missão cumprida.

— Talvez — concordou Jem, desconfiado. Ambos sabiam que era improvável que acabasse ali, mas pelo menos Kit ia ganhar tempo. — Gostaria de poder fazer mais por ele. Nenhum filho deveria presenciar o assassinato de seu pai.

Tessa pegou a mão de Jem. Sabia exatamente em quê ele estava pensando — não só em todos os órfãos espalhados pelo mundo dos Caçadores de Sombras, que tinham visto os pais morrerem na Guerra Maligna, mas nos pais dele, torturados e mortos diante de seus olhos. Jem nunca contara a ninguém além de Tessa e Will sobre o horror que tolerara nas mãos daquele demônio, e contar a história, mesmo uma única vez, fora quase mais do que ele poderia suportar.

— Ele está em boas mãos — garantiu Tessa. — Tem uma Carstairs ao seu lado. Emma vai ajudá-lo a encontrar uma nova família, como fizemos com Charlotte, Henry e Will.

— E um com o outro — disse Jem.

— E um com o outro.

— Mas não vai substituir o que ele perdeu.

— Não. Mas não se pode substituir o que se perde, não é mesmo? — disse Tessa. — Só se pode encontrar um novo amor e preencher o vazio que ficou.

Como sempre, a lembrança de Will se instalou entre eles, sua ausência era uma presença.

— Nós dois aprendemos isso muito cedo — disse Jem —, mas acho que todo mundo aprende em algum momento. A perda é o que nos torna humanos.

Tessa começou a dizer alguma coisa, mas então irrompeu em lágrimas. Jem a abraçou, segurando-a firme entre soluços. Afagou seus cabelos, acariciou suas costas, esperou a tempestade passar. A dor dela era a dele, mesmo quando ele não entendia sua origem.

— Estou aqui — sussurrou ele. — Estou com você.

Tessa respirou fundo, trêmula, e encontrou o olhar dele.

— O que foi? — perguntou Jem. — Você pode me contar qualquer coisa.

— É... é você. — Ela tocou seu rosto, gentilmente. — Você está comigo agora, mas não vai estar para sempre. É isso o que nos faz humanos, como você disse. Em algum momento vou perder você. Porque você é mortal e eu sou... eu.

— Tessa... — Não havia palavras para dizer o que ele precisava dizer, que seu amor por ela se estendia além do tempo, além da morte, e que ele tinha passado boa parte dos últimos dias imaginando seu próprio mundo sem ela, que mesmo a perda inimaginável podia ser superada, que eles se amariam pelo tempo que pudessem. Em vez disso, ele intensificou o abraço, permitiu que ela sentisse seus braços rijos e fortes, uma prova física: *eu estou aqui.*

— Por que agora? — perguntou ele, baixinho. — Foi alguma coisa que o Irmão Enoch disse?

— Talvez eu não tenha percebido o quanto me afastei da humanidade durante todos aqueles anos no Labirinto Espiral — admitiu Tessa. — Você lutou na guerra, viu tanta violência, tanta morte, mas eu estava escondida...

— Você estava lutando — corrigiu Jem. — Do seu jeito, que foi tão essencial quanto o meu.

— Eu estava lutando. Mas também estava me escondendo. Eu não queria estar plenamente no mundo até que você também pudesse estar. E agora, creio, estou voltando a ser totalmente humana outra vez. O que é assustador, principalmente agora.

— Tessa, por que *agora*? — repetiu ele, mais alarmado. O que o Irmão Enoch poderia ter dito para deixá-la nesse pânico todo?

Tessa pegou a palma da mão de Jem e a pressionou contra sua barriga.

— O motivo pelo qual tive tanto problema para me Transformar é que não sou *apenas* eu agora.

— Quer dizer...? — Ele estava quase com medo de nutrir esperanças.

— Estou grávida.

— Sério? — Jem se sentiu como um fio elétrico com a ideia em si, um *bebê*, acendendo suas sinapses. Ele jamais havia se permitido sonhar com isso, pois sabia, mais do que ninguém, o quanto fora difícil para Tessa ver seus filhos envelhecerem enquanto ela não envelhecia. Ela fora uma mãe maravilhosa, amara a maternidade, mas Jem sabia o quanto isso lhe custara. Ele sempre presumira que Tessa não fosse querer passar por tudo de novo.

— Sério. Fraldas, carrinhos, encontros com Magnus e Alec, presumindo que possamos convencer Magnus a esperar alguns anos até começar a ensinar nosso filho a explodir coisas, isso tudo. Então... o que acha?

Jem sentia como se seu coração fosse explodir.

— Estou feliz. Estou... feliz nem começa a descrever o que estou sentindo. Mas você... — Ele examinou a expressão de Tessa cuidadosamente. Conhecia aquele rosto melhor do que o próprio, conseguia lê-lo como um dos adorados livros de Tessa, e agora fazia exatamente isso: via pavor, saudade, tristeza, mas, acima de tudo, alegria. — Você também está feliz?

— Não achei que pudesse voltar a me sentir assim — respondeu Tessa. — Houve uma época em que acreditei que não houvesse mais felicidade para mim. E agora... — Seu sorriso brilhava como o sol. — Por que você está tão surpreso?

Ele não sabia como responder sem magoá-la, sem reavivar sua dor ao lembrá-la da perda — mas, claro, Tessa lia o rosto dele tão bem quanto ele lia o dela.

— Sim, eu posso perdê-lo um dia. Assim como perderei você. E não aguento nem pensar nisso.

— Tessa...

— Mas suportamos tantas coisas que parecem impossíveis. O único fardo realmente insustentável é viver sem amor. Você me ensinou isso. — Ela entrelaçou os dedos aos dele, apertou com força. Ela era tão inimaginavelmente forte. — Você e Will.

Jem tomou o rosto de Tessa nas mãos, sentiu a pele morna nas palmas, e se sentiu mais uma vez grato pela vida que havia recuperado.

— Vamos ter um filho?

Os olhos de Tessa brilhavam. As lágrimas tinham secado, e depois delas veio um olhar de intensa determinação. Jem tinha noção de como fora caro a ela perder Will, e depois a família que construíra com ele. Jem perdera um pedaço de si quando seu *parabatai* morrera; a ausência de Will deixava um vazio que nada seria capaz de preencher. Ainda havia dor, mesmo tantos anos depois. Mas a dor era prova do amor, um lembrete da existência de Will.

Era mais fácil não sentir. Mais seguro não amar. Era possível se silenciar e enrijecer como pedra, bloquear-se do mundo e de suas perdas, esvaziar o coração. Era possível, mas não era humano.

Não valia a pena perder a oportunidade de amar. Ele aprendera isso na Irmandade do Silêncio e, antes, com Tessa. E antes disso, é claro, com Will. Ambos fizeram muito esforço para esconder a dor pelas perdas futuras, para continuar solitários, a salvo dos perigos de um vínculo. Fracassaram totalmente.

— Vamos ter um filho — ecoou Tessa. — Espero que você esteja pronto para abrir mão do sono por alguns anos.

— Felizmente tenho muita prática nisso — lembrou ele. — Um pouco menos com fraldas.

— Soube que melhoraram muito desde a última vez em que precisei delas — afirmou Tessa. — Vamos aprender juntos. Tudo.

— Tem certeza? — disse Jem. — Você quer fazer tudo isso outra vez?

Ela sorriu como a Madona Sistina.

— Os cochilos, as noites insones, o choro interminável, o amor que você nunca imaginou que fosse possível, como se seu coração vivesse fora do seu corpo? O caos, o medo, o orgulho e a chance de colocar alguém na cama e contar histórias da carochinha? Tudo isso com você? Eu não poderia ter mais certeza.

Jem a tomou nos braços, imaginando a vida que crescia dentro de Tessa e o futuro que teriam juntos, uma família, mais amor para preencher a ausência deixada por aqueles que haviam perdido, mais amor do que ambos imaginavam ainda ser possível. O futuro era tão precário, obscurecido por um perigo que nenhum dos dois compreendia totalmente, e Jem se questionava em que mundo seu filho nasceria. Pensou em todo o sangue derramado nos últimos anos, na crescente sensação entre os Caçadores de Sombras de que algo terrível estava por vir, de que a Paz Fria podia ser apenas a calmaria no olho do furacão, um daqueles momentos de quietude nos quais era possível se enganar e imaginar que o pior havia passado.

Ele e Tessa estavam vivos há tempo demais para se deixarem enganar, e Jem pensou no que poderia acontecer com uma criança nascida no olho desse furacão. Pensou em Tessa, em sua força de vontade e valentia, em sua recusa em permitir que perdas e mais perdas a impedissem de amar, em sua recusa em se esconder da brutalidade do mundo mortal, em sua determinação de lutar, de se manter firme.

Ela também fora uma criança nascida entre tempestades, assim como ele, assim como Will, refletiu Jem. Todos os três tinham o amor como guia na luta para encontrar a felicidade — e a felicidade teria sido tão prazerosa sem a luta?

Jem fechou os olhos e beijou os cabelos de Tessa. Sob as pálpebras, ele não viu a escuridão, mas a luz de uma manhã em Londres. Will estava lá, sorrindo para ele. *Uma nova alma feita de você e Tessa*, disse Will. *Mal posso esperar para conhecer tal perfeição.*

— Você também o vê? — sussurrou Tessa.

— Vejo — respondeu Jem, e ele a abraçou ainda mais forte, com a vida que haviam gerado bem ali, entre eles.

O Mundo Perdido

Por Cassandra Clare e Kelly Link

*O mundo e tudo nele tinham mudado... as pessoas passavam
por mim enquanto eu estava sentado — pessoas que riam,
brincavam e fofocavam. Me parecia que eu os observava
quase como um morto observaria os vivos.*
— Arthur Conan Doyle, *O destino de Evangelion*

2013

— Então você não sentiu nenhum tipo de energia demoníaca nem qualquer outro tipo de emanação sobrenatural no lago? — perguntou Ty.

Era março, e fora da Scholomance, o mundo estava branco invernal, como se todas as Montanhas dos Cárpatos estivessem de luto. Ty estava escrevendo à sua escrivaninha, no caderno preto no qual há seis meses ele vinha registrando os efeitos colaterais, benefícios, e qualidades detectáveis do estado ressuscitado de Livvy.

As primeiras anotações discorriam mais ou menos na linha *Incorpórea. Invisível a todos, com algumas exceções. Alguns animais parecem senti-la. A maioria dos gatos, por exemplo, mas não consigo ter certeza, já que gatos não falam. Consegue, com algum esforço, se tornar invisível para mim. Já pedi para não fazer isso. Acho preocupante. Não dorme. Não precisa comer. Diz que acredita ser possível sentir o gosto de coisas que eu (Ty) como. Vou testar isso — Livvy fica em outro quarto enquanto provo diversas comidas —, mas não é dos experimentos mais urgentes, e tem a questão de confirmar se isto é ou não totalmente relacionado ao atual estado de Livvy, ou se tem a ver com o fato de sermos gêmeos, ou com o inegável fato de que fui eu que fiz isso tudo acontecer. Magnus diz que há pouquíssimas informações confiáveis. Olfato intacto. Testei com meias sujas e limpas, assim como com diversas ervas. Insensível a extremos de calor ou frio. Diz que está feliz por estar aqui comigo. Diz que me ama e que quer ficar comigo. Verificação, podemos presumir, de que certas coisas (algumas emoções e relações) sobrevivem à cova?*

— Não? — disse Livvy. Frequentemente, enquanto Ty escrevia, ela pairava sobre seu ombro para ver o que ele anotava e para avaliar os registros com as próprias observações. Mas no momento ela estava mais interessada em algo que tinha descoberto talhado na parede logo abaixo do encosto da cama de Ty. Se fizesse esforço, conseguia atravessar o encosto de madeira, exatamente como um fantasma dos filmes de Dru, que podia atravessar paredes. Como gostaria de poder exibir tal habilidade para sua irmã; mas ela e Ty tinham acordado que ela não deveria se manifestar para o restante da família.

Atrás do encosto da cama de Ty, os topos das letras eram levemente visíveis, alguém tinha marcado uma frase rústica na parede, e uma data.

— Eu não escolhi essa vida — comentou Livvy em voz alta.

— Quê? — disse Ty, soando espantado.

— Ah — respondeu Livvy apressadamente. — Não foi uma observação, Ty. É uma coisa que alguém escreveu na parede. Tem um ano, também. "1904". Mas sem nome.

Ty estava na Scholomance há quatro meses. E onde Ty ia, Livvy também ia. Quatro meses na Scholomance e seis desde que Livvy tinha voltado como fantasma quando o catalisador que Ty estava usando para tentar ressuscitá-la falhou, e o feitiço do Livro Sombrio dos Mortos deu errado. No início Livvy não fora totalmente ela. Havia páginas no caderno de Ty sobre os lapsos de memória, sobre como ela não parecia a mesma pessoa. Mas, gradualmente, ela fora voltando a si. Ty anotara no caderno: *Jet lag, quando alguém viaja de uma costa a outra ou entre diferentes países e experimenta a mudança de fuso horário, é parte da condição humana. É possível que Livvy esteja passando por algo do tipo. Um escritor certa vez se referiu à morte como "aquele país desconhecido". Presumivelmente, Livvy teve de viajar, pelo menos fisicamente, uma grande distância para voltar para mim.*

De maneira geral os últimos meses tinham sido de mudanças consideráveis e alarmantes — o retorno fantasmagórico de Livvy do reino dos mortos não tinha sido a maior e nem a mais alarmante delas. A Tropa e seus apoiadores agora estavam isolados em Idris, enquanto os apoiadores da Clave tinham sido exilados em todos os cantos do mundo.

— O que você acha que estão comendo? — perguntou Ty a Livvy.

— Um ao outro, com sorte — respondeu Livvy. — Ou abobrinha. Montes de abobrinhas. — Tinha certeza de que ninguém gostava de verdade de abobrinha.

A Scholomance também tinha mudado. Historicamente era a instituição onde os Centuriões eram treinados, e Livvy tinha ouvido os Centuriões que haviam ido ao Instituto de Los Angeles falando do lugar. Tinha se tornado um território de recrutamento da Tropa, e parecia verdadeiramente horrível. Estes simpatizantes da Tropa agora estavam em Idris, e isso não era grande perda, na opinião de Livvy. Todos os membros da Tropa que ela conhecera eram valentões, preconceituosos, ou puxa-sacos mesquinhos. As abobrinhas do mundo dos Caçadores de Sombras. Quem sentia a falta deles? O verdadeiro problema agora não era o fato de eles terem ido embora, mas sim não terem ido embora o suficiente. Estavam sempre por ali, vagando por dentro das barreiras de Idris, planejando e tramando coisas que só o Anjo sabia.

Alguns dos instrutores da Scholomance tinham ido para Idris com os Centuriões, e agora Jia Penhallow, a antiga Consulesa, estava no comando daqui. Ela optara por abdicar da posição de Consulesa para descansar, mas depois de sua saúde apresentar melhora, ela quis encontrar alguma coisa útil para fazer. Seu marido, Patrick, estava com ela, e Ragnor Fell também tinha vindo, para ensinar e oferecer orientação. Catarina Loss também era uma presença frequente. Ela passava mais tempo na nova Academia, na fazenda de Luke Garroway no estado de Nova York, mas ia até a Scholomance de vez em quando para reabastecer a enfermaria ou curar doenças mágicas incomuns.

Houve outras mudanças. Kit tinha ido morar com Jem e Tessa, enquanto Helen e Aline agora estavam no Instituto de Los Angeles. Livvy desejava com todo o seu coração fantasmagórico que ela e Ty pudessem ter ficado em Los Angeles, mas Ty fora irredutível. Ir para a Scholomance era a penitência que teria que pagar por seu grave crime — o grave crime de tentar trazer Livvy de volta. Não era muito lisonjeiro, Livvy achava, ser agora o albatroz fantasmagórico que Ty vestia no pescoço, mas antes um albatroz fantasmagórico do que simplesmente uma irmã morta.

Ty disse:

— Ninguém escolhe essa vida. — Ele tinha repousado a caneta.

E parecia estar em algum lugar bem longe. Livvy não achava que ele estivesse falando da Scholomance.

Ela falou apressadamente:

— Eu vi rastros de animais no Lago Dimmet. Não está totalmente congelado: ouvi alguns alunos dizerem que este ano está mais quente do que qualquer outro já registrado. Você consegue imaginar mais neve do que a que tivemos? Parece que animais vêm beber do Lago Dimmet. Fico imaginando que animais são.

— Um lince cárpato, talvez — disse Ty. — Dizem que eles assombram a região.

— Eu também — brincou Livvy. Mas Ty não riu de sua piada.

Ele disse:

— Você passou quase três horas fora. Anotei no caderno. Era como se parte de mim estivesse dormente. Uma comichão.

Livvy respondeu:

— Eu também senti. Como um elástico sendo esticado.

Na última semana, quando Ty não estava em aula, eles ficaram fazendo experimentos com intervalos marcados, durante os quais Livvy se afastava progressivamente de Ty. O Lago Dimmet era logo depois da Scholomance, a menos de um quarteirão de distância do quarto de Ty, mas foi o mais longe que Livvy arriscara se afastar. Ela ficou pairando sobre a superfície da água por tanto tempo que quase começou a se sentir hipnotizada pela quietude escura abaixo. Viu o reflexo de árvores desfolhadas no lago, mas por mais que aproximasse o rosto da superfície da água, não conseguia se ver. Via a própria mão se esticasse o braço, mas não o reflexo da mão, e isso a fizera se sentir muito estranha. Então, em vez disso, ela simplesmente ficou olhando para a água, tentando se libertar de toda a sua infelicidade e de suas preocupações. A única coisa a qual tinha para se agarrar era Ty.

Então, em algum momento, desgrudou a atenção do Lago Dimmet e se voltou para ele. Ela disse:

— Eu teria gostado de ver um lince cárpato.

— Eles estão em extinção — explicou Ty. — E são muito tímidos.

— E eu sou muito invisível — retrucou Livvy. — Então acho que tenho chance de vê-los. Mas por favor registre que o Lago Dimmet é um lago um tanto comum. Acho que aquelas histórias não passam disso mesmo. Histórias.

— Precisamos investigar mais, digamos assim. Vou continuar pesquisando na biblioteca.

Eles tinham escolhido o Lago Dimmet como destino para Livvy, não só porque a distância era uma medida eficiente, mas também por haver muitas histórias interessantes sobre o local entre os alunos da Scholomance. Outrora aquele fora supostamente um lugar de estranheza, mas nenhuma das histórias convergia sobre a natureza de sua estranheza. Algumas histórias diziam que o lugar já tinha sido adorado por fadas. Outras relatavam que havia um grande ninho de ovos demoníacos no fundo do lago, tão fundo que nenhuma sonda de profundidade era capaz de medir. Outra lenda dizia que um feiticeiro infeliz tinha enfeitiçado a água para que quem nadasse nela fosse amaldiçoado com um fungo nos dedos dos pés que culminaria em cogumelos venenosos verdes e azuis, o que parecia improvável, mas, pensando bem, feiticeiros sempre foram seres improvavelmente mesquinhos. Era um dos potenciais efeitos colaterais da imortalidade. Você ficava muito ruim em abrir mão das coisas.

— Você tentou se submergir? — perguntou Ty.

— Sim — disse Livvy. Bem semelhante a atravessar o encosto da cama, ela conseguira entrar na água. Fora bem diferente da experiência de nadar em Los Angeles, onde a água era verde, azul, ou cinza, dependendo da hora do dia e da presença do brilho do sol, e todas as ondas tinham a camada de espuma branca e corriam sobre a areia molhada ruidosamente. O Lago Dimmet era escuro, extremamente escuro, tão escuro quanto a noite, mas sem as estrelas, a lua, ou a promessa do amanhecer vindouro. Escuro como alcatrão, escuro como... nada.

Livvy não sentira a água do Lago Dimmet, mas afundara nela assim mesmo, lentamente, até sua cabeça estar sob a superfície, com a escuridão abaixo, os indícios do céu invernal se encolhendo até desaparecer por completo, e ela não viu e nem sentiu nada. Havia afundado cada vez mais naquele vazio, naquela escuridão, naquele nada, até não saber mais ao certo se ainda estava afundando ou não. Estava cercada pelo nada. Apenas o laço que a ligava a Ty se mantinha, tão tênue quanto possível, mas ainda assim, mais forte do que o metal mais resistente.

Ela e Ty especularam que já que ela agora era um fantasma, ela própria meio sinistra, ela talvez pudesse descobrir o segredo do Lago Dimmet. Livvy tinha gostado da ideia de talvez estar carregando algum tipo de poder, de ser útil de alguma forma, e Ty gostava da ideia de talvez haver algum mistério local que pudessem decifrar. Mas se o Lago Dimmet estava guardando algum segredo oculto, Livvy não descobrira.

— Vão tocar a sineta do jantar em breve — disse Livvy.

— Espero que não seja bolo de azeitona — disse Ty.

— Vai ser — falou Livvy. — Não está sentindo o cheiro?

— Eca — respondeu Ty. Ele repousou o caderno preto e pegou um vermelho onde tinha seus horários anotados. Virou uma página e disse: — É a terceira vez em quatro semanas.

Livvy havia ficado um tanto preocupada com o fato de seu irmão estar tão longe de casa, mas até que Ty se adaptara surpreendentemente bem. Na primeira noite, ele montara uma agenda para si, e a seguia religiosamente. E todas as noites, separava suas roupas para o dia seguinte, e antes de cair no sono comparava o despertador ao relógio de pulso. Ty mantinha um dos velhos isqueiros vazios de Julian no bolso da calça jeans, para quando precisasse manter os dedos ocupados, e usava os fones de ouvido em volta do pescoço durante as aulas, como uma espécie de talismã.

Após o fracasso ao tentar ressuscitar Livvy, Ty atirara seu celular no Oceano Pacífico para não ficar tentado a arriscar outros feitiços do Volume Sombrio. Agora tinha um aparelho novo, mas não tinha carregado as fotos. Mais penitência, achava Livvy, embora Ty não tivesse dito nada. Em vez disso ele tinha um tríptico de pinturas de Julian na parede acima da escrivaninha: uma de seus pais, outra de todos os irmãos Blackthorn e Diana e Emma, com o mar atrás. A terceira era de Livvy, e Livvy frequentemente se flagrava olhando para ela, para não esquecer o próprio rosto. Não conseguir se ver no espelho não era nada em comparação a outros aspectos da morte, mas ainda assim não era muito agradável.

Ty escrevia uma carta para Julian toda semana, e escrevia cartões postais para Dru, Mark, Diana, Tavvy e Helen, mas Livvy não deixava de notar que ele nunca escrevia para Kit. Ela sabia que Kit tinha ficado bravo por causa do feitiço de ressurreição, mas certamente Kit já tinha superado a história a essa altura, certo? Só que toda vez que ela mencionava Kit, Ty dava de ombros e colocava os fones no ouvido.

Em geral, no entanto, Ty parecia estar se encaixando bem na Scholomance. Melhor do que Livvy teria imaginado, antes de morrer, se fosse imaginar algo assim. Ty não tinha feito nenhum amigo, mas dava conta de tudo o que os instrutores pediam, e se ficava muito quieto ou recluso, ninguém parecia achar estranho. Havia agora muitos alunos Caçadores de Sombras na Scholomance cheios de medo ou preocupação, ou que vez ou outra iam chorar em algum cantinho. Ty estava com a cabeça abaixada. Ninguém além de Livvy, e talvez Julian, teria como saber que havia algum problema.

Mas havia um problema, sim. E Livvy não fazia ideia de como consertar, principalmente por não fazer ideia do que haveria de errado. Só lhe restava ficar por perto. Ela havia prometido a ele que jamais se afastaria. Ele a salvara da morte, e ela o amava.

Além disso, ela não tinha para onde ir.

Às vezes, enquanto Ty estava estudando ou dormindo, Livvy saía para explorar. Ia até a biblioteca, onde a grande árvore prateada crescia através do teto quebrado, como uma promessa de que nenhuma parede ou dificuldade (ou promessa) durava para sempre.

Às vezes pairava perto de algum aluno que estivesse lendo sozinho na biblioteca, ou sentado no parapeito da janela admirando o Lago Dimmet. Ela focava a atenção neles, testando-os, para ver se a notavam.

— Você consegue me ver? Consegue me ver?

Mas ninguém via. Uma vez, tarde da noite, Livvy passou por duas meninas se beijando numa alcova, uma de cabelos negros encaracolados, e a outra de cabelos claros. Tinham apenas um ou dois anos a mais do que ela, e Livvy ficou imaginando se esse seria o primeiro beijo delas. A de cabelo claro finalmente recuou e disse:

— Está tarde. Tenho que voltar para o quarto. Os livros não vão se ler sozinhos.

A menina de cabelos encaracolados suspirou, mas falou:

— Tudo bem, mas o mesmo vale para beijos. Eu não vou me beijar sozinha.

A outra disse:

— É um bom argumento.

Mas dessa vez foi a de cabelos encaracolados que se afastou, rindo. E falou:

— Tudo bem, tudo bem. Está tarde, e o beijo você já domina. Muito bem. E teremos tempo para mais beijos depois. Muito tempo para muito beijo. Vá ler seus livros. Nos vemos amanhã no treino?

— Claro — disse a menina de cabelos claros, e abaixou a cabeça, ruborizando. Livvy a seguiu até o quarto.

— Você consegue me ver? Não consegue me ver? — quis saber. — A vida é curta! Ah, não vê? Há muito menos tempo do que você imagina, e aí acaba.

Às vezes Livvy se perguntava se estaria enlouquecendo. Mas era mais fácil durante o dia, quando Ty estava acordado. Aí ela não ficava tão sozinha.

Depois do jantar, que de fato foi bolo de azeitona, enquanto se preparava para dormir, Ty disse:

— Todo mundo fica falando de Idris. Sobre o que pode estar acontecendo por lá.

— Babacas sendo babacas é o que está acontecendo por lá — falou Livvy.

— Ninguém pode entrar, por causa das barreiras — disse Ty. — Mas eu estava escutando e tive uma ideia. Ninguém pode entrar, mas e se *você* pudesse entrar?

— Eu? — questionou Livvy.

— Você — confirmou Ty. — Por que não? Você consegue atravessar todo tipo de coisa. Paredes. Portas. Poderíamos pelo menos testar.

— Bem — começou Livvy, e aí se calou. Uma sensação a invadiu, e ela percebeu se tratar de empolgação.

Ela sorriu para seu irmão gêmeo.

— Você tem razão — falou Livvy. — Deveríamos ao menos testar.

— Amanhã, depois de Vulcões e os Demônios que os Habitam — disse Ty. Anotou na agenda.

Mas naquela noite, enquanto Ty dormia, Livvy se viu atraída pelo Lago Dimmet mais uma vez, para o nada de suas profundezas. Sempre que pensava em Idris e na experiência que faria com Ty no dia seguinte, pensava na própria morte, no golpe de Annabel. No momento de dor e do deslocamento. No olhar assustado de Julian enquanto ela abandonava o próprio corpo.

Claro que Annabel não estava em Idris agora. Annabel estava morta. E claro, mesmo que Annabel estivesse viva, Livvy não deveria temer sua assassina. Uma Caçadora de Sombras não deveria ter medo. Mas pensar no próprio corpo na pedra fria do Salão dos Acordos, pensar em seu corpo numa pira, pensar no Lago Lyn, onde havia ressuscitado, tudo isso a perseguia enquanto ela afundava na escuridão do Lago Dimmet e permitia que o nada a escondesse.

Já era quase de manhã quando ela emergiu, e uma luz perolada já afagava a camada de neve em volta do lago. E também ali, à beira do lago, havia um montinho amassado, como se alguém tivesse derrubado um chapéu ou um cachecol.

Livvy se aproximou e viu que era um gatinho, morrendo de fome e imóvel. Suas patas estavam feridas pelo gelo, e havia marcas de sangue na neve. Suas orelhas eram longas, com as pontas pretas, e a pelagem também tinha marcas pretas.

O Mundo Perdido

— Pobrezinho — disse Livvy, e o gato abriu os olhos. Olhou diretamente para Livvy e rosnou silenciosamente. Em seguida fechou os olhos outra vez.

Livvy se apressou de volta para a Scholomance, para Ty.

— Acorda, Ty! — chamou. — Depressa, acorda, acorda!

Ty se sentou no susto.

— O que foi? O que aconteceu?

— Tem um lince cárpato perto do Lago Dimmet — disse Livvy. — Um filhote. Acho que está morrendo. Depressa, Ty.

Ele vestiu um casaco sobre o pijama e calçou as botas. Enrolou um cobertor nos braços.

— Me mostra — pediu.

O gatinho ainda estava vivo quando eles chegaram ao Lago Dimmet, as botas de Ty vencendo a neve a cada passo. Ele às vezes caía de joelhos. Mas Livvy, é claro, flutuava. Às vezes havia algumas vantagens em se estar morta, Livvy tinha de admitir.

Dava para ver o movimento sutil no peito do lince. A fumacinha branca de frio emanava de seu focinho preto.

— Vai ficar tudo bem? — perguntou Livvy. — Ele vai sobreviver?

Ty se ajoelhou no banco de neve ao lado do lince. Começou a embrulhá-lo no cobertor.

— Não sei — falou. — Mas se sobreviver, vai ser porque você salvou, Livvy.

— Não — respondeu Livvy. — Eu o encontrei. Mas não posso salvá-lo. É você quem vai ter de fazer isso.

— Então nós dois teremos salvado — falou Ty, e sorriu para ela. Se Livvy tivesse um caderno, ela teria anotado. Fazia muito tempo que não via seu irmão sorrir.

Ty encontrou uma caixa e colocou um casaco velho dentro dela. Da cozinha pegou um prato de ensopado de frango e uma vasilha para encher de água. Quando o lince não quis comer e nem beber, ele foi até a enfermaria e perguntou a Catarina Loss o que fazer.

— Ela disse para molhar um pano, uma camiseta, talvez? Ou uma toalha de mão? E depois pingar a água na boca dele.

— Então faça isso — disse Livvy ansiosamente. Que inútil ela se sentia!

— Catarina também me deu uma bolsa de água quente — disse Ty. Ele se abaixou junto à caixa e desembrulhou apenas uma pontinha do cobertor para colocar a bolsa de água quente. Em seguida começou a pingar a água na boca do lince até o pelo estar molhado em volta da carinha.

Ty foi mais paciente do que Livvy se achava capaz de ser. Ele mergulhou uma pontinha da manga da camiseta na vasilha de água, e em seguida torceu gentilmente, até a boca do animal se abrir e uma linguinha rosa aparecer. Ty pingou a água na língua e quando o lince engoliu, aí Ty pegou a vasilha e inclinou lentamente para que o lince pudesse beber sem precisar mexer a cabeça. Depois disso, ele cortou o frango em pedacinhos e o alimentou. O lince comeu, faminto, emitindo pequenos ruídos furiosos.

Finalmente o frango acabou.

— Vá pegar mais — disse Livvy.

Ty falou:

— Não. Catarina disse para não o deixarmos comer muito de primeira.

Ele cobriu o lince com uma toalha e em seguida cobriu a caixa com um casaco.

— Vamos deixá-lo dormir. Mais tarde dou mais.

— E o nome? Você vai escolher um nome?

Ty coçou a cabeça. Livvy então notou, com uma pontada de susto, que ele estava começando a desenvolver uma penugem no rosto. Mas ele, é claro, continuaria a envelhecer. Um dia seria um homem, mas ela seria para sempre uma criança. Ty disse, com os olhos fixos numa orelha de ponta preta, a única coisa visível do lince.

— Mas não sabemos se é macho ou fêmea.

— Então podemos dar um nome neutro — disse Livvy. — Como Listras, ou Coragem, ou Comandante Kitty.

— Primeiro vamos ver se sobrevive — comentou Ty. Acordaram mutuamente sobre adiar para o dia seguinte os planos de testerem as capacidades de Livvy de ultrapassar as barreiras de Idris. Ty foi às aulas normalmente e Livvy ficou de olho no lince, e entre uma aula e outra Ty levou restos de comida e vasilhas de leite para o animal cada vez mais vivaz. Quando as sinetas do jantar foram tocadas, eles já tinham determinado o gênero do lince e os braços de Ty estavam sangrando com arranhões. Mas agora o lince dormia e ronronava em seu colo.

O Mundo Perdido

Havia uma caixinha artesanal no armário e, conforme descobriram, os brinquedos para a ansiedade de Ty eram também ótimos brinquedos para gatos.

— Irene — disse Ty. Mais uma vez, notou Livvy, ele estava sorrindo. — Vamos chamá-la de Irene.

No fim das contas, ele não jantou. E naquela noite, Livvy não voltou para o Lago Dimmet. Em vez disso, ficou olhando o irmão, com Irene enroscada na cabeça dele sobre o travesseiro, seus olhos brilhantes fechando e abrindo, sempre fixos em Livvy.

Havia uma nova anotação no caderno de Ty. Dizia *O lince consegue vê-la. Será por que o lince (batizamos, Irene) esteve perto da morte? Ou porque é uma gata, embora maior do que os gatos domésticos? Inconclusivo. Mais pesquisa será necessária, embora grandes felinos não sejam facilmente encontrados.*

Não fosse pela questão de Idris, Livvy poderia ter passado todo o dia seguinte brincando com Irene. Ela e Ty descobriram que se Livvy arrastasse o pé no chão, Irene tentava atacar, a não se cansava da brincadeira. Mas a bichinha não entendia por que não conseguia pegar Livvy.

— Como um laser — disse Ty. — Você é o ponto vermelho que sempre escapa.

— Eu mesma — disse Livvy. — O ponto vermelho fujão. Então, Idris. Como vamos fazer?

Caçadores de Sombras usavam Portais para ir a Idris. Só que agora Idris estava isolada e Portais não funcionariam. Livvy, por estar morta, não precisava de Portais. Quando Ty foi para a Scholomance, teve de atravessar um Portal, e naquela época Livvy quis muito poder ir com ele. Estar onde ele estaria.

Ty disse:

— Deve ser como o Lago Dimmet. Ou quando estou na aula e de repente você simplesmente aparece. Mantenha Idris em mente, como uma figura. Permita-se ir até lá.

— Você faz parecer fácil — queixou-se Livvy.

— Alguma coisa tem que ser fácil — disse Ty. — Não pode ser tudo difícil o tempo todo.

— Tudo bem — disse Livvy. — Vamos lá.

Ela pensou em Idris, no Lago Lyn. No momento em que deixou de estar morta. Fixou na mente e segurou a imagem. E então não estava mais no quarto com Ty e Irene. Em vez disso, estava sobrevoando a calmaria do Lago Dimmet.

— Bom trabalho, Livvy — disse ela a si. Mas não voltou para Ty. Em vez disso, pensou mais uma vez em Idris e imaginou, dessa vez, que estava viva novamente. Pensou em como outrora, quando muito jovem, atravessara um Portal com sua família, saindo da praia em frente ao Instituto de Los Angeles para Idris. Aquela fora sua primeira vez em Idris?

Ela fechou os olhos, aí abriu de novo, e se viu perto do mar em Los Angeles. O sol estava nascendo, transformando a espuma sobre as ondas numa renda de fogo. E lá estava o Instituto onde sua família estaria acordando em breve. Preparando o café da manhã. Será que pensavam nela? Será que sonhavam com ela, aí acordavam e depois ficavam pensando nela?

— Não é onde quero estar — falou ela, e sabia que não era verdade. Tentou outra vez. — Não é onde *devo* estar.

O sol estava subindo, e ela tentou sentir o calor que emanava dele — algo além do brilho. Tentou se aquecer. O que não daria para sentir o veludo molhado da camada de areia sob seus pés, sentir o frio da areia abaixo se tornando morno enquanto o calor humano de seus pés o absorvia? Gritar até ficar rouca, sabendo que ninguém poderia escutar com o barulho do mar. Ela se abaixou e tentou de todo jeito pegar um pedaço de vidro da praia. Mas foi um esforço inútil. Não tinha mais efeito no mundo do que um fragmento de sonho. Inclusive, tinha a impressão de estar encolhendo, diminuindo cada vez mais até não estar mais na areia, e sim escorregando entre grãos gelados, agora tão grandes quanto pedregulhos ao seu redor.

— Não! — protestou. E logo não estava mais na praia em Los Angeles. Em vez disso, estava de volta ao Lago Dimmet, seus pés descalços tocando a escuridão.

— Contenha-se — ordenou a si, severamente. — E tente de novo. Qual é a pior coisa que pode acontecer?

Desta vez, em vez de pensar em Idris, Livvy pensou na forma como a cidade estava enfeitiçada. Pensou nas barreiras que detinham todos os visitantes indesejados. Imaginou Idris, visualizando a terrível sobremesa que serviam pelo menos uma vez ao mês na Scholomance, na qual pedaços de frutas não identificadas flutuavam numa abóbada de gelatina. Havia algumas vantagens de se estar morta: ninguém esperava empolgação de sua parte com sobremesas terríveis só porque eram sobremesas. Mas ainda assim, mesmo morta, ela se lembrou da consistência da gelatina e imaginou Idris como se estivesse envolvida por gelatina em vez de mágica. Imaginou-se viajando para Idris, para a costa do Lago Lyn, como se estivesse se transpondo por um molde de gelatina. Ao fazê-lo, ela praticamente conseguiu sentir a resistência das barreiras de Idris: formigando, escorregadia, e muito pouco penetrável. Mas persistiu, imaginando pressionar sua forma incorpórea contra a magia.

Livvy fechou os olhos e quando os abriu, estava em um pasto verde onde jamais havia estado. Havia montanhas brancas no horizonte e insetos zumbindo segredos languidamente entre as lâminas de grama. Ela não estava em Idris. De que adiantava ser fantasma se ela não conseguia se infiltrar no covil dos vilões para assombrar idiotas como os membros da Tropa?

— Isso provaria que você fracassa na vida, Livvy, exceto por, você sabe — disse a si. E aí levou um susto, porque parecia que alguém tinha escutado e estava respondendo.

— Se eles fracassassem, realmente teria importância? — disse a voz. Uma voz masculina com um forte sotaque espanhol. Livvy não via ninguém, mas ouvia a voz como se o locutor estivesse ao seu lado. — Aí poderíamos lutar. Estou cansado disso. Estamos sentados há meses, comendo rações sem graça e discutindo sobre os objetivos mais mesquinhos.

— Cale a boca, Manuel — disse uma voz que Livvy conhecia. Zara. E agora reconhecia também a de Manuel. — Mandaram verificarmos as barreiras, então vamos verificar as barreiras. Obediência é uma virtude em um Caçador de Sombras. Assim como a paciência.

— Paciência! — disse Manuel. — Como se você algum dia já tivesse exercitado isso, Zara.

Livvy não via nada além do pasto ao redor, os picos brancos distantes das cadeias montanhosas. Mas descobriu que conseguia sentir Idris, com sua barreira de proteção, pressionando sua consciência. Embora não pudesse penetrar as barreiras, aparentemente podia ouvir através delas. Eles deviam estar bem ali, Livvy de um lado das barreiras, e Zara e Manuel do outro.

— Estou exercendo enorme paciência agora ao não matá-lo — retrucou Zara.

— Quem me dera se você fizesse isso — zombou Manuel. — Assim eu não teria que sofrer por mais um jantar com caules de dente-de-leão e meia pastinaca guarnecida com pombo sem tempero enquanto os amigos do seu pai discutem se devemos marcar o início dessa nova era nos batizando de

Anjos Escolhidos de Raziel, ou Titulares por Nascimento, ou Frente Gloriosa. Por que não nos chamamos de Pessoas Super Incríveis Que Fizeram a Coisa Certa mas Agora Ficaram Sem Café e Alimentos Básicos?

— Você pensa com o estômago — disse Zara.

Manuel ignorou.

— Enquanto isso, lá fora, há integrantes do Submundo comendo pão com queijo Brie, biscoito de chocolate e montes e mais montes de café. Você sabe o quanto é horrível espionar pessoas que comem coisas deliciosas como croissants de chocolate quando você não tem nem um grão de açúcar? Pelo Anjo, nunca pensei que fosse dizer isso, mas sinto falta da comida da Scholomance. O que eu não daria por um bolo de azeitona. Bolo de azeitona!

Livvy pensou: *eu estou morta e não comeria bolo de azeitona. Mas pensando bem, eu também não me relacionaria com Zara.* Ela continuava a enxergar somente as barreiras de Idris, mas ao tentar atravessar novamente, símbolos brilhantes que não reconhecia apareceram, flutuando.

— Este será um breve capítulo na história da Ordem Imortal — disse Zara. — Ou seja lá qual for o nome que os historiadores nos darão. Enfim, a questão é: quando constatarmos que é chegada a hora de deixar Idris e tivermos que consertar o mundo inteiro, ninguém vai se importar em registrar que você sentiu falta de bolo de azeitona. Vão escrever sobre as batalhas que vencemos, sobre como ficamos bonitos na vitória, e como todos os nossos inimigos como Emma Carstairs morreram ridiculamente, engasgando com as próprias súplicas por clemência.

— Da última vez que olhei, ela estava numa festa na praia — falou Manuel. — Como se não estivesse nem pensando na gente.

— Ótimo — disse Zara. — Deixe que não pensem em nós. E que depois sejamos a última coisa que verão. Vamos. As barreiras estão boas. Vamos voltar senão não pegaremos nem sobras do almoço.

E assim as vozes sumiram. Livvy estava sozinha no pasto verde, Idris inacessível como sempre. Mas tinha sido bem-sucedida, de certa forma, não é? Não transpusera as barreiras, mas conseguira informações. Ficara sabendo de coisas, certo? Que os suprimentos alimentícios da Tropa estavam limitados, e que eles continuavam tão desagradáveis quanto sempre. Tinham alguma espécie de plano de emergir de Idris em algum momento indeterminado, numa espécie de ataque surpresa. E, mais importante, de algum jeito, pareciam capazes de espionar o mundo lá fora. Precisava voltar para Ty e relatar o que tinha descoberto. Bastaria puxar aquele fio de magia necromante que a ligava a Ty, e aí voltaria voando. Isso tinha sido o mais longe que Livvy já tinha estado de seu irmão gêmeo, e não foi uma sensação completamente confortável. Ao mesmo tempo *foi* uma sensação, e Livvy se flagrou saboreando-a. Havia muito pouco a se sentir. Há meses ela vinha sendo menos do que uma sombra de Ty. Agora, longe dele, ela se sentia ao mesmo tempo mais e menos sólida.

Livvy afundou na grama do pasto, se sentindo diminuir até as folhas da grama estarem enormes ao seu redor. O ruído dos insetos mudou — ao passo que antes eram estridentes, agora estava desacelerado e cada vez mais trovejante. Por que conseguia ouvir e ver, mas não podia tocar em nada? Ela esticou a mão para uma folha de grama e aí recuou, arfando. Havia um ponto de sangue em sua palma, como se ela tivesse se cortado na ponta verde. E ao levar a mão à boca, seu sangue foi a coisa mais deliciosa que já experimentara. Ela fechou os olhos, saboreando o gosto, e quando os abriu novamente, estava flutuando acima do plácido nada do Lago Dimmet.

Havia uma coisa a se fazer. Alguém que a conhecia, que sabia o que ela deveria estar fazendo. Conseguia sentir a pessoa puxando-a, como se ela fosse um balão preso num fio tênue. Estava sendo puxada para longe da superfície reflexiva na qual não via nenhum rosto, por mais que olhasse, e então se permitira ser puxada.

De repente estava em um quarto com um menino um tanto magro, com cabelos bagunçados, que estava andando de um lado a outro, brincando com um isqueiro vazio, e uma pequena criatura atrás dele, seguindo-o para lá e para cá.

— Livvy! — disse o menino.

À exclamação, ela se reconheceu e o reconheceu. Ele estava bem alto agora. Mal podia ser chamado de menino. Não que ela estivesse diminuindo. Era só que ele estava crescendo, continuaria a crescer, e ela estava morta. Só isso.

— Ty — falou.

— Você passou o dia todo fora. São três da manhã. Não dormi porque estava preocupado. Parecia que você estava... bem, muito longe. Parecia que tinha algum... problema.

— Não tinha problema nenhum — disse Livvy. — Eu só não consegui entrar em Idris. Mas acho que fiquei bem pertinho, de algum jeito. Bem no limiar das barreiras. Ouvi pessoas conversando. Zara e Manuel. Eles estavam verificando as barreiras e conversando.

— Conversando sobre o quê? — perguntou Ty. Ele se sentou à escrivaninha e abriu o caderno.

— Basicamente sobre como estavam com fome. Mas acho que eles têm algum jeito de nos espionar. Bem, não a nós especificamente, mas você entendeu. Conseguem espionar todos fora de Idris. E estão planejando alguma espécie de ataque surpresa.

— Quando? — perguntou Ty, escrevendo sem parar.

— Não disseram. E "ataque surpresa" é exagero. Disseram de forma vaga que, quando nos atacarem, ficaremos muito surpresos, e depois muito mortos. Porque eles se acham o máximo e acham que tudo que fazemos é sentar e comer croissants deliciosos. Depois terminaram de verificar as barreiras e saíram, e eu não consegui ouvir mais nada.

— Mesmo assim — disse Ty. — Já são duas informações. Temos que contar para alguém. Eu poderia contar para Ragnor. Ou Catarina.

— Não — protestou Livvy. — Eu que descobri. Eu quero ser a pessoa a contar. Vou procurar Magnus e contar a ele. Helen não disse na última carta que ele estava passando um tempo no Instituto de Los Angeles?

Ty não olhou para ela.

— Disse — respondeu ele, afinal. — Parece justo. Você deve ir. Mas... Livvy?

— O quê?

— Enquanto você esteve fora — começou ele —, você se sentiu diferente? Sentiu alguma coisa estranha?

Livvy pensou na pergunta.

— Não — respondeu. — Escreva isso no caderno. Que não senti nada de estranho. Você não precisa se preocupar comigo, Ty. Estou morta. Nada de mal pode me acontecer agora.

Irene estava encolhida na cama de Ty agora, com a pata esticada enquanto lambia fastidiosamente o quadril. Seus olhos dourados permaneciam fixos em Livvy, sem piscar. Diziam: *o meu lugar é aqui. E o seu?*

— Você e Irene cuidem um do outro enquanto eu estiver fora, tudo bem? — pediu Livvy.

— Você já vai agora? — Ele fez uma careta, como se a ideia lhe trouxesse desconforto físico.

O Mundo Perdido

— Não me espere acordado — avisou Livvy, e em seguida o quarto ao seu redor desapareceu e mais uma vez ela estava na praia em frente ao Instituto de Los Angeles, o sol mergulhando nas ondas escurecidas do Oceano Pacífico. O movimento da água na areia estava errado de alguma forma.

Ela via as luzes brilhando nas janelas do Instituto. Não tinha certeza, mas provavelmente eles já tinham jantado. Alguém, possivelmente Helen ou Aline, estaria lavando a louça. Tavvy estaria se preparando para deitar. Alguém leria um livro para ele. Mark e Cristina estariam em Nova York, provavelmente. Será que Mark estava mais ajustado ao mundo humano agora? Ela sempre o achara tão esquisito, o jeito como ele fora afastado deles e depois devolvido. O jeito como ele ficou meio esquisito ao voltar. E, no entanto, ela agora tinha se tornado algo ainda mais estranho.

De repente Livvy desejou estar dentro do Instituto, longe da escuridão da água, tão parecida com a escuridão do Lago Dimmet. E então estava lá dentro. Se flagrou na cozinha. Helen se encontrava sentada à mesa, as louças por lavar. A cabeça de Aline estava apoiada no ombro dela. O braço, envolvendo-a com carinho. Elas pareciam totalmente à vontade, como se sempre tivessem morado ali. Como se jamais tivessem sido exiladas numa ilha congelada longe da família.

— É bom ter Mark em casa por alguns dias — comentou Helen.

Aline virou o rosto no pescoço de Helen.

— Hum... — gemeu. — Acha que podemos confiar nele para segurar o Instituto por algumas horas? Eu estava pensando em marcar um dia de spa para nós duas.

— Não — respondeu Helen. — Provavelmente não. Mas vamos assim mesmo.

Era ótimo ver o quão adaptadas Helen e Aline estavam, mas era também extremamente injusto, pensava Livvy. Todo mundo podia ir para casa. Mark. Helen. Até Ty viria para casa um dia. Mas ela nunca mais estaria verdadeiramente em casa outra vez. Um calafrio de inveja, desespero e saudade a atingiu, e, como se ela tivesse algum efeito material no mundo, a pilha de louças caiu de repente, fazendo cacos e pedaços de comida voarem pela bancada e pelo chão.

— O que foi isso? — perguntou Aline, levantando-se.

Helen rosnou.

— Um tremor, acho. Você sabe, seja bem-vinda à Califórnia.

Livvy fugiu da cozinha, para o quarto de Dru, que estava sentava na cama, assistindo a um de seus filmes de terror na televisão velhinha do Instituto.

— Ei! — disse Livvy. — Você gosta tanto de filmes de terror? Bem, cá estou eu! De verdade. Buuu!

Ela foi bem na cara de Dru, falando o mais alto possível.

— Aqui estou! Consegue me ver? Dru? Por que não consegue me ver? Estou bem aqui!

Mas Dru continuou a assistir ao filme idiota, e Livvy se sentiu encolhendo, diminuindo cada vez mais, de um jeito que poderia mergulhar na calmaria negra da pupila da irmã, como se fosse uma piscina, e se alojado lá. Ali estaria a salvo. Um segredo para todos, até mesmo para Dru. E aí Ty não precisaria mais se preocupar com ela. Ele também estaria a salvo.

— A salvo contra o quê, Livvy? — perguntou-se ela.

A tela da TV escureceu, e os candeeiros de luz enfeitiçada sobre a cama de Dru também piscaram e apagaram.

— Que diabo — praguejou Dru, e em seguida se levantou. Ela foi até a parede e tocou o candeeiro. O quarto se encheu de luz outra vez.

Houve uma batida à porta, e quando Dru abriu, Helen e Aline estavam lá. Helen perguntou:

— Você sentiu alguma coisa agora?

— Estávamos na cozinha e um monte de louças caiu — explicou Aline ansiosamente. — Helen disse que pode ter sido um terremoto! Meu primeiro!

— Não — respondeu Dru. — Acho que... não? Mas a TV desligou há um segundo. Então... talvez?

Mark aparece atrás de Helen e Aline.

Helen perguntou:

— Você também sentiu?

— Senti o quê? — quis saber Mark.

— Um leve tremor de terra! — respondeu Aline, sorrindo.

— Não — disse Mark. — Não, mas Magnus recebeu uma mensagem de Jem. Ele disse que Tessa está em trabalho de parto. Então ele foi até lá.

— Claro — disse Helen secamente. — Porque Magnus é exatamente a pessoa que eu quero ao meu lado quando estiver prestes a parir.

— Mas aposto que ele dá ótimos presentes para bebês — comentou Aline. — E, para ser justa, creio que acha que devia ter estado presente quando Tessa e Will tiveram os filhos, pensando bem. Onde estão Julian e Emma? É melhor avisarmos a eles.

O Mundo Perdido

413

— Em Paris — falou Helen. — Gostaram tanto de lá que ficam prorrogando a viagem. Ou você acha que Magnus também avisou para eles?

Magnus! Livvy percebeu que tinha se esquecido totalmente do motivo de sua vinda. Tinha informações para ele. Bem. Num momento ela estava no quarto de Dru, ignorada e esquecida pela maioria das pessoas que mais havia amado no mundo. No outro, todas as portas e janelas do Instituto de Los Angeles estavam abertas, e Livvy nem sequer notara, pois de repente estava sob uma lua cheia acima de um laguinho preto coberto por vitórias-régias, almofadinhas de um tom cinza suave ao luar. Sapos, invisíveis às sombras, coaxavam.

Ela sabia, sem saber como, que agora estava numa região rural, fora de Londres. Era Cirenworth Hall, a propriedade onde Jem e Tessa moravam com Kit Herondale. Julian já tinha visitado e descrito o lugar, e o descrevera numa carta para Ty. Havia cavalos, vacas e macieiras. Tessa tinha um jardim de ervas, e havia um conservatório de vidro que Jem convertera numa espécie de estúdio musical. Como era boa a vida para os vivos! Jem também tinha deixado o mundo durante muitas gerações e tivera permissão para voltar. Ah, por que Livvy não podia fazer o mesmo? Por que era a única que não podia voltar e retomar a vida outra vez?

Devia ser muito tarde da noite aqui, ou muito cedo na manhã, mas assim como no Instituto, luzes brilhavam em todas as janelas da casa. Livvy flutuou até elas, e então estava do lado de dentro. Estava em outra cozinha, esta muito diferente da cozinha alegre e contemporânea do Instituto. As paredes eram de gesso branco, e havia maços de ervas e panelas de cobre penduradas. Enormes vigas escurecidas pelo tempo percorriam o teto branco. Sentado a uma mesa de madeira longa e marcada estava Kit, jogando paciência e bebericando de uma caneca. Poderia ser chá, mas pela careta dele ao beber Livvy desconfiava ser algo alcoólico.

— Buuu! — assombrou ela, e Kit se atrapalhou com a caneca, entornando líquido nas calças.

— Livvy? — perguntou.

— Isso mesmo — respondeu ela, satisfeita. — Você consegue me ver. É muito, muito chato ser invisível para todo mundo.

— O que está fazendo aqui? — E em seguida: — Ele está bem? Ty?

— O quê? — perguntou Livvy. — Não, ele está bem. Estou procurando Magnus, na verdade. Tenho que perguntar uma coisa para ele. Ou contar a ele. Acho que tenho que contar uma coisa a ele.

— *Você* está bem? — perguntou Kit.

— Como, além de estar morta? — zombou Livvy.

— É só que, hum, você me parece um pouco desligada — disse Kit. — Ou coisa do tipo.

— Sim, bem, morta. Mas tirando isso, estou bem.

— Magnus está no velho conservatório com Jem e Tessa. Tessa está em trabalho de parto, mas, tipo, para eles parece que não tem nada de mais. Eles só estão ali sentados conversando sobre coisas. Mas, sabe, está me dando nos nervos. Tipo, ela vai ter um bebê, sabe? O que é legal! Mas achei que eu devia dar um pouco de espaço para eles.

— OK, valeu — disse Livvy. — Foi bom vê-lo, Kit. Desculpe pelo susto. Mais ou menos.

E então ela estava no conservatório, que tinha sido completamente preparado para um músico. Havia um piano em um canto e muitos instrumentos pendurados em um belo armário de madeira. Jem estava tocando um violoncelo, as longas mãos passando o arco sobre as cordas como se estivesse crocitando aquelas belas notas graves. Tessa andava de um lado a outro, ao longo da parede de vidro, uma das mãos na barriga e outra nas costas. Magnus não estava à vista.

Mas Livvy não estava de fato pensando em Magnus. Não mais. Toda sua atenção estava focada em Tessa. Na mão sobre a barriga. Ela não conseguia desgrudar os olhos.

Então veio uma voz em sua mente, bem abaixo da música que Jem estava tocando, abaixo dos sons dos corações vivos que batiam no conservatório: Jem, Tessa e o bebê que ainda não tinha nascido. Ela quase reconheceu a voz. Pertencia a alguém que já lhe fora muito querido.

— Livvy — a voz dizia. — Tem algo errado. Acho que tem alguma coisa errada.

Livvy fez o possível para ignorar a voz. Pensou: *se eu ficar bem pequena, aposto que posso fazer o que estou pensando. Eu posso me tornar tão pequena a ponto de entrar naquele bebê. Eu não ocuparia muito espaço. Um bebê mal é uma pessoa, na verdade. Se eu tomasse o lugar de quem quer que seja o bebê, se eu quisesse uma segunda chance, não faria mal algum a Tessa e Jem. Eles seriam bons pais para mim. E eu seria uma boa filha. Eu era boa quando estava viva! Poderia ser boa novamente. E não é justo. Eu não deveria ter morrido. Mereço uma nova chance. Por que não posso ter outra chance?*

O Mundo Perdido

Ela se aproximou de Tessa. Tessa rosnou.

— O que foi? — perguntou Jem, largando o arco. — É essa minha música horrenda? Magnus pode ter magicamente transformado este espaço em algo habitável para os instrumentos, mas eu ainda sou um amador no violoncelo. — A expressão dele mudou. — Ou está na hora? Vamos voltar para a casa?

Tessa balançou a cabeça.

— Ainda não — disse ela. — Mas está se aproximando. Continue tocando. Isso me ajuda.

— Magnus já vai chegar com as ervas que você pediu — disse Jem.

— Ainda temos tempo — disse Tessa. — Também temos tempo se você não quiser ser o encarregado do parto do bebê. Magnus pode buscar alguém.

— O quê, e perder minha chance no grande momento? — protestou Jem. — Gostaria de pensar que todos os meus anos como Irmão do Silêncio não foram totalmente inúteis.

Livvy estava encolhendo, encolhendo, encolhendo até virar quase nada. Toda a escuridão para além das paredes de vidro do conservatório estava invadindo, como se estivessem todos submersos no Lago Dimmet, mas ela ainda pudesse escapar. Ela poderia ser uma menina viva outra vez.

Jem se levantou e foi até Tessa. Ele se ajoelhou na frente dela e apoiou a cabeça em sua barriga.

— Olá, Wilhelmina Yiqiang Ke Carstairs. Pequena Mina. Você é bem-vinda, pequena Mina, meu coração. Estamos esperando por você com alegria, esperança e amor.

Tessa apoiou a mão na cabeça de Jem.

— Acho que ela ouviu. Acho que ela está se apressando agora.

— Livvy! — disse a outra voz. Aquela que Livvy não queria ouvir agora, aquela que a puxava como se fosse uma guia de cães. — Livvy, o que você está fazendo? Tem algo errado, Livvy.

E ah, a voz estava certa. Livvy voltou a si. O que ela estivera pensando em fazer? Ela ia... e ao perceber o que estivera prestes a fazer, todas as paredes do conservatório explodiram pela noite numa grande nuvem de cacos de vidro.

Tanto Jem quanto Tessa gritaram, agachando. E então Magnus surgiu com pijamas verdes de seda com belos bordados de Pokémons.

— O que foi? — disse ele, se abaixando para ajudar Jem e Tessa a se levantarem.

— Não sei — respondeu Jem, alarmado. — Demônios? Uma explosão sônica?

Magnus olhou em volta do conservatório. Uma expressão estranha ao ver Livvy.

— Desculpe! — disse ela. — Não foi minha intenção, Magnus!

Olhando fixamente para ela, Magnus falou com Jem e Tessa:

— Não é um demônio, eu acho. Não tem nada de perigoso aqui agora. Vamos. Vamos voltar para a casa. Estou com as ervas, Tessa. Kit está preparando uma bela xícara de chá para você.

— Ah, ótimo — respondeu Tessa, fragilizada. — Os intervalos entre as contrações estão ficando mais curtos. Achei que tivesse mais tempo. Tem certeza de que não deveríamos estar mais preocupados com o que quer que tenha quebrado as janelas?

— Todo mundo acha que tem mais tempo — disse Magnus. Ele continuava olhando para Livvy enquanto falava. — E não. Não acho que haja qualquer motivo para preocupação. Eu jamais deixaria que nada acontecesse a vocês. Pensem nisso como parte do batismo! Vocês sabem que quando se batiza um navio, quebram uma garrafa de champanhe na proa. Seu bebê simplesmente ganhou uma versão mais luxuosa. Imaginem a viagem dela! A vida, prevejo, será cheia de maravilhas.

— Vamos — chamou Jem. — Vamos entrar em casa. Magnus, pode trazer meu violoncelo? — Ele pegou o violino do armário e com a outra mão amparou Tessa pelo braço e começou a caminhar em direção à casa, sobre o chão escuro cheio de cacos de vidro.

Magnus disse:

— Ah, Livvy.

— Eu quase... — começou ela.

— Eu sei — disse ele. — Mas não fez. Vá achar Kit e fique com ele. Eu já vou ver vocês, depois de pegar a bebida de Tessa.

Kit pareceu aliviado, na verdade, por ter companhia, mesmo que a companhia fosse apenas um fantasma.

— O que aconteceu lá? — quis saber ele. — O que aconteceu no conservatório?

— Acho que fui eu — respondeu Livvy. — Mas não foi a minha intenção.

— É esse o tipo de coisa que você anda fazendo na Scholomance? — ralhou Kit. — É por isso que você veio encontrar Magnus?

— Não! — protestou Livvy. — Eu nunca tinha feito nada disso. Bem, não até hoje. Acho que quebrei uns pratos no Instituto de Los Angeles. E fiz as luzes se apagarem no quarto de Dru enquanto ela via um filme de terror.

— Legal — disse Kit. — Então, tipo, coisas básicas de poltergeist.

— Não era a minha intenção fazer nada daquilo! — protestou Livvy. — Simplesmente aconteceu. Sinto muito por ter destruído o conservatório.

— Talvez seria legal tentar não fazer nada do tipo outra vez — disse Kit.

— Claro — respondeu Livvy. — Claro. Não *quero* fazer nada assim outra vez.

Alguma coisa refletiu na corrente que Kit usava em volta do pescoço.

— Ah — disse Livvy, olhando mais de perto. Era uma garça de prata.

— Era da minha mãe — explicou Kit. — Jem e Tessa me deram há um tempo. Encontrei hoje. Eu tinha me esquecido.

— É tão bonita — elogiou Livvy.

— Eu daria para você se pudesse. Ela usou para chamar Jem e Tessa quando foi atacada. No fim, não foi salva. Então acho que tenho um pouco de mágoa.

— Sinto muito.

— Por quê? — perguntou Kit. — Não foi você que matou os dois. Enfim, está tudo bem? — Ele estava olhando fixamente para as próprias mãos, como se achasse que havia algo de errado com elas.

— O quê? — falou Livvy. — Sim. Está tudo bem. Ah. Você está falando de Ty.

Kit não disse nada, mas assentiu. Estava com cara de que preferia não ter perguntado, e ao mesmo tempo parecia estar escutando com total dedicação.

Era ridículo, pensou Livvy. Dava para ver o quanto ele sentia falta de Ty. Tanto quanto Ty sentia saudade dele. Ela não entendia os meninos. Por que não podiam simplesmente dizer o que sentiam? Por que tinham de ser tão estúpidos?

— Ele está bem — reafirmou Livvy. — Está indo bem na Scholomance. E ele tem um lince cárpato no quarto! Mas não tem nenhum amigo. Ele sente sua falta, mas não toca no assunto. Mas, fora isso, está bem.

Ao dizê-lo, no entanto, percebeu que não sabia ao certo se Ty estava bem. O fio que a ligava a Ty — aquele laço de magia — parecia defeituoso, de algum jeito, como se estivesse afrouxando. Ela sentia Ty tentando alcançá-la, mas de um jeito muito fraco.

— Livvy? — falou Kit.

— Ah, não — disse ela. — Não, acho que preciso voltar. Acho que eu nem deveria estar aqui.

Agora Kit parecia verdadeiramente alarmado.

— O que houve? — perguntou ele.

— Ty — disse ela. — Minha presença aqui está machucando Ty. Diga a Magnus que sinto muito, mas que preciso ir. Diga para ele me procurar. Tenho informações sobre Idris para ele.

— Sobre Idris? — questionou Kit. — Deixa para lá. Eu digo a ele. Vá!

E Livvy foi.

Ela deve ter chegado de volta à Scholomance no intervalo de uma respirada, mas, para ser justa, ela não respirava mais, então era apenas um palpite sobre o tempo que levara. Estava no quarto de Ty, mas ele não estava lá. Apenas Irene, fitando-a de forma acusatória junto à porta, à qual ela parecia tentar abrir a dentadas.

— Desculpe — disse Livvy, e aí se sentiu ridícula. Desta vez ela permitiu que sua consciência a respeito de Ty, a localização dele, a puxasse até ele, e, no entanto, não foi lá que ela se encontrou. Em vez disso se flagrou mais uma vez pairando sobre o Lago Dimmet.

— Não! — disse ela. E, sentindo como se tivesse lutando para chegar até seu irmão através de uma espécie de abismo sombrio e impenetrável, Livvy finalmente o alcançou.

Ele estava deitado na cama na enfermaria, muito pálido. Catarina Loss estava ao seu lado, e um menino que Livvy reconhecia das aulas de Ty. Anush.

— Ele simplesmente desmaiou — disse Anush. — É intoxicação alimentar?

— Acho que não — disse Catarina Loss. — Não sei dizer.

Ty abriu os olhos.

— Livvy — disse ele, tão suavemente que o nome mal foi um som.

— O que ele disse? — perguntou Anush.

— Livvy — respondeu Catarina, colocando a mão na cabeça de Ty. — A irmã dele. A que foi assassinada por Annabel Blackthorn.

— Ah — disse Anush. — Ah, que tristeza.

Catarina Loss falou:

— A cor dele está melhorando um pouco, eu acho. Vocês são amigos próximos?

— Hum, na verdade não? — respondeu Anush. — Não sei quem são os amigos dele. Se ele tem amigos. Quer dizer, ele parece boa pessoa. Inteligente. Muito concentrado. Mas é um pouco fechado.

— Vou mantê-lo na enfermaria essa noite — declarou Catarina Loss. — Mas se quiser visitá-lo novamente, não será a pior coisa do mundo. Todos precisam de amigos.

— Sim, claro. Mais tarde eu volto. Para ver se ele precisa de alguma coisa.

Catarina Loss serviu um copo d'água para Ty e o ajudou a se sentar para beber.

— Você desmaiou — comunicou ela com a voz neutra. — Às vezes novos alunos levam os estudos a sério demais e se esquecem de coisas como dormir o suficiente e comer.

— Eu não me esqueço dessas coisas — justificou Ty. — Tenho uma agenda para não me esquecer.

— Você me procurou outro dia por causa do lince — falou Catarina Loss falou. — Como ela está? Vejo que tem arranhões no braço.

— Ela está ótima! — respondeu Ty. — Ela come tudo que eu levo, e está bebendo direitinho também. Há quanto tempo estou aqui? Eu deveria ir lá ver se ela está bem.

— Você só está aqui há pouco tempo — respondeu Catarina Loss. — Quando Anush voltar, você pode pedir a ele para cuidar dela essa noite. Acho que ele vai ficar feliz em fazer isso. Acha que você consegue comer alguma coisa?

Ty assentiu e Catarina Loss disse:

— Vou ver que delícias a cozinha pode oferecer. Fique na cama. Eu já volto.

Quando ela se retirou, Livvy disse:

— Ty!

Ty franziu o rosto para ela. E disse:

— Eu fiquei sentindo você cada vez mais longe. Doeu, Livvy. E você estava cada vez mais estranha, à medida que se distanciava. Eu consegui *sentir* você. Mas você não parecia você mais. Você parecia...

— Eu sei. Eu também senti. Foi assustador, Ty. *Eu* fiquei assustadora. Você vai ter que anotar isso no seu caderno. Não acho que eu seja boa quando fico muito tempo longe. Acho que quanto mais me afasto de você, mais perigoso se torna para nós dois. Quanto mais tempo eu passava longe, mais eu me esquecia das coisas. Tipo quem eu era. Tipo você. Tipo os motivos para eu voltar.

— Mas você voltou.

— Eu voltei — concordou Livvy. — Quase tarde demais. Mas estou aqui agora. E bem a tempo. Irene está tentando morder a porta até abrir.

Ela sorriu reconfortantemente para Ty, que retribuiu. Em seguida, ele voltou a fechar os olhos.

— Ty? — disse ela.

— Estou bem — falou ele. — Só um pouco cansado. Vou dormir um pouco, Livvy. Pode ficar comigo até eu cair no sono?

— Claro — respondeu ela. — Claro que sim.

Ele estava dormindo quando Catarina voltou com uma bandeja de comida, e continuava a dormir quando Magnus Bane entrou pela porta horas depois com um casaco vermelho acolchoado com pele falsa em preto, que iam até os tornozelos. Ele parecia ter sido engolido por um dragão gordo.

Catarina Loss estava com ele.

— Uma menina! — exclamou ela. — Estou fazendo uma manta para ela, mas ainda não está pronta. Wilhelmina Yiqiang Ke Carstairs. É um nome muito grande para uma bebê tão pequena.

— O apelido é Mina — disse Magnus. — Ah, ela é adorável, Catarina. Tem os dedinhos de Jem. Dedos de musicista. E o queixo de Tessa. Então... como vai o nosso paciente?

— Ele vai ficar bem — disse Catarina Loss. — Mas o que aconteceu a ele não está muito aparente para mim. Ele parece perfeitamente saudável. Eu tenho uma aula para dar. Você ainda vai estar aqui em uma hora, mais ou menos?

— Estarei aqui, ou por perto — respondeu Magnus. — Me procure quando terminar.

Quando Catarina Loss se retirou, Magnus falou com Livvy:

— Bem. Aparentemente você tem alguma coisa para me dizer. E depois eu tenho algo para te dizer.

Livvy falou:

— Eu sei. Acho que sei o que você tem a me dizer. Mas primeiro, deixe-me contar sobre Idris. — E ela contou tudo o que presenciara da conversa entre Zara e Manuel.

— Sabíamos que mais cedo ou mais tarde eles planejariam nos atacar — disse Magnus, afinal. — Mas agora que sabemos que estão nos espionando, teremos que descobrir como. E talvez, se é possível para eles, talvez também seja possível para nós espionarmos Idris. Mas não acho que possamos correr o risco de mandar você para lá de novo.

— Não — concordou Livvy. — Porque sempre que me distancio demais de Ty, as coisas começam a dar errado. Eu começo a mudar. Fico mais forte, acho. Consigo fazer coisas! Como fiz no conservatório. E também quebrei louças, e acho que quase machuquei o bebê de Tessa de algum jeito. E Ty, para ele também é ruim quando estamos separados. Por isso ele veio parar na enfermaria. Porque passei muito tempo longe.

— Sim — disse Magnus. — Menina esperta.

— Se eu tivesse passado mais tempo longe — começou Livvy —, ele teria morrido?

— Não sei dizer. Mas a magia que ele tentou utilizar para ressuscitar você foi magia sombria, Livvy. Necromancia. Um feitiço do Volume Sombrio dos Mortos! E um feitiço fracassado, ainda por cima. Quando o feitiço falhou, a coisa que manteve você aqui, que a prendeu, foi Ty. Seu gêmeo. Isso não é normal para os fantasmas. A maioria deles se prende a um objeto. Coisas como um anel, ou uma chave, ou uma casa. Mas você está presa a uma pessoa. Faz sentido que precise estar perto dele agora. E que ele precise estar perto de você. Acho que quando passam muito tempo afastados, você fica sendo menos você. Mais poderosa. Menos humana. Mais um fantasma faminto. Algo perigoso para os mortos.

— Quando eu estava no conservatório — contou Livvy, obrigando as palavras a sair —, senti que pudesse trocar de lugar com o bebê de Tessa. Que poderia viver novamente, se estivesse disposta a tomar a vida do bebê. O lugar do bebê.

— A necromancia é uma arte muito obscura. Talvez você pudesse ter feito isso mesmo. Ou talvez tivesse matado o bebê, ou Tessa, e acabado sem nada. A magia pode ter um preço alto, Livvy.

— Não quero machucar ninguém — justificou Livvy. — Foi isso que Annabel fez. Não quero ser como Annabel, Magnus. Não quero! Mas também não quero estar morta! Não é justo!

— Não — disse Magnus. — Não é justo. Mas a vida não é justa. E você morreu corajosamente, Livvy.

— Estupidamente. Morri estupidamente.

— Corajosamente — reforçou Magnus. — Mas devo admitir que às vezes eu gostaria que os Caçadores de Sombras fossem menos corajosos e usassem um pouco mais a cabeça.

Livvy fungou.

— Bem — recomeçou ela. —, Ty é bom nisso. Usar a cabeça.

— Ty é excepcional — elogiou Magnus. — Espero coisas grandiosas dele. E de você também, Livvy. Porque se você não fizer coisas grandiosas, temo que possa fazer coisas terríveis. Vocês dois têm um enorme potencial.

— Eu? — indagou ela. — Mas eu estou morta.

— Mesmo assim — insistiu. Aí enfiou a mão no bolso e falou: — E eu tenho um presente para você. Bem, é do Kit também. É para você e Ty. — Ele estendeu uma corrente de prata da qual se pendurava a figura de um pássaro. Uma garça, Livvy se deu conta.

— Você está ligada a Ty — disse Magnus —, mas é um laço necromante. Eu estava procurando alguma coisa para usar, que pudesse ajudar a sustentar um pouco do peso desse vínculo entre você e Ty, e Kit perguntou o que eu estava fazendo. Ele me deu isto, e eu fiz algumas alterações. Dei um pouco de potência. Se Ty usá-lo, ficará um pouco mais protegido dos efeitos colaterais de estar ligado aos mortos. E deve sustentar você um pouco também. Deve acalmar um pouco a estranheza de estar no mundo dos vivos. Você vai conseguir tocar este colar. E também, se você ou ele precisarem de ajuda, podem usá-lo para me chamar. Ou Ty pode. Foi da mãe de Kit. Ela recebeu de Jem, de modo que quando estivesse em perigo, pudesse chamá-lo. Agora servirá a você e ao seu irmão.

Livvy esticou o dedo. Tocou a garça de prata.

— Ah — disse. — Consigo mesmo! Eu consigo sentir!

Magnus falou:

— Sim. Bem. Ótimo.

— Como um dos brinquedos para a ansiedade de Ty. Como o isqueiro de Julian. — Ela estava passando os dedos pela corrente agora. — O bebê está bem? Mina?

— Sim — respondeu Magnus falou. — Ela está bem. Todos estão bem. O conservatório, por outro lado...

Livvy pensou, de repente, no Lago Dimmet. Aí perguntou:

— Você já esteve aqui, na Scholomance?

O Mundo Perdido

— Já — respondeu Magnus. — Muitas vezes, ao longo dos anos.

— Já foi ao Lago Dimmet?

— Já. Uma bacia aquática nada impressionante. Você deve pensar nele como uma triste mudança em relação ao Oceano Pacífico.

— Sim, bem, correm histórias de que ele é sobrenatural — disse Livvy.

— Mas ninguém sabe direito como. Eu e Ty estávamos tentando ver se eu conseguia descobrir alguma coisa a respeito.

— Deixe-me ver... — começou Magnus. — Existem histórias, mas eu nunca prestei muita atenção nelas. O que foi?

Ele ficou sentado em silêncio um minuto, e Livvy sentou para lhe fazer companhia. Ty se remexeu, como se estivesse sonhando, de um jeito que fazia com que Livvy achasse que ele fosse acordar logo.

— Sim! — disse Magnus. — Claro. A história era a seguinte: se você fosse até o Lago Dimmet e olhasse a água por tempo suficiente, você veria alguma coisa do futuro. Era esse o encanto colocado por um ou outro feiticeiro. O mais engraçado é que ele era de Devon, na verdade. Dimmet é uma palavra galesa. Por quê? Você foi até lá? Livvy? Você viu alguma coisa lá?

— Não — respondeu Livvy, afinal. Tentou pensar em como tinha sido afundar naquele vasto nada. — Não vi nada. Nada mesmo.

— Entendo — respondeu Magnus num tom que sugeria que ele enxergava tudo o que ela não estava dizendo. — Mas digamos que alguém um dia tenha olhado para o abominável Lago Dimmet e, digamos, que a pessoa viu algo do qual não gostou. Algo que sugerisse um futuro indesejado. E digamos que essa pessoa tenha vindo falar comigo. Sabe o que eu diria?

—O quê? — perguntou Livvy.

Magnus respondeu:

— Eu diria o seguinte: o futuro não é determinado. Se virmos adiante um caminho que não escolheríamos, então podemos escolher outro. Outro futuro. Azar do Lago Dimmet. Concorda, Livvy?

Ele olhou fixamente para Livvy, que correspondeu aquele olhar. Ela não conseguia pensar em nada para dizer, mas finalmente fez que sim com a cabeça.

Da cama Ty disse:

— Livvy! — Ele abriu os olhos, a viu e disse "Livvy" novamente. Desta vez não soou desesperado. Ainda não tinha notado a presença de Magnus.

Um rugido terrível veio da entrada enquanto Ty falava. Era Irene, suas mandíbulas cheias de bigodes abertas e todo o seu pelo arrepiado. Livvy não teria imaginado que um animal tão pequeno pudesse produzir um barulho tão alto. Ainda rugindo, Irene pulou na cama e abanou o rabo no queixo de Ty. O ruído que ela produzia mudou para um chiado mais sutil, uma inquisição furiosa como uma chaleira perguntadeira, mas que desconfiava que todas as respostas fossem ser desagradáveis.

— O que é isso? — perguntou Magnus.

— Isso é a Irene — respondeu Ty. — Ela é um lince cárpato.

— Claro! — disse Magnus. — Um lince cárpato. Que burrice a minha. — Seus olhos encontraram os de Livvy. — Um menino, um lince cárpato e um fantasma. Eu realmente espero coisas grandiosas de você e do seu irmão, Livvy. Aqui, Ty. Isto é para você. — Ele largou o colar Herondale na palma de Ty. — Livvy vai explicar para que serve. Basta dizer que, se precisar de mim por algum motivo, pode utilizá-lo para me chamar. Livvy me contou sobre Idris, sobre o que escuto. Mas eu passei a noite em claro, e preciso de um chá forte. Vou encontrar Ragnor Fell e fazer com que ele encontre um chá forte para mim.

Ele saiu tão triunfantemente quanto possível quando se usa um casaco grande demais, e ao sair, Anush entrou, os braços sangrando de tantos arranhões.

Anush olhou espantado para Magnus.

— Aquele era Magnus Bane — falou para Ty. — Ele estava aqui para ver você?

— Estava. Ele é nosso amigo — explicou Ty.

— Eu sabia que você o conhecia, mas não sabia que tinham uma relação do tipo dar-uma-passadinha-na-Scholomance-só-para-visitar! Desculpe por esse animal. Fui até seu quarto para ver se podia trazer algum livro, ou roupas, ou alguma coisa, e ele fugiu. Ele é lindo. Mas muito mau.

— O nome dela é Irene — disse Ty, olhando afetuosamente para o lince encolhido ao seu lado.

— Ireninha rima com malvadinha. Quer que eu pegue alguns restos da cozinha para ela?

Quando Anush se retirou, Livvy contou para Ty tudo o que tinha acontecido enquanto ela estivera em Los Angeles e no conservatório na Inglaterra. Ty disse:

— Sinto muito, Livvy.

— Pelo quê?

O Mundo Perdido

— Por ter feito isso com você — respondeu ele.

— Ah, Ty — falou ela. — Eu teria feito o mesmo por você. Não é algo que deva ser feito, mas eu teria feito mesmo assim. E estaríamos na mesma confusão agora. Além disso, acho que estou pegando a manha dessa coisa de fantasma.

Ty assentiu. Virou o colar várias vezes na mão, em seguida estendeu-o, pendurando a garça sobre a cama de modo que a prata captasse a luz do sol, e Irene a atacou com a pata. Livvy pensou em Kit sentado à mesa da cozinha, tão cauteloso ao não perguntar nada sobre Ty.

Ela esticou a mão e pegou a corrente. Soltou-a gentilmente das garras de Irene. Segurando o colar diante de si, Livvy falou:

— Este colar era de Kit. Você vai ter que escrever para ele. Para agradecer. Vai escrever e entregar a carta para Magnus, para que ele leve quando for.

— Tá bom — respondeu Ty, afinal. — Mas ele não vai responder.

— Então você vai continuar escrevendo até ele responder — ordenou Livvy. — Necromancia é ruim. Nisso todos concordamos. Mas cartões postais são inofensivos. Você sabe. Alguma coisa com uma paisagem cênica. — Ela pensou no Lago Dimmet. Naquela escuridão vazia. — Dizendo "queria que você estivesse aqui". Esse tipo de coisa.

Ela segurou o cordão com mais firmeza. Esfregou a correntinha entre os dedos. Talvez esse fosse o seu futuro. Um nada. Mas agora Livvy tinha Ty. Poderia escolher o caminho oposto ao Lago Dimmet pelo tempo que fosse possível. Tinha uma âncora. Ia se segurar tão firme quanto pudesse.

Para sempre caídos

Por Cassandra Clare e Sarah Rees Brennan

Acorde, levante! Ou fique caído para sempre.
— Milton

Nova York, 2013

Jem Carstairs e Kit Herondale chegaram juntos pelo Portal, do veludo negro da meia-noite dos bosques ingleses para o azul escuro com estrelas alaranjadas de uma rua nova-iorquina. Kit olhou para o rio prateado de carros buzinando exibindo a mesma expressão que estampou desde que Jem sugeriu a ida à cidade: uma mistura de empolgação e nervoso.

— Eles não, hum, exatamente me acolheram no Mercado das Sombras de Los Angeles nas últimas vezes em que estive lá — disse Kit. — Tem certeza de que vai ficar tudo bem?

— Tenho — garantiu Jem.

As luzes vermelhas e amarelas de carros brincavam sobre os arabescos elaborados e as janelas arqueadas do teatro abandonado. O Mercado das Sombras da Canal Street era como ele se lembrava de mais de dez anos atrás, embora o próprio Jem estivesse tão diferente. Para um mundano, cortinas metálicas e tábuas cobriam a entrada. Para Jem e Kit, eram contas de prata e madeira, uma cortina melodiosa quando passavam por ela.

Uma feiticeira parou ao vê-los.

— Olá, Hypatia — cumprimentou Jem. — Acho que você conhece Kit?

— Sei que dois Caçadores de Sombras causam mais problemas do que um — disse Hypatia.

Ela revirou seus olhos brilhantes e seguiu, mas um lobisomem que Jem conhecia do Mercado das Sombras de Paris parou e conversou com ele por um instante. Disse que era um prazer conhecer Kit, e sempre um prazer ver Jem.

— Parabéns, aliás — acrescentou.

Jem sorriu.

— Obrigado.

Jem ficou surpreso ao descobrir que era bem-vindo na maioria dos Mercados das Sombras agora. Havia estado em tantos ao longo dos anos, e alguns dos vendedores e atendentes eram imortais. As pessoas se lembravam dele, e após um tempo, tinham parado de temê-lo. Ele sequer se dera conta, mas havia se tornado uma visão familiar, suas visitas eram como uma espécie de garantia de uma noite de sorte no Mercado: ele era o único Irmão do Silêncio que a maioria já tinha visto. A primeira vez em que foi a um Mercado das Sombras quando não era mais um Irmão do Silêncio, de mãos dadas com uma feiticeira, pareceu confirmar que a opinião das pessoas do Mercado era de que ele estava quase se tornando um deles. Aparecer com Kit, que praticamente crescera no Mercado das Sombras de Los Angeles, basicamente só fizera fortalecer essa crença.

— Está vendo? — murmurou Jem. — Nenhum problema.

Os ombros de Kit estavam relaxando e seus olhos azuis começando a cintilar com um brilho perverso familiar. Ele ficou mencionando diversos aspectos interessantes do Mercado que Jem já conhecia, um garoto do Mercado exibindo seus conhecimentos, e Jem sorriu e o incentivou a continuar falando.

— Fazem isso com espelhos mágicos — sussurrou Kit ao ouvido de Jem quando pararam para ver duas sereias fazendo truques em um tanque.

Uma das sereias olhou feio para Kit, que riu. Pararam em uma barraca para comprar doces, já que Kit tinha uma adoração notável por doces.

— Eu conheço você — disse a fada vendedora. — Você não é o menino de Johnny Rook?

O sorriso de Kit desapareceu instantaneamente.

— Não mais.

— De quem é agora?

— De ninguém — respondeu Kit baixinho.

A fada piscou, um segundo par de pálpebras tornando a piscada um tanto impressionante. Jem esticou a mão para tocar o ombro de Kit, mas ele já estava fazendo outra coisa, admirando os doces que tanto o fascinavam.

Jem pigarreou.

— Soube que tem uma barraca especial comandada por feiticeiros e fadas, que oferece poções e ilusões? Meu amigo Shade me contou.

Ela fez que sim com a cabeça e se inclinou para sussurrar ao seu ouvido.

A barraca da sociedade entre fadas e feiticeiros era uma caravana de madeira talhada estacionada numa antecâmara do prédio da Canal Street. A caravana era pintada de azul brilhante e adornada com pinturas que se mexiam: à medida que Jem e Kit se aproximavam, pássaros alçavam voo de diversas gaiolas douradas e planavam livres pelo céu pintado de azul.

A fada tinha cogumelos crescendo no cabelo e laços em volta deles. Ela parecia muito jovem e entusiasmada em vender o remédio que Jem pedira. Jem levantou a tampa de porcelana para examinar cuidadosamente o conteúdo e se desculpou por fazê-lo.

Ela acenou, despreocupada.

— Perfeitamente compreensível, considerando a finalidade. É um prazer finalmente conhecê-lo. Qualquer amigo de Shade. Um cavalheiro tão distinto. Talvez seja meu sangue irlandês, mas adoro um homem de verde.

Kit foi dominado por um acesso de tosse. Jem sorriu discretamente e deu batidinhas nas costas dele.

— Além disso... — continuou a fada apressadamente. — Eu já o vi uma vez, há mais ou menos oito anos, quando você ainda era... Só dei uma olhada, mas você parecia assombrosamente triste. E assombrosamente atraente.

— Obrigado — disse Jem. — Estou muito feliz agora. Sua tosse parece estar piorando, Kit. Você também precisa de remédio?

Kit se ajeitou.

— Não, estou bem. Vamos, Irmão Assombrosamente Atraente.

— Não há a menor necessidade de mencionar isso para Tessa.

— Mas mesmo assim — disse Kit —, eu vou.

— Parabéns! — gritou a fada às costas de Jem.

Todo o seu conhecimento de Irmão do Silêncio dizia que a poção era inofensiva e que funcionaria direitinho. Olhando para trás, Jem ofereceu mais um sorriso para a mulher, e permitiu que Kit o puxasse para outra fileira de barracas no cômodo seguinte. O Mercado estava cada vez mais cheio, tão cheio que todas as fadas com asas estavam voando. Uma delas estava sendo seguida por uma licantrope, que gritava que a fada tinha roubado injustamente o último chapéu do seu tamanho. A sombra alada da fada escureceu uma cabeça dourada sobre ombros largos que Jem achou um tanto familiar.

— Aquele não é Jace? Acho que... — começou Jem, voltando-se para Kit. E aí notou que o rosto de Kit estava pálido.

Kit estava olhando fixamente para um menino alto de cabelos escuros e fones de ouvido, que olhava uma barraca e passava os dedos pelas ervas secas. Jem colocou a mão no ombro de Kit, que pareceu nem notar, enraizado no chão, até o menino virar e apresentar olhos azuis e um nariz torto, e que não eram Ty Blackthorn.

— Eu já consegui o que queria — disse Jem. Ele falou com sua habitual calma. — Vamos, ou você quer olhar as coisas? Podemos fazer o que você preferir.

A mandíbula de Kit ainda estava rija. Jem conhecia aquele olhar. Herondales sempre foram como chamas, pensou ele. Amavam e sofriam como se fossem queimar com a força do fogo.

— Vamos para casa — resmungou Kit.

Apesar de sua leve decepção, Jem se flagrou sorrindo. Era a primeira vez que Kit se referia ao local como sua casa.

O homem, que nunca tivera a chance de ser Jace Herondale, e que não era mais Jace, estava começando a achar que a ida até lá tinha sido má ideia.

A Rainha Seelie foi quem insistira para que ele tivesse um novo nome quando ele fora ao Reino das Fadas, solicitando proteção para Ash e ajuda com seus planos. A Rainha respondera a todas as suas perguntas sobre Clary, mas sua ajuda não fora gratuita. A realeza tendia a fazer exigências.

— Estou acostumada ao outro Jace — disse ela com um desprezo régio. — Mas admito que não gosto muito dele. Do que mais podemos chamar você?

Jonathan foi o primeiro pensamento, e ele estremeceu só de pensar no nome, o que o surpreendera. Ele não estremecia muito em Thule.

— Janus — disse ele à Rainha. — O deus de duas faces. O deus dos fins e começos, e das passagens entre portas estranhas.

— O deus? — repetiu a Rainha.

— Meu pai me deu uma educação clássica — explicou Janus a ela. — Para combinar com minha beleza clássica.

Aquilo fez a Rainha rir.

— Vejo que certas coisas não mudam, independentemente do mundo.

Ela não via nada. Ninguém neste mundo teria como saber o que ele havia sido forçado a se tornar.

Fora no Reino das Fadas que Janus ficara sabendo da barraca das fadas e dos feiticeiros, e da magia que era possível fazer, e aí não resistiu. Ele sabia que Caçadores de Sombras não eram bem quistos no Mercado das Sombras. Achou que se vestisse um capuz e uma capa, o risco seria mínimo.

Infelizmente muitas pessoas o olhavam como se o reconhecessem. Bem, que pensassem que o Jace deste mundo tinha a prática de assombrar o Mercado das Sombras. Ele não tinha a obrigação de investir na proteção da reputação de Jace.

Janus se virou. Um lobisomem esbarrou nele e praguejou.

— Ei, Caçador de Sombras, olhe por onde anda!

Janus estava com a mão na adaga quando outro lobisomem passou e estapeou o primeiro na cabeça.

— Sabe com quem está falando? — perguntou. — Esse é Jace Herondale, o diretor do Instituto.

O licantropo ficou pálido.

— Ah, meu Deus. Sinto muito. Eu não sabia.

— Por favor, perdoe meu amigo aqui. Ele é de uma terrível terra deserta e não sabe o que se passa — disse o outro lobisomem.

— Eu sou de Ohio!

— Foi o que eu disse.

Os dois licantropes encararam Janus com um olhar tristonho, um pedido de desculpas. Janus estava muito confuso, mas soltou lentamente o cabo da adaga. A dupla poderia ser mais útil viva.

— Ele lamenta *muito* — frisou o segundo lobisomem.

— Está... — Janus pigarreou. — Está tudo bem.

— Ele também é *parabatai* do Cônsul — disse o lobisomem. — Você sabe, Alec Lightwood.

Janus sentiu algo se contorcer em suas entranhas. A sensação o surpreendeu. Não estava acostumado a sentir coisa alguma.

Ficou pensando fixamente na figura de Alec como Cônsul, como uma pedra peculiar que estivesse avaliando. Tinha sabido pela Rainha que nesse estranho novo mundo tudo era diferente e todos estavam vivos, mas quando imaginava seus conhecidos vivos outra vez, os imaginava inalterados. Alec como Cônsul. Ele não conseguia imaginar.

— Na verdade estou aqui em... uma missão secreta — falou. — Agradeceria se não contassem a ninguém que me viram.

— Foi o que pensei — disse o segundo lobisomem. — Capa. Capuz. "Missão secreta", foi o que eu disse a mim mesmo.

O sorriso de Janus ficou menos genuíno e mais relaxado.

— Dá para perceber que você é observador. Talvez, no futuro, se eu precisar da sua ajuda...

— Qualquer coisa que pudermos fazer! — garantiram os lobisomens rapidamente. — Absolutamente qualquer coisa.

Janus continuou sorrindo.

— Ah, ótimo.

Era bom ter aliados — principalmente aqueles que eram burros e queriam agradar.

Janus foi fazer o que tinha vindo fazer, na caravana azul brilhante onde garantiram que, juntos, fadas e feiticeiros podiam criar feitiços impenetráveis.

Em Thule não havia mais magia feiticeira. Não havia mais feiticeiros. Mas havia demônios se arrastando por todos os lados, burros como moscas sobre carne estragada, e Sebastian podia fazer com que os demônios criassem ilusões. Muito ocasionalmente, quando Janus agradava a Sebastian, ele lhe dava um presente desses. Só às vezes, e nunca era suficiente.

Uma fada com cogumelos na cabeça permitiu que ele entrasse na caravana. A aparência dela era jovem, e ela estremeceu quando ele olhou para ela, mas ele pagou o preço exigido por ela e pelo feiticeiro. Foi exorbitante. Ele pagaria mais.

O interior da caravana era uma prateleira de madeira com uma joia escondida. As fadas não estavam erradas quando disseram que a magia combinada podia produzir resultados extraordinários. Ela foi a ilusão mais convincente que ele já tinha visto.

Ela era pequenina, sempre tão pequenina. Seus cabelos uma cascata de caracóis e cachos ruivos sobre o rosto e ombros. Ele queria seguir cada cacho com os dedos, sentir a forma de cada caracol, assim como queria ligar os pontinhos entre cada sarda dourada. Ele queria conhecê-la completamente.

— Clary — disse ele.

O nome dela soava estrangeiro em sua boca. Ele não o dizia com frequência, nem mesmo em Thule, onde o que quer que ele sentisse agora estava enterrado sob muitas camadas de um peso que parecia cimento.

Para sempre caídos

— Venha cá — chamou ele. Ficou surpreso com a rouquidão da própria voz. Suas mãos tremiam. Parecia uma fraqueza distante e até desprezível.

Ela foi até ele. Ele a pegou pelos pulsos e a puxou violentamente contra o peito.

Abraçá-la foi um erro. Foi quando a ilusão começou a ruir. Ele sentia o tremor dela, e Clary não teria feito isso. Clary era a pessoa mais corajosa que ele conhecia.

As ilusões nunca eram suficientemente convincentes. Nenhuma ilusão retribuía o amor. Nenhuma ilusão jamais encararia seus olhos como Clary um dia o fizera. E embora ele não soubesse por que necessitava disso, ele necessitava. Tinha necessitado antes, e romper seu laço com Sebastian piorara mil vezes a situação.

Clary. Clary. Clary.

Ele se enganou por mais um instante, beijando a testa dela, depois a bochecha, e em seguida enterrando o rosto na nuvem de seus cabelos ruivos.

— Ah, minha querida — murmurou ele, pegando sua faca enquanto os olhos dela se arregalavam de percepção e medo. — Minha querida. Por que você tinha que morrer?

Kit correu pelos degraus de pedra até seu quarto, batendo a porta atrás de si, assim que voltou para Cirenworth Hall. Jem achou melhor dar privacidade a ele por um tempo.

Ele ainda estava preocupado quando subiu, seguindo o som de uma música que ecoava das paredes de ardósia.

> *"Preto para caçar de noite e dar sorte,*
> *Pois branco é a cor do pranto e da morte.*
> *Dourado para a noiva em seu vestido,*
> *E vermelho para acabar com um feitiço.*
>
> *Açafrão ilumina a cor da vitória,*
> *Verde para um coração partido, almejando a glória.*
> *Prata para as torres demoníacas, cor de adamas,*
> *E bronze para invocar poderes malignos, nada mais.*

Era uma variação de uma antiga canção Nephilim; Jem não sabia estipular o quão antiga era. Seu pai cantava para ele quando pequeno.

Quando abriu a porta, o mundo se estreitou por um momento e se reduziu a uma sala tomada de luz suave. Havia um feixe de luzes enfeitiçadas brilhando numa antiga grade de ferro, e raios perolados refletiam dos cachos castanhos de Tessa enquanto ela se curvava sobre o berço, ninando gentilmente. O berço tinha sido esculpido há mais de cem anos a partir de um carvalho caído daqueles bosques. Jem o vira sendo talhado, com mãos cuidadosas e um amor paciente. O berço balançava tão suavemente agora quanto naquela época.

Um choro emanava do berço, e Jem se inclinou para ver sua pequena ocupante. Ela estava deitada sobre lençóis brancos, pilhas e pilhas de maciez de modo que seu leito parecia uma nuvem. Seus cabelos eram muito negros em contraste aos lençóis, e seu rostinho fazia uma careta de perturbação.

Wilhelmina Yiqiang Ke Carstairs. Em homenagem ao Will que eles tinham perdido, o primeiro e único nome possível, e *rosa selvagem*, pois todos que Jem amava cresciam com bela rebeldia. Ele queria um nome chinês para sua querida, e queria celebrar a Rosemary perdida, aquela que confiara a Jem e Tessa o que tinha de mais precioso, e que agora era infinitamente precioso para ele: Rosemary o confiara Kit. Rosemary, que em inglês significava alecrim, uma erva boa para estimular a memória, as lembranças, e Zachariah significava *lembrar*. Quanto mais Jem vivia, mais acreditava que a vida era uma roda, um círculo fechado, que sempre levava as pessoas que você estava destinado a amar. Wilhelmina tinha um nome imponente, a pequena, e poderia ter sido maior se eles tivessem incluído o Gray, mas Tessa dissera que feiticeiros escolhiam o próprio nome, caso ela escolhesse ser feiticeira. Mina podia escolher ser Caçadora de Sombras. Ela podia ser o que quisesse. Ela já era tudo.

Jem frequentemente se perdia em admiração à filha, mas não se permitiu fazê-lo por muito tempo esta noite. Em vez disso, a pegou nos braços. As mãos dela se esticaram como uma estrela do mar assustada, e aí relaxaram, o peso mais leve e carinhoso de todos contra sua clavícula. Mina abriu os olhinhos escuros e se aquietou.

— Ah, já entendi — sussurrou a mulher de Jem, rindo suavemente. — Garotinha do papai.

— Ela sabe que eu trouxe uma coisa do Mercado para ela — disse Jem, e esfregou suavemente a pomada de fada nas gengivas suaves e rosadas de Mina.

Mina se remexeu e se agitou ao contato com ele, chutando como se estivesse numa competição de natação, mas quando Jem terminou, a pomada pareceu fazer efeito rapidamente. Então ela sossegou, seu rostinho espantado, porém feliz, como se Jem tivesse realizado um feito maravilhoso e peculiar.

Tessa disse que era cedo para o bebê já estar iniciando a dentição. Mina era extraordinária e avançada em todos os sentidos, pensou Jem orgulhosamente.

— *Qian jin* — murmurou Jem para ela. — Você está cada dia mais parecida com a sua mãe.

Ela era muito parecida com Tessa. Sempre que ele observava isso, Tessa e Kit assumiam uma postura cética.

— Quero dizer, ela é um bebê, então basicamente se parece com uma espécie de rabanete — disse Kit. — De... um jeito bom. Mas se ela parece com alguém...

Kit deu de ombros. Tessa agora exibia a mesma expressão que Kit mostrara antes.

— Quase lá — informou Tessa. — Ela se parece com você.

Jem ergueu Mina sob o foco das luzes enfeitiçadas, a mão protetora em torno da curva frágil da cabeça. A felicidade vinha fácil para Mina. Ela balbuciou em deleite, com a luz enfeitiçada radiante sobre seus cabelos pretos e seus bracinhos gorduchos agitados, e ele ficou espantado e sobrecarregado pela sua imensa sorte.

— Mas... ela é tão linda — disse Jem, impotente.

— E de onde será que vem essa beleza? Eu te amo para sempre, Jem Carstairs — disse Tessa, apoiando a cabeça no ombro dele. — Mas você é um tolo.

Jem aninhou Mina em seu colo, e ela esfregou a bochecha na dele, balbuciando alegremente. Desde o dia em que nascera, Mina gorgolejava para tetos e paredes e para as pequenas cavernas formadas por suas mãozinhas semicerradas. Seu gorgolejo se tornava mais alto e agudo à medida que se animava nos colos de Jem ou Tessa, tentando chamar atenção. Ela falava durante o sono assim como a mãe. Estava sempre falando, e Jem sempre ouvindo, e em breve ele entenderia todas as palavras.

A filha deles era tão parecida com Tessa. Jem era convicto quanto a isso.

Janus fechou o casaco para esconder o sangue ao passar por uma barraca de fadas. Concluíra que já tinha arriscado demais a própria sorte e que era melhor voltar para casa.

— Ei, Jason — chamou uma vampira de cabelos negros com um vestido curto azul. Ela o olhava com expectativa, mas pela forma como o chamara, certamente não o conhecia muito bem.

— Na verdade é Jace — respondeu Janus casualmente, ainda se dirigindo para a saída.

Ele não percebeu o que dissera de errado, mas entendeu ter feito alguma coisa. Um alarme instantâneo passou pelo rosto dela, e ela se afastou da multidão, fugindo do Mercado em disparada, mas nem uma vampira era mais veloz do que Janus. Ninguém era.

Ele a cercou em um beco, agarrando seus braços quando ela tentou lutar, prendendo-os. Ele levantou a adaga até a garganta dela, mas ela não parou de se debater.

— Você *não* é Jace — disse a vampira. — O que você é? Eidolon? Mutante? Alguém fazendo cosplay de Herondale? — Ela semicerrou os olhos para ele.

Ele ia ter que quebrar o pescoço dela, percebeu. Tedioso. Vampiros eram difíceis de se matar, mas ainda assim ele era mais forte do que eles.

— Eu sou Jace Herondale — disse ele a ela. Era um alívio falar isso para alguém, mesmo um alguém prestes a morrer. — Um Jace Herondale melhor e mais forte do que o que você tem neste mundo. Não que você vá entender alguma palavra do que digo.

Ele alcançou a garganta dela, mas ela o encarava com um olhar de compreensão.

— Você é de Thule — acusou ela. — Alec me contou sobre esse outro mundo maluco onde Clary morreu e tudo acabou literalmente no inferno. E Jace era ligado a Sebastian Morgenstern. Você é *aquele* Jace.

Ela o olhou desafiadoramente, e alguma coisa nela ecoou como um bramido seco, fúnebre.

— Eu também sei quem você é — disse Janus lentamente. — Você é Lily Chen. No meu mundo, Sebastian matou você.

— Matou? — Lily pareceu furiosa. — Para o inferno com esse cara. Sendo irônica.

— Você é a menina por quem Raphael Santiago iniciou uma guerra.

Lily parou de resistir abrupta e completamente. Foi tão espantoso que Janus quase a soltou, mas seu pai o treinara para não sentir remorso.

— O quê? — A voz dela tremeu. — Raphael?

Para sempre caídos

— Quando Sebastian estava dominando — começou Janus lentamente, perdido na lembrança, na época em que Clary fora abatida e o mundo ruíra —, os feiticeiros estavam mortos. As fadas estavam conosco. Sebastian pediu que os vampiros e lobisomens se juntassem a ele. A maioria dos vampiros restantes era controlada por Raphael Santiago, o líder do clã de Nova York, e Sebastian estava em negociação com ele. Raphael não estava feliz com o destino dos feiticeiros, mas ele era do tipo prático. Queria proteção para seus vampiros. A gente achava que poderia selar um acordo. Só que Sebastian descobriu que você estava mandando informações secretas para uma licantrope. Ele perguntou se você queria se divertir com ele, e você disse que sim.

Janus estava surpreso por sequer se lembrar daquela época. Fora um período em que ele ficara cego de dor, antes de Sebastian fazê-lo parar de pensar em Clary com tanta frequência. Sebastian dizia que ele era patético, inútil e *sentimental*. Então ele o fez parar.

— Eu gostaria de poder resistir a assassinos — disse Lily —, mas não consigo. Esse é um cenário perfeitamente plausível.

A voz dela era quase casual. Seus olhos investigavam o rosto de Janus.

— Sebastian matou você e mostrou a Raphael o que havia sobrado. Raphael disse que você era burra e que o castigo fora merecido. Seis horas depois, ele retirou todos os vampiros que pôde e alguns dos lobisomens das negociações. Ateou fogo no prédio ao sair. Eu tive que retirar Sebastian dos escombros incendiados. Em seguida, o que soubemos foi que Raphael estava com Livia Blackthorn e com a resistência.

— Ele está vivo? — A voz de Lily saiu aguda. — No seu mundo tolo e perturbado. Raphael está vivo?

As palavras explodiram dos lábios dela.

— Leve-me até ele.

Embora Janus esperasse, as palavras foram chocantes, tão chocantes que a verdade saiu de sua boca mesmo sem que ele tivesse a intenção de dizê-la.

— Não há esperança para aquele mundo. Até o sol se apagou.

A cabeça dele doeu assim que falou. A dor se assemelhava ao que sentia quando desagradava Sebastian, mesmo agora.

— Então traga-o aqui — disse Lily. — Por favor. Volte e traga-o para cá.

As mãos dela não mais o atacavam, mas se agarravam a ele, quase suplicantes.

— Seu eu trouxesse — rosnou Janus —, o que você faria por mim?

Ele viu a mente dela trabalhando por trás daqueles olhos negros vigilantes. Ela não era burra, essa vampira.

— Depende — rebateu. — O que vai me pedir?

— Sejamos claros aqui — disse Janus. — Você faria qualquer coisa por isso.

O rosto anguloso da vampira suavizou. Ela gostava de Jace, percebeu Janus. Confiava nele. Parte dela ainda achava que Janus era seu amigo. Ela estava subestimando-o, não se resguardava como deveria. Não acreditava que ele fosse machucá-la.

— Suponho que sim — disse ela. — Acho que faria. — Ela se apoiou na parede do beco. — Ajudaria se eu dissesse que você continua gato?

— Provavelmente não — disse Janus.

— Não repita essa parte para o outro Jace — disse Lily. — Ele não deve ser estimulado. Sabe, acho que algumas pessoas acham você *mais* gato. Menos menino bonitinho, e uma coisa uma pouco mais máscula. É uma troca.

— A maioria das coisas o é — concordou Janus.

— Não estou dando em cima de você, aliás, só estou fazendo observações.

Janus deu de ombros.

— Não adiantaria de nada se estivesse.

— Continua um homem de uma mulher só, hein?

— Continuo — respondeu Janus num sussurro.

Lily o encarava como se sentisse pena dele. Como se soubesse como ele se sentia. Ele queria apagar os olhos dela, fazê-la parar de fitá-lo daquele jeito, mas ela poderia ser útil.

— Vamos fazer um trato — sugeriu Janus. — Você me faz um favor, quando for a hora, sem me fazer perguntas, e eu farei o possível para trazer Raphael ao seu mundo. Não vai ser fácil, e vai demorar. Você não conta a ninguém que me viu. Se contar, eu posso mandar um recado para Thule ordenando a morte de Raphael.

Ela fez uma careta.

— Temos um acordo? — disse Janus.

Fez-se um longo silêncio. Janus ainda ouvia as canções e sinos do Mercado das Sombras, longe do beco.

Então Lily falou:

— Temos um acordo.

Ele deixou Lily ir embora, e a seguiu discretamente. Percebeu que ela pegara o celular, como se fosse ligar para alguém e alertar. Mas não o fez. Guardou o telefone novamente no bolso.

Para sempre caídos

Era quase engraçado. Janus não sabia como voltar para aquele mundo, mas não importava se essa menina era inteligente, ou se queria ser boa, pois era selvagem e estava louca para acreditar nele. A esperança era o elixir dos tolos.

Para fazer com que as pessoas obedecessem, bastava garantir que elas estivessem desesperadas. Janus sabia bem disso. Ele mesmo se vira desesperado há anos. *Não repita isso para o outro Jace*, dissera Lily. Como se Janus estivesse planejando ter alguma conversa com o outro Jace, o deste mundo, aquele que tivera sorte. Janus não precisava falar com ele. Janus aprenderia tudo que fosse necessário sobre este mundo, para que pudesse se passar pelo outro Jace.

Depois mataria a versão deste mundo e tomaria o seu lugar. Ao lado de Clary.

Já era quase manhã quando Mina acordou chorando. Tessa se espreguiçou, mas Jem deu um beijo em seu ombro e murmurou:

— Eu vou, meu amor.

Ao trazer Mina ao mundo, Tessa enfrentara dores que Jem não teria como sofrer em seu lugar. Sua mulher jamais perderia o sono por causa do bebê enquanto Jem estivesse em casa. Esse era o privilégio de Jem.

Jem subiu pé ante pé para o quarto de Mina, muito quieto para não acordar Kit, e para permitir que Tessa voltasse a dormir.

Quando chegou lá, viu que Kit estava acordado. Kit já estava no quarto do bebê, com Mina no colo.

— Ei — dizia Kit para o bebê, falando seriamente como se conversasse com um companheiro de equipe. — Vamos, me quebra esse galho, por favor, Min? Você passou a semana inteira acordando os dois. Aposto que eles estão cansados.

O rostinho de Mina estava com marcas de lágrimas, mas ela claramente já tinha se esquecido delas antes mesmo de secarem. Exibia um sorriso que era pura gengiva, aparentemente encantada por essa nova experiência.

— Jem sempre fala sobre como você é avançada, então que tal avançar para a parte em que você dorme a noite toda? — pediu Kit. — Fico imaginando se o fato de ter uma mãe que é uma feiticeira imortal fará você crescer mais rápido do que os outros bebês.

Mina não tinha resposta para isso. Kit não pegava Mina no colo com frequência, embora se curvasse sobre o berço e sobre colos alheios quase sempre, oferecendo sua atenção toda vez que entrava em um cômodo onde o bebezinho estivesse. Vira e mexe ele lhe dava o dedo indicador para que ela segurasse, e agora que Mina enxergava melhor, ela estendia as mãos imperiosamente sempre que Kit se aproximava. Jem tinha certeza de que ela sabia que Min-Min era o apelido dele para ela, e que Kit era o menino que segurava sua mãozinha.

Agora ela era um pacotinho desajeitado nos braços dele, a manta longa e branca que Catarina tinha bordado para ela se arrastando no chão. Kit tropeçou e se desequilibrou ao andar, e Jem quase entrou no quarto para pegá-la. Mas Kit se reequilibrou contra a parede, embora tivesse soltado um palavrão ao fazê-lo, e prontamente pareceu horrorizado e tentou cobrir os ouvidos de Mina, um pouco tarde demais.

— Por favor, não conte a Jem e Tessa que eu disse essa palavra na sua frente! — exclamou Kit.

Mina, que claramente achava que Kit estava brincando com ela, deu mais um sorriso sonolento que dividiu seu rostinho, e em seguida bocejou como um gatinho. Kit mordeu o lábio e cantarolou um verso quebrado de uma canção para ela, repetidas vezes. Logo ela estava babando na camisa de Kit, que tinha um símbolo que significava super heróis, explicara ele a Jem em algum momento. Kit afagou as costas de Wilhelmina.

— Pronto — murmurou, parecendo orgulhoso de si. — É o nosso segredo.

Jem ficou observando Kit e Mina por mais um tempo, em seguida voltou para o quarto, permitindo que Kit voltasse para a própria cama acreditando ter ajudado Jem e Tessa a descansarem.

Janus não conseguia parar de pensar naquela palavra, "Cônsul", e em Alec, e concluiu que deveria investigar pessoalmente a situação. Ele não poderia se passar por *parabatai* de Alec se não soubesse sobre a vida dele. Seu pai sempre lhe ensinara que o conhecimento era um poder a ser utilizado na batalha.

Era perigoso demais ir ao Instituto e arriscar ser visto, mas Janus se lembrava da localização do apartamento de Magnus. Ele se escondeu e ficou de olho na porta até Alec aparecer. Era um daqueles dias ensolarados em Nova York que se revelavam melhores do que o verão, com o céu tomado pela luz e por brisas suaves.

Alec estava onde sempre quis estar: caminhando calmamente ao lado de Magnus. Havia duas crianças com eles. Uma muito escura, baixinha, com

Para sempre caídos

cabelos encaracolados, e embora fosse jovem demais para ter Marcas, ainda carregava uma graciosidade que dizia *Caçador de Sombras*. Seus dedinhos seguravam firmemente as mãos cheias de anéis de Magnus. A outra mão de Magnus estava dentro do bolso do casaco velho e aberto de Alec, que também mantinha uma das mãos ali naquele mesmo bolso. A outra criança estava disfarçada para parecer mundana, mas Janus enxergava através do feitiço e via a pele azul e os chifres. O menino feiticeiro estava nos ombros de Alec, rindo e chutando seu peito.

Janus levou um tempo para perceber a coisa mais estranha. O peito e os ombros de Alec eram mais largos do que costumavam ser em seu mundo paralelo. O Alec de lá que morrera ainda era um menino meio receoso de se apaixonar.

Cônsul, pensou Janus. *Você deve estar tão orgulhoso.*

Janus os seguiu pelo trajeto até o jardim botânico do Brooklyn, onde as cerejeiras estavam floridas. Alec e Magnus pareciam estar levando as crianças para o festival das cerejeiras.

As crianças estavam animadas. Os cachos de flores cor-de-rosa formavam uma avenida ao redor, um arco rosa de mármore vivo, pétalas caindo como confetes brilhantes em seus cabelos. O menininho nos ombros de Alec envolveu as pétalas na mão. As árvores ofereciam bastante cobertura, de modo que Janus podia não ser visto.

Havia percussionistas tocando sob um coreto, e pessoas dançando na grama. Alec colocou o menino feiticeiro no chão, e ele imediatamente correu para a multidão de dançarinos e começou a fazer poses dramáticas. Magnus se pôs a dançar com seu garotinho, muito embora a dança de Magnus não envolvesse tombos de bunda no chão.

O menino Caçador de Sombras imitou Alec, apoiando-se numa árvore, braços cruzados, até Magnus chamá-lo e dizer "Rafe", e o rosto do menino se acender com um sorriso a atender numa corrida, agarrando as mãos de Magnus e permitindo que ele o erguesse em piruetas, seus sapatos acendendo enquanto ele girava na poeira.

Alec ficou observando-os por um tempo, carinhosamente, em seguida se afastou para comprar sorvete. Dois adolescentes do Submundo, uma jovem licantrope e um menino fada, estavam na fila e o viram se aproximar com um deleite nervoso.

— É o nosso Cônsul! — disse a licantrope.

— Tecnicamente não é nosso — disse o menino fada. — Ele faz parte dos Caçadores de Sombras que não são babacas. Maia é sua líder e o Rei Kieran é o meu.

— Eu posso ter um Cônsul assim como uma líder de bando se eu quiser — murmurou a licantrope. — Ele está vindo para cá! O que a gente fala?

— Eu não consigo mentir, Michelle! — disse o menino fada. — Você sabe disso! Você tem que fingir ser legal por nós dois.

Alec acenou com a cabeça para eles, ainda um pouco desconfortável com a abordagem de desconhecidos, mas tentando ser amigável de um jeito que o Alec que Janus conhecia talvez nunca conseguisse ser.

Alec deu um sorriso torto diante do silêncio deles e aí perguntou:

— Olá, vieram para o festival?

O menino fada engasgou:

— Sim!

— Eu também — Alec falou. — Passeio em família. Aqueles são meus filhos, com o meu marido. Ali. É o meu marido.

Alec dizia "meu marido" com tanto orgulho, como se a palavra fosse uma aquisição nova e preciosa, novinha em folha, algo que ele estava louco para exibir para todos.

Meu namorado, dissera Clary sobre Janus algumas vezes, e ele ficara tão feliz em finalmente pertencer a ela, em pensar que ela poderia estar orgulhosa de sua posse. Ele se lembrava das emoções agora, e elas espetavam como agulhas e alfinetes, como membros mortos e sedentos por sangue finalmente despertando. E, como agulhas, elas doíam.

— Ah, parabéns — falou Michelle para Alec, com cara de que ia chorar. — Seu marido. Que coisa boa.

O menino assentiu vigorosamente.

— Hum, obrigado — disse Alec. — Prazer em conhecê-los. Aproveitem o festival.

Ele voltou para sua família, e as crianças receberam os sorvetes com grande alegria. Alec abraçou Magnus e eles dançaram juntos um pouco, Alec ligeiramente desajeitado na dança, de um jeito que jamais acontecia nas batalhas, porém sorrindo, os olhos fechados e de rostinho colado com Magnus.

O jovem casal saiu passeando com seus sorvetes, que eram decorados com pétalas de rosas, das quais o menino fada parecia gostar mais do que da namorada, conversando animadamente sobre a experiência que tinham acabado de ter.

Janus ficou observando-os, e quando eles adentraram no bosque a fim de ter um pouco de privacidade, ele se permitiu ser visto.

— Você é Jace Herondale — suspirou a licantrope, claramente animada.

— Jace Herondale *e* Alec Lightwood. Este é literalmente o melhor dia da minha vida. Mal posso esperar para contar à minha mãe.

— Na verdade — disse Janus —, eu agradeceria se não contasse a ninguém. Vocês dois têm mais ou menos da mesma idade que eu e meus amigos tínhamos quando salvamos o mundo. Acho que posso confiar em vocês. Acho que vocês podem fazer coisas grandiosas. Eu adoraria que me ajudassem.

Eles se entreolharam com um entusiasmo desconfortável e surpreso.

— Ajudar com o quê? — perguntou a menina.

Janus contou a eles. No início pareceu correr bem. Os olhos deles brilhavam. Eles queriam tanto ser heróis. Janus também já tinha querido isso.

A menina licantrope, que parecia saber um pouco mais sobre o Alec e o Jace deste mundo, assentia ansiosamente. O menino fada, por sua vez era um pouco mais contido e mal falava. Janus não tinha certeza quanto a ele. Depois que terminou de falar e fingiu se retirar, Janus retornou sem ser visto e se pôs a vigiá-los. Dava para sentir sua Marca do Silêncio faiscando na pele: uma sensação nova após tanto tempo.

— Não me importa quem seja — disse o menino fada. — Não confio nele. Vou contar para o Rei.

Bem, algumas batalhas a gente ganha, outras a gente perde. O importante é saber cortar os prejuízos.

Janus cortou as gargantas de ambos e os enterrou lado a lado sob as folhas verdes das árvores primaveris. Certificou-se de que estivessem de olhos fechados e os colocou de mãos dadas antes de jogar a terra sobre os corpos, para que dormissem juntos pacificamente. Deu a eles a morte que gostaria de ter tido para si.

Mina acordou cedo. Dessa vez Jem chegou primeiro, antes que Kit ou Tessa tivessem a chance de se mexer. Mina sorriu com deleite, surpresa ao ver o rosto de Jem sobre o berço, como se tivesse se preocupado com a possibilidade de ele não aparecer dessa vez.

— Você nunca vai precisar se preocupar, minha Mina — disse Jem. — Bobinha.

Ele a vestiu com um babador vermelho com um coelhinho azul bordado, um presente de Magnus, e em seguida a colocou na bolsa canguru. Mina balbuciou, animada. Adorava passear.

Caminharam juntos pelo bosque até a cidade. A cidade era muito pequena, e tinha uma confeitaria ótima, a qual eles adoravam. As duas moças que comandavam o local eram muito receptivas.

— Ah, veja — Ele ouviu uma das moças sussurrar para a outra, baixo o bastante para que ele não ouvisse, caso não tivesse mais a audição Nephilim. — Ele trouxe o bebê de novo!

Jem comprou *pain au chocolate* para Kit, porque ele gostava, e bolinhos de maçã e passas para Tessa.

— Minha mulher não gosta de chocolate — explicou. — Mas meu... mas Kit gosta.

— Certo, o... sobrinho da sua mulher? — O tom da moça era tão amistoso quanto curioso.

— Sobrinho, primo — Jem deu de ombros. — Mesma família. Ficamos muito felizes quando ele aceitou morar conosco.

A mulher deu uma piscadela.

— Minha irmãzinha diz que ele é uma fera.

Jem não achava que fosse uma coisa muito gentil para se dizer sobre Kit.

— Vocês parecem um casal tão feliz — continuou a moça, o que *foi* gentil. — Estão juntos há muito tempo?

— Só estamos casados há alguns anos — disse Jem. — Mas tivemos um longo noivado. — Ele recebeu o saco de papel com os doces, dando um sorriso, e acenou a mão sardenta de Mina para elas. — Dê tchau para as moças, Mina.

— Tão fofa! — Ele ouviu a moça sussurrar quando a porta se fechou atrás deles. — Estou morrendo.

— Ouviu isso, minha Mina? — murmurou Jem. — Elas te acham fofa. E têm razão, é claro.

Mina acenou para as árvores com movimentos descoordenados, como uma pequena rainha recebendo as homenagens. Jem tomou o caminho mais longo pelo bosque, passou pelo bar onde às vezes tomavam chá da tarde, aí cruzou a ponte para que Mina pudesse balbuciar para o riacho.

Através das folhas verdes e dos salpicos radiantes de luz do sol, Jem viu o telhado de ardósia e as paredes de gesso da casinha que eles chamavam de lar.

Para sempre caídos

447

A casa, aninhada na beira de Dartmoor, pertencia à família Carstairs há muito tempo. O tio de Jem, Elias Carstairs, tinha sido o dono e vivido ali com sua família. Por preocupação com Kit, Jem e Tessa encarregaram Magnus de erguer barreiras protetoras ao redor da construção para impedir que mal-intencionados entrassem na propriedade.

Na lateral da casa, portas francesas com persianas azuis estavam abertas, exibindo uma cozinha branquinha banhada pelo sol. A família de Jem estava tomando café a uma enorme mesa rústica. Tessa estava com um roupão branco, e Kit ainda estava com o pijama de super herói, e eles receberam os doces com alegria.

— Eu e Mina demos um longo passeio, e voltamos trazendo amor e doces.

— Minha Mina aventureira — disse Tessa, beijando o cabelo de Mina, e em seguida inclinando a cabeça para o beijo de Jem. — Estão prontos para derrotarem vampiros utilizando seus conhecimentos tecnológicos e os horários dos trens, como em *Drácula*?

— Vi o filme — disse Kit.

— Li o livro — rebateu Tessa.

— Não faço ideia do que vocês estão falando — retrucou Jem, aproveitando a deixa. — Mas Mina foi muito admirada na cidade.

Tessa ergueu uma sobrancelha.

— Tenho certeza de que foi.

— Mas a irmã de uma das moças não foi gentil com Kit. Não faça amizade com ela, Kit. Ela disse que você é uma fera.

Kit sorriu.

— Sério? Alguém disse isso? Quem disse?

— Ah, isso é bom? — perguntou Jem.

— Eu *andei* malhando — disse Kit alegremente para si.

— Eu também não sabia que era uma coisa boa — confidenciou Tessa a Jem. — A linguagem muda muito com o tempo, é difícil acompanhar. Principalmente as gírias. É fascinante, mas às vezes eu prefiro os significados antigos.

— Sim, bem, Min tem que saber como as pessoas falam nesta época — falou Kit com firmeza.

Mina balbuciou e esticou as mãozinhas para ele, e Kit se rendeu e ofereceu o dedo para ela segurar. Ele continuou comendo *pain au chocolate* com a mão livre.

— Você quer que as outras crianças te achem legal, Min? — perguntou ele enquanto ela gorgolejava em concordância. — Sorte a sua que estou aqui.

Tessa chegou por trás de Kit, bagunçando seus cabelos dourados com a mão que não estava segurando o doce, ao passar para pegar café para Jem.

— Todos temos muita sorte por você estar aqui — disse ela a ele.

Kit abaixou a cabeça, mas não sem antes Jem notar seu rosto ruborizando, satisfeito e tímido.

Depois que enterrou os meninos, Janus voltou e descobriu que Magnus e Alec tinham vagado na direção oposta, mais para longe da música. Alec e as crianças estavam jogando futebol com uma bola rosa fosforescente. Alec, por ser Alec, estava meio jogando e meio ensinando a eles. Janus se lembrou de quando eram pequenos, como em todas vezes que ele ou Isabelle não se mostravam tão bons quanto Alec, Alec treinava incessantemente até que eles o superassem. Ele sempre fazia isso. Janus tinha se esquecido, até agora.

O moleque Caçador de Sombras era bom de futebol quando se concentrava, mas abandonava constantemente o jogo e ziguezagueava de volta até Magnus, correndo em volta dele como um adorável zangão.

Janus visualizou o que Magnus se tornara em seu mundo, aquela coisa lamentável que seu corpo virara. Era estranho ver Magnus inteiro e bem, sentado sob uma cerejeira. Ele estava usando botas roxas, jeans justos e uma camiseta com os dizeres GATO PODEROSO em purpurina. Ele estava apoiado numa árvore, seus olhos felinos preguiçosos, mas sorria toda vez que o menininho Caçador de Sombras corria para ele, e depois da quinta vez, ele fez um gesto e as pétalas que caíam da cerejeira começaram a circular em volta da cabeça do garoto, formando também acessórios elaborados como pulseiras para os bracinhos, tocando suas bochechas rechonchudas e fazendo-o rir.

O menino feiticeiro era intenso em relação ao futebol, as pernas curtinhas corriam furiosamente sobre a grama. Em algum momento ele pareceu preocupado com a possibilidade de Alec vencer, e pegou a bola e fugiu com ela nas mãos, indo até Magnus e o outro menino.

— Eu ganhei! — anunciou o menino feiticeiro. — Eu sempre ganho.

Magnus o beijou na bochecha e o feiticeirinho riu, e o som da sua risada fez surgir um sorriso no rosto de Alec, que em seguida correu para eles.

Janus tinha se esquecido de como Alec ficara mais sorridente depois que Magnus entrara em sua vida.

— Será que eu fiquei sabendo que você perdeu a partida de futebol? — provocou Magnus. — Será que fiquei sabendo que o Cônsul é um baita perdedor?

Alec deu de ombros.

— Acho que para mim não vai ter beijo.

Estava flertando, percebeu Janus. O outro Alec não tinha vivido o suficiente para aprender a fazer isso, não da forma confiante como o fazia agora.

— Ah, talvez tenha — disse Magnus.

O menino Caçador de Sombras ainda estava brincando com as pétalas flutuantes. O menino feiticeiro colocou a bola no chão e saiu trotando atrás dela enquanto ela voava para longe.

Alec se inclinou, agarrando a camisa purpurinada de Magnus com as duas mãos, para puxá-lo. Os cabelos arrepiados de Magnus tombaram para trás, e sua cintura foi envolvida por um dos braços de Alec.

Janus se lembrou do outro mundo. Alec ainda estava preso ao que Magnus havia se tornado, bem no final. Aquelas mãos fortes e cicatrizadas de arqueiro, sempre velozes em proteger e defender, o abraçavam com força. Mesmo na morte, parecia não haver como interromper o abraço de Alec.

Janus não tivera a chance de tomar Clary em seus braços uma última vez, do jeito que Alec pudera fazer com Magnus. Janus entendia a escolha de seu *parabatai*, a única escolha que poderia ter feito diante do mal batendo à sua porta e do desmoronar de tudo o que ele amava.

Quando Janus e Sebastian os encontraram juntos nos escombros, Sebastian ficara furioso. Ele queria Alec vivo. Alec sabia segredos sobre a resistência, sobre alguns humanos livres ainda escondidos: informações que Sebastian desejava e que Alec morrera para esconder.

Com um uivo, Sebastian chutara o corpo de Alec. A parte desolada onde estivera o laço *parabatai* gritou. Foi uma das poucas vezes em que Janus pôde pensar, *mate-o*.

Agora, sob o sol no parque, a grama estalava. Janus se virou para encarar o inimigo, amaldiçoando-se por ter se distraído, por estar sendo tão sentimental, como Sebastian e Valentim sempre disseram que ele era.

— O que está fazendo, tio Jace? — perguntou o menino feiticeiro, agarrando a bola e claramente satisfeito por ter feito uma grande descoberta. Seu rostinho redondo era curioso e sorridente.

Janus congelou.

— Está brincando de esconde-esconde? — insistiu o menino.

Lentamente, a mão de Janus foi até a adaga.

Ele sussurrou:

— Sim.

O menino correu para os arbustos e abraçou a perna de Janus. A mão de Janus apertou a faca.

— Eu te amo, tio Jace — sussurrou o menino, com um sorriso conspirador, e Janus estremeceu. — Não fique triste. Eu não vou contar onde está escondido.

Janus sacou a faca. Não era seguro ficar perto de feiticeiros. Seria uma morte rápida e limpa, e no fim das contas, melhor para Alec.

— Max! — gritou Alec. Não estava soando preocupado agora, mas logo ficaria se não obtivesse resposta.

Max, pensou Janus. Há muito tempo, o mais jovem dos Lightwood. Neste mundo Magnus estava vivo, então Alec estava vivo. Alec era o Cônsul, e eles tinham filhos. Alec tinha batizado o filho em homenagem àquele Max perdido.

Janus soltou a faca. Soltou o menino. Suas mãos tremiam demais para segurar qualquer um dos dois.

O pequeno Max saiu dos arbustos com os bracinhos esticados, emitindo um zumbido, como se estivesse em um avião, e correu de volta para sua família. Quando seguiram do parque para casa, Max ainda estava segurando a bola, trotando ao lado de Magnus, que entoava uma cantiga de ninar espanhola, enquanto o menino Caçador de Sombras dormia, babando no ombro de Alec.

Janus não os seguiu após o parque. Ficou perto dos portões, observando enquanto iam embora.

As palavras do juramento *parabatai* de Janus ecoavam em sua mente, piores do que uma sentença de morte. *Onde morreres, morrerei, e lá serei enterrado.* Ele não tinha cumprido o juramento, mas gostaria de tê-lo feito. A morte teria sido bem-vinda. Morrer significaria estar com Clary.

Há muito tempo em outro mundo, quando Sebastian estava dormindo, Janus voltara para Alec, mas os corpos tinham desaparecido. Janus agora torcia para que não tivessem sido devorados pelos demônios famintos. Torcia para terem sido cremados por Maryse. Torcia para que um vento gentil tivesse soprado suas cinzas para longe, permitindo que ficassem juntos.

Logo que se mudaram para Cirenworth Hall, a casa da Inglaterra que pretendiam transformar no lar da família, Jem e Tessa notaram que os olhos de Kit frequentemente se voltavam para os objetos de valor que decoravam o local.

Certa noite, recolheram tudo o que puderam e colocaram os objetos mais preciosos no quarto de Kit, alinhando-os sobre mesas e parapeitos.

Quando Kit foi para o quarto depois disso, ficou lá por um tempo, absolutamente quieto. Em algum momento, Tessa e Jem bateram à porta. Quando ele ordenou que entrassem, eles abriram a porta e olharam lá dentro. Encontraram Kit no meio do quarto. Ele não tinha mexido em nada.

— O que significa isso? — perguntou Kit. — Acham que eu ia pegar... querem que eu...

Ele soou perdido. Seus olhos azuis repousaram sobre as primeiras edições de livros de Tessa, sobre o Stradivarius de Jem, como se fossem postes de sinalização e ele estivesse tentando encontrar o seu caminho naquela terrível terra estranha.

Jem falou:

— Queremos que você fique, e queremos saber que essa escolha é totalmente sua, e queríamos mostrar uma coisa. Queríamos que soubesse que nada nesta casa é mais precioso do que você.

Kit ficou.

A casa que a Rainha Seelie dera a eles ficava numa colina oca perto de penhascos muito brancos, a cem léguas de distância tanto da Corte Seelie quanto da Unseelie, e longe dos olhos curiosos que podiam buscar pelo há muito perdido e caçado filho da Rainha.

Dentro da casa, as paredes piscavam com sombras. Quando Janus entrou pela porta na escuridão, as sombras tremeram com o vento que vinha em seu encalço.

Ash estava deitado no sofá, as pernas longas esticadas, vestido com roupas de fada que a Rainha tinha providenciado. Seda preta, veludo verde. Nada além do melhor para o seu menino. Ash não tinha envelhecido muito desde que deixara Thule. Ainda aparentava ter 16 anos, a idade que Janus acreditava que ele tivesse. Ele estava segurando um papel sob a luz, examinando-o com afinco.

Quando ouviu a porta fechar, Ash virou a cabeça, os cabelos platinados que havia herdado do pai caindo em volta das orelhas curvadas de fada, e rapidamente guardou no bolso o papel sujo de sangue.

— O que é isso? — perguntou Janus.

— Nada importante — disse Ash com uma piscadela lenta de seus olhos verdes como grama. — Você voltou.

"Você acha que eu teria tido olhos dessa cor se nosso pai não tivesse... feito o que fez, e me feito o que sou?", perguntara Sebastian a Janus certa vez, tarde da noite, quando estava em um de seus momentos mais melancólicos.

Janus não fora capaz de responder. Não conseguia imaginar Sebastian ou seus olhos de tubarão, mortos como o sol e escuros como a eterna noite de seu mundo, sendo nada além do que eram. Quando encarou os olhos de Ash, verdes como a primavera, verdes como um recomeço, pensou em outra pessoa.

Era difícil guardar segredos de Sebastian. Ele sempre os arrancava. Mas Janus guardara esse.

— É bom estar de volta — disse Janus lentamente a Ash.

Ele não gostava muito do Reino das Fadas, mas Ash estava ali. Ele precisava de um lugar seguro para Ash. Ash ia mudar tudo. Ash era a chave. Nada de mal poderia acontecer a ele.

Janus sabia que Ash queria que ele gostasse daqui mais do que gostava de fato. Quando vieram, Ash pedira um piano à Rainha, sua mãe. Agora o piano estava perto da porta, lustroso e brilhante, escuro, refletido por todos os espelhos. Janus tentava não olhar para ele.

"Você disse que tocava antigamente", falou Ash quando o piano veio.

Ash pareceu decepcionado quando Janus disse que não sabia tocar mais nada.

Janus imaginou que Ash fosse ficar feliz e em segurança, de volta com sua mãe, mas a Rainha dissera que Ash não podia ficar na Corte.

"Perdi uma filha que nunca vai voltar", disse ela a eles, a voz cheia de espinhos. "Perdi um filho que voltou sem esperança. Nunca mais vou arriscá-lo outra vez. Ele tem que ficar em segredo e em segurança."

Então Ash vivia nessa casa isolada, nesse palácio no topo de um penhasco, e Janus morava aqui com ele. Por enquanto.

Janus não gostava da ideia de abandonar Ash para morar no Instituto de Nova York. Mas era onde Clary estava.

Onde estiveres, é onde quero estar.

Janus precisou de água para lavar o gosto amargo da boca. Foi buscar, e Ash foi atrás. Os passos de Ash eram suaves como os de fada, e treinados como os de um Caçador de Sombras, completamente silencioso, era como ter uma sombra pálida como companhia.

Para sempre caídos

Logo que Ash foi para Thule, Sebastian ficou feliz. Sebastian sempre gostou da ideia de ter um vínculo sanguíneo com alguém. Ele enxergava isso como um sinal de que estava fazendo tudo certo, de que outro mundo tinha entregado a ele o seu herdeiro, já que em Thule a Rainha Seelie tinha morrido antes de parir

O fato de Ash se parecer com ele afagava a vaidade de Sebastian. Sebastian achava que finalmente tinha o que sempre quisera: alguém como ele. Sebastian acolheu Ash e permitiu que Janus fizesse o mesmo. Por um tempo, Sebastian brincou com Ash, tentou ensiná-lo, mas logo se cansou dos brinquedos e os quebrou.

Sebastian já não tinha paciência com Ash há algum tempo antes do fim.

Certa vez Sebastian estava treinando Ash, e Ash cometera um erro. Sebastian fora atrás de Ash com um chicote.

O rosto de Sebastian ficou espantado e ofendido quando Janus se colocou entre eles e agarrou a corda. O chicote abriu a palma de Janus e pingou sangue no chão.

— Por que não chicoteá-lo? Meu pai fazia isso *comigo*. — A voz de Sebastian era o chicote agora. — E eu sou forte. Ele não fez com você e você se mostrou um tanto fraco até eu colocar minhas mãos em você. Eu deveria fazer o melhor pelo meu garoto, não?

Janus já tinha se convencido. Devia largar o chicote e deixar Sebastian punir Ash.

Mas suas palavras corriam mais rápido do que os pensamentos, como se não pudesse controlá-las.

— Claro. Mas é que você tem tanto a fazer. Treinar um garoto deveria ser função do general, e não do governante. Você é maior do que isso. Sabe que só quero servi-lo e nunca falhar com você. Deixe-me treiná-lo, e se ele não tiver um desempenho satisfatório, então o chicote pode guiá-lo.

Ele sentia que Sebastian já estava mesmo entediado com o treinamento. Depois de um tempo, Sebastian desistiu do chicote e do menino e saiu. Ash ficou observando enquanto Sebastian se afastava.

— Pai de merda — murmurou Ash.

— Não fale assim — ordenou Janus.

O rosto de Ash se transformou quando ele transferiu o olhar de Sebastian para Janus, parando nas mãos ensanguentadas. Quando os olhos de Ash não estavam tão duros e resguardados, eles faziam com que Janus se lembrasse de Clary. Faziam com que pensasse em como Clary olhava para Simon ou

Luke, antes de Clary e Luke morrerem e Simon desaparecer. Quando Sebastian fora atrás da mãe de Clary, Luke tentara impedi-lo.

— Farei o que você mandar — declarou Ash subitamente. — Considerando que será meu professor. Você vai ver. Vou deixá-lo orgulhoso.

Depois disso Janus treinou Ash, mas Janus nunca deveria ter se oferecido. Sebastian notou quantas horas Janus passava com Ash, e resolveu que queria ver os resultados do treinamento.

Sebastian mantinha um poço de demônios sob o chão da Psychopomp, sua boate favorita. Era uma bela coisa a se mostrar, e um método conveniente de descartar os que não fossem leais à Estrela. Sebastian ordenou que Ash recebesse uma espada e fosse jogado lá dentro.

Ash não protestou e nem ofereceu resistência. Deixou que Janus o conduzisse para a frente, até a beira do poço. Em seguida, deu um passo para o vazio e caiu.

Uma onda escura de demônios se fechou em cima dele.

Sebastian e Janus se inclinaram para frente, Janus nauseado com uma dor que não compreendia, e Sebastian sorrindo como um anjo da guarda. Ficaram observando Ash escapar da onda de demônios, um nadador lutando para chegar à superfície de um mar escuro. Ele subiu, e subiu, e subiu novamente. Disparou pelo ar, com asas negras se abrindo de suas costas.

— Ah. — Sebastian pareceu satisfeito. — Então está vindo.

— O que é isso? — quis saber Janus. — O que está acontecendo com ele?

— Ele está se tornando mais — disse Sebastian. — O Rei Unseelie fez mágica nele, e ele tem o sangue de Lilith. São as asas de um anjo: um anjo caído. Sempre estiveram em seu sangue, mas Thule as havia tirado dele.

Sebastian estava aplaudindo, rindo enquanto Ash girava e voava baixo, com sua espada de prata, cortando os pescoços de uma dúzia de demônios de uma vez só. O icor esguichava pelas paredes do poço.

As mãos de Janus coçaram.

Ele já tinha vencido Sebastian uma vez, há muito tempo, quando era outra pessoa.

Nós dois fomos treinados por Valentim. Mas eu me esforcei mais, porque eu amava meu pai e queria agradá-lo mais do que tudo. Depois tive Robert, Maryse, Isabelle e Alec, sempre Alec, todos eles me ensinando tudo o que sabiam, para que eu pudesse me proteger. Porque me amavam. Eu era melhor do que Sebastian. Eu era melhor.

Ele também treinara com Clary algumas vezes. Queria ensinar a ela tudo o que sabia, para que ela sempre pudesse se proteger. Para que pudessem lutar juntos. Ash era tão destemido e determinado quanto ela. Janus podia ensinar tudo a ele, para que Ash sempre estivesse em segurança. Ele não sabia por que, mas era importante que Ash sempre estivesse em segurança.

Quando Janus viu Ash lutar, pensou que quando Ash ficasse mais velho, também seria capaz de vencer Sebastian. Ele sufocou a ideia, mas não conseguiu conter o sorrisinho para Ash.

Ash sorriu. Era o sorriso de seu pai, o desprezo de seu pai, voltado para Sebastian. Então seus olhos verdes passaram por Sebastian com total indiferença, e fixaram nos de Janus. Ash sorriu para ele.

Janus gelou.

Assim como a voz de Sebastian.

— Meu pai — disse ele. — Minha irmã.

— Por favor — implorou Janus. Ele não podia falar sobre Clary. — Não. Por favor.

Sebastian nunca teve a menor compaixão.

— Meu pai, minha irmã, meu filho. Eram todos meus. E todos quiseram *você* mais. O doce menino de Valentim. O príncipe dourado de Clary. O anjo da guarda de Ash.

Mais ninguém ousava dizer o nome de Clary.

— É melhor que saiba — avisou Sebastian. — Nada do que você sente por Ash é real. O Rei Unseelie o presenteou com muitos dons. As asas não passam de uma expressão disso. Ele também tem o poder de comandar o amor perfeito e a lealdade perfeita. Você não tem escolha senão querer protegê-lo.

Janus congelou. Seu coração batia lentamente, pesado no peito. Jamais lhe ocorrera duvidar de Sebastian. Ele tinha visto como Annabel era com Ash. Como ela teria sido capaz de se deitar sobre vidro quebrado para que ele pudesse caminhar em cima dela.

Era por isso. Era por *isso*. Nada do que Janus sentia por Ash era real.

Sebastian ordenou que o poço fosse fechado. Ash voou para cima, reto e escuro como uma flecha, e se ajoelhou na beira do poço, a espada brilhando. Suas asas batiam suavemente no ar parado de Thule.

— Está irritado, Jace? — perguntou Sebastian. — Por eu ter contado a verdade?

Janus balançou a cabeça.

— Não. Eu existo para servi-lo.

Era verdade. Sebastian era mais forte. Independentemente do que Janus fizera uma vez, Sebastian vencera no final.

— Sim — Sebastian pareceu pensativo. — Você é meu. Assim como o mundo. Mas o mundo anda vazio ultimamente, não?

O mundo estivera vazio desde a morte de Clary. Janus nunca mais esperava encontrar significado outra vez. Pensou nisso mais tarde, enquanto cuidava dos ferimentos de Ash, e enquanto treinavam. Se Ash detinha poder sobre ele, pensou Janus, não usava. Ele nunca ordenava que Janus fizesse nada que ele não quisesse.

Ash o escutava. Era cuidadoso. Não desafiava Sebastian. Continuava treinando. Ash era muito bom, mas não agradava mais a Sebastian.

Às vezes, Janus flagrava Sebastian olhando para Ash de um jeito que Janus reconhecia. Havia uma dureza naquele olhar, como se seu olhar fosse uma faca dissecante.

Um dia, enquanto Sebastian dormia — era mais fácil fazer certas coisas enquanto Sebastian dormia —, Janus levou Ash para o lado de fora e conversou sobre viajar, sobre ir a algum lugar, sobre não chatear o pai dele.

Janus tentou explicar, tentou argumentar que poderia explicar. Não podia dizer: *ele quer machucá-lo e eu não*. Isso seria impossível. Janus e Sebastian só queriam as mesmas coisas.

Janus acabou de joelhos nas cinzas, tentando soltar as palavras. Ash fez o que seu pai nunca havia feito e ajoelhou junto. Colocou os braços em volta de Janus.

— Venha comigo — disse.

— Não posso — Janus engasgou através das ondas de agonia. — Você sabe que não posso.

Ele então gritou. Parecia certo, fazer o que Sebastian queria era certo. Ele não sabia como fazer mais nada, e sempre que tentava, dava errado. Doía demais. Ele continuou gritando.

— Não — disse Ash. — Não.

— Entende o que estou tentando dizer? — perguntou Janus, sua voz embaçada. A cabeça apitando de dor e a boca estava cheia de sangue por morder a língua, mas ele estava acostumado com sangue.

— Sim — sussurrou Ash. — Eu entendo. Pode parar.

Na próxima vez em que Ash e Sebastian se encontraram, Ash fingiu a indiferença de sempre. Mas Janus captou um olhar naqueles olhos verdes, frios como qualquer um dos de Sebastian. *Ash detesta Sebastian agora*, Janus se deu conta, e soube que tinha piorado as coisas.

Sabia que Ash estava acabado. Mas em vez disso, Sebastian acabara morrendo, e agora Janus e Ash estavam em outro mundo. Não tinha sido fácil chegar até aqui. Mas valera a pena. Tudo poderia ser diferente aqui.

Janus terminou de beber água e tentou respirar, e olhou para onde Ash estava. Ash o observava, e Janus afastou os cabelos claros da testa de Ash. Tentou ser gentil. Sempre se sentia mais firme, neste mundo ou no outro, quando olhava para Ash. O filho de Sebastian, com os olhos verdes de Clary. A única coisa além de Sebastian que Janus tinha permissão para amar. Ash, que era amado e ainda não estava seguro, que era tudo o que Janus tinha.

Por enquanto.

— Tem sangue nas suas mãos — murmurou Ash.

Janus deu de ombros.

— Nada de novo.

Ele se sentou à mesa de carvalho, onde jazia no centro a última noz a cair da árvore morta. Ele deitou sua cabeça exaurida nos braços. Certa vez, Sebastian dissera a Janus que vivia ardendo, mas que era melhor quando o tinha, quando ardiam juntos. Agora Sebastian estava morto e Janus continuava ardendo. Ash colocou a mão fria no ombro de Janus.

— Pensei que você fosse melhorar aqui — disse Ash, sua voz baixa. — Mas não melhorou. Não é mesmo?

Janus levantou a cabeça, por Ash.

— Vou melhorar — prometeu. — Em breve.

— Ah, sim. Quase me esqueci — observou Ash, recuando. — Quando você for embora e me deixar.

Janus o olhou, surpreso.

— Por que eu o deixaria?

— Porque você só me ama porque é obrigado — disse Ash. — É o feitiço. Lealdade perfeita. Achou que eu não soubesse?

Os olhos de Ash eram gelos verdes. Naquele momento não se pareciam nada com os de Clary.

Janus voltou para a casa de Magnus, mal sabendo por quê. Sabia que seria loucura se aproximar do Instituto, mas certamente isso era seguro. Estava vestido todo de preto, como o Caçador de Sombras que costumava ser. Estava escondido às sombras de um muro perto do apartamento de Magnus, esperando para que algum conhecido aparecesse, mas em vez disso viu luzes e movimento atrás das janelas. Talvez fossem passar a noite em casa. Era uma noite de neblina, afinal.

Então uma voz vinda de outra direção disse:

— Vou matá-lo, Jace Herondale.

Na última vez em que Janus vira Simon em seu mundo, Simon dissera algo parecido.

O rosto de Simon estava pálido como a lua e tinha 16 anos, sempre 16 anos. Ele parecia uma criança perdida, mas naquele mundo, muitas crianças eram perdidas.

Agora Simon caminhava por uma rua de Nova York. Estava mais alto e mais velho, sua pele bronzeada e Marcada, e ele estava carregando uma sacola de compras.

Simon não era um vampiro, percebeu Janus. Ele era... ele era um *Caçador de Sombras*. O que tinha *acontecido* neste mundo?

— É? — disse Simon, com a voz alegre. — É, é, é. Continue se gabando, é o que você faz de melhor. Prepare-se para ser dizimado. Você não joga videogame tão bem quanto pensa.

Ele ajeitou o saco de compras marrom na curva do braço, com o celular apoiado entre o ombro e a orelha.

— Sim, comprei os cupcakes — acrescentou. — E você está fazendo seu serviço, certo? Mantenha todos os Lightwood longe da cozinha! Não pode deixar que toquem em nada.

Fez-se uma pausa.

— Isabelle é o amor da minha vida, mas a pastinha de sete camadas dela é como os nove círculos do inferno — disse Simon. — Não diga a ela que eu falei isso! Você está mesmo contando a ela que eu disse isso enquanto está literalmente falando comigo? Você está morto.

Simon desligou e guardou o telefone no bolso da calça jeans, balançando a cabeça. Em seguida, entrou pela porta. Parecia ter a chave. Janus foi para perto da saída de incêndio e subiu para o segundo andar. Ajoelhando-se, espiou pela janela.

Através da vidraça molhada de chuva ele viu alguém dançando, rindo, com longos cabelos negros sacudindo em volta dos ombros. Após um instante de espanto, Janus percebeu quem era. Isabelle, viva. Isabelle, fazendo poses e rindo. Alec foi até a janela e passou um braço em volta dela, que ao mesmo tempo enchia de beijos a criança sob o outro braço de Alec.

Janus havia estado com Valentim, depois com Sebastian por mais tempo do que estivera com estes, sua família. Às vezes parecia um sonho sentimental — *mais da sua fraqueza, Jace* — o fato de ele já ter tido os Lightwood um dia. Alec, Isabelle, Max, Maryse, Robert. Sua família.

Mas o que tinha feito com Maryse?

O que teve de fazer, Janus lembrou a si, cerrando a mão sobre o cabo da espada. A melhor coisa, a coisa certa. Ele não podia fraquejar.

A visão periférica de Janus brilhava, como acontecia com frequência, provocando e torturando, nunca coalescendo em nada real. Exceto que dessa vez, aconteceu. Por muitas vezes desde que Clary morrera, Janus pensara que fosse vê-la, torcendo desesperadamente por um fantasma, por um sussurro, por qualquer coisa além dessa escuridão infinita sem ela. Mas enfim teve que parar de desejá-la, parar de torcer pela presença dela, parar de procurar por ela. Ele teve que queimar seu coração até não restar mais nada além de cinzas. Independentemente de para onde olhasse, ela nunca estava lá.

Até agora.

Agora ele entendia por que Isabelle estava fazendo poses.

Clary a desenhava.

Ela estava num assento perto da janela, em frente a Isabelle, o caderno equilibrado entre elas, seu perfil delineado contra a vidraça. Dessa vez ela não desbotou e nem deu errado. Dessa vez ela era real.

Ela havia morrido em seu mundo quando era menina, mas aqui ela era uma mulher. Tinha cicatrizes de Marcas nos braços, a pele um pouco mais escura, as sardas um pouco mais claras, e os olhos tinham a cor da grama que não crescia mais em Thule. Seus cabelos estavam presos num coque atrás da cabeça, com alguns cachos flamejantes escapando. Ela brilhava como a luz. Ela era tudo.

Onde estiveres, é onde quero estar.

Ele estava tonto com o desejo de abraçá-la, assolado pelo impulso. *Por que não*, pensou ele por um instante inconsequente, embora soubesse que não podia ser inconsequente. Já tinha sido uma vez. Conseguia se ver fazendo: indo até ela, indo até eles. Dizendo tudo para Clary, e descansando, afinal, com a cabeça no joelho dela.

Então *ele* entrou na sala, e o mundo ficou vermelho e preto com um desespero furioso.

Ele estava todo de preto, como Janus, mas ele sorria: olhava em volta, calmo, casual, com um total ar de pertencimento. Alec sorriu para ele. Isabelle se inclinou e o cutucou na lateral com uma unha pintada. E Clary, Clary, sua Clary — ela levantou seu belo rosto para o dele e o beijou.

Ele estava lá, o Jace deste mundo, e Janus o detestava. Janus queria matá-lo, e poderia fazê-lo. Por que *ele* podia ter tudo, quando Janus não tinha nada? Era ele quem devia ficar nesta dimensão. E não Jace.

A chuva bateu nas janelas, borrando aqueles que estavam do lado de dentro. Ele se esforçava para ver os cabelos brilhantes de Clary e não conseguia mais. Ela havia sido perdida outra vez. Ele estava amargamente cansado de perdê-la. Ele não conseguia respirar ante a dor disso. Desceu pela escada de incêndio e cambaleou para o beco mais próximo, onde estaria escondido, onde poderia berrar toda a agonia de sua alma. Ele tentou, mas como em um pesadelo, nenhum som saiu.

Janus queria se lembrar do rosto de Clary pela janela. Mas não conseguia enxergar o dela sem ver o de Jace. Aquele rosto jovem e liso, a cabeça arrogantemente empinada, os olhos dourados que jamais tinham visto seu *parabatai* morto, as mãos que nunca mataram Maryse e incontáveis outros. Aquele rosto que jamais havia conhecido um mundo sombrio e arruinado após a perda de Clary. Aquele era o menino que lutava ao lado dos anjos, crescido. *O doce menino de Valentim. O príncipe dourado de Clary.* Janus agora entendia a inveja exausta e assassina na voz de Sebastian, a inveja de tudo que o jamais poderia ser.

Janus jamais poderia ser aquele menino outra vez, ou o homem que ele se tornara.

Sua respiração ofegante mais soava como suspiros, mas ele parou de respirar assim que ouviu a voz dela. De Clary. Como se ela estivesse a poucos centímetros de distância.

— Como podem *todos* os vampiros estar bêbados? — disse Clary. — Não, tipo, eu entendo como, Maia, só não sei por que alguém achou que seria uma boa ideia.

Fez-se uma pausa. Janus foi até a entrada do beco. Ainda parecia impossível acreditar, mas ela estava ali. Clary estava ali fora, com um celular entre o ombro e o ouvido enquanto caminhava para lá e para cá, uma forma esguia e vívida contra a escuridão. Ela estava lutando para vestir um casaco e tentando segurar um guarda chuva. Ao fazê-lo, sua estela caiu na calçada, sem que ela percebesse, rolando até parar perto de uma lixeira.

— ...bem, presumo que nós duas culpemos Elliott — disse Clary. — Não precisa dizer mais nada! Simon, o ex-integrante do Submundo e sua fiel *parabatai* estão a caminho para manter a paz. — Clary meio que se virou em direção a ele. As luzes da cidade faziam com que as gotas de chuva em seus cabelos brilhassem como um véu radiante.

Este era outro mundo. Ainda havia anjos aqui. Janus saiu do beco e pegou a estela dela.

— ...*quem* convidou uma stripper chamada Pompons de Fada? — perguntou Clary ao telefone.

Ela se aproximou dele um pouco mais. Janus apertou a estela na mão. Ele sabia que se aproximar dela nesse estado seria loucura, mas ela estava tão pertinho...

— Não sei nem o que dizer sobre a stripper. Tchau, Maia — disse Clary, balançando a cabeça ao encerrar a ligação. Janus deu alguns passos e logo estava ao lado dela, fora do alcance da poça de luzes da rua.

— Ei — disse Clary, ainda distraída pelo telefone. — Achei que você fosse ficar lá dentro.

Ela não estava olhando para ele. Ele engoliu em seco e estendeu a estela.

— Corri atrás de você — falou ele, sua voz soando estranha aos próprios ouvidos. — Você deixou isso lá dentro. É melhor levar com você.

— Ah — disse Clary, pegando a estela e guardando no casaco. — Obrigada. Achei que estivesse no bolso.

Ela levantou o guarda-chuva para protegê-lo também, e se apoiou singelamente nele. Nada de fantasias mais, nada de sonhos mais. Ele sabia que nenhuma das ilusões com as quais tentara se enganar jamais chegaria perto do que estava vivendo agora. Todos os detalhes eram errados, tudo no mundo era errado, e tudo nele era errado.

Há anos ele vinha se arrastando pela areia quente do deserto onde o corpo dela jazia, mas agora havia um oásis brilhante diante dele. Ela estava aqui. Estava viva outra vez. Estava com ele, e ele teria sofrido por todos os longos dias de todos os anos desesperançosos só para tocá-la só por mais um instante.

Clary estava quente, respirando. E ia continuar assim, independentemente do que ele tivesse que fazer e de quem tivesse que matar para mantê-la a salvo, para mantê-la com ele. Ela se apoiou nele em total confiança.

Um cacho molhado de chuva tocou o ombro de Janus e ele se sentiu abençoado, salvo, embora ele tivesse falhado em salvá-la. Tudo poderia ser diferente aqui.

— O encontro entre vampiros e lobisomens se transformou em um caos completo — reportou Clary, sua voz indescritivelmente doce aos ouvidos dele. — Mas eu e Simon vamos deixar tudo em ordem. Vá se divertir.

Ele queria que ela continuasse falando, que permitisse a continuidade do abraço, e queria absorver cada palavra, mas ela estava esperando que ele dissesse alguma coisa. Ele tinha que falar alguma coisa. Sabia que estava duro e estranho, e sabia, pela tensão no corpo dela, que ela havia sacado que tinha algo de errado, mas ele não fazia ideia de como consertar, de como relaxar, de como ser quem fora um dia.

A voz dele falhou.

— Eu... eu senti sua falta.

Clary tinha de acreditar nele. Ele nunca tinha sido tão sincero na vida.

— Awwwww — disse ela, com a bochecha no ombro dele. — Ninguém além de mim acreditaria no quanto você é doce.

O sussurro dele saiu rouco.

— Ninguém além de você acreditaria que eu tenho alguma doçura que seja.

Ela riu. Ele a fizera rir. Fazia tantos anos silenciosos desde que tinha escutado aquela risada pela última vez.

— Não devo demorar. Eu falei para Maia que eu e Simon iríamos até lá e que talvez fôssemos acompanhar alguns dos piores transgressores de volta ao Hotel Dumort. Normalmente Lily ficaria de olho nessas coisas, mas Maia disse que ela também está muito bêbada.

— Eu vou com você — Janus respirou o cabelo dela. — Vou manter você a salvo.

— Não precisa — disse Clary a ele. E começou a se afastar.

Janus a segurou, apertando-a contra o corpo. Ele não ia permitir que ela o deixasse. De novo não.

Ela levantou a cabeça. Ele viu seu lindo rosto sob um lampejo do luar seguido pela sombra, notou quando ela semicerrou os olhos.

— O que aconteceu com você, Jace? Você está muito estranho...

Não. Não. Você acredita em mim, sabe que sou eu, sabe que sou eu que tenho que estar ao seu lado.

As palavras gaguejaram pela mente de Janus. Ele queria aquietar o desconforto na voz dela. Queria que ela se apoiasse nele outra vez. O toque dela consertava o mundo.

Ouviram o som das rodas de uma van, ganindo até parar na rua do lado de fora.

— É o Simon — disse Clary. — Não se preocupe. Eu volto logo.

Você vai voltar. Mas não para mim.

Ele a soltou. Precisou de toda sua força. Ela sorriu quando ele o fez, claramente confusa pelo comportamento dele. *Ela sabe*, pensou ele, apavorado, mas depois teve sua recompensa.

Ela ficou na pontas dos pés e beijou sua boca faminta. A lembrança de mil anos atrás o atingiu, beijando Clary em um beco tomado pela chuva, o tato da pele molhada dela, o cheiro do suor e do perfume, o gosto da boca. Os braços dela o envolviam; seu corpo tinha mais curvas agora, era mais cheio, e seu quadril mais arredondado sob as mãos dele, e sentir os seios através do casaco assolou seus sentidos aguçados, deixando-o tonto. Ele mal conseguia respirar, mas preferia Clary ao ar. O beijo pintou todas as sombras de dourado.

Ela se afastou e agora sua expressão estava mais confusa do que nunca. Ela tocou os próprios lábios. Seus olhos vasculharam o rosto dele, ao mesmo tempo em que o coração de Janus batia de maneira irregular. Ele deu um passo para trás, mais para as sombras. Ela estava começando a se dar conta, pensou ele.

— Eu te amo — disse ele a ela. — Tanto. Um dia você vai saber o quanto.

— *Jace* — falou ela, e aí Simon buzinou.

Clary exalou, formando uma bruma com sua respiração.

— Vá se divertir. Você tem trabalhado demais — ordenou ela, e deu um sorriso breve e incerto, saindo para encontrar Simon na van.

Janus sucumbiu quando a van se afastou, caindo de joelhos sobre o cimento encharcado e imundo. Beijou o chão onde Clary estivera. Ficou ali, o rosto na pedra, tremendo, de joelhos.

Ele não poderia matar Jace facilmente e tomar seu lugar ao lado de Clary. Todos saberiam. Ele não conhecia nenhuma das piadinhas internas deles, a forma como interagiam. Mal conseguira enganar Clary por alguns instantes roubados na penumbra. Mesmo agora, ela estava desconfiando dele, e mais tarde poderia perguntar a Jace por que ele agira de modo tão estranho... Janus não suportava pensar no assunto. Jamais poderia enganar a todos eles sob a claridade. Ainda não.

Ele levou um tempo para perceber que estava ensopado, tremendo de frio e raiva. Detestava todos eles. Detestava Alec e Isabelle, e Magnus e Simon. Detestava e amava Clary na mesma medida, e era como veneno em sua garganta. Por todos esses anos, ele fora torturado e ninguém sequer notara, nem se importara, e nem sentira sua falta.

Um dia ele mostraria a eles como era a escuridão.

Os bosques e jardins estavam cheios de lembranças, assim como a casa deles. Jem e Tessa haviam pendurado quadros nas paredes de pedras, fotos em preto e branco cuidadosamente preservadas: de Will, de James e Lucie, que eram meio-irmãos de Mina, separados por mais de um século. Algum dia ela poderia apontar cada rosto para Mina e dizer seus nomes, e dizer que eles a teriam amado muitíssimo.

Lembranças eram como o amor: feriam e curavam, ambos ao mesmo tempo.

Naquela noite, estavam todos juntos no quarto do bebê, lendo uma historinha para Mina dormir. Mina estava no colo de Tessa, mordendo avidamente um livro de borracha. Tessa terminou a história e olhou para Kit, que estava deitado no chão, apoiado nos cotovelos.

— Eu me transformei na sua mãe, uma vez — contou Tessa a ele com a voz baixa. — Sei que você não a conheceu.

Kit enrijeceu, mas tentou demonstrar relaxamento, como fazia na maior parte das vezes.

— Sim, ainda estou tentando absorver o fato de que sou literalmente o bebê de Rosemary — observou.

— Li o livro — disse Tessa com um sorriso fraco.

— Vi o filme — rebateu Kit.

— Não faço ideia do que vocês estão falando — completou Jem, como normalmente fazia quando eles brincavam de Li o livro/Vi o filme.

Mais tarde, Tessa daria o livro a ele, ou Kit colocaria o filme em seu laptop.

— Não quero magoar você — disse Tessa. — Sei que não posso substitui--la, e nem compensar a perda dela. Mas eu queria dizer que sua mãe, a Herondale perdida, a descendente da Primeira Herdeira... ela amava você.

Ela nunca quis abandonar você. Ela passou a vida fugindo porque achava que essa era a melhor forma de protegê-lo. Ela vivia fugindo: era a única maneira que conhecia. Mas a época mais feliz da vida dela foi quando ela voltou para o seu pai e eles viveram juntos escondidos por alguns anos, e aí ela teve você. Não recebo as lembranças com a mesma clareza com que um dia recebi, mas me lembro de ter me transformado na sua mãe, me lembro de ter segurado você nos meus braços quando você era tão pequeno quanto minha Mina é agora. Conheço a música que ela cantava para você.

Kit agora se levantava. Então se sentou aos pés de Tessa, com a cabeça abaixada enquanto ela começava a cantar. Jem pegou o violino. Tocou uma música sobre amor e perda, sobre procurar e encontrar, uma melodia que corria como um rio sob a ponte da voz de sua mulher, a melodia que ele mais amava no mundo.

— *Eu dei ao meu amor uma história sem fim. Eu dei ao meu amor um bebê sem choro.*

Ela cantou a canção de Rosemary Herondale, e Jem pensou no quão impossivelmente sortudo ele era. Poderia ter sido só escuridão para ele, e silêncio, para sempre, até ele perder esperança até mesmo em relação ao que viria depois da morte. Se não houvesse Tessa, se ele também a tivesse perdido, se ela não fosse imortal... mas aí ela não seria quem é. Isso pode ter sido parte do que o atraiu nela de início, quando ele era um menino prestes a morrer há mais de um século e ela era a menina mais adorável que ele já tinha visto: uma menina que viajara com ele pelos mares, impossível e mágica e linda para além das histórias e da música, uma menina que viveria para sempre.

Finalmente, ele não estava mais condenado, e ela continuava adorável.

Jem tocou uma música para Will, para todos aqueles que amava na costa mais distante, para sua mulher e sua filha, e para o menino que estava em segurança com ele, aqui juntos nesse quartinho caloroso de casa. Um dia eles até poderiam se separar, mas iriam se lembrar desse momento e dessa melodia.

— *A história em que eu te amo* — cantou Tessa. — *Não tem fim.*

Jem acreditava piamente nela.

Janus visitou a Rainha Seelie antes de voltar para Ash.

— Você sabia que meu plano não tinha a menor chance de dar certo — falou ele para ela, com a voz seca. — Você sabia que eu não podia fingir ser aquele... aquele tolo arrogante.

— Ele tem a arrogância da sorte e de ser amado — disse a Rainha. — Mas você realmente quereria que todos eles o amassem e pensassem que você era ele? Ou preferia ser amado por quem você é?

— Você sabe o que eu gostaria — retrucou ele.

O sorriso dela era a curva do rabo de um gato.

— E você pode ser. Vamos elaborar novos planos.

A Rainha sempre quisera que ele ficasse na casa de espelhos perto do mar, ele se dava conta disso agora. Ela queria que ele fosse o guardião de Ash, o guardião de Ash que ninguém poderia fingir ser.

Janus podia fazer isso. Ele queria fazer isso. Ele a ajudaria a realizar seu desejo, se ela ajudasse com o dele. Conversaram por um longo tempo. A Rainha pareceu feliz com a ideia de ter alguém em Nova York que faria um favor a Janus. Ela disse que poderia dar uma poção de esquecimento para Lily, até chegar o momento de Janus cobrar o favor. A Rainha sugerira várias outras ideias, e em seguida disse que Ash estava esperando.

A Rainha estava certa.

Dessa vez Janus não pegou Ash de surpresa. Ash o encontrou enquanto ele subia pela estrada curva até a casa.

Ash tinha saído para voar. Janus assistiu quando ele aterrissou, pousando sobre o longo penhasco de grama perto do mar. Suas asas negras estavam dobradas contra suas costas estreitas e seus ombros largos, e havia uma expectativa clara no rosto de Ash que quase se assemelhava a esperança.

Ash olhara para o seu pai, Sebastian, daquele mesmo jeito, há muito tempo, mas não durara. Ele olhava assim para a sua mãe, a Rainha, mas o brilho estava começando a desbotar, à medida que Ash aprendia o quanto a mãe era diferente de suas memórias e anseios infantis.

Ash só tinha Janus, mas Janus não falharia com ele como seus pais tinham feito.

— Você voltou. Eu estava de olho em você — disse Ash.

— Como soube que eu estava vindo? — perguntou Janus.

— Não sabia. Eu simplesmente saía às vezes para ver se você estava vindo. Só isso.

Ash deu de ombros, mas Janus não achou o gesto tão indiferente quanto Ash fez parecer.

— Eu vi Clary — Janus falou baixinho. — Ela estará conosco, um dia.

— Eu pensei que... — Ash pareceu confuso. — Achei que você fosse morar com ela no Instituto de Nova York.

Para sempre caídos

467

— Planos mudam — disse Janus.

— Qual é o novo plano? — Ash perguntou. — Você vai ficar?

Minha última esperança, Janus queria dizer. *Eu sempre vou amá-lo e nunca vou deixá-lo. Eu sabia que este mundo devia ser melhor que o nosso, porque foi daqui que você saiu.*

— E se eu ficar? — perguntou Janus a Ash. — O que você diria se eu falasse agora que ficaria com você para treiná-lo?

Ash chutou uma pedra.

— Eu diria que não entendo o motivo — falou. — Sei que você não nutre sentimentos verdadeiros por mim. Você quer ficar e me proteger porque os Artifícios das Trevas o obrigam. Você *tem* que me amar e ser leal a mim. Mas a distância faz o sentimento desbotar. Sei que minha mãe na verdade me ama, do jeito dela, porque ela continuou sentindo minha falta enquanto estive longe. Mas achei que você... depois que começou a viajar com tanta frequência para o mundo humano...

— Eu não sabia disso — disse Janus, lembrando das palavras de outrora de Sebastian sobre o poder de Ash em inspirar o amor. — Que a distância faz desbotar.

— Faz — confirmou Ash. — Então, se quiser ir agora...

— Não quero — disse Janus, uma onda de calor, como uma pequena maré, elevou seu coração. — Não me senti nada diferente em relação a você no mundo mundano do que sinto aqui ao seu lado. Você é meu.

Ash sorriu.

— E de quem mais?

O filho da Rainha e de Sebastian. Sangue de Lilith, e Valentim e Clary. *Ele tem um bom nome,* dissera Sebastian certa vez. *Ele nasceu para governar uma terra transformada em cinzas.*

Janus tinha visto o que Sebastian havia feito com um mundo. Hora de ver o que Ash faria com este. Quando os planos de Janus se concluíssem — quando o mundo se tornasse caos e morte — Janus e Ash teriam lugar.

Essa era uma segunda chance. Quando a escuridão viesse, Janus poderia proteger Clary. Ele poderia manter sua família a salvo. Todos que amava, a começar por Ash.

— Se eu ensiná-lo a ser um Caçador de Sombras, se eu ensiná-lo a sustentar Marcas, vai doer.

— Tudo bem — respondeu Ash. — O velho Rei Unseelie me machucou. Meu pai me machucou. Estou acostumado.

— Não quero machucá-lo — murmurou Janus.

— Eu sei — disse Ash. — Por isso não tem problema.

Valentim havia educado Janus através de disciplina que às vezes parecia dura, e tivera razão em educá-lo assim, mas Ash era diferente. Ele era forte, esperto e rápido, e aprenderia depressa. Janus jamais teria que matar Ash ou ficar parado assistindo enquanto ele morria. Sebastian estava morto, e Janus continuava respirando. Sebastian estava morto e Janus e Ash estavam livres.

Ash hesitou.

— O que você viu lá fora? No mundo mundano?

Sua voz era fascinada e quase desejosa. Ash tinha sido prisioneiro por quase toda a vida, uma coisa alada numa gaiola de ouro. Mesmo agora não podia se afastar muito de casa. Havia perigos demais para o filho da Rainha, e Ash tinha um futuro brilhante demais à frente: tão brilhante que era quase como o sol, impossível de ser contemplado. Janus não deveria ter deixado Ash sozinho, mas iria compensar.

Janus faria melhor do que relatar palavras vazias a Ash. Ash tinha que ser defendido. Se precisasse, Janus cuidaria de quem quer que representasse ameaça a Ash ou aos seus planos. Esse novo Rei Unseelie poderia ser um problema. E pior ainda, havia boatos sobre um perigo que a Rainha não mencionava, mas do qual Janus tinha ouvido falar mesmo assim: o descendente de uma tal Primeira Herdeira. Quem quer que fosse, se ousasse ameaçar Ash, se alguém ousasse ameaçar Ash novamente, teria sua cabeça decepada por Janus e presenteada a Ash.

As ondas azuis quebravam contra as pedras, a quilômetros do penhasco aos seus pés. Faziam com que Janus se lembrasse de um poema sobre o oceano no Reino das Fadas.

Para tudo que de um lugar cai,
Com a maré em outro chega:
Pois não há nada perdido que possa ser encontrado, se procurado.

— O mundo lá fora é lindo — respondeu Janus. — Eu estava pensando em colocar um laço em volta e dá-lo de presente a você.

Logo Janus teria Clary e Ash teria o mundo. Bastava que aguardassem.

Ash sorriu. Por trás de seus olhos verdes, havia um predador, como um tigre parcialmente coberto por folhas.

— Eu gostaria muito — disse ele.

Tessa estava colocando Mina para dormir. Jem estava deitado no gramado alto sob o carvalho, com seu gato deitado em seu peito, ele mesmo quase dormindo. Church estava com seu rosto liso e peludo no ponto onde sentia o coração de Jem. Jem sentia o ronronado do gato reverberando pelo seu peito, como se seu coração e o contentamento do gato se combinassem numa única canção.

— Levamos muito, muito tempo para sermos felizes — disse Jem. — Mas cá estamos. Acho que valeu a pena, não?

Church ronronou em concordância.

Estavam esperando, enquanto o sol mergulhava mais baixo no céu, esperando até que Kit terminasse seu treinamento de luta, combatendo vorazmente o ar, e notasse que estavam ali.

— Ah, ei, Jem — Kit disse afinal, abaixando a espada e limpando o suor da testa com o antebraço bronzeado. — Oi, gatinho mau.

— Ele é um gatinho muito doce, na verdade — disse Jem. — Você precisa aprender a acariciá-lo do jeito que ele gosta.

— Eu sei como ele gosta — disse Kit. — Por você e mais ninguém. Este gato está literalmente esperando uma oportunidade para fazer xixi no meu cereal. — Ele apontou de forma acusatória para Church. — Estou de olho em você.

Church não pareceu impressionado.

Eles tinham aberto um campo de treinamento para Kit no fundo do jardim. Foi o primeiro pedido feito pelo garoto, hesitante e com muitas garantias de que não teria problema nenhum se não fosse conveniente, e Tessa usou a magia e Jem uma foice para abrirem espaço de uma vez só. Kit treinava todos os dias.

— Eu vi você correndo de manhã — Jem observou.

— Uau, que coisa horrível de se dizer sobre os outros — Kit deu de ombros desconfortavelmente, como se estivesse tentando se livrar do peso de um fardo. — Eu não... sou naturalmente talentoso para essa coisa de Caçador de Sombras. Os Blackth... outras pessoas, elas nasceram em Institutos, foram criadas neles, mas meu pai basicamente me ensinava truques de mágica. Não acho que demônios se impressionarão com meus truques de baralho. Embora sejam ótimos.

— Você não precisa ser um Caçador de Sombras — disse Jem. — Eu não sou. Mas fui. Era o que eu queria, em outra época. Sei como é, quando você quer tanto uma coisa que quase o destrói.

Lutar. Ser *parabatai* de Will. Matar demônios e proteger os inocentes, viver o tipo de vida que orgulharia seus pais, caso voltasse a vê-los um dia. E o que sustentava Jem pelos piores pesadelos enquanto crescia: encontrar um amor como o dos seus pais, transformador e santificador. Ele precisava viver até o amor chegar.

O amor tinha que valer a espera.

— Se está se perguntando se estou lidando com minha dor emocional através da punição de um regime físico — disse Kit —, minha resposta obviamente é um sim másculo. Mas eu estava torcendo para que o tempo acelerasse junto comigo, e uma trilha sonora começasse, e eu ficasse forte através de uma montagem, como nos filmes. Todos os filmes de super-heróis e aquele filme de boxe me fizeram acreditar.

— Você está melhorando — disse Jem.

Kit sorriu.

— Eu ainda vacilo com facilidade.

— Quando aprendi a lutar, eu estava morrendo devido a um envenenamento de ação lenta — contou Jem. — ... e sim, eu ainda era mais rápido do que você.

Kit riu. Seus olhos eram olhos Herondale, mas sua risada era só sua, travessa e cínica, e um pouco inocente, apesar disso.

— Treine comigo — disse Kit.

Jem sorriu.

— Quê? — perguntou Kit ansiosamente. — Você... não quer?

— Eu disse isso para alguém uma vez — relatou Jem. — Há muito tempo. Ele treinou comigo. E agora eu vou treinar você.

Kit hesitou, em seguida disse:

— Will? — E Jem fez que sim com a cabeça. — Você... — Kit mordeu o lábio. — Ainda pensa muito nele?

— Eu o amei mais do que a mim mesmo. Ainda penso nele. Penso nele todos os dias.

Kit piscou aceleradamente. Havia dor por trás de seu olhar, a dor oculta, do tipo que Will carregara junto a seus segredos por tantos e tantos anos. Jem não conhecia o significado ou a forma exata, mas podia imaginar.

— Quem quer que tenha amado, e como quer que tenha amado — disse Jem —, qualquer um que tenha sido amado por você teve muita sorte.

Kit estava olhando para o chão mais uma vez, para a poeira do campo de treino. *Somos pó e sombras*, Will costumava dizer.

Para sempre caídos

— Sim, bem, é uma opinião da minoria — murmurou Kit. Em seguida ergueu o queixo, seus olhos azuis provocadores, desafiando a dor. — Tessa diz que minha mãe me amava, mas eu não a conheci. Ela não me conheceu. Meu pai me conhecia e não se importava. Não diga que se importava sim. Eu sei que não. Mas ele amava minha mãe, aparentemente, então não era como se ele não fosse capaz de amar ninguém. Era só que ele não conseguia me amar. E... e o... e... e mais ninguém consegue. Eu não fui o suficiente, para impedir... eu não fui o suficiente. Eu nunca fui o suficiente para ninguém, e estou tentando, mas não sei se algum dia serei.

Jem não sabia exatamente o que tinha acontecido no Instituto de Los Angeles, onde ele e Tessa haviam deixado Kit, acreditando que ele estaria a salvo. Estava nítido que Kit tinha se machucado muito lá, com Emma e os Blackthorn. Jem acreditava que todos os Blackthorn tinham um coração bom e aberto, mas eles tinham sofrido graves perdas enquanto Kit estivera com eles, e às vezes pessoas feridas ferem as outras. Eram todos muito jovens, e Kit não passara tanto tempo assim com eles.

Jem sabia o suficiente para entender que Johnny Rook devia ter feito alguma coisa muito errada, se tivera toda a vida de Kit para demonstrar que o amava e jamais fora capaz de convencê-lo.

— Eu amava meus pais — disse Jem. — E eles me amavam.

Kit piscou.

— Hum, que bom para você.

— Eu tive uma infância feliz com eles em Xangai, o tipo de infância que você deveria ter tido, o tipo de infância que todos deveriam ter. Então eles foram torturados e assassinados na minha frente, e eu também fui torturado, e os Caçadores de Sombras me disseram que eu ia morrer. Eu sabia que ia morrer. Dava para sentir o veneno correndo pelas minhas veias. E eu me lembro de deitar encolhido numa cabine no fundo de um barco, a caminho da Inglaterra, me sentindo completamente pequeno, vazio, desesperançoso e infeliz. Achei que eu pudesse morrer daquele jeito, que não fosse conseguir suportar a tortura de amar e perder alguém, nunca mais. Mas aí... aí teve o Will, e eu o amei, e ele me amou. Se o coração do seu pai ficou pequeno e destruído demais para amar alguém depois que ele perdeu sua mãe, eu sinto pena dele, mas sei que a culpa foi dele. E nem um pouco sua.

O vento soprou pelas folhas, mas foi apenas um suspiro suave. O verão estava a caminho, e ainda faltava muito para o inverno.

Kit repousou a espada e foi até a árvore onde Jem estava sentado, se acomodando na grama em frente a ele, como fizera com Tessa quando ela lhe contara sobre sua mãe.

— Tudo isso de "ser descendente da Primeira Herdeira" — começou Kit. — Não sei o que fazer em relação a isso, mas sei que preciso estar pronto. Penso nas fadas do mal. Nos Herondale, no meu pai, e não sei como agir diferente desse estilo totalmente perturbado.

Jem também não sabia o que ia acontecer, mas de uma coisa tinha certeza. Kit não ia fugir quando o perigo aparecesse. Kit ia se apresentar e lutar. A busca pelo Herondale perdido, Jem resistindo às tentações do Demônio Maior Belial, Jem sendo rejeitado e depois chamado de volta por Rosemary Herondale, tudo isso culminara neste momento. O filho de Rosemary agora era de Jem. Era função de Jem ensinar Kit a lutar da melhor maneira possível.

— Pense nas pessoas que ama — disse Jem, e Kit se surpreendeu. — Não importa se essas pessoas não o amaram de volta, ou se amaram. Você as mantém aqui.

Jem colocou a mão no peito de Kit, e sentiu o coração batendo acelerado sob sua palma.

— Você quer mantê-los em um lugar pequeno e ruim, com as paredes se fechando?

Kit balançou a cabeça silenciosamente, com os lábios cerrados.

— Não — Jem disse suavemente. — Não quer. Você escolhe ser você mesmo, o melhor que puder. Você pode ser descendente de deuses e monstros. Você pode pegar toda a luz que deixaram para você e ser uma luminária irradiando toda essa luz renovada. Você pode combater a escuridão. Você pode sempre escolher a luta e a esperança. É isso que significa ter um grande coração. Não ter medo de ser você mesmo.

— Mas... — Kit buscava as palavras. — Eu sei que você e Tessa me acolheram por causa de Will. E eu... eu sou grato, quero... eu posso ser como...

Seus ombros tremeram e Jem esticou os braços, envolvendo-o num abraço. Sentiu os músculos de Kit se retesando, quase lutando para repeli-lo, e então sentiu o instante em que Kit escolheu deitar a cabeça em seus ombros.

— Não — Jem falou vorazmente. — Não fique grato. Onde existe amor, Kit — murmurou ele de encontro ao dourado desalinhado de seus cabelos —, não há necessidade de gratidão. E eu te amo.

Kit tremeu e fez que sim com a cabeça, uma vez.

— Tudo bem — sussurrou Kit.

Jem sentiu lágrimas quentes na curva de seu pescoço. Kit estava a salvo em seus braços, até suas lágrimas estarem secas e ambos poderem fingir que ele não tinha chorado. Ele ficou abraçado a Kit até Church rosnar de ciúme e tentar se colocar entre os dois.

— Gato idiota — resmungou Kit.

Church sibilou e o arranhou. Jem dirigiu um olhar decepcionado a Church, em seguida se levantou e ofereceu a mão a Kit.

— Vamos lá para dentro onde está quente — disse Jem. — Amanhã começaremos a treinar com pesos para você aprender o equilíbrio certo na hora de atacar com a espada. Agora estou ouvindo Tessa e Mina. Vamos ficar com a nossa família.

As portas já estavam convidativas e abertas. Ao se aproximarem, Jem viu Tessa, com um vestido cinza como seus olhos, cinza como a água do rio sob a ponte onde se encontraram ano após ano. Ela estava rindo.

— Não consegui fazer Mina dormir — disse. — Ela acha que vocês podem partir em uma aventura sem ela.

Kit respondeu:

— Hoje não.

Ele foi na frente de Jem e Mina começou a se balançar no colo da mãe, tentando ansiosamente alcançá-los.

Jem sorriu ao ver a filha, e pausou o bastante para pensar: *Will, ah, meu Will. Você ficaria tão orgulhoso.*

Jem entrou para ficar com sua mulher, sua filha e seu menino, em seu tão aguardado lar. Acima do telhado baixo, o pôr do sol havia tingido as nuvens num tom um pouco mais escuro que o ouro. Nesta noite o céu inteiro assumira um tom bronze, como se invocasse energias maníacas.

Agradecimentos:

Obrigada a Cathrin Langner pela checagem dos fatos, a Gavin J. Grant e Emily Houk por nos manterem organizados, e a Holly Black e Steve Berman pela torcida e pelo apoio. Obrigada também a Melissa Scott pela ajuda com "Todas as coisas extraordinárias" e a Cindy e Margaret Pon pela ajuda com as traduções. Nosso eterno amor e agradecimento a nossos amigos e familiares.

Este livro foi composto na tipografia
Minion Pro, em corpo 11/15, e impresso
em papel off-white no Sistema Cameron da
Divisão Gráfica da Distribuidora Record.